인터메초

인터메조

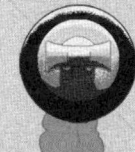

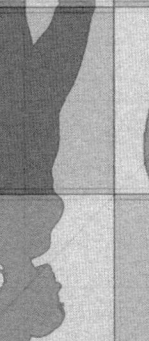
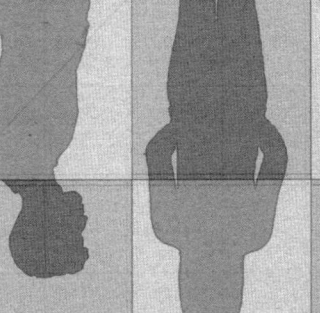

샐리 루니

장편소설

허진
옮김

은행나무

INTERMEZZO

Aber fühlst du nicht *jetzt* den Kummer?

("Aber spielst du nicht *jetzt* Schach?")

하지만 당신은 *지금* 비애를 느끼지 않습니까?

("하지만 당신은 *지금* 체스를 두고 있지 않습니까?")

—루트비히 비트겐슈타인,《철학적 탐구》

차례

일러두기

* 본문의 주는 모두 옮긴이의 것입니다.
* 인명, 지명을 비롯한 고유명사의 표기는 국립국어원 외래어 표기법 규정을 따르되 이미 굳어진 외래어, 한국어 화자 대부분이 관용적으로 사용하는 외래어 표기는 예외로 했습니다.
* 원문의 이탤릭체는 이탤릭체로, 대문자로 강조한 부분은 볼드체로 옮겼습니다.

1

아직 젊은 애로서는 너무 힘들겠다 싶었다. 장례식에 그런 정장을 입고 오다니. 사춘기 시절 최고의 불편을 선사하는 치아 교정기도 아직 못 떼고. 성격이 서글서글한 사람은 거의 미안해질 지경이다. 덕분에 그에게는 핑곗거리가, 적어도 의무적으로 악수를 나누는 틈틈이 애처로운 눈빛으로 바라볼 사람이 생긴다. 가엾은 녀석. 끔찍한 아이번*. 조금 있으면 스물세 살이다. 사실 그는 아이번의 정장을 보고 두 눈을 믿기 힘들었다. 아마 지역 호스피스 병원의 작고 눅눅한 냄새가 나는 중고 가게에서 골라 들고, 현금으로 계산한 다음, 재사용 가능한 비닐봉지에 구깃구깃 넣어 자전거에 싣고 집으로 갔을 거다. 맞다, 그러면 말이 된다. 그러면 휘황찬란하게 보기 흉한 정장과 열 살 어린 남동생의

---

*   Ivan the terrible: 이반 4세의 별명인 '폭군 이반'이라는 뜻도 된다.

성격이 맞아떨어진다. 자기 나름의 스타일이 없는 것도 아니다. 동생의 물질세계에 대한 철저한 경멸에는 어떤 당당함이 있다. 언젠가 친척 아주머니가 말했었다. 머리도 좋고 잘생겼지. 두 사람 모두를 두고. 아니, 아이번은 머리가 좋고 피터는 잘생겼다고 했던가. 나야 뭐 고맙지. 그는 이제 워틀링가(街)를 건너 아파트 아닌 아파트, 집이 아닌 집으로 가는 중이다. 장례식을 치르고 열하루인지 열이틀이 지났고, 더블린으로 돌아왔다. 그저 이렇게 직장으로 돌아간다. 아니, 아무튼 나오미의 집으로 돌아간다. 나오미는 문을 열어줄 때 뭘 입고 있을까. 현관 앞 계단에 도착한 피터는 주머니에서 핸드폰을 꺼내 들고 손가락에 서늘한 촉감을 느끼며 밝은 화면에 문자를 입력한다. 밖이야. 이제 저녁이 다 됐으니 나오미는 아마 다시 강의를 듣고 있을 것이다. 답장은 없지만 메시지는 읽었다. 이제부터 어떤 일이 이어질지 예상 가능하다. 현관문 뒤에서 그녀가 낡은 지하 계단을 올라와 복도로 나오는 소리가 어찌나 익숙한지, 이제는 은근히 흥분될 정도이다. 고전적 조건형성, 그걸 알아차리기까지 왜 그렇게 오래 걸렸을까? 상식. 그건 아니다. 일상적인 경험. 기억과 감정의 관계. 열리는 문.

안녕, 피터. 나오미가 말한다.

짧은 캐시미어 탱크톱, 가느다란 금목걸이. 그리고 발목이 딱 맞는 까만 운동복 바지. 허리는 고무줄이 아니다, 나오미가 싫어한다. 그리고 맨발.

들어가도 돼? 피터가 묻는다.

계단을 내려가 다른 사람들을 마주치지 않고 나오미의 방으로 들어간다. 희미하게 빛나는 꼬마전구 줄 조명이 벽을 수놓는다. 그는 신발을 벗어 문가에 둔다. 정돈되지 않은 매트리스 위에 아무렇게나 열려 있는 노트북 컴퓨터. 향수와 땀, 대마초 냄새. 그 뒤섞인 공기 속에서 우리의 모든 충동이 만난다. 늘 그렇듯 닫힌 커튼.

그동안 어디 갔었어? 나오미가 묻는다.

아. 일이 좀 생겨서.

나오미가 그를 보다가 코웃음 치며 시선을 돌리고 묻는다. 뒤늦게 여름휴가라도 갔다 온 거야?

나오미. 피터가 다정한 목소리로 말한다. 아빠가 돌아가셨어.

깜짝 놀란 그녀가 돌아보며 말한다. 당신의 — 말끝이 흐려진다. 세상에. 이런, 젠장. 피터, 정말 안됐다.

앉아도 돼?

두 사람이 매트리스에 같이 앉는다.

세상에. 나오미가 묻는다. 당신 괜찮아?

응, 그런 것 같아.

나오미가 매트리스 위에서 다리를 꼬고 발바닥을 내려다본다. 먼지 때문에 까매졌지만 늘 딱히 더러워 보이지는 않는다.

그 이야기 하고 싶어? 그녀가 묻는다.

별로.

동생은 어때?

아이번 말이지. 너랑 나이가 비슷한 거 알아?

응, 얘기했었어. 소개해주고 싶다고 했잖아. 동생은 괜찮아?

피터는 사랑을 느끼며 불가항력적으로 미소를 짓지만 나오미에게 불가항력적인 사랑의 미소를 보이지 않으려고 짐짓 장난스럽게 자기 손목 안쪽을 본다. 아, 걔는— 사실 어쩌고 있는지 전혀 모르겠어. 내가 아이번에 대해서 뭐라고 했었지?

몰라, "신기한 애"라고 했나, 뭐 그랬었어.

응, 완전 괴짜야. 사실 네 취향은 아니지. 무슨 자폐아 같아. 요즘은 그렇게 말하면 안 될지도 모르지만.

그렇게 말해도 돼, 진짜 자폐증이면.

음, 임상적으로 그런 건 아니고. 그런데 체스 천재야, 그러니까 뭐. 피터가 침대에 누워 천장을 바라본다. 괜찮지? 그런 다음 덧붙인다. 곧 어딜 좀 가야 돼.

그의 시야 밖에서 나오미의 입술이 대답한다. 괜찮아. 잠시 정적. 피터가 그녀의 바지 안쪽 솔기를 만지작거린다. 나오미가 그의 옆에 눕는다, 따뜻하다. 따뜻한 숨결, 커피 냄새, 그리고 다른 무언가의 냄새. 작은 캐시미어 상의 속 가슴이 따뜻하다. 피터가 사 준 옷이다. 아니, 같은 옷인데 다른 색이었나. '파리그레이색.'

손가락끝으로 그녀의 축축한 겨드랑이를 만질 수 있다. 디오도런트의 분필 비슷한 냄새는 그 밑의 짭짤한 땀 냄새를 살짝 덮을 뿐이다. 나오미는 무릎 밑으로만 면도를 하고 다른 부분은 거의 그대로 둔다. 피터가 자기 대학 시절에는 여대생들이 비키니 왁싱을 했다고 말한 적이 있다. 그러자 나오미가 웃었다. 자기가 미안해하기라도 바라느냐고 물었다. 전혀 아니야. 피터가 말했다. 그냥 성 문화의 흥미로운 변화라는 거지. 나오미는 항상 웃고 있다. 켈틱 타이거 시절*에는 정말 살기 힘들었겠네. 어쨌든, 당신은 좋아하잖아. 사실이다, 피터는 좋아한다. 나오미의 무심함은 왠지 관능적이다. 차가운 발. 옷을 입는 둥 마는 둥 한 채 대마초를 피우고, 집 안을 돌아다니며 스피커폰으로 통화하느라 늘 까만 발바닥. 나오미가 나지막이 속삭인다. 정말 안됐다. 캐시미어 속 그의 손가락. 감기는 눈. 모든 것이 아주 나른하고 꿈결 같다. 그의 손길 아래 보이지 않는 그녀의 살갗이 벨벳처럼 부드럽고 폭신하다. 피터가 자신이 없는 동안 뭘 했냐고 묻는다. 대답이 없다. 그가 다시 눈을 뜨고 나오미의 눈을 찾는다.

있잖아. 나오미가 말한다. 당신한테 이런 말을 하려니까 바보 같긴 한데, 몇 주 전에 일이 좀 생겼어. 그러니까, 수업 때문에 책

---

* 1990년대 중반부터 2000년대 후반까지 아일랜드 경제가 급속히 성장했던 시대.

을 좀 사야 했거든. 그래서 돈이 필요했어. 별거 아니야.

피터가 천천히 고개를 끄덕인다. 아. 그렇구나. 내가 알았으면 도와줬을 텐데.

응. 나오미가 말한다. 음, 당신이 내 메시지에 답을 잘 안 보냈잖아. 입술을 비틀어 쓴웃음을 짓는다. 미안해. 그녀가 덧붙인다. 당신 아버지 일은 몰랐어, 당연하지만.

괜찮아. 피터가 말한다. 돈이 필요한지 몰랐어, 당연하지만.

두 사람은 겸연쩍음과 짜증, 죄책감을 느끼며 서로를 잠시 더 바라본다. 그러다 나오미가 등을 돌리고 말한다. 아냐. 딱히 뭘 할 필요도 없었어, 다 옛날 사진이었거든. 피터는 무겁고 지친 몸을 느끼며 눈을 감는다. 나오미의 게시글마다 댓글을 남기는 남자들 중 하나겠지, 아마. 눈을 가린 원숭이 이모티콘. 아니면, 아내 몰래 신용카드를 만들어 쓰는 한심한 유부남.

당신 아버지 일은 진짜 장난 아니었겠다. 나오미가 말한다. 장례식이 언제였어?

지난주. 2주 전.

당신 친구들 전부 참석했어?

피터가 잠시 멈췄다가 말한다. 다는 아니고. 또다시 정적. 실비아랑 다른 애들 몇 명.

내가 가는 건 싫었구나.

피터가 고개를 돌려 그녀의 옆얼굴을 본다. 살짝 벌어진 통통한 입술, 광대뼈에 뿌려진 주근깨. 귀에서 반짝이는 은 피어싱. 젊음과 아름다움의 표상. 그 남자가 돈을 얼마나 줬을까 생각한다. 피터가 말한다. 응. 그랬나 봐.

나오미가 그를 보지도 않고 씩 웃는다. 내가 어쩔 거 같았는데? 신부님이라도 유혹할 줄 알았어? 나도 장례식에 가봤거든?

그냥, 사람들이 누구냐고 물어볼 것 같았어. 그러면 내가 뭐라고 하겠어, 친구라고?

왜 안 돼?

아무도 안 믿을걸.

참 고맙네. 내가 당신이랑 친구 할 만큼 세련돼 보이지 않나 봐?

그럴 만큼 나이가 많아 보이지 않지.

나오미가 입술 사이로 혀를 내밀고 씩 웃으며 말한다. 당신은 머리가 좀 이상해, 알지?

알아, 하지만 너도 그렇잖아.

나오미가 생각에 잠겨 팔을 쭉 뻗더니 머리 뒤로 손을 넣으며 묻는다. 여자 친구라도 있어?

피터는 잠시 아무 말도 하지 않는다. 어느 쪽이든 나오미는 신경 쓰지 않는 것 같아서. 왜 신경을 쓰겠는가. 예전에는 있었지, 라고 말할까 생각한다. 지금이 나오미에게 그 이야기를 할 때일지도 모르고 아닐지도 모른다. 장례식에 대해서, 그 후에 대해서. 무슨 일이 있었던 건 아니다. 그저 어떤 감정, 감정의 기억. 실제

17

로는 아무것도 아니었다. 차 안에서 어느새 멍청하게 중얼거리던 피터. 나랑 아이번만 두고 가지 마, 부탁해. 실비아가 남은 것은 그 때문이었다. 그 이유밖에 없었다. 어린 시절에 쓰던 2층 침실에서 그녀의 옆에 딱 붙어 있으니 10대처럼 두근거렸다. 다행히도 실비아의 눈을 들여다보기에는 너무 어두웠다. 그녀가 피터의 옆에서 잤다, 그게 전부였다. 얘기할 것도 없다. 아침에 실비아가 그보다 먼저 일어났다. 아래층 부엌에서 조용한 목소리로 아이번과 이야기를 나누고 있었다. 피터가 위층 계단 앞에 서서 두 사람의 대화를 들었다. 둘이서 할 말이 뭐가 있었을까? 나이트를 d5로 옮기다니 아주 멋졌어, 그런 얘기? 실비아라면 진짜 그렇게 말했을지도 모른다. 아이번에게 맞춰주려고. 잊어버리자.

그러면 내가 왜 너를 만나겠어? 피터가 말한다.

나오미가 몸을 돌려 그를 마주 보더니 손가락끝으로 목에 걸린 가느다란 금목걸이를 만지작거리며 말한다. 당신은 머리가 좀 이상하니까, 기억하지?

기억한다. 그래, 피터는 그 말을 기억하며 그녀의 작은 얼굴로 손을 가져가서 턱을 손바닥으로 받친다. 나오미도 그를 비웃는 걸까. 그래, 당연하다. 하지만 그뿐인가. 여름, 그녀의 생일날, 피터가 샴페인을 가져와서 나오미가 립스틱 칠한 입술로 병째 마셨던 그때. 부엌에서 나오미의 친구 저닌이 있잖아요, 내 생각에는 쟤가 당신을 좋아하는 것 같아요 피터, 라고 말했다. 다른 남자들과는 다르다. 그도 안다. 나오미를 처음 만났을 때 피터는 그 도전적인 분위기가 좋았다. 바에서, 아주 작은 은색 원피스, 거의 허리까지 내려오는 머리카락, 불빛 아래 빨갛게 반짝이는 코 피어싱. 나오미의 친구들이 합법인지 묻는 척하며 그에게 웹사이트를 보여주었다. 꺼져. 나오미가 말했다. 피터한테는 말하지 마. 그러면서 그를 흘끔거렸다. 동물적인 감각. 두 사람만의 일, 그도 알았다. 다른 남자들과는 달랐다. 성폭행하겠다며 인터넷으로 그녀에게 말도 안 되는 위협을 보내는 남자들. 멍청한 창녀, 너 내가 죽인다, 목을 따버릴 거야. 나오미는 메시지 수신함을 손가락으로 넘기며 웃는다. 생각해봐, 진짜 오글거린다니까. 겁먹는 것은 그녀답지 않다. 피터는 정말로 그런 일이 일어난다면 나오미가 깔깔 웃으면서 죽을 거라고 생각한다. 문자메시지에 답장을 안 보내다니, 멍청한 짓이었다. 아주 다정한 메시지도 몇 개 있었는데. 잘못한 거다. 피터는 나오미에게 돈이 얼마나 절실하게 필요할까 생각하다가— 뭘 느꼈을까? 부끄러움이나 뭐 그런 것. 늘 그렇듯. 나오미가 자기 팔을 베고 엎드려 눕는다. 둘이서도, 각자 다른 사람과도 여러 번 반복해온 익숙한 몸짓. 내 입술이 어떤 입술에. 피터는 이렇게 말할 수도 있다. 다른 사람은 없어. 누가 있긴 하지만, 아니야. 미안해. 널 사랑해. 그녀도. 둘 다. 걱정 마. 말하지 마. 절대 안 돼. 절대자 그리스도는 우리 모두에게 서로 사랑하라고 말씀하셨지.

피터가 밖으로 나서니 이미 9시이다. 4분 지났다. 나중에 같이 대마초를 피웠더니 약간 몽롱하다. 하얀 입력창에 메시지를 입력한다. 20분 정도 늦을 것 같아, 미안. 환해진 핸드폰 화면 주변으로 서늘한 어둠이 몰려든다. 머리 위로 소리 없이 가지를 흔드는 나무, 유리창 너머로 사람들의 얼굴을 싣고 지나가는 노면전차. 핸드폰을 잠그고 주머니에 넣는다. 밤의 제임시스가. 시간에 맞추려면 빨리 걸어야 한다. 하지만 서늘한 9월 밤에 더블린의 고요한 거리를 성큼성큼 한가하게 걸으면 정말 기분 좋지 않은가. 인생의 한창때. 이제부터는 이렇게 스쳐 지나가는 즐거움을 누려야 한다. 당장 죽을지도 모른다. 매일 누군가에게는 벌어지는 일이다. 게다가 아버지는 나이가 많지도 않았다, 다들 계속 말했듯이 고작 예순다섯이었다. 이제 피터도 그 나이의 절반이 되었다. 서른두 살 하고도 6개월. 그렇게 따지자면 이미 중년이다. 모든 것이 어찌나 빨리 사라지는지, 무섭다. 피터는 이렇게 말할 것이다. 아니요, 애석하게도 아버지는 이제 세상에 안 계십니다. 사람들은 물론 유감스러워하겠지만 놀라지는 않을 것이다. 아이번은 다르다. 어머니는 아무것도 해주지 않으므로 이제 아이번은 고아나 다름없다. 애초에 두 사람이 왜 자식을 낳았는지 하느님만이 아시겠지. 장례식에서 그의 어머니 크리스틴이 속삭였다. 쟤 꼴 좀 봐. 아이번의 꼴은 정말 이상했지만, 그리고 조금 전까지만 해도 피터 역시 이상하다고 생각했지만 이렇게 대답했다. 음, 지금 이 상황에 겉모습부터 신경 쓸 정신이 없었겠죠. 크리스틴이 피터를 돌아보았다. 세련된 남색 메리노양모 치마 정장. 넌 멀끔하구나. 그녀가 말했다. 크리스틴은 늘 그런 식이다. 피터는 그녀의 시선을 피해 샌드위치 테이블 근처에서 혼자 불쌍하게 서성이는 아이번을 보았다. 피터가 대답했다. 네. 고마워요. 오래된 은행을 지나 토머스가로 향할 때 실비아의 대답이 주머니 속에서, 골반에서 진동한다. 실비아의 메시지민 수신음을 나르게 설정하지 않았었나. 예전에는. 옛날 옛적의 더블린. 수신음이 뭐였는지 이제 기억나지 않는다. 핸드폰이 어느 제조사의 어느 모델이었는지, 손에 들면 어느 정도의 무게였는지도. 아마 지금은 구형 모델이라 생산도 중단됐을 것이다. 피터는 생각한다. 그 소리를 한 번 더 들을 수만 있다면. 그의 삶이 잊힌 것이 아니라 어딘가에 보존되어 있다고 느낄 수만 있다면, 그의 주변에 모여 여전히 보호하듯 감싸고 있다고 느낄 수만 있다면. 전국 대학생 대회에 참가하느라 새벽부터 떠났던 버스 여행. 청중이 자리에 앉아 기다리는 동안 뒤쪽 복도에서 결승을 준비했던 일. 연이은 기록 갱신. 물론 두 사람 다 미움받았다. 두 사람은 서로와, 그리고 자기 자신과 사랑에 빠져 있었다. 잠금 화면에 메시지가 뜬다. 괜찮아. 뭐 좀 먹었어? 현명한 여자이다. 분명 튼튼하고 좋은 신발에 따뜻한 트위드 외투 차림일 거다. 아니. 그를 챙겨주는 것뿐이다. 20분 늦는다는데 저녁은 먹었냐고 묻는다. 이제 25분. 적어도 실비아를 둔하다고 말할 수는 없다. 가끔 피터는 그녀가 만성 통증이 워낙 심해서 사소한 불편함이 주는 시시한 괴로움은 신경 쓰지 않게 된 것이 아닐까 생각한다. 30분 늦은들 뭐 어때. 2주에 한 번 병원을 들락날락하며 팔에 바늘을 꽂는 사람에게는 아마 중요한 게 별로 없겠지. 커튼 뒤에서 의사들이 자신을 두고 하는 이야기를 엿들으면. 32세 여성 환자. 외상 후 난치성 만성 통증 병력. 도로 교통사고. 아니, 아이는 없고 혼자 살아. 거의 누구도 알지 못한다. 피터라면 그렇게 계속 살아가느니 죽음을 택할 것이다. 요란 떨지 않고 그냥 끝내는 거다. 실비아도 남들이 그렇게 생각한다는 사실을 분명 알겠지. 피터마저 그렇게 생각하는 걸 알지도 모른다. 하지만 또 생각해보면, 사람은 적응하게 마련이라고들 한다. 즐거웠던 예전 삶은 지나가버렸고 다시 오지 않는다, 현실을 받아들이든 자기 자신을 속이든 결국 똑같다. 살려는 의지는 그 누구의 생각보다 강하다. 그때 그 일은 일종의 죽음과도 같았다. 예의 때문에, 남들을 위해서, 이타적인 사랑 때문에 살아내는 일종의 죽음. 그리스도 역시 자신의 죽음을 살아냈다. 또한 당당하고 고귀했다.

이제 국립 미술 디자인 대학 앞을 지난다. 청재킷과 레인부츠, 찢어진 스타킹 차림의 학생들이 돌아다닌다. 아직 덜 자란 10대의 얼굴들이 가로등 밑에서 창백하게 떠다닌다. 삶의 문턱에 서 있는 아이들. 피터는 학생들의 시선을 알아차린다. 머리도 좋고 잘생겼으니까. 지나가는 그를 보며 즐거워한다. 누군가 고개를 돌려 시선으로 그를 좇는다. 뭐, 좋은 생각이야. 인생은 한 번뿐이니까. 피터는 이미 인생의 절반을 지났을지도 모른다. 미소를 지으며 돌아봐준다. 예쁜 여자는 아니지만 뭐 어떤가, 그녀도 한쪽 입꼬리를 올리며 미소를 짓는다. 빨리 가도 30분은 늦겠다. 나오미라면 화를 냈을 것이다. 세상에, 남자는 정말 역겹다니까. 걔 열여섯 살밖에 안 돼 보이던데. 아, 이제는 웃는 것도 불법이야? 애잖아. 사실 피터는 아이들에게 미소를 짓는다. 노인에게도. 사람들에게 대체로 상냥한 인상을 주는 게 좋다. 가끔은 남자에게도 미소를 짓는다. 종류는 다르지만. 아니, 아니다. 이유가 있을 때만 웃는다. 말을 잘못 알아듣거나 실수로 앞을 가로막거나 했을 때. 그래, 미소를 짓는다. 경쟁자와 적을 향해서. 나오미가 말한다. 당신은 남자를 나보다 더 싫어해. 분명 사실이다, 나오미는 자신의 자유의지에 따라 남자랑 자니까. 피터는 좋아하는 사람이랑만 잔다. 여자는 대부분 좋아할 만하다. 다들 알고 있듯이 남자는 역겹다. 물론 모두가 그런 것은 아니다. 아버지는 아니었다, 그렇지 않았다. 그러면 아이번은? 다르다. 예전에는 책에 나오는 무성적인 존재라고 생각했다. 물병에 둥둥 뜬 아메바 덩어리처럼. 그러다가 여자 친구 줄리아를 집으로 초대해서 같이 저녁 식사를 할 때 아이번이 그녀를 빤히 바라보는 것을 눈치챘다. 아, 네 동생 약간 이상한 것 같은데? 맞아, 미안해. 네가 마음에 들었나 봐. 물론 나중에 아이번은 대학에 들어가서 여자들과 친구가 되었다. 하지만 그러고 보면 아이번의 친구들은—뭐, 아무튼. 아니, 계속해보자. 걔들이 어떻지? 못생겼나? 아니, 나름대로 아주 예쁘다. 얼굴 대칭이라는 면에서 아주 매력적인 애들도 있다. 취향이 없다, 그뿐이다. 나오미가 봤다면 기막혀할 거다. 게다가 무엇보다도 거만하다. 하지만 정말 그럴까? 돈 문제는 아니다, 돈하고는 전혀 상관없다. 발목으로 갈수록 점점 좁아지는 까만 운동복 바지. 허리는 고무줄이 아니다, 나오미가 싫어한다. 무릎 길이는 뭐든지 싫어한다. 감식안. 아이번의 친구들은 전혀 못생기지 않았다, 하지만 옷 입는 센스는. 범죄 수준이다. 그리고 그 애들이 쓰는 어휘와 몸짓은 또 어떻고. 어쩌면 종류가 다른 거만함일지도 모른다. 물론 무척 지적인 젊은 여자들이다. 수학자와 체스 선수. 피터에게 조금이라도 관심을 보이는 사람은 아무도 없었고 피터도 마찬가지였다. 생각해보면 몇 명은 동생을 사랑했을지도 모른다. 그렇게 생각하며 피터는 혼자 미소를 짓는다. 동생은 같은 감정이 아닌 듯했지만, 피터가 뭘 알겠는가. 하지만 그때 아이번이 사랑스러운 줄리아를 바라보는 것은 눈치챘다. 단추가 위에서부터 세 개 풀린 녹색 실크 블라우스. 자개 목걸이. 로마 사람답게 큰 소리로 건강하게 웃을 때 드러나는 하얀 치아. 이제 크라이스트처치 성당을 지난다. 밤이라 불이 켜져 있고 돌벽은 회황색으로 빛이 바랬다. 실비아에게 문자를 보낸다. 거의 다 왔어. 아니, 안 먹었는데, 너는? 그리고 그녀는 어떤가. 실비아. 피터는 진짜 모르겠다. 사실 그렇게 예쁘지도 않다, 예뻤던 적이 없다. 실비아는 다른 사람의 아름다움이 지나쳐 보이게 만든다. 작고 평범한 얼굴. 물론 옷은 늘 잘 어울리게 입는다. 가끔 실비아를 보면서 나오미에게 줄 선물에 대한 힌트를 얻기도 한다. 목이 올라오는 스웨터, 선명한 색상의 실크 숄, 발목까지 내려오는 레인코트. 하지만 얼마나 안 어울릴지 나중에야 깨닫는다. 예쁜 여자애가 할머니처럼 입은 것 같겠지. 촌스럽고 보수적으로. 실비아는 전혀 그렇게 보이지 않는다. 그는 봄에 실비아의 강의에 들어갔었다. 교실 맨 앞에서 18세기 산문 형식에 대해 이야기하는 날씬한 여자. 모든 시선이 실비아에게 고정되었다. 아주 또렷하고 낮은 목소리. 콘트랄토. 교실에는 그녀의 목소리뿐, 아무 소리도 없었다. 실비아가 강의를 끝내자 200명은 넘어 보이는 학생들이 전부 박수를 쳤고 그녀는 미소를 지으며 고개를 끄덕였다, 익숙해 보였다. 완벽한 카리스마. 피터는 자기랑 아는 사이라고 말하고 싶어졌다. 전 여자 친구라고. 생각해보면 정말 부끄럽다. 그녀에게 호색 소설적인 관심이 가면 침대로 유혹해봐. 이제는 못 하지만. 실비아는 이제 못 한다. 통증이 너무 심하다. 다시 진동이 울린다. 템플바 지구의 이탈리아 식당에 자리를 찾았다며 지도를 보내고 어떠냐고 묻는다. 답장을 입력한다. 5분 뒤에 봐. 밤의 로드에드워드가, 트리니티칼리지 정문을 향해 걸어가는 길. 옛 로맨스와 취한 술자리의 풍경. 새벽 4시에 머컨타일 호텔 앞에서 토했었지, 그건 기억난다. 장학금 수여식. 그땐 젊었다. 기억과 욕망을 뒤섞는다. 기억 속의 어두운 길들. 청춘의 묘지.

♟

두 사람은 계산서를 기다리면서 계속 이야기를 나누고, 그는 부드럽고 기름진 포카치아 마지막 조각을 무심코 먹는다. 얼마나 배가 고픈지 미처 깨닫지 못했다. 그러고 보면 묵직한 커튼, 얼음물, 촛불 빛, 전부 식욕을 자극한다. 또 그거다, 조건형성. 식탁 맞은편에서 실비아가 물을 마신다. 물을 삼킬 때 흰 목에서 근육이 미세하게 움직이고, 그녀가 잔을 식탁에 다시 내려놓는다. 개는 어떻게 할 거야?

아, 맞다. 피터가 말한다. 모르겠어. 지금은 어머니가 맡고 있는데― 언제까지 맡아주기로 했는지 기억이 안 나네. 다음 주 금요일까지랬나? 월요일일지도 몰라. 방법을 생각해야지.

남자가 계산서를 가져오자 피터는 자기가 내겠다며 지갑에서 카드를 꺼내 비밀번호를 입력한다. 뭘 좀 먹고 나니 기분이 나아진다, 더 편안해진다. 자신이 얼마나 피곤한지 이제야 깨닫는다. 실비아가 곁에 있을 때 생기는 효과이다, 신경이 안정된다. 두 사람이 식당의 어둑한 온기 속에서 남자가 외투를 가져오기를 기다릴 때 피터는 다른 감정들도 알아차린다. 한때는 인생이 무언가로 이어져야만 한다고, 해결되지 않은 모든 갈등과 의문이 더 큰 정점으로 이어진다고 믿었다. 이처럼 정작 충분히 고민해보지 못한 생각들이 그의 삶을, 그의 성격을 떠받친다. 의미에 대한 비이성적인 집착. 전부 아무렇지도 않다가 갑자기 헌법에 어긋나지 않느냐는 의문이 떠오르고, 그런 식이다. 피터는 어떤 것이 다른 것을 의미하고 그것이 또 무언가를 의미한다고 생각하지 않으면 아침에 일하러 갈 수가 없다. 하지만 그 모든 것이 무엇으로 이어질까. 종결이 없는 끝. 남자가 실비아에게 외투를 입혀주고 피터가 그 모습을 지켜본다. 이제 더 차분해진다. 더 고요한 감정에 적응됐다. 삶은 어떤 조건일 때 견딜 만할까? 실비아는 알겠지. 물어보자. 묻지 말자.

밖으로 나가니 아까부터 비가 와서 축축한 거리가 전조등과 신호등, 가게 유리창의 산란하는 빛 조각들을 반사한다. 건너편 벽 앞에 빈 피자 상자 여러 개가 버려진 채 널브러져 있다. 집까지 데려다줄게. 실비아는 스카프를 묶고 있다. 고마워. 그녀가 피터의 팔을 잡는다. 섬세하고 작은 손은 무게가 거의 없다. 그의 재킷 주름에 닿는 손가락. 아까 나오미 만난 거야? 나오미는 어때? 응. 잘 지내지. 다시 데임가를 향해 걷는다. 너 나오미 좋아하지. 응. 좋아한다, 아주 많이, 무척이나. 피터는 무슨 일이 있었는지 실비아에게 말하고 싶으면서도 말하고 싶지 않다. 나오미와 기타 등등에 대해서. 웹사이트 등등에 대해서. 어째서? 괜찮다는 것을 보여주려고. 실비아에게, 다른 사람들에게, 그 자신에게, 걱정할 필요 없다는 것을 보여주려고. 요즘 시대의 관계. 아니면 반대로 동정심을 얻으려고. 성적인 굴욕, 어쩌면 약간의 흥분. 실비아가 나오미의 주거 문제에 대해서 다시 묻는다. 팬데믹 이전에 건물 주인들이 법원 명령을 받아 이전 세입자들에게 집을 비우라고 통지했다. 하지만 이전 세입자들은 법원 명령과 무관하게 이미 집을 비웠고 이제 아무도 남아 있지 않다. 법원 명령이 현재 세입자들에게는 효력이 없다, 그건 실비아도 인정한다. 그래도. 무엇으로 집주인을 막을 수 있을까. 늘 가능성이 있다. 경찰은 서류를 흘깃 보고 주소가 맞으면 그들을 들여보낸다. 생각하기도 싫다. 하지만 법원 명령이 무효임을 입증하고, 법률 문서를 준비하고, 등등의 길을 택하면 그들이 법원 명령을 새로 받을 이유가 더 많이 생길 뿐이다. 그러면 정말 망하는 거다. 왜냐면, 현재 사실상 불법점거이며 아무도 이를 부정하지 않기 때문이다. 숨죽이고 지내면서 주인이 까먹기만을 바라는 것이 낫다. 그들이 얼마나 많은 집을 비워두고 있는지 아마 셀 수도 없을 거다, 피를 빨아먹는 기생충들. 피터와 실비아는 이런 대화를 수 없이 나누었고, 이번에도 서로 동의한다. 순전히 이데올로기적인 관점에서도 그렇다. 두 사람 모두 같은 임차인 조합의 정회원이고 사실 실비아는 실무 조직 하나를 이끌고 있다. 피터가 어느 불법점거인과 8개월째 성적 관계를, 그리고 비밀리에 금전적 관계를 맺고 있다는 사실은 법철학적, 사회정치적 관점에서 봤을 때 중요하지 않다. 예를 들어 그는 아버지가 물었을 때에도 나오미에 대해서 이야기하지 않았다. 피터는 아뇨, 지금은 아무도 없어요, 라고 말했다. 아버지와 나오미가 만나는 것은 생각만 해도 너무 끔찍했다. 아니다. 누군가 있다고 아버지에게 말할 수도 있었다. 심각한 관계는 전혀 아니라고, 그냥 만나는 여자가 있다고. 그런들 뭐가 달라졌을까? 말 그대로 아무 차이도 없었을 것이다. 그러면 왜 이런 생각을 할까? 왜 이렇게 후회할까, 누구를 위해서일까? 아버지일까, 피터 자신일까? 무의미하다. 생각만 해도 우울하다. 전반적으로 우울한지도 모른다. 생각은 거의 늘 시끄럽게 덜거덕거리고, 그러다가 고요해지면 무서울 만큼 불행하다. 정신적으로 문제가 있을지도 모른다. 어쩌면 늘 그랬는지도 모른다. 피터의 팔에 닿은 작고 무게가 거의 없는 손.

난 아버지를 잘 몰랐어. 피터가 말한다. 미안. 그냥 생각나서. 슬프다.

실비아가 그를 흘끔 본다. 전부 전해졌다. 그녀의 깊은 이해가 그를 감싼다. 무슨 뜻인지 알아. 실비아가 말한다. 하지만 넌 아버지를 잘 알았어. 그녀가 가방에서 얇은 비닐에 싸인 작고 네모난 것을 꺼낸다. 팩 티슈. 세상에, 그가 울고 있는 걸까? 조지스가에서? 누구라도 피터를 볼 수 있다. 그리고 진짜로 볼 것이다. 어떻게 지내 피터, 아직 변호사 일 하지, 얼마 전에 신문에서 네 이름 봤어, 멋지다. 그는 미소를 지으며 희고 네모난 티슈를 말없이 받아서 얼굴을 닦고 흐음, 이라고만 한다. 실비아가 옆에서 그와 같은 속도로 걷는다, 늘 그렇다. 너희 아버지는 널 사랑했어. 실비아가 말한다. 아버지는 나를 전혀 몰랐어, 실비아. 우리는 서로한테 알레르기가 있었다고. 평생 진짜 대화를 나눈 적이 없어. 티슈를 접어서 주머니에 넣는다. 아, 넌 대화를 너무 진지하게 여겨. 실비아가 말한다. 있잖아, 말이 인생의 전부는 아니야. 그녀가 피터의 팔에 다시 손을 올리고, 그가 그런 그녀를 바라본다. 수수께끼 같은 말이네, 무슨 뜻이야? 그녀가 웃는다. 그러자 더 예쁘다. 하지만 무슨 뜻일까, 말이 인생의 전부는 아니라니? 사랑이라는 엄숙하고 외로운 임무를 말하는 걸까. 수요일 밤마다 건조기에서 교복을 꺼내는 것. 뜨겁고 정전기 때문에 따끔거리는 피터의 셔츠와 바지, 아이번의 작은 적자색 체육복. 그리고 아침에 레인지로 우유를 데우는 일. 지금 피터는 실비아의 곁에서 스티븐가를 걸으며 자동차 배기가스와 어두운 밤공기의 향을 들이마신다. 나름대로 위로가 된다. 그녀의 가까이에 있다는 사실 자체가 그렇다. 왜일까. 피터는 이유를 안다, 아니 모른

다. 아는지 모르는지 알고 싶지 않다. 그렇다면 오랜 우정이 주
는 위로라 하자. 그가 얼마나 피곤한지, 얼마나 우울한지 느낄
수 있는 공간과 고요함을 열어준다. 어쩌면 나오미의 집에 남아
서 그녀의 룸메이트들과 함께 취한 채로 〈콜 오브 듀티〉 게임이
나 하다가 약을 먹고 자는 게 나았을지도 모른다. 이런 식으로
위로를 받으면 위로가 필요하다는 사실 역시 받아들여야 한다.
딱히 가깝지도 않았던 아버지가 60대에 5년 동안 암 치료를 받
다가 죽었기 때문에. 예상했던 결말이지만 너무 오랫동안 미뤄
져서 오지 않나 보다 생각하자마자 닥쳤다. 예상했는데도 피터
는 속수무책이었다. 갑자기 한 가족의 가장이 되었는데 동시에
그 가족이 사라졌다.

그들은 세인트스티븐스그린 공원을 따라 함께 걷는다. 출입
구는 닫혀 있고 잎이 노랗게 물들어간다. 가을의 아름다움에 물
든다. 학생들에 대해서 이야기한다. 실비아의 강의. 피터가 월
세를 내기 위해서 가르치는 세미나. 실비아에게 친구 에밀리는
어떻게 지내냐고 묻자 그녀는 미소를 지으며 늘 하는 대답을 한
다. 골치 아픈 행정 업무가 늘었다고, 아직 이사할 집을 못 찾았
다고. 에밀리는 약간 덜렁거리고 코감기를 달고 사는 학자로, 늘
손수건에다 재채기를 하고 카를 마르크스에 대해서 이야기한다.
두 사람의 젊은 시절, 토론에 푹 빠져 살던 그 시절의 친구. 에밀
리는 토론을 썩 잘하지 못했다. 주제에서 한참 벗어났고 상대 팀

의 질문은 늘 거부했다. 두 사람의 집, 그러니까 피터와 실비아의 집에서 많은 시간을 보냈고 한동안 소파에서 자면서 같이 지내기도 했다. 그때 그는, 그들은. 세 사람이 늦게까지 앉아서 같이 차를 마시며 아무것도 아닌 일로 언쟁을 벌이고 자지러질 듯 웃던 밤들. 냉정하고 침착한 친구 실비아, 구제 불능 에밀리. 지금은 맥스와 함께 지낸다고 한다. 믿음직한 옛 친구 맥스. 아직도 실비아의 집에서 가끔 그를 본다. 맥스 역시 토론 대회에서는 쓸모가 없었다. 너무 착하고, 무자비하게 굴지 못하고, 늘 양쪽 면을 모두 보았다. 하지만 재미있다. 실비아의 친구는 다 그렇다. 실비아는 세상을 가볍게 대해야 한다. 애정을 기울이되 가볍게. 동생이랑 얘기해봤어? 실비아가 묻는다. 아, 뭐. 피터가 대답한다. 알겠지만 말이 인생의 전부는 아니잖아. 그녀가 팔꿈치로 피터를 쿡 찌른다. 사실 이렇게 그녀가 가까이 느껴지니 기분이 좋다. 걘 혼자잖아. 실비아가 말한다. 우리 모두 그렇지 않은가? 확실히 아이번은 누구보다도 더 혼자인 것 같지만. 게다가 정신적으로도 혼자인 것 같다, 어쩌면 그렇게 내버려두는 게 가장 좋을지도 모른다. 지난번에 우리 집에서 둘이 무슨 얘기했어? 피터가 묻는다. 아. 실비아가 말한다. 아이번이랑— 아침 식사 때 얘기한 거 말이지? 다다음 주에 리트림에서 열리는 체스 행사에 대해서 이야기했어. 알고 있었어? 아니. 무슨 시범 경기 같은 건데, 그 뒤에 워크숍도 한대. 상황이 상황인 만큼 취소할까 고민 중이더라고. 그런데 예정대로 하기로 했대. 위그노 묘지 정문을 지나친다. 왜 취소하려고 했대? 실비아가 그를 올려다본다. 왜냐면 ― 음, 그렇잖아. 아버지가 돌아가셨으니까. 얼굴이 어두워지고 찌푸려진다, 열이 나고 피곤하다. 셔츠 목깃에 달린 라벨에 목뒤가 쓸린다. 배것가는 환하고 붐빈다, 지나치게 붐빈다. 빛이 피터의 눈을 찌른다, 모든 것이 너무 지나치다. 아이번이 심란해하는 것 같아? 그가 묻는다. 실비아는 여전히 피터를 바라보고, 그는 바보같이 미소를 지으려 한다. 그러니까, 아무래도. 피터가 덧붙인다. 내가 볼 땐 심란해하는 것 같아. 실비아가 대답한다. 아이번이 외로울 것 같아. 그래. 음. 그렇겠지. 점점 그녀의 아파트에, 종점에 가까워진다. 도착하면 피터는 얼마나 외로워질까, 또는 외롭지 않게 될까. 갑자기 왜 이렇게 시끄러울까. 실비아. 피터가 말한다. 아니다, 조용해질 때까지 기다리자. 응? 어차피 거의 다 왔다, 문 앞에서는 더 아무렇지 않은 척 말할 수 있다. 그냥 걷는 게 너무 피곤한 것처럼. 혹시 ― 모르겠다. 너희 집 소파에서 자도 돼? 절대 ― 아니, 아니, 세상에, 절대 안 건드리겠다고 말하지 마. 하지 마. 난 그냥 좀― 피터의 팔에 다정하게, 가냘프게 올려진 채 꼼짝도 하지 않는 실비아의 손. 고요하고 고요하다. 모든 고요와 정적이 그녀의 자비로운 손끝에 모여 있다. 당연히 되지. 실비아가 말한다. 되고말고. 말하지 마. 나는 그녀를 사랑해. 너라면 얼마나 좋을까. 그렇게 생각해? 이런 조건이라면 삶은 견딜 만한가. 실비아가 문을 여는 동안 피터는 기다린다. 그녀는 모든 것을 이해하고 안다. 혹시 아이번이랑 연락하면 잘해줘. 실비아가 말한다. 네가 먼저 문자를 보내든지. 무슨 언어로. 1. e4.* 응. 피터가 대답한다. 네 말이 맞아. 그렇게 할게. 그럴게.

---

* 체스 기보법. 첫 번째 수에서 백이 폰을 e4 칸으로 옮겼다는 뜻이다.

2

아이번은 구석에 혼자 서 있고 체스 클럽 남자 회원들이 의자와 탁자를 옮긴다. 그들이 서로 말을 주고받는다. 거기 조금 더 뒤로 옮겨, 톰. 조심해. 혼자 서 있는 아이번은 앉고 싶지만 어느 것이 옮겨야 하는 의자이고 어느 것이 제자리에 놓인 의자인지 확신할 수가 없다. 이러한 불확실성이 생긴 것은 그들이 가구를 옮기는 모양새가 그가 알아차릴 수 있는 어떤 방법과도 일치하지 않기 때문이다. 익숙한 배치—탁자 열 개가 중앙에 U자로 배치된 구조로, U자 바깥쪽으로 의자가 열 개 놓여 있고 그 너머는 일반석 구역이다—가 서서히 드러나지만 남자들은 무작위적인 과정을 거쳐 이 배치를 완성한다. 아이번은 구석에 혼자 서서 딱히 집중하지도 않은 채 자리를 배치하는 가장 효율적인 방법을, 예를 들어 무작위로 놓인 특정 개수의 탁자와 의자를 중앙 U자 배치로 만드는 방법을 생각한다. 예전에 또 다른 행사장 구석에

서서도 비슷한 실내 공간에서 비슷한 가구를 옮기는 사람들을 보며 이런 생각을 했다. 작업의 효율성을 극대화하는 컴퓨터 프로그램을 이용했을 때 나오는 다양한 접근법 말이다. 아이번은 그런 프로그램이 추천하는 이동 방식과 비교하면 지금 이 남자들의 정확성은 꽤 낮을 거라고, 실제로 아주 낮을 거라고 생각한다.

그가 생각하는 사이 문―강당 주 출입구가 아니라 일종의 비상구처럼 측면에 위치한 작은 문―이 열리고 여자가 들어온다. 열쇠 꾸러미를 들고 있다. 여자가 들어와도 남자들은 딱히 아는 척하지 않는다. 흘깃 보더니 다시 시선을 돌린다. 아무도 그녀에게 말을 걸지 않는다. 이것 역시 다른 사람들은 바로 이해하는 그런 상황인가 보다. 아이번을 제외한 나머지는 다들 흘깃 보기만 해도 이 여자가 누구이고 왜 여기 왔는지 이미 파악한 것 같다. 마침 그녀는 눈에 띄게 매력적이고, 그래서 그녀가 지금 여기 있는 이유가 더욱 궁금하다. 몸매가 좋고 옆얼굴이 무척 예쁘다. 잠시 후 아이번은 남자들이 이 여자에게 직접적으로 아는 척하지는 않았지만 그녀가 온 뒤로 행동이 달라졌음을 알아차린다. 여자가 들어온 뒤로 탁자가 더 무거워지기라도 한 것처럼 팔과 어깨를 더욱 힘차게 움직이면서 든다. 그녀의 앞이라서 과시하는 것이다. 여자가 설핏 미소 짓는 모습을 본 듯도 한데, 아마 그녀도 같은 결론에 도달했기 때문이리라. 아니면 그냥 남자들이 전부 그녀를 무시하는 척해서 그런지도 모른다. 이제 아이번의 시선을 알아차렸는지 갑자기 여자도 그를 본다, 마음이 놓인 듯 친근한 표정이다. 열쇠를 든 여자가 아이번이 서 있는 구석으로 다가온다.

안녕하세요. 저는 마거릿이라고 해요, 여기 직원이죠. 이런 질문을 해서 죄송하지만 꼬마 신사가 도착했는지 혹시 아시나요? 체스 신동 말이에요. 우리가 체스 신동을 챙겨야 하는 거 같은데.

아이번이 그녀를 내려다본다. 여자는 이 말을 전부 미소를 지으면서, 익살스럽고 미안하다는 듯한 목소리로 말했다. 그와 농담이라도 주고받는 것처럼. 아이번은 자기보다 나이가 조금 많아 보이지만 크게 차이 날 것 같지는 않다고 생각한다. 아마 30대겠지. 아. 그가 말한다. 아이번 쿠벡 말씀이신가요?

여자가 기대에 찬 표정으로 그를 올려다본다. 맞아요. 왔나요?

네. 전데요.

이 말에 그녀가 머쓱해하며 웃음을 터뜨린다. 가슴에 손을 얹자 열쇠가 짤랑거린다. 이럴 수가. 너무 미안해요. 착오가 있었나 봐요. 내 생각에는— 왜 그랬는지 모르겠네요. 당신이 열두 살쯤 되는 줄 알았어요.

음, 한때는 그랬죠. 아이번이 말한다.

그녀가 이 말에 다시 웃는다, 진심인 것 같다. 그녀를 웃게 만들자 기분이 너무 좋아서 아이번도 슬며시 미소 짓는다. 아, 그래서 헷갈렸나 봐요. 여자가 말한다. 아니, 미안해요. 이렇게 바보 같을 수가. 여기 오시면서 별일 없었어요?

아이번은 잠시 그녀를 바라보다가 질문을 뒤늦게 들은 것처럼 급히 대답한다. 아. 네, 괜찮았어요. 버스를 타고 왔어요.

여자가 여전히 옅은 미소를 띤 채 말한다. 행사가 끝난 뒤에 숙소까지 태워다 줄 사람이 필요하다고 들었는데, 맞나요?

아이번은 다시 잠깐 말이 없다. 여자가 그를 계속 올려다본다, 친근하고 격려하는 눈빛이다. 아이번이 그녀의 친근한 표정에 너무 많은 의미를 부여하는 건 분명 소름 끼치는 일이리라. 지금 그녀는 말 그대로 일하는 중이고, 돈을 받고 여기에 서서 그에게 이야기하고 있기 때문이다. 아이번은 하기야 자기도 말하자면 일하는 중임을, 똑같지는 않지만 역시 돈을 받고 여기에 서서 그녀에게 말하고 있다는 사실을 기억해낸다. 아. 아이번이 말한다. 숙소가 어딘지 정확히 모르지만, 택시 타면 돼요.

그녀가 열쇠 꾸러미를 치마 주머니에 넣으며 말한다. 아니, 아니에요. 저희가 모실게요, 걱정하지 마세요.

마침내 체스 클럽 회장이 다가와서 인사한다. 이름이 올리이고, 아까 버스 정류장으로 아이번을 데리러 왔던 사람이다. 여자가 자기 이름은 마거릿이라고 다시 말하자 올리가 손을 들어 아이번 쪽을 가리키며 말한다. 이분은 우리가 초청한 아이번 쿠벡 씨입니다. 그녀가 아이번과 눈빛을, 두 사람만이 아는 장난스러운 시선을 슬쩍 주고받은 다음 대답한다. 네, 알아요. 올리가 그녀에게 행사가 몇 시에 시작해서 몇 시에 끝날지, 내일 아침 워크숍은 어느 방에서 할지 설명을 시작한다. 아이번은 그들이 대화하는 모습을 말없이 지켜본다. 그녀는, 마거릿이라는 여자는 이곳 아트센터에서 일한다. 그 말을 들으니 예술가 같은 분위기가 이해된다. 마거릿은 흰 블라우스와 다채로운 색상의 패턴이 그려진 풍성한 치마, 발레화와 비슷한 깔끔한 플랫 슈즈 차림이다. 그녀가 앞에 서 있는데 아이번은 자기도 모르게 그녀의 입술에 키스하는 장면을 상상하고 있다. 진짜 상상도 아니고 상상이라는 개념, 그녀에게 키스하면 어떨지 나중에 시각적으로 그려볼 수 있으리라는 사각이다. 마거릿에게 키스하는 자신을 떠올리기만 해도 즐거움을 약속받는 기분인데, 혼자만의 생각일 뿐이니까 다른 사람에게 해가 될 건 없다. 그러나 동시에 실제로 다시 그녀의 관심을 끌고 싶다는 갑작스러운 충동이 생긴다. 그냥 말을 걸기만 하면, 뭐가 됐든 말이나 질문만 하면 관심을 끌수 있지 않을까 생각한다.

체스 두세요? 아이번이 묻는다.

두 사람 다 그를 올려다본다. 아이번은 자신이 이상하게 굴고 있음을 뒤늦게 깨닫는다. 이제 알겠다. 그 사실이 그녀의 얼굴에, 심지어는 올리의 얼굴에도 드러난다. 아무 이유도 없이 체스를 두는지 묻다니 얼마나 이상한가, 그들이 나누던 이야기와도 상관없었다. 하지만 마거릿이 명랑하게 대답한다. 아니요, 아쉽지만 안 돼요. 그런 걸 할 머리가 없거든요. 기물이 어떻게 움직이는지는 알 것 같지만 그게 다예요.

아이번은 괜한 말을 했다고 울적하게 후회하며 고개를 끄덕인다.

올리가 강당 전체를 가리키며 말한다. 안타깝지만 성평등 면에서는 자랑할 게 별로 없네요.

아, 괜찮아요. 마거릿이 말한다. 지난주에 뜨개질 모임이 있었는데 거기도 처참했어요. 아무튼, 이제 그만 놔드릴게요. 필요하시면 전 위층 사무실에 있어요. 저를 찾아왔다고 말씀하시면 돼요, 제 이름은 마거릿이에요.

올리가 그녀에게 고맙다고 인사한다. 아이번은 아무 말도 하지 않는다.

마거릿이 아이번을 올려다보며 덧붙인다. 이따 시합도 잘하세요. 시간 나면 저도 보러 올게요.

아이번이 그녀를 조금 더 바라보다가 말한다. 네. 고맙습니다.

마거릿이 다시 옆문으로 나가서 문을 닫는다. 아마 직원용 출입구라 밖에서는 잠겨 있어서 열쇠 꾸러미를 가지고 다니나 보다. 아이번은 그녀가 와서 볼 시간이 안 날 거라고 생각한다. 그러니까, 아마 시간은 나겠지만 그 시간을 아이번의 체스 경기를 보는 데 쓰지 않을 것이다. 아까는 분위기가 좋았으니 어쩌면 마거릿에게 그런 질문을 하지 않았다면 와서 봤을지도 모른다. 이제 그녀는 아마 아이번이 체스에 병적으로 집착해서 다른 이야기는 할 줄도 모르는 사람이라고 생각할 것이다. 놀랍게도 많은 사람이 아이번에게 그런 인상을 받는다. 어쩌면 그럴 만한지도.

괜찮은 여자예요. 올리가 말한다.

아이번이 말한다. 네.

두 사람은 벽 앞에 가만히 서서 의자와 탁자를 배치하는 남자들을 지켜본다. 사람들이 말하는 "괜찮은 여자"란 무슨 뜻일까? 그 사람이 매력적이라고 간접적으로 말하는 방법일까? 아이번은 올리도 마거릿이라는 여자가 그의 눈을 들여다볼 때 사로잡히는 느낌을 받았을까 궁금하다. 그렇다면 왜 서둘러 그녀에게 다가와 말을 걸지 않았을까? 어쩌면 올리도 아이번처럼 여자 앞에서는 수줍음이 많아질지도 모른다. 올리는 작고 뚱뚱하고 안경을 썼고, 나이는 쉰 살쯤 돼 보인다. 게다가 결혼반지를 끼고 있다, 유부남이다. 그가 아름다운 여성과 이야기하면서 사로잡히는 느낌을 받는 모습이 상상이 안 된다. 그러나 외양이 내적 감정의 경계를 결정하지 않는다는 사실은 아이번도 알고 있다. 평범하고 매력 없는 사람이라고 해서 강렬한 열정을 겪지 않는 것은 아니다. 아무튼 아이번은 마거릿이라는 여자가 반지를 끼고 있었는지는 못 봤다. 그녀가 너무나 아름답다는 사실을 알아차리지 못하는 것은 불가능했다. 마거릿은 아마 남자들한테 그런 소리를 지겹도록 들었을 것이다. 원치도 않는 성적인 말을 들

41

고 유혹을 받으면 난처하다는 건 아이번도 안다. 그도 그런 적이 한 번 있었는데 상대방 역시 남자였다. 그때만 생각해도 얼마나 난처할지 알 만하다. 나쁜 일이 있었던 건 아니지만 순전히 그 난처함 때문에 아이번은 그 남자와 사적으로 마주치지 않도록 기를 쓰고 피했다. 그러니 피해야 할 남자가 한 사람도 아니고 거의 모두인 매력적인 여자는 어떻겠는가. 아이번은 정말 끔찍하겠다고 인정한다. 하지만 또, 알고 보니 원하지 않았을지는 몰라도 한 사람이 먼저 다가가지 않으면 어떻게 서로 좋아하는 상황에 도달할까? 그것은 탁자와 의자를 배치하는 문제와 같다. 정해진 방법 없이 무작위적이고 비효율적인 방식으로 해결이 날 수도 있다. 올리 같은 사람이 결혼했다는 사실을 생각해보면 분명 늘 일어나는 일이다. 사람들이 서로를 알게 되고 이런저런 일들이 일어나는 것이 인생이다. 아이번에게 문제는 어떻게 그런 사람들 중 하나가 되느냐, 어떻게 그런 인생을 사느냐이다.

자. 옆에서 올리가 말한다. 시작하기 전에 뭐 필요한 거 없으신가요? 커피 한잔 드릴까요? 작지만 아주 괜찮은 커피숍이 있거든요.

아이번이 천천히 고개를 끄덕인다. 의자와 탁자 정리가 끝났다. 일정한 간격으로 배치된 탁자 열 개와 의자 열 개. 어떤 남자가 벌써 체스판을 놓기 시작한다. 네. 아이번이 말한다. 커피 좋네요, 감사합니다.

내가 얼른 사 올게요. 어떻게 마십니까?

에스프레소 있으면 마실게요. 우유나 설탕 없이. 감사합니다.

금방 올게요.

아이번은 올리가 주 출입구로 강당을 나가 로비로 향하는 모습을 지켜본다. 올리가 곧 커피를 가지고 돌아올 것이고, 그런 다음 행사가 시작되고, 아이번은 체스 열 경기를 동시에 진행한다. 경험상 이럴 때는 미리 고민하지 않는 게 낫다. 행사가 곧 시작한다고 생각하면 강렬한 육체적 감각이, 아니, 여러 가지 육체적 감각이 종합적으로 밀려온다. 가슴, 손, 배가 뜨거워지고 조이면서 울렁거리다가 점차 현기증으로 변하기도 한다. 눈이 잘못된 것처럼 앞이 제대로 보이지 않는 듯하다가 토할 것 같은 느낌이 든다. 예정된 행사가 다가오고 있으며 피할 수 없다는 생각을 너무 깊이 하다가 실제로 토한 적도 몇 번 있다. 하지만 체스 자체는 전혀 긴장되지 않는다. 경기는 쉬울 것이고, 궁극적으로 즐겁다는 사실을 아이번은 안다. 무엇도 잘못되지 않을 것이다, 사실 잘못될 수가 없다. 체스 행사—시범 경기, 토너먼트—에 동반되는 육체적 긴장은 행사 자체와 어떤 유의미한 관계도 없으며, 시간적으로 겹칠 뿐이다. 즉, 행사 전에 시작되었다가 행사가 끝나면 사라진다. 아이번의 정신은 이 사실을 알지만 육체는 모른다. 이를 비롯한 몇 가지 이유 때문에 아이번은 육체란 본래

원시적이며 진화 과정에서 두뇌 발달에 밀려난 흔적일 뿐이라고 생각한다. 둘을 비교해보자. 인간의 정신은 무게가 없고, 추상적이고, 지극히 합리적일 수 있다. 인간의 육체는 무겁고, 우울할 정도로 특정적이고, 전혀 합당하지 않다. 육체는 이런저런 일을 할 뿐, 아무도 그 이유를 모른다. 육체는 모종의 이유로 스스로를 공격하거나 엉뚱한 곳에 있는 세포를 증식시킨다. 아무 설명도 없다. 정신도 그럴까? 아니다. 음, 그래, 정신 질환의 경우에는 비슷할 수도 있지만, 그건 다르다. 다를까? 아무튼. 아이번의 정신은 완벽과 거리가 멀고 비교적 수월한 일이 주어져도 해내지 못할 때가 종종 있지만, 적어도 정신은 논리에 반응한다. 그것이 지각(知覺)이다. 육체는 지각이 없는 물체에 불과하고, 별개의 지각에 의해 활성화된다. 지각이 없는 자동차가 지각을 가진 운전자에 의해 활성화되듯이 말이다. 대부분의 사람들은 특정 시점을, 예를 들어 아흔 살을 지나면 육체와 정신이 죽는다는 사실을 받아들일 수 있다. 아니, 지나치게 깊이 생각하지 않으면 적어도 이론적으로는 받아들일 수 있다. 그러나 어떤 시점이든 육체가 죽으면 정신도 죽어야 한다는 사실은 받아들일 수 있을까? 말 그대로 그게 언제든 상관없이?

서른두 살이고 철학 석사 학위를 가진 형 피터는 육체와 정신의 관계를 이런 식으로 보는 학설이 이미 논파되었다고 말한다. 아이번에게 이 말은 킹스 갬빗이 격파되었다는 말이나 마찬가지이다. 사람들은 인터넷 포럼 같은 데서 킹스 갬빗*은 딱 한 수로 무너졌다거나 뭐 그런 글에서 보고는 늘 "격파되었다"라는 표현을 쓰지만, 그 수라는 것은 알고 보면 고작 세 번째 수에서 흑이 폰을 d6으로 진출시키는 것이다. 고맙군, 보비 피셔!** 피터는 무언가를 인터넷 포럼에서 봤다는 이유만으로 떠벌리고 다니는 사람이 아니다. 사회생활을 하는 성인 남성이고 인터넷 포럼이 뭔지 모를 가능성도 있다. 하지만 무타티스 무탄디스.*** 어쩌면 피터는 무슨 강의에서 이제 육체와 정신을 별개로 보지 않는다는 말을 얼핏 듣고 그렇군, 이라고 생각했을지도 모른다. 피터는 인생의 표면을 따라 아주 매끄럽게 나아가는 사람이다. 전화 통화를 많이 하고, 식당에 가서 식사를 하고, 철학 학설이 논파되었다고 말한다. 아이번은 한때 피터를 향한 감정이 더 부정적이고 완연한 적의에 가까웠지만 이제는 중립적인 감정이라고 말할 수 있다. 어쨌든 그는 피터가 장례식과 관련된 일을 거의 도맡아 했음을 인정해야만 한다. 아이번은 아무것도 하지 않았다,

---

*　체스 오프닝 중 하나로, 초반에 백이 폰을 두 개 전진시켜 그중 하나를 흑에 내어주는 희생을 치르는 대신 공격의 주도권을 잡으려는 전략을 말한다.

**　미국의 체스 챔피언 보비 피셔가 킹스 갬빗의 대응책으로 제안한 '피셔의 방어법'은 흑이 폰을 d6로 진출시켜 백의 공격을 효과적으로 방어하는 방법이다.

***　mutatis mutandis: 라틴어로 '적절히 바꾸어 적용하면'이라는 뜻.

그건 쉬이 인정할 수 있다. 그러니 고마움을 조금 더 표현해야 했을 것이다. 피터만 추도사를 하고 아이번은 하지 않은 것은 상호가 동의한 결정이었다. 확실히 이제는 후회된다. 아이번은 이 후회스러운 일에 대해서 생각하고 또 생각했지만 그건 본인의 잘못이었다. 피터의 잘못도 아니고 공동의 잘못도 아니고 전적으로 그의 잘못이었다. 아이번은 확실히 추도사에 대해서 그 전에 충분히 생각하지 않았다. 하지만 이제 와서 곱씹어봐야 무슨 소용일까? 아버지의 장례식이 한 번 더 열려서 아이번이 뒤늦게 생각난 말을 전부 함으로써 실수를 바로잡을 수 있는 것도 아니다. 방금 전까지 정신을 치켜세우긴 했지만 인간의 정신은 반복적일 때가 많고 익숙한 비생산적 사고의 순환에 종종 갇히는데, 아이번의 경우에는 보통 후회에 대해서 그렇다. 마거릿이라는 여자에게 체스를 두냐고 물었던 일처럼 사소한 후회를 남긴 일들, 아버지의 장례식에서 아무 말도 하지 않으려고 했던, 아니 아무 말도 하지 못했던 일처럼 끔찍이도 후회되는 일들. 체스에 인생을 바쳤지만 여러 해 동안 등급 점수가 계속 떨어져 지금에 이르게 된 것 등등 크게 후회되는 일들. 이런 일들을 이미 다 곱씹어봤다. 과거는 돌이킬 수 없고, 어떤 일이 일단 일어나면 끝이다. 아무튼 지금은 그러고 있을 때가 아니다. 대신 여행 가방에 넣어 온 작은 초콜릿 바를 먹고 커피를 한잔 마실 것이다. 이런 행동을 머릿속으로 미리 그려보는 것도 좋다. 초콜릿 포장지를 어떻게 벗길지, 커피는 어떤 맛이 날지, 잔 받침이 있을지 잔만 있을지. 지금의 아이번에게는 그런 일을 생각하는 것이 적절하다. 정확한 것들, 감각적 디테일이 가득한 실재하는 것들. 그런다음 게임이 시작될 것이다.

♟

마거릿이 작은 식당에서 저녁 식사를 마치고 나니 창문 밖이 어둑했다. 유리가 축축한 잉크처럼 파랗다. 계산대 뒤에 선 개릿이 오늘 저녁 행사는 뭐냐고 묻자 마서릿은 체스 클럽이 와 있다고 말한다. 개릿이 명랑하게 대꾸한다. 각자 취향이 있으니까요. 매주, 또는 격주로 반복되는 일상. 또 다른 행사, 끝난 뒤에는 또다른 낯선 이가 마거릿의 자동차 조수석에 앉아서 무언가에 대해서 잡담을 나누고, 그런 다음 가버린다. 코미디언, 셰익스피어 극 배우, 동기부여 강연자. 이제는 체스 선수까지. 우습다. 사실마거릿은 그가, 치아 교정기를 낀 청년이 좋았다. 그를 어린 소년으로 착각한 것은 당황스러웠지만 청년은 농담으로 받아넘겼고, 마거릿은 그게 마음에 들었다. 물론 태도가 약간 서툴긴 했는데, 아이큐가 높은 사람은 보통 그렇다. 마거릿은 카디건 위에 레인코트를 입고 단추를 잠근 다음 식당을 나서면서 그래도 그는 다른 사람들보다 예의 발랐다고 생각한다. 특히 기본적으로 아주 무례하고 참견하기 좋아하는 올리버 라이언스라는 남자보다는 훨씬 예의 발랐다. 마거릿은 그 체스 선수가 사람을 대하는 섬세한 기술은 부족할지 몰라도 친근하고 마음이 가는 사람의 대표적인 예라고, 반대로 올리 라이언스는 지역 체스 클럽 회장직에 따른다고 여기는 하찮은 권위를 즐기는 남자라고 생각한다. 밖으로 나오니 비가 내려 머리 위 홈통에서 물이 넘치고, 마거릿은 머리에 스카프를 두른다. 그녀가 두 남자와 이야기하면서 느꼈던 감정이 우습다, 꼭 마거릿과 체스 신동이 한편이고 올리가 상대편인 것 같았다. 왜일까. 아마 그 집단에 속하지 않는다는 느낌 때문일 거다. 이제 그녀는 핸드백 맨 아래에서 열쇠꾸러미를 꺼내면서 사무실로 걸어가다가 빵집에서 일하는 착한 남자에게 고개를 끄덕여 인사한다. 이름이 뭐였더라. 린다는 알 것이다. 마거릿은 외부 출입구 열쇠를 더듬더듬 찾아서 건물 안으로 들어간 다음 문을 살짝 당겨서 닫는다. 비가 지붕을 두드리고 레인코트에서 타일로 빗물이 똑똑 조용하게 떨어진다. 낮고 서늘한 복도를 지나 옆문을 열고 강당으로 들어간다.

안으로 들어가니 조명이 전부 환하게 켜져 있고 서른 명에서 마흔 명쯤 되는 관중이 긴장된 침묵 속에 앉아서 가끔 속삭인다. 중앙에는 탁자들이 각진 U자 형태로 놓여 있고 선수들이 바깥쪽에 앉아 있다. U자 안쪽에는 체스 선수 아이번 쿠벡이 혼자 서서 탁자 위로 몸을 숙인 채 한 팔로 몸을 감싸고 다른 손으로 턱

48

을 문지르고 있다. 키가 무척 크고 얼굴이 창백한 그는 체스판 위로 우뚝 서 있고 그와 대적하는 얼굴이 불그스름하고 나이 든 남자는 맞은편 의자에 편안하게 앉아 있다. 아이번이 기물 하나를 옮기고―문간에 서 있는 마거릿에게는 어느 기물인지 보이지 않는다―다음 탁자로 걸어간다. 기물에 닿는 그의 손길은 외과 의사나 피아니스트의 손처럼 정확하고 지적이다. 아이번이 자리를 뜨자 상대방이 종이에 뭔가 끄적인다. 둘러싼 관중은 플라스틱 의자에 앉아서 구경 중인데 핸드폰으로 사진이나 동영상을 찍는 사람도 있다. 아이번의 다음 상대는 어린 여자아이로, 기껏해야 열한 살쯤이나. 금빛 머리카락을 자주색 스크런치로 묶었다. 아이번이 아이의 탁자 앞으로 가서 마거릿이 서 있는 문간을 등지고 선다. 여자아이가 기물을 움직이자 아이번은 생각할 시간도 갖지 않고 바로 응수한다. 마거릿은 아이번이 다음 탁자로 이동하기를 기다렸다가 등 뒤로 문을 딸깍 닫고 더 안쪽으로 슬쩍 들어간다. 그 소리에 몇몇 사람이 쳐다보지만 아이번은 아니다. 그는 한 방향으로 계속 움직이면서 가끔 말없이 10초, 20초 정도 서서 턱을 만지작거리다가 기물을 하나 옮기고 다음 탁자로 넘어간다. 마거릿은 아이번에게서 시선을 떼지 않은 채 가까운 의자에 앉아 등받이에 외투와 스카프를 걸고 가방을 무릎에 올린다.

　마거릿이 유심히 살펴보니 두 게임은 이미 끝났다. 두 선수가 겸연쩍어하며 의자에 기대앉아 있고 체스판에는 백 킹이 한가운데 놓여 있다. 아이번이 흰색 기물로 체스를 두고 있으니 그의 킹이구나 싶은데, 심지어 길쭉하고 가는 것이 그와 비슷해서 재미있다. 체스 선수는 스스로를 킹이라고 생각할까? 하지만 마거릿이 기억하는 한 체스에서 킹은 나약한 겁쟁이이고, 거의 게임 내내 구석에 숨어 있다. 다음 탁자로 옮긴 아이번이 머리 위로 팔을 들더니 양쪽 어깨 한가운데로 내려 손가락끝으로 목뒤를 문지른다. 양쪽 겨드랑이에 동그란 땀 자국이 거뭇하게 생겼다. 강당이 무척 환하긴 해도 딱히 따뜻하지는 않으니 아마 순전히 집중하느라 땀을 흘리나 보다. 뒤쪽에서 누가 뭐라고 말하지만 마거릿에게는 제대로 들리지 않고, 숨죽인 웃음소리가 뒤따른다. 아직 게임이 끝나지 않은 올리가 고개를 돌려 웃음소리가 난 쪽을 쏘아보자 침묵이 내려앉는다. 소녀의 탁자 앞에 다시 선 아이번이 퀸을 움직이더니 단조로운 목소리로 말한다. 체크메이트. 여자애가 고개를 돌려 뒤에 앉은 어른 두 명을, 어떤 남녀를 본다. 아마 부모님일 것이다. 마거릿이 보니 두 사람이 소녀에게 미소를 지으며 엄지를 들어 올리고 입 모양으로 잘했어! 하고 말한다. 소녀가 다시 체스판 쪽으로 몸을 돌려 종이에 뭐라고 쓴 다음 그것을 탁자 너머로 주고 아이번에게 펜을 건넨다. 그가 몸을 숙여 종이 맨 아래쪽에 뭐라고 끄적인 다음 몸을 펴고 악수를 청한다. 소녀는 유치를 잔뜩 드러내는 환한 미소를 지으며 패배를 받아들이고, 두 사람이 악수를 나눈다.

침묵 속에서 게임이 이어진다. 또 다른 선수가 패배를 인정한 듯 아이번과 악수를 나누고, 다음 사람도 똑같이 한다. 아까 여기에서 의자를 배치하던 체스 클럽 회원들이다. 결국 올리 혼자만 남는다. 마거릿은 그가 재킷과 타이 차림임을 알아차린다. 아까는 타이가 없었는데 지금은 매고 있다, 빨간색 가는 줄무늬 넥타이다. 아이번 쿠벡은 옷을 갈아입지 않았다, 똑같은 연녹색 버튼다운 셔츠와 검정 바지 차림이다. 운동화가 지저분하다, 왼쪽 신발 밑창이 떨어지려는 것이 마거릿의 눈에 보인다. 올리가 아이번을 올려다보며 고개를 살짝 끄덕이자 아이번도 고개를 끄덕인다. 올리가 종이에 뭔가를 적은 다음 아이번도 적고, 둘이 악수를 나눈다. 다른 선수들이 박수를 치기 시작하더니 곧 모두가 박수를 친다. 마거릿도 붙잡고 있던 무릎 위의 가방을 놓고 같이 박수를 친다. 그녀는 열렬한 갈채에 실린 에너지로 미루어 보아 아이번이 올리를 이김으로써 열 게임에서 전승을 거두었음을 짐작한다. 아이번이 감사의 뜻으로 고개를 끄덕이자 갈채는 잦아들기는커녕 점점 더 커지고, 강당 뒤쪽에서 누군가가 길고 크게 휘파람을 분다. 아이번은 고개를 약간 숙이고 관중의 환호를 듬뿍 받으며 이를 드러내지 않고 예의 바르게 미소 짓는다. 올리가 탁자 뒤에서 일어나자 박수 소리가 서서히 가라앉는다. 그가 모두에게 와줘서 감사하다고 말하고 아이번에게 감사 인사를 하며 "깔끔한 완승"을 축하한다. 박수가 조금 더 이어지다 여러 사람이 감사 인사를 나눈 뒤 행사가 끝난다. 사람들이 이야기를 나누며 좌석에서 일어나 소지품을 챙기고, 체스 클럽 회원 하나가 사람들이 빠져나갈 수 있도록 주 출입문을 열고 고정한다.

마거릿은 자리에서 일어나 외투를 입으며 아이번이 스크런치로 머리를 묶은 여자애와 다시 이야기 나누는 모습을 지켜본다. 그는 마거릿을 등지고 있지만 말소리가 들린다. 정말 잘 뒀어. 어디서 실수했는지 아니? 여자애가 고개를 흔든다. 내가 보여줄게. 그러면 다시는 같은 실수를 하지 않을 거야. 아이번이 아이의 부모님에게 말한다. 괜찮으시죠? 잠깐이면 됩니다. 그 실수만 빼면 아주 잘했어요. 그가 이렇게 말하며 체스판에 기물을 놓는다. 주변에서는 관중이 핸드폰을 확인하고 외투 지퍼를 올리며 나가는 중이다. 마거릿은 의자 옆에 서서 긴 레인코트를 단추는 채우지 않고 걸치기만 한 채 멍하니 핸드백 끈을 만지작거린다. 이 위치 기억나니? 아이번이 말한다. 여자애가 앞에 놓인 체스판을 빤히 보면서 고개를 끄덕인다. 잠시 후 그가 묻는다. 저 룩을 옮기는 게 왜 좋은 생각이 아니었는지 이제 알겠니? 아이가 엄숙하게 그를 올려다보며 다시 고개를 끄덕인다. 그래, 그렇게 배우는 거야. 그가 말한다. 너 정말 잘했어. 몇 년 뒤에 우리가 다시 붙을지도 모르겠다. 아이의 부모님이 미소를 짓고, 아버지가 딸의 어깨에 손을 올린다. 시간 내주셔서 정말 감사해요. 어머니가 말한다. 정말 피곤하실 텐데. 아이번이 탁자 위로 숙였던 몸을 펴며 말한다. 괜찮습니다. 아이 아버지가 아이번의 뒤쪽을, 마거릿을 바라보자 아이번의 시선도 따라 움직여서 거기 서 있는 그녀를 본다. 마거릿이 미소를 짓고, 그는 아무 말도 없이 그녀를 마주 본다. 아이번의 이마가 아직도 축축한 게 그녀의 눈에 들어온다.

축해해요. 마거릿이 말한다.

아. 아이번이 대답한다. 음, 뭘요. 감사합니다.

그가 셔츠 소매로 이마를 닦는다. 마거릿이 땀을 알아본 것을 눈치챘을지도 모른다. 수변에서 사람들이 점점 빠져나가고 여자아이와 부모님도 인사를 하고 떠난다. 아이번이 정신이 팔린 채세 사람에게 말한다. 네, 안녕히 가세요.

영광스럽게도 제가 숙소까지 태워다 드리게 됐네요. 마거릿이 말한다.

아이번이 그녀의 눈을 바라본다. 아주 직접적인 시선이다, 마거릿은 강렬하다고도 생각한다. 말은 안 해도 두 사람이 왠지 한편인 것 같다는 느낌이 또다시 든다. 그렇군요. 아이번이 말한다. 다른 분들은 술을 마시러 갈 것 같아요. 하지만 저는 빠져도 됩니다, 상관없어요.

술 한잔 마시고 싶어요? 마거릿이 말한다. 오늘 수고가 많았으니 한잔 마실 자격이 있죠. 아직 두 발로 서 있는 게 놀랍네요.

아이번이 그녀에게 미소를 짓자 교정기가 다시 드러난다. 요즘 젊은 사람들이 많이 하는 흰색 세라믹 교정기이다. 네, 많이 걸었죠. 체스는 잊어버리고 걷는 연습이나 하라는 말이 있어요. 당신도— 여기서 아이번이 부끄러우면서도 자랑스러운 표정으로 잠시 말을 멈춘다. 보고 있었어요?

마거릿은 갑자기 그에게 큰 호감을 느낀다. 이렇게 자랑스러워하는 아이번을 보니 다정한 감정이 밀려든다. 아, 넋을 잃었죠. 진행 상황은 전혀 몰랐지만요. 어때요, 나가서 축하하실래요?

아이번이 여전히 마거릿을 바라보고 있다가 말한다. 그래야죠. 짐 챙겨 올게요.

마거릿이 문가에 모여 있던 사람들에게 다가간다. 올리가 코브웹에 한잔 마시러 간다고 말하자 그녀가 자기도 가겠다고 한다. 같은 동네에 살아서 어렴풋이 아는 남자도 하나 있는데, 은퇴한 약사 톰 오도널이다. 다른 남자가 스티븐이라며 자신을 소개하고, 또 다른 남자는 휴라고 한다. 아이번이 합류하자 다 같이 강당을 나선다. 남자들은 오프닝, 희생 등등 마거릿이 뜻을 전혀 모르는 용어를 써가며 체스에 대해서 이야기를 나눈다. 목소리가 긴 복도 벽과 천장에 부딪쳐 울린다. 대화가 아이번을 향하는 듯하지만 그는 아무 말 없이 작고 까만 여행 가방을 들고 조용히 걸어갈 뿐이다. 가방에 바퀴가 달려 있지만 끌지 않고 손잡이를 잡고서 들고 간다. 거리로 나가기 전에 마거릿이 조명을 끄고 작은 사다리 의자에 올라서서 경보를 설정하는 동안 사람들이 기다린다. 아이번은 그녀의 뒤에서 기다린다. 마거릿은 그가 자신을 보고 있다고 생각하지만, 보지도 않고 어떻게 알까? 보지 않아도 그냥 안다. 아이번의 눈이 그녀를 향해 작은 바늘을 보내고 그 바늘이 피부를 아프지 않게 콕콕 찌르는 것만 같다. 마거릿은 거드름을 피우는 중년에게 둘러싸인 아이번이 안됐다고 생각한다. 그에게 경탄하는 동시에 두려움을 느끼고 어쩌면 분노하는 남자들, 깊은 인상을 주고 싶어 하면서도 또 겁을 주거나 그를 깔보고 싶어 하는 남자들. 한편으로는 아이번이 본인과 남자들 사이의 역학을 잘 인식하고 있다고, 그러한 인식이 지금 그가 경보를 설정하는 마거릿 자신을 지켜보는 것과 관련이 있다고 느낀다. 하지만 아이번이 그녀에게 아무 말도 하지 않는데, 심지어는 말하고 싶은 것 같지도 않은데 어떻게 알까? 그 시선을 어떻게 해석할까?

밖으로 나가니 비가 잦아들어 안개비가 내리고 가로등이 켜졌다. 약사 톰 오도널이 우산을 편다.

있잖아요. 스티븐이라는 남자가 말한다. '쿠벡'은 어디 이름이죠?

슬로바키아요. 아이번이 말한다.

말하는 게 슬로바키아 사람 같진 않은데. 스티븐이 대답한다.

네, 뭐. 저는 킬데어 출신입니다. 아빠가 슬로바키아 출신인데

80년대에 아일랜드로 왔어요. 어머니는 아일랜드인이고요. 오도너휴죠.

마거릿은 주차장을 가로지르며 자기 차를 지나칠 때 아이번이 여행 가방을 트렁크에 넣어둘 수 있도록 잠금을 해제한다. 남자들은 대화를 계속 이어간다. 머리가 젖기 시작해서 마거릿이 스카프를 벗어 다시 머리에 쓰고 매듭을 짓는 사이, 아이번이 트렁크 문을 조용히 닫고 말한다. 감사합니다. 그 순간 마거릿은 다른 남자들을 향해 돌아서서 제가 이분을 숙소에 데려다 주기로 해서요, 라고 말하고 싶은 이상한 충동을 느낀다. 아주 이상한 말이겠지. 아이번이 여행 가방을 그녀의 자동차 트렁크에 아무 말도 없이 순순히 넣는 이유를 아무도 궁금하게 여기지 않는다. 그 이유를 설명하는 것은 설명이 필요하다는 뜻이고, 따라서 아직 아무도 생각지 않은 다른 이유가 존재할 가능성을 제기하는 셈이다. 그러므로 정말 곤란한 말이다. 마거릿은 아무 말도 하지 않는다. 다 같이 작은 포장길 골목을 지나 코브웹 바에 도착하자 올리가 문을 잡아주고, 마거릿이 먼저 들어간다.

안은 따뜻하고 조용하다. 벽을 따라 푹신한 벤치들과 탁자들이 놓여 있고, 벽에는 낡은 광고가 붙어 있으며 조명이 어둑하다. 마거릿은 머리에 묶은 스카프를 풀고 눈을 반쯤 감은 채 따뜻하고 익숙한 공기를 들이마신다. 금요일이구나. 그녀가 생각한다. 일주일의 근무가 거의 끝났다. 이 남자들과 잠시 술집에 앉아 있는 것은, 따뜻하고 닫힌 공간에서 잠시 유일한 여자가 되는 것은 그리 나쁘지 않다. 마실 거 가져다줄게요. 올리가 말한다. 마거릿은 레모네이드를 마시겠다고 한다. 아이번은? 올리가 묻는다. 합법적으로 술을 마셔도 되는 나이 맞죠? 이 말에 아이번이 당황한 듯 웃으며 대답한다. 네, 스물두 살이에요. 올리가 뭘 마시겠냐고 묻자 아이번이 이탈리아 맥주를 부탁한다. 마거릿은 외투를 벗으며 인조 가죽 벤치에서 자리를 찾아 앉는다. 낮은 탁자를 두고 아이번과 마주 보는 자리이다. 일행 중 하나가 마거릿에게 경기를 봤냐고 묻자 마거릿이 말한다. 아, 네. 정말 대단하던데요. 올리가 주문하러 바에 가고 다른 사람들이 그를 돕거나 자기 술값은 자기가 내려고 일어서자 마거릿과 아이번만 구석에 남겨진다. 두 사람만 남겨졌다는 사실이 그녀의 생각에 자꾸 집요하게 끼어들고, 마거릿은 가벼운 대화를 하고 싶어서 이렇게 말한다. 그래서, 곤란한 건 없었어요?

아이번은 잠시 말이 없다가 이렇게 묻는다. 그러니까, 조금 전 체스 경기에서 말인가요?

네, 미안해요. 그 말이었어요.

아이번은 주변을 의식하며 미소를 짓고 다시 손가락끝으로 어깨를 문지르며 말한다. 아녜요, 알아들었어요. 아뇨, 사실 별로 곤란하지 않았어요. 그러니까, 참가자가 훨씬 더 많거나 실력이 더 좋으면 가끔 무승부로 끝날 때도 있어요. 하지만 오늘처럼 지역 체스 클럽을 상대할 때는 별로 걱정 안 해요. 그가 바를 흘끔 거리며 침을 삼키더니 친근한 목소리로 말한다. 아, 내가 이렇게 말했다는 얘긴 안 하실 거죠. 혹시나 해서요.

뒤를 흘끔거리는 시선, 친근하고 공모를 꾸미는 듯한 목소리 때문에 마거릿 역시 미소를 지으며 말한다. 네, 걱정하지 마세요. 그런데 당신은 체스에서 절대 안 져요?

시범 경기에서요? 자주 지지는 않아요. 특정 점수 이하만 상대하거든요, 저보다 훨씬 낮은. 그래도 대회에서는 져요. 늘 지죠. 사실 체스를 그렇게 잘 두는 편은 아니에요.

그러자 마거릿이 웃음을 터뜨리고, 아이번도 따라 웃자 그녀는 자기가 남을 웃겼다는 사실에 꾸밈없이 즐거움을 드러내는 그가 귀엽다고 생각한다. 믿기 힘든데요. 마거릿이 말한다.

아이번이 자기 손을 내려다본다. 마거릿이 물어뜯긴 손톱을 알아본다. 음, 그러니까 상대적으로 말이에요. 그가 이렇게 말하고 얼굴을 찌푸린 채 여전히 손을 살펴보다 덧붙인다. 참, 꼭 체스 얘기를 할 필요는 없어. 당신은 체스를 안 두잖아요.

네. 하지만 누군가가 열정을 쏟는 대상에 대해서 말하는 걸 듣는 건 언제나 흥미롭잖아요.

아이번이 다시 시선을 들어 그녀를 보며 말한다. 그런가요?

마거릿이 자신 없는 미소를 지으며 대답한다. 그렇게 생각하지 않아요?

모르겠어요. 솔직히 그런 생각은 해본 적 없어요. 하지만 당신이 그렇게 말했으니까 한번 생각해볼게요. 음, "열정을 쏟는다"는 말이 무슨 의미인지에 따라 다를 것 같아요. 이야기를 참 지루하게 하는 사람도 있는데, 충분히 열정적이기 않기 때문일지도 몰라요. 아이번이 다시 한번 미소를 짓더니 덧붙인다. 내가 체스에 열정적인지 잘 모르겠어요. 하지만 다들 내가 그렇다고 생각하겠죠.

당신은 무엇에 열정적인 것 같아요? 마거릿이 묻는다.

이 말에 아이번이 얼굴을 붉힌다. 어둑한 불빛 속에서도 붉어지는 얼굴이 보이고 그가 흐음, 비슷한 소리를 낸다. 깜짝 놀란 마거릿이 짐짓 명랑한 척 지나치게 큰 소리로 말한다. 신경 쓰지 마세요, 나한테 꼭 말할 필요는 없어요. 그러고서는 그 말을 한 것 역시 후회한다. 바에 갔던 사람들이 드디어 돌아온다. 올리가 몸을 숙여 마거릿에게 차갑고 물기 맺힌 잔을 건네며 여성분은 레모네이드, 라고 말한다. 사람들이 탁자에 둘러앉아 술을 마시며 이야기를 나누지만 아이번은 아무 말 없이 그녀의 옆얼굴만 보고, 마거릿은 그의 눈을 피한다. 그녀는 아이번이 달리 뭘 해야 할지 몰라서, 어색하거나 불편해서 자신을 보는 거라고 생각한다. 어쩌면 특별히 할 말이 있어서 눈을 마주치려는 건데 마거릿이 계속 시선을 피해서 바라보는 시간이 늘어나고 있을지도 모른다. 아니면—문득 그녀의 머릿속에 이 생각이 억지로 비집고 들어온다—성적인 이유 때문에 그녀를 보고 있을지도 모른다. 마거릿이 살면서 그런 생각을 완전히 배제하는 것은 불가능하다. 때로는 몹시 그러고 싶지만 말이다. 부끄럽고, 슬프고, 심지어는 외설적이고 비윤리적인 생각들이 불쑥불쑥 침입한다. 대체로 그녀는 다른 사람이 아주 조심스럽게 깊숙이 감춰둔 성적인 면을 떠올리지도, 떠올리고 싶어 하지도 않은 채 주변 사람과 쾌활하게, 쾌활하고 피상적으로 어울리며 살아갈 수 있다. 그러나 다른 사람을, 그들 삶의 위장된 면면을 항상 의식하지 않는 것은 불가능하다. 치아 교정기를 한 청년, 주말이면 아트센터를 돌아다니며 관중 앞에서 체스를 두고 까만 싸구려 여행 가방을 가지고 다니며 강당 구석에 놔두는 이 청년 역시 분명 성적인 생각과 감정을 가지고 있을 것이다. 거의 모든 사람이 그렇다. 특히 스물두 살이면 더욱 그렇다. 그는 지금도 마거릿을 보고 있다. 둘이서 얘기할 때 마거릿은 왜 "열정적"이라는 단어를 말했을까? 그는 왜 그 단어를 여러 번, 세 번 혹은 네 번이나 반복했을까? "열정적"이라는 단어는 기본적으로 외설적인 어휘일까, 아닐까? 아니, 아니다. 하지만 사실 "열정적"이라는 단어는 외설적인 어휘에 붙여놓은 작은 반창고와 같은 게 아닐까? 아마 그럴 것이다. 피가 배어 나오는 단어, 빨간 단어. 일상적인 대화에서는 회색이나 베이지색 단어를 쓰는 게 낫다. 그렇다면 어쩌다가 "열정적"이라는 단어가 나왔을까? 마거릿은 어디서 나왔는지 안다. 지금까지 내내 존재했던 그 단단히 억눌린 감정에서. 아이번은 그녀를 볼 때, 그녀에게 말할 때 그녀의 표면적인 부분만이 아니라 깊이 감춰진 부분에도 말을 걸고 있다. 그럴 의도도 없이, 그렇게 하지 않을 방법도 모른 채. 아이번의 눈이 그녀를 보며 말한다. 난 당신이 욕망을 가진 사람인 걸 알아요, 나도 마찬가지예요, 안다고 해서 뭘 어떻게 할 수 없다 하더라도. 마거릿은 무의식적으로, 반쯤은 의식적으로, 각자가 맡은 역할의 소소한 상호작용을 즐기고 있었을까? 그가 다른 사람들을 대할 때 느껴지는 억눌린 초조함, 그녀에게 주의를 기울이는 모습, 조용히 탐색하는 표정, 방금 그의 얼굴에 떠오른 홍조. 옆에서 다른 사람들은 19세기의 유명한 체스 선수에 대해 이야기하고 있다. 그 사람 아일랜드인이었잖아. 올리가 말한다. 아버지가 아일랜드 사람이었지. 이름이 머피였어. 다른 사람들은 아니라고 한다. 아이번은 앉아서 맥주를 마시며 마거릿을 바라본다. 그녀는 사람들의 말을 계속 듣는 척, 미소 짓는 척하지만 옆얼굴에 닿는 그의 시선이 아직도 느껴진다. 결국 마거릿이 고개를 돌려 그를 마주 본다. 두 사람은 말없이 서로 바라본다. 다른 사람들과는 동떨어져 두 사람이 같은 편에 속해 있다는 느낌이 이보다 더 분명할 수는 없다. 아이번이 잔을 탁자에 내려놓는다. 그가 목을 가다듬고 사람들에게 말한다. 저, 감사합니다. 내일 아침에 뵙겠습니다. 모두가 다시 축하 인사를 건네며 그의 등을 두드린다.

마거릿도 어차피 레인코트를 다시 입고 의자 등받이에 걸린 스카프를 찾느라 시간이 조금 걸린다.

두 사람은 같이 어두운 거리로 나와 빗속을 걸어간다. 잠시 말없이, 서로 보지도 않고 나란히 걸어간다. 단순하고 옳은 느낌이다. 마거릿이 어디에 묵냐고 묻자 아이번이 핸드폰을 꺼내 주소를 보여준다. 호숫가의 휴양 마을이다. 주차장에 도착하자 그녀가 자동차 잠금을 풀고 둘 다 차에 올라 문을 닫는다. 마거릿의 행동과 제스처는 전부 차에 타면 꼭 해야 하는 것들뿐이다. 키를 꽂고, 전조등을 켜고, 안전벨트를 맨다. 모든 동작이 습관적으로 저절로 이뤄진다. 자신이 백미러를 확인하고 주차 공간에서 후진하는 것을 느끼고 관찰할 뿐, 뭔가를 결정할 필요도, 더 할 필요도 전혀 없다. 아이번은 무릎에 손을 올리고 앉아서 아무 말도 하지 않는다. 바깥을 보니 주차장에 가로등의 앙상한 주황색 빛살이 은은하게 스며들고 포장 바닥이 얼룩덜룩 번들거린다. 마거릿이 와이퍼를 켜자 덜컥덜컥 앞 유리를 규칙적으로 닦는다. 그녀가 이렇게 누군가를 집까지 태워다 주거나 정류장에 내려주는 것은 흔한 일이고, 보통은 이렇게 차에 같이 앉아서 무언가에 대해 잡담을 나눈다. 업무일 뿐이다. 아이번이 잡담을 나누고 싶지 않다면, 가만히 앉아서 자기 손을 보고, 그녀를 보고, 다시 자기 손을 보고 싶다면 그것도 괜찮다. 그는 겨우 스물두 살이고 특정 보드게임에 뛰어난 재능이 있다. 어차피 이런 상황에 정해진 에티켓은 없다. 힘들었을 공식 행사가 끝난 다음 자기보다 나이 많은 여성의 차에 작고 까만 여행 가방을 싣고 앉아서 숙소까지 얻어 타고 가는 상황, 그런 상황에서 행동하는 법은 아무도 가르쳐주지 않는다. 아이번이 침묵 속에 앉아서 물어뜯긴 손톱을 바라보고 싶다면 그것도 괜찮다, 아무 문제 없다. 물론 마거릿 역시 침묵 속에 앉아 있고 할 말이 없다. 두 사람은 간선도로를 벗어나 좁은 길을 따라서 별장촌으로 향하고, 마거릿의 자동차 타이어 밑에서 자갈이 요란하게 덜그럭거린다. 마거릿은 아무 잘못도 하지 않았다. 아이번을 술집에서 휴양 마을로 태워다 주기 위해 꼭 필요한 것 외에는 사실상 아무것도 하지 않았다. 아까 대화를 나눌 때 그녀가 작은 실수를 했다 하더라도, 즉 아이번에게 무엇에 열정을 느끼는지 질문함으로써 다소 의심스러운 단어나 문구를 하나 썼다 해도 그건 용납할 만한 일이었고, 주관적인 문제이므로 그런 뜻이 아니었다고 부인할 수도 있다. 마거릿이 어느 주택 앞에 차를 세운다. 페인트가 벗겨지고 창문이 어두운 흰색 단층집이다.

여기인 것 같네요. 마거릿이 말한다.

두 사람이 차에 탄 다음 누가 입을 연 것은 처음이다. 밀폐된 공간 안에 그녀의 목소리가 내려앉는다. 아이번이 창밖으로 단층집을 내다본다.

감사합니다. 그가 말한다.

마거릿은 별거 아니라고 말한다. 아이번이 고개를 끄덕이고 다시 그녀를 본다.

들어가실래요? 그가 묻는다.

아이번은 망설이면서, 이런 질문을 해서 미안하다고 말하려는 듯이 마거릿을 계속 보면서 대답을 기다린다. 그의 표정이, 목소리가 왠지 너무나 연약하게 느껴진다. 마거릿이 변명할 말이 있을까? 그녀의 직분에 대해서, 자신이 훨씬 더 나이가 많다고, 자신이 지금 어떤 상황인지. 하지만 거짓말처럼 들리겠지. 거절당했을 때 정말로 외부적인 이유 때문이라고 생각하는 사람은 아무도 없다. 그리고 거의 대부분은 외부적인 이유 때문이 아니다. 서로에 대한 이끌림이─진화론적으로도 말이 되는데─무언가를 하는 가장 강력한 이유이며 그에 반하는 모든 원칙을 압도하고 아무것도 아닌 것으로 만들어버린다. 마거릿은 그의 무릎에 놓인 손을 아주 잠깐 내려다본다. 예쁘고 섬세한 손. 아까 그가 체스를 둘 때도 눈에 띄었다.

그래요. 마거릿이 말한다.

집은 축축하고 서늘하고, 모든 방이 어둑하다. 아이번은 여행 가방을 옮기고 마거릿이 복도에서 조명 스위치를 찾는다. 머리 위에서 갓도 없는 알전구가 켜지자 문 옆 구석 벽지에 핀 곰팡이가 보인다. 친근한 대화를 나누듯 그녀가 말한다. 호화롭다고 하긴 힘드네요. 아, 체스 클럽에서 예약한 곳이에요, 우리가 아니

64

라. 이 말에 아이번이 미소를 지으며 다시 치아 교정기를 드러낸다. 더 심한 곳도 봤어요. 가끔 남의 집 바닥에서 잘 때도 있는걸요. 마거릿이 외투와 스카프를 걸고 아이번은 여행 가방을 내려놓는다. 두 사람이 같이 복도를 지나서 작은 부엌이 딸린 거실로 간다. 이번에는 그가 불을 켠다. 빨간 천 소파와 작은 식탁이 있고 미닫이 유리문은 뒤뜰로 이어진다. 마거릿이 부엌을 보러 가자 아이번이 따라간다. 전자레인지 위 선반에 차 상자와 인스턴트 커피 깡통이 있고 누군가 냉장고에 우유와 버터를 넣어놓았다.

올리가 직접 와서 채워놨을까요. 마거릿이 말한다. 그 사람이 당신한테 반했나 봐요.

이 말에 아이번이 웃는다, 만족스러운 표정이다. 게임이 그분 생각대로 풀렸던 것 같아요. 안타까운 일이죠, 사실은 실수를 많이 하셨거든요.

당신, 프로 선수는 아니죠? 그러니까, 체스를 전업으로 하지는 않죠?

아이번은 그렇다고, 하지만 시범 경기와 코치를 할 때는 돈을 받는다고 말한다. 그런 다음 목을 가다듬더니 아무 말도 하지 않는다. 마거릿은 남자 옆에 가면 긴장했던 젊은 시절이 떠오른다. 물론 남자와 여자는 다르지만. 스물두 살짜리 여자가 오늘 밤도 그렇거니와 심지어 지금 이 순간의 아이번처럼 행동하는 모습은 상상도 할 수 없다. 그가 여자보다 강하거나 지배적이라는 뜻은 아니다, 전혀 그렇지 않다. 오히려 그는 무척 어려워 보이는 단독 임무―그녀가 착각한 것이 아니라면, 방금 만난 연상의 여자를 유혹하는 임무―를 맡고서 그 임무를 완수할 방법을 모르는 자신에게 좌절한 것 같다, 좌절하고 죄책감을 느끼는 것 같다. 젊은 여자는 그런 감정을 느끼지 않을 것이다. 다른 감정, 똑같이 불쾌하지만 다른 감정이다. 하지만 이 감정, 지금 이 드라마에서 마거릿도 하나의 배역을 맡고 있는 게 아닐까? 결국 주역이 두 명인 드라마가 아닌가? 그런데도 그녀는 아이번이 착수한 임무에 공동 책임을 지고 나서지 않는다. 휴양지 별장에 따라들어옴으로써 유혹에 넘어갈지도 모른다고 암시했지만 그를 전혀 돕지 않고 있다. 그러나 직접 나서면 품위를 해칠 수밖에 없다. 지금 이 상황에서는 그녀의 품위가 훨씬 취약하다. 마거릿이 대학에 다니는지 묻자 아이번은 얼마 전에 이론물리학과를 졸업했다고 말한다. 또다시 침묵이 내려앉는다. 집은 춥고 냉장고 문에 기댄 그녀의 등에 찬기가 닿는다.

너무 어색하게 굴어서 미안해요. 아이번이 말한다.

별로 그렇다고 생각 안 해요, 정말로.

음, 난 확실히 당신보다 훨씬 부자연스럽죠. 아이번이 대답한다. 있잖아요, 당신이 말할 때는 모든 게 아주 정상적이고 음, 매끄럽게 들려요. 난 절대 말을 그렇게 매끄럽게 못 해요. 당신은 누군가에게 그냥 다가가서 대화를 시작할 수 있는 사람이에요.

그건 아주 — 아이번이 말을 끊었다가 잠시 후 다시 잇는다. 아주 매력적이라고 말하려 했는데, 그런 말을 하면 안 되는 건지도 모르겠네요.

마거릿이 그의 말에 이상할 정도로 허둥거리며 시선을 돌린다. 아. 음, 글쎄요.

아이번이 다시 자기 손으로 시선을 내리고 물어뜯긴 분홍색 손톱을 살펴본다. 미안해요. 당신이 친절하게 대해줬다고 해서 꼭 그런 의미는 아닌데 — 그렇잖아요. 그냥 그런 생각이 떠올랐어요, 너무 멍청하지만. 그러니까, 그래 아이번, 네가 나이 많은 남자들을 상대로 체스에서 이긴 걸 보고 진짜 멋지고 섹시하다고 생각했을 거야, 그런 생각 말이에요.

이 말을 듣자 마거릿은 이상하고, 가볍고, 재미있는 느낌이 든다. 그는 협상이 결렬되었다고 결론 짓고 자신이 패배를 얼마나 멋지게 받아들일 수 있는지 보여주고 싶은 것 같다. 나이 많은 남자들만은 아니었죠. 그녀가 말한다. 열 살짜리 여자애도 이겼잖아요.

아이번이 작게 웃는다. 네, 열 살짜리치고 그리 나쁘진 않았어요. 심각한 실수를 하나 했지만요. 사실 끝난 뒤에 그 애한테 다시 가서 말해줬어요. 세 번째, 네 번째까지는 영리한 수였는데 그 다음에 끔찍한 실수를 저질렀어요.

당신은 좋은 수만 두나 봐요.

끔찍한 실수는 저지르지 않죠.

난 저지르는데.

아이번이 그녀를 보며 다시 미소를 짓는다. 실패했다는 가정을 수정하는구나, 마거릿이 생각한다. 어둑한 천장 조명 아래에서 젖은 교정 장치 와이어가 반짝인다. 그렇군요. 그가 말한다. 흥미롭네요. 나에게는 아주 흥미로워요.

당신 스물두 살 확실해요?

네, 확실합니다. 신분증 확인할래요?

그래도 돼요?

아이번이 주머니에서 지갑을 꺼내 그녀에게 신분증을 보여준다. 마거릿은 그의 손이 살짝 떨리는 것을 알아차린다.

사진이 별로예요. 아이번이 말한다. 아니면, 모르겠어요, 내가 원래 그렇게 생겼을지도요.

마거릿이 지갑에서 얇은 플라스틱 카드를 꺼내 조명에 비춰보며 확인한다. 1999년생이군요. 세상에. 내가 대학에 들어간 게 2004년인데.

정말요? 그러면 몇 살이죠? 서른다섯인가.

서른여섯이에요. 마거릿이 말한다. 그녀는 신분증을, 엄숙하고 진지한 아이번의 얼굴이 담긴 작은 사진을 아직도 내려다보고 있다. 있잖아요, 아까 당신이 체스 게임을 전부 이긴 걸 보고 대단하다고 생각한 거 맞아요. 근사하다고 생각했어요.

아이번이 귀엽고 멍한 미소를 짓는다. 아, 와. 정말 친절한 말이네요. 근사하단 생각은 전혀 안 하지만. 그래도 그렇게 친절하게 말해주니 기분이 좋네요.

마거릿이 신분증을 돌려주자 그가 지갑에 넣는다. 부모님도 체스를 두세요?

음, 아니요. 어머니는 전혀 안 돼요. 아버지는 조금 뒀었지만 사실, 어— 돌아가셨어요. 얼마 안 됐어요. 3주였나 4주 전에. 4주 전인 것 같네요.

어머. 마거릿이 말한다. 아이번, 정말 안타까워요.

네. 암으로 오래 아프셨어요. 그러니까 예상 못 한 일은 아니었죠.

마거릿이 그를 바라보지만 그는 바닥을 보고 있다. 우리 아빠도— 똑같다는 말은 아니에요, 미안해요. 우리 아빠도 몇 년 전에 돌아가셨어요. 당신이 어떤 기분일지 알 것 같아요.

이제 아이번이 검고 고요한 눈으로 마주 보자 마거릿은 그가 매우 가깝게 느껴진다. 조금 힘들긴 해요. 아이번이 말한다. 그리고 음, 좀 이상한가 싶기도 하고. 당신도 그런 느낌이었을지 모르겠어요.

당연히 그랬죠.

우리 부모님은 이혼하셨어요. 나는 주로 아빠랑 살았죠. 내가 살아온 이야기를 전부 하려는 건 아닌데. 미안해요.

미안해하지 말아요. 형제가 있어요?

형이 하나 있어요. 나이 차이가 많이 나요, 열 살 정도. 근데 친하거나 그런 건 아니고요. 마거릿이 대꾸하기도 전에 아이번이 목을 가다듬고 덧붙인다. 형은 사실 — 우리 가족 중에 다른 사람들도 체스를 두는지 물었잖아요. 형은 체스를 두지만 아주 잘하지는 않아요.

마거릿이 슬쩍 미소를 지으며 말한다. 아. 당신이랑 비교하면 당연히 그렇겠죠.

맞아요. 하지만, 좀 슬픈 이야긴데, 난 4년쯤 전이 전성기였어요. 한동안은 체스를 정말 잘 뒀어요, 그러니까 진짜로 말이에요. 하지만 이제 그 정도는 아니에요. 이유는 모르겠어요. 그 생각을 하면 우울해져요. 앞으로 점점 더 잘할 거라는 꿈에 부풀어 있는데 실제로는 점점 나빠지기 시작하고, 그 이유도 모르는 거죠. 너무 지루한가요?

마거릿은 아니라고, 그렇지 않다고 말한다. 그가 다시 자기 손을 내려다본다.

모르겠어요. 아까 차를 타고 오면서 혹시 마거릿이 집에 같이 들어가면 체스 이야기는 절대 꺼내지 말자, 라고 생각했는데. 솔직히 말하면 체스가 내 인생에서 차지하는 부분이 이미 너무 커요. 절대적인 진실을 말하자면, 난 체스에 너무 많은 시간을 써요. 썩 잘하지 못해서요. 인정하기는 정말 슬프지만요. 체스에 시

70

간을 너무 뺏기는 거 아니냐고 말하는 사람들이 많았는데, 몰라서 하는 말이라고만 생각했어요. 하지만 지금 생각해보니 내가 정말로 인생을 너무 낭비했을지도 모른다 싶어요. 다른 애들이 밖으로 나가서 즐기면서 여자 친구를 만들고 뭐 그럴 때 나는 기본적으로 집에서 책을 읽었으니까요. 오프닝 이론에 대해서 많이 읽어야 하거든요—오프닝은 경기의 시작, 초반 수를 말해요. 전부 이미 나왔던 수라서 배우기만 하면 돼요. 그렇게 재미있진 않지만 꼭 익혀야 하죠. 온갖 오프닝 이론이 책에 다 나오고 엔드게임 전략도 다 있으니 사실은 꽤 틀에 박혔다고 할 수 있죠. 그건 다 배우는 이유가 뭘까요? 미들게임에서 좋은 위치를 차지해서 괜찮은 경기를 하기 위해서예요. 그런데 어차피 난 대체로 그렇게 못 하죠. 가끔 그런 생각이 들어요. 열다섯 살로 돌아갈 수 있으면 그냥 포기하겠다고 말이에요. 열다섯 살 때 이미 꽤 잘했는데 그 이후로는 크게 나아지지 않았어요. 그 시간을 활용해서 사람들이랑 더 많이 어울릴 수 있었을 텐데. 매일 밤 침대에 누워서 체스만 생각하는 건 아니에요. 무슨 생각을 하는지 자세히 말하진 않겠지만, 대체로 체스랑 전혀 관련이 없다는 말은 할 수 있죠.

마거릿은 미소를 지으며 귀를 기울이고 고개를 끄덕이지만, 그의 말에 뱃속 깊이 이상한 느낌이 든다.

하지만 당신이 그걸 즐기는 것 같지 않아요? 마거릿이 말한다. 내내 연습하다 보면 가끔 행복하다는 생각이 들지 않아요?

아이번이 고통스러운 표정으로 엄지 손톱을 뜯으며 말한다. 네, 그런 면도 있죠. 이기기도 많이 이겼어요. 대규모 토너먼트에 나가서 훌륭한 선수들을 이겼죠. 꽤 괜찮은 경기도 했어요. 괜찮은 것 이상이었던 적도 몇 번 있었고. 그게 이 일의 이면이죠. 당신 말이 맞아요. 내가 열다섯 살에 체스를 포기하고서 사람들이랑 어울리고 여자애들한테 말을 걸려고 애썼어도 어차피 잘 안 됐을지도 몰라요. 음, 체스를 안 뒀어도 인기가 엄청 많지는 않았을 거예요. 과거에 할 수도 있었을 온갖 일들을 생각하면 미쳐버릴 것 같아요. 하지만 사실 내가 내 삶을 마음대로 할 힘이 없었다는 생각도 가끔 들어요. 그러니까, 갑자기 새로운 성격을 만들어낼 수도 없잖아요. 그냥 온갖 일들이 나한테 일어날 뿐이죠.

아이번이 말을 끝내지만 그녀는 아무 말도 하지 않는다. 마거릿의 시선이 바닥으로, 아무것도 깔리지 않은 노란 리놀륨으로 향한다.

이제 정말로 지루해졌어요? 아이번이 묻는다.

잠시 후 마거릿이 대답한다. 전혀 아니에요. 맞는 말이에요, 과거에 할 수도 있었을 온갖 일들을 생각하면 미쳐버릴 것 같죠. 나도 그런 식으로 스스로를 미치게 만들어요.

아이번이 바라보고 있다, 마거릿은 안다. 네? 아이번이 말한다. 왜요?

내가 당신 나이였을 때ㅡ 아니다, 당신보다 나이가 조금 더 많았을 때. 20대 때 누굴 만났어요. 나중에 결혼도 했죠. 법적으로는 아직 부부예요, 모든 게 너무 복잡해서요. 하지만 같이 살지는 않아요. 이런 생각을 하다 보면 당신 말처럼 미쳐버릴 것 같아요. 내가 살 수도 있었을 다른 인생. 그리고 실제로 살았던 인생, 그게 끝나고 나면ㅡ 그 인생은 어디로 간 걸까요? 그러니까 내 말은, 그 인생으로 뭘 어떻게 해야 하죠? 아무튼 그래요. 겨우 스물두 살에 그런 생각을 하고 있다니 당신은 운이 좋네요. 내가 당신 나이일 때는 인생이 아직 시작되지도 않았었어요. 솔직히 그 이전은 거의 기억도 안 나요, 진짜예요. 음, 20대 때는 누구나 당신이 말하는 그런 문제를 겪어요ㅡ혼자 남겨진 느낌, 사람들이 나를 안 좋아한다는 생각. 심각하게 느껴지겠지만 당신 나이에 그런 건 심각한 문제가 아니에요. 당신은 대학에서 만난 여자애들이랑 파장이 다를 뿐일지도 몰라요. 그래도 이 말은 해줄 수 있어요, 당신은 매력적이에요. 정말로요. 여자들이 당신과 사랑에 빠질 거예요, 내 말 믿어요. 진짜 문제는 그때부터 시작이죠.

마거릿이 올려다보자 아이번이 마주 본다. 강렬하고 고요한 표정이다. 그녀가 웃으려 하지만 소리가 맥없이 흩어진다. 마거릿. 키스해도 돼요? 아이번이 말한다. 그녀는 뭘 어떻게 해야 할지, 다시 웃어야 할지 눈물을 터뜨려야 할지 알지 못한다. 그래요. 마거릿이 말한다. 아이번이 냉장고에 기대선 그녀에게 다가와서 입술에 키스한다. 마거릿은 입술 사이로 움직이는 그의 혀를 느낀다. 아이번이 살짝 물러나며 중얼거린다. 교정기 때문에 미안해요, 진짜 싫어요. 마거릿은 사과하지 말라고 한다. 아이번이 그녀에게 다시 키스한다. 물론 지독하게 난처한 상황이다. 그녀의 인생 전체를 무의미하게 만드는 상황. 마거릿의 직업, 8년간의 결혼 생활, 그녀가 믿는 가치관, 전부 다. 하지만 그 전제를 받아들이면, 삶이 아무 의미도 없다고 잠시 생각하면, 이 사람의 품에 안기는 것이 그저 *기분 좋지* 않을까? 그가 그녀를 원한다는 이 느낌이, 저녁 내내 그녀를 바라보며 갈망했다는 사실이 즐겁지 않을까? 그가 가질 수 없다고 생각하는 여자가 되는 것, 그런 여자가 되어서 그에게 허락하는 것. 마거릿을 누르는 그의 마른 몸이 긴장으로 떨린다. 삶이 본질적으로 서로 상관없는 경험의 집합일 뿐이라면? 어떤 일이 다른 일과 유의미하게 이어져야 할 이유가 무엇일까?

♟

침실 창유리는 물방울이 맺혀 축축하고 아이번은 블라인드를 내리려고 매트리스 위에 무릎으로 선다. 천장 불은 꺼졌지만 복도 조명은 아직 켜져 있고 문이 반쯤 열려 있다. 마거릿이 침대 위로 올라와 두 사람이 같이 눕는다. 침대보가 차갑게 느껴진다. 젖었을지도 모르지만 차가운 것뿐일지도 모른다. 아이번이 그녀의 카디건과 블라우스 단추를 풀고, 브래지어 고리를 풀 때는 마거릿이 그를 돕는다. 아이번은 흐르는 땀을 느낀다. 겨드랑이가, 이마가 뜨겁다. 마거릿의 입술이 그의 입술을 찾고 두 사람이 한 번 더 키스한다. 아이번의 왼손이 그녀의 오른쪽 가슴을 감싸고, 단단한 엄지 끝이 어루만지자 그녀의 젖꼭지가 솟는다. 마거릿은 그 손길이 기분 좋다는 듯이 그의 입속으로 작은 숨을, 작은 한숨을 내쉰다. 누가 이런 것을 설명할 수 있을까, 하물며 왜 설명하려 할까. 두 사람이 공유하는 이해를. 마거릿이 한숨을 쉬자 그 숨결이 그의 입술에 따뜻하게 내려앉고, 아이번이 다시 키스하자 그녀의 목에서 숨죽인 소리가 들린다. 그의 손가락이 치마지퍼로 향하자 마거릿이 매트리스에서 허리를 들어 치마를 벗기는 그를 돕는다. 이제 똑바로 누운 그녀가 몸에 걸친 것은 검은색 팬티 한 장뿐이다. 당신은 정말 아름다워요. 아이번이 말한다. 그러니까, 당연한 말이지만요. 아마 사람들이 늘 그렇게 말하겠죠. 마거릿이 어깨를 으쓱하며 웃음 비슷한 소리를 낸다. 음, 아닌데요. 하지만 이런 걸 자주 하진 않으니까. 아이번이 매트리스에 무릎으로 서서 그녀를 보며 말한다. 그렇군요. 나도 마찬가지예요. 마거릿이 거의 완전한 어둠 속에서 부드럽게 반짝이는 눈빛으로 그를 마주본다. 처음은 아니겠죠, 아이번? 이런 걸 물어봐서 기분 상하지 않으면 좋겠어요. 아이번이 침을 삼키며 웃으려다가 웃음소리가 목에 걸린다. 아니에요. 사실 그건 아닌데, 괜찮아요. 내가 좀 긴장한 것처럼 보이겠죠. 마거릿이 부드럽게 미소 지으며 말한다. 괜찮아요. 나도 약간 긴장했어요. 이 말을 듣자 아이번의 마음속에서 어떤 느낌이 피어오른다. 기분 좋은 불안감, 쾌락을 기대하는 묘한 긴장. 그가 손가락으로 검은색 면 팬티를 만진다, 축축하다. 마거릿이 눈을 감으며 다시 높은 신음을 낸다. 뭐가 긴장돼요? 아이번이 묻는다. 그녀가 숨 가쁘게 웃으며 말한다. 아, 이런, 모르겠어요. 당신이 날 어떻게 생각할지 모르겠어요. 그의 몸속에 불안한 전율이 다시 흐르고, 아이번은 의식하지도 못한 채 재빠르게, 거의 알아듣지도 못하게 어느새 그녀의 말에 대답한다. 아뇨, 걱정하지 말아요. 난 당신이 정말 좋아요. 그건 하나도 걱정하지 말아요. 속옷 안으로 들어간 그의 손가락이 축축하게 젖고, 그녀의 손이 베갯잇을 꽉 붙잡는다. 지금 이 순간 아이번은 그녀를 만지면서, 파르르 감기는 그녀의 눈을 바라보면서 그녀를 너무나도 원한다. 가슴이 미어지며 거의 고통스러울 정도로 욕망이 파도친다. 이제 곧 그녀를 가질 수 있는데도, 몇 초, 몇 분 안에 그녀의 안으로 들어갈 수 있는데도 이 갈망을 완전히 해소하지 못할 것만 같다. 마거릿의 촉촉한 입술이 그가 원하는 대로 벌어지고, 그녀를 절정에 오르게 하고 싶다, 그녀의 안으로 들어가 느끼고 싶다, 너무나도 간절히 원한다.

세상에. 아이번은 정말로 땀을 많이 흘리고 있다. 그가 손목으로 이마를 닦는다, 윗입술이 축축해서 다시 초조해진다. 땀을 이렇게 많이 흘리는 것이, 아니 땀을 흘리는 것 자체가 역겨울 것 같다. 마거릿은 땀을 흘리지 않지만 그의 손가락에 닿는 그녀는 푹 젖어 있다. 안쪽이 축축하고 목에서 신음이 울린다. 콘돔 있어요? 마거릿이 묻는다. 그녀가 이런 질문을 하다니, 아아. 아이번이 그녀를 계속 어루만지며 말한다. 네. 가방에 있어요. 잠시 후 그가 덧붙인다. 오래 들어 있었던 것 같아요. 아마 1년쯤. 그래도 괜찮겠죠? 마거릿이 손을 올려 자기 머리카락을 만지며 설핏 미소 짓는다. 내가 전문가는 아니라서요. 하지만 아마 유효기간이 있을 것 같아요. 아이번이 그녀의 속옷에서 축축한 손을 빼자 그녀가 신음 비슷한 소리를 낸다. 아이번이 자기도 모르게 말한다. 아, 미안해요. 이렇게 당신을 만지는 게 정말 좋아요. 마거릿이 다시 똑같은 소리를 내더니 손으로 얼굴을 반쯤 가리고 말한다. 정말 좋아요. 그녀가 지금 그를 아주 살짝이라도 스치면, 손으로 그곳을 스치기만 해도 아이번은 아마 절정에 오를 것이다. 오, 안 돼. 그가 마거릿에게 아무것도 못 하면 어떻게 될까. 그녀는 아마 어색하지만 다정하게 대해줄 것이다. 아이번이 침대에서 나와 복도로 나가니 코트 걸이 아래 바닥에 여행 가방이 놓여 있다. 이곳은 조명이 켜져 있어서 무척 환하다. 그리고 꽤 춥다. 그가 가방 앞 주머니 지퍼를 열고 가장자리가 깔쭉깔쭉하고 네모난 포일을 꺼낸다. 2년쯤 전에 학교에서 무료로 받은 것으로, 상표명이 없다. 작고 까만 점선으로 유효기간이 적혀 있다. 25년 7월. 아이번이 그것을 주머니에 넣고 다시 방으로 들어가면서 말한다. 네, 확인했어요. 안 지났네요. 그가 침대로 올라가자 마거릿이 그의 셔츠 단추를 풀기 시작한다, 그녀가 가볍고 얕게 숨을 쉴 때마다 가슴이 오르락내리락 움직인다. 아이번은 그녀를 만졌을 때 마거릿이 얼마나 좋아했는지 생각한다. 이제 달라졌으면, 그렇게 좋지 않으면 어떻게 하지. 조용히, 재빨리, 그가 옷을 다 벗고 콘돔을 씌운다. 아이번이 팬티를 벗길 때는 그녀가 돕는다. 까맣고 곱슬거리고, 축축하고, 그녀가 베개 위에서 머리를 젖히며 조용히 오, 라고 말한다. 실망시키면 어쩌지. 아이번이 생각한다. 마거릿은 한쪽 팔을 자기 몸에 올리고 있다. 그가 그녀 위로 올라가서 벌어진 입술을 다시 찾는다. 응, 당신이 정말 좋아하면 좋겠어요. 아이번이 말한다. 그러니까 내 말은, 그래서 조금 걱정돼요. 그냥 그런 생각이 말이에요. 마거릿이 그를 올려다보며 재미있다는 듯 미소를 짓는다. 음. 하지만 그건 아주 다정하고 자연스러운 걱정 아닌가요? 아이번이 웃는다, 자기 웃음소리가 들린다. 그래요? 그렇군요. 그래도 그런 느낌이 들어요. 자연스러운 일이라고 해도 걱정될 것 같아요. 마거릿이 두 사람의 몸 사이로 손을 내려 따뜻한 손바닥으로 그를 만지며 말한다. 괜찮아요. 그러자 아이번도 괜찮다고 생각한다. 인간 삶의 이야기. 그들의 모든 조상, 그의 조상과 또 그녀의 조상. 스쳐 지나는 수수께끼인 삶 그 자체. 마침내 아이번이 아주 수월하게 그녀의 안으로 들어간다. 마거릿이 작게 소리를 내며 숨을 들이마시고, 손으로 그의 팔을 잡고 뭐라고 속삭인다. 그의 이름. 아이번이 그녀의 목소리를 듣는다. 보지 않으려고 얼른 눈을 감는다. 마거릿이 그가 원하는 것을 같이 원하며 매트리스에서 허리를 살짝 들어 올린다. 아이번이 말한다. 세상에. 씨발. 너무나 가까워서 젖은 그녀가, 높은 숨소리가 벌써 느껴진다. 마거릿은 안쪽 더욱 깊숙이 그를 원하고, 아이번이 원하는 대로 해주자 더욱 좋아한다, 그에게도 느껴진다. 아이번이 속으로 생각한다. 전부 다 기억하자. 숨결 하나하나까지 정확하게. 그의 목에 닿은 마거릿의 입술이 다시 중얼거린다. 아이번, 아 세상에. 너무 좋기 때문이다. 아이번이 혀를 살짝 깨문다. 예를 들어 그의 이름을 부르는 것, 그리고 이렇게 젖어서 헐떡이는 것, 실제로 벌어지고 있는 일이기에. 아이번이 말한다. 아. 느낌이 왠지, 걱정이에요, 어쩌면 곧, 어— 두 사람이 서로 마주 본다. 마거릿의 얼굴이 뜨겁고 발갛게 달아올랐다, 그의 얼굴도 마찬가지이다. 괜찮아요, 걱정하지 마요. 좋아요. 안쪽이 축축하게 젖은 채 박동하며 그녀가 이렇게 말한다. 아이번이 눈을 감자 자신이 외치는 소리가 들린다, 기절할 것만 같다. 눈꺼풀 안쪽이 바늘로 콕콕 찌르는 듯하고 아찔해진다. 그가 다시 말한다. 씨발. 이제 끝난다. 얼마 동안일까, 아마

79

도 1분 정도. 목을 감싼 마거릿의 팔이 무겁게 느껴진다. 그가 말한다. 미안해요. 그냥, 어. 아마 좀, 약간 지나치게 좋았나 봐요. 물론 당신 탓이라는 말은 아니고요. 마거릿이 사랑스럽게 웃으며 아직 상기된 얼굴로 그를 올려다본다. 날 탓해도 돼요. 난 상관없어요. 그런데 미안하다고 말할 필요는 없어요, 완벽했으니까. 그러자 아주 강렬한 감정이 아이번을 덮친다. 죽는 것처럼, 태어나는 것처럼 마음속에서 따뜻한 무언가가 퍼진다. 그는 이 감정이 무엇인지, 좋은 것인지 위험한 것인지 전혀 알지 못한다. 이 감정은 마거릿과, 그녀가 하는 말과, 그 말이 아이번에게 안겨주는 느낌과 맞물려 있다. 마거릿은 완벽했다고 말했다. 아이번이 그녀에게 한 것이 말이다. 너무 빨리 끝나긴 했지만 마거릿은 그게 좋았다고, 아니 좋은 것 이상이었다고 한다. 아이번이 말한다. 좋게 말해주네요. 마거릿은 그의 품에 안겨 졸린 듯 눈을 감으며 미소를 짓고 있다. 너무나 강렬하고 강력한 감정이다, 아이번은 맨손으로 건물도 들어 올릴 수 있을 것만 같다. 마거릿이 말한다. 아니, 진심이에요. 아름다웠어요. 고마워요. 아이번은 원하는 걸 얻는다는 게 이런 느낌일까 생각한다. 갈망하는 것, 갈망하는 동시에 갖는 것. 여전히 갈망하면서도 충족된 느낌. 아름다웠어요, 고마워요, 라는 말. 아이번이 말한다. 아, 정말 행복한 기분이에요. 아니, 모르겠어요. 그것도 맞는 말이 아닌 것 같아요. 이제 마거릿은 눈을 감고 나도요, 라고 중얼거린다. 아이번이 고개를 끄덕이고, 그녀를 지키고 싶다는 강렬한 감정이 괜스레 밀려든다. 마거릿이 자고 싶어 하는 듯해서 그가 몸을 떼자 그녀가 아이번 쪽을 향해 옆으로 눕는다. 그는 콘돔을 아침에 치울 생각으로 침대 옆 양탄자에 내려놓은 다음 깃털 이불을 두 사람의 위로 끌어 올려 덮는다. 다른 사람들은 이런 감정을 항상 느낄지도 모른다. 행복감, 만족감, 보호 본능처럼 강렬하고 강력한 감정. 지금처럼 서로를 충족시키고 나면 아주 흔히 느껴지는 감정일지도 모른다. 또는, 행여 드물고 평생 몇 번밖에 못 느끼는 감정이라고 해도 아이번은 이를 위해 살 가치가 있다고 생각한다. 이렇게 아름답고 완벽하게 그녀를 만난 것. 그래, 인생은 살 가치가 있다.

♟

아침에 마거릿이 자기 알람 소리를 듣고 휴양 별장에서 홀로 잠에서 깬다. 토요일 오전 8시 30분. 더듬더듬 핸드폰을 찾아서 알람을 끈 다음 아무 생각 없이 혼자 누워 있으니 어딘가에서 냉장고인지 식기세척기가 웅웅거리는 소리가 희미하게 들려온다. 천장 마감이 울퉁불퉁한 석고라서 볼록한 부분과 움푹한 부분이 유리창으로 들어오는 빛을 받아 작고 불규칙적인 그림자를 드리운다. 흐릿하고 물기 어린 아침 햇살. 몇 분이 흐른다. 마거릿이 자리에서 일어나 앉아 바닥에 구깃구깃 축축하게 널브러진 옷가지를 발견하고 어제 입었던 속옷을 뒤집어서 다시 입는다. 그녀는 초연한 호기심 비슷한 감정으로, 창백하고 텅 빈 마음으로 아이번을, 침대에 그녀를 혼자 남겨두고 가버린 그를 생각한다. 어젯밤 그녀의 안으로 깊숙이 들어와 아, 씨발, 이라고 말하던 그를 떠올린다. 음, 그의 또래 남자들은 원래 주말에 이런 걸 즐긴다. 그러니 그녀와 즐기지 않을 이유가 어디 있을까? 마거릿은 사람들의 말에 따르면 생긴 것도 나쁘지 않고, 아직 나이가 많지도 않고, 이제 진짜 유부녀도 아니고, 그의 예상과 달리 강력하게 거절하지 못했다. 의외로 그녀가 거절하지 않아서 아이번은 매료되었고 동요했다. 또한 마거릿이 생각하기에 그는 아버지의 죽음 때문에 슬퍼하는 중인데, 사람들은 슬플 때 본인답지 않은 일을 하면서 무책임하게 행동한다, 술에 취해 아무나와 자고 다닌다. 어젯밤에 그가 취했다는 뜻은 아니다. 그녀의 기억이 맞다면 아이번은 맥주 한 잔밖에 안 마셨다. 마거릿은 그가 친구들에게 그녀의 이야기를 하고 다닐까 궁금하다. 체스 신동 아이번 쿠벡. 사실 그에 대해서 거의 아무것도 모른다. 아이번은 조용히 다른 사람들을 관찰하면서 많은 것을 알아차리는 듯했고, 말할 때 외로움이 묻어나서 그녀는 마음이 아팠다. 마거릿은 침대에서 그가 아주 다정했다고 기억한다. 너무 다정했기 때문에 지금도 이 바보 같은 일을 전적으로 후회하기가 어렵다.

지금까지 마거릿은 모르는 사람과 밤을 보낸 적이 한 번도 없었다. 그러고 보면 아이번은 모르는 사람 같지 않았다. 그는 마거릿과 같은 편 같았고, 그 사실을 너무나도 잘 아는 듯했다. 그래, 또다시 그 느낌—그게 대체 무슨 의미일까? 단순히 그가 키 크고 잘생겼다는 뜻, 흔한 동물적인 이유로 그녀를 침대에 데려가고 싶어 했다는 뜻, 그녀도 같은 이유로 그가 그렇게 하도록 허락하고 싶었다는 뜻. 그럴지도 모른다. 어쨌든 이제 아무 설명도 없이 마거릿의 삶은 예전으로 돌아갈 것이다. 아니, 삶에 일정한 형태가 없음을 이제 알아버렸기에 예전의 가치와 의미는 떨어져 나갔다. 어떻게 다시 이어 붙일 수 있을까? 어디에다가? 집 안 어딘가에서 윙윙거리던 소리가 뚝 멈추고 커튼 같은 것이 레일에서 스르륵 움직이는 소리가 들린다. 마거릿이 생각한다. 아. 이런. 샤워하고 있었나 봐. 그녀는 급히 일어나서 옷을 마저 입고 복도를 따라 걸어오는 그의 발소리를 들으며 빠른 손놀림으로 침대를 정리한다.

방으로 들어온 아이번은 머리카락이 축축하게 젖었고 깨끗한 회색 스웨트셔츠 차림이다. 아. 일어났군요. 깨워야 하나 생각 중이었어요. 아이번이 기침을 하고 말을 잇는다. 아무튼, 이거 참 난감한데, 수건이 한 장밖에 없어서 다 젖었어요. 당신이 불편하지 않으면 좋겠는데. 먼저 물어보지 않아서 미안해요. 하지만 말했듯이 당신이 자고 있어서.

마거릿은 팔짱을 낀 채 침대 발치에 서 있다. 얼굴이 붓고 초췌한 느낌이 들고, 눈도 부어올라 뜨겁다. 그녀가 대답한다. 상관없어요. 샤워는 집에 가서 할 거니까.

그렇군요. 그가 말한다. 그래요, 그럴 것 같았어요. 미안해요.

아이번의 귓가에 작은 상처가 났다, 면도하다 베었으리라고 짐작한다.

워크숍 가야죠, 태워다 줄까요? 마거릿이 묻는다. 태워줄 수 있어요.

아. 사실, 그러면 좋겠네요, 괜찮으면요.

마거릿이 카디건 단추를 만지작거리며 말한다. 물론이죠. 그리고 저기, 괜찮으면, 오늘 행사에서 사람들한테 아무 말도 안 해주면 고맙겠어요. 어젯밤에 대해서요. 이런 부탁해서 미안하지만, 다들 알게 되면 직장 생활이 좀 힘들어질 것 같아서요.

아이번이 작고 묘한 웃음소리를 내며 말한다. 아, 물론이죠. 그러니까, 무슨 말인지 알지만 어차피 체스 워크숍에서 내가 할 만한 얘기는 아니에요. 대화가 거기까지 가진 않아요. 그러니까 뭐, 여러 가지 이유로.

마거릿이 고개를 들지 않고 끄덕인다. 그러면 오늘— 그녀가 말을 멈추고 미소를 지으며 손가락으로 코를 문지른다. 오늘 집으로 돌아가는지 물을 뻔했어요. 당신이 어디 사는지도 모르는데.

아, 더블린에 살아요. 아이번이 말한다. 그리고 네, 오늘 돌아갈 거예요. 버스로.

마거릿은 눈이 뜨겁고 얼굴도 뜨겁다. 괜히 카디건 단추를 잠그는 척하며 고개를 끄덕인다.

곧 가야 할 것 같아요. 그가 말한다. 시간에 맞추려면요.

그래야죠. 난 준비됐어요.

그래요, 그 전에 먼저 하고 싶은 말이 있어요.

마거릿이 올려다보자 아이번이 그녀를 마주 본다. 어젯밤 경기가 끝나고 모두가 강당을 떠날 때처럼 아주 직접적이고 강렬한 시선이다, 같은 표정이다. 내 전화번호 줘도 돼요? 내 생각이 나거나 그럴지도 모르니까. 그냥 내가 당신 핸드폰에 번호를 입력하면 거기 남아 있을 거고, 그 번호를 보고 싶지 않으면 다시 안 봐도 돼요. 어때요?

마거릿이 손가락으로 눈가를 두드리고 말한다. 생각해볼게요.

밖으로 나가자 축축하고 으슬으슬한 아침이다. 머리 위 나뭇가지에서 물이 뚝뚝 떨어진다. 두 사람이 같이 차를 타고 전날 밤에 왔던 길을 되돌아간다. 이번에도 두 사람은 말이 없고, 이번에도 앞 유리 와이퍼가 끼익끼익 움직인다. 건물 앞에 주차를 마친 다음 마거릿이 말한다. 번호 줘도 돼요. 하지만 연락할지 안 할지는 모르겠어요. 괜찮죠? 내가 연락하지 않더라도 당신을 생각하지 않아서는 아닐 거예요. 난 당신을 생각할 거예요. 그냥, 뭐가 최선인지 생각해야 돼요. 아이번은 알겠다고 말하고 그녀의 핸드폰에 번호를 입력한다. 계기판에 표시된 시각은 오전 8시 56분이다. 아이번이 차에서 내리고, 마거릿은 그가 검정 여행 가방을 들고 건물 주 출입구로 걸어가는 모습을 지켜본다. 가방 바퀴 하나가 망가져서 삐딱하게 매달려 있다—이제야 보인다. 그래서 끌지 않고 들고 가나 보다. 입구에서 아이번이 고개를 돌려 어깨 너머로 그녀를 본다. 그런 다음 사라진다, 그의 등 뒤로 문이 닫힌다. 마거릿이 다니는 직장의 문이다, 납작한 직사각형 손잡이가 달려 있고 아래쪽 유리 한 칸이 깨져서 갈색 테이프를 붙여놓았다. 그녀는 지금까지 억눌려왔다, 평범한 삶에 갇혀 억눌리고 통제되었다. 이제 마거릿은 그런 힘에 억눌리거나 통제된다는 느낌이 들지 않는다, 이제 그 무엇도 그녀를 통제하지 않는다. 그물에 갇혀 있던 삶이 풀려났다. 이제 마거릿은 아주 이상한 행동도 할 수 있다, 아주 이상한 사람이 된 자신을 발견한다. 젊은 남자가 성적인 이유로 그녀를 휴양 별장에 초대할 수 있다. 그건 아무 의미도 없다. 아니 그렇지 않다, 뭔가 의미가 있지만 그 의미가 낯설다.

3

소파에 앉아서 신발 끈을 풀면서 전화 신호가 가고 있음을 알리는 기계음을 듣는다. 늦게 퇴근하고 집으로 돌아온 화요일 밤, 전화를 걸기에는 좀 그런 시간, 미리 문자메시지도 보내지 않았다. 그래, 마치 받지 않기를 바라는 것처럼. 그러면 의무는 다한 셈이다. 레드와인 한 잔에 디펜히드라민*을 삼키고 인터넷에서 무슨 이야기가 오가는지 본다. 운이 좋으면 불을 켜놓은 채 한두 시간 잠든다. 다시 일어나 더 강한 것을 먹어본다. 폐소공포증의 두려움 속에서 지나가는 시간을 바라본다, 깜빡거리는 눈꺼풀 안이 타는 듯하다. 새벽 3시, 4시, 자낙스** 한 알 더, 브라우저 탭을 새로 열고 입력한다. 불면증 정신병. 정신병 발병 평균 연령.

*   수면 유도제.
**   우울증, 불안 장애 등을 치료하는 알프라졸람 주성분의 진정제.

못 자서 미침. 전화를 끊으려는데 뚝 소리가 나면서 통화가 연결되고, 동생의 목소리가 들린다. 여보세요? 동생은 전화를 받을 때는 이상할 정도로 평범하다. 아주 어른스럽고 이성적으로 들린다. 그렇다면 피터는 동생이 무슨 말을 하리라 예상하는 걸까? 아무 말도 안 할 거라고? 전화를 받아놓고 아무 말도 없이 숨소리만 낼 거라고? 어이. 피터가 말한다.

무슨 일이야? 아이번이 묻는다. 개 때문에?

피터가 손으로 이마를 문지르며 기억을 더듬는다. 아니야. 크리스틴한테 아무 연락도 못 받았어. 너는?

아. 뭐, 문자메시지 받았어. 많이 받았지, 사실. 뭐라고 하시던데.

그렇군. 미안하다.

이제 더 익숙한 아이번의 목소리이다. 단조롭고 무감하지만 어쨌거나 경계와 불신이 느껴진다. 우리가 뭘 할 수 있을지 생각 안 해봤지. 동생이 말한다.

응, 아직은.

우습게도 두 사람의 목소리가 비슷하다고들 했다. 주말에 집에 갔다가 동그란 다이얼이 달린 낡은 집 전화를 받으면 아이번이니? 아빠 좀 바꿔주렴, 이라고 했다. 그러면 웃으면서 피터인데요, 라고 대답했다. 아뇨, 아뇨, 괜찮아요. 칭찬으로 들을게요.

문자메시지가 점점 더 위협적으로 변하는 것 같아. 아이번이 말을 잇는다. 그러니까, 내가 안 데려오면 어디 줘버려야겠다는 말을 많이 해.

방법을 찾아보자. 피터가 말한다. 나한테 맡겨.

아이번은 잠시 말이 없다. 그러다가 입을 연다. 좋아, 알았어. 그게 다야?

뭐라고?

그러니까, 이제 용건 끝났어?

피터가 눈을 감고 묻는다. 지금 곤란해?

아. 아이번이 말한다. 음, 왜?

전화받기 곤란한가 해서.

아, 그 말인 건 알아. 뭐 때문이냐고.

피터는 숨을 깊이 들이마시고 잠시 멈추었다가 다시 숨을 뱉는다. 아무것도 아니야. 그냥 안부나 물을 겸 전화했어.

잠시 후 아이번이 대답한다. 아. 그런 다음 덧붙인다. 그렇구나.

어떻게 지내?

잘 지내.

주말에 있었던 체스 그건 어떻게 됐어?

다시 경계하는 말투. 그 얘긴 누구한테 들었어?

실비아한테. 왜? 비밀이었어?

아니, 그럴 리가. 실비아가 말했겠다 싶네. 얘기 나눈 걸 잊고 있었어.

피터가 손으로 소파 팔걸이를, 낡은 천의 주름을 반반하게 펴면서 묻는다. 잘했어?

응.

뭐였어, 동시에 하는 거?

맞아. 열 경기.

열 번 다 이겼고?

응.

피터가 미소를 짓는다. 천재 내 동생.

흠. 고마워.

어디에서 했어, 지방에 간 거야?

응. 클로허킨에서. 리트림주에 있어.

관공서 같은 데서 한 거야? 피터가 묻는다.

응. 사실 장소는 좋았어, 무슨 아트센터인가. 거기서 여러 가지 행사를 하나 봐. 나도 모르지만, 문화 행사 같은 거. 음악이나 뭐 그런. 행사에 직원도 몇 명 왔는데 꽤 괜찮았어.

이제 피터의 눈이 다시 뜨인다. 벽난로 모퉁이, 흰색과 대비되는 회색. 그가 말한다. 계속해봐. 직원들이 어땠는데?

모르겠어. 좀 예술적인 것 같아. 끝나고 술 한잔했어, 체스 행사에 참석했던 사람들도 같이. 재밌었어.

여성분도 있었나?

아이번이 말을 멈췄다가 다시 잇는다. 그러니까, 행사 끝나고

90

나서 말이야? 한 명 있었고 나머지는 남자였어.

음, 재미있었다니 다행이네.

다시 정적. 아이번이 덧붙인다. 응, 사실 꽤 멋진 사람이었어. 그 여자 말이야.

피터가 잠시 조용해진다. 동생이 억양 없고 단조로운 목소리로 전한 이 말에 감동한다, 심지어 가슴이 아프다. 내 목소리가 저렇구나, 아니 예전에 저랬구나. 하물며 학교에서 합창할 때 나는 테너였고 아이번은 바리톤이었는데. 잘됐네. 피터가 말한다. 아이번은 이제 대답하지 않는다. 어떤 여자였을까. 엑스터시에 취한 그 지역 그래픽디자인과 학생이 장난삼아 체스 행사에 참석했을지도 모른다. 행사가 끝난 뒤에 아이번과의 대화에 꼼짝도 못 하고 갇혀서 큰 소리로 말했겠지. 아뇨, 네, 와, 그거 참 흥미롭네요. 친구들한테 나 좀 구해줘, 라고 눈짓을 보내면서. 아이번이 못 알아차릴 걸 알고. 사실 꽤 멋진 사람이었어. 침묵 속에서 피터가 자리에서 일어나 창가로 간다. 바깥은 이제 어둡다, 블라인드를 내려도 된다.

그래, 어떻게 지내? 기분은 어때? 피터가 묻는다.

물어봤잖아. 약 1분 전에. 그래서 내가 잘 지낸다고 대답했고.

맞은편에 일렬로 늘어선 주택, 그림 액자처럼 불이 켜진 2층 창문. 가끔 사람도 보인다. 예전에는 저 집에 부부가 살았고, 저기 보이는 곳이 부엌이었지만 지금은 빈집 같다. 여자랑 눈이 마주친 적도 있다. 어느 밤, 어두운 거리를 사이에 두고. 피터가 말한다. 그렇구나. 음, 다행이네. 아이번은 아무 말도 없다. 우산을 쓰고 걸어가는 남자를 보니 비가 조금 오는 모양이다. 하지만 창유리에는 아무 자국도 없다. 피터는 확인하려고 가로등을 자세히 본다. 맞다, 불이 환하게 비추는 허공에서 안개비가 느리게 너울지며 떨어진다. 언제든지 가로등을 보면 알 수 있다. 빛을 머금고 떨어지는 빗방울.

지금은 아주 힘들다는 거 알아. 피터가 덧붙인다.

맞아.

다시 침묵. 피터가 끈을 풀고 블라인드를 내리며 묻는다. 아빠랑 자주 통화했었어?

가끔. 집에 간 지 오래됐거나 뭐 그러면. 요즘 어떻게 지내냐고 물어보셨어. 아니면 개 이야기 같은 것도 하고.

동생이 말하는 동안 피터가 소파로 다시 걸어가 팔걸이에 반쯤 기대선다. 침묵 속에서 그가 기다린다, 두 사람이 서로를 기다린다.

아빠가 많이 보고 싶겠다. 피터가 말한다.

응, 맞아.

무슨 말을 해야 할지 모르겠다. 겁이 난다. 무엇 때문일까. 간단한 질문에 솔직한 대답. 쿡쿡 찔러서 어떤 기분인지 듣고 나면 어깨나 으쓱하고 안됐네, 라고 말하는 게 전부다. 무슨 소용일까.

내가 도울 게 없네, 라니. 아이번이 도움을 기대한다는 건 아니다. 아이번 스스로도 자신이 뭔가를 요구하거나 내보인다고 느끼지 않는다. 약점도 아닌 것을 숨길 필요는 없다. 그런 면에서 그보다 더 정상이다. 솔직하다. 응, 맞아, 보고 싶어, 라고. 그렇겠지. 피터가 말한다. 마음이 아프네.

형은 괜찮아? 아이번이 말한다.

얼굴에 닿는 핸드폰 화면이 뜨겁다. 당연하지. 목소리가 안 괜찮은 거 같아?

아니. 그러니까, 형이 괜찮다거나 안 괜찮다는 말이 아니야. 물어보는 거야.

음, 난 괜찮아.

다행이네. 형이 나한테 괜찮냐고 물었는데 나는 안 물어본 게 생각나서. 물어봤는데 기억이 안 나는 건지도 모르겠지만. 어쨌든 내가 제대로 안 듣고 있었을 거야. 자주 그래. 그러니까, 무슨 질문을 해야겠다고 생각해놓고 상대방이 대답할 때는 안 들어. 대화가 끝날 때까지 아무것도 안 물어볼 때도 있고.

괜찮아.

응. 하지만 예의가 없잖아.

그런 걱정은 하지 마. 우린 가족이잖아. 피터가 말한다.

응. 그렇지. 그냥, 더 일반적인 경우를 말하는 거였어.

쟤가 무슨 말을 하는지 영 모르잖아, 너는. 알려고 애쓰는 것도 무의미해. 아이번이 이 모든 걸 어떻게 받아들이고 네가 무슨 얘기를 한다고 생각하는지, 쟤가 무슨 말을 하려는 건지 넌 몰라, 전혀 몰라. 개한테 말하는 거나 같아. 크고 똑똑한 눈으로 바라보지만 전혀 이해 못 하지. 사자가 말을 할 수 있어도 우리는 사자를 이해하지 못할 것이다.

음, 너 바쁜 거 알아. 오래 끌진 않을게. 피터가 말한다.

그래.

블라인드를 내린 것을 잊고 다시 창문을 본다. 이제 텅 빈 흰색 사각형일 뿐이다, 왜 내렸는지 모르겠다. 아이번이 사자라고, 아니면 내가 사자라고 생각해보자. 아무런 차이도 없다. 아니 있나.

있잖아, 주말에 점심 같이 할까? 피터가 묻는다.

망설이느라 모음이 길어진다. 어— 그런 다음. 그래, 좋아. 형이 그러고 싶으면. 하지만 비싼 건 안 돼, 나 아직 돈 못 받았어.

걱정 마, 내가 살게.

무슨 이유가 있는 건 아니지? 아이번이 묻는다. 중요한 소식을 나한테 직접 알려주거나 뭐 그러려는 건 아니지?

응.

결혼하거나 뭐 그런 건 아니지?

내가 누구랑 결혼을 하겠어, 아이번?

아이번이 잠시 침묵하다가 말한다. 아니, 뭐. 그냥 예를 든 거야.

피터 역시 잠시 침묵한다. 음, 그런 거 아니야.

알겠어.

점심 어떻게 할지 문자 보낼게. 일요일로 하자. 괜찮아?

응. 끊어.

두 사람은 전화를 끊는다. 왜 점심을 하자고 했을까? 노력하고 싶었다. 아마도 실비아에게 말하려고. 병원에 실비아를 데리러 가는 목요일에 마취에서 다 깰 때까지 이야기할 거리가 생길 거다. 결혼하거나 뭐 그런 건 아니지. 아이번은 장례식이 끝난 뒤 실비아가 머무르는 걸 보고 그렇게 생각했을 거다. 무슨 일이 있었던 건 아니다. 아무 일도 없지는 않았지만 그 정도는 아니다. 두 사람은 같이 침대에 누워 있었고, 그게 전부였다. 피터가 실비아를 끌어안았다. 어떤 감정이 있었던 건 맞지만 실제로는 아무 일도 없었다. 피터 자신도 이해 못 하면서 아이번이 이해하길 바라기는 힘들다. 어쨌든 아이번은 계속 지켜보다가 늘 그렇듯 자기 나름의 수수께끼 같은 결론을 내릴 뿐이다. 아이번은 실비아를 처음 만났을 때 아홉 살인가 열 살이었다. 선택적으로 입을 닫던 시절. 피터는 아이번이 말할 수 있지만 안 할 뿐이라고 실비아에게 미리 말해두었다. 집 안은 벗겨지는 페인트, 축축한 양탄자, 하수구 냄새. 레인지 위에 널어둔 옷가지. 지켜보는 아이번의 시선. 아버지가 말했다. 신경 쓰지 마, 실비아. 그냥 부끄러워서 그래. 메마른 로스트 비프 한 조각을 천천히 씹어 삼키는 피터. 비닐 코팅된 배[梨] 무늬 식탁보. 저녁 식사를 마치고 그릇을 치운 다음 식탁에서 했던 체스 게임. 실비아가 흰 말이었다. 다들 말할 필요가 없어서 안심했다. 천재 내 동생. 지금까지도 실비아는 매년 생일이 돌아오면 깔끔한 필체로 인사를 전하는 카드를 우편으로 받는다. 실비아에게, 생일 축하해. 멋진 날 보내길 바라. 아이번으로부터. 카드에는 새 그림이나 뭐 그런 장식이 있을 것이다. 아이번이 생각하는 우정.

화면에 나오미가 보낸 새 메시지가 뜬다.

나오미　어이, 잘생긴 아저씨

나오미　시간 있어?

피터가 미리 보기를 눌러 메시지를 열고 얼른 답장을 입력한다.

피터　오늘 밤은 안 돼

피터　아침에 법원 가야 돼

피터　별일 없어?

나오미　응……

나오미　뭐 이것만 빼면 ㅎㅎ

그녀가 두 번째 메시지에 잔액이 마이너스 17유로인 은행 계좌 화면을 캡처해서 첨부한다. 두 사람의 관계는 일종의 도덕적 딜레마이다. 지금처럼. 딱 짚어 말하기는 어렵지만 나오미와 통화하기는 꺼려지고, 이 시간에 가서 만날 수도 없다. 그렇지만 말 한마디 없이 돈을 보내는 것은 형언할 수 없을 만큼 잘못된 일 같다. 피터는 왜 이런 기분이 들까. 나오미와 통화해야 한다고 생각하면 짜증이 나고 사실상 화가 치솟을 지경이다. 룸메이트도 없이 아파트에 혼자 사는 피터가 지금까지 딱 두 번, 그것도 약에 취했을 때에만 나오미를 부른 이유는 뭘까? 엄밀히 말해 그가 원하면 언제든지 초대할 수 있는데.

피터 알겠어

피터 괜찮으면 지금 보낼 수 있어

나오미 아아아 고마워

나오미 진짜 미안해, 처방 받을 때가 돼서

피터 200이면 돼?

나오미 당신은 정말 생명의 은인이야

나오미 고마워

나오미는 이런 상황을 정말 완벽한 솜씨로 연출하기 때문에 피터는 가끔 그 상대가 자기밖에 없을까 궁금하지 않을 수가 없다. 자기밖에 없어도 웃기다. 힘들게 일해서 번 돈을 나오미에게 뿌리는 유일한 멍청이라니. 그게 그거지만 그래도 그 반대보다는 낫다. 예를 들면 그가 더블린에 없었던 그때와 같은 상황보다는. 적어도 나오미가 나중에 말해주긴 했지만. 나오미는 자기 보호의 달인이다. 게으르기도 하고.

나오미   내일 밤은 괜찮아?

피터   아직 모르겠어

나오미   그래 알았어

그는 돈을 주는 대가로 아무것도 바라지 않는다고, 별거 아니라고, 이 돈을 빌려주는 것도 전혀 아니고 받으러 갈 시간도 없다고 강조하려 애쓴다. 그러고 보면 나오미는 순전히 인간관계의 차원에서 그의 냉담함에 상처받고 거부당하는 느낌을 받을지도 모른다. 여기서 한 사람이 다른 사람을 착취하는 것처럼 보일지도 모른다. 하지만 누가, 어떤 식으로? 피터가 그녀를, 금전적으로, 성적으로. 아니면 나오미가 그를, 금전적으로, 감정적으로. 돈을 주는 것도 착취일 수 있고 돈을 받는 것도 착취일 수 있다. 돈이란 아주 착취적인 물질이라서 그것이 오가는 모든 관계에서 새로운 착취를 만들어내는 것 같다. 인간의 상호작용이라는 바퀴에 착취라는 기름을 칠하는 것이다. 피터는 기분이 찜찜해져서 차라리 나오미에게 전화하고 싶어진다, 그녀가 친구들에 대해서, 학교 공부에 대해서 재잘거리는 말을 듣다가 가끔 끼어들어서 부탁하지도 않은 평이나 조언을 하고 싶다. 하지만 너무 늦었다. 왜 모든 것이 이렇게 복잡해야 할까? 그는 이유를 안다. 덤불 사이로 번득이는 두 마리 짐승의 눈. 그래, 그들이 서로에게서 원하는 것.

♟

아침이다. 치직거리는 다리미, 버터 바른 동그란 빵, 알프라졸람 1밀리그램, 파란색이나 녹색 타이. 식탁 앞에 서서 커피가 식는 동안 서류를 정리한다. 머릿속에서 말의 파편들과 세부 논의 사항이 빠르게 흘러가며 생각이 갈라졌다가 다시 교차하고, 서류를 만지는 손은 식은땀으로 축축하다. 법률적 쟁점. 그에 대한 문제 제기. 그런 다음 서류 가방, 씁쓸한 뒷맛, 외투, 바깥으로 나가자 나뭇잎 사이로 부는 10월의 쌀쌀한 바람. 세인트스티븐스 그린 공원 근처의 널따란 잿빛 거리, 천천히 멈추는 버스, 머리

99

위에서 빙빙 돌며 우는 갈매기. 공원 출입구 위에서 바스락거리는 나뭇잎. 십가(街)의 창살 달린 창문과 후진하는 밴 자동차들. 하얀 구름 사이로 작게 드러난 파란 하늘, 빗물에 씻긴 자갈길. 반짝이는 햇빛에 부서지는 강, 그래튼 다리. 포틀랜드석 난간 위로 완만하게 덮인 층진 구리 돔, 햇빛에 빛나는 지저분한 초록색 덮개, 포코츠*. 안으로 들어가 법복을 입을 때가 되어서야 약효가 느껴진다. 손과 발에서부터 시작되는 느리고 차분한 감각. 호흡이 안정된다. 생각이 순차적으로 착착 정돈되고, 사실이 제자리를 찾아가고, 주장과 반박이 우아하게 줄짓는다. 나오미가 그에게 말했었다. 그러면 기분 내려고 먹는 게 아니잖아. 그런 목적으로 쓰는 거라면 처방을 받을 수도 있어. 복도를 따라 풍기는 세제 냄새, 들리는 목소리들. 피터는 약을 먹었을 때에도 그것을, 하얗게 빛을 뿜는 자신의 정의(正義)를 느낄 수 있다. 맑고 명쾌한 확신. 법정에서 서두르지 않고 정확하게, 가차 없이 흘러나오는 말. 어떤 반박도 허용하지 않는다. 익숙한 통제력, 그래, 거의 완벽하고 즐겁기까지 하다, 그런 다음 끝난다. 다시 옷을 갈아입고, 점심을 먹고, 이메일 몇 통에 답장을 보낸다. 개 문제를 어떻게든 해야 한다는 생각이 떠오른다. 나한테 맡겨, 그는 그렇

---

*   Four Courts: 아일랜드 대법원, 고등법원, 항소법원 등 주요 사법기관이 모여 있는 건물로, 초록색으로 산화한 구리 돔이 얹혀 있다.

게 말했고, 아마 진심이었을 거다. 햇살 아래 혼자 강가를 걷는다. 오후에는 수업이 있다. 성취의 충족감은 약효와 함께 사라진다. 어차피 판사들은 멍청하다. 시스템 자체가 썩었다. 곤자가** 동문이 끝없이 들어오는 회전문. 피터가 품었던 환상은 죽었다. 무언가를 위해 싸우려는 갈망, 한때는 유용하고 올곧았던 그 모든 성스러운 분노. 입증, 승소, 울면서 끌어안는 의뢰인들을 그려보며 초안을 쓰고 또 쓰던 늦은 밤들, 되살아나는 그의 인생 목표. 6개월 뒤면 엉뚱하고 오류가 가득한 세 쪽짜리 판결문이 되어 돌아온다. 죄송합니다. 무슨 말을 해야 할지 모르겠군요. 그리고 그의 동료들. 불안으로 미치기 일보 직전인 남자들. 상사에게 잘 보이려고 애쓰면서 점점 더 긴장된 목소리로 진부한 농담을 똑같이 반복한다. 여자들도 마찬가지다, 그 농담에 깔깔 웃으며 말한다. 세상에, *남자분들*, 그런 말은 하면 안 되죠. 사람들이 살아가는 의미 없는 삶. 그 후의 영원한 망각. 갈 곳 잃은 헛된 분노. 이쪽을 향하든 저쪽을 향하든 무슨 차이가 있을까. 강변 산책로에서 레오파드 무늬 모자를 쓰고 아이스크림콘을 먹는 꼬마 여자애. 머릿속에서 생각이 차분하게 떠오른다─죽으면 좋겠어. 물론 누구나 가끔 그런다. 그러니까, 생각이 떠오른다. 오래전의 창피한 일이 기억 나서 됐어, 자살할래, 라고 문득 생각

** 더블린의 명문 남자 중등학교 곤자가칼리지를 말한다.

하는 것이다. 다만 피터에게는 창피한 일이 인생 자체일 뿐. 정말로 자살하고 싶은 건 아니다. 아니, 하고 싶다 해도 실제로 하지는 않을 것이다. 그냥 생각하는 거다. 아니, 생각하는 것도 아니고 머릿속에 떠오른 말을 엿듣는 것이다. 걸쇠가 풀린 듯한 묘한 안도감. 그러면 좋겠어. 가장 깊고 가장 최종적인 욕망. 거기에는 씁쓸한 무언가도 있다, 그래, 사치스러울 만큼 씁쓸하다. 안 될 게 뭔가. 그러니까, 그 생각이 그토록 위안을 준다면 왜 실행하지 않을까. 아, 물론 다른 사람들을 위해서다. 남들을 보호하기 위해서. 사람들은 당신이 고통받는 걸 더 좋아하니까.

이제 그는 축축하고 서늘하고 조용한 아치문을 통과한다. 안으로 들어가자 탁 트인 광장이 나온다. 가을의 금빛 햇살. 빙빙 도는 새들. 두드리면 울리는 유리그릇 같은 하늘. 이곳의 오랜 삶. 그가 없어도 항상 계속되는 삶. 책을 안고 깔깔 웃는 젊은이들. 세상이라는 가득 찬 잔에서 처음 맛보는 한 모금. 다시 시작되는 모든 것. 그는 찬란한 아름다움을 기억한다. 구석진 식당에서 보내는 저녁, 바깥 테니스장에 내려앉는 황혼. 창문을 통해 들려오는 목소리들. 램프 불빛. 나무 밑을 지나 그녀를 도서관까지 데려다주는 길. 그때 그 삶을 딱 하루만 다시 살고 죽을 수 있다면. 눈에 닿는 차가운 바람이 눈물처럼 따끔거린다. 너무나 그리운 여자. 피터는 그녀가 주변에 있을지도 모른다고, 우연히 마주칠지도 모른다고 생각한다. 그녀의 강의실로 가볼까. 성(性)과

소설의 기원. 어차피 내일이면 만난다. 아이번이랑 통화했다고 말해야지. 위층 화장실로 올라간 그는 약을 한 알 더 꺼내서 물병에 든 물과 함께 삼킨다. 시큼하다. 후텁지근한 교실. 창밖으로 종탑의 기다랗고 하얀 모서리가 보인다. 하품하며 종이컵에 담긴 무언가를 마시는 학생들, 키보드를 타닥타닥 두드리는 손톱. 그의 농담에 예의 바르게 웃는다. 트위드를 차려 입고 사첼 가방을 든 학생들. 너무 새 옷이라 가게에서 개어놓았던 대로 주름이 남아 있다. 예전에는 그도 그랬다. 그 삶을 한 시간만 다시 살 수 있다면.

회의 때문에 강을 다시 건넌다. 따뜻하고 비공개적인 대학 내부에서 쫓겨나 몸과 마음이 무방비하게 노출된다. 날것의 느낌. 도시의 평범하고 칙칙한 잿빛. 얼마나 지겹고, 진부하고, 단조롭고, 무익한지. 게리가 근처냐고, 한잔하자고, 저녁을 먹자고 한다. 나오미에게서 문자메시지가 온다. 오늘 약속 있어? 이렇게 그저 남들을 위해서 계속 살아가는 것, 그런데 남들 누구? 나오미는 아니다, 절대로. 그가 정말로 끝내버리는 게 나오미에게는 더 나을 것이다. 실비아를 위해서도 아니다. 실비아는 그가 자기 때문에 고통받기를 바라지 않을 것이다. 사실상 실비아에게는 그것이 삶의 원칙이다—누구에게 무엇도 요구하지 않는 것. 특히 피터에게는 더더욱. 바 뒤쪽에 낮게 달린 길쭉한 거울에 거리를 지나가는 자동차들이 은빛으로 비친다. 게리가 노사 관계 위원회에서 무슨 일이 있었는지 이야기하는 동안 피터는 인쇄된 메뉴에서 말없이 오타를 발견한다. 브로콜리에 L이 하나 많다. 결국 아이번을 위해서일지도 모른다는 생각이 든다. 정말이지 아이번에게 그럴 수는 없다. 애정이라기보다는 도리. 아빠가 돌아가셨는데 형까지 죽다니. 그건 안 된다. 아이번을 진심으로 좋아하지 않는다 해도 마찬가지이다. 게리가 결정적인 농담을 던지자 피터는 듣지도 않아놓고 그럴듯하게 소리 내어 웃으며 말한다. 고전적이네. 다른 친구들이 합류하고, 술이 한 잔 두 잔 돌고, 감정이 점점 누그러진다. 생각이 해안에 철썩이는 파도처럼 서서히 밀려들다가 밀려나간다. 게리도, 다른 친구들도 나쁜 놈들은 아니다. 최선을 다하고 있다. 피터와 마찬가지로 지치고 좌절했다. 도울 수 있을 때는 서로 돕는다. 레이가 코스티건도 더블린에 있냐고 묻자 게리가 아니라고, 런던에 있다고 말한다. 알지, 코스티건의 아내가 또 애를 가졌잖아. 사실은 몰랐다. 문자메시지라도 한 줄 보내야겠다. 장례식 때 다정한 카드를 보내주었다, 착한 친구이다. 더 마실 거야? 너무 많이 마시면 내일 병원에 갈 때 숙취에 시달릴 것이다. 간호사들 앞에서 실비아를 창피하게 만들겠지. 주머니에서 핸드폰을 꺼내 보니 이미 9시가 지났다. 문자메시지를 슬라이딩 입력으로 빠르게 적고 전송을 누른 다음 잔을 비운다. 가는 거야? 사랑스러운 나오미한테 우리 안부 전해줘. 외투 단추를 잠근다. 거리로 나가자 어둡고 차가운 강바람이 그를 실어 나른다. 바람 때문에 눈이 다시 젖는다. 오로지 아이번을 위해 계속 살아간다고 상상해보자. 생각만 해도 우울하다. 잠에서 깨는 매일 아침, 직장에서 보내는 매시간, 혼자서 차려 먹는 형편없는 매 식사. 전부 연락도 거의 안 하는 동생을 위해서. 아이번이 부탁한 것도 아닌데. 다른 누구도 부탁하지 않았는데. 그가 삶을 끝내든 말든 누군가 신경 쓴다고 생각하는 것 자체가 착각일지도 모른다. 그들의 잘못은 아니다. 피터 자신의 실패, 그가 저지른 실수이다, 그가 사람들을 실망시켰다. 자기혐오. 패배. 그녀가 샤워하러 간 사이에 계좌 이체를 하고. 잊어버리자. 모든 것을 파괴하는 그녀의 통증. 장례식에 입고 온 그 정장. 그리고 아버지. 마지막 고통. 죽음의 불가피성. 의미 없는 존재, 무(無)를 지탱하는 거짓된 도덕성. 최종적이고 영구한 무(無)만이 진실이다. 그의 앞에서 열리는 미닫이문, 제임시스가의 편의점. 환한 내부로 들어가니 머리가 지끈거린다. 라디오에서 흘러나오는 가벼운 잡담. 위스키 한 병과 비닐에 싸인 도넛 한 상자를 집어 들어 카드를 대고 계산한다. 감사합니다, 고맙습니다.

밖으로 나간 피터는 길모퉁이를 돌면서 문자메시지를 보낸다. 문이 열릴 때 흘러나오는 빛을 본다. 문틀을 잡은 손, 짙은 색 매니큐어. 나오미의 손이 아니다, 저닌의 손이다. 통통하고 예쁜 얼굴이 미소를 지으며 말한다. 들어와요. 어머나, 도넛 사 왔어요? 같이 복도를 걸어간다. 그녀의 향수가 풍기는 산뜻하고 달콤한 향. 응, 지금 어떤 분위기인지 몰라서. 피터가 말한다. 저닌의 광대뼈에 하트 모양의 작고 어둑한 뭔가가 있다, 은색 스티커이다. 사랑해요, 피터. 저닌이 말한다. 부엌에서는 맨살을 드러내 번쩍거리는 팔다리, 짙은 연기 냄새, 쏟아진 술. 가죽 미니스커트 차림으로 스타킹 올이 풀린 채 조리대에 앉아서 다리를 흔드는 나오미. 압도적인 매력. 길거리에서 온갖 남자들을 지나치겠지. 그녀가 피터에게 무엇까지 허락할까, 어쩔 수 없이 떠오르는 상상. 언제나처럼 그녀의 옆에서 깔깔 웃는 친구들. 어둑한 불빛, 시끄럽게 울리는 음악. 나오미가 부엌을 가로지르는 그를 본다. 오가는 눈빛. 친구들의 존재를 잊고 아랫입술을 빨며 미소 짓는 그녀. 피터가 다가가자 조리대에서 미끄러져 내려오며 말한다. 안녕, 자기. 피터가 몸을 숙여 나오미에게 키스할 때 그의 손가락 밑에 얇게 느껴지는 반쯤 비치는 블라우스. 보드카와 레모네이드 맛. 조리대에 등을 기댄 그녀. 젊음의 경솔함. 너무나 아름답고 너무나 행복한 나오미를 보자 감상적인 느낌이 든다. 나오미의 친구들이 그를 어떻게 생각할지 가끔 궁금하다. 유능한, 위압적인, 어른. 아니, 외롭고 절박해 보일까 생각하니 정말 몸서리가 난다. 남자애들은 질투할지도 모른다. 속이 비치는 블라우스, 봉긋하고 완벽한 가슴. 나오미가 그에게 뭐라 이야기하고 있지만 소음에 파묻혀 알아들을 수 없다. 뭐라고? 피터가 묻자 그녀가 과장되게 말한다. 법원 일은 어떻게 됐냐고. 그가 눈썹을 치켜올리며 대답한다. 아, 잘됐어. 고마워. 나오미의 손가락이 그의 머리카락 사이로 들어왔다가 목뒤로 내려간다. 이겼어? 피터는 미소가 떠오르는 것을 느끼며 나오미의 허리에 손을 얹고 말한다. 응, 일단 오늘은. 그녀가 웃는다. 분홍빛 혀, 반짝이는 은색. 나오미가 대답한다. 진짜 섹시한데. 도넛 상자 뚜껑이 열리더니 손에서 손으로 넘겨지고, 나오미가 도넛 하나를 손으로 조금 뜯는다. 친구들은 사복 경찰에 대해 이야기하고 있다. 그녀가 설탕이 뿌려진 부드러운 도넛을 한 조각 삼키고 피터에게 한 조각 건네자 그가 받아먹는다. 나오미의 친구 셰이머스가 묻는다. 사복 경찰이냐고 물었을 때 대답할 의무가 있어요? 피터는 자신을 보는 다른 이들의 시선을 느끼며 대답한다. 아니. 없어. 그중 한 명이, 리아가 말한다. 법적으로는 대답해야 하는 줄 알았는데. 피터가 도넛을 한 조각 더 먹으며 대답한다. 법 같은 건 없어. 셰이머스가 웃으며 말한다. 그럼 당신이 하는 일은 뭔데요? 피터가 지친 미소를 지으며 대답한다. 거짓말을 하지. 나오미가 그의 손가락을 가지고 장난을 친다. 편두통처럼 박동하는 음악. 피터는 나오미와 춤을 출 만큼 취했나 생각한다. 노래가 끝날 때까지는 인생이 완벽하고 영원하다.

저닛이 나오미의 팔꿈치에 손을 얹으며 말한다. 우편물 왔다고 얘기했어?

무슨 우편물? 피터가 말한다.

피터한테 보여줘봐.

나오미가 얼굴을 찌푸리며 말한다. 내 방에 있어.

그녀의 방은 이상하리만치 텅 비었다. 침대는 흐트러진 그대로이고 소음 때문에 바닥 널이 진동한다. 피터가 외투를 벗어 옷장 문에 건다. 그의 눈 주위로 사방 벽이 느릿하고 가볍게 빙빙 돈다. 피터가 침대에 앉고 나오미가 화장대에 놓인 서류를 뒤적이며 말한다. 응, 우리 이런 우편물을 하나 더 받았어. 그녀가 봉투를 건넬 때 피터의 머리가 쿵쾅거린다. 중요한 거 아니야. 그녀가 덧붙인다. 내가 당신한테 물어보겠다고 말해놔서 그래.

흐릿한 빛 속에서 피터가 눈을 깜빡이며 찢어진 봉투를 연다. 강제 퇴거 명령서. 9월 22일 자.

그렇군. 피터가 말한다.

나오미가 그의 옆에 다리를 꼬고 앉아서 길고 윤기 나는 머리카락을 한쪽 어깨 뒤로 넘기며 묻는다. 안 좋아 보여?

그가 눈을 꼭 감았다가 다시 뜬다. 종이 위의 글자들이 지글거리며 다시 짙어진다. 응, 안 좋아 보여. 잘 모르겠어. 내일 제대로 읽어볼게.

나오미가 서류를 다시 가져가 직접 살펴본다. 취한 거야, 아니면 자낙스를 다시 먹는 거야? 그녀가 묻는다.

눈이 다시 감기고, 피터가 등을 대고 누우며 말한다. 둘 다.

그는 나오미가 바라보는 것을 느낀다, 아니 듣는다. 그러면 안 돼. 그녀가 말한다.

피터가 무의미한 거짓말을 한다. 반쪽이었어, 먹은 지 진짜 오래됐고.

이마에 나오미의 손이 느껴지고, 부드러운 손가락이 그의 머리카락을 넘긴다. 좀 깨게 한숨 잘래? 그녀가 말한다.

거리가 너무 가까워서 왠지 나오미가 그 자신처럼, 둘이 같은 사람처럼 느껴진다. 같이 어둠 속에 가라앉은 것 같다. 피터가 말한다. 아니. 가봐야 돼.

나오미가 손을 치운다. 왜?

아침에 할 게 있어.

일?

아니. 친구 만나.

나오미의 혀가 입천장에서 떨어지면서 작게 쫏, 하는 소리가 난다. 당신 친구 실비아 말이지.

눈을 뜨자 그녀가 내려다보고 있다. 응. 그가 대답한다.

두 사람 늘 만나더라.

그랬나?

서늘하고 반짝이는 나오미의 눈. 그 여자랑 섹스해?

피터가 조금 더 그녀를 올려다보다가 대답한다. 아니. 아주 예전에는 그랬지만 지금은 아니야.

나오미가 거울 속에서처럼 천천히 고개를 끄덕이고 우편물을 다시 내려다본다.

신경 쓰여? 피터가 묻는다.

나오미가 시선을 들지도 않고 웃는다. 음, 클라미디아*에 걸리긴 싫으니까. 그러니까 응, 그 정도로는 신경 쓰여.

피터가 천장으로 시선을 돌린다. 불이 켜지지 않은 알전구. 걱정 마. 만약에 걸려도 나한테 옮은 건 아닐 거야.

접힌 서류 모서리를 만지작거리는 그녀의 손가락. 둘이 다시 사귀거나 뭐 그런 거야?

왜. 일자리라도 구해야 될까 봐 걱정 돼?

나오미가 망설임도 없이 다시 깔깔 웃는다. 아, 지금 내가 그걸로 버티고 있었지? 당신이 지난 6주에 걸쳐서 준 200유로로?

피터가 자기도 모르게 미소를 지으며 말한다. 그래, 무슨 말인지 알아들었어.

내가 왜 신경 쓰는지 모르겠어. 당신이 잘해주는 것도 아닌데.

넌 잘해주는 사람 안 좋아하잖아.

약하게 두드리는 소리가 나더니 방문이 열리고 나오미의 친구들이 등장한다. 저닌, 피터가 모르는 여자 둘, 남자 하나. 한 여자가 말한다. 우리가 방해하는 거야? 저닌이 나오미에게 말한다. 너 전화 왔어. 화면이 켜진 핸드폰을 던지자 민첩한 손이 낚아챈

---

*　성 접촉에 의해 전염되는 대표적인 성병.

110

다. 응, 방해하는 거야. 피터가 딱히 누구에게랄 것도 없이 말한다. 나오미가 침대에서 일어나 고개를 돌리며 전화를 받는다. 여보세요. 뭐? 다시 말해봐. 문이 열려서 음악 소리가 더 크게 들린다. 나오미가 손으로 한쪽 귀를 막고 서성거린다. 밖에서 들려오는 찢어질 듯한 웃음소리. 저넌이 피터 옆에 앉으며 괜찮으면 좀 볼게요, 라고 말하고 접힌 서류를 집어 든다. 나오미가 핸드폰에 대고 말한다. 안 들려. 잠시만. 그러더니 방문 앞에 모여든 친구들을 헤치며 돌아보지도 않고 나간다. 저넌이 묻는다. 나오미가 이거 보여줬어요? 피터가 서류를 내려다본다. 머리가 아프다. 그가 말한다. 응. 아직 안 읽었어, 내일 보려고. 방에 들어온 남자가 옷장 문에 기대 손으로 만 담배에 불을 붙이고 미소 지으며 묻는다. 둘이 어떻게 아는 사이예요? 분명 피터에게 하는 질문이다. 피터가 저넌을 보자 그녀는 입을 꾹 다문다. 피터가 다시 남자를 보며 말한다. 미안하지만, 누구? 모두가 어색하게 웃는다. 남자가 난 여기 살아요, 라고 말한다. 제기랄. 이제 어떻게 할까, 나오미가 전화를 끊고 돌아올 때까지 그냥 기다릴까. 오기는 할까. 주변에서 나오미의 친구들이 계속 웃는다. 아마 그를 비웃는 거겠지. 헛된 분노로 몸이 떨린다. *둘이 어떻게 아는 사이예요.* 물론 무슨 뜻인지 안다. 나오미의 팬들 중 하나. 아마 실제 만나는 관계로 한 단계 올라설 만큼 돈을 많이 쓴 남자. 여자 친구 체험. 저들은 웃으면서 이런 생각을 하고 있겠지. 피터는 이렇게 말할 수도 있다. 사실 우리는 크리스마스가 지난 어느 날 밤에 어떤 바에서 만났어. 나오미가 나한테 전화번호를 물었지. 나중에 집까지 데려다줄 때 나오미의 집 문제에 대해서, 나오미가 웹사이트에 올린 프로필에 대해서 이야기했어. 가볍게 어울린 것뿐이었어. 어쨌든 난 만나는 사람이 있었으니까. 관심을 즐겼지. 눈빛도 주고받고. 그 뒤에 문자메시지가 오가고 가끔 밤에 나가 만나기도 했어. 아무 일도 없었어. 그때 내가 친구한테 나오미에 대해서 얘기하고 사진을 몇 장 보여줬더니 위험한 불장난이라고 하더군. 나는 과민 반응이라고 생각했어. 아마 춤도 같이 추고 내가 술도 샀을 거야. 복잡한 게임이지. 나오미의 눈에 비친 영리함. 다른 남자들은 나오미한테 말을 걸어도 전부 무시당했어. 이게 말하자면 권력을 가진 느낌인데, 중독성이 있지. 약물처럼. 주도권 싸움도 있었지. 서로 상대방이 굴복하고 고백하게 만들려고 했어. 어느 날 밤, 나오미가 문 앞에서 나한테 가지 말라는 거야. 인조 모피 재킷을 입고 덜덜 떨면서. 나오미가 나한테 부탁했어. 그래서 내가 말했지. 내가 어떻게 하길 바라? 여자 친구랑 헤어지라고? 나오미가 그렇다고 말했어. 난 생각해보겠다고 했지. 어이없는 상황이었어. 손쓸 수가 없었어. 나오미한테 반했다고나 할까, 뭐 그랬어. 그러니까 내 말은, 제길, 나오미는 스물두 살이었어. 게다가 법적으로는 홈리스에다가 소위 말하는 성 노동자가 되기 직전이었지. 따지자면 그렇다는 거야. 나는 스스로에게 말했어. 피터. 넌 변호사고 30대야. 아버지는 암 치료를 받는 중이고 너에게는 책임이 있어. 이 여자 때문에 네 인생을 망치지 마. 앤 널 좋아하지도 않아, 그냥 게임일 뿐이야. 잠깐만 생각해봐. 사람들이 뭐라고 하겠어. 친구, 가족. 네 명성. 물론 논리적으로 따져봐야 이미 아무 소용 없지. 빌어먹을, 이젠 그런 말이 뇌에 가 닿지도 않아. 나오미에게서 나는 맛을 생각하면 입안이 축축해져. 그래서 아무튼, 응, 여자 친구랑은 끝냈어. 참고로, 예뻤어. 명문 여고 마운트앤빌 출신에다가 컨설팅 회사의 주니어 컨설턴트였지. 아버지가 판사인데, 지금도 가끔 마주쳐. 걱정할 거 없어. 요즘은 내 동료랑 만나는데, 곧 약혼할 것 같아. 사우스서큘러 근처에 집을 구하겠지. 그런데 나는 지금 병원 옆의 더러운 불법점거 주택에서 매트리스에 누워 있고 나오미는 다른 방에서 전화 통화 중이야. 그래, 우린 그렇게 아는 사이야. 아, 아니, 암 치료는 실패했어. 물어봐줘서 고마워. 돌아가셨어.

어디 가요? 저닌이 말한다.

피터가 신발을 신으며 대답한다. 밖에.

방금 왔잖아요.

그는 옷장 문에 걸어둔 외투를 집으며 아무 말도 하지 않는다.

나오미한테 뭐라고 할까요? 저닌이 묻는다.

혼자 계단을 올라 밖으로 나간다. 어둠에 잠긴 제임시스가. 택시를 불러 올라탄다. 10시 20분. 피터가 말한다. 배것가로 가주세요. 고맙습니다. 그런 다음 핸드폰에 입력한다. 잠깐 들러도 돼? 더 별로인 생각도 했다. 그러면 같이 병원에 가서 그녀가 그걸, 경막외 주사를 맞는 동안 기다릴 수도 있다. 지금 생각하니 그럴듯하다. 아파트에 돌아갔을 때의 그 섬뜩하고 피할 수 없는 침묵을 잠시 미룰 수 있다. 어쩔 수 없이 떠오르는 기억. 그 여자랑 섹스해? 하고야 싶지. 세인트오딘 성당의 석조 주랑현관 앞을 지날 때 핸드폰 화면이 켜지면서 그녀의 대답이 짧게 진동한다. 당연하지. 나 지금 집이야. 오늘 처음으로 맛보는 평화. 갑작스러운 감동. 눈을 감고 이 감정에 잠기고 싶다. 거기, 그녀가 혼자서 고요하게, 아마도 소설을 읽고 있다는 생각. 현금으로 요금을 지불하고 팁까지 준 다음 거리로 내려선다. 주머니에서 열쇠를 찾아 계단을 올라간다. 자전거 바큇자국이 난 리놀륨 바닥을 지나 더 작은 열쇠로 그녀의 집 문을 연다.

어둑한 복도에서 따뜻한 식용유 냄새가 나고 음악이 조용히 들려온다. 피터가 생각한다. 황제 협주곡이네. 2악장 야상곡. 거실로 들어가니 싱크대 앞에 선 그녀의 등이 보인다. 음악 소리와 수돗물 소리. 피터는 문간에 서서 바라본다. 곧은 어깨, 작은 엉덩이, 실링팬 조명 아래 금빛 머리카락. 차분하고 정연한 그녀라는 존재. 당연하지. 나 지금 집이야. 술에 취하고 혼란스러운 그가 늘 그렇듯 침입한다. 왜일까. 둘이 다시 사귀거나 뭐 그런 거야? 피터가 큰 소리로 말한다. 나 왔어. 그녀가 돌아보지도 않은 채 낮고 아름다운 목소리로 대답한다. 오전 심리는 어떻게 됐어? 피터가 구두변론을 요약해서 말해준다. 즐겁다, 재미있다. 술이 깨는 것만 같다. 그녀가 미소를 지으며 수건에 손을 닦는다. 회색 양모 스웨터. 머리에 꽂은 거북 등딱지 문양 핀. 아까 그곳의 혼란과 소음이 마치 섬망 상태에서 꾼 악몽처럼 사라진다. 평화롭고 고요한 그녀라는 존재를 향해 걸어가면서 그는 평정을 느낀다.

내일은 어떨 것 같아, 기분 괜찮아? 피터가 묻는다.

그녀가 수건을 걸고 그를 보며 말한다. 괜찮아. 걱정할 거 없어.

두 사람이 소용히 마주 본다. 때때로 증오와 구분하기 힘든 사랑. 두 사람이 서로에게 상징하는 것, 충족시킬 수 없는 욕망. 그러나 그녀는 장례식 내내 그의 손을 잡아주었다. 그리고 내일 그는 병원에서 지루하게, 초조하게, 늘 그렇듯 핸드폰을 계속 확인하며 자리를 지킬 것이다. 네, 여기 있습니다. 그러니까, 아니요, 남편은 아니에요. 남편은 없어요. 그러니까, 제가 같이 오긴 했는데 그런 사이는 아니에요. 상황 때문에 훼손되어 이해하기 어려운 무언가로 변한 관계. 플라토닉한 인생 파트너. 물론 따로 산다. 그래야 그가 다른 여자들을 쫓아다니고, 돈을 마구 쓰고, 망신을 당하고, 술에 취해도 아무도 깨우지 않고 새벽 4시에 집에 들어갈 수 있다. 또 그녀는 작은 아파트에서 그의 몸이 내뿜는 정신 사나운 육체성으로부터, 커다란 체구와 너무나 육식동물 같은 욕구로부터 벗어나 자기 일을 자유롭게 할 수 있다. 그는 기억한다, 모든 일이 벌어지기 전에는 완벽한 팀이었다. 두 사람이 함께 하면 쉬워 보였다. 허공에서 정확히 울리며 생각의 속도에 따라 반짝이는 목소리, 이미 다룬 부분은 가볍게 뛰어넘고, 조목조목 논지를 포착하고 다시 논의를 심화하고, 그래, 가끔 피터는 순수한 기쁨에 소리 내어 웃었다. 그녀의 지성을 목격하는 것, 더욱 맑은 공기 속으로 들어 올려지는 기분. 여전히 그런 기분이다. 그런 면에서 여전히 실비아를, 그 정신의 아름다움을 존경한다. 그뿐만이 아니다. 피터가 생각할 때 어젯밤에 아이번에게 전화해서 대화를 억지로 이어간 것은 그녀를 위해서였다. 그게 무슨 소용이든. 실비아를 위해서, 그녀에게 잘 보이고 싶어서. 실비아에게 좋은 인상을 주려고 맡는 사건들, 힘들고 고맙다는 인사도 못 듣고 보수도 없는 일들. 실비아에게 인정받으려고. 얼마 되지 않지만 그러모은 그의 선한 마음. 그녀에게 사랑받으려고 애쓰느라. 그의 도덕성. 삶의 원칙. 실비아가 그를 다시 바라본다. 피터가 그녀의 허리에 손을 얹는다. 모든 것에도 불구하고. 죽음, 무(無). 잠시 두 사람이 마주 본다, 말하지 않아도 안다. 결국 그가 실비아에게 키스한다. 받아들이는 입술의 온기. 실비아를 더 가까이 끌어당긴다. 그의 품에 감싸인 연약하고 가는 몸의 무게. 물론 실비아는 피터가 술을 마셨다는 사실을 안다, 어디 있었을지 안다. 그가 여기 온 진짜 이유를 생각할 것이다. 아마도 참회하려고. 자비를 베푸소서. 피터는 그게 아니라고 말하고 싶다. 그러면 왜. 혼자가 두려워서. 여자 친구에게 화가 나서. 시간을 되돌렸다는 착각, 다시 젊어지고 사랑에 빠져, 행복을 약속하면서, 말하지 마. 아니, 그게 아니다, 그것만은 아니다. 그저 그녀와 함께 있어야 한다는 느낌. 부서지고 패배한 채 그녀의 곁에서 위안을 얻고 싶은 마음. 점점 더 가까워져서 하나가 되고 싶다. 부엌 조리대에 등을 기댄 그녀. 중환자실에서 아버지와 마지막으로 나누었던 대화. 계속 들락거리며 산소 농도계를 흘끔대는 간호사. 더운 8월의 늦은 오후. 실비아는 어떠냐? 잘 지내요. 늘 아빠 안부를 물어요. 직접 오고 싶을 거예요. 아, 실비아는 참 좋은 아이지. 내가 늘 실비아를 생각한다고 전해주렴. 피터가 그녀의 스웨터를 들춘다. 얇은 티셔츠, 부드럽고 하얀 면 브래지어. 그녀의 목에 부드럽게 키스한다. 섬세하지 못할까 봐 걱정하면서. 너무 크고 투박해 보이는 손. 평소에는 그것을 즐긴다. 끔찍한 생각이다. 그가 다시 그녀의 입술에 키스한다. 그녀의 티셔츠 속으로 들어가는 손가락끝. 그녀가 눈을 감고 가냘프게 말한다. 알잖아, 나 안 되는 거……. 그가 대답한다. 응, 알아. 잠시 멈춘다. 그녀의 얼굴이 달아오른다. 그가 묻는다. 나 때문에 아픈 건 아니지? 그녀가 반쯤 웃으며 무력한 숨을 내쉬고 말한다. 응. 좋아. 그녀에게 줄 수 있는 게 이렇게 적다니. 애정 어린 손길이 주는 단순하고 순수에 가까운 쾌락. 그녀가 허락하는 것. 그렇다면 무엇 때문일까. 그의 욕구, 또는 그녀의 욕구. 그들은 어떻게 살아왔는가. 결혼하거나 뭐 그런 건 아니지? 그는 너무 늦지 않았다고 생각한다. 어쨌거나 시도할 수는 있다. 두 사람이 함께할 수 있을 삶. 그들이 원했던 삶이 아니라 지금 살 수 있는 삶. 한 밤중에 잠에서 깨 옆에서 자는 그녀의 익숙한 무게를 느끼는 것. 그것으로는 충분하지 않을까. 간호사가 찾으면 네, 여기 있습니다, 라고 말하는 것. 그녀의 입술에 고인 한숨. 그는 외국의 어느 커튼이 내려진 더운 호텔 방에서 젊고 빛나던 그녀를 기억한다. 알몸으로 누워 손에 턱을 괴고 시를 읽던 그녀. 당신이 나를 기다리는 곳, 그래, 그때 나는 당신을 알았다. 삶이 완벽했던 시절. 한때는 그랬다. 이제 그녀를 놔주는 것이 두 사람 모두에게 좋을 지도 모른다. 실비아, 도와줘. 미안해. 그녀가 그의 이름을 중얼거린다. 그녀가 부르자 아무 생각 없이, 이번만큼은 솔직하게 대답한다. 사랑해. 그녀가 말한다. 나도 사랑해. 그가 눈을 감는다. 지쳤고, 술에 취했고, 부끄럽다. 용서받고 싶다. 전부 되돌리고 싶다. 올바른 삶을 살고 싶다.

4

    목요일 오후, 마거릿은 천장이 낮고 타일이 깔린 복도를 따라 위층 연습실을 향해 걸어간다. 문이 살짝 열려 있어서 휴대용 스테레오의 평면적인 음악 소리와 그보다 소리를 높여 말하는 얼래나의 목소리가 흘러나온다. 자, 박자 맞춰서. 얘들아, 팔꿈치 들어야지. 좋아. 마거릿이 다가가는데 음악이 뚝 멈추고 되감기더니 다시 재생된다. 얼래나가 큰 소리로 숫자를 센다. 둘 둘 셋 넷……. 마거릿이 손가락을 구부려 문을 조용히 두드린 다음 반쯤 열고 들여다본다. 창문으로 들어오는 희고 어스레한 빛. 레오타드에 부드러운 발레화를 신고 발레 바에 손을 올린 빼빼 마른 10대 소녀들. 아직 완성되지 않은 분홍빛 얼굴, 새끼 사슴처럼 길쭉한 팔다리. 머리를 틀어 올린 옹골찬 근육질의 얼래나가 미소를 지으며 문으로 다가오자 마거릿이 열쇠를 건넨다. 당신 최고야. 얼래나가 말한다. 별 말씀을. 마거릿이 대답한다. 얼래나가 돌아서서 다시 아이들에게 말한다. 턴아웃 잊지 말고. 마거릿이 문을 닫고 조용해진 가운데, 혼자 복도를 다시 걸어간다. 신발이 타일에 부드럽게 또각거린다. 아래층 커피숍은 분주하다. 유아차를 끌고 아기와 함께 나온 여자들, 구석 자리에서 찻주전자를 앞에 두고 앉아 있는 해링턴 부인, 싱크대 옆 덜그럭거리는 에스프레소 머신. 마거릿이 오후에 늘 마시는 커피를 주문하고 카운터에서 기다리며 신문을 팔락팔락 넘긴다. 이미 사람들이 많이 넘겨봐서 기름이 묻고 회갈색이 되었다. 우유 저그에 넣은 스팀 배출구가 쉬익 소리를 내고 앞치마를 두른 도린이 묻는다. 오늘 밤에 또 와요? 마거릿이 구독자의 편지란을 보다가 고개를 들고 대답한다. 으음. 첼로예요. 아주 잘한대요, 남자고. 도린이 잔과 받침을 카운터에 내려놓으며 말한다. 여기 있어요, 마거릿. 마거릿이 신문을 접고 받침을 들며 말한다. 아주 좋네요. 고마워요. 사무실로 다시 올라가자 린다는 통화 중이다. 마거릿이 다른 책상 앞에 앉아 컴퓨터를 깨우고 이메일 수신함을 연다. 바깥 거리에서 주차된 자동차들 위로 바스락거리는 갈색 나뭇잎이 날아다닌다. 린다가 전화를 끊자 두 사람은 데이비드가 아이디어를 낸 새로운 혜택과 예매 소프트웨어, 정작 월요일 이후로 한 번도 못 본 데이비드 센터장에 대해 이야기를 나눈다. 마거릿은 뜨겁고 벨벳처럼 부드러우면서 쓴 커피를 마시고, 창밖에서는 마른 나뭇잎이 흩어져 떨어진다.

그날 저녁에 일이 끝난 다음, 마거릿은 친구 애나의 집 뒤쪽 정원 벤치에 앉아서 새 모이통을 채우는 애나를 지켜본다. 10월 초. 애나는 유전자 조작 모기 이야기를 또 늘어놓고 있다. 그녀의 말에 따르면 미국에서 유전자 조작 모기를 야생 어딘가에 풀고 있다. 하느님이 만드신 본래의 모기를 죽이려고. 아니면 그냥 번식을 막는 거였나, 잘 모르겠다. 마거릿은 이미 들었던 이야기이지만 애나가 철사로 만든 작은 모이통을 나뭇가지에 거는 모습을 지켜보며 귀를 기울인다. 마거릿이 말한다. 일부러 반대 의견을 내자면 말이야, 말라리아 때문에 죽는 사람이 많긴 한 것 같아. 이제 다른 모이통을 채우는 애나의 이마에 머리카락 한 가닥이 흘러내린다. 그녀가 대답한다. 확실히 그렇지. 하지만 의학 실험실에서가 아니라 생태계에다 그런 짓을 하는 거라고. 낮은 구름 뒤에서 태양이 모습을 드러내자 차갑고 하얀 빛 때문에 마거릿이 한쪽 눈을 찌푸린다. 반대쪽 눈은 나뭇잎이 드리운 그늘에 가려져 있다. 마거릿이 말한다. 있잖아. 할 말이 있었는데. 애나가 두 번째 모이통을 가지에 걸고 벤치에 나란히 앉는다. 마거릿은 애나를 보고 있지 않지만 그녀가 움직이는 소리가 들린다, 얇은 나무판 위로 애나의 무게가 느껴진다.

뭔데? 애나가 묻는다.

주말에 강당에서 체스 클럽 행사 있었던 거 알지.

아니, 몰랐어. 무슨 행사였는데, 대회였어?

아니. 음, 모르겠어. 더블린에서 초빙한 체스 선수가 동시에 열 명을 상대로 체스를 뒀어.

와, 진짜? 이겼어?

마거릿이 반쯤 미소를 지으며 대답한다. 응.

열 경기 다?

그래.

대단하다. 어떻게 그랬대? 클럽 회원들끼리 먼저 하고 이긴 사람들이랑 붙은 건가?

마거릿이 등을 벤치에 비비며 허리를 똑바로 세우고 말한다. 아니. 그런 다음 잠시 생각하다가 덧붙인다. 그랬으면 열 경기를 이긴 게 아니지, 안 그래? 그러니까, 생각해봐. 그러면 다섯 경기밖에 못 이기잖아.

아. 그러네. 아무튼 무슨 비결이 있을 거야. 그러니까 내 말은, 그 사람이 다른 사람들보다 열 배나 잘하다니 의심스러워.

음, 다른 사람은 전부 평범한 체스 클럽 회원이었어. 한 명은 열 살이었고. 나이가 중요하진 않겠지만.

아니, 그 사람한테 분명히 어떤 방식이 있었을 거라고.

구름이 해를 가리자 정원이 어두워진다. 그냥 체스를 정말 잘 두는 게 그의 방식이었겠지. 마거릿이 말한다.

그런 행사가 있는 줄 알았으면 루크한테 말할걸. 루크도 체스를 좀 두거든.

머거릿이 고개를 돌려 애나를 보며 말한다. 그래?

웅, 온라인으로. 근데, 그거 진짜 복잡하더라. 사람들이 체스를 잘 두려고 평생 공부하고 그러더라고.

웅, 그러게. 마거릿이 말한다. 그 사람도 그런 사람이야. 그 남자. 그랜드 마스터*야?

몰라. 그 비슷한 거야. 그런데 내가 하려는 이야기에서 체스만 너무 깊이 파고들었네.

애나가 어깨를 살짝 떨자 마거릿은 야외가 부쩍 서늘해졌다고 생각한다. 애나가 말한다. 미안. 체스 얘긴 줄 알았어. 계속해봐.

이냐. 마기릿이 말한다. 숨을 내뱉고 손과 얼굴에 모여드는 냉기를 느낀다. 루크가 체스를 두는지 몰랐네. 안으로 들어갈까?

작은 뒷부엌이 이제 어둑해서 애나가 불을 켠다. 애나와 루크는 생후 10개월 된 아들 헨리와 함께 원래 시영 주택이었던 작은 테라스 하우스**에 살면서 정원에서 꽃사과와 감자를 키운다. 루크는 목공 교사이고 애나는 시각예술가로 활동하며 아이들에게 미술을 가르친다. 애나는 운전을 못하기 때문에 예전에는 특이한 옷차림으로 고리버들 바구니에 장 본 것을 넣고 자전거를 타고 다니는 사람으로 동네에서 유명했다. 마거릿에게 지난 20년

---

* 세계체스연맹이 부여하는 최고 등급의 선수 칭호.
** 양옆의 이웃집과 벽을 공유하는 단독주택.

은 그런 식으로 흘러갔다. 열여섯 살 때, 교복 차림으로 자전거를 타고서 남자애들이 상스러운 말을 외쳐도 깔깔 웃으며 신경 쓰지 않던 애나. 스물여섯 살 때, 구정물에 얼룩진 치마를 입고 선명한 색깔의 스카프를 휘날리며 자전거 바구니에 오렌지 봉지를 넣고 달리던 애나. 이제 서른여섯 살이 된 애나는 행복하고, 피곤하고, 자전거를 타기보다는 바퀴가 짝짝이인 중고 유아차를 밀면서 걸어 다닌다. 물론 애나에게는 같은 세월이 정반대로, 그러니까 마거릿이 나이 드는 모습을 지켜보면서 흘러갔을 것이다. 다른 사람에게 쌓이는 세월을 인식하는 것이 더 쉽다. 애나에게는 마거릿이 언젠가 이런 사람이었다가 지금은 저런 사람이 되었겠지만 마거릿이 자기 삶을 볼 때에는 모든 경험이 뒤섞이고 흐릿해지며 계속 흘러갈 뿐이다. 애나가 주전자에 물을 올리고서 모기 이야기를 다시 늘어놓기 시작하는데 집 앞쪽에서 루크가 열쇠로 문 여는 소리가 들린다. 잠시 후 헨리를 안은 루크가 모습을 드러낸다. 마거릿이 인사를 건네자 오랜 친구인 루크도 아기의 통통한 손을 잡고 대신 흔들며 인사한다.

방해 안 할게. 마거릿이 말한다. 어차피 갈 거였어.

애나는 조리대에 놔두었던 헨리의 옷을 개기 시작한다. 그녀가 마거릿에게 말한다. 언제 만날까? 주말 괜찮아?

그럼. 마거릿이 말한다.

저녁 먹으러 와. 애나가 말한다.

마거릿의 차는 거리에 세워져 있다. 샛노란 단풍잎 하나가 앞 유리에 떨어졌다. 거리의 배수로에서 수많은 빨간색과 갈색 나뭇잎이 바람을 타고 떠올랐다가 다시 내려앉는다. 마거릿이 차에 타서 문을 닫고 시동을 건 다음 아무 이유 없이 백미러를 건드린다. 애나는 주말에 저녁 식사를 같이 하자고 했다. 분명 즐거울 테고, 마거릿이 디저트를 만들 수도 있다. 아까 루크에게 이렇게 말할 수도 있었다. 애나한테 들었는데 너 체스 둔다며. 하지만 왜? 대화를 되살리려고, 결국은 애나에게 그날 있었던 일을 이야기하기 위해서. 그렇다면 루크 앞에서 그 이야기를 꺼내는 건 좋은 생각이 아니었을 것이다. 무슨 일이 있었는지 루크에게는 말하고 싶지 않고, 애나에게 얘기하고 싶은지도 확신이 없기 때문이다. 애나는 확고하고 때로 예측 불가능한 생각을 가진 사람이므로 마거릿을 냉혹하게 판단할지도 모른다. 마거릿은 차를 몰고 시내를 빠져나오면서 게다가 애나는 이제 아기가 생겨서 예전만큼 자주 만나지도 못한다고, 어차피 남들의 성생활에 대해서 이러쿵저러쿵하는 걸 좋아하는 친구는 아니었다고 생각한다. 애나는 그런 대화를 나누기에 이상적인 상대는 아닐 것이다. 하지만 지금 마거릿에게 이상적인 대화 상대—엄격한 도덕적 신념도 없고 딴 데 신경 쓸 게 없고 약간 선정적인 경험담을 좋아하는 친구—가 있을 것 같지도 않다. 조니가 그런 유형일지도 모르지만 멀리 리스본에 산다. 커린도 있다. 하지만 마거릿은 애나에게 하지 않은 이야기를 할 만큼 커린과 친하지 않으므로 두 사람 모두 그런 교류 자체가 어색하게 느껴질 것이다. 친구인 로절리에게 이메일을 보낼 수도 있다. 사실은 어차피 보내야 하긴 했다. 하지만 마거릿이 정말로 하고 싶은 이야기는 무엇일까? 또, 이야기하고 나서 듣고 싶은 대답이나 예상되는 대답은 무엇일까?

시내를 벗어나자 저녁이 몰려든다. 원예용품점과 오래된 묘지를 지난 다음 큰 도로에서 왼쪽으로 꺾어 철교 밑을 지난다. 마거릿이 차를 몰고 열린 대문으로 들어갈 때 잡초가 무성한 진입로에서 타이어가 바스락 소리를 낸다. 산울타리 너머로 마거릿이 작년부터 세 들어 사는 작은 주택의 낮은 석조 정면이 보인다. 엔진을 끄고 차에서 내리자 나뭇가지에 앉아 있던 새들이 깜짝 놀라서 반사적으로 다 같이 날갯짓하며 공중으로 치솟는다. 마거릿은 현관으로 들어가서 조명을 켜고 현관 매트에 놓인 우편물을 집어 들지만 제대로 보지 않는다. 그녀의 이름, 주소, 구독 잡지. 마거릿이 외투와 스카프를 벗어서 걸고 하품을 하며 부엌으로 들어가 냉장고 문을 연다. 문 쪽 칸에 든 우유갑에 검은 활자로 10월 11일이라고 적혀 있다. 그녀가 밀봉된 생닭다리 살을 꺼내고 문을 닫는다. 정말로 일어났던 일이, 현실이 남아 있을까? 아무에게도 말하지 않은 꿈은 애초에 없었던 것처럼 사라진다. 이 경우에는 그게 나을지도 모른다. 현실과 어느 한구석 맞닿지 않고 누구와도 공유하지 않은 채 무(無)가 되어 사라져버리는 꿈. 오늘 밤 마거릿은 차를 몰고 첼로 독주회가 열리는 직장으로 돌아가서 로비에 서서 표를 받고, 예의 바른 대화를 나누고, 사람들을 좌석으로 안내할 것이다. 나중에는 또 다른 낯선 이를, 이번에는 첼로 연주자를 차에 태울 것이고 그는 조수석 차창 밖으로 지나가는 도시를 바라볼 것이다. 그 체스 선수처럼. 그녀의 핸드폰에 아직 남아 있는 그의 전화번호. 그녀가 기억하는 그의 손, 물어뜯긴 손톱. 그가 말했다. *이렇게 당신을 만지는 게 정말 좋아요.* 순진할 정도의 다정함. 마거릿은 두 사람이 다른 무엇보다도 대화를 나누었다고 생각한다. 그는 아버지에 대해서, 자신이 느낀 낙담과 후회에 대해서 말했고 그녀는 자기도 낙담하고 후회했다고 고백했다. 그러고 나니 사랑을 나누는 것이 쉬웠다, 쉽고 기분 좋았다. 마음이 놓였다. 이제 그중에서 남은 것이 있을까? 어디에? 그 방에, 축축한 커튼이 달린 작고 추운 그 별장에. 또는, 두 삶이 서로 맞닿는 곳에.

마거릿이 부엌 식탁에 혼자 앉아서 식사를 한다. 다 먹고 나면 이 식사를 준비하고 먹기 위해서 썼던 도구를 하나하나 씻고 그러느라 흔적이 남은 모든 표면을 닦아야 할 것이다. 싱크대 쪽 조리대, 냉장고 옆 조리대, 도마, 부엌 식탁. 그런 다음 어머니에게 전화를 걸어 새로 살 식기세척기에 대해서 의논할 것이다. 마거릿이 식기세척기를 사주겠다고 했는데, 그 과정이 수수께끼처럼 길고 복잡해지는 바람에 어느 제품을 어디서 살 것인지, 설치 기사가 옛날 제품을 수거해 갈 것인지 이야기하느라 통화를 수 도 없이 많이 했다. 마거릿은 물건을 예정대로 사기도 전에 얼마 들지도 않는 돈을 명목으로 두 동생과 점점 노쇠해가는 어머니 에게 자기도 모르게 뻐기고 있다. 식기세척기는 본분을 다하는 마거릿의 성격을 보여주는 증거, 자신을 희생하면서 믿음직스럽 게 자식으로서 의무를 다한다는 표시다. 기껏해야 몇백 유로일 텐데. 마거릿은 경제적으로 동생들보다 넉넉하지 않지만 그 돈 을 달리 쓸 데도 떠오르지 않는다. 갈 곳도, 만날 사람도 없다. 겨 울 부츠 한 켤레쯤은 사고 싶지만 2년 전에 산 부츠가 아직 멀쩡 하다. 어머니에게 식기세척기를 새로 사주는 돈은 사실 대수롭 지 않다. 그런데도 마음속으로 동생들과 엄마에게 뻐기고 있다 니, 끔찍하다. 마거릿은 식사를 하면서, 자기가 만든 음식의 달콤 하고 짭짤한 맛과 질감을 인식하면서 몇 분 뒤 어머니와 통화할 내용을 미리 연습한다. 엄마는 오늘 시내에서 리키를 봤어, 라 고 말할 것이다. 엄마는 꼭 그 비슷한 말을 한다. 잘 지내는 것 같 더라, 라고 덧붙일지도 모른다. 네 안부를 묻던데. 아마 그는 정 말로 그럴 것이다. 그를 막을 수는 없다. 리키 피츠패트릭, 마거 릿의 전남편. 한때는 리처드 피츠패트릭의 부인이었던 마거릿 컨스.

♟

　그날 밤, 아이번은 아파트 부엌에서 인스턴트 국수를 먹으면서 아일랜드에서 개를 잠시 맡아줄 곳이라고 검색한 결과를 스크롤하며 보고 있다. 여러 검색어를 조합해서 대여섯 번 시도해봤지만 "개를 임시 보호하는 법"과 "현재 임보 가능한 개들" 같은 링크만 나올 뿐이다. 개를 임보 시설에서 집으로 데리고 오는 것은 무척 쉬워 보였지만 개를 임보 시설에 보내는 방법을 설명하는 웹사이트는 하나도 찾지 못했다. 분명 어떤 절차도 입력 없이 출력만 존재할 수는 없다. 개가 어딘가에서는 와야 한다. 그러나 아이번은 자기 개를 바로 그런 개로 만들 방법을 전혀 알 수 없다. 꿰뚫고 들어갈 수 없을 듯한 시스템을 답답하게 지켜보기만 한 적이 지금까지 얼마나 많았던가. 그가 들어갈 방법은커녕 이해할 방법도 찾지 못하는 구조에 남들은 아주 손쉽게 들어갔다. 너무 자주 일어나는 일이기에 아이번에게는 그것이 사실상 기준선, 정상적인 상태이다. 남들이 비합리적인 본성을 가지고 있고 따라서 비합리적인 규칙과 과정을 만들기 때문만은 아니다. 아이번 본인이 근본적으로 삶에 적합하지 않기 때문이다. 그는 이 사실을 알고 있다. 아이번은 어쩐지 스스로가 삶이 아닌 다른 것을 염두에 두고 만들어진 존재처럼 느껴진다. 아이번에게도 좋은 면이 있지만 전부 그가 살고 있는 세상, 실제로 존재한다고 말할 수 있는 유일한 세상에서 살아가는 것과는 별로 관련이 없다. 어쨌거나 중요하지 않다, 개 문제는 피터가 알아서 하겠다고 말했으니까. 나한테 맡겨. 통화할 때 피터가 확실하게 말했다. 피터에게는 사회체제가 전혀 혼란스럽지 않다. 늘 투명하고 대개는 자신에게 유리하도록 조종할 수 있다. 아는 사람이 아주 많을 뿐 아니라 안다는 것만으로 그들을 자기가 원하는 대로 움직일 수 있는 그런 사람이다. 피터라면 자기 아파트에 앉아서 "아일랜드 개 임보 도움" 같은 문구를 검색엔진에 입력하지 않을 것이다. 어딘가 커다란 공간에서 그를 정말 똑똑하고 흥미로운 사람이라고 생각하는 이들에게 둘러싸여 있을 것이고, 거기 모인 사람들 중에 아마 개를 임보하는 자선단체의 CEO나 뭐 그런 사람이 있을 것이다. 지금 이 순간 피터가 개의 임시 보호처 하나 못 찾는 못난 동생 이야기로 그 CEO를 웃겨서 다 같이 웃음을 터뜨리고 있을지도 모른다. 뭐, 웃으려면 웃으라지. 개를 키워도 되는 아파트나 공유 주택을 구할 때까지 개가 안전한 곳에서 보살핌을 받으며 지낼 수만 있다면 실컷 웃어도 좋다, 아이번은 상관하지 않는다.

아이번의 개 알렉시는 여섯 살이다. 아이번의 핸드폰 잠금 화면도 알렉시의 사진으로 설정되어 있다. 알렉시가 흰색과 검은색이 섞인 날씬한 몸을 O자로 말고 소파에 누워서 눈을 감고 행복한 단잠에 빠져 있는 사진이다. 아이번은 알렉시가 강아지였을 때 아주 열심히 훈련시켰다. 꼬박꼬박, 한밤중에도 데리고 나가서 볼일을 보게 했고 명령에 따라서 앉고 목줄을 잡아당기지 않으면서 얌전히 걷게끔 가르쳤다. 아이번이 학교에서 길고 불행한 하루가 끝나고 아버지와 둘이 사는 작은 반단독주택으로 혼자 돌아오면 알렉시가 매일, 하루도 빠짐없이 작은 몸으로 펄쩍 뛰어올라 그를 반겼고 기쁜 듯이 꼬리를 흔들었다. 알렉시는 친구들이 아이번을 패배자라고 생각해도 신경 쓰지 않았다. 곤충 같은 체형 때문에 학교에서 '거미' 쿠벡이라고 불리는 것도 신경 쓰지 않았다. 같은 학년의 인기 많은 여자애 하나가 친구들과의 내기 때문에 아이번에게 펠라티오가 뭔지 아느냐고 물었던 것도, 지금도 왜 그랬는지 모르겠지만 아이번이 그게 뭔지 알면서도 "아니"라고 대답한 것도 신경 쓰지 않았다. 알렉시의 눈에는 아이번이 살아 있는 사람들 중에서 가장 카리스마 넘치고 사랑스러운 존재였다. 저녁이면 식사를 마친 다음 둘이 같이 소파에 앉아서 아이번은 외국 성인들을 상대로 온라인 체스를 두고 알렉시는 길고 가느다란 얼굴을 그의 어깨에 사랑스럽게 파묻었다. 옆에서는 아버지가 안락의자에 앉아 텔레비전을 보면서 뉴스가 나오면 고개를 저었다. 아이번이 대학에 진학해서 집을 나간 뒤에는 아버지가 전화로 알렉시의 소식을 정기적으로 전해주었다. 최근 몇 년 동안 아버지와 아들 사이에 오간 대화는 대부분 알렉시에 대한 것이었다. 알렉시의 익살스러운 행동,

요즘 기분, 동물병원에 갔던 이야기 등등. 아버지가 가끔 사진을 보내주면 아이번은 아, 너무 귀여워요! 하고 답장했다. 핸드폰 잠금 화면으로 설정한 사진도 사실 아버지가 보내준 것이다. 1년쯤 전에. 가끔 알렉시가 슬리퍼를 가져다주었기 때문에 아빠는 장난으로 알렉시를 우리 요양 보호사라고 불렀다. 이제 아빠는 세상을 떠나고 개는 스케리스의 어머니 애인 집에 살고 있으며 어머니는 날 선 문자메시지를 보낸다. 한 달이 넘었구나, 아이번. 알고 있겠지만 여긴 유기견 보호소가 아니란다! xx*

검색 결과 두 번째 페이지를 내리는데 갑자기 뒤에서 목소리가 들린다. 아이번. 깜짝 놀라서 오른손에 멍하니 들고 있던 포크를 떨어뜨리며 벌떡 일어나 돌아보니 아파트를 같이 쓰는 롤런드가 서 있다. 아이번이 말한다. 깜짝이야. 거기 있는지 몰랐어. 화끈거리는 얼굴로 더듬더듬 포크를 줍는다. 롤런드가 무표정하게 지켜보며 말한다. 그렇구나. 그냥, 주말에 있을 건지 물어보려고. 아이번은 롤런드가 거기 서 있다는 사실에 놀라서 아직도 가슴이 두근거린다. 놀라운 일도 아닌데, 두 사람이 같이 사는 아파트 부엌에 롤런드가 서 있을 뿐인데. 아이번이 말한다. 아. 여기 있을 거냐는 뜻이야? 롤런드가 대답한다. 그게 아니면 무슨 뜻이 될 수 있는지 난 정말 모르겠다. 아이번이 침을 삼

<hr />

*   키스, 사랑의 인사를 뜻한다.

키고 말한다. 응, 여기 있을 거야. 그러니까, 아마 그럴 것 같다고. 확실한 계획은 없어. 롤런드가 천천히 고개를 끄덕이고 냉장고로 가면서 말한다. 알았어. 롤런드의 여자 친구 줄리아가 실크 파자마 차림으로 어깨에 수건을 두르고 문간에 나타난다. 아이번은 이제 부엌 분위기가 자신에게 우호적이지 않음을 깨닫고 자리에서 일어나 식탁에 있던 노트북과 반쯤 먹다 만 국수 그릇을 집어 든다. 그가 줄리아의 시선을 피하며 중얼거린다. 안녕. 줄리아가 밝게 대답한다. 안녕, 아이번. 그녀가 롤런드를 향해 고개를 돌리며 말한다. 참, 걔네는 언니 집에 못 간대, 내가 물어봤어. 아이번이 눈을 내리깔고 조용히 문으로 향할 때 샌드위치를 만드는 듯한 롤런드가 대답한다. 아, 걔네 너무 짜증 나.

아이번이 방으로 들어가 보니 침대 위에 놔둔 핸드폰이 울리고 있다. 밝혀진 화면에 그가 모르는 핸드폰 번호가 떠 있다. 진동으로 해두었는데 매트리스가 진동 소리를 거의 흡수해서 밖에서는 소리가 들리지 않았다. 배터리가 2퍼센트밖에 안 남아서 국수를 만들러 가면서 충전기에 꽂아두었다. 진동이 얼마 동안 울렸는지 모르니 마음이 급해진다. 아이번은 전화를 빨리 받아야 한다는 긴박감에 사로잡힌다. 문을 닫고 노트북을 침대에 던지고 국수 그릇을 침대 옆 탁자에 내려놓은 다음 초록색 아이콘을 눌러 전화를 받는다. 그러다가 충전이 아직 덜 돼서 플러그를 뽑으면 안 된다는 것을 뒤늦게 깨닫는다. 소리를 들으려면 탁자 옆 바닥에 쭈그리고 앉아서 충전 중인 핸드폰을 귀에 대야 하는데, 얼굴에 닿는 핸드폰이 너무 뜨겁다. 아이번이 양탄자 위에 몸을 웅크리듯 자리를 잡은 다음 핸드폰에 대고 말한다. 여보세요? 잠시 아무 일도 일어나지 않는다. 그러다가 어떤 여자의 목소리가 말한다. 여보세요. 안녕. 아이번인가요?

아이번은 두려움과 환희를 동시에 느끼며 목소리를 알아듣는다, 아니 기억하고 있었다. 아니면, 기억하고 있었다고 생각한다. 안녕. 그가 말한다. 네. 아이번이에요. 여보세요.

안녕. 목소리가 다시 말한다. 마거릿 컨스예요. 지난 주말에 만났던.

아이번이 얼른 대답한다. 아, 기억하죠. 멋지네요. 그러니까 내 말은, 당신이 연락해줘서 기쁘다고요. 벨이 너무 오래 울린 건 아니면 좋겠는데. 배터리가 거의 다 돼서 충전기에 꽂아놓고 나갔었거든요.

아이번은 이 모든 말을 아주 빠르게, 너무 빠르게 하고 있음을 깨닫는다. 마거릿은 잠시 대답하지 않고 기다린다. 아이번은 귓가에서 맥박이 너무 빨리 뛰며 시끄럽게 울려서 상대방에게도 들리는 게 아닐까, 통화 중에 다른 사람의 심장박동을 듣는 것이 의학적으로 가능한 일일까, 잠깐 생각한다. 아마 아닐 것이다.

괜찮아요. 마거릿이 말한다. 오래 울리지 않았어요.

아이번이 조심스럽게, 조용하게 숨을 들이마신 다음 마거릿에게 소리가 크게 들리는 것이 싫어서 핸드폰을 살짝 떼고 숨을 내쉰다. 이제 아이번이 다시 말할 차례일까, 아니면 아직 그녀의 차례일까? 침묵 속에서 다시 시간이 흐른다. 어쩌면 아이번의 차례였을지도 모른다, 무례하고 쌀쌀맞게 느껴질지도 모른다.

당신이 생각나면 전화하라고 말한 게 떠올라서. 마거릿이 말한다. 당신 생각을 하고 있었거든요, 그래서.

아. 아이번이 말한다. 나도 당신을 생각했어요. 아주 많이.

마거릿이 다시 말을 멈춘다. 아이번은 침대에 등을 기대고 양탄자 위에 앉는다. 지난 토요일 아침에 체스 워크숍에서 지각생들이 도착하기를 기다리고 있을 때 체스 클럽의 어떤 남자가 마거릿이 "멋진 여자"라고 했었다. 그 자리에 여자는 없고 남자들뿐이었기에 아이번은 그 말이 예쁘다는 뜻이라고 느꼈다. 그 상황이 익숙하지 않은 감정을 불러일으켰다. 그 말에 경멸이 섞이기라도 한 것처럼 항변하고 싶은 기분이 뜨겁게 치밀어 올랐다. 어쩌면 정말로 그 말에 성차별적인 뉘앙스나 여자를 외모로만 평가하는 뭐 그런 기미가 있었을지도 모른다. 하지만 동시에 마음속으로 은밀한 승리감과 흥분도 느꼈는데, 남들 모르게 바로 그 여자와 밤을 같이 보냈고 둘이서 다른 남자들을 살짝 흉보기도 했기 때문이다. 사람들이 등 뒤에서 수군거릴 만큼 매력적인 마거릿이 아이번과 잤고, 끝난 다음에는 그의 품에 안겨서 완벽했다고 말했다. 바로 그때 올리가 말했다. 뭐야, 자네 때문에 초빙 선수님 얼굴이 빨개졌잖아. 그러자 모두가 고개를 돌려 그를 보았고, 아이번이 침을 삼켰다. 그는 얼굴이 빨개진 줄도 몰랐지만 빨개졌다는 생각만으로도 얼굴이 진짜로 달아올라서 당황했다. 아이번이 말했다. 체스 이야기만 하는 게 좋을 것 같은데요. 이 말에 남자들이 전부 웃음을 터뜨렸는데, 어찌나 껄껄웃던지 아이번은 신경이 살짝 곤두섰다. 그 이후에는 체스에 대한 이야기만 나누었다. 어쩌면 사람들은 전날 밤 술집에서 아이번이 마거릿에게 약간 반했다고 생각했을 뿐일지도 몰랐다. 어느 정도는 사실이었지만 전부는 아니었다. 아이번은 방바닥에 쭈그리고 앉아서 그녀가 다시 이야기하기를, 무슨 말이든 하기를 기다린다.

오늘 밤에는 행사가 끝나고 첼로 연주자를 태워다 줘야 해요. 마거릿이 마침내 말한다. 그래서 당신이 떠올랐어요. 그 남자는 휴양 별장에 묵지 않지만.

아이번은 자기도 모르게 초조한 미소를 지으며 말한다. 그래요? 호텔 방을 잡아주거나 했나 보네요.

대답하는 그녀의 목소리에서 웃음기가 살짝 느껴진다. 응, 그렇더라고요. 아니, 그러니까 우리가 잡아줬죠.

잘됐네요. 나도 체스가 아니라 첼로를 잘해야겠어요.

그녀의 웃음소리가 들린다, 그 소리가 아름답다. 마거릿이 말한다. 아마 당신은 마음만 먹으면 할 수 있겠죠.

아, 음악하는 사람 좋아해요? 사실은 피아노를 조금 칠 줄 알아요. 아주 잘 치는 건 아니지만.

마거릿이 두 사람만의 이야기라는 듯 낮고 은밀한 목소리로 중얼거린다. 다재다능하니까.

아이번이 어느새 멍청하게 웃으며 말한다. 네, 대단하죠. 아니, 그러면 좋겠네요. 실제로는— 하나일 때는 뭐라고 해야 하죠, 뭐, 일재일능하지도 않아요.

아, 당신은 재능이 있어요. 난 알아요. 내가 없으니까.

아니에요. 아이번이 말한다. 있잖아요, 어— 잠시 말을 멈추자 다시 초조해진다, 손에 들린 핸드폰이 무척 뜨겁다. 내가 하려던 말은, 당신 재능이 몇 가지 떠오른다는 거였어요.

마거릿이 재미있다는 듯이 대답한다. 아하. 예를 들면 어떤 건지 물어봐도 될까요?

아이번이 침을 삼키며 잠시 생각한 뒤에 말한다. 음, 아는지 모르겠지만 당신은 목소리가 정말 아름다워요.

고마워요, 아이번. 하지만 그게 재능인지는 모르겠네요. 엄밀히 말하면 특징에 가까운 것 같은데.

좋아요. 알았어요. 그리고 외모도 아름다운데, 그것도 아마 특징에 가깝겠죠.

마거릿이 다시 웃는다. 아이번이 침대에 기댄 등을 편다. 그런 것 같아요, 응. 정말 고맙지만 재능 같지는 않네.

으음. 있잖아요, 당신에 관해 재능의 영역에 들어가는 몇 가지를 꼽을 수 있어요. 하지만 그러면 당신이 전화를 끊어버리고 싶어질 수도 있으니까.

마거릿이 멋지고 다정하고 유머러스한 목소리로 대답한다. 당신 정말 재밌네요.

아이번이 머리 뒤로 손을 올리고 억누를 수 없는 미소를 짓는다. 정말 그렇게 생각해요? 솔직히 말하면 나도 가끔 내가 꽤 재미있다고 생각하지만 그렇게 말해주는 사람이 아무도 없어요.

아직 제대로 된 사람을 못 만났나 보죠.

아이번은 음, 그런 사람을 한 명은 만났네요, 라고 말할까 잠시 생각한다. 그녀를 만났으니까. 하지만 이런 상황에서는 일방적이라는 느낌을 주지 않도록 신중하게 생각하며 너무 밀어붙이지 않아야 한다. 아이번은 그녀의 목소리에 담긴 가르랑거리는 소리가 믿을 수 없을 만큼 관능적이라고 혼자 생각하지만, 어쩌면 그게 원래 목소리이고 본인도 어쩔 수 없을지도 모른다. 하지만 아이번은 정말로 그녀와 잤고, 마거릿은 그때 좋았다고 말했으며, 거의 일주일이 지난 지금 그에게 전화해서 그를 생각했다고 말하고 있다. 그렇다면 아마 유혹하는 듯한 말을 해도 되는 상황, 으레 그런 상황일 것이다. 어차피 아이번은 이미 그녀에게 아름답다고 말하고 다른 암시도 내비치면서 살짝 추파를 던졌는데, 그녀도 즐거운 듯 웃었다. 아이번이 불쑥 말을 꺼낸다. 혹시 — 그런 다음 말을 끊었다가 어색하게 다시 말한다. 모르겠어요. 음, 우리 다시 만나는 거 어떻게 생각해요?

마거릿은 잠시, 기껏해야 2초 정도 말이 없다가 입을 연다. 글쎄요, 우리는 인생의 단계가 너무 다른데.

아이번이 무슨 말인지 알겠어요, 라고 대답한다. 두 사람 모두 다시 침묵에 빠진다. 아이번은 물어보면 안 되는 거였구나, 라고 생각한다. 아무 말도 하지 말걸. 상관없는 말이나 할걸. 마거릿이 말한 첼로 연주자 이야기로 돌아가거나 어떤 음악을 좋아하는지 물었다면. 아이번은 하지만 아니라고 생각한다. 음악 이야기는 하나두 흥미롭지 않다. 지금은 중요하지 않다. 현실은 그가 그 질문을 던졌다는 것이고, 마거릿은 자신 없는 목소리로 우리는 인생의 단계가 너무 다른데, 라고 말했다. 그러면 마거릿은 왜 전화를 했을까? 그냥 찬사를 듣고 싶어서? 이렇게 생각하니 끔찍한 기분이 들었다. 마거릿이 아이번을 약간이라도, 그의 찬사를 듣고 기분이 좋아질 만큼이라도 좋아하면 괜찮지만 아마 그 정도도 좋아하지 않을 것이다. 인생의 단계가 다르다는 말은 무슨 뜻일까? 나이 차이를 말하는 것 같지만 아이번은 사실 나이는 아무 상관 없을 가능성이 아주 높다고 생각한다. 나는 당신을 좋아하지 않아요, 미안해요, 라는 말을 돌려서 하는 것일 가능성이 아주 높다. 하지만 정말로 나이 차이에 대한 말일지도 모르기에 아이번은 이렇게 덧붙인다. 난 그냥—내가 볼 때는—개인적으로 그런 건 전혀 신경 안 써요.

대답하는 마거릿의 목소리에 슬픈 미소가 어려 있다. 슬프고 애처로운 미소. 그럼 내가 신경 쓰나 보죠.

아. 아이번이 말한다. 그렇군요. 이제 두 사람은 다시 말이 없다. 그는 지금 마거릿이 어디에 있을까 생각한다. 집이겠지, 그런데 어디에 살까? 단독주택일까 아파트일까? 집 어디에 있을까? 부엌에? 거실에? 아니면 지금 아이번처럼 침실에? 아이번은 마거릿이 거기에, 그녀가 자는 방에 있기를 바란다. 음, 전화해줘서 기뻐요. 아이번이 말한다. 그러니까, 솔직히 말하면 전화 안 올 줄 알았어요. 이제 이런 이야기를 다 털어놔도 상관없겠죠. 지난 주말에 집으로 돌아와서는 좀 초조해지기 시작했어요, 무슨 잘못이라도 저지른 것처럼요. 아니, 모르겠어요. 당신도 머릿속으로 지난 일을 되새기면서 내가 왜 그런 말을 했을까, 왜 그런 행동을 했을까 생각해요? 아마 안 그러겠죠, 당신 이야기는 전부 다 재미있으니까. 난 항상 그래요, 모든 걸 되새기죠. 그러고 나면 스스로한테 좀 화가 나요. 아무튼, 그건 중요하지 않아요. 그냥, 전화해줘서 기쁘다는 말을 하고 싶었어요. 아마도, 어쩌면 당신이 나를 싫어하지 않을지도 모른다는 느낌이 들어서 기뻤나봐요. 싫어할 수도 있지만. 모르겠어요.

마거릿이 차분하게, 망설임 없이 대답한다. 싫어하지 않아요, 아이번. 당연하죠. 그날 밤 당신은 아무런 잘못도 저지르지 않았어요. 전혀요.

음, 내가 정말 서툴렀던 거 알아요. 체스 이야기를 너무 많이 한 것도 그렇고, 솔직히 내가 왜 그랬는지 모르겠어요. 그냥 좀 긴장했나 봐요. 그런 상황을 겪어본 적도 별로 없고 그래서요. 하지만 다시는 그러지 않을 거예요. 그러니까, 우리가 다시 만나면 말이에요. 난 정말 달라질 거예요.

마거릿이 여전히 차분한 목소리로 말한다. 난 당신이 달라지길 바라지 않아요.

아이번은 너무 부끄럽고 얼빠진 기분이 들어서 이유도 없이 웃기 시작한다. 그렇군요. 잘됐네요. 사실 내가 달라질 수 있을지 모르겠으니까. 그러겠다고 방금 말했지만요. 달라지기를 바라지 않는다니 더 잘됐어요. 다시 만나고 싶지 않은 거 정말 확실해요?

마거릿이 잠시 침묵하다가 말한다. 아니, 확실하지는 않아요. 사실은 만나고 싶어요. 그냥, 현명한 행동이 아닌 것 같아서.

인생의 단계가 너무 달라서요?

응, 그래서요.

아이번이 핸드폰 화면을 바라본다. 배터리가 23퍼센트인 것을 보고 이 정도면 충분하다 싶어서 충전기를 분리한다. 음, 다시 만나서 이야기만 해도 되잖아요. 어때요? 아무 일 없어도 괜찮아요. 우리가 이야기만 나누면 인생의 단계가 달라도 아무 문

141

제도 없을 거예요.

마거릿이 전화기에 대고 어쩔 수 없다는 듯 숨을 내쉬며 말한다. 이런. 모르겠어요. 그게 정말 좋은 생각일까요?

아이번은 이 질문에 대해서 잠시 생각해본다. 두 사람이 다시 만나는 것이 좋은 생각일까, 아닐까. 무언가를 원하는 것과 그것이 좋은 생각이라고 여기는 게 다를까? 아이번은 그렇다고, 다를 수도 있다고 생각한다. 사건의 장기적인 결과가 단기적인 만족감에 비해 좋지 않다는 예측이 가능하다면. 당신이 무척 좋아하는 사람, 솔직히 말해서 당신을 똑같은 식으로 좋아하지 않는 듯한 사람을 만날 경우 장기적인 결과가 무척 나쁠 수 있다. 당신이 그 일과는 별개로 얼마 전 가족을 잃고 슬픔과 마음의 동요에서 헤어나지 못하고 있을 경우에는 특히 그렇다. 당신은 그 사람을 점점 더 좋아하게 되지만 그 사람은 당신의 나쁜 성격과 별로인 외모 때문에 당연하게도 같은 느낌을 받지 못할 경우 장기적으로는 파멸을 불러올 수도 있다. 슬픔, 낮은 자존감, 자신과 타인에 대한 분노, 절망 등 수많은 부정적 감정이 이어질 수 있다. 그보다 덜한 일로 정신이 나가는 사람도 많고 실제로 이런 괴로움 때문에 미친 사람도 있다. 하지만 한편으로는 마거릿과 사랑을 나누면서 그녀가 낮게, 기분 좋게, 만족스러운 듯 그의 이름을 중얼거리는 소리를 다시 들을 수 있을지도 모른다는 생각이 든다. 믿을 수 없을 만큼, 감질날 정도로 가능할 것만 같다. 그걸 위해서라면 뭐든 견딜 수 있다. 절망, 상심, 정신이 나가서 결국 미쳐버린다고 해도. 말 그대로 무엇이든, 어떤 대가든 치를 수 있다. 아이번이 말한다. 응, 좋은 생각 같아요. 정말로.

♟

토요일 밤 9시 13분, 마거릿은 버스 정류장 옆 주차장에서 자동차 안에 앉아 더블린발 슬라이고행 버스가 도착하기를 기다리고 있다. 그녀는 난방을 최대로 틀어놓고 송풍구 앞에 손을 올린 채 멍하니 생각한다. 누가 날 보면 어떻게 하지? 근처 가게와 상점이 문을 닫은 지 한참 뒤에 차에 혼자 앉아 있으므로 확실히 무언가를 기다리는 것처럼 보인다. 누구든 지나갈 수 있고, 그러면 운전석 창문을 경쾌하게 두드리고 이렇게 말할 것이다. 안녕, 마거릿. 시내에 무슨 일이에요? 그러면 그녀는 창문을 내리고 대답할 것이다. 아, 안녕하세요. 어떻게 지내요? 물론 바로 그 순간 슬라이고행 버스가 와서 설 테고, 아마 승객 한 명이 혼자서 내릴 것이다. 조금 더 수상쩍은 시나리오를 상상해본다. 수상쩍은 정도가 아니다, 추잡하다. 중년이 다 되어가는 연상의 여자 마거릿이 어둑한 주차장에 먼지투성이 자동차를 세우고 난방을 과하게 틀어놓고서 청소년기를 갓 지난 청년이 더블린에서 야간 버스를 타고 오기를 기다리고 있다. 더없이 친절하고 남을 잘 믿

143

고 선의가 가득한 행인이라도 그 모습을 보면서 전적으로 무구한 설명을 떠올리지 못할 것이다. 당장 성적인 요소가 제일 설득력 있게 떠오를 것이다. 그리고 틀림없이 그 이야기가 사람들에게 퍼지겠지. 어머니, 애나, 직장 사람들. 리키한테도. 리키가 알면 뭐라고 할까? 이런 굴욕을 자초하는 마거릿을 보고 웃을까? 온갖 잔소리와 훈계를 늘어놓던 그녀가 이런 짓을 저지를 수 있다는 사실에 분개할까? 아니면 혼란스럽고 당황해서 사실을 받아들이지 않으려 할지도 모른다. 온갖 일이 다 있었지만 어쨌거나 마거릿의 품위를 여전히 믿기 때문에. 마거릿 역시 한때는 믿었다. 그녀의 품위를, 그들의 누추한 삶에서 붙들 수 있었던 단 하나의 넝마 조각을.

통화할 때 아이번은 마거릿이 아름답다고, 다시 만나고 싶다고 말했다. 우쭐해지는 말이었고, 그래서 기뻤다. 허영심을 부추기는 그 기쁨. 마거릿은 자신의 허영심이 못마땅하다. 그리고 특히 분수를 따지는 애나도 마거릿의 허영심이든 자기 자신의 허영심이든 못마땅하게 여길 것이다. 어쩌면 마거릿이 애나에게 아이번의 이야기를 하지 않은 것도 그래서였을지 모른다. 저번에 애나의 집 정원에서 말할 기회가 생겼고, 그 이야기를 꺼내려 했는데도 말이다. 또 오늘 애나에게 저녁 식사를 하러 가지 못하게 되었다고 말할 때 무슨 일인지 설명하지 않은 것도 그 때문일지 모른다. 애나는 다른 사람의 추파나 관심에서 뿌듯함을 느끼는 허영심을 경멸했고, 마거릿도 예외가 될 수 없었다. 하지만 그러고 보면 애나는 남편이 있는 데다가 이제 아기까지 생겼고, 그 둘이 각기 다른 방식으로 사랑해주고 헌신하고 있으니 찬사와 칭찬이 주는 기쁨이 필요 없고 무의미하다. 무조건적인 사랑을 비할 데 없을 만큼 듬뿍 받는 애나가 최근 몇 년 동안 고통스러울 만큼 사랑에 굶주린 마거릿의 허영심을 비난한다면 가혹한 처사일 것이다. 마거릿이 아이번을 만난 이후로 그 짧은 시간 동안 그가 준 것은, 그래 솔직해지자, 그녀가 아주 오랫동안 맛보지 못했던 달콤한 말 한 입 거리에 불과하다. 허영은 잘못이다. 마거릿은 송풍구에 손을 녹이면서 막연하게나마 허영심이 잘못이라고 생각하며 인정한다. 하지만 어떤 점에서 잘못일까? 그 잘못의 피해자는 누구일까? 마거릿 자신뿐일까? 아니면, 다른 사람에게도 피해를 줄까?

이제 언덕배기에 전조등 불빛이 보이더니 버스가 덜컹덜컹 천천히 정류장으로 내려와 웅웅 소리를 내며 멈춘다. 문이 열리고 짐칸 문이 자동으로 올라가자 색색의 여행 가방이 적재된 불켜진 공간이 드러난다. 젊은 여자가 핸드폰을 보며 버스에서 내리더니 짐칸으로 간다. 잠시 아무 일도 더는 일어나지 않는다. 그때 버스에서 내리는 또 다른 사람이 보인다. 아이번이다. 짙은 색 재킷을 입고 어깨에 배낭을 메고 있다. 마거릿은 자기도 모르게 문손잡이를 더듬어 열고서 얼굴로 밀려드는 차가운 10월 밤을 느낀다. 그녀가 차에서 내린다. 아이번이 두리번거리다가 주차장을 보고, 그녀를 본다. 마거릿을 알아보고 다가온다. 그는 열정적으로 안녕, 마거릿!이라고 외치거나 하지 않는다. 한쪽 어깨에 배낭끈을 메고 말없이 자동차로 다가올 뿐이다. 가로등의 인공적인 주황 불빛 아래에서 아이번은 그녀의 기억대로 키가 무척 커 보인다. 예의 바르게 거리를 두고 선 채로 그가 말한다. 안녕. 마거릿이 추위에 떨며 말한다. 안녕. 탈래요?

두 사람이 차에 오르고 그녀가 시동을 켠다. 손이 덜덜 떨리지만 차는 숨 막힐 정도로 따뜻하다, 그 사실을 이제야 알아차린다. 마거릿이 난방을 줄이고서 오는 길은 어땠냐고 묻자 아이번이 대답한다. 괜찮았어요, 고마워요. 버스도 나쁘지 않아요. 중간에 많이 서긴 하지만요. 여기 기차역은 없죠? 마거릿이 백미러를 보면서 후진으로 차를 뺀다, 주황 빛과 검은 어둠밖에 보이지 않는다. 그녀가 대답한다. 없어요. 제일 가까운 역은 캐릭이에요. 아이번이 고개를 끄덕인다. 배낭이 무릎에 놓여 있다. 전화로 통화할 때 아이번은 만나서 이야기만 하고 다른 건 아무것도 안 해도 된다고 했는데, 아마 진심이었을 테고 정말로 둘은 이야기만 할지도 모른다. 하지만 그 순간 두 사람은 침묵 속에 같이 앉아 있을 뿐 이야기도 나누지 않는다. 마거릿이 주차장에서 빠져나와 도로에 들어선다.

참, 난 아무것도 없는 곳에 살아요. 그녀가 말한다.

외곽이라는 뜻이에요?

맞아요. 당분간 그쪽에 집을 빌려 살고 있어요.

좋네요. 난 항상 아무것도 없는 곳에 살고 싶었지만 그렇게 되지 않았어요. 그가 목을 가다듬으며 덧붙인다. 혼자 사는 거죠.

마거릿이 살짝 초조하게 웃으며 말한다. 응. 사실 그래요.

네, 그럴 것 같았어요. 난 룸메이트들이랑 같이 살아요.

잠시 침묵이 흐르고, 마거릿은 달리 할 말이 생각나지 않아서 이렇게 묻는다. 집에서 일해요?

아. 우리가 전에 일 이야기는 안 했었군요? 아이번이 고개를 돌려 그녀를 보며 대답을 기다린다.

네. 마거릿이 말한다. 안 한 것 같아요.

그가 다시 고개를 끄덕이더니 앞 유리를 내다보고 마음의 준비를 하듯 심호흡까지 한다. 그렇군요. 음, 솔직히 지금 난 직업이 없어요. 대학을 졸업한 다음 잠시 쉬면서 체스에 좀 더 집중하자고 생각했거든요. 이번 여름에 대학을 졸업했어요. 하지만 월세랑 뭐 그런 걸 내야 하니까 프리랜서 일을 많이 하게 됐죠. 데이터 분석인데, 진짜 싫어요. 또 무슨 앱에서 배달 기사 일도 했는데 너무 별로라서 그만뒀어요.

흥미롭네요. 자동차로요, 자전거로요?

자전거요. 아, 운전은 할 줄 알아요. 면허를 제대로 땄거든요. 필요하면 아빠 차를 타고 다니면 되지만 시내에서는 별로더라고요. 아이번은 여기까지 말하고 나서 마거릿이 듣고 있는지 확인하는 것처럼 그녀를 흘끔 보더니 다시 말을 이었다. 아무튼. 가끔 웃겨요, 배달 일이라는 거 말이에요. 사람들이 진짜 이상한 걸 주문하거든요. 운동 삼아 하기에는 좋아요. 하지만 몇 번 죽을 뻔한 뒤로 그만뒀어요.

세상에, 정말요?

네, 도로에서요. 차를 몰고 다니는 사람들은 사이코패스예요. 아, 미안해요. 난— 기분 나쁘게 하려던 건 아니었어요. 당신은 당연히 아니죠.

이제 마거릿이 미소를 지으며 말한다. 괜찮아요. 내 친구는 어디든 자전거를 타고 다니는데, 걔도 똑같이 말해요. 자동차 운전자는 제정신이 아니라고요.

정말 그래요. 잠시 후 아이번이 덧붙인다. 그래서, 당신 질문에 답하자면 이게 지금 제 상황이에요. 직업이라고 부를 만한 게 딱히 없어요.

체스에 집중하는 중이라서 말이죠.

음, 그럴 계획이었죠. 사실 체스를 썩 잘하고 있지도 않아요. 지루한 이야기는 여기까지만 할게요. 계속 지금 같으면 직업을 찾는 게 낫다고만 말해두죠.

직업을 갖고 싶어요? 마거릿이 묻는다.

마거릿의 시야 끄트머리에서 아이번이 눈썹을 모으며 얼굴을 찌푸리는 모습이 보인다. 좋은 질문이네요. 직업을 갖고 싶냐고요? 사실 그 문제에 대해서 생각이 많아요. 체스 문제는 제쳐두고 생각했을 때 아무것도 안 하는 것보다는 뭔가를 하고 싶냐고 묻는다면, 네, 그러고 싶어요. 하지만 아무것도 안 하는 것과 비교해서 뭔가를 한다는 건 무슨 뜻일까요? 너무 막연하게 말했죠. 예를 들어서, 아까 말했듯이 나는 데이터 분석 일을 조금 하고 있어요. 대부분 IT회사에서 일을 받죠. 회사에서 데이터를 잔뜩 보내 오면—그러니까 사용자가 어느 웹사이트의 각 부분에서 시간을 얼마나 보내느냐 같은 사용자 경험 데이터예요—그럼 닌 몇 시간 동안 그래프나 뭐 그런 걸 만들어요. 만약 그래프를 만드는 데 시간이— 글쎄요, 네 시간쯤 걸렸다고 치면 나는 돈을 더 받으려고 열 시간쯤 걸린 척하겠죠. 아이번이 다시 그녀를 흘끔 보고 덧붙인다. 비도덕적이라고 생각할 수도 있지만, 모르겠어요. 아무튼, 그 부분은 잠깐 넘어가보죠. 실제로 그래프를 만드는 데 걸린 네 시간과 내가 돈을 받은 열 시간, 그게 뭘까요? 그러니까, 그게 다 대체 뭐죠? 적어도 배달 기사로 일할 때는 내가 뭘 하는지 알았어요. 빅맥을 먹고 싶은 사람이 있고, 내가 그 사람에게 빅맥을 가져다주는 거죠. 내가 받는 돈은 그 사람이 햄버거를 직접 가지러 가지 않아도 되는 대가를 반영해요. 그 사람이 집에서 나가지 않는 값으로 치르는 돈이 내가 집에서 나가는 값으로 받는 돈이죠. 앱이 공제하는 만큼을 빼고요. 무슨 말인지

149

알겠어요?

알겠어요. 확실히 말이 되네요.

아, 다행이네요. 데이터 분석의 예로 돌아가서, 그때 내가 받는 돈은 무엇이냐는 의문이 들어요. 네, 회사가 가진 정보를 그래프 형태로 다시 설명해주는 대가로 받는 돈이죠. 그렇다면 적정한 가격은 얼마일까요? 아무도 모르는 게 분명해요. 결국 내가 일한 시간을 부풀려도 회사에서는 그 시간에 해당하는 돈을 주니까요. 이론상으로는 내가 만든 그래프가 회사에 돈을 더 벌어줘야 하는 건데, 그게 얼마만큼인지 아무도 몰라요. 전부 부풀려진 거예요. 아이번은 여기에서 말을 잠시 멈추었다가 똑같은 어조로 말을 잇는다. 관심이 있을지 모르겠지만 난 졸업 논문 때문에 기후 모델링 작업을 했었어요. 이론물리학에서 꽤 중요한 분야죠. 그런 일을 할수록 점점 경제를, 뭐랄까, 처리량의 관점에서 보게 돼요. 그러니까, 음— 자원의 관점에서 보는 거예요. 예를 들면 콘크리트나, 아니면 목재 같은 천연 재료 말이에요. 설명을 잘 못 하겠네요. 나는 살아가기 위해서 정말로 필요한 게 무엇인지, 그리고 그 모든 것을 어디서 구할 건지, 그런 관점에서 경제를 생각하는 것 같아요. 음, 지금은 기후 면에서 엉망진창이에요. 말이 너무 많죠?

아니요. 전혀, 계속해요.

음, 당연히 지금 상태로는 모두가 필요한 걸 가지지는 못해요.

전 세계의 빈곤과 온갖 문제의 관점에서 보면요. 그리고 지나치게 많이 가진 사람도 많죠, 아무 이유 없이 돈을 버리듯이 쓸 만큼요. 돈을 주고 그래프를 만들게 하는데, 그 값은 얼마라도 될 수 있어요. 근거도 없는 숫자죠. 진짜 자원의 가치와 전혀 관련이 없어요. 그런데— 지나치게 정치화하려는 건 아니에요, 내가 얘기하는 건 그런 면이 아니니까. 하지만 정말로 굶주리는 사람들이 있어요. 알아요, 클리셰죠. 하지만 식량 부족은 현실이에요. 그런데 IT회사에서는 그래프를 만드는 대가로 나한테 돈을 줘요. 왜일까요? 자원이 잘못 분배되었기 때문이에요. 그러니까, 노동 자원을 포함해서 말이에요. 이 경우에는 나의 노동이죠. 총 처리량의 관점에서 보면 노동도 자원이에요. 이론적으로 내가 다른 일을 할 수도 있으니까요. 다리를 건설하거나 과학 실험실에서 일하거나, 뭐가 됐든 말이에요. 예를 들어 우리 아빠는 엔지니어였어요. 하지만 꼭 엔지니어가 아니더라도, 그러니까 누군가의 집에 햄버거를 배달하는 일만 봐도 적어도 자기가 경제 체제 안에서 무슨 역할을 하는지 알아요. 자기가 먹을 햄버거도 직접 가지러 가지 않는 게 좀 어이없어 보일지도 모르지만 직접 못 가는 사람도 있겠지요. 하지만 데이터 분석의 경우에는, 잘 모르겠어요. 분명 나한테는 무척 큰돈이에요. 시간을 부풀리면 특히 더 많아지죠. 솔직히 말하면, 항상 부풀려서 말해요.

이제 두 사람은 차를 타고 어둠 속을 달리고 있고, 마거릿이 상향등을 켠다. 그녀는 어느새 아이번의 말을 되새기면서 손가락으로 헤집듯이 철저하게 되짚어본다. 마거릿이 말한다. 흥미롭네요. 그러고 보면 내 일은 데이터 분석의 경우에 더 가까운 것 같아요. 그러니까, 내가 받는 돈은 임의적이에요. 내 일이 특정량의 이윤을 보태고 그 이윤의 일부를 임금으로 돌려받는 게 아니니까. 아트센터라서 정부 보조금을 받거든요.

아이번이 그녀를 본다. 집으로 향하는 왼쪽 샛길이 가까워져서 마거릿이 방향 지시등을 켜자 똑딱거리는 소리가 조용히 울린다. 아이번이 말한다. 아, 그런 뜻이 아니에요. 난 이런 이야기를 할 때 내 생각을 제대로 표현하지 못해요, 미안해요. 난 이윤이라는 것 자체에 비효율성이 포함되어 있다고 생각해요. 여러 가지 이유가 있지만 너무 깊이 들어가진 않을게요. 교사를 예로 들면, 교사는 매일 출근해서 아이들에게 읽는 법을 가르쳐요. 물론 학교는 어떤 이윤도 내지 않아요, 무상이니까요. 하지만 아이들이 읽는 법을 배워야 한다는 건 우리 모두 동의하기 때문에 누군가에게 교육을 맡기고 그 사람에게 돈을 주는 게 나아요. 그 사람도 먹고 살아야 하고, 기타 등등의 이유로요. 모든 것을 이윤의 논리에 따라서 조직하면 경제적으로 말도 안 되는 일이 벌어져요. 방금 든 예처럼 아이들을 가르치는 일에는 직접적인 이윤 동기가 없지만 사람들이 읽는 법을 모르면 경제 자체가 붕괴할 거예요. 인프라나 그런 것들도 다 마찬가지죠.

마거릿이 왼쪽으로 꺾어 좁은 길로 들어가자 타이어 아래 땅이 무척 울퉁불퉁한 게 느껴진다. 하지만 난 읽는 법을 가르치지 않아요. 그녀가 말한다.

네, 하지만 당신이 하는 일은— 음, 내가 아는 건 지난 주말에 당신이 일 때문에 날 만났을 때 본 것뿐이에요. 그러니까 틀리면 고쳐줘요. 내 기억에 당신은 행사 진행을 도왔어요. 행사가 끝난 뒤에 날 태워다 줬고, 그게 당신 일의 일부죠.

마거릿이 혼자 미소를 지은 채, 앞 유리 너머로 가까워지는 대문을 보며 대답한다. 맞아요. 네. 근무시간은 이미 끝났었지만요.

아이번이 듣기 좋게, 약간 어리숙하게 웃으며 말한다. 그랬기를 바라요. 하지만 그걸 제쳐두고— 글쎄요, 그게 더 흥미로운데 왜 제쳐두는지 모르겠네요. 아무튼, 내가 보기에는 당신 일이 가치가 있다고 말하고 싶었어요. 그런데 그걸 뭐라고 해요? 당신 직책이요.

아, 난 프로그램 디렉터예요. 예술 프로그램을 관리하죠. 기본적으로는 행사를 예약해요—음악, 연극, 그런 거요. 그리고 관객을 모으고요. 하지만 정직원이 세 명밖에 없어서 모든 업무를 조금씩 하는 편이에요.

멋지네요. 일하면서 재밌는 공연을 많이 보겠네요.

사실 맞아요. 난 정말 운이 좋아요, 일이 정말 마음에 들거든요.

마거릿이 차를 몰고 대문 안으로 들어가서 늘어선 나무 아래

어두운 진입로를 천천히 올라간다. 집에 불이 켜져 있어서 창문이 어둑한 노란색으로 빛난다. 두 사람이 같이 차에서 내리고 아이번은 그 자리에서 서서 낮고 어두운 집 정면을 잠시 바라본다. 담쟁이덩굴이 왼쪽 절반을 듬성듬성 뒤덮고 있다. 마거릿이 현관문을 열고 두 사람이 복도로 들어간다. 작은 갈색 나방이 천장 등 주변을 맴돌고, 두 사람이 재킷과 신발을 벗는다. 마거릿이 커피나 차를, 아니면 먹을 것을 좀 줄까 묻는다. 아이번은 식사를 했다고, 괜찮으면 물병에 물을 좀 채워도 되냐고 말한다. 두 사람이 부엌으로 들어간다, 발밑의 테라코타 타일이 차갑다. 아이번이 가방에서 은색 물병을 꺼내 수돗물을 채운다.

집이 정말 좋네요. 아이번이 말한다.

아, 내 집은 아니에요. 세 들어 살아요.

네, 하지만 정말 좋아요. 게다가 혼자 살다니, 멋지잖아요.

마거릿이 주전자 뚜껑을 열어 물이 얼마나 있는지 확인하고는 다시 닫는다. 그래요. 아무래도— 이렇게 살 계획은 아니었지만요. 혼자 사는 거 말이에요. 그래도 괜찮아요.

아이번이 그녀를 보며 말한다. 아. 미안해요. 그런 말을 하다니 내가 너무 멍청했어요.

아니에요, 괜찮아요. 그러니까, 당신 말이 맞아요. 더 나쁜 일도 있는걸요. 작년에 어머니랑 몇 달 살았는데, 훨씬 안 좋았어요.

아이번이 마거릿을 계속 바라보며 묻는다. 사이가 별로 안 좋아요?

마거릿은 대답하기가 조심스럽다. 이유는 모르겠지만 대화가 위험해진 느낌이 든다. 우리 어머니랑요? 모르겠어요. 우리 둘다 최선을 다한다고 생각해요. 그냥, 같이 사는 게 우리한테 안맞았던 것 같아요.

아이번이 생각에 잠겨 고개를 끄덕이며 말한다. 무슨 말인지알아요. 나도 가끔 어쩔 수 없이 어머니랑 같이 살았는데, 우리도 정말 안 맞았어요. 음, 엄마는 애인이랑 같이 사는데 그 남자도 자녀가 있거든요. 그래서 그런 것도 있죠. 솔직히 어머니는그 애들을 더 좋아하는 것 같아요.

마거릿은 얼굴을 살짝 찌푸리고 의아해하며 그의 말을 듣는다. 어머니가 의붓자식들을 더 좋아하는 것 같다고요?

네, 내 생각에는요. 어머니랑 성격이 더 잘 맞아요. 둘 다 아주정상적이고 직업도 좋고, 뭐 그렇거든요.

아. 어머니는 당신이 온전한 직업을 갖길 바라신다고 생각해요?

물론이죠. 사실이에요, 그걸 바라세요. 말도 자주 해요. 심지어는 지난달 장례식에서도 그랬어요. 직업 이야기를 또 꺼냈죠. 직업을 갖지 그러니, 라고요. 당신은 어떻게 생각할지 모르지만 나는 좀 심하다고 느꼈어요. 아빠 장례식에서 그런 말을 꺼내다니.

155

나도 모르겠어요.

마거릿은 어느새 아이번의 어머니라는 여자를 그려보려 애쓴다. 어떤 말투로 그런 말을 했을까, 어떻게 생겼을까, 어떤 옷을 입었을까 상상해본다. 내 생각에도 좀 심한 것 같아요.

그래요? 다행이네요. 나도 그렇게 생각했거든요. 그런데 내가 가끔 상황을 잘못 파악해서.

형은요?

아, 피터요. 아이번이 말한다. 그러니까, 피터 직업이 뭐냐고요? 변호사예요.

흥미롭군요. 그런데 내가 묻고 싶은 건 어머니랑 잘 지내냐는 거였어요.

아, 네. 아뇨, 별로요. 사실은 서로 썩 안 좋아해요. 형은 엄마 기준으로 봤을 때 좋은 직업을 가지고 있지만요. 그게 문제가 아니에요. 성격이 부딪치는 것 같아요. 관심이 있을지 모르겠지만, 내가 볼 때는 두 사람 다 지배적인 성격이에요. 자기 뜻대로 하는 걸 좋아하죠. 그래서 엄마가 권위적으로 굴려고 해도 피터한테는 잘 안 통해요. 무슨 말인지 알겠죠. 형은 남이 이래라저래라 하는 걸 별로 안 좋아하거든요.

그렇군요.

아이번이 그녀를 보며 말한다. 네. 반면에 나한테는 좀 더 권위적으로 굴 수 있죠. 결과가 썩 좋진 않지만. 어머니는 나한테

156

절대 만족 못 하니까요.

마거릿이 자기도 모르게 미소 짓는다. 미안해요. 우리 어머니도 나한테 절대 만족 못 하거든요.

아이번도 마주 보며 미소 짓는다. 이상하죠. 내가 만약 무(無)에서 인간을 만들어낸다면 무척 행복할 것 같은데. 그냥 그 존재가 살아 있다는 것만으로도 말이에요. 음, 우리 아빠가 그래요. 아니, 그랬어요. 늘 우리한테 만족하셨죠.

가슴이 아프면서도 뭉클해진 마거릿이 조리대에 놓인 아이번의 손에 자기 손을 포개고 말한다. 정말 안타까워요.

고마워요, 마거릿. 아이번이 대답한다. 정말로, 진짜 이상해요. 아빠가 안 계신다는 게. 후회도 되고요. 아빠한테 더 잘하지 못하고 뭐 그런 게요. 내가 못된 아들이었던 건 아니지만요. 그래도 10대 때 멍청하게 굴고 그런 것도 후회돼요. 아직 시간이 있을 때 죄송했다고 말할 걸 그랬어요. 잘 모르겠어요, 미안해요. 당신 아버지도 돌아가셨죠.

마거릿은 목이 조여드는 것을 느끼며 고개를 끄덕인다. 네. 나도 그런 느낌이 들었던 기억이 나요. 후회스러웠죠. 하지만 이제 그렇게 크게 느껴지지는 않아요.

아, 정말요? 다행이네요. 나도 그렇게 될지도 모르죠, 후회가 옅어지는 거 말이에요. 감정은 정말 변하는 것 같아요.

맞아요. 마거릿이 맞장구친다.

그녀가 조리대를 내려다보며 자신을 바라보는 그의 시선을 느낀다. 미안해요. 아이번이 말한다. 어쩌다가 이렇게 슬픈 이야기로 흘러왔는지 모르겠어요.

마거릿이 시선을 피한 채 미소를 짓는다. 괜찮아요. 음, 삶은 슬프기도 해요. 늘 행복한 척해서 좋을 거 없어요.

아이번이 잠시 침묵하다가 말한다. 네. 나도 그렇게 생각해요. 딱히 행복한 척하면서 사는 건 아니지만, 그냥, 이런 이야기를 할 사람이 없어요. 그가 침을 삼킨 다음 말을 잇는다. 누군가에게 이야기하려고 할 때면 대개 내가 정말 지루한 사람이구나 싶어져요. 가만 보면 상대방은 내 말에 전혀 관심이 없고 딴생각을 하거든요. 그래서 평소에 말을 많이 안 하나 봐요. 친구랑도 말을 별로 안 해요. 할 말이 떠올라도 다른 사람 입장에서는 얼마나 지루할까 생각하다가 결국 입을 다물죠. 하지만 당신이랑 이야기하면 ─ 음, 솔직히 말해서 당신은 약간 관심이 있는 것 같아요. 그래서 분위기에 휩쓸려 당신한테 이런저런 이야기를 하고 싶어져요.

음, 나는 관심 있어요. 마거릿이 말한다.

아이번이 고개를 끄덕이고 조리대에 놓인 그의 물병을 내려다보며 말한다. 솔직히 당신 옆에 있는 것만으로도 기분이 정말 좋아요. 아니 ─ 미안해요, 좀 이상한 말이죠.

마거릿이 조용히 대답한다. 아뇨, 안 이상해요.

아이번이 말없이 그녀를 본다. 마거릿이 그의 표정에서 질문을 읽고 말없이 대답한다. 아이번이 아무 말 없이 다가오고, 그의 손이 마거릿의 허리에 닿는다. 그녀는 눈을 감고서 아이번의 입술이 자기 입술에 닿아 천천히 움직이는 것을 느낀다. 마거릿의 입술이 벌어진다. 조리대에 등을 기댄 채 이어지는 길고 깊은 키스. 이제 아이번은 초조해하거나 주저하지 않고 느리면서 사려 깊게 움직인다. 마거릿은 허영심 이상의 즐거움을 느낀다. 안에서 바깥을 향해 열리는 듯한 심오한 감각. 그가, 이 사람―치아 교정기, 물어뜯긴 손톱, 자원에 대한 생각, 그만둔 배달 일, 표현할 수 없었던 슬픔―이 마거릿을 원하고 그녀도 그를 원한다. 이 사람에게 그가 원하는 감정을 주고 싶다. 마거릿의 귀에 그의 이름을 부르는 자신의 낮은 목소리가 들린다.

♟

두 사람은 말없이 침대에 누워 있다. 아이번이 그녀를 끌어안고 마거릿은 그의 가슴에 머리를 기댄다. 그는 어젯밤에 인터넷에서 조언을 찾아봤는데, 너무 혼란스럽고 앞뒤가 맞지 않았다. 꼭 해야 한다는 것도 다 달랐다. 또 수많은 웹사이트에서 전자기구 같은 것을 팔면서 그런 제품이 없으면 절대 안 될 것 같은 생각이 들게 했다. 하지만 아이번은 그런 제품을 어떻게 쓰는지도 모르고 살 시간도 없었다. 결국 너무 혼란스럽고 불안해져서 인터넷을 꺼버렸다. 그런데 방금 현실에서는 모든 것이 단순하고 쉬웠다. 두 사람이 같이 침대에 올라가 누워서 지난번처럼 키스했고, 침대 옆 램프 불빛 속에서 아이번이 그녀의 옷을 벗기기 시작했다. 그는 마거릿이 입고 있던 거친 양모 스웨터를 벗기고 브래지어 고리를 풀었다. 그녀는 반쯤 벗은 채 누워서 미소를 지었다. 둘이 마주 보자 마거릿이 자기 얼굴을 만지며 웃었고, 아무 말도 할 필요가 없었다, 아이번은 완전히 이해했다. 그리고 그 역시 웃기 시작했다. 아이번은 둘 다 당황했지만 동시에 행복했다고 생각한다. 두 사람 사이에 바보 같으면서도 기분 좋은 감정이 흘러서 웃긴 일이 하나도 없는데도 웃고 싶어졌다. 두 사람이 다시 키스했고, 아이번은 그녀의 속옷 안으로 손을 넣으며 마거릿이 흥분해서 숨소리가 높아지고 헐떡이는 것을 느꼈다. 그는 절정에 이르게 해주고 싶다고 조용히 말했다. 마거릿이 얼굴을 붉히며 고개를 끄덕이더니 그렇다면 아이번이 자기 안에 들어왔을 때 그녀가 스스로를 만지는 방법도 있다고 말했다. 마거릿은 수줍어하며 눈을 반쯤 감고서 아이번을 똑바로 보지 못했다. 그녀가 말했다. 난 상관없어요. 그게 제일 중요한 건 아니니까. 그 생각, 자신이 그녀에게 들어갔을 때 그녀가 스스로를 만지고 자신이 그 장면을 지켜본다는 생각에 아이번은 더욱 흥분해서 이렇게 말했다. 아니, 당신이 그러고 싶으면 우리 꼭 그렇게 해요. 아이번이 가방에서 콘돔을 꺼냈고 마거릿이 그의 위로 올라갔다. 그러자 그녀가 정말로 부끄러워하며 얼굴을 붉히는 모습이 보였고, 마거릿은 자기가 너무 무겁지 않으면 좋겠다고 말했다. 아이번은 아뇨, 전혀 안 무거워요, 라고 말했다. 사실 약간 무거웠으므로 완전한 진실은 아니었지만 그는 그게 좋았다. 이제 아이번이 그녀의 안으로 들어갔고 마거릿이 그의 어깨를 움켜잡았다. 깊이 들어가자 그녀가 무척 좋아하는 것이 느껴졌다. 마거릿이 몸을 움직이자 하얀 가슴이 가볍게 흔들렸다. 처음에는 느긋했고, 아이번은 기분이 너무 좋아서 그녀를 바라보며, 그녀의 손을 잡고 한참 동안 다른 아무것도 하지 않고 이대로 있고 싶었다. 그러다가 속도가 빨라졌고 아이번은 어느새 씨발, 이라고 중얼거리는 자기 목소리를 들었다. 그의 입속에서 이 말이 절로 만들어져서 튀어나왔고, 마거릿이 그를 내려다보며 스스로 만지기 시작했다. 그녀의 젖은 입술 사이로 혀가 비죽 나왔고 아이번은 그녀가 절정에 다다르는 것을 느낄 수 있었다. 마거릿이 울먹이는 목소리로 그의 이름을 불렀다. 아이번, 아, 세상에. 그녀는 눈을 감고 있었고, 아이번도 동시에 끝났다. 꼭 그러려던 것은 아니었지만 이게 더 좋았다, 사실 완벽했다. 이제 그의 가슴을 베고 누운 마거릿은 잠이 든 것 같기도 하다. 아이번은 그녀의 등을 천천히 어루만지면서 지금 이 순간 모든 것이 얼마나 좋은지 생각하며 만족과 행복을 느낀다.

아이번은 지금까지 살면서 강렬한 욕망을 느낀 적이 많았다. 그가 생각하기에 욕망 자체는 전혀 기분 좋은 감정이 아니다. 아주 약간 좋을 수도 있지만 대체로는 괴롭고 당황스러울 뿐이고, 여자와 만나거나 대화를 나눠야 할 때면 불안을 자아낸다. 상대방이 그를 그런 식으로 좋아하지 않고 앞으로도 좋아할 일이 없으리란 사실이 뻔해도 징그럽다는 인상이 아니라 좋은 인상을 주고 싶어서 초조해진다. 한편, 지금까지 아이번 역시 누군가의 욕망의 대상이 된 적이 몇 번 있다. 예를 들자면 한 학년 아래의 대학 후배이자 체스 동아리 회원이었던 클레어가 있다. 기분이 좋았던 기억은 거의 없고 어색하고 미안했던 기억만 남아 있다. 클레어를 피하느라 애를 썼고, 가끔 그녀와 대화라도 나누면 모두의 시선이 그에게 쏠렸다. 클레어는 항상 아이번이 체스를 정말 잘 둔다고 큰 소리로 칭찬하다가 그에 비해 자기는 정말 못한다면서 자신을 깎아내렸는데, 사실 반박하기 어려운 말이었다. 아이번은 말 그대로 아일랜드 최고 수준의 선수였고 클레어는 등급도 없이 대학 체스 동아리를 기웃거리는 학생이었기 때문이다. 아이번은 가끔 클레어의 표정을 보고 자기가 한 말에 상처받은 것을 눈치챘고, 그래서 찜찜하고 죄책감이 들었다. 아니, 클레어의 애정을 받는 것은 기본적으로 불쾌하기만 한 경험이었다. 클레어가 못생겼다거나 그런 건 아니었고 그녀를 예쁘다고 생각하는 사람도 있었지만 말이다. 어쩌면 아이번의 머릿속 작은 부분에서는—예를 들어 어떤 남자애가 그 클레어라는 여자애는 네 걸 진짜 빨고 싶은 것 같더라, 아이번이라고 말했을 때—어느 정도 기분이 좋았을지도 모른다. 별로 놀라운 일도 아니라는 듯 무심코 한 말이었고 우연히 들은 다른 여자애들도 놀라지 않은 것 같았기 때문이다. 아이번이 원래 매력적인 남자라서 그보다 어린 여자애가 그런 걸 해주고 싶어 할 만하다고, 상상할 수 있는 일이라고 생각하는 것처럼. 그러나 일시적으로 자아상이 조금 좋아진 점을 제외하면 타인의 욕망의 대상이 되는 것 자체에는 즐길 만한 요소가 전혀 없었다. 욕망을 느끼거나 욕망의 내상이 되는 경험뿐만 아니라 둘 중 어디에도 속하지 않는 만남도 있었다. 이를테면 대학생 때 파티에서 술에 취해 알지도 못하는 사람과 끈적하게 어울린 적도 있다. 아이번은 그럴 목적으로 수많은 파티에 참석했고, 아주 가끔 생각했던 대로 흘러가기도 했지만 만족스러운 적은 한 번도 없었다. 예를 들어 아이번이 만져도 상대방은 절대 신음하거나 몸을 뒤틀지 않았고, 사실 여자애는 가만히 누워 있고 아이번이 괜찮아? 하고 불안한 마음으로 묻곤 했다. 그러면 상대방은 응, 괜찮아, 라고 말했다. 그 뒤 일상에서 그 여자애를 어쩔 수 없이 다시 마주치면 아이번은 얼굴 전체가 시뻘게진 채 말을 더듬었고, 친구들이 아이번, 왜 그래? 라고 물었다. 파티에서 그에게 수음을 해준 여자애를 우연히 마주쳤는데, 상대방은 기억도 못 하거나 전혀 신경 쓰지 않았던 적도 있었다. 빈번한 일은 아니었다. 사실 아이번이 그런 식으로 여자와 어울린 적은 세 번밖에 없었고, 그중 한 번은 키스만 했다. 어떤 여자애와 삽입 섹스에 성공한 적도 딱 한 번 있었지만 너무 어색하고 별로여서 아이번은 끝난 뒤에 집으로 걸어가면서 말 그대로 눈물을 흘렸고, 인생 그 어느 때보다 자신이 미웠다. 아무튼. 이런 면에서 아이번이 겪은 그 어떤 행위나 감정도 마거릿과의 새로운 경험에, 서로가 서로를 욕망하는 경험에 전혀 대비시켜주지 못했다. 서로 상대방의 생각에 들어가는 느낌. 그래, 말 없이 바라보는 것만으로도 그녀가 어떤 느낌이고 무엇을 원하는지 알고, 그녀 역시 그를 온전히 이해한다는 사실을 아는 것. 따뜻하고 언뜻언뜻 즐거움이 비치는 마거릿의 눈빛, 다 아는 듯한 그녀의 시선. 아이번은 이것이 그녀의 아름다움과 어울린다고 생각한다. 느슨하게 땋아 흐트러진 검고 숱이 많은 머리카락, 도톰하고 표현력이 뛰어난 입술, 유연하고 둥근 팔, 가슴. 구겨지고 부드러워진 옷과 그것이 그녀의 몸에 아무렇게나 걸쳐진 모양마저도 그녀의 이해와 완전한 품성 덕분에 생명을 얻는다. 아이번은 그녀의 품성을 단번에 느끼고 알아본다. 얼굴과 목이 온통 빨갛게 물든 채 울먹이는 목소리로 그의 이름을 부르는 마거릿. 삶이, 그의 삶이 이렇게 될 수도 있다니. 아이번이 마거릿의 등을 어루만지며 말한다. 궁금한 게 있는데요― 그러다가 한동안 둘 다 말이 없었음을 깨닫고 덧붙인다. 아니, 잠들었을지도 모르는데, 미안해요.

마거릿이 고개를 들어 그를 본다. 몽롱한 표정이고 눈이 흐릿하게 반짝인다. 아뇨. 안 잤어요. 무슨 말 하려고 했어요?

혹시 — 좀 멍청한 질문인데, 그냥 궁금해서요. 나한테 전화해야겠다고 전부터 생각한 거예요? 그날 밤에 말이에요. 아니면 전화할까 말까 망설였어요?

마거릿은 말없이 그에게 잠시 더 기대고 있다가 몸을 굴려 똑바로 눕는다. 아이번이 그녀를 바라본다. 구깃구깃 새하얀 이불이 구름처럼 그녀를 감싸고 검은 머리카락이 베개 위로 굽이친다.

솔직히 말하면 전화하지 말아야지, 생각했어요. 마거릿이 말한다. 전혀 말이 안 되는 것 같았거든요. 그러니까, 나이 차이도 나고 가까이 사는 것도 아니라서. 아무튼 그때 그 일이 정신 나간 짓 같았어요. 사실 그때를 떠올리면 스스로에게 깜짝 놀랐어요. 업무와 관련된 행사에서 당신을 만났으니까요. 원래는 그런 짓을 절대, 절대로 안 하거든요. 그래서 생각했죠. 뭐에 씌었는지 모르겠다고, 당신이 나를 어떤 사람으로 생각할지 상상도 안 된다고요. 그러다가 하루이틀 지나니까 전화를 해야 하나 싶었어요. 만나서 기뻤다고, 앞으로 잘 지내기를 바란다고 말하려고요. 왜냐면 당신이 — 모르겠어요, 정말 바보 같지만 그 일이 나한테 아무 의미도 없다고 생각하는 건 싫었어요. 또, 사실 당신 목소리를 다시 들으면 정말 좋겠다고 생각했죠. 하지만 그게 전부였어요. 그냥 고맙다고, 잘 지내라고 말하고 싶어서 전화한 거예요. 아마도요. 내가 정말로 그렇게 생각했는지 잘 모르겠지만.

마거릿은 그가 아니라 천장을 올려다보고, 아이번은 말없이 누워서 그녀를 바라본다.

아이번, 지금 내 인생은 썩 행복하지 않아요. 아직 어려워요, 그— 남편이었던 사람과의 사이가 말이에요. 음, 그는 진심으로 받아들이지 않아요, 우리가— 아니, 우리가 헤어졌다는 사실을 받아들이긴 하지만 인정하기 싫어해요. 우리 어머니도 마찬가지인 것 같아요. 그러니까, 내 결혼 생활에 대해서 말이에요. 복잡한 상황이에요. 내가 이야기할 상대가 별로 없나 봐요. 당신은 원래 전화할 생각이었냐고 물었을 뿐인데. 그 질문에 답하자면, 전화하지 않으려고 노력했어요, 정말 안 좋은 생각이라고 나 자신에게 말했죠. 그러다가 다 무슨 소용일까 싶은 생각이 들기 시작했어요. 그러니까, 내 인생이 그럴듯한 척해서 무슨 소용이 있겠어요? 예전에는 그랬을지 몰라도 지금은 아닌데 말이에요.

마거릿이 고개를 돌려 아이번을 보자 그 역시 마주 보며 이해한다는 뜻으로 고개를 끄덕인다.

안타깝네요. 아이번이 말한다. 당신 전남편 일 말이에요.

마거릿이 시선을 내리깔고 조용히 말한다. 괜찮아요.

음, 분명히 괜찮아질 거예요. 하지만— 솔직히 말하면 꽤 힘든 상황 같아요.

마거릿이 그를 올려다보며 웃자 아이번은 그녀의 슬픔을 알아차린다, 눈에 눈물이 고인 것만 같다. 마거릿이 말한다. 그죠? 상당히 힘들어요.

혹시 — 전남편은 재결합을 바라는 거예요?

모르겠어요. 가끔은 그냥 날 불행하게 만들고 싶은 건가 싶어요. 하지만 그것도 사실은 아니에요. 그에게 물어보면 아마 그렇다고, 재결합하고 싶다고 말할 거예요.

당신은 그러고 싶지 않고요.

마기릿이 새빨리 고개를 끄덕인다.

어렵네요. 미안해요.

아, 모르겠어요. 내가 전남편에 대해서 너무 안 좋은 말만 했죠. 음, 괜찮은 사람이에요, 그냥 나름의 문제가 있을 뿐이죠. 어쨌든 내가 자진해서 그 사람이랑 결혼한 거니까.

아이번이 잠시 그녀를 바라본다. 꽃처럼 온통 흰색과 분홍색이 어우러진 얼굴, 검은 머리카락. 그가 묻는다. 이런 질문을 하면 안 될지도 모르지만, 전남편을 사랑했나요?

한때는 그랬죠. 마거릿이 말한다. 그러고는 잠시 침묵하다가 아이번에게 묻는다. 사랑에 빠진 적 있어요?

아. 몇 번인가 그렇다고 생각했죠. 하지만 서로 같은 감정을 느낀 적은 없어요.

마거릿은 더 이상 설명하지 않아도 무슨 말인지 알아듣고 고개를 끄덕인다. 잠시 후 그녀가 묻는다. 내가 당신한테 전화한 거 괜찮아요? 잘못된 행동이라고 생각하는 건 아니겠죠.

아이번이 잠시 침묵하다가 말한다. 네. 잘못이 아니었어요, 절대로. 난 정말 행복해요. 아니면 뭐랄까— 행복하다는 말은 이상해요, 난 많은 면에서 행복하지 않으니까요. 음, 아까 얘기했던 슬픔과 후회 때문에요. 하지만 여기에 당신과 함께 있어서 기분이 정말 좋아요. 이게 맞는 것 같아요. 당신은 나이 차이 나는 걸 별로 안 좋아하는 거 알지만 난 상관없다고 생각해요. 멀리 떨어져 사는 것도요. 그렇게 멀지도 않아요. 당신이 날 또 만나고 싶을 거라고 넘겨짚는 건 아니에요. 잘 모르겠어요. 하지만 난 당신을 만나서 정말 행복해요. 당신이 살아 있음을 아는 것만으로도 내 삶이 훨씬 더 좋아진 느낌이에요. 기억할 수 있어서— 당신과 함께였던 걸, 같이 이렇게 좋은 경험을 했다는 걸 말이에요. 이상한 뜻은 아니에요. 아무튼 당신이 나에게 전화한 건 옳은 일이었다고 생각해요, 정말로. 네. 그리고 고마워요. 내가 말했나요? 말 안 했었다면 전화해줘서, 나를 다시 만나줘서 고맙다고 말하고 싶어요. 나에게는 무척 큰 의미가 있거든요.

마거릿이 다가와 아이번의 어깨에 얼굴을 묻자 그가 그녀를 끌어안고 머리카락을 어루만진다. 마거릿의 턱이, 우는 것처럼 살짝 움직이는 게 느껴진다. 하지만 아이번은 그녀가 울고 있대도 괜찮다고 생각한다. 마거릿은 분명 전남편 때문에 마음이 복잡하고, 어머니에 대해서도 그렇고, 자기 삶이 정도를 벗어났다고 생각한다. 또 아이번에게도, 그가 처한 상황에도 안쓰러움을 느낀다. 그녀는 아이번이 너무 어리다고 생각하지만 그를 좋아하고, 성적인 면에서도 혼란스러워한다, 아이번은 알 수 있다. 하지만 그는 마거릿이 혼란스러워해도 괜찮다고 생각한다. 그건 아이번이 나쁜 짓을 했다거나 섹스가 좋지 않았다는 뜻이 아니다. 심지어는 사실 좋았기 때문에 그녀가 혼란스러워한다는 느낌이 어렴풋이 든다. 어쩌면 아이번처럼 마거릿도 다시 하고 싶을지도 모른다. 이 상황에서 이런 감정들을 어떻게 이해해야 할까? 아이번 자신에게는 그리 어렵지 않지만 그녀에게는 무척 어려운 일 같다, 심지어 눈물까지 흘린다. 그러나 마거릿의 눈물에도 아이번은 침착하다, 당황하지 않는다. 아마도 눈물이 흘러내리자마자 마거릿이 다가와 그의 어깨에 얼굴을 묻었기 때문일지도 모른다. 그녀가 우는 이유가 무엇이든, 또는 우는 이유를 무엇이라고 생각하든 이 행동에는 어떤 뜻이 있는 것 같다. 그가 끌어안아주기를 바란다는 뜻 말이다. 아이번 역시 마거릿을 안아주고 싶다. 어떤 복잡한 상황이 깔려 있든 궁극적인 현실은 두 사람은 남자와 여자이고 속상한 여자가 남자의 품에 안기고 싶어 한다는 것이다. 이 현실은 고유한 의미를 갖는다. 아이번은 이런 남자였던 적이 없었고, 아마도 이런 남자가 될 수도 없을 거라고 생각했다. 그는 항상 불안하게 허둥대면서 무언가를 잘 못 했을까 봐 걱정하고, 여자가 문제없다고 안심시켜주어야 하는 사람이라고 말이다. 하지만 이제 적당한 때가 되자 아이번은 쉽게 이런 남자가 된다. 마거릿을 품에 안고 어깨를 적시는 따뜻한 눈물을 느끼면 된다, 머리카락을 어루만지며 이렇게 말하면 된다. 마거릿, 괜찮아요. 걱정하지 말아요. 잘될 거예요.

♟

일요일인 다음 날 오후, 두 사람은 집 뒤의 좁은 길을 따라 산책한다. 머리 위 하늘은 옅은 파란색이고, 가벼운 나뭇잎이 바스락거리다가 가끔 바람이 가지를 건드리면 황금빛으로 우수수 떨어진다. 마거릿은 손이 차가워지지 않도록 주머니에 넣은 채 걷는다. 그녀는 청명한 날이 더 춥다고 생각한다. 우중충한 날에는 구름이 담요와도 같아서, 하늘이 온기를 지켜주는 흰색 양모 담요를 덮고 있는 셈이다. 정말 그런지는 마거릿도 모른다. 아이번은 알지도 모르지만 마거릿은 굳이 묻지 않고 그저 좁은 길을 따라 그와 나란히 걷는다. 누구라도 두 사람을 볼 수 있지만 지금은 아무도 없다. 오늘 아침에 두 사람은 같이 아침 식사를 하면서 이야기를 조금 나누었다. 마거릿이 프렌치프레스로 커피를 만들어 주자 아이번이 맛있다고 말했다. 어젯밤에 그녀는 아이번이 너무 어리고 아버지 일로 너무 큰 슬픔에 빠져 있다고, 이런 관계는 그만둬야 한다고 생각했다. 친구가 될 수는 있지만 그 이상은 안 돼. 아이번은 벌써 마거릿의 결혼 생활과 현재 상황에 대해서 묻기 시작했는데, 사실대로 털어놓는 것은 미친 짓일 테다. 그와 잔 것이 어리석을지는 몰라도 나쁜 행동은 아니었다. 리키에 대해서 말하는 것은 다르다. 아이번의 인생을 오염시키고 그녀만의 불행 속으로 끌어들이는 일이다. 게다가 한심하다. 아무도 날 믿지 않았어요, 아이번. 하지만 당신은 날 믿죠, 그렇죠? 그가 제정신이라면 멀리 도망칠 것이다. 그것도 끔찍하지만 도망치지 않는다면 더 나쁘다. 마거릿은 생각했다. 안 돼. 아이번을 위해서, 우리 두 사람 모두를 위해서 그만둬야 해. 그리고 오늘 아침에 두 사람은 같이 침대에 누워 있었고, 아이번이 체스에 대해서 이야기해주었다. 어떻게 체스를 시작하게 됐는지 말해주었고 최근에는 체스에서 즐거움을 느끼지 못해서 환멸이 든다고 했다. 마거릿은 언젠가 다시 체스를 두고 싶다고, 어렸을 때 이후로 두지 않아서 호기심이 생긴다고 말했다. 왠지 모르지만 아이번은 이 말에 무척 기뻐했고, 둘이 같이 체스를 두면 정말 재미있을 거라고 여러 번 얘기했다. 조금 전만 해도 이제 체스가 즐겁지 않다고 했으면서. 마거릿은 아이번이 체스에 대해서 고통스러운 환멸뿐만 아니라 무의식적일지언정 어린아이와도 같은 열정을 아직 느끼고 있음을 깨달았다. 아이번은 기분이 좋아서 그녀에게 키스하고 싶어 했고, 두 사람은 한동안 키스를 하다가 아무 말도 없이 다시 사랑을 나누었다. 그러자 아이번이 너무 어리고 가족을 잃은 슬픔에 잠겨 있다는 사실만으로는 충분하지 않으리란 것이 분명해졌다. 그 두 가지는 확실하고 합리적인 명분이었고 표면적인 일상에서는 충분히 강력했다. 그러나 두 사람이 공유하는 숨겨진 욕망의 세계에서는 그렇지 않았다. 두 사람은 같이 아침 식사를 하고 커피를 마셨고, 이제 조용히, 만족스럽게 좁은 길을 산책하고 있다. 두 사람 사이의 느낌이 좋다, 왠지 건전한 느낌이다. 낮은 돌담 모퉁이를 돌자 길이 갑자기 푹 꺼지고 웅덩이에 빗물이 고여 깨끗하고 파란 하늘을 비춘다. 웅덩이 주변에서 작은 새들이 물을 마시고 부리로 몸단장을 한다. 다가오는 발소리에 새들이 날아오르자 훨씬 더 많은 새들이 나타난다. 짙은 무지갯빛 날개를 가진 수많은 찌르레기가 하나의 구름을 이루며 파란 하늘로 날아오른다. 마거릿과 아이번이 걸음을 멈추고 그 모습을 바라본다. 새들은 하나가 되어 움직인다. 요란하고 힘찬 날갯짓 소리를 내는 검은 구름이 머리 위의 전선 방향으로 날아오르다가 기묘하게 갈라져 절반은 전선 위로 날아가고 나머지 절반은 아래로 향한다. 깔끔하게 나뉘었던 두 구름이 곧 다시 한 덩어리로 합쳐져 경계도 없이 같이 움직인다. 마거릿은 이런 걸 찌르레기 군무라고 하는구나, 생각한다. 와아. 아이번이 숨죽여 말한다. 웅덩이에서는 몸집이 더 작은 다른

종의 새 몇 마리가 여전히 목욕을 즐기고 있다. 작은 참새, 아니면 되새이다. 주변에 온통 펼쳐진 옅은 파란색 하늘은 잠잠하고 고요하다, 나뭇잎도 고요하고 잠잠하다. 마거릿이 아이번의 손을 건드리자 그가 미소를 짓고, 두 사람은 계속 걸어간다. 그들이 다가가자 다른 새들도 재빨리 하늘로 올라간다. 아이번은 같이 체스를 두자는 말을 다시 꺼내더니 "마주 앉아서" 두거나 온라인으로 둘 수 있다고 말한다. 마거릿은 웃으면서 얼떨결에 그와 같이 두기로 약속한 체스에 대해서 생각한다. 그때 아이번의 전화가 울린다.

잠시만요. 미안해요.

그가 손을 놓고 주머니에서 핸드폰을 꺼낸다. 마거릿이 흘끔 보니 화면에 피터라고 떠 있다. 아이번이 핸드폰을 계속 내려다보며 말한다. 아, 잠깐만요. 형 전화예요. 오늘이 일요일인가요? 젠장. 전화받아야 할 것 같은데, 괜찮아요?

그럼요. 걱정 마요.

미안해요. 잠깐이면 돼요, 오래 안 걸려요.

아이번은 이렇게 말하면서 벌써 전화를 받고 있다. 아이콘을 옆으로 밀고 핸드폰을 귓가로 들어 올린 다음 말한다. 여보세요? 아이번은 그녀에게서 몸을 약간 돌리고 길가의 풀밭에 서 있다. 수화기 너머의 목소리가 흐릿하게 웅웅거리지만 무슨 말인지 알아들을 수는 없다. 있잖아, 내 말 들어봐. 진짜 미안해, 깜빡했어. 다시 웅웅대는 소리가 들린다. 응. 아이번이 말한다. 음, 아니, 안 돼. 왜냐면, 그게, 미안한데— 사실 나 지금 더블린 아니야. 그가 말을 잠시 멈추더니 멍하니 손톱을 물어뜯고, 마거릿은 주머니에 손을 넣은 채 기다린다. 아이번이 말한다. 아니, 그게 아니야. 난 그냥— 난, 어— 그가 마거릿을 향해 돌아서서 뭐라고 해야 할까요? 라고 묻듯 전화기를 가리킨다. 마거릿은 어리둥절해서 어깨를 으쓱한다. 그의 형이 말하는 중인지 아이번이 고개를 끄덕이다가 돌아서서는 풀밭을 내려다본다. 응. 응, 맞아. 그가 다시 마거릿을 본다. 음, 그런 셈이야. 기본적으로는, 응. 아이번은 이제 마음이 놓인 듯 미소를 지으며 신발 끝으로 풀을 찬다. 있잖아, 정말 미안해. 괜찮으면 주중에 만나자, 저녁 식사를 하든 뭘 하든. 응. 좋아, 끊을게. 미안. 끊어, 진짜 미안해. 안녕. 그가 통화를 마치고 핸드폰을 주머니에 넣으며 마거릿을 본다.

형이었어요. 사실, 오늘 만나서 점심을 같이 먹기로 했었거든요. 10분쯤 지났지만. 깜빡했어요. 형이 식당에서 기다리고 뭐 그랬나 봐요.

아, 미안해요.

아니, 아니에요. 그러지 말아요. 형이 괜찮다고 했어요. 아니, 처음에는 내가 안 나타나서 아주 깜짝 놀랐죠, 평소에 시간 약속을 꼭 지키거든요. 그런데 내가 다른 사람이랑 같이 있다는 걸 눈치챘어요. 그러더니 점심은 괜찮아, 상관없어, 재미있는 시간 보내라, 그러던데요. 네. 형은 이상해요. 좀 웃기죠. 얘기했었는지 모르겠는데, 형은 여자를 정말 좋아해요.

마거릿은 미소를 지으며 서서 팔짱을 끼고 팔꿈치 밑으로 손을 넣는다. 아뇨, 그런 얘기 안 했는데. 무슨 뜻이에요, 여자를 좋아한다는 게?

알잖아요. 여자 친구가 많아요.

동시에 만나요?

아이번이 우스꽝스럽게 어깨를 으쓱하더니 계속 걸어가고, 마거릿도 나란히 걷는다. 모르겠어요. 우린 그런 얘기를 안 하거든요. 만나는 여자가 많다고 다른 사람들한테서 들었어요. 내가 더 어렸을 때에는 형도 오래 사귄 여자 친구가 있었는데 헤어졌어요. 난 슬펐어요, 진짜 좋은 사람이었거든요. 요즘 형은 항상 새로운 여자 친구를 사귀는 것 같아요. 내가 상관할 일은 아니지만.

두 사람이 계속 나란히 걸어가자 자갈길에 짧고 까만 그림자가 드리워진다. 다른 사람이랑 같이 있다고 하니까 누구냐고 묻던가요? 마거릿이 말한다.

음, 리트림에 있냐고 물었어요. 지난 주말에 체스 행사 때문에 여기 온 걸 형도 알거든요. 이번 주에 또 왔으니 지난번에 누군가를 만났다고 알아차렸겠죠. 그래도 난 아무 말도 안 했어요.

형이 알면 뭐라고 할 것 같아요?

뭘 알면요?

마거릿이 침을 삼키고 말한다. 내가 서른여섯 살이라는 거요. 아니면, 결혼한 적 있다는 거.

아. 피터가 뭐라고 할 것 같냐고요? 글쎄요. 말한 것 같지만 형도 30대예요. 당신이랑 나이가 비슷해요.

마거릿은 아무 말도 하지 않는다. 나란히 걸어가면서 아이번이 그녀를 흘깃 본다.

당신이 아는 사람들은 뭐라고 할까 생각하는 중인가 봐요. 나에 대해서 알게 되거나 하면.

맞아요, 그 생각을 하고 있었나 봐요.

전남편이랑 등등이 말이죠.

네.

그 사람이 썩 좋아할 것 같지는 않은가 봐요.

마거릿이 살짝 웃으면서, 걱정하면서, 무슨 말을 해야 할지 몰라서 이렇게 대답한다. 아, 그래요, 아이번. 좋아할 것 같진 않아요.

하지만 당신 인생이잖아요.

마거릿이 땅을 내려다보며 고개를 끄덕이고 말한다. 까다로운 문제예요. 모르겠어요. 아이번은 아무 말 없이 차갑고 맑은 공기 속에서 그녀와 나란히 계속 걷는다. 길 바로 옆 들판의 낮은 돌담 뒤에서 작지만 튼실한 양 한 마리가 지나가는 두 사람을 지켜본다. 지저분한 양털은 비에 젖어 은색이 되었고 얼굴은 벨벳처럼 까맣다. 황금빛과 초록빛이 어우러진 들판이 저 멀리 파란색이 희미해지는 곳까지 뻗어 있다. 주변 어디에나 맑은 공기와 빛이 끝없이 펼쳐지고 달콤하게 흐르는 새소리가 가득하다.

5

월요일 저녁 7시 10분, 그는 언제나처럼 늦은 시간에 오코넬 다리를 건넌다. 검푸른 어둠 속 빨간 미등, 건물의 실루엣. 그가 길을 건너려고 기다리고 있을 때 선창에서 왼쪽으로 크게 꺾는 버스. 그녀에게 판결에 대해서 이야기하고 싶다. 들려줄 문구도 벌써 외웠다. *그처럼 부주의한 실수가 연발되어 장관이 검토한 정보의 범위와 질을 의심하지 않을 수 없다.* 신호등이 바뀌자 외투 주머니에 손을 넣은 채 길을 건너 웨스트모어랜드가로 향한다. 혼자 휘파람이라도 불고 싶은 기분이다. *협주곡 24번의 첫 번째 테마. 이 부분에서 장관은 비합리적으로 행동했고, 확실히 잘못된 결론에 도달했다.* 오늘 아침 아이번에게 받은 메시지도 이야기해줄 것이다. *있잖아. 어제 일은 다시 한번 사과할게. 아직 날 만날 생각이 있으면 이번 주는 어때? 혹시 형이 화났어도 이해할게.* 어젯밤에 그녀는 무슨 일이 있었는지 이야기를 듣고 깔깔 웃었다. 아이번이 다크호스라고 했다. 두 사람은 그녀가 좋아하는 일식당에서 포장해 온 음식을 같이 먹고 있었다. 아이번은 점점 너랑 비슷해지는 것 같아. 실비아가 말했다. 내가 말했었나? 장례식에서 보고 그런 생각이 들었어. 너무 어른 같더라. 피터는 깜짝 놀라서 자기도 모르게 웃었다. 진심이야? 난 아이번이 볼품없다고 생각했는데. 그녀는 등이 아파서 소파에 몸을 길게 뻗은 채 튀김을 작은 소스 그릇에 조심스럽게 담그며 말했다. 정장 말이구나. 내가 말한 건 얼굴이었어, 닮았던데. 아주 잘생겨지고 있어. 피터는 사실 기분이 좋았지만 눈썹을 치켜올렸다. 잘생겼다라. 음, 그럴지도. 그래도 어떤 여자일지 상상이 안 된다. 침대맡 벽에 망누스 칼센* 포스터를 붙여둔 10대 체스 팬인가. 아이번이 여자를 유혹한다고 생각하니 우습다. 감정 없고 단조로운 목소리. 게다가 보기 싫은 치아 교정기. 피터가 메시지를 입력했다. 전혀 화 안 났어. 어떻게 지내는지 듣고 싶다. 목요일 저녁 어때? 정문이 가까워지자 걸음이 성큼성큼 빨라지고 기분 좋게 초조해진다.

지난주 이후 두 사람 사이의 암묵적인 약속. 오전에 실비아가 처치를 받는 동안 그가 병원에서 기다렸다. 간호사가 와서 처

---

* Magnus Carlsen: 노르웨이 국적의 체스 선수로, 2011년 7월 이후 줄곧 세계체스연맹 랭킹 1위를 차지하고 있다.

지가 끝났다고 알려주었다. 표백된 듯 새하얀 조명 밑에서 점차 마취에서 깨어나는 실비아는 마르고 지쳐 보였다. 병원에서 플라스틱 컵에 담긴 차와 메마른 토스트를 그녀에게 주었다. 자, 48시간 동안 운전하면 안 되는 거 아시죠. 간호사가 피터에게 말했다. 보고 있으니 격한 감정이 몰려왔다. 패턴이 그려진 가운 차림의 실비아는 작고 연약했다. 온갖 기억이 떠올랐다. 그녀, 그의 아버지. 병원의 공기, 살균된 빛. 피터가 네, 라고 대답했다. 두 사람은 택시를 타고 그녀의 아파트로 돌아왔다. 실비아는 아무 문제 없었다고 말했다. 그날 밤, 두 사람은 차례로 양치질을 하고 물병에 수돗물을 채웠다. 침실로 들어가니 실비아는 벌써 침대에 누워 있었다. 피터는 자기 스웨터를 깔끔하게 개어서 그녀의 서랍장에 올려놓았다. 실비아의 옆에 누워 불을 껐다. 침묵과 어둠 속에서 달콤하게 들려오는 그녀의 느린 숨소리. 그때 이후 피터는 낮에는 일을 하고, 회의에 참석하고, 보고서 초안을 작성하고 저녁이 되면 실비아의 아파트에 들러 저녁 식사를 한다. 노란 실링팬 조명 아래 작고 깨끗한 부엌. 거실의 책과 문서, 낡고 편안한 소파. 난로 위에는 그녀가 파리에서 고른 브라크의 석판화 〈사선의 정물화〉. 식사를 하면서 피터는 일과 관련해서 그녀에게 조언을 구하고, 실비아는 읽고 있던 철학 논리와 자연어를 다룬 논문에 대해 이야기한다. 자기 모자는 전부 녹색이라고 말하는 거짓말쟁이에 대해서. 그 사람이 모자를 몇 개 가지고 있는데 전부 녹색은 아니라는 뜻일까? 아니면 모자가 아예 없을지도 모른다. 모자가 하나도 없어도 그 말이 거짓일까? 그런 다음 텔레비전, 끓는 주전자에서 구름처럼 피어오르는 수증기. 이제 그는 밤마다 폐소공포증 같은 고독에 갇혀서 약을 먹고 이게 공황 발작일까, 아니면 내가 죽는 걸까, 어떻게 구분하지, 라고 생각할 필요가 없다. 대신 그의 존재를 다시 채워주는 깊은 못 같은 그녀의 존재가 있다. 정숙한 키스, 그녀의 입술에서 나는 차가운 민트 맛. 그리고 침대에 누워서 잠들기 전까지 낮은 목소리로 나누는 익숙한 대화. 최신 복음 번역과 그 문학적 가치. 예수님이 가나안 여자에게 자녀들이 먹을 빵을 개들에게 던져주는 것은 옳지 않다고 하신 말씀은 무슨 뜻이었을까. 까다로운 문제네. 실비아가 말했다. 나한테는 어려워, 이해가 안 가거든. 그리스도에 대한 실비아의 진실하고 초월적인 사랑, 그리스도에 대한 그의 아이러니한 농담과 가끔은 무서울 만큼 정말로 진지한 두려움. 몇 주 동안 잠을 이루지 못했던 피터는 이제 아침에 그녀가 커피 머신을 켜는 소리를, 벽을 통해 낮게 전해지는 진동을 듣고서야 깬다. 그 평화가 너무나 강렬하고 완전해서 눈물이 흐를 것만 같다. 그녀가 세심한 침묵으로 그를 위해 내어준 공간에 가볍게 머무는 것만으로도. 그녀가 묻지 않는 질문들. 또 다른 그녀로부터는 아무 소식도 없고 피터도 문자를 보내지 않았다. 서로 무시하는 중이다. 왜 서로에게 짜증이 났는지 그는 기억도 나지 않는다, 또는 기억하고 싶지도 않다. 피터가 생각한다. 이게 최선이야. 그쪽에서 기어 오게 만들어야지. 늘 하던 게임이다, 먼저 다가가서는 안 된다. 그동안 나오미는 그의 돈으로 케타민을 사고 속눈썹 연장 시술을 하고 돌아다닌다. 다른 사람이 있을까 궁금하다. 저번에 그녀의 방에서 담배에 불을 붙이던 남자. 둘이 어떻게 아는 사이예요. 생각하면 견딜 수가 없다. 모든 게 정말 미친 짓이다. 피터는 오랜만에 잠을 이루고 있다. 하루에 세 끼를 챙겨 먹고 이메일에 답장을 보낸다. 자낙스도 끊었다. 이제 딜러와 연락이 끊겼으므로 잘된 일이다. 그래, 힘들다. 종종 괴로워하며 모든 것을 후회하고 가슴 아파한다. 하지만 견딜 수 있다. 참을 수 있다, 그래야만 한다. 있는 그대로 받아들인다. 아버지 때문에 슬퍼서 그런 거야. 실비아는 늘 이렇게 말한다. 피터는 가끔 기도하듯 눈을 감는다. 그러면 왠지 평화롭다. 어린 시절부터 반복해서 반들반들하게 닳은 익숙한 문구를 무의식적으로 떠올린다. 이제는 오래전에 유효기간이 끝나 무엇과도 바꿀 수 없는 공허한 징표. 다시 한번 생각하고 떠올리면 위안이 될 뿐이다. 그래. 아버지의 나라가 오시며.

계단을 한 번에 두 단씩 올라 마침내 헐떡이며 도착한다, 늦었다. 천을 씌운 테이블에 잔뜩 놓인 양장본, 주변에 모여든 사람들, 이야기하는 목소리들. 새로 나온 현대 비평적 관점 선집. 흘깃 둘러보자 창가에 선 그녀가 바로 눈에 들어온다. 검은 캐시미어 차림에 날씬하고 티 하나 없는 모습. 고개를 들자 호박빛 눈이 보인다. 피터는 다가가지 않은 채 그녀에게 미소를 짓고 실비아 역시 주변에서 오가는 대화를 한 귀로 들으며 미소로 답한다. 둘만의 비밀을 주고받는 은밀한 눈빛. 나머지는 그녀의 제자, 어쩌면 동료, 친구다. 피터는 다들 그녀의 관심을 받으려고 경쟁한다고 생각한다. 실비아는 우아하게 경청하며 고개를 옆으로 기울인다. 제자들 사이에서 빛나는 그녀. 그가 방을 가로질러 다가가자 실비아가 그를 보고 돌아서고, 입을 열기도 전에 사람들의 주목을 받는다. 실비아가 말한다. 안녕, 낯선 사람. 낮고 미소가 어린 목소리. 피터가 묻는다. 나 발표 놓친 거야? 살짝 움직이는 섬세하고 하얀 손. 아, 별거 아니었어. 신경 쓰지 마. 인사시켜줄게. 그녀의 제자들, 조교, 전부 젊은 여자다. 피터는 오랜 친구야. 실비아가 이렇게 말하고 그를 올려다보며 덧붙인다. 아주 훌륭한 학자가 될 수 있었지만 슬프게도 인권 변호사의 길을 택했지.

이 말에 피터가 느긋하게 웃음을 터뜨리며 말한다. 과찬이야, 실비아. 싫다는 건 아니고. 그가 말을 끊었다가 과장되게 예의를 차리며 덧붙인다. 아니면, 학생들 앞에서는 '교수님'이라고 불러드릴까요?

그녀가 순진하게 대답한다. 이름을 불러도 괜찮은 거 같아. 하지만 그보다 더 격의 없이 대하지는 말자.

피터가 여전히 편안하고 즐거운 태도로 대답한다. 사람들 앞에서? 절대 안 그러지. 그가 학생들을 돌아보며 말한다. 다들 영문학과인가요?

다들 들뜬 웃음을 짓는다, 겁이라도 먹은 것 같다. 경외심이 가득해서 말이 안 나오는 듯하다. 그래서 피터와 실비아가 합심해 대화를 이끈다. 예전에 토론 대회에서 우승했던 이야기에 실비아는 창피한 척한다. 학부 시절의 우스꽝스러운 일화, 읽지도 않은 책에 대해서 발표했던 기억. 그래, 그 이야기를 꺼낸다 이거지? 학생들 앞에서 내 이미지가 나빠지잖아. 그녀는 즐거워하고 있다, 피터는 안다. 그 역시 즐겁다. 마음을 사로잡는 두 사람의 힘을 다시 꺼내 먼지를 털어내고 작동시킨다. 안 될 게 뭐 있을까. 사람들의 시선이 느껴진다. 그의 매력은 그녀의 매력과 비슷하면서도 알쏭달쏭해서 더욱 풍성해진다. 실비아의 지적이면서도 관능적인 매력. 금발의 완벽한 광택, 검은 캐시미어 아래 작고 부드러운 가슴. 그의 앞에 펼쳐진 삶의 전망. 일이 끝난 뒤 어둑하고 푸른 저녁을 뚫고 걸어와 과열된 세미나실에서 피곤하지만 흡족한 기분으로 그녀의 옆에 서는 그. 실비아의 배우자이자 보호자. 그를 제외한 모든 사람과 살며시 거리를 두는 그녀. 둘만이 아는 신중한 제스처를 주고받으며 다른 사람들과 거리를 두는 그들. 8시 반쯤 실비아가 자연스럽게 그를 보며 말한다. 우린 이제 갈까? 피터는 그녀의 잘록한 허리에 손을 얹고 싶은 마음을 억누르며 대답한다. 응, 그래.

계단을 내려와 나소가와 도슨가를 지나며 매연과 가로등 불빛 속에서 같이 웃는다. 재미있었어. 피터가 말한다. 이런 행사에 너랑 같이 참석하면 참 좋아, 너의 빛이 반사돼서 나까지 반짝이는 것 같아. 트위드 코트 주머니에 넣은 그녀의 손, 안개 화관 같은 그녀의 입김. 아, 넌 반사된 빛 같은 거 필요 없어. 실비아가 말한다. 자석처럼 사람을 끌어당기잖아. 오늘 아침에 판결 나왔어? 발밑에 밟히는 마른 종이 같은 나뭇잎. 세인트스티븐스 그린 공원. 승리가 떠올라서 피터는 그녀의 팔을 끌어당기며 살짝 꽉 쥐고 이야기한다. 실수의 연발, 정보의 범위와 질, 장관의 비합리적인 행동. 기뻐하는 실비아, 날카롭고 명석한 질문, 토론에 푹 빠져 머리를 맞대고 걷는 길, 늘 그렇듯 둘만이 아는 암호 같은 대화. 그 사람 혹시— 응, 맞아— 하지만 두 사람 모두— 그래, 바로 그거야. 아, 그 사람들 정말 지긋지긋했겠다. 나도 그 자리에 있었으면 좋았을 텐데. 실비아가 인정해주고 자랑스러워하자 그래, 성공의 기쁨이 배가되고 깊어진다. 그녀가 사는 건물의 환한 계단을 둘이 같이 오른다. 실비아가 열쇠를 쟁반에 놓고 그는 복도에서 신발을 벗는다. 실비아가 말한다. 주말에 먹었던 그 라구 소스 아직 남아 있어. 너 혹시 배고프면 말이야. 부엌에서 피터가 파스타를 삶고 그녀가 식탁을 차린 다음 같이 앉아서 먹는다. 이야기를 나누며 빵 한 덩어리를 손가락으로 뜯어 먹는다. 신문 기사에 대해 의견을 말한다. 그 끔찍한 기사 봤니. 세상에, 너무하더라. 어떻게 그런 기사를 냈지. 잠자리에 들 준비를 하면서도 계속 이야기를 나눈다. 점점 높아지는 미용 시술의 인기에 대한 〈아이리시타임스〉 특집 기사. 이미 완벽하게 매력적인 젊은 여자들. 열아홉 살, 스무 살. 막대한 비용. 말할 것도 없는 위험. 그것이 문화적으로 얼마나 불길한 신호인지. 젠더 관계, 뭐 그런 면에서. 실비아가 매트리스 한쪽에 앉아서 머리핀을 빼며 말한다. 그러니까, 누구나 겪는 일이야. 자기 몸에 만족할 순 없어. 가슴이 완벽하지 않다거나 뭐 그런 거지. 예전엔 그게 당연했는데.

피터는 어느새 그녀를 바라보며 미소 짓고 있다. 침대 옆 갓을 씌운 램프 불빛. 네 가슴이 완벽하지 않다고 생각해?

재미있지만 아닌 척하며 실비아가 대답한다. 사회학적으로 그렇다는 거야.

아, 그렇구나. 내가 실수했네.

그녀가 줄무늬 면 원피스 잠옷을 입고 맨팔을 드러낸 채 피터의 옆에 눕는다. 방은 시원하다 못해 추울 지경이고 두 사람의 몸을 덮는 이불이 포근하게 바스락거린다. 실비아가 말한다. 그것 때문에 밤에 잠도 못 이루지는 않아. 가슴이 완벽하지 않다고 말이야. 이미 받아들였어.

내 생각에는 완벽한 것 같은데. 피터가 말한다.

자유롭고 멋진 그녀의 웃음소리. 네가 어떻게 알아?

그냥 주관적인 의견을 말하는 거야.

기억을 더듬는 거야?

피터 역시 바보처럼 웃으면서 천장을 바라보고 있다. 음, 내 기억을 새로 고쳐주고 싶다면 언제든지 환영이야.

재미있다는 듯한, 응석을 받아주는 듯한 실비아의 표정. 너 여자 친구 있지 않아? 지금은 서로 연락 안 하지만 말이야.

피터가 그녀를 향해 돌아눕는다. 섬세한 줄 세공 같은 눈가 주름. 감동적이고 아름답다. 아, 모르겠어. 그가 말한다. 이렇게 슬슬 멀어지나 봐.

아직 소식 없어?

응. 하지만 엄밀하게 배타적인 관계도 아니야.

그래야겠지.

이런 말들, 이런 말투. 그의 팔에 닿던 실비아의 손을 떠올린다. 넌 자석처럼 사람을 끌어당기잖아. 피터 역시 자석 같은 힘에 자연스럽게 이끌리듯 퀼트 이불 속으로 손을 넣어 그녀의 팔을 손끝으로 쓸어내린다. 넌 정말 재밌다니까. 그가 말한다.

이 말에 실비아가 똑바로 누운 채 어색하고 쑥스러운 미소를 짓지만 몸을 뒤로 빼지는 않는다. 음, 네가 나한테 잘 자라고 키스하곤 하잖아. 그것만으로 질투하는 사람도 있을 거야.

피터가 그녀의 팔꿈치 안쪽 촉촉하고 부드러운 부분을 만지며 말한다. 아, 결국에는 다들 널 질투해. 내가 네 이야기를 너무 많이 하나 봐.

실비아는 잠시 아무 말도 없이 그의 손가락이 그녀의 팔꿈치에서 손목까지 속삭이는 듯한 선을 그리도록 내버려둔다. 질투할 필요 없다고 말 안 해주니? 그녀가 묻는다.

피터가 잠시 멈추고 말을 고른다. 가볍게 받아넘기며, 다음 수를 기다리다 대답한다. 음, 난 거짓말을 잘 못 하거든.

여전히 굴곡 없는 목소리로 실비아가 말한다. 무슨 말인지 알잖아.

이제 피터가 그녀를 바라보며 간단하게 대답한다. 아니, 그 이야기는 아무한테도 안 했어.

실비아는 몇 초 동안 아무 대답이 없다가 말한다. 왜?

네 사생활이잖아. 내가 다른 사람이랑 그런 이야기를 할 이유는 없어.

실비아는 계속 위를 바라본다. 그녀가 부드러운 어조로 대답한다. 그냥 궁금해서 물어보는 거야. 나도 다른 사람한테 그 얘기를 한 적은 없어. 물론 친구들은 내가 통증이 심한 거 알아. 어려운 점이 있을 거라고 짐작하겠지. 에밀리는 아마 눈치챘을 거야. 하지만 내가 직접적으로 얘기한 적은 없어. 어떤 면에서는 그게 내 삶의 큰 부분이니까, 힘들지만 직접 말하기는 아주 어려워. 내가 그 얘기를 한 사람은 너밖에 없어. 물론 우리가 할 이야기는 아니지만.

피터가 그녀를 바라보며 조심스럽게 대답한다. 네가 원하면 얘기해도 돼.

실비아가 어깨를 으쓱하며 대답한다. 말할 것도 별로 없어. 나아지는 것도 아니고. 사실 한참 동안은 나아질 거라고 생각했지. 아니, 그러길 바랐어. 내 인생에서 그 부분은 끝났다는 사실을 아직 받아들이기 어려운 것 같아.

피터는 계속 바라본다. 목에서 맥박이 두근거린다. 그는 조심스럽게 생각하고 조심스럽게 말한다. 꼭 그래야만 해?

잠시 정적이 흐르고, 실비아는 그가 아니라 천장을 똑바로 보면서 이마를 찌푸린다. 음, 사람들이 보통 섹스에 대해서 이야기할 때 말하는 거 있잖아, 그게 이제 나한테는 불가능한 일이야. 평범한 방식으로는 할 수 없어, 아주 큰 고통 없이는 말이야. 그러니까, 응, 그런 의미에서 그 부분은 끝났어.

그녀의 좌골에 닿는 그의 손가락. 무엇보다도 절대 무신경하게 굴어서는 안 된다. 피터가 말한다. 무슨 말인지 알아. 하지만 넓게 말해서 성(性)이라는 건 그보다 복잡한 문제야. 그러니까 내 말은, 단 하나의 육체적 행위가 아니라고.

실비아가 그의 말을 생각해보는 듯 입술 사이로 숨을 내쉬더니 이렇게 말한다. 이론상으로는 그렇지. 하지만 실질적으로는 친밀한 관계가 무엇으로 이어질지 사람들이 기대하는 게 있어. 그녀가 여기에서 말을 잠시 멈추고 아랫입술을 살짝 깨문 다음 덧붙인다. 내 성격 탓도 있을 거야. 알잖아, 뭐든지 제대로 못 할 거면 아예 하고 싶지 않아. 그것도 문제겠지, 모르겠어. 그런 걸로 일일이 협상을 해야 한다면 모욕적일 것 같아. 내가 아주 형편없는 패를 내미는 기분이 들 거야.

실비아의 움푹한 배꼽 밑에 놓인 피터의 손바닥. 면 잠옷을 통해 전해지는 부드러운 온기. 그가 조용히 말한다. 하지만 네 입장만 이야기하자면 네가 아직— 기분 좋게 느끼는 것도 있긴 하지?

이상하게도 실비아가 이 말에 웃는다. 그녀의 귀와 목이 분홍색으로 물든다. 응. 그녀가 말한다.

그윽한 아픔이 느껴진다. 바로 옆의 그녀, 달아오른 목에서 느껴지는 열기. 그래. 피터가 대답한다.

실비아가 시선을 낮추고 부끄러운 듯 장난스러운 목소리로 말한다. 그러니까 내 말은, 감각은 전부 다 느껴. 혼자서는 아직 가능해— 무슨 말인지 알겠지만.

피터가 잠시 눈을 감는다. 눈꺼풀이 델 듯이 뜨겁게 느껴진다. 아하. 그가 이렇게 말한 다음 눈을 뜨고 그녀를 보며 덧붙인다. 그렇다면 네 삶에서 그 부분이 정말로 끝나지는 않았다고 말하고 싶은데.

어둑한 램프 불빛에 감싸인 채 실비아가 수줍게 미소 짓는다. 퀼트 이불 밑에서 그녀의 손끝이 그의 손등을 건드린다. 네가 여기 이렇게 손을 얹으면 기분이 좋아.

피터는 말없이 그녀를 지켜보며 묻는다. 이렇게?

그녀가 고개를 끄덕이며 음, 이라고만 말한다.

그의 손길이 주는 따스함이 그녀의 아랫배에, 좌골 사이에 묵직하게 번진다. 이러면 흥분돼? 피터가 묻는다.

아주 나직하게 그녀가 대답한다. 아주 약간.

깊숙이, 뜨겁고 기분 좋게 맥동하는 감각. 나도 그래. 피터가 말한다.

실비아가 고개를 돌리고 손으로 얼굴을 가리지만 목소리에는 웃음기가 남아 있다. 그렇게 말할 필요 없어, 피터.

얕은 접시처럼 오목한 실비아의 부드러운 배에 따뜻하게 올려진 그의 손바닥. 뭐야, 내 말 안 믿어? 피터가 묻는다. 원한다면 네가 직접 확인해도 되지만 강요하지는 않을게.

실비아는 잠시 아무 말도 하지 않는다. 그런 다음 낮고 어두운 목소리로 말한다. 내가 그렇게 하면 좋겠어?

깊고 묵직하게, 풍성한 즐거움이 홍수처럼 밀려온다. 아. 피터가 말한다. 응, 네가 해주고 싶으면. 그러면 정말 좋겠어.

실비아가 양손으로 눈을 가리고 신음한다. 그가 무척 좋아하는 목쉰 듯한 소리. 모르겠어. 미안해. 잠긴 목소리로 그녀가 덧붙인다. 있잖아, 내가 가질 수 없는 걸 원하기는 어려워.

피터가 그녀의 납작한 아랫배에 놓인 손을 멈춘다. 약간 당황해서, 아니면 그냥 조심스러워서. 음, 우리가 할 수 없는 것들이 있다는 건 알아. 그가 말한다. 그래도 괜찮아, 강요하는 건 아니야. 그냥 이야기만 하는 것도 좋아.

실비아의 손가락이 움직이자 피터는 그녀가 눈물을 닦아내고 있음을 깨닫는다. 울고 있다. 그 충격, 마음을 에는 듯한 고통. 애틋함, 괴로움, 연민. 실비아, 그러지 마. 미안해. 속상해하지 마.

젖어서 반짝이는 눈, 손가락 사이로 보이는 얼굴, 아무렇게나 끄덕인다. 목소리가 실처럼 가느다랗다. 그냥, 네가 나를 예전 모습으로 기억하면 좋겠어.

끔찍한 느낌. 목이 조여든다. 세상에. 피터가 대답한다. 이런.

실비아가 얼굴을 숨긴 채 고개를 흔든다. 그때 그들은. 그래, 그녀는 어땠나. 모든 것이 완벽했다. 그들이 원하던 삶. 그 기억에 대한 그녀의 자부심이 너무나도 가슴 아프다. 피터는 연민을 느끼는 동시에 그러는 스스로가 싫어진다. 그녀의 통증, 두 사람의 육체 사이에 놓인 건널 수 없는 영역. 실비아가 거대한 장벽 뒤로 물러나는 모습을 지켜본다. 나를 예전 모습으로 기억해줘. 생각만 해도 숨을 쉬기 힘들다. 이제 그녀의 눈에서 주르륵 흘러내리는 눈물. 하지만 실비아는 슬프다기보다 화가 난 듯하다. 자신에게, 그에게, 아마도 둘 다에게. 지친 피터가 어느새 미안하다고 말하고, 그녀 역시 시무룩하게, 그를 보지도 않고 사과한다. 아니, 아니야. 내가 미안해. 신경 쓰지 마. 아니야 내 잘못이야. 괜잖아. 좌우로 흔들리는 실비아의 머리. 그냥 피곤해서 그래. 잊어버리자. 피터가 생기 없는 작은 목소리로 자기가 지금 나가주기를 바라느냐고 묻자 그녀가 딱 잘라 말한다. 아니, 당연히 아니지. 극적으로 굴지 마, 피터. 울음을 터뜨린 자신에게 화가 난 것 같다. 또 그녀를 만지고 그녀에게서 부드러운 말과 표정을 끌어내 후회하게 만든 그에게도. 실비아가 몸을 일으켜 램프를 끄고 어둠 속에 다시 똑바로 눕는다.

있잖아. 실비아가 말한다. 네가 아버지 일로 슬퍼하고 있다는 거 알아, 힘들겠지. 도와주고 싶어. 하지만 내가 널 위해서 할 수 없는 일도 있어. 너도 알잖아.

얼굴에 피어오르는 수치심인지 분노인지 모를 열기를 느끼며 피터가 대답한다. 너한테 뭘 해달라는 게 아니었어. 그냥 우리가 대화하고 있다고 생각했어.

실비아가 긴장된 목소리를 높인다. 난 네가 뭘 원하는지도 모르겠어. 내가 뭘 하든 그걸로는 부족하잖아. 내가 못 하는 딱 한 가지, 갑자기 넌 그것만 원하고 있어. 네가 고통스럽다는 이유만으로 나까지 고통스럽게 만들려는 것 같아.

피터가 천천히 손으로 얼굴을 쓸어내리고 말한다. 음, 무슨 말인지 확실히 알겠다. 널 고통스럽게 만들려던 건 아닌데 결국 그렇게 된 것 같네, 미안해. 다시는 그런 일 없을 거야.

그가 낙담한 듯 너무나도 침착하게 사과하자 실비아는 할 말이 없어진다. 그녀가 이불을 잡아당기며 모로 돌아눕는다. 피터는 무엇을 느껴야 할까. 피곤하다, 몹시. 늘 그렇듯 자신이 부끄럽다. 조금 전까지는 모든 것이 황금빛으로 빛났지만 이제 전부 망가지고 초라해졌다. 승리, 동반자 관계, 은밀히 서로에게 감탄하는 소중한 마음. 좋은 저녁 시간이 될 뻔했는데. 그는 어둠 속에서 실비아가 잠든 척할 수 있을 만큼 한참 동안 조용히 누워 있다. 그런 다음 일어나 포장된 알약을 지갑에서 꺼내 두 알을 욕실 수돗물과 함께 삼킨다. 실비아가 울면서 말했다. 나를 기억해줘. 너무 고통스러워서 생각할 수가 없다. 어쩐지 태양을 응시하는 것 같다, 강렬한 그 고통에 소멸될 것만 같다. 보지 않아도 그 빛이 느껴진다. 그녀의 옆에 다시 눕는다. 잠시 그도 울고 싶어진다. 하지만 무의미하다, 어쨌거나 감히 울 수가 없다. 언어로 형태를 갖추지 못한 생각이 점점 느려지고 응고하더니 약이 불러온 잠 속으로 녹아든다.

♟

잠에서 깨보니 실비아는 이미 나가고 없다. 블라인드 아래에서 하얀 햇살 한 가닥이 형광을 발한다. 그는 이제 자기 아파트로 돌아가야겠다고 생각한다. 폐소공포증을 일으킬 것만 같은, 실패로 가득한 침묵 속에서 다시 혼자가 되는 것이다. 왜 그랬을까, 아마도 잘못된 낙관주의 때문이겠지. 이렇게 오랜 시간이 지났는데도 몇 마디 대화로 바로잡을 수 있다고 생각한 것이다. 아니면 자기 파괴 행위였을지도. 그의 삶이 잠시나마 견딜 만해지는 위험에 처했는데, 그를 참아줄 수 있는 유일한 사람을 슬픔과 괴로움에 빠뜨리지 않을 수 있겠는가. 그러나 결국 불가피한 일일지도 모른다. 그런 식으로 같이 식사를 하고 신학을 논하는 고결하기만 한 파트너 관계를 지속할 수는 없다. 실비아가 출근한 뒤 그녀의 침대에 혼자 누워서 이런저런 상상을 한다. 옷을 벗기자 행복하게 웃는 실비아, 그녀의 하얀 목덜미. 촉촉하고 따뜻한 입술. 그래, 그런 생각. 그러다가 샤워하고 출근한다, 저녁에 다시 실비아를 만나 같이 식사를 한다. 오늘 뭐 했어? 아, 별거 없었어. 아니, 터무니없는 생각이다. 그의 광포한 욕구는 결국 그녀의 살아 있는 육체를 맞닥뜨려야만 했다. 핑계 그만 대고 이리 와. 실비아는 나를 기억해줘, 라고 말했다. 그 기억 속의 여자를, 그녀의 행복과 아름다움, 미래의 약속을 지켜달라는 뜻이었다. 영원히 따스하고 아직 누릴 수 있는. 그러니 상처 입고 분노한 사람이 된 그녀는 버려라. 물론 그 역시도. 젊고 정의감에 불타는 이상주의자였던 예전의 그. 어쩌면 실비아가 원하는 사람은 지금의 피터가 아닐지도 모른다. 하지만 실비아는 그의 손길이 좋다고 했다. 그녀의 배에 묵직하게 얹힌 손바닥, 숨을 멈추던 그녀. 아마 그 느낌에, 다시 어루만져지고 욕망의 대상이 되고 애무를 받는 느낌에 깜짝 놀랐을 것이다. 피터는 누군가 마지막으로 그녀를 다정하게 어루만진 것이 언제였을까 궁금하다. 실비아의 고고하고 차가운 금욕, 자기만의 공간을 지키는 울타리. 지나친 흥분과 당황이 넘쳐흘러서 하릴없이 눈물로 터져 나왔다. 피터의 존재 자체가 그녀의 존엄에 대한 모독 같다. 그렇다면 그의 존엄은 어떨까. 다시 그녀를 서투르게 만지며 애원하고 말았다. 손 잠깐 줘봐, 금방 끝나. 아, 나 좀 내버려둘 수 없어? 보기 드물게 고상한 그녀, 그의 조야함과 강제적인 육체에 대한 혐오. 결국 두 사람은 분노와 굴욕을 느끼고 말았다. 두 사람 모두에게 더 나을 것이다, 만약 그가. 그래. 아니다. 실비아가 뭐라고 했더라? 극적으로 굴지 마, 피터.

마침내 그가 다리를 침대 밖으로 내리고 벽 콘센트에 핸드폰을 충전한다. 샤워를 한 다음 두툼하고 부드러운 수건을 두르고 나와서 부엌 타일에 젖은 발자국을 남기며 아침 식사를 준비한다. 튀르키예풍 커튼 사이로 늦은 아침 햇살이 들어온다. 식사를 마친 후 실비아가 쓴 그릇까지 씻는다. 그녀의 침실 의자 등받이에 걸려 있는 그의 옷. 가방 지퍼 주머니에 깨끗한 속옷이 있다. 핸드폰을 켜고 기다리면서 양말을 당겨 신는다. 마침내 대기 화면이 뜬다. 핸드폰을 들고 알림을 스크롤해 내린다. 대부분 업무와 관련된 연락이다. 저닌의 전화번호로 온 메시지가 보인다. 이상하다. 그가 엄지로 탭을 눌러 메시지를 연다.

저닌 뉴스 좀 봐요. 나오미 걔 케빈가에 있어요. 핸드폰을 뺏겼어요

뭔가 놓쳤나 싶어 위로 스크롤한다. 아니다. 그 직전 메시지는 7월에 왔다. 워크맨스클럽*에서 당신을 봤다고 전해달래요!! 오늘 아침에 온 문자메시지는 잘못 보낸 것이 분명하다. 답장을 보내봐야 무의미하다. 거의 일주일 동안 나오미에게서 연락이 없었다. 두 사람 늘 만나더라. 그를 보고 킬킬거리는 나오미의 친구들. 그는 문자메시지를 몇 초 더 들여다본다. 결국 두 번 탭해서 보내기를 누른다.

피터 ?

저닌이 즉시 메시지를 입력하기 시작하자 그는 매트리스에 앉아서 기다린다.

저닌 오늘 아침에 우리 퇴거당했어요. 경비원들이 집을 엉망으로 만들더니 경찰이 와서 나오미를 체포했어요
저닌 케빈가 경찰서로 간 게 거의 확실한데, 나오미한테 핸드폰이 없어서 아무도 소식을 못 들었어요

*   더블린의 라이브 음악 공연장.

197

정적이 흐르는 방에서 그가 내쉬는 숨소리만 들린다. 서류를 봐달라고 했는데 읽지 않았다. 그가 눈을 감았다가 다시 뜬다. 마침내 체념한 듯 화면을 연신 두드리는 엄지.

피터 끔찍한 소식이네, 저닌. 미안해. 지금 케빈가로 갈게. 왜 체포됐는지 알아? 나오미는 괜찮고?

저닌 네, 다치거나 그런 것 같지는 않아요. 왜 체포됐는지 전혀 모르겠어요, 너무 정신이 없었어요

저닌 나오미한테 내가 문자 보냈다고 말하지 마요ㅋㅋㅋ 아는 변호사가 당신뿐이라서

피터 고마워. 나오미 만나자마자 연락할게.

피터 그런데 넌 괜찮아? 다른 사람들은?

저닌 네 우린 괜찮아요…… 홈리스가 되긴 했지만 그것만 빼면 100

100점 이모티콘. 그는 핸드폰 화면이 꺼질 때까지 내려다본다. 읽지 않은 서류. 나오미한테 내가 문자 보냈다고 말하지 마요ㅋㅋㅋㅋ 그는 침대에 전화기를 떨어뜨리고 셔츠 단추를 채우

면서 아무 이유도 없이, 듣는 사람도 없는데, 큰 소리로 중얼거
린다. 씨발, 씨발, 씨발.

6

길 건너편 나무 밑에 늘어선 택시. 주소를 대자 기사가 말한
다. 안 좋은 일은 아니겠죠. 대답 없이 흐린 미소만 짓는다. 창밖
으로 지나가는 건물들, 페인트를 칠한 벽돌, 스티커가 붙은 유리
창, 빨래방. 누구든지 그를 볼 수 있다. 애초에 왜 이러고 있을까.
너 여자 친구 있지 않아? 지금은 서로 연락 안 하지만. 피터는 저
녁의 문자를 신호로 받아들여 모른 척해야 했다고 생각한다. 다
른 젊은 여자를 만날까. 이번에는 집안도 좋고 성격도 안정적인
여자로. 하지만 그 여자가 그를 좋아하게 되면 죄책감이 들 것이
다. 적어도 나오미는 절대 그럴 일 없다. 이 미친 짓이 다 무엇 때
문일까. 덧없는 만족감, 아마 진심도 아닐 달콤한 말. 또 다른 그
녀와의 관계를 되돌리기 위해서 그런 에너지는 다른 곳에 써야
하니까. 그 모든 게 피터에게 정말 간절히 필요할까. 애초에 부
족하긴 한가. 꽤 예쁘고 일주일에 섹스만 두세 번 하는 관계에

만족하는 여자도 분명 많다. 악감정도 갖지 않으면서. 제일 친한 친구한테서 개 케빈가에 있어요, 라는 메시지도 올 일 없는. 멍청한 년. 아니, 죄송합니다. 버튼을 눌러 차창을 내리자 차가운 바람이 그의 옆얼굴을 때린다. 카드로 내도 됩니까?

음울한 대기실로 들어간다. 망가진 의자, 게시판, 보기 흉한 합성섬유 레인코트를 입고 서류를 작성 중인 여자. 투명 칸막이 뒤의 경찰. 회색 눈썹. 담당자. 그녀가 여기 있냐고 묻자 그렇다고 한다. 무슨 혐의로 체포됐는지 여쭤봐도 될까요. 물론 남자의 얼굴에 다 드러난다. 또 시작이군. 요즘 것들은 홈리스인 척하면서 불법 퇴거라며 질질 짜고, 구치소에 들어간 지 5분도 안 돼서 아빠가 변호사를 불러주지. 도니브룩에 있는 집으로 돌아가라 이거야. 그렇게 생각하고 싶으면 생각하라지. 그게 나오미에게도 낫다. 당신이 변호사입니까? 아뇨, 하지만 필요하면 얼마든지 부르죠. 변호사는 의뢰인이 정확히 무슨 이유로 체포됐는지 알고 싶어 할 겁니다. 그러니 저에게 말씀해주시죠. 경찰이 이름을 묻자 피터는 평소처럼 철자를 불러줘야 한다. 킬로 할 때 K. 찰나의 정적이 흐른다. 에일스버리로(路)에 쿠벡(Koubek)이라는 성을 가진 사람은 많지 않은데. 그럼 뭐지, 싸구려 계집애와 폴란드인 남자 친구인가. 그래도 혹시 모르지. 말을 꽤 잘하잖아, 요즘엔 진짜 알 수가 없다니까. 경찰이 말한다. 좋습니다. 잠시 기다리세요. 그런 다음 초록빛 도는 유리 뒤로 사라진다. 피터는 벽에 걸린 여권 갱신 공지를 읽는다. 킬로 할 때 K. 레인코트 차림의 여자는 벌써 가고 없다. 몇 분이 지나간다.

안쪽 어딘가에서 철컥 문소리가 나자 피터가 고개를 돌려 서늘한 회색 복도를 본다. 윤기 나는 검은 머리를 틀어 올린 그녀가 그를 향해 다가온다. 경찰과 함께. 사랑스러운 나오미. 찢어진 검정 스타킹, 까진 무릎, 피가 살짝 보인다. 가죽 재킷을 입고 껌을 씹고 있다. 그가 수없이 키스했던 입술. 사랑스러워서, 괴로워서, 거부할 수 없는 욕망 때문에.

어이. 피터가 말한다.

그러자 나오미가 대답한다. 아니 이게 누구야.

♟

밖으로 나가자 갈라진 구름 사이로 태양이 눈부시게 반짝이며 빛으로 거리를 단조롭게 만든다. 경찰이 말했다. 불기소 석방입니다. 오늘 운이 좋으시네요. 생각만 해도 혈관에서 분노가 요동친다. 폭력에 대한 갈망. 다시 들어가서 벽에 붙은 의자를 뜯어내 그 남자의 머리를 후려칠까. 오늘 운이 좋으시네요. 이런 세상에. 생각하지 말자. 어쨌든 나오미는 빨리 나가고만 싶다고 말했다. 소동을 피우지 말자. 무의미하다. 법이 뭐라든 그들이 무슨 신경을 쓰겠는가. 그건 법원이 결정할 일이다. 나중에, 몇 년 뒤에, 당신 삶이 이미 망가진 뒤에, 결국 퇴거 조치가 불법이었음이 드러나는 거다. 참도 위안이 되겠다. 나오미가 딱딱 소리가 나도록 껌을 씹으면서 소동 피우지 마, 라고 중얼거린다. 자동차들이 앞 유리를 번쩍이며 지나간다. 비를 품고서 불어오는 차가운 바람. 두 사람은 경찰서에서 비숍가의 아파트 건물들을 향해 같이 걸어간다. 그녀가 어깨에 멘 불룩한 캔버스 가방에서 스웨트셔츠 소매가 분홍색 면으로 만든 혀처럼 튀어나와 있다.

누가 말했어? 나오미가 묻는다. 당연히 저닌이겠지.

피터가 질문을 무시하고 무릎을 가리키며 말한다. 어쩌다 그랬어?

그녀가 걸음을 멈추고 본다. 아, 이거. 경비원이 계단에서 끌고 올라갔거든. 불법 아니야?

그가 다시 눈을 잠깐 감고 생각한다. 불법 아니냐고? 피터가 따라 말한다. 세상에, 모르겠어. 미친 거 아냐? 경비원 때문에 다친 거야?

나오미가 어깨를 으쓱하며 대답한다. 난 괜찮아.

짐은 다 어디 있어?

그녀가 피터에게서 시선을 돌려 거리를 바라보며 말한다. 나쁜 새끼가 내 핸드폰을 가져갔어. 내가 다 영상으로 찍고 있었거든, 멍청했지. 노트북은 저닌한테 있을 거야. 나오미가 침을 삼키고 콘크리트 보도를 내려다본다. 지갑은 있어. 처방 약도 있고.

옷도 좀 있어, 전부는 아니지만. 그놈들이 내 물건을 길거리에다 내던졌어.

오늘은 어디서 잘 거야? 피터가 묻는다.

그녀가 다시 어깨를 으쓱하며 대답한다. 어디든 찾아내야지. 피곤한지 눈을 문지른다. 잠시 침묵 후. 당신이 올 필요는 없었는데.

그래. 고맙긴.

그러자 나오미가 얼굴을 찌푸리며 그를 올려다본다. 마음 넓은 척하기는. 꺼져.

이런 상황이지만 피터가 미소를 짓는다. 작은 재킷을 입고 그에게 꺼지라고 말하는 저 성질. 우리 집에서 지내도 돼. 그가 말한다.

나오미가 웃는 척하며 눈을 피한다. 거기 말이지. 청소해주시는 분이 날 보면 어쩌려고. 창피하지 않겠어?

청소해주시는 분 없는데.

그러자 그녀가 진짜로 웃는다. 치아 사이로 껌이 하얗게 번쩍인다. 정말? 있는 줄 알았는데.

다른 남자 친구랑 착각했나 보지.

나오미가 턱을 들고 그를 올려다보며 말한다. 아니면, 당신 집이 잘 기억 안 나나 보지. 한 번밖에 안 불렀잖아.

두 번 같은데.

아니, 두 번째는 당신이 부르지도 않았는데 내가 간 거고.

그녀의 시선을 조금 더 잡아두며 말한다. 네 맘대로 해. 축축한 도로에 하얗게 빛나는 햇살. 나오미가 대답한다. 좋아. 가자. 그가 지나가는 택시를 세우고, 둘이서 택시에 올라 중간 자리를 비워두고 떨어져 앉는다. 그녀가 안전벨트를 채우는 소리. 심란하겠지. 그가 생각한다. 당연하다. 나오미는 1년 가까이 그곳에 살았다. 그리고 행복했다. 제일 좋은 시절이 끝났다. 비명을 지르며 계단에서 질질 끌려 올라갔다. 물론 나오미가 안됐다. 그녀는 창밖으로 지나가는 자동차들을 무표정하게 바라본다. 적선 받는 기분을 느끼고 싶지 않은 거나, 누구든 안 그럴까. 그동안 피터가 연락을 안 해서 분명 화가 났을 것이다. 그는 나오미가 자기를 만나서 반갑긴 할까, 생각한다. 다른 사람이었으면 좋았겠다고 생각하는 거 아닐까. 친구들 중 하나. 더 마음 편하게. 음울한 자기 보호 본능 때문에 그와 함께 택시를 탔을지도 모른다. 머리 위에 지붕이라도 두려면 거절할 처지가 아니다. 나중에 그가 무엇을 하자고 요구할지 두려워할까. 그러면 소파에서 자면서 방법을 찾겠지. 아마 결국 다른 사람을. 며칠 전 밤에 그녀의 방에서 본 남자. 아니면 나오미의 사진마다 복숭아 이모티콘을 다는, 온라인에서 만난 남자. 피터는 당연히 공개적인 계정에서 밝히는 티를 낼 수 없다, 경력을 생각해야 한다. 전도유망한 주니어 변호사, SNS에서 '웃는 악마'와 '물방울' 이모티콘을 써서 구설에 오르다. 아무튼, 다른 사람은 없을지도 모른다, 그냥 그에게 질렸을지도 모른다. 나오미는 창밖을 응시하지만 아무것도 보지 않고, 피터는 그런 그녀를 빤히 바라보는 창피한 짓만큼은 하지 않기로 한다.

택시가 멈추자 나오미가 요금은 그에게 맡기고 차에서 내린다. 피터가 그녀를 따라 현관 계단을 올라가 문을 연다. 누군가와 마주칠까 봐 걱정하지만 아무도 마주치지 않는다. 그의 아파트로 들어가니 춥고 공기가 퀴퀴하다. 피터가 난방을 틀고 거실 창가로 가서 그녀를 의식하며 창문을 당겨 연다. 그동안 나오미는 소파 옆에서 기다린다.

어제 집에서 안 잤구나? 그녀가 말한다.

피터가 그녀를 향해 돌아선다. 아. 응, 안 잤어. 며칠 동안 집을 비웠어.

나오미가 먼지라도 확인하듯 소파 팔걸이를 가볍게 쓸면서 묻는다. 당신 친구 실비아랑 있었구나?

예상치 못한 질문에 깜짝 놀라서 잠깐 침묵에 빠진다. 그러다가 결국 대답한다. 맞아.

그녀가 피터를 잠시 더 바라보며 말한다. 좋네. 아주 흥미로워. 그럼 두 사람 다시 사귀는 거야?

그가 목을 가다듬고 말한다. 아니.

나오미가 높고 듣기 좋은 소리를 내며 웃는다. 그가 눈을 잠시 감았다가 뜬다. 그녀가 묻는다. 왜 다시 안 만나? 실비아가 관심 없대?

실비아의 감정은 네가 신경 쓸 일이 아닌 거 같은데.

나오미가 눈썹을 치켜올린다. 그는 끔찍하다고 생각한다. 마치 두 사람을 경쟁시키는 것 같다. 하지만 달리 무슨 말을 할 수 있을까. 그의 나약함, 변함없는 마음, 혼란스러운 감정. 자신을 감싸는 말. 그녀를 감싸는 말은 더욱 나쁘고 고통스럽겠지. 분노와 절망이 뒤섞인 그녀의 눈물, 네가 나를 기억하면 좋겠어, 세상에. 나오미가 장난스러운 목소리로 비꼰다. 알았어…….

피터가 고개를 끄넉인다. 그녀의 시선을 피하면서 묻는다. 뭐좀 먹을래?

나오미가 샤워하는 동안 그가 부엌을 둘러본다. 우유는 아직 먹을 수 있다. 알루미늄포일로 싼 버터, 베이컨 한 팩. 브레드박스에 들어 있는 딱딱하게 굳은 빵 반덩어리. 달걀 한 상자. 그가 환풍기를 켜고, 프라이팬에 버터를 녹이고, 포크로 달걀을 섞는다. 보통 나오미는 샤워하면서 노래를 부르지만 오늘은 안 부른다. 듣기 좋고 사랑스러운 메조소프라노. 빵을 적셔 팬에 올리자 살짝 지글거린다. 버터가 끓으면서 생기는 하얀 거품. 그 집에 살던 다른 사람들은 어떻게 하려나 생각한다. 소파에서 재워줄 사람을 찾겠지. 호스텔에 갈지도 모른다. 집으로 돌아가는 사람도 있을 테고. 물론 나오미는 돌아가지 않는다. 연락이 끊긴 아버지, 재활 시설을 드나드는 골칫덩이 주정뱅이 어머니. 겨우 마흔네 살이다. 두 사람의 통화를 들은 적이 있는데 나오미가 어른이고 어머니가 아이 같았다. 응, 알아, 하지만 술을 마신다고 기분이 나아지진 않아, 엄마. 생각하니 가슴이 아프다. 욕실의 샤워 부스 문이 열리는 소리. 문이 열렸다가 다시 닫힌다. 한숨 비슷한 소리가 들린다. 베이컨의 지방이 팬 여기저기에 들러붙는다. 탁탁 튀는 소리. 나오미보다 그녀의 어머니가 그와 나이 차이가 덜 난다. 사실이 아니지만, 그런 느낌이다. 나오미가 부엌 문간에 다시 모습을 드러낸다. 맨발이라서 더 작고 청소년 같아 보인다. 소매가 해지고 호텔 로고가 금실로 수놓인 낡은 흰색 목욕가운. 팬을 들여다보더니 눈썹이 치켜 올라간다. 나오미가 말한다. 요리도 할 줄 아네. 좋은 남편감이야. 그가 뒤집개로 구운 빵을 들어 깨끗한 접시에 내려놓으며 말한다. 요리라고 할 것도 없어. 베이컨을 뒤집자 지방 부분이 노랗고 반투명하고 바삭해 보인다. 나오미가 기대에 차서 접시를 들고 바라본다. 베이컨은 내거 아니야? 그녀가 묻는다. 이런 상황인데도 다시 미소가 떠오른다. 피터가 말한다. 네 거 맞아. 아직 다 안 돼서. 나오미가 사랑스럽게 웃는다. 커피는?

두 사람이 거실로 가서 보기 흉한 유리 식탁 앞에 같이 앉는다. 그녀는 입안 가득 음식을 넣고 씹으면서 새 핸드폰이 필요하다고 말한다. 그는 작고 하얀 잔 받침에 대고 오렌지 껍질을 벗기고 있다. 피터가 말한다. 하나 사줄게. 나오미가 입에 든 것을 삼키며 고개를 끄덕이고 포크로 또 음식을 찍어 입으로 가져간다. 좋아. 비싼 건 필요 없어. 그냥, 친구들한테 나 안 죽었다고 알려줘야 해서. 피터는 벗기다 끊어진 껍질을 잔 받침에 내려놓고 다시 껍질을 까기 시작한다. 그녀가 제대로 먹는 모습을 보니 마음이 놓인다. 피터가 그 자리에 있었으면 어떻게 했을까. 어림없는 상상은 아니다. 나오미와 같이 침대에 누워서 어쩌면 담배 한 대를 나눠 피우고 있을 때 그들이 문을 박차고 들어왔을지도 모른다. 계단에서 끌고 올라갔거든. 불법 아니야? 찢어진 검정 스타킹.

며칠 동안 연락 안 해서 미안해. 피터가 말한다.

나오미가 빵 껍질로 접시의 버터를 닦으며 말한다. 응. 저닌한테 들었어, 그날 내가 통화 중일 때 당신이 박차고 나갔다고.

피터가 오렌지를 반으로 나누고, 반쪽을 다시 하나씩 뗀다. 음, 네가 어딜 갔는지 몰랐어. 나한테 좀 기분이 상한 것 같기도 했고.

그랬지.

서툰 손길. 오렌지 껍질 때문에 손톱의 하얀 부분이 노랗게 물든다. 피터가 말한다. 그래. 있잖아, 내가 요즘 기분이 별로 안 좋았던 것 같아. 좀 이상하게 굴기도 했고.

당신 아빠 일 때문에 속상하잖아, 피터. 나도 알아. 하지만 말은 해줄 수 있었다고 생각해. 나랑 그만 만나고 싶으면 그렇다고 말을 해야지.

피터는 그녀를 보지 않고 말한다. 내가 그 서류를 봐줬어야 하는 건데.

그래도 똑같았을 거야.

그가 어깨를 으쓱하며 고개도 들지 않고 대답한다. 그래도, 읽어볼 수는 있었잖아.

내 앞가림은 내가 할 수 있어.

피터가 손가락으로 코를 문지르고 침을 다시 삼키며 반쯤 미소 짓는다. 알았어. 다음에 또 체포되면 알아서 하게 놔둬?

나오미가 웃음을 터뜨린다. 당신 아무것도 한 거 없잖아. 난 거기서 세 시간 동안 머리가 터져라 소리를 질렀다고. 근데 당신이 정장을 빼입고 거들먹거리면서 등장하니까 아, 네, 선생님, 물론이죠, 선생님, 친구분은 이제 가셔도 됩니다, 그러다니.

피터 역시 멋쩍게 웃고 손가락으로 오렌지 한 조각을 떼어내며 말한다. 오늘 운이 좋으시네요, 그러더라.

나오미가 잠시 조용해진다. 그가 오렌지를 한 조각 입에 넣고 부드러운 과육을 느끼며 삼킨 다음 한 조각 더 먹는다. 마침내 그녀가 묻는다. 나에 대해서 알아? 당신 친구 실비아 말이야.

네가 쫓겨난 거? 아직 몰라. 얘기할 거야.

고개를 들어 그녀를 보자 이상한 표정을 짓고 있다. 내 말은,

당신이랑 나 사이 말이야. 나오미가 말한다.

뭐, 우리가 만나는 거? 당연히 알지. 비밀도 아닌데.

기분이 좋아진 나오미가 애써 미소를 억누르며 커피를 내려다본다. 당신, 내 얘기 많이 해?

피터가 오렌지를 씹어 삼키고 그녀에게 미소를 지으며 말한다. 네 욕을 많이 하냐는 말이겠지. 늘 하는데.

그는 나오미가 만족해하는 것을 알아본다. 피터가 그녀에 대해서 거짓말하고 있다고 생각한 거다. 싱글인 척한다고. 끝난 뒤에 샤워를 하고, 그녀에게 돈을 좀 보내고. 있잖아, 다시 한번 고마워. 그러고는 실비아랑 저녁을 먹으러 가서 늦어서 미안해, 일이 어떤지 알잖아, 라고 말하면서. 그는 나오미가 그런 상상을 하게 만들어서 미안하다. 그녀가 손을 들어 머리카락을 만지며 묻는다. 당신 침대에 좀 누워도 돼?

응, 당연하지.

나오미가 식탁에 빈 접시를 그대로 둔 채 말없이 자리에서 일어난다. 피터는 얼른 생각 중이다. 잘 모르겠다. 지나가는 나오미를 올려다본다. 같이 갈까? 그가 묻는다. 그녀가 피터의 소매를 건드리며 말없이 고개를 끄덕인다. 꼬리에 꼬리를 무는 생각이 점점 흐릿해지다가 새까맣게 끊기고, 피터는 그녀를 따라간다. 그는 두 사람이 처음으로 같이 보낸 밤을 기억한다. 그의 손이 닿을 때 나오미가 얼마나 떨었는지. 갑자기 너무 어리고 순진해 보였고, 뻔뻔한 표정과 말은 전부 잊혔다. 이제 침대 발치에서 피터가 그녀의 허리끈을 풀고 어깨에서 가운을 떨어뜨린다. 매끈하고 풍만한 몸매의 분홍빛 보드라움, 묵직한 가슴. 그의 키스를 기다리며 살짝 벌어진 입술. 나오미가 눈을 내리깐 채 말한다. 진짜 하고 싶어. 피터는 그녀가 원하는 것을 주고 싶어서 온몸이 아프다. 동물적인 욕망의 어리석음. 침대로 올라가. 그가 말한다. 나오미가 눕자 그는 옷을 입은 채 무릎으로 서서 그녀를 내려다본다. 따끔따끔 발갛게 까진 무릎을 깨끗하게 씻었다. 원하는 건 그의 곁에 있는 것뿐이라는 듯 가쁜 숨소리. 하고 싶은 거 다 해도 돼. 나오미가 말한다. 뭐든지 다 해도 돼. 그는 그녀의 광대뼈를 어루만지며 미소를 억누르지 못한다. 넌 너무 예뻐. 피터가 말한다. 그런 다음 그녀의 다리 사이로 들어가는 그의 손, 나오미가 눈을 감는다. 축축하게 열린 그녀의 성기. 하고 싶은 건 뭐든지 해도 돼. 그녀가 다시 말한다. 피터는 그럴 수 있을 것만 같다. 엎드리게 한 다음 살짝 아프게 하고, 받아들이게 만들고, 어떤 느낌인지 말하게 할까. 모욕적으로. 다른 생각은 하나도 떠오르지 않을 만큼 놀라게 할까. 하지만 문이 부서져 열리고 계단에서 끌려갔다는 기억이 뒤늦게 떠오른다. 아마 괴로울 것이고, 이제 재미도 없다. 알아. 피터가 말한다. 이렇게, 괜찮아? 그가 손으로 그녀의 다리를 벌리고 무릎을 구부리게 한다. 그런 다음 그녀에게서 몸을 떼고 옷을 벗기 시작한다. 나오미는 지켜보면서 기다린다, 눈은 흐리멍덩하고 입술은 벌어져 있다. 피터가 그녀의 턱에서 목으로 손을 움직인다. 손바닥 아래 느껴지는 육체의 열기. 나오미의 위로 올라가자 그녀가 다시 키스하려고 입을 벌린다. 혀의 맛, 부드러운 복종, 깊숙이. 그녀가 부끄러운 듯 눈을 감고 말한다. 그냥 날 이용해, 하고 싶은 건 뭐든지 해. 아프게 해도 돼, 상관없어. 이제 그녀의 안으로 천천히, 아주 깊숙하고 빠듯하게 들어간다. 그녀가 비명을 지를 때까지. 부드럽게 잠기는 기분이 너무나 평화로워서 마치 잠드는 것 같다. 만족스럽게 눈을 감고 잠시 그대로 멈춘다. 아무 말도 없이, 움직이지도 않고, 밑에서 빠르게 파닥거리는 그녀의 숨결만을 느낀다. 나오미가 조여드는 목소리로 속삭인다. 괜찮아? 그녀는 항상 너무나 온순해지고 불안해한다. 피터가 그녀의 뺨에 붙은 머리카락을 넘겨준다. 입술에 키스한다. 좋아. 걱정하지 마. 피터가 안에서 움직이자 그녀가 다시 소리를 지른다. 생생하고 울부짖는 듯한 소리. 아, 세상에. 나오미가 말한다. 고마워. 활짝 열린 채 받아들이는 그녀의 육체, 달아오른 뺨과 목덜미. 이런 식으로 자기 몸을 이용하는 것을 허락하고, 원하고, 필요로 한다. 피터는 잠시 눈을 감을 수밖에 없다. 굳게 믿으며 기쁘게 해주고만 싶어 하는 그녀가 그의 힘에 완전히 굴복하고, 그가 자신을 어루만지고 인형처럼 가지고 놀도록 놔둔다. 그를 실망시키는 것만을 두려워하면서. 괜찮냐고, 확인받고 싶어 애원하면서. 그냥 날 이용해, 아프게 해도 돼, 원하는 건 뭐든 해. 나오미의 호흡이 가빠지자 피터가 다시 그녀를 보며 묻는다. 좋아? 그녀가 간절하고 고마운 표정으로 그를 본다. 그 역시 같은 감정이지만 드러낼 수가 없다. 너무 좋아. 그녀가 말한다. 정말 안전한 느낌이야. 모르겠어. 이럴 때면 그런 느낌이 들어. 너무 안전한 느낌인데 설명을 못하겠어. 나오미를 내려다보고 있으니 낯설고 강렬한 감정이 열기처럼 온몸을 달군다. 그녀에게 그런 느낌을 주는 것, 그래. 나오미, 넌 안전해. 피터가 말한다. 정말 안전해, 내가 약속할게. 다 괜찮아질 거야. 조금 더 오래 서로를 바라본다. 두 사람이 똑같이 느끼는 간절함, 사무치는 고마움, 다정하고 고통스러운 연약함, 짙은 쾌감. 헐떡거리며 경련하는 그녀의 숨소리. 피터. 나오미가 말한다. 씨발, 미안해. 그런 다음 그 역시. 그녀의 안에서 축축하게 젖는다, 나오미는 이것을 정말 좋아한다. 피터의 밑에서 그녀가 멍한 목소리로 중얼거린다. 아, 너무 좋아. 피터는 나오미가 억누를 수 없을 만큼 삶을 사랑한다고 생각한다. 기름이 번들거리는 손가락으로 프라이드치킨을 찢고, 한 모금 남은 탄산음료를 빨대로 요란하게 빨아 먹고, 몸으로 촉감을 탐닉하며 새 원피스를 입어보고. 거울 속에 비친 멋진 자기 모습을 바라보는 기쁨. 그녀 자신이 살아 있음에서 느끼는 심오하고 완전한 기쁨. 직업도 없고, 가족의 보살핌도 없고, 일정한 주소도 없고, 정부 보조금도 없고, 대학을 마칠 돈도 없다. 완벽한 몸을 제외하면 이 세상 그 무엇도 갖지 못한 그녀. 남자들, 심지어는 다른 여자들, 체제, 관료제, 법률까지도 나오미를 꺾으려고, 그녀가 불행을 받아들이게 만들려고 애쓰는 것 같다. 그런 그녀가 여기에서 웃으며 설탕 탄 커피를 마시고, 섹스를 해달라고 조른다. 피터는 나오미의 그런 점을 사랑한다. 가끔은 피터 자신으로부터 그녀를 지켜주고 싶다는 생각마저 든다. 그녀의 자유를, 야생동물 같은 그녀를. 두 사람 모두 끝나고 침묵 속에 나란히 누워 있다. 피터는 나오미가 당분간 여기서 지내면 어떨까 생각한다. 얼마나 오래 머물든 간에. 빨래 건조대에 널린 그녀의 속옷, 싱크대에 내놓은 그릇. 그가 저녁 식사를 준비하는 동안 나오미가 맨발로 소파에 앉아서 친구들에게 끝도 없이 음성 메시지를 보내는 모습을 그려본다. 그 남자가 그런 말을 했다니 정말 믿기지가 않아. 밤이면 침대에 누워 그녀의 옷을 벗기고 저항 없는 입술에 애틋하게 키스한다. 나오미를 해칠 수 있는 그 무엇으로부터도 멀리 떨어진 이곳에서. 오직 바보 같은 욕망과 사랑의 대상인 그녀.

괜찮았어? 피터가 묻는다.

어이없다는 듯 나오미가 웃으며 말한다. 응. 당신 나쁜 짓 전혀 안 했잖아.

실망한 것처럼 말하지 마.

그녀가 졸린 표정, 심지어는 행복한 표정으로 몸을 굴려 피터 곁으로 온다. 그가 나오미를 끌어안는다. 어떻게 우릴 이딴 식으로 쫓아낼 수가 있지? 그녀가 중얼거린다.

피터가 그녀의 등을 쓰다듬으며 말한다. 한동안 여기서 지낼래?

나오미는 잠시 아무 말도 하지 않는다. 그러다가 이렇게만 묻는다. 정말 괜찮아?

응, 정말 괜찮아.

고마워.

두 사람은 잠시 말없이 누워 있다. 둘 다 오랫동안 꾸며내던 모습을 내려놓은 느낌. 그는 더 많은 이야기를 하고 싶다는 기분도 든다. 무슨 일이 있었는지, 또 지금도 일어나고 있는지 나오미에게 전부 털어놓는 것이다. 매일 아침 잠에서 깰 때마다 느끼는 고뇌와 증오, 죽고 싶다는 생각. 그녀를, 두 사람 모두를 잃을지도 모른다는 두려움. 그걸 다시 겪을 수는 없어. 미안해. 다른 사람이 있어. 모두에게 더 나을 것 같아, 만약 내가. 하지만 그는 말할 필요가 없다고 생각한다. 두 사람의 조용한 숨소리와 거리의 자동차들이 내는 느릿한 회색 소음 속에서 나오미가 그의 손을 만진다. 여기 그녀가 함께 있는 것만으로 충분하다. 씻고, 배를 채우고, 만족스럽게, 반쯤 잠든 채. 위험으로부터 멀리 떨어진 채로. 피터가 말한다. 난 오늘 오후에 강의가 있어. 괜찮아? 나가고 싶으면 예비 열쇠를 가지고 나가면 돼, 문 옆 고리에 걸려 있어. 나오미는 괜찮다고 말한다. 현금 필요해? 그녀는 눈을 감은 채 대답이 없다. 조금 놓고 갈게. 피터가 말한다. 나오미가 그를 보지도 않고 조용히 대답한다. 알았어. 그가 그녀의 머리카락을 만진다. 드디어 나오미가 시선을 들어 그를 본다. 아무리 헛되고 무의미한 감정이라도 나름대로 쌍방의 감정이다. 둘 사이에는 설명할 수 없지만 서로 이해하는 무언가가 있다. 고마워. 나오미가 다시 말한다. 피터가 그녀의 이마에 입을 맞춘다, 짭짤하고 축축하다. 나중에 봐.

7

목요일 저녁, 아이번은 조명이 어둑한 식당에서 형을 기다린
다. 다른 자리에서 돈 많은 사람들이 비싼 식사를 하고 있다, 곧
역시 돈 많은 형이 도착해서 두 사람도 같이 식사를 할 것이다.
안 될 거 있나? 아이번은 피터가 개인적인 부의 축적에 지나치
게 적극적이고, 종종 불쾌하게 굴며, 스스로 생각하는 만큼 똑
똑하지는 않지만 그래도 지금까지 몇 가지 문제에 대해서는 옳
은 말을 해왔다고 생각한다. 사실 적어도 몇 가지 중요한 점에
서 피터의 말이 옳았고 아이번이 틀렸다. 예를 들어 여자라는 주
제로 갑론을박을 벌일 때, 늘 여자를 좋아하는 피터의 말은 알고
보니 대체로 정확했고 아이번은 잘못 생각했다. 바로 오늘, 아
니 어제였나, 스미스필드 역에서 임신부가 노면전차에 타서 아
이번이 일어나 자리를 양보했다. 두 사람은 서로 미소를 주고받
았고 그녀는 고맙다고 말하며 자리에 앉았다. 아이번은 이 문제

218

로 피터와 논쟁을 벌인 적이 있는데, 그때도 그가 틀렸다. 예전에 아이번은 생판 모르는 타인이 어쩌다 보니 임신부라는 사실이 자신과 아무 상관도 없다고 생각했다. 아기를 낳을 거라는 이유만으로 갑자기 그 여자가 엄청 중요해진다고? 부유한 북반구에는 이미 인구가 너무 많지 않나? 페미니스트가 실제로 원하는 것이 남자보다 여자를 생물학적으로 더 중요하게 여기는 것이라면 어떻게 평등을 원한다고 말할 수 있지? 아이번이 봤을 때 페미니스트가 만들려는 세상은 어떤 여자가 임신을 선택할 때마다 절대 동등한 시민이라 할 수 없는 남자가 대중교통 좌석을 포기해야만 하는 세상이었고, 여자들은 끊임없이 임신했다. 당시 아이번은 정말로 이렇게 생각했고, 형은 "파시스트" 운운하며 대놓고 뭐라 했다. 그 뒤 대학에 들어간 아이번은 이렇게 생각하게 되었다. 뭐 어때, 내가 그렇게 피곤한 것도 아닌데 여자가 그렇게 피곤하다면 앉아도 되지. 물론 백 퍼센트 공정한 건 아니야. 내가 임신시킨 것도 아니고, 나는 말 그대로 어떤 여자도 임신시킬 기회가 없었으니까. 하지만 어쨌든 그걸로 가타부타하지는 말자. 대학 시절에 딱 한 번 이 가상의 상황이 실제로 일어나서 정말로 자리를 양보했지만, 대단한 연대감 같은 것을 느껴서 그런 건 아니었다. 오히려 약간 어색하게, 여전히 짜증을 품고 양보했다. 그런데 오늘, 아니 어제 오후에 아이번은 노면전차에서 임신부에게 진심으로 미소를 지었고, 그녀는 고마워하는 눈빛으로 그를 올려다보며 감사해요, 라고 말했다. 그 순간 아이번은 자신에게서 그 상황 자체에 대한 전혀 다른 태도를 발견했다. 그는 짜증이나 의무감을 느끼지 않았다. 오히려 임신한 여자를 향해서 친절하고 다정하기까지 한 감정이 차올랐다. 생각해보니 그런 감정은 최근 그의 삶에서 일어난 여러 가지 일과 관련이 있는 듯했다. 즉, 여자와 남자의 관계를 새롭게 이해하게 된 것이다. 어떻게 해서 특정한 일들이 벌어져서 의도하지 않은 상황까지 만들어낼 수 있는지 알게 됐다. 그동안은 문자 그대로의 수준으로만 이해했지만 이제 관련된 모든 사람에게 공감하고 연민을 느끼며 이해하게 되었다. 남자를 향한 욕망 때문에 생기는 여성의 취약함은 아름답고 감동적이며 깊은 존중과 경의를 표현할 만하다는 생각이 들었다. 아마도 피터가 지금까지 여성의 억압에 그토록 관심을 가졌던 것도 바로 이런 감정, 이념보다는 감상에서 비롯한 감정 때문이었을 것이다. 피터는 억압받는 역할에 대입해볼 수 있는 여자 친구가 늘 적어도 한 명은 있었으니까. 나랑 자는 걸 좋아하는 여자 대신 기분 나빠하고 화내는 것은 어렵지 않다, 아이번은 쉽게 이해할 수 있다. 본질적으로 그런 관계에서 남자는 여자에게 보호 본능과 일종의 경외감을 갖게 된다. 그러나 아이번은 다른 여러 가지 면에서도 형이 오래전부터 분별 있는 사람이었다고 생각한다. 예를 들어 어머니의 애인 프랭크를 대할 때도 말이다. 아니면 웨이터에게 음식이 잘못

나왔다고 정중하게 말하는 것도 그렇고. 아이번은 피터가 그렇게 말하는 모습을 직접 본 적이 있다. 접시를 내려다보며 친근한 목소리로 대수롭지 않게 말하는 것이다. 아, 제가 시킨 건 토르텔리니 같은데요. 말하기 전에 망설이지 않고 곧장, 더없이 평범하게. 아이번이 식당에 자주 가지 않는다는 점을 생각하면, 그리고 사실상 돈이 거의 없다는 점을 고려하면 지금 당장 익혀야 하는 기술은 아니다. 그래도 아이번은 그 기술을 가지고 싶다, 아주 드문 일이겠지만 웨이터가 음식을 잘못 가져오면 아무렇지 않게 아, 제가 시킨 건 토르텔리니 같은데요, 라고 말하고 싶다.

아이번은 이번 주에 오프닝 이론을 공부할 계획이었지만 그 대신 7월에 보낸 청구서를 처리해달라고 작은 IT 스타트업 회사에 전화를 하고 이메일을 보내느라 시간을 쏟아야 했다. 아이번은 이메일에 이렇게 쓴다. 안녕하세요, 07/08에 보냈던 청구서 때문에 다시 연락드립니다. 저는 아직 지급을 기다리고 있습니다. 다시 한번 감사합니다. 아이번 쿠벡 드림. 열흘 뒤면 집세를 내야 하는데 아이번의 불찰도 있었지만 장례식 때문에도 일을 얼마간 쉴 수밖에 없었고 기타 등등의 이유로 이것 외에는 들어올 돈이 없었다. 회사 웹사이트에 적힌 전화번호로 몇 번이나 전화를 걸었는지, 이제 수화기 너머에서 자동 응답 메시지가 흘러나오면 아이번은 말도 안 되는 음정으로 가라오케에서 노래하는 듯한 그 말을 어느새 중얼중얼 따라 하면서 창밖으로 빗물이 흘러내리는 작은 상자 같은 방을 서성거린다. 에듀포커스원입니다. 전화 주셔서 감사합니다. 성함과 전화번호를 남겨주시면 저희 팀원이 다시 연락드리겠습니다. 로봇처럼 억양 없는 여자 목소리가 이렇게 말하고 나면 삐 소리가 들린다. 아이번은 이런 메시지를 남길 때 공격적으로 말하면 안 된다는 중요한 사실을 배웠다. 예전에 다른 스타트업 회사를 상대로 그런 적이 있다. 소리를 지르지는 않았지만 화난 목소리로 말했더니 이메일로 회사 입장에서는 직원의 존엄성을 보호하는 것이 제일 중요하다고, 아이번이 업무 환경을 불안하게 만들었다고 통지했고 결국 돈을 받지 못했다. 아이번은 그 이메일을 받자 겁이 났고 감옥에 갈지도 모른다고 생각했다. 그는 주중에는 할 일을 새로 찾느라 여기저기 이메일을 보내거나 전화를 걸었고, 눈을 반쯤 감고 마우스 커서를 빨간 닫기 버튼에 올린 채 온라인에 등록된 대졸 채용 공고도 보았다. 트레이딩 테크놀로지(연수 과정). 대졸 금융 서비스 엔지니어. 주니어 소프트웨어 분석가. 이런 문구가 그의 의식을 슥슥 지나치며 어디에도 멈추지 않고, 그가 닫기 버튼을 누르자마자 다시 사라진다. 그리고 이번 주에 어머니가 언제나처럼 개에 대해서 죄책감을 자극하는 문자메시지를 계속 보냈다. 개를 보러 오지도 않느냐면서 어머니인 자기를 만나러 오지 않는 것도 은근슬쩍 비난했지만 아이번은 가고 싶지 않다. 어머니가 일은 어떠냐고 물어볼 텐데 아이번은 일이 없고, 또 어머니의 의붓아들 대런이 보기 흉한 브랜드 옷을 입고서 요트 클럽 이야기를 늘어놓을 테니 말이다. 오늘 아침 버스에 타고 있을 때 어머니가 또 문자메시지를 보냈다. 너 얘랑 헤어지는 걸 못 견디는 거 아니었니? 아이번의 개 알렉시가 카메라를 슬프게 바라보는 사진이 첨부되어 있었다. 길쭉한 주둥이는 아래를 향했지만 눈은 우울하게 위를 보고 있었다. 재킷 차림으로 붐비는 아침 버스에 앉아 있으니 다른 사람들의 숨결 때문에 공기가 지나치게 습하고 따뜻했고 옆 사람의 어깨가 그의 어깨를 짓눌렀다. 아이번은 알렉시가 너무 안쓰럽고 보고 싶어졌고, 스케리스까지 진짜 한번 가야겠다는 생각이 들었다. 벽난로 선반에 요트 사진이 늘어선 어머니의 애인 집에. 그러다가 아직 받지 못한 돈, 다음 주말까지 내야 하는 집세, 웹사이트에서 봤던 대졸 채용 공고, 공부하지 못한 오프닝 이론, 아버지의 장례식에서 추도사를 하지 않았던 일이 떠올랐고, 사람을 나약하게 만드는 어두운 후회와 불행 속으로 더 깊이 가라앉기 전에 얼른 마거릿을 생각했다. 지난 2주 동안 주말마다 마거릿과 함께했고 이번 주말에도 만날 것이다. 아이번은 버스에서 이 생각을 떠올리면서 잠시 눈을 감고 다가오는 평화와 안정을 느꼈다. 그 순간에도 그쪽으로 나아가는 느낌이 들었다. 시간이 그 방향으로, 아이번이 마거릿의 곁에 머물 수 있는 주말을 향해 한발 앞서 움직이는 느낌이었다. 아이번은 마거릿에게 묻고 싶은 것들을 생각했다. 어떤 책을 좋아하는지, 학창 시절에 인기가 많았는지, 여동생과 남동생 중에 누가 더 좋은지, 신을 믿는지, 결혼하기 전에 남자 친구가 많았는지 별로 없었는지. 몇 가지는 저녁 식사를 하면서 물어보면 되고 몇 가지는 침대에서 그녀를 끌어안고 이따금 키스하면서 물어볼 수 있다. 물론 그의 키스를 좋아하는 아름다운 여자가 생겼어도 아이번이 월세를 내야 한다는 사실은 변함없다, 그건 그도 인정한다. 그럼에도 불구하고 집세를 마련하기 위해 끝없이 애쓰면서도 세속의 삶에 희망과 낙관을 품는 것이, 어차피 피할 수 없는 분투 속에서 낙심하고 우울해하는 것보다 낫다.

식당 입구의 커튼 뒤에서 피터가 7분 늦게, 긴 남색 코트를 입고 등장한다. 서류 가방과 돌돌 만 우산, 접힌 신문을 들고 있다. 직원이 그를 아이번이 앉아 있는 테이블로 안내한다. 안녕. 피터가 말한다. 어. 아이번이 말한다. 직원이 물러가자 피터가 코트를 벗고 손에 든 짐을 아주 자연스럽게 내려놓는다. 여러 물건을 어디에 두어야 할지 다만 몇 초도 생각할 필요가 없어 보인다. 피터가 아이번의 맞은편에 앉아서 혼자 미소를 짓는다.

왜? 아이번이 묻는다.

아무것도 아니야. 내가 늦은 거냐, 네가 빨리 온 거냐?

아이번은 자기가 빨리 왔다고 말한다. 피터가 묵직해 보이는 금테 문자반에 가죽 시곗줄이 달린 손목시계를 보며 말한다. 착하네, 그런데 내가 좀 늦기도 했다. 그런 다음 시선을 들고 묻는다. 주말은 어땠어?

괜찮았어. 형은 어땠어?

피터가 두 사람의 잔에 물을 채우며 말한다. 평소랑 똑같았어. 너는 리트림에 다시 간 거야?

응. 아이번이 말한다.

거기 사는 사람 만나는구나.

이 말에 아이번이 자기도 모르게 치아 사이로 조심스럽게 숨을 들이마시고 말한다. 글쎄. 음, 비슷해.

피터가 즐겁고 흥미롭다는 표정으로 그를 보며 말한다. 비슷하다고?

그러니까 내 말은, 응, 만나는 중이야. 하지만 아직 확실한 사이는 아니고.

피터가 웃음기 어린 목소리로 말한다. 알겠다. 가볍게 만나는 거구나.

아이번은 조롱으로 해석할 수 있는 말이지만 말투를 들어보면 그런 뜻은 아닌 것 같다고 생각한다. 그가 곰곰이 생각하며 물잔에 담긴 얼음물을 한 모금 마신 다음 이렇게 말한다. 그보다는 아직 만난 지 얼마 안 돼서. 그렇다고, 그게, 뭐— 아이번이 여기서 말을 끊는다. 끝맺을 말을 미리 생각하지 못했는데 당장 적절한 말을 찾을 수가 없다. 당황한 그가 미소만 짓고 더는 아무 말도 하지 않는다.

피터는 아이번이 말을 중간에 끊었다는 사실을 대수롭지 않게 넘기려는 것처럼 가만히 메뉴를 살피기 시작했다. 아이번은 피터에게 이런 배려가 배어 있다는 점을 인정한다. 피터가 고개를 들지 않고 말한다. 역시 체스 팬?

뭐라고? 아이번이 묻는다.

리트림에 사는 친구 말이야, 그 여자도 체스 둬?

아, 그 말이구나. 아니, 안 둬.

이 말에 피터가 신기하다는 듯이, 여전히 기분 좋지만 눈에 띄게 달라진 표정으로 메뉴에서 고개를 든다. 아. 그러면 두 사람이 만난 게……?

시범 경기에서 만나긴 했지. 아이번이 말한다. 하지만 경기를 보러 온 사람이 아니라 아트센터 직원이야. 거기서 시범 경기를 했거든.

재미있네.

아이번도 메뉴판을 들고 읽어보지만 피터가 올 때까지 무엇을 먹을지 결정할 시간이 상당히 많았고, 사실 미리 식당 웹사이트를 찾아보고 결정해놓았다. 응, 난 그 사람이 정말 좋아. 그가 말한다.

잘됐네. 피터가 대답한다. 나도 기쁘다.

직원이 다시 와서 메인 코스뿐 아니라 전채까지 주문을 받고, 피터는 아이번에게 화이트와인을 한 병 시켜서 나눠 마시자고 한다. 그녀가 메뉴판을 다시 가져간다. 아이번은 마거릿과 어떤 관계인지 피터가 알고 싶어 하리란 사실을 알고 있었다. 그래서 이야기가 어떻게 흘러갈지, 피터가 아이번 자신이나 두 사람의 관계에 대해서 무슨 말을 할지, 어떤 기색을 보일지 걱정도 했다. 하지만 이야기가 끝나고 보니 대화가 잘 풀린 느낌이 든다. 아이번은 피터가 정중하고 사려 깊었다고, 자신도 괜찮게 대응했다고 생각한다. 약간 어색했지만 나쁘지 않았다, 크게 창피할 일은 없었다. 성공적인 대화에 도취되다시피 한 아이번이 피터에게 요즘 일은 어떠냐고 묻고, 두 사람이 피터의 일에 대해서 이야기하고 있을 때 전채가 나온다. 피터는 무슨 브루스케타를, 아이번은 프렌치 어니언 수프를 주문했다. 두 사람 모두 먹기 시작한다. 수프가 아주 뜨겁고 풍미 넘쳐서 아이번은 먹으면서도 입에 침이 고인다. 그는 자기가 얼마나 배가 고팠는지 떠올린다. 점심으로 흰 빵 두 조각밖에 못 먹었다. 수프 그릇에서 먹음직스럽게 피어오르는 김 때문에 얼굴이 축축해진다. 내 생각이랑 완전히 똑같지는 않아. 피터가 말하는 중이다. 하지만 적어도 바쁘긴 해. 음, 다들 크나큰 이상을 품고 들어오잖아, 누구나 마찬가지야. 아니, 정정할게. 대부분은 전혀 안 그런 것 같아. 이 사람들은 대체로 애초에 이상이란 게 없어. 내가 하고 싶은 말은, 이상이 있다 해도 들어오는 일은 맡아야 한다는 거야.

생각에 잠긴 아이번이 천 냅킨으로 입을 닦고 다시 무릎에 내려놓는다. 형은 이상이 있어? 그가 묻는다. 피터가 테이블 맞은편에서 이상야릇한 표정으로—상처받은 동시에 당황하고 놀란 표정으로—바라보자 아이번이 곧장 덧붙인다. 미안, 그러니까 내 말은, 당연히 이상이 있겠지.

있어, 그래. 피터가 말한다.

맞아, 맞아. 그런데 예를 들면 어떤 거?

피터는 여전히 어리둥절한 표정이다. 무슨 뜻이야?

아이번은 자기 뜻을 제대로 전달하지 못하고 있음을 느끼고 분위기를 풀려고 애써 미소를 짓는다. 그러니까, 형의 이상에는 어떤 게 있어? 꼭 말 안 해도 돼, 그냥 관심이 가서.

피터가 다시 온화한 말투로 대답한다. 비유가 그렇다는 거야, 아이번. 이상이 있다는 건 자기 이익 이외에 다른 무언가로부터 자극을 받는다는 뜻이야. 개인적으로 말하자면 물론 난 더욱 공정한 사회에서 살고 싶어. 그쪽 분야 일도 꽤 하고 있고. 평등, 노동권 같은 거. 하지만 아까 말한 것처럼 지금 당장은 일이 돈 버는 것을 중심으로 돌아갈 수밖에 없어.

그러게, 무슨 말인지 알겠어. 더욱 공정한 사회라. 흥미롭네. 동의해. 나도 그런 세상에서 살고 싶어.

피터가 와인을 마시고 잔을 내려놓는다. 어느 정도는 누구나 그럴 거야, 이론상으로는. 너는 앞으로 무슨 일을 할지 생각 중이야?

응. 환경주의 테러리스트가 될까 생각 중이야.

피터가 아이번의 표정을 흘깃 올려다보더니 농담임을 깨닫고 미소를 짓는다. 존중할게. 변호사 필요하면 전화해.

아이번은 차갑고 맛있는 신맛이 느껴지는 와인을 입안에 머금는다. 솔직히 제일 큰 장애물은 내가 겁쟁이라는 거겠지. 그가 말한다.

이 말에 피터는 진심으로 자연스럽게 웃음이 터지는 바람에 손을 들어 음식이 잔뜩 든 입을 가린다. 그가 기침을 살짝 하고 음식물을 삼킨 다음 유머러스하게 말한다. 아, 우리한테 공통점이 하나도 없는 줄 알았는데.

아이번은 피터가 지기 밑에 웃사 마음이 뿌듯해지는 것을 분명히 느낀다. 무슨 말이야, 형도 겁쟁이라고? 난 그렇게 생각 안 했는데.

그랬어?

음, 형이 법정에서 판사한테 주장을 펼치는 걸 생각해봐. 겁이 많으면 그런 일을 하고 싶지 않겠지.

피터가 이 말에 대해 잠시 생각하는 듯 싶더니 대답한다. 그 일을 잘하면 그렇지도 않아. 정말이야. 이미 잘하는 일을 하는 건 쉬워, 용감한 게 아니야. 할 줄도 모르는 일을 하려고 노력하는 게 ― 그가 여기서 말을 끊고 빵 껍질을 씹으며 다시 생각한다. 어떤 면에서는 우리가 자신에게 너무 가혹한 것 같네. 둘 다 사람들이 말하는 패배에 자발적으로 노출된 채 살잖아. 그러려면 어느 정도의 용기가 필요하겠지. 심리적으로라도.

아이번은 피터의 말을 들으며 입안에서 와인을 데운 다음 삼킨다. 내가 체스에 지거나 그런 거 말이지.

그런 상황에 너처럼 대처 못 할 사람도 많아.

모르겠어. 내가 잘 대처하는 것 같지 않아. 지면 엄청 신경 쓰이거든.

나도 엄청 신경 쓰여.

아이번이 테이블 맞은편의 피터를 보며 말한다. 그래? 그럴 거라고는 생각 안 했는데. 법정에서 지면 신경 쓰여?

피터가 고개를 끄덕이고 자기 접시를 내려다보며 포크와 나이프를 움직인다. 당연하지. 화가 치밀어.

그럴 리가. 재밌네. 나는 형이 토론에서 졌다고 과하게 짜증 내는 걸 본 기억이 없는데.

피터가 다정한 미소를 지으며 올려다본다. 지는 일이 흔하진 않았으니까.

그래, 맞아. 그래서 그때 난 체스에 비해서 토론은 가짜 같다고 생각했어. 어떻게 한 번도 안 지고 이기기만 하냐고.

음, 그냥 우리를 이길 만큼 잘하는 사람이 없었어.

아이번이 이 말에 대해 생각해보고 대답한다. 내 인생도 그러면 좋겠다고 생각했어.

나도. 피터가 말한다.

두 사람은 한동안 말없이 식사한다. 아이번은 이 대화에서 뭔가 흥미로운 것을 알아가는 기분이지만 뭔지 정확히 말할 수가 없다. 물론 아이번과 형 둘 다 살면서 늘 이기고만 싶지 절대 지고 싶지 않았다. 아마 모두가 그럴 것이다. 지고 싶은 사람은 아무도 없다. 하지만 둘은 다른 사람들보다 이 감정을 더 중요하고 강렬하게 느꼈던 것 같다. 항상 이기고 싶은 욕망, 또 그런 삶이 가능하리라는 순진하고 어린 믿음. 경험이 쌓이면서 이제 좌절했지만. 두 사람 모두 승리를 거듭하던 활기찬 시절이 있었다. 아이번의 경우에는 고등학교를 졸업하기 전 몇 년이었고 피터는 대학 시절이었는데, 둘 다 침울한 결말을 맞이했다. 아이번은 학교를 졸업한 뒤 체스에 집중하려 애썼지만 아빠가 병에 걸리면서 모든 상황이 극도로 암울해지기 시작했다. 아이번은 피터가 대학을 졸업한 뒤에 무슨 일을 겪었는지 잘 모르지만 분명 그의 인생이 크게 바뀌었고 성격도 변했다. 실비아가 사고를 당한 즈음에. 그때 아이번은 아직 어렸으므로 자세히는 모른다. 아니, 열여섯 살쯤이었지만 그래도 아이에 가까웠다. 아이번이 정말 어렸을 때는 형제가 친했지만 그가 자기만의 개성을 가지고 생각하는 인간이 되자 피터는 그를 좋아하지도 않았고 더 이상 같이 시간을 보내려 하지도 않았다. 아이번은 이 사실이 피터에 대해서 무언가를 말해주는 것 같다. 피터는 지배할 수 있고 우월감을 느낄 수 있는 상대를 좋아하지 자기 생각에 동의하지 않고 말

대꾸하는 사람을 썩 좋아하지 않는다는 사실을 말이다. 아이번이 열여섯, 열일곱 살쯤 되자 두 사람은 역사, 정치부터 대중 교통수단에 탑승한 임신부 등등까지 온갖 문제에 대해서 언쟁을 벌이거나 싸우기도 했고, 피터는 아이번에게 여성 혐오자라느니 패배자라느니 하며 온갖 욕을 퍼부었다. 그 전까지는 정말 친구처럼 친했으므로 슬픈 일이었다. 아이번은 피터와 실비아가 헤어지지 않았으면 전혀 달랐을 거라고 생각한다. 실비아가 피터에게 좋은 영향을 주었기 때문이다. 두 사람이 헤어진 뒤부터 상황이 달라졌다. 하지만 이것은 막연하고 혼란스러운 생각이다. 실비아가 피터의 인생에서 사라진 것도 아니고 두 사람은 여전히 좋은 친구이니까. 아이번은 두 사람의 관계에 대해서 아는 것이 별로 없고 이해하지도 못한다. 피터가 둘의 잔을 다시 채우고, 직원이 메인 코스를 가져온다. 아이번은 연어를 주문했다. 반들거리는 분홍색 연어 필레 위에 섬세하게 뿌려진 소금 결정이 녹아내리고 버터에 구운 완두콩과 아스파라거스, 작은 감자가 곁들여져 있다.

맛있어 보이네. 피터가 말한다.

아이번은 대화, 분위기, 음식과 와인, 자기 생각이 자아낸 따뜻하고 기분 좋지만 약간 혼란스러운 감정에 휩싸인 채 맛있어 보인다고 맞장구친다. 정말 좋은 식당이네. 그가 덧붙인다. 여긴 처음 와봐. 아이번은 이 말이 평소 식당에 자주 가는 사람이

하는 말 같다고 생각한다. 입안에서 연어가 뜨겁게 녹아 맛이라는 추상적 관념으로 변한다. 짭짤하고 풍미 가득한 생선과 산뜻하고 톡톡 튀는 레몬즙이 입안에서 같이 녹아든다. 아이번은 정말 맛이 좋다고, 아주 좋은 음식이라고 생각한다. 피터가 장례식 이후에 아버지의 집에 간 적 있냐고 묻자 아이번은 없다고 대답한다. 두 사람은 이제 법적으로 어머니의 소유가 된 아버지의 집에 대해서 잠시 이야기한다. 부모님이 공동으로 구입했는데 이혼한 뒤에 아버지가 어머니의 지분을 사들이지 않았다. 크리스틴은 그 집을 팔 생각인지 아닌지 아직 말이 없고, 피터도 아이번도 더는 물어볼 생각이 없다. 둘 다 어머니가 두 사람을 궁금하게 만들면서 즐기는 것 같다고 생각하기 때문이다. 피터가 말한다. 나는 어머니가 어떻게 하든 상관없어. 하지만 너는 어머니가 집을 안 팔길 바랄 수도 있겠다. 잠시 정적이 흐른 뒤에 아이번이 잘 모르겠다고, 그 집에 다시 갈 수 없다면 슬프겠지만 아무도 살지 않고 텅 비어 있는 것도 싫다고 말한다. 피터의 얼굴에 설명하기 힘든 표정이 떠올랐다가 순식간에 사라진다. 무슨 말인지 알아. 그가 대답한다. 교통이 불편하니까 너나 내가 거기 사는 건 실용적이지 않아. 아이번도 실용적이지 않다고 동의하고, 피터가 잠시 침묵한 후에 묻는다. 너 아직 링센드에 살지? 아이번이 지금은 그렇다고 말한다.

일은 하고 있어? 피터가 묻는다.

뭐, 응. 프리랜서 일. 데이터 분석이야. 파트타임이지만.

그래도 지낼 만한 거지.

아이번이 생각에 잠겨 음식을 씹다가 삼킨다. 대체로는. 그런데 지금은 좀 곤란해. 8월이랑 9월에 일을 많이 못 했거든. 장례식도 치르고 그랬으니까.

그렇군. 피터가 말한다. 곤란하다면 어떤……?

아이번이 다시 침묵하다가 조심스럽게 대답한다. 돈이 들어오기를 기다리고 있어. 다음 주에 집세를 내야 하고. 음, 다들 제때 돈을 주면 아무 문제도 없는데.

아이번이 시선을 들어보니 피터가 고개를 끄덕이며 나이프와 포크로 파스타를 정교하게 돌돌 말고 있다. 음, 있잖아. 다음 주에도 돈이 안 들어오면 나한테 전화해. 알았지? 내가 도와줄게, 별거 아니야.

아이번은 아무 말 없이 형이 먹는 모습을 잠시 지켜보다가 말한다. 그래. 정말 고마워. 잠시 후 그가 덧붙인다. 그 전에 돈이 들어오면 좋겠지만. 만약에 어쩔 수 없이 빌리게 돼도 바로 갚을게, 당연한 말이지만.

그럼, 알지. 그래도 서두를 건 없어.

아이번은 이상한 감정을 느끼며 계속 먹는다, 할 말을 떠올릴 수가 없다. 피터에게 돈을 빌린다는 생각은 한 번도 못 했다. 피터의 부유함이 양도 가능한 재산이라기보다 개인 특징으로 느껴졌기 때문일지도 모른다. 그에게 돈을 빌려달라고 하는 것은 유머 감각을 빌려달라고 하는 것과 마찬가지 같았다. 애초에 말이 안 되는 부탁이었다. 하지만 이제 아이번은 피터의 돈이 개인 특성이 아니라 문자 그대로 돈에 불과하다는 사실을 깨닫는다. 돈을 빌릴 필요가 없으면 더 좋겠지만 무슨 일이 있어도 다음 주에 집세를 낼 수 있다고, 매분 매초 걱정할 필요가 없다고 생각하자 마음이 놓이는 것을 인정하지 않을 수 없다. 아이번은 피터의 관대함에 감동한다. 아무것도 아니라는 듯, 자신의 관대함이 대수롭지 않은 척해서 더욱 감동적이다. 오직 아이번을 덜 겸연쩍게 만들려고 그러는 것이다. 피터는 분명 잘해주려 애쓰고 있다. 아이번을 불러서 같이 저녁을 먹고, 사려 깊게 행동하고, 돈이 필요하지 않은지 확인하는 것 모두 피터 나름대로 좋은 사람이, 좋은 형이 되려고 애쓰는 방법이다. 아이번은 너무 감동해서 사실 슬퍼진다. 이 슬픔은 근본적으로 형의 성격과 관련이 있다. 이렇게 생각하자 다시 실비아가, 피터의 삶에서 그녀가 하는 역할이 떠오른다. 아빠가 입원해 있을 때처럼 말이다. 실비아는 병원으로 찾아와서 침대 옆에 앉아 신문에 실린 십자말풀이나 레터휠*, 가끔은 체스 퍼즐까지 같이 풀었다. 피터는 아빠의 침대

---

* 필수 포함 알파벳과 그 주위를 바퀴 형태로 둘러싼 다른 알파벳들을 조합하여 단어를 만드는 퍼즐.

옆에 앉아 있을 인내심이 없었다. 그는 자꾸 일어나서 돌아다녔다. 자판기에 가고, 전화를 걸고, 의사들에게 이것저것 물어봤다. 보험금 신청서를 작성하고 뭐 그런 일도 하고. 피터는 글자가 번진 신문을 천천히 읽는 사람이 아니었다. 경사로, 네 글자. 첫 글자 R, 마지막 글자 P. 그런 건 실비아나 아이번에게 더 잘 맞았고, 두 사람은 불편한 의자에 앉아서 아버지가 피곤해서 잔다고 할 때까지 신문 뒤쪽 지면들을 함께 들여다봤다. 하지만 세 사람 모두 각자 역할이 있었다. 보험 서류 역시 중요했고, 피터는 자판기에서 아이번과 실비아가 먹을 간식, 커피, 트윅스 초콜릿 바, 아빠가 마실 물을 뽑아 오곤 했다. 피터가 어디 멀리서 혼자 놀면서 아이번에게 모든 일을 떠맡긴 것은 아니었다. 한편으로는 피터에게 실비아가 필요하다는 것이 느껴졌다. 피터의 한계를 넘는 것들을 실비아가 채워주는 것만 같았다. 아이번은 웬지 전부 연결되어 있는 것 같다고 생각한다. 지금 두 사람이 같이 저녁을 먹는 것도, 피터가 아이번에게 잘해주려고 이토록 애쓰는 것도, 피터의 성격에 내재된 어떤 슬픔, 어떤 결핍과 관련이 있다. 아이번은 지난달에 장례식이 끝나고 실비아가 피터의 방에서 같이 자고 간 것을 기억한다. 그것 때문에 저녁을 같이 먹자고 불러내고, 와인을 같이 나눠 마시자고 하고, 돈을 빌려주겠다고 하고, 그러는 걸까? 직원이 디저트 메뉴판을 가져다주고 가자 피터가 남은 와인을 아이번의 잔에 따른다. 아이번은 테이블 맞은편의 피터를 지켜보며 생각하다가 마음속에 용기가 모여드는 것 같아서 이렇게 말한다. 그래서, 형은 요즘 어떻게 지내?

피터가 빈 와인병을 얼음 통에 다시 넣으며 묻는다. 무슨 뜻이야?

아니, 뭐. 그러니까, 누구 만나거나 해?

피터가 아이번을 보며 눈썹을 치켜올린다. 아. 음, 아까 너도 말했잖아. 늘 그렇게 단순한 문제는 아니지.

아이번이 잠시 말을 멈췄다가 용기 내서 말한다. 다시 만나는 건 아니지, 그……

피터는 아이빈이 문상을 마치도록 잠시 기다리지만 아무 말도 없자 간단하게 말한다. 실비아랑 말이지?

응.

이름 말해도 돼. 금지된 것도 아니고.

아이번이 고개를 끄덕인다. 이제 대화가 달라졌다, 더 심각해졌다. 정확한 표현을 찾으려고 애써야 한다. 응, 그렇지. 그냥 주제넘게 끼어들고 싶지 않아서 그랬나 봐.

아니야, 괜찮아. 끼어드는 거 아니야. 실비아가 널 얼마나 아끼는지 너도 알았으면 좋겠다.

알아. 나도 실비아를 좋아해. 잠시 침묵이 흐른 뒤 아이번이 덧붙인다. 사실 난 실비아가 보고 싶어.

피터가 메뉴판을 내려다보지만 정말 읽는 것 같지는 않다. 그렇겠지. 그가 말한다. 실비아도 그런 것 같더라. 피터가 침을 삼키는 듯하더니 고개를 들고 덧붙인다. 실비아가 그러는데 우리가 점점 닮아간대. 너랑 나 말이야.

아이번은 어느새 웃고 있다, 약간 취한 기분이다. 아. 재밌네. 아닌 거 같은데.

음, 나한테 너처럼 젊은 매력은 없지, 물론. 하지만 실비아가 너 기분 나쁘라고 한 말은 아니었을 거야. 피터가 디저트 메뉴판을 뒤집어 따뜻한 음료와 주류 목록을 보면서 말한다. 실비아는 나한테 무척 중요한 사람이야. 너도 알겠지만 내 삶에서 아주 큰 부분이고, 앞으로도 늘 그럴 거야. 하지만 우리가 헤어진 지 한참 지났으니 이제는 각자의 삶이 있는 것 같아. 어렵지. 많은 감정이 얽혀 있으니까. 그러니까, 솔직히 말해서 난 아직도 실비아를 사랑해. 아주 많이, 응. 하지만 복잡해.

아이번이 고개를 끄덕인다. 평생 처음으로 피터가 아이번을 동등한 사람으로, 인생과 친밀한 관계의 복잡함을 이해하는 사람으로 대하며 이야기하는 느낌이 든다. 아이번은 자기가 바로 그런 사람이라고, 그런 복잡함을 이해하게 되었다고 생각한다. 피터는 많은 감정이 얽혀 있다고 말했는데 아이번은 그게 무슨 뜻인지 정확히 안다. 마거릿과 함께 있었을 때, 그녀가 울어서 그가 안아주었을 때. 그때 많은 감정이 얽혀 있었다, 너무 많은 감정이. 형과 실비아도 비슷한 상황이라고 생각하자 아이번은 묘하고 슬픈 기분이 들지만 왜 그렇게 슬픈지 정확히 알지 못한다. 아이번은 자기가 얼마나 잘 이해하는지, 자기도 어떤 면에서는 두 사람과 얼마나 비슷한 상황인지, 전부 다 피터에게 진심으로 전하고 싶어서 메뉴판을 내려다보다가 거의 무의식적으로 피터의 태연한 태도를 흉내 내며 말한다. 무슨 말인지 알아. 내가 만나는 여자 말이야, 전남편이랑 별거 중이거든. 그래서 마찬가지로 상황이 좀 복잡해.

잠시 후, 아이번은 여전히 메뉴판을 내려다보고 있지만 자신을 빤히 보는 피터의 시선이 느껴진다. 또다시 이상한 느낌. 그가 고개를 들고 형이 정말로 자신을 빤히 보고 있음을 확인한다, 얼굴을 살짝 찌푸리고 있다.

미안한데, 그 여자가 뭐라고? 피터가 말한다.

아이번은 자신감이 줄어드는 것을 느끼고 정말 취했나 생각하면서 머뭇머뭇 다시 말한다. 남편이랑 별거 중이라고.

피터가 아이번을 계속 빤히 보면서 묘하게 차분한 목소리로 말한다. 그 여자 몇 살이야?

아이번이 자기도 모르게 침을 삼키고 말한다. 서른여섯 살.

피터가 잠시 감정을 드러내지 않은 채 고개를 끄덕인다. 그가 여전히 차분한 목소리로 묻는다. 애는 있어?

아니.

피터가 손가락으로 눈을 문지른다, 이제 피곤하고 우울해 보인다. 그가 느릿느릿 말한다. 오해하지 마, 아이번. 하지만 그 여자는 거의 마흔 살이야. 결혼도 했고. 넌 스물두 살이고 이제 막 대학을 졸업해서 직업도 없어. 비난하려는 건 아니지만 네 생각에 그 나이의 정상적인 여자가 너 같은 처지의 애랑 어울리고 싶어 할 것 같아?

아이번은 목덜미와 겨드랑이가 따끔거린다, 혈관이 따끔거린다. 무슨 말이야? 그 사람이 정상이 아니라는 거야?

의문이 든다는 거야.

형은 그 사람을 모르잖아.

그건 너도 마찬가지야. 피터가 말한다. 몇 번이나 만났는데, 두 번?

아이번은 온몸이 뜨겁게 떨리는 것을 느끼면서 의자를 뒤로 밀며 일어선다. 꺼져.

피터가 앉은 채로 지친 미소를 띠며 말한다. 우리 교양 있게 굴면 안 될까?

아이번이 일부러 목소리를 낮춰서 거의 씩씩거리며 말한다. 난 사실 형이 싫어. 지금까지 늘 싫었어.

피터는 미동도 없이, 다른 손님이나 직원이 두 사람을 보는지 둘러보지도 않고 대답한다. 알아.

아이번은 바깥의 밤공기 속으로 나와서 빠르게 성큼성큼 걸어가며 행인이 마주 오면 도로로 내려서서 피한다. 빠득빠득 갈리는 어금니가 느껴진다, 귓가에 그 끔찍한 소리가 들린다. 피터는 네 생각에 정상적인 여자가, 라고 말했다. 그 생각이 우습다는 듯이. 하지만 피터가 뭐라고 생각하든 뭐라고 말하든 마거릿은 사실 정상적인 여자다. 아니어도 아이번은 상관없다. 형과 달리 아이번은 정상성에 어리석을 만큼 높은 가치를, 사실상 도덕적인 가치를 두지 않으니까. 정상성이란 달리 말하면 지배 문화에 순응한다는 뜻이다. 게다가 사실 마거릿은 피터가 정상이라고 생각할 만한 사람이다. 지적이고, 교양 있고, 사람들과 자연스럽게 어울린다. 피터가 말하는 정상이 아니라는 건 도대체 뭘까? 정신적으로 온전하지 않나? 아니면 전남편에게 복수하거나 뭐 그럴 목적으로 아이번을 이용할 뿐이라는 건가. 상관없다. 마거릿은 전혀 그런 사람이 아니다. 아이번은 서서히, 타인들의 목소리와 육체 사이에서 조금 더 천천히 움직이면서, 얼굴에 몰려들었던 열기가 흩어지는 것을 느낀다. 열에너지가 되어 주변 공기에 흡수된다. 그로 하여금 식당을 갑자기 뛰쳐나오게 만든 흉포한 분노가 점차 가라앉는다. 이제 그의 마음을 지배하는 강렬하고 꺼림칙한 감정은 분노가 아닌 다른 것이다. 아이번은 마거릿의 나이와 결혼 여부를 그런 식으로 피터에게 알리는 것이 좋은 생각이 아니었음을—반대로 충격적일 만큼 나쁜 생각이었음을—서서히 깨닫는다. 첫째, 애초에 피터를 믿고 그런 이야기를 털어놓지 말았어야 한다. 둘째, 이왕 그런 실수를 할 거면 그 정보를 조심스럽고 적절한 방식으로 전달하려고 애써야 했다. 이제야 알겠다. 너무나 명백하다. 지난번에 마거릿은 피터가 사실을 알면 그녀를 어떻게 생각할까 걱정했다. 그녀의 상황이 이상해 보일 수 있고 오해를 살 수도 있음을 알았기 때문이다. 아이번은 피터에게 그 이야기를 함으로써—내용 자체만이 문제가 아니라 무심한 말투로 미리 생각해보지도 않고 말했다는 점에서도—마거릿이 원하지 않는 행동을 했음을 깨닫는다. 그녀가 아이번의 가족에 대해서, 자신을 어떻게 생각할지에 대해서 걱정하던 바로 그 상황을 아이번이 직접 나서서 만든 셈이다. 이제 피터는 마거릿이 걱정했던 것처럼 그녀를 안 좋게 생각하는데, 전부 아이번 때문이다. 이런 생각이 들자 아이번은 너무나 큰 충격을 받은 나머지 걸음을 멈추고 거리에 가만히 서서, 심연처럼 깊은 극도의 절망과 굴욕에 빠진 채 축축하고 금이 간 보도를 내려다본다. 바로잡을 수 있을까. 말하자면 그가 피터에게 연락을 해서 마거릿의 성격과 도덕성에 대한 오해를 어떻게든 정정하는 것이 가능할까. 하지만 아니, 안 될 거야. 아이번은 생각한다. 저녁 식사 때 그가 한 말은 전부 진실이었고, 피터는 마거릿을 잘못 판단했지만 정확한 정보를 바탕으로 내린 판단이었다. 합리적으로 생각했을 때 피터의 마음을 바꿀 만큼 정상참작이 되는 정보가 무엇일지 모르겠다. 그러자 아이번은 마음이 무척 불편하지만 자신도 마거릿의 결혼 생활에 대해 대단히 잘 알지는 못한다는 사실을 인정하지 않을 수 없다. 예를 들어 그는 마거릿의 전남편 이름이 무엇인지, 직업은 무엇인지, 결혼 생활을 얼마나 오래 했는지, 두 사람의 관계가 왜 끝났는지 사실 모른다. 아이번은 방금 저녁 식사 자리에서 비밀을 털어놓는 말투로 이야기했지만 마거릿은 결혼 생활이라는 주제에 대해서 유의미할 정도로 마음을 터놓지 않았다. 피터는 네 생각에 그 나이의 정상적인 여자가, 라고 말했다. 이 말을 떠올리자마자 다시 성큼성큼 걷게 될 정도로 새삼 분노가 치솟는다. 아이번이 멍청하게 굴고 하면 안 될 말을 했다고 해서 피터가 그런 식으로 반응한 것이 정당화되지는 않는다. 피터는 난데없이 비난하고 비꼬는 대신 열린 마음과 감수성을 보여줄 수도 있었다. 아이번은 피터가 근본적으로 나쁜 사람이라고 생각한다. 앞으로 두 번 다시 피터와 만나거나 대화를 나누지 않아도 된다면 아이번의 인생은 전혀 나빠질 것이 없고, 오히려 훨씬 나아질 것이다. 지금부터 아이번은 형의 번호를 차단하고 거리에서 마주쳐도 아는 척하지 않을 것이다. 그러나 이런 생각들, 예를 들어 공개적인 자리에서 모른 척해서 피터를 기분 나쁘고 당황스럽게 만드는 상상을 해봤자 훨씬 더 고통스럽게 후회를 곱씹는 일에서 잠시 주의를 돌릴 뿐이다. 아이번은 자신을 얕보는 형 앞에서 세상 물정을 잘 아는 어른인 척하려고 애쓰다가 멍청한 짓을 했다. 하지만 멍청한 짓보다도 나쁜 것은 그가 무척 좋아하고 어쩌면 그를 좋아할지도 모르는 여자의 신뢰와 믿음을 배신했다는 점이다. 무엇이 이보다 더 나쁠 수 있을까? 아이번은 형을 다시 보지 않겠다는 결심이 잘못을 저질렀다는 자각을 달래는 하찮은 위안일 뿐이라고 생각한다. 그가 운하를 건너는데 비가 오기 시작한다. 처음에는 보슬보슬 내리지만 곧 세찬 비로 변한다. 아이번은 탁 트인 하늘 아래 머리를 가릴 것도 없이 걸어가면서—머리카락이 딱 달라붙고 차가운 빗물이 눈으로 들어간다—형을 미워하고, 자신을 미워하고, 한없이 후회한다.

8

토요일 오후, 마거릿은 어느새 다시 아이번의 옆에 앉아서 해안을 향해 치를 몰고 있다. 이미 한 시간 동안 차를 타고 달렸고, 이제 저 멀리 낮게 깔린 회색 하늘 아래에서 바다가 일렁이는 청회색 선을 그린다. 그녀가 어젯밤 버스 정류장으로 데리러 갔을 때 아이번은 의기소침했고 차에서도 말을 별로 안 했다. 집에 도착해서 마거릿이 아무 문제도 없냐고 묻자 그가 얼른 대답했다. 네, 미안해요. 당신을 만나서 정말 기뻐요, 믿어줘요. 두 사람은 복도에서 외투와 신발을 벗는 중이었다. "보기만 해도 아픈 눈이 낫는다"라는 표현 알아요? 그가 물었다. 마거릿이 재미있어 하며, 미소를 지은 채 안다고 말했다. 음, 당신이 바로 그런 사람이에요. 아이번이 대답했다. 그녀는 장갑을 접어 핸드백에 넣으며 비유적으로 말해서 눈이 왜 아프냐고 물었고, 잠시 침묵이 흐른 뒤 아이번이 말했다. 여러 가지 이유로요. 대단한 건 아니에요. 그는 아직 운동화 끈을 푸는 중이었다. 참, 또 태우러 와줘서 고마워요. 와달라고 해서 미안해요. 택시를 불러도 되지만 워낙 좁은 동네라 기사님이 당신 집을 알지도 모른다 싶어서요. 마거릿은 이 말에, 그가 그녀의 상황을 어떻게 인식하고 있는지에 깜짝 놀라서 잠시 아무 말도 하지 않았다. 결국 이렇게만 말했다. 그렇죠, 아무래도. 아이번이 선반에 신발을 나란히, 깔끔하게 올려놓았다. 괜찮아요. 데리러 오는 게 싫지만 않으면요. 와주면 나야 고맙죠. 그녀는 문제없다고 말했다. 아이번이 몸을 쭉 펴고 그녀의 입술에 키스했다. 머리 위 조명이 켜졌다, 환하고 버터처럼 노란 빛. 마거릿이 그를, 맑고 거의 반짝이는 피부를, 길고 검은 속눈썹을 올려다보았고, 그녀가 무슨 말을 하기도 전에 아이번이 그녀의 허리에 양손을 얹고 다시 다정하게 키스했다. 보기만 해도 아픈 눈을 낫게 해주는 사람. 그가 다시 말했다. 진부한 말인 건 알아요. 하지만 지금 상황에 너무 딱 맞아요, 당신은 모르겠지만. 지금 아이번은 조수석에 말없이 앉아서 글러브박스에 든 CD를 살펴보고 있다. 마거릿은 익숙한 해안 도로를 구불구불 나아간다.

개 키워본 적 있어요? 그가 묻는다.

없어요. 그녀가 대답한다. 좋아는 하지만. 어렸을 때 개를 키웠어요?

아이번이 글러브박스를 딸깍 닫고 뒤로 기대앉아 턱을 문지른다. 네, 지금도 마찬가지예요. 음, 곤란한 상황이에요. 원래 아빠랑 살던 애예요. 세 들어 살면 어떤지 알잖아요, 집주인이 반려동물에 대해서 아주 까다롭게 굴 수 있죠. 그래서 아직 못 데려왔어요. 지금은 어머니가 돌보고 있는데, 개를 별로 안 좋아해요. 사실은 싫어하세요. 그래서 계속 거기서 지낼 순 없어요. 보낼 곳을 알아보는 중인데, 어렵네요.

마거릿이 그를 슬쩍 보고 다시 도로를 주시한다. 아, 미안해요. 그건 몰랐네. 정말 곤란하겠다.

그러니까요. 보통은 개를 맡기기 쉬울 거라고 생각하잖아요. 짧은 기간 동안 개를 돌봐주는 서비스에 맡기거나 하면 된다고요. 그런데 그런 서비스가 없나 봐요. 혹시 그런 시설 알아요?

마거릿은 모른다고, 하지만 주변에 물어보겠다고 말한다. 큰 도로에서 벗어나 해변으로 이어지는 자갈길을 내려가면서 그녀가 묻는다. 무슨 개예요?

휘핏*이에요. 그레이하운드랑 비슷한데 조금 더 작죠. 보고 싶으면 사진 보여줄게요.

보여줘요.

그가 핸드폰을 꺼내서 화면을 스크롤하기 시작하고, 그사이 마거릿은 해변이 내려다보이는 작고 평평한 자갈땅에 차를 세

---

* 경주용 소형 사냥개.

운다. 여기요. 아이번이 말한다. 마거릿이 화면을 내려다보니 햇살이 비추는 정원에서 날씬한 검은 개 한 마리가 점잖은 자세로 똑바로 서 있다. 까만 눈이 크고 촉촉하다.

어머, 와. 마거릿이 말한다. 진짜 우아하다.

아이번이 사진을 내려다보며 슬프게 맞장구친다. 진짜 우아하긴 하죠. 음, 정말 보고 싶어요. 그가 손가락을 벌려 개의 얼굴을 확대한다. 얼굴이 좁고 길쭉하고 미간에 흰 무늬가 있다. 이름은 알렉시예요. 아이번이 덧붙인다. 손을 달라고 하면 주고, 전부 다 해요. 내가 가르쳤어요. 짖을 줄도 몰라요, 정말 조용하죠. 진짜 흥분하면 작은 소리로 한두 번 짖을 수도 있지만, 그게 다예요.

마거릿이 사진을 보는 아이번을 지켜보며 묻는다. 알렉시는 달리기 좋아해요?

그가 화면을 보며 미소 짓는다. 아, 네. 당신도 봐야 하는데. 동영상 찾아서 보여줄게요. 아이번이 사진 갤러리로 돌아가서 다시 화면을 스크롤하고, 마거릿은 자동차 열쇠를 뽑고 날씨가 흐린데도 주머니에서 선글라스를 찾는다. 이거 봐요. 그가 재생 버튼을 누른다. 아까 그 정원처럼 보이는 곳에서 개가 네 발로 꼿꼿이 서서 귀를 쫑긋 세우고 카메라에 찍히지 않은 무언가를 보고 있다. 햇살이 내리쬐고 정원의 풀은 생생한 초록색, 머리 위하늘은 파란색이다. 보이지는 않고 목소리만 담긴 아이번이 말한다. 좋아, 가. 화면 밖에서 정원으로 테니스공이 날아와 긴 포물선을 그린다. 개가 단번에 공을 쫓아가더니 건장한 몸을 움츠렸다가 쭉 펴며 튀어오른다, 땅에 거의 닿지도 않고 솟구친다.

마거릿이 웃으며 말한다. 정말 빠르다, 아 세상에.

개가 테니스공을 물고 풀밭을 가로질러 달려오자 카메라가 살짝 움직이더니 턱수염을 기른 회색 카디건 차림의 남자가 몸을 숙여 개의 머리를 쓰다듬는 모습이 보인다. 곧 동영상이 끝나고 화면에 마지막 장면이 붙박여 있다. 아. 우리 아빠예요. 아이번이 말한다. 참, 아빠도 나오는 걸 깜빡했네. 마거릿이 자기도 모르게 그의 팔에 손을 얹는나. 아이번이 말한다. 괜찮아요. 좋은데요. 보면 알겠지만 아빠는 알렉시를 정말 사랑했어요. 네, 좋아요. 행복한 기억이에요. 아이번이 화면에서 눈을 떼지 않고 말한다. 아무튼, 어떻게 할지 방법을 찾아야 해요. 엄마가 자꾸 개를 어디다 줘버린다고 해서요. 정말 그러실지는 모르겠어요, 너무 극단적인 것 같아요. 하지만 알렉시를 내보내고 싶은 건 확실해요.

형이 잠시 맡을 수는 없어요? 마거릿이 묻는다.

아이번이 대답할 때까지 시간이 한참 걸려서 마거릿은 자기 말을 못 들었나 생각한다. 그는 이제 화면이 반쯤 어두워져서 개와 아버지의 모습이 흐릿해진 핸드폰을 계속 빤히 내려다본다. 그러다 대답한다. 네.

아. 마거릿이 말한다. 형도 세 들어 살고 있겠죠.

이 질문이 또다시 긴 침묵을 불러온다. 그녀는 아이번이 무표정하게 핸드폰을 계속 내려다보면서 혀로 교정기를 쓰는 모습을 지켜본다. 마침내 그가 화면을 잠그고 핸드폰을 주머니에 넣으며 대답한다. 맞아요. 그 이상의 말은 하지 않을 듯하고, 몇 초의 침묵 끝에 두 사람이 차에서 내린다. 마거릿이 차 문을 닫을 때 북쪽에서 불어오는 차가운 해풍이 그녀의 머리카락을 쓸어 넘겨 얼굴을 드러낸다. 그녀가 트렁크에서 밀짚 가방을 꺼낸 다음 두 사람은 해변으로 이어지는 가파른 돌계단을 향해 같이 걸어간다. 여기 정말 아름다워요. 아이번이 말한다. 그들은 이제 계단을 내려간다, 모래와 마른 해초가 닳고 닳은 돌계단을 덮고 있다. 그가 돌아보지도 않고 묻는다. 어때요, 수영하기에는 너무 추울까요?

앞서 걸어가는 그의 뒤통수를 보면서 마거릿이 대답한다. 난 괜찮아요. 익숙하니까. 당신이 정해요.

나도 괜찮아요. 당신만 좋으면 한번 들어가보죠.

마거릿이 손목에 끼우고 있던 고무줄로 머리카락이 얼굴을 가리지 않도록 뒤로 묶으며 말한다. 아. 정말 용감하네.

아이번이 철제 난간을 잡고 뒤로 돌아 그녀를 보며 묻는다. 왜요, 추워서요? 그건 괜찮아요. 위험하진 않겠죠?

무서워요?

그러자 그가 수줍게 미소를 짓는다. 나 때문은 아니에요.

마거릿도 미소를 지으며 대답한다. 걱정 마요, 안 위험하니까.

텅 빈 해변으로 내려가니 깎아지른 듯 높다란 절벽이 두 사람을 둘러싸고, 바람이 휘파람을 불고, 바다가 평평하고 반짝이는 모래밭을 때린다. 아이번은 자기 때문에 걱정하는 게 아니라고 했다. 그녀 때문에 걱정된다고 말하지 않으면서도 말하듯이. 마거릿은 남자의 보호 본능 같은 거라고 생각한다. 물론 어리석지만, 남자와 여자는 서로에 대해서 어리석게 굴기 마련이다. 아이번이 그녀를 보면서 느끼는 다정한 기사도 정신. 그렇게 생각하니 마거릿은 이상한 느낌이 든다. 그가 마거릿의 삶에 대해서 알아야 할 필요는 없을지도 모른다. 한편 아이번이 자기 삶에 대해서 이야기하고 싶어 하면 마거릿은 기꺼이 들어준다. 이렇게 지내는 것이 잘못일까? 둘이서 어느 정도 시간을 같이 보내고, 서로를 좋아하고, 그것도 많이 좋아하고, 그뿐인 것이. 해변 끝에 자리한 바위에 바닷물이 쉭쉭 소리를 내며 부서지고 물보라가 솟아올라 회색 하늘에 반짝인다. 떨리는 물방울이 공중에 잠시 멈췄다가 떨어진다. 일단 한번 해볼까요? 마거릿이 묻는다. 응, 좋아요. 해봐요. 아이번이 대답한다. 옷 갈아입을 데가 있을까요? 하긴, 어차피 아무도 없으면, 뭐. 마거릿이 가방에서 낡은 녹색 비치타월을 찾아서 건네주자 아이번이 고맙다고 말한다. 그녀는 그보다 작은 분홍색 수건으로 가리고 힘겹게 옷을 갈아입는다. 반들반들한 합성섬유 수영복을 다리 위로 끌어 올린 다음

한 손으로 수건을 붙잡고 다른 손으로 수영복 어깨끈을 멘다. 두 사람은 서로 보지 않으려고 조심한다. 너무 차면 우리 그냥 나와요. 마거릿이 말한다. 저체온증에 걸리면 안 되니까. 아이번이 옷을 개어 배낭에 넣다가 초조하게 웃으며 맞장구친다.

두 사람은 거센 바람 때문에 애써 미소 지으면서 바다를 향해 같이 걸어간다. 마거릿은 맨발 아래 에일 듯 차가운 물을 느끼고, 그 감각이 발가락을 지나 발목을 타고 오르자 눈을 감는다. 이가 덜덜 떨린다. 그녀가 말한다. 너무 빨리 들어가지 말고 몸을 조금씩 적응시켜요. 옆에서 아이번이 세상에, 라고 중얼거린다. 물속으로 더 깊이 들어가자 냉기는 오로지 신경 끝을 꿰뚫고 들어오는 충격으로만 느껴진다, 고통에 가깝다. 그녀는 천천히 무릎 깊이, 또 골반 깊이까지 계속 들어가고, 침을 삼키며 자기도 모르게 떨리는 소리를 낸다. 제길. 옆에서 아이번이 말한다. 마거릿이 눈을 뜨자 어둑하고 조각난 회녹색 수면과 회백색 하늘이 보인다. 이제 바닷물이 가슴께에 선명하고 아릿한 선을 그린다. 숨이 목구멍으로 거칠게 들어갔다 나온다. 못 견디겠으면 나가도 돼요. 마거릿이 다시 말한다. 뒤에서 아이번이 대답한다. 아뇨, 난 괜찮아요. 당신은요? 그녀도 괜찮다고 말한다. 마거릿의 어깨까지, 부드러운 목덜미 피부까지, 턱까지. 그녀가 눈을 감고 얼굴과 머리를 푹 담근다. 아무것도 보이지 않고 고막을 두드리는 바다의 어마어마한 소음밖에 들리지 않는다. 그녀는 이제 참을 수 없는 냉기의 습격을 온몸으로 느낀다. 뻣뻣하고 제멋대로인 팔다리를 애써 움직이며 혈액을 억지로 순환시킨다. 물속에서 눈을 꼭 감고 있는데 무언가가 그녀를 스친다. 차갑고 매끈한 물개 가죽 같은, 부드러운 아이번의 몸이다. 마거릿이 물 밖으로 얼굴을 다시 내밀고 숨을 헐떡거리며 눈을 뜬다. 그는 입술이 창백하고 하얀 피부가 젖어서 진주처럼 반짝인다, 수면 위로 어깨를 내놓은 채 이를 딱딱 부딪친다. 마거릿도 자기 이가 맞부딪치는 소리에 두개골이 울리는 것을 느낀다. 보이지도 않고 무게도 느껴지지 않는 그녀의 팔이 그에게 저절로 떠밀려 가고, 손가락끝에 그의 배꼽이 만져진다. 괜찮아요? 마거릿이 묻는다. 그가 침을 삼키며 고개를 끄덕인다, 검은 속눈썹에서 물이 뚝뚝 떨어진다. 수영해볼래요? 그녀가 묻는다. 두 사람은 해변을 따라 움직이며 팔을 몇 번 저어보지만 숨도 거의 쉴 수 없고 모든 것이 회색으로 그들을 감싸며 짓누른다. 마거릿은 물속으로 들어가면 저릿하게 퍼져나가는 쾌감을 느끼지만 잠깐이라도 수면 위로 올라오면 냉기가 다시 몰려들어 살갗이 에이는 듯하다. 짠기운 때문에 부비동이 따끔거리고, 팔다리가 아프고, 눈과 코가 델 듯이 뜨거워서 눈물과 콧물이 줄줄 흐른다. 결국 그녀가 고개를 들고 외친다. 됐어, 난 이제 그만할래요. 옆에서 아이번이 다시 말없이 고개를 끄덕인다.

마거릿은 물에 푹 젖어 뻣뻣한 팔다리를 움직여 해안까지 천천히 헤쳐 나오면서 엄청나게 무겁고, 오래되고, 마비되고, 지친 느낌이 든다. 해저에서 끌어 올려진 축축한 유물이 된 기분이다. 그녀의 뒤에서 따라오는 아이번은 아무 말도 하지 않는다. 소지품을 놔둔 곳에 도착하자 마거릿은 두 사람이 얼마나 숨을 헐떡이고 있는지 깨닫는다. 바닷소리보다 두 사람의 숨소리가 더 크게 들린다. 그녀가 가방에서 아까 썼던 녹색 수건을 꺼내 아이번에게 준다. 그는 이제 얼굴이 새하얗지 않고 분홍빛으로 상기되어 건강해 보인다. 입술을 벌린 채 숨을 헐떡인다. 두 사람이 얼른 몸을 대충 닦고 수건으로 가린 채 젖은 수영복을 벗자 부드럽고 축축한 피부가 세찬 바람을 다시 맞는다. 따뜻하고 보송한 옷을 다시 입으며 크나큰 안도감을 느낀다. 마거릿이 젖은 옷을 넣을 비닐봉지를 꺼내서 자기 옷을 넣고는 아이번에게 건넨다. 그가 자기 수영복을 넣은 다음 봉지 안에서 뒤엉킨 두 사람의 축축하고 까만 수영복을 내려다본다. 아직도 숨이 거칠다. 괜찮아요? 마거릿이 묻자 그가 다시 고개를 끄덕인다. 재미있었어요. 아이번이 말한다. 아니, 사실 끔찍했지만 지금은 기분 좋아요. 그녀가 수건으로 머리카락을 말리며 미소 짓는다. 맞아요. 마거릿이 말한다. 나도 그래요. 아이번이 그녀를 보며 계속 고개를 끄덕인다. 분홍색으로 물든 차가운 얼굴이 꼭 햇볕에 탄 것처럼 보인다. 네, 당신은 정말 대단해요. 그가 말한다. 정말로 내가 만나본 사람들 중에서 제일 대단해요. 키스해도 돼요? 거절해도 괜찮아요, 여긴 공개적인 장소니까. 아무도 없는 것 같긴 하지만. 마거릿이 한 손에 수건을 든 채 자기도 모르게 이렇게 말한다. 괜찮아요. 상관없어요. 아이번이 양손으로 그녀를 끌어당겨 입술에 키스한다. 마거릿은 그와 함께 있으면 왜 이렇게 될까, 생각한다. 그녀의 몸에 닿는 아이번의 손, 그의 목소리, 어떤 표정과 몸짓. 마거릿이 입술을 벌려 짭짤하게 젖은 그의 혀를 느낀다. 머리카락 사이로 들어온 그의 손을 느낀다. 신이 만든 세상에서 단 한 순간이라도 이렇게 완전히 함께 존재한다는 기적이라니. 그녀가 생각한다. 평생 다시는 없을 일이라도, 지금 여기에서 그와 함께라면. 아이번이 그녀에게서 몸을 떼며 정중하게 말한다. 고마워요. 마거릿이 입술을 만지며 대답한다. 아, 음, 고마워요. 당황시키고 싶지는 않지만, 당신은 키스를 정말 잘해요. 내가 지금까지 키스를 이렇게 좋아했던 적이 있나 싶어요. 아이번이 땅을 내려다보면서 특유의 어리숙한 웃음을 터뜨리고는 말한다. 행복해요. 나도 이런 적은 처음이에요. 우리가 처음 키스했을 때는 정말 긴장했어요. 교정기도 있고 뭐 그래서. 당신이 좋아하지 않을까 봐 겁이 났어요. 둘이서 같이 돌계단을 올라 되돌아가며 마거릿이 재킷 단추를 잠근다. 음, 좋았어요. 그녀가 말한다. 아이번이 믿음직스럽게 그녀의 밀짚 가방을 받아 어깨에 멘다. 응, 그래서 자신감이 생겼어요. 그가 말한다. 기억나요. 특별했어요. 처음에 서로의 삶에 대해서 나누던 이야기도, 그러다 키스하던 순간도, 당신이 좋아하던 모습도. 나 때문에 너무 부끄럽죠. 물이 너무 차가웠어서 제정신이 아닌가 봐요, 그럴 수도 있나? 마거릿은 자기도 약간 그런 기분이라고 말한다. 그녀가 머리를 더 단단히 묶으며 집으로 돌아가기 전에 어디 가서 저녁 식사라도 할까 묻는다. 아이번이 말없이 그녀를 관찰하듯 잠시 바라보더니 대답한다. 네. 그러면 정말 좋죠.

돌아가는 길에 두 사람은 노크너개리의 오래된 시골 호텔에 들른다. 마거릿은 누가 두 사람을 볼 거라고 생각하지 않는다. 그럴 가능성은 너무 낮다, 지나치게 걱정할 필요는 없다. 두 사람이 안으로 들어가니 과연 식당은 거의 텅 비어 있다. 입구 쪽에 앉은 젊은 가족, 뚜껑 닫힌 피아노 근처의 노부부 한 쌍뿐이다. 마거릿과 아이번이 안내받은 작은 테이블에는 흰 식탁보 위에 묵직한 은식기와 불 켜진 밀랍 양초가 놓여 있다. 마거릿은 수영 후에 찾아오는 지친 만족감을 느끼며 말없이 아이번을 향해 미소 짓고, 그도 미소 짓는다. 두 사람이 음식을 주문하고, 웨이트리스가 음식을 가져다주고, 둘이서 먹는다. 마거릿이 식탁에 팔을 올리자 아이번이 손을 뻗어 손가락끝으로 그녀의 손등을 가볍게 건드린다. 아무도, 직원도 노부부도 시끄러운 아이들을 데리고 온 젊은 부부도 눈여겨 보지 않는다. 왜 그러겠는가. 마거릿은 아이번을 처음 만났을 때 어떤 느낌이었는지 떠올린다. 삶이 그물에서 벗어난 듯했던 그 느낌. 그물 자체가 내내 환상이었던 것처럼, 진짜가 아니었던 것처럼. 그것은 하나의 관념에 불과했고, 경계도 없이 모든 것을 포괄하는 삶의 실체를 설명하지도, 가두지도 못했다. 이제 만족스러운 피곤함을 느끼며 흰 식탁보에 손을 올리고 있는 마거릿은 삶의 기적 같은 아름다움을 알 것만 같다. 아이번의 손가락끝 감촉, 촛농이 한 가닥 실처럼 천천히 흘러내리는 양초, 반들반들한 피아노 뚜껑. 딱 한 번 살고 영영 끝나버리는 삶. 완벽하고 덧없는 꽃이 활짝 피었다가 져버리고 다시는 피지 않는 것처럼. 이것이 삶이다, 이 경험, 언제나 오직 이것뿐이었다. 이 순간에 그녀의 일상을 끌어다 붙이자 지금까지 그녀가 생각한 삶이 얼마나 좁았는지, 얼마나 비뚤어졌는지 드러나는 것만 같다. 웨이트리스가 다시 와서 식사는 어떠셨냐고 묻지만 마거릿도 아이번도 손을 치우지 않는다. 둘이서 식사가 아주 맛있었다고 예의 바르게 말하는 동안 식탁 위에 놓인 아이번의 손가락이 마거릿의 엄지를 어루만진다. 식사를 마친 그들은 같이 돈을 내고 로비를 지나 밖으로 나온다. 마거릿이 가방에서 자동차 열쇠를 꺼내 잠금을 푼다.

좋았어요. 아이번이 말한다. 난 이렇게 오래된 곳이 좋더라고요.

마거릿이 운전석 문을 열고 하품하며 대답한다. 나도요.

다시 집으로 향하는 길에 두 사람은 잠시 다정한 침묵 속에 앉아서 마거릿은 도로를 주시하고 아이번은 조수석 창밖을 내다본다. 마거릿은 두 사람 사이에서 말로 설명할 수 없는 깊은 동물적 만족감이 느껴진다고 생각한다. 어둠 속에서 집들과 마을, 창문에 불이 켜진 슈퍼마켓을 지나친다. 마침내 아이번이 말한다. 뭐 좀 물어봐도 돼요?

마거릿이 자신도 모르게 잠시 침묵하다가 대답한다. 물론이죠.

음, 당신 결혼 생활에 대해서 더 알고 싶어요. 하지만 말하기 싫으면 안 해도 돼요.

그녀가 운전대에 손을 올린 채 침을 삼킨다. 이미 스스로에게 말했었다, 답을 알았다. 아무 말도 안 하겠다는 것이 그 답이었다. 고마워요, 말하고 싶지 않아요. 그렇게 말하는 게 가능하기는 할까. 왠지 자기 자신보다 더 무겁고 더 강한 무언가에 저항하는 느낌이 든다. 뭐가 궁금해요? 마거릿이 묻는다.

무슨 일이 있었는지 궁금한 것 같아요. 그러니까, 예를 들면 왜 헤어졌는지. 하지만 말 안 해도 돼요.

숨이 목구멍을 통해서 내려갔다가 다시 올라와 밖으로 나가는 것이 느껴진다. 그런 일이 생기는 데에는, 결혼이 깨지는 데에는 아마 항상 여러 가지 이유가 있을 거예요. 그녀가 말한다.

그럴 것 같네요. 아이번이 말한다.

마거릿이 혀로 윗입술을 적신다. 내 경우에는 특히 한 가지 문제가 상황이 아주 어렵게 만들었어요. 물론 다른 일들도 있었지만.

그렇군요.

그녀의 숨이 다시 한번 소리 없이 폐를 채웠다가 밀폐된 자동차 내부로 흘러나온다. 마거릿이 침착한 목소리를 내려고 애쓰며 말한다. 내 남편은— 내가 결혼했던 남자는, 아 미안, 이름은 리키예요. 전부 다 얘기하지는 않겠지만, 리키는 음주 문제가 있었어요. 단순히 술을 과하게 마시는 정도가 아니고. 정말 심각한 문제가 있었어요.

아이번은 잠시 조용하다가 아, 라고만 말한다.

마거릿이 멍하니 고개를 끄덕이며 두 사람 앞의 텅 빈 도로를 바라본다. 그를 탓하는 것처럼 말하고 싶지는 않아요. 그건 병이죠, 이젠 나도 알아요. 예전에도 그 사실을 늘 받아들였다고 할 수는 없지만 이제는 아니에요. 알아요, 리키 잘못이 아니라는 거. 자동차가 다가오자 그녀가 전조등을 낮추고 운전대에 다시 손을 올린다. 내가 리키를 도울 수 있었으면 좋았을 텐데. 하지만 리키는 계속 나빠지기만 했어요. 그러니까, 늘 병원을 들락날락했죠. 정말 엉망이었어요. 무섭기도 했고. 솔직히 난 무서웠어요. 마거릿이 상향등으로 다시 바꾸며 덧붙인다. 미안. 내가 성녀라도 되는 것처럼 말하려는 건 아니에요. 실제로 그렇지도 않고. 결국 더는 그렇게 살 수가 없었을 뿐이에요.

아이번은 조수석에 미동도 없이 앉아 그녀를 바라본다. 미안해요. 그가 말한다.

마거릿이 멍하니 머리카락을 이마 위로 쓸어 넘긴다. 정말 엉망진창이네. 그녀가 말한다. 솔직히 당신한테 말하면서도 죄책감이 들어요. 말하고 싶지 않았어. 아니, 말할 생각이 없었다는 뜻이에요. 모르겠어요.

죄책감 느낄 필요 전혀 없어요.

그녀는 이 말에 양심이 위로받는 것을 느낀다, 진짜 위로인지 가짜 위로인지는 모르겠지만. 이 순간 아이번의 모든 것이─그의 목소리, 그녀가 말할 때 조용히 지켜보는 시선, 이렇게 가까이 그의 고요하고 침착한 육체가 존재한다는 것만으로도─마거릿에게 크나큰 위로를 준다, 그 느낌이 너무나 강렬하다.

고마워요. 그녀가 중얼거린다.

다른 사람들도 알아요? 아이번이 묻는다.

오랫동안 몰랐어요. 하지만 이제 그 단계를 훌쩍 넘었죠. 이제 동네 술집 절반은 리키를 안 받아줘요.

아이번이 조용하게 대답한다. 아, 그렇군요.

프렌치타운 외곽의 로터리가 가까워지자 그녀가 속도를 늦춘다. 하지만 얼마나 심했는지 모두가 알지는 못할 거예요. 그러니까, 나는 리키의 곁에 있었지만 다른 사람들은 그렇지 않았으니까. 게다가 리키는 자신을 능숙하게 포장할 줄 알거든요. 자기는 변했다고, 이제 그렇지 않다고, 내가 과거를 들추는 것뿐이라고 말하겠죠. 사람들은 굳이 끼어들고 싶어 하지 않아요. 우리 엄마는 이렇게 말해요. 너는 네 입장이 있고 리키는 리키 입장이 있다고, 자기는 한쪽 편을 들지 않겠다고. 어떤 면에서는 나도 이해해요. 사람들이 리키에게 등을 돌리길 바라는 건 아니에요. 솔직히 그건 절대 바라지 않아요. 리키는 지금도 힘드니까. 하지만 내가 무슨 일을 겪었을 때 주변 사람들이 내 말을 믿어주지 않으면 힘들어요. 알고 싶어 하지 않아도 그렇고.

아이번은 잠시 말이 없다. 말도 안 돼요. 그가 말한다. 당신한테는 당신 입장이 있고 그 사람한테는 그 사람 입장이 있다고요? 중독인 사람한테? 미안하지만 진짜 어이없는 말이네요.

마거릿이 무척 초조하게 한숨을 내쉰다. 음. 난 내 입장밖에 얘기할 수 없다는 거 잊지 말아요. 리키한테 들으면 전혀 다른 이야기를 할 거예요.

아이번이 얼굴을 살짝 찌푸리며 지적인 목소리로 말한다. 물론 그 사람은 나쁜 짓을 했으니까 거짓말할 동기가 있죠. 하지만 당신이 거짓말할 동기는 뭐죠?

마거릿이 운전대를 꽉 잡았다 놓았다 하면서 대답한다. 글쎄요, 결혼이 깨진 책임을 상대방에게 돌리고 싶다는 동기가 있을지도 모르죠. 확실히 그런 면이 있어요. 하지만 내가 온 동네에 리키를 욕하고 돌아다닌 건 아니에요. 내가 지금 말하는 건 가족이랑 친구들 얘기예요. 그래도, 가족과 친구들은 내 잘못이 아니라고 생각하기를 바라나 봐요.

당신 잘못이 아니니까. 아이번이 말한다.

글쎄요. 마거릿이 어깨를 으쓱하며 같은 말을 되풀이한다. 죄책감이 들긴 해요, 어쩔 수 없이. 내가 할 수 있는 일이 더 있었다면 좋았을 텐데. 그런 생각이 들 수밖에 없죠. 그러니까, 내가 신호를 알아차렸다면, 더 일찍 참견했다면, 뭐 그런 거. 내가 리키를 탓한다고 생각하지 않으면 좋겠어요. 리키는 나쁜 사람이 아니에요, 많이 아플 뿐이지. 자기 자신 말고는 아무도 해치지 않아요.

아이번이 또다시 침묵을 지키다가 대답한다. 무슨 말인지 알아요. 하지만 당신도 많이 다쳤잖아요.

이제 마거릿은 절박하고 두려워진다, 너무 늦기 전에 그가 드러내는 감정을 어떻게든 뿌리치고 싶다. 왜일까. 너무 마음이 편안해져서, 너무 힘찬 포옹이라서. 그녀가 침을 삼키며 말한다. 물론이죠. 하지만 그게 병이라는 사실을 잊으면 안 돼요. 그러니까, 내 친구 애나의 말에 따르면 정신병에 가깝대요. 결혼한 상대가 정신 질환 때문에 환각을 보게 되었다고 해서 그 사람을 비난하지는 않잖아요. 도움을 거부하면 헤어질 수밖에 없겠죠, 그건 맞아요. 하지만 그 사람의 잘못이라고 말할 수는 없어요. 무슨 말인지 알겠죠. 뭔가 잘못됐을 때 누군가를 탓하고 싶은 건 당연해요. 본인이든, 상대방이든. 하지만 이 경우에는 탓할 사람이 없어요.

아이번이 얼굴을 찌푸리는 것이, 미간에 잡히는 주름이 보인다. 음, 그래요. 그가 말한다. 물론 나보다 당신이 상황을 더 잘 알겠죠, 당연한 말이지만. 그 사람이 자기가 변했다고 말하고 다니는데 그 말이 사실이 아니라면, 난 그게 악의적인 면을 보여준다고 생각해요. 하지만 따지고 싶지는 않아요. 나쁜 사람이 아니라고 하면 난 당신 말을 믿어요.

마거릿은 그래, 위험한 감정이야, 라고 생각한다. 그의 말이 그녀에게 주는 안도감. 그 안도감의 문턱에서 흔들리는 자신을 느낀다. 속절없이, 자기가 무슨 말을 하는지도 모른 채 그녀가 말을 잇는다. 리키가 멈추게 해달라고 기도드리곤 했어요. 그러니까, 정말로 하느님께 기도를 했어요. 통하지는 않았지만요.

아이번은 잠시 말이 없다. 그녀가 손끝으로 코를 살짝 문지른다. 그가 조용히 말한다. 네, 나도 가끔 기도를 드렸어요. 아빠를 낫게 해달라고요. 물론 그 기도도 안 통했죠. 모든 일에 의문만 생겼어요. 사람들은 왜 병에 걸리는지, 하느님은 왜 전혀 도와주지 않는지. 이해하기 힘들어요. 하지만 그게 아무것도 없다는 뜻은 아니라고 생각해요.

어둠 속에서 전조등이 길쭉한 은빛 광선을 쏘아 두 사람의 뒤로 사라지는 도로 표면을 비춘다. 뭔가가 존재한다고 믿어요? 마거릿이 묻는다.

그러려고 노력해요. 하다못해 우주의 질서 같은 거라도요. 가끔은 느껴지기도 해요. 어떤 음악을 듣거나 예술 작품을 볼 때. 이상하게 들리겠지만 체스를 둘 때도 그래요. 그 질서가 너무 심오하고 너무 아름다워서 그 밑에 틀림없이 뭔가 있다는 느낌이 들어요. 또 어떨 때는 혼돈뿐이라고, 아무것도 없다는 생각이 들기도 하죠. 어쩌면 질서라는 개념 자체가 어떤 진화적 이점 때문에 만들어졌을지도 몰라요. 사실 패턴은 존재하지 않는데 우리가 패턴을 인식하는 거죠. 모르겠어요. 설명을 잘 못 하겠어요. 어쨌든 나는 그런 아름다움을 경험할 때 하느님을 믿게 돼요. 모든 것에 의미가 있다고 말이에요.

마거릿은 그의 말에 귀를 기울이며 어느새 고개를 끄덕인다. 그녀가 확신 없는 목소리로 말한다. 사실 난 하느님을 그런 식으로 생각하지는 않아요. 아름다움의 관점에서 말이에요. 내가 생각하는 하느님은 도덕성과 더 관련이 있는 것 같아요. 무엇이 옳고 그른지. 마거릿이 잠시 말을 멈췄다가 덧붙인다. 확신하는 건 아니에요. 하지만 진지하게 받아들이고 있어요, 적어도 그러려고 노력해요. 나는 옳은 일을 하고 싶어요.

그녀는 말을 이어가면서 아이번이 자신을 주의 깊게 바라보고 있음을 주변 시야로 알아차린다. 무슨 말인지 알아요. 그가 말한다. 나는 그게 전부 다 연결되어 있지 않나 싶어요. 그러니까, 어쩌면 삶에서 아름다움을 찾는 것이 옳고 그름과 상관이 있을지도 몰라요. 깊이 생각해본 건 아니지만요. 그냥 가끔 어떤 느낌이 들어요. 하느님께 사랑받는 듯한 느낌. 설명할 수 있는 건 아니지만.

마거릿이 떨리는 웃음을 내뱉는다. 음, 하느님이 있다면 분명 당신을 무척 사랑할 거예요.

아이번이 시선을 내리깐다. 네, 가끔 느껴져요. 예를 들면 당신이랑 같이 있을 때요. 이런 말을 해도 되는지 모르겠지만.

이 말에 대답하는 자기 목소리가 마거릿 스스로도 낯설다, 평소보다 가볍고 가늘다. 해도 돼요, 당연하죠. 좋은 말이네요.

두 사람은 말없이 자동차에 같이 앉아 있다. 어둠 속에서 고요한 집들과 텔레비전 화면이 파랗게 번쩍이는 창문들을 지나친다. 마거릿은 사람들이 자신에게 친절했다고 생각한다. 작년에 리키가 그녀와 이야기하겠다며 사무실로 전화하기 시작했을 때 린다는 그의 번호를 외워두었다가 되도록이면 자신이 받았다. 아뇨, 죄송하지만 마거릿은 지금 회의 중이에요. 전화 왔었다고 전해줄게요. 네, 끊습니다. 위층으로 전화를 걸어 나직이 중얼거리는 도린. 그 사람 지금 올라가요. 마거릿이 직원 화장실에 숨을 시간을 주려고. 숨소리를 낮추고 엿들은 그의 목소리. 늘 자리에 없는 것 같네요. 아직 여기서 일하는 건 맞죠? 애나가 차를 끓여주는 동안 그 집 부엌에서 울었던 일. 리키는 병이 깊어, 마거릿. 자기가 무슨 짓을 하는지도 몰라. 그렇다, 사람들은 늘 이해하지는 못하더라도 친절했다. 그녀를 존중하고 품위 있게 대해준 사람이 평생 아이번밖에 없었던 것은 아니다. 그 반대였다. 마거릿이 그를 만난 지는, 그래, 2주밖에 안 됐다. 그렇지만 아이번이 말과 자신의 존재 자체로 그녀를 진정시키는 힘이 어찌나 크고 강렬한지 오랫동안 알아온 사람들과 맞먹는 듯하다, 아니 더 큰 것 같다. 모든 일에 의문만 생겼어요. 사람들은 왜 병에 걸리는지, 하느님은 왜 전혀 도와주지 않는지. 마거릿은 그래, 정말 의문이야, 라고 생각한다. 모든 사람을 사랑하고 병자를 고치며 돌아다니던 예수라는 착한 사람은 하느님이 아님을 떠올린다. 반대로 하느님은 이해할 수 없는 이유로 인간에게 병을 주는 존재, 죽음에 처하게 하는 존재이다. 사람을 치유하고, 귀 기울여 들어주고, 가르침을 주는 죄인의 친구 예수님은 마거릿의 마음속에서 금방이라도 이렇게 속삭일 것만 같다. 우리 아빠 때문에 미안해……. 예수님은 사랑하기 쉽지만 하느님은 훨씬 어렵다. 또 예수님은 그 자신만의 현실성을, 역사 속에 자기 자리를 가지고 있지만 하느님은 어두운 방 안 흐릿한 한 점의 빛과 같다, 똑바로 보려고 애쓰지 않아야만 보인다. 마거릿의 마음 한구석에 하느님이, 그 존재감이 분명히 있지만 그녀가 그 감각을 붙잡으려고 하면 모조리 사라져버린다. 하느님이 존재한다면 마거릿에게 무엇을 원하는 걸까? 무슨 이유로 아이번 같은 사람을 그녀의 인생에 불러들였을까? 두 사람이 계속 비밀리에 만나면서 가족과 친구들에게 거짓말하고 서로를 속임수와 거짓에 말려들게 하는 것은 분명 옳지 않다. 하지만 마거릿이 지금 전부 다 끝내고 아이번을 두 번 다시 만나지 않는 것이 옳을까? 그는 홀로 마거릿이 거의 알지 못하는 삶으로 돌아갈 것이고 그녀는 아이번의 생각이나 감정과 영영 단절될 것이다. 그것이 옳은 일, 하느님이 바라는 일일까? 마거릿은 아이번을 만난 날 두 사람이 새로운 관계를 탄생시켰고, 그것 역시 하나의 존재 방식이라는 느낌이 어렴풋이 든다. 그리고 두 사람이 그 존재 방식에 충실히 임하는 것이 이제는 도덕적 성격을 띠게 되었다. 아이번의 슬픔, 너무나 젊은 나이, 그녀에 대한 애정과 같은 사실들이 지금 상황에 압박을 가하고 있다, 그렇다. 하지만 오로지 이 관계의 기반이 있기 때문이다. 다른 청년이 어떤 이유로든 그녀에게 반한다고 해두 그녀에게 어떤 특별한 요구도 하지 않을 것이다. 누구에게나 베풀어야 하는 일상적인 배려와 예의 외에 마거릿에게 그 무엇도 요구할 권리가 없다. 하지만 분명 마거릿은 아이번에게 그 이상을 주어야 한다. 정확히 무엇을? 진실한 마음, 이해, 어느 정도의 솔직함. 적어도 그만큼은. 어쩌면 하느님의 눈을 통해서 보면 더 많을지도 모른다. 전부 주어야 할지도 모른다. 자존심, 존엄성, 그녀의 삶 자체. 마거릿이 한때 다른 사람에게 주려고 했지만 주지 못한 것들.

마침내 그녀가 말한다. 아이번, 난 당신 나이 때 아직 어렸어요. 그때의 내가 훨씬 나이 많은 사람과 어울리는 게 좋은 생각이었을지 잘 모르겠어요. 특히 그 사람에게 결혼 경험이 있고, 비밀리에 만나고 있었다면요. 가정일 뿐이지만, 나중에 돌아보

267

면 그 사람이 나를 이용했다고 느낄 것 같아요.

마거릿은 다시 자신을 바라보는 아이번의 시선을 느끼고, 자동차가 마을 불빛에 가까워진다. 어두운 하늘에 흐릿한 주황색 불빛이 걸려 있고 차창에 그의 얼굴 윤곽이 비친다. 그래요. 아이번이 말한다. 왜 그런 말을 하는지 알아요. 하지만 내 생각은 달라요.

어떻게 다르죠? 마거릿이 묻는다.

음, 당신은 머릿속으로 만들어낸 시나리오를 사람이 실제로 처한 상황과 비교하고 있어요. 징그럽고 나이 많은 남자를, 어린 여자애를 노리며 돌아다니거나 뭐 그런 남자를 상상하고 있잖아요. 하지만 우리 상황은 달라요.

마거릿은 자기도 모르게 어깨를 으쓱하며 간절하게 묻는다. 뭐가 다르죠? 내가 어린 남자랑 사귄 적이 없어서? 그렇다고 뭐가 달라지는지 모르겠어요. 난 당신이 내 나이쯤 되어 과거를 회상하면서 내가 준 온갖 고통을 떠올리는 건 바라지 않아요.

아이번이 자기 무릎을 내려다보는 모습이 보인다, 그가 한숨처럼 길고 낮게 숨을 내쉰다. 이제 날 만나고 싶지 않으면 그렇게 말해도 돼요. 나를 위해서인 척할 필요 없어요. 난 당신이 솔직하면 좋겠어요.

솔직하게 말하는 거예요. 마거릿이 말한다.

그가 고개를 젓는 모습이 보인다. 좋아요. 아이번이 말한다.

당신이 날 그렇게 생각한다면 내가 무슨 말을 할 수 있겠어요? 당황스럽네요. 당신 말은 내가 너무 미숙해서 당신이 나를 계속 이용해먹어도 깨닫지 못한다는 거잖아요. 앞으로 몇 년이 지나도록 당신도 모르고, 우리 둘 다 모른다는 거잖아요. 미안하지만 말이 안 돼요. 무슨 목적으로 나를 이용한다는 거죠?

마거릿은 코와 목이 뜨거워지고 아려온다. 아마도 내 허영심을 위해서요. 그녀가 말한다. 우쭐해지려고요.

아이번이 다시 그녀를 보고, 마거릿은 주요 도로에서 좌회전 방향 지시등을 켠다. 그게 무슨 뜻이에요? 아이번이 묻는다. 당신은 나를 좋아하시 않는데, 내가 좋아해서 우쭐해진다고요?

마거릿이 좌회전을 한 다음 방향 지시등을 끄고 자기 집을 향해 좁고 구불구불한 도로를 따라 조금 더 천천히 차를 몬다. 물론 난 당신이 좋아요. 하지만 네, 솔직히 말해서 당신이 날 좋아해서 우쭐하기도 해요.

그게 뭐가 잘못이죠? 내가 너무 순진하거나 자아가 없는 것도 아니고. 당신이 나를 매력적으로 생각하거나 그러면 당연히 내 자존감에 도움이 되죠. 당신이 정말 그렇게 생각하면요. 그게 왜 나쁘죠?

아이번이 말하는 사이 그녀가 집 앞에 차를 세운다. 운전대에서 손을 떼고 눈가를 닦는다. 모르겠어요. 마거릿이 말한다.

예의를 지키느라 그러는지 마음이 아파서 그러는지 아이번이 시선을 돌려 어두워진 조수석 창밖을 내다본다. 당신은 이미 살면서 많은 슬픔을 겪었어요, 마거릿. 나까지 당신을 슬프게 만들 필요는 없어요. 난 당신을 슬프게 하고 싶지 않아요, 믿어줘요.

혼란스러워진 마거릿이 대답한다. 난 그냥, 당신이 행복하면 좋겠어요.

아이번이 두 사람 사이의 핸드브레이크를 내려다보며 말한다. 음, 그러면 아무 문제 없잖아요. 당신이 날 행복하게 만드는 건 아주 쉬우니까. 우리가 계속 만나면 난 행복할 거예요. 그가 마거릿을 올려다보며 장난스럽게 덧붙인다. 내가 당신을 살짝 조종하는 것 같기도 하지만, 사실이에요.

지치고 약해진 마거릿은 그에게 안기고 싶고 그의 품을 느끼고 싶다는 강렬한 욕구를 느끼며 안전벨트를 푼다. 알았어요. 그만 만나자고 하지 않을게요. 안으로 들어갈까요?

부엌에서 마거릿이 빨래 건조대를 펼쳐 축축한 수영복을 너는 동안 아이번이 주전자를 올린다. 둘이 함께 보낸 그날의 인상이 어렴풋이 그녀를 감싸는 듯하다. 이어지는 이미지들. 푸릇푸릇한 정원에서 쏜살같이 달리는 날씬하고 검은 개, 입술에 느껴지는 바다의 짠맛, 호텔 식당의 반짝이는 온기. 미학적 원리로서의 하느님이라는 관념, 죄책감 느낄 필요 전혀 없어요. 아이번이 차를 준비하고 그녀가 부엌 블라인드를 내린다. 마거릿이 그의 존재에서 느끼는 깊은 위로. 왜 이런 일이 일어날까, 무슨 일이

든 왜 일어나는 걸까. 아이번이 그녀의 뒤로 다가와 목뒤에 말없이 부드럽게 키스한다.

♟

수요일 저녁, 아이번은 친구들과 콜럼의 아파트에서 토트넘과 스포르팅리스본의 챔피언스리그 경기를 보고 있다. 아까 아이번이 도착하자 요즘 통 보질 못했다느니, 주말에는 코빼기도 안 보인다느니 하면서 농담 섞인 말들이 오갔고 아이번은 속으로는 즐거웠지만 못 들은 척했다. 축구 경기가 시작되자 다들 감자칩을 먹으며 인터넷에서 벌어지는 논쟁이나 런던으로 이주한 지인 등등 다른 이야기 중이다. 한 선수가 부상으로 쓰러진 사이에 아이번이 맥주를 가지러 부엌에 갔더니 세라가 유리잔에 수돗물을 받고 있다. 아, 아이번. 그녀가 말한다. 지난주에 리엄네 갔었는데 넌 없더라. 아이번이 듣고 있다는 뜻으로 고개를 끄덕이면서 야채 칸에서 맥주를 꺼내고 냉장고 문을 닫는다. 처음 몇 주 동안 주말마다 친구들이 어울리는 자리에 빠졌더니 다들 걱정했는지 별일 없기 바란다는 다정한 메시지를 보냈고, 아이번은 친구들을 걱정시키고 싶지 않으면서도 전부 다 설명하고 싶지는 않아서 무슨 일인지 슬쩍 암시만 했다. 지금, 세라가 그를 보며 덧붙인다. 다들 너 여자 친구 생겼다던데. 아이번이 잠시 멈췄다가 커틀러리 서랍을 열고 병따개를 꺼내더니 이렇게 말한다. 그렇구나. 세라가 이상한 표정으로 아이번을 보며 묻는다. 진짜 생겼어? 아이번이 병을 따며 말한다. 노코멘트야. 세라가 장난스럽게 그의 팔을 툭 밀치며 말한다. 정말 비밀이 많다니까. 두 사람이 같이 거실로 돌아갔을 때 세라가 모두를 향해 큰 소리로 알린다. 너희들 말이 맞았어, 여자 친구 있대. 그러자 다들 웃고 떠들며 아이번의 관심을 끌려고 하지만 아이번은 사실 친구들이 재미있게 군다고 생각하면서도 무시하고 자기 자리에 다시 앉는다.

이름이 뭔데? 콜럼이 묻는다.

아이번이 맥주를 마시자 차갑고 기분 좋은 탄산이 입속에 퍼진다. 그가 한 모금 삼키고 대답한다. 무슨 소린지 전혀 모르겠는데.

다들 계속 이야기하며 웃고, 누군가가 종이를 구겨 아이번의 머리에 던진다.

그 여자는 체스연맹 등급이 뭐야? 에마가 묻는다.

아이번은 계속 무시하는 척 텔레비전을 보며 미소를 애써 억누르고, 결국 소란이 가라앉더니 다른 이야기를 시작한다. 모든 것이 합쳐져서 그를 행복하게 만든다. 친구들, 축구 경기, 차갑고 맛있는 맥주, 그의 안에서 비밀이 반짝이는 듯한 그런 느낌. 모두들 신이 나서 아이번의 머리에 종이를 던지는 것을 보니 비밀도 아닌 것 같지만. 이제 아이번은 내심 이 모임을 생일처럼 축하하며 즐기는 분위기로 여기게 되었고, 언젠가 친구들에게 결국 마거릿에 대해 이야기하는 자기 모습을 그린다. 친구들은 아이번을 위해 기뻐하며 바보 같은 농담을 할 것이다. 마거릿이 아이번보다 나이가 많다거나 결혼한 적 있는 것을 신경 쓸까? 아니, 친구들은 무의미한 사회적 관습을 중요하게 생각하지 않는다. 마거릿이 얼마나 아름답고 우아한지 보고 놀랄까? 인생에서 아름다움을 갈구하는 예민한 부류도 아니니 아마 그러지도 않겠지만, 그것도 괜찮다.

1 대 1 동점 상황에서 경기 송료 직전에 토트넘이 넣은 골이 오프사이드로 선언된 뒤 경기가 끝나고 다들 작별 인사를 하며 집으로 돌아간다. 콜럼이 아이번에게 잠시 남아서 친선경기를 할까 묻는다. 다른 친구들도 온라인으로 블리츠 같은 체스는 조금 뒀지만 아직도 클래식 토너먼트 경기에 나가는 상급 타이틀 보유자는 콜럼과 아이번 둘뿐이다.* 아이번도 최근에는 토너먼트에 출전하지 않았지만. 리머릭에서 세 게임 연속으로 지고서 말 그대로 바로 다음 날 아빠의 마지막 항암 치료가 실패했다는 소식을 들은 4월 이후 출전하지 않았다. 그때 이후 콜럼은 인

---

* 체스 경기는 선수에게 주어지는 시간에 따라 클래식(60분 이상), 래피드(rapid, 10~60분), 블리츠(blitz, 3~10분)로 나뉜다.

터내셔널 마스터 타이틀을 따서 IM 콜럼 키넌이 되었고 아이번은 클래식 경기에서 콜럼을 상대로 4승 1패 5무로 승률이 좋았지만 아직 FM이었다.* 10년 전 아일랜드 주니어 대회에서 두 사람이 처음 만났을 때는 아이번이 훨씬 뛰어난 선수로 평가받았고 해당 연령층에서 가장 강했으며 사실상 '스타'였다. 아이번은 콜럼보다 꼬박 2년 앞서, 열여섯 살 때 FM을 땄다. 두 사람은 늘 서로 존중하고 좋아하는 친구였지만 체스는 아이번이 더 잘한다는 암묵적인 동의가 있었다. 콜럼은 사람들과 더 자주 어울리고 운동도 했지만 아이번은 체스를 더 잘했다, 모두가 아는 사실이었다. 아이번은 6월에 콜럼이 IM을 땄다는 소식을 듣고 축하 문자를 보냈다. 그러자 콜럼은 고마워 친구, 다음은 네 차례야, 라는 답장과 엄지를 치켜든 이모티콘을 보냈다. 아이번은 콜럼에게 받은 문자메시지를, 가슴 아픈 질투와 자기혐오, 속이 뒤집힐 듯한 좌절감 등 그 메시지가 일으킨 복잡한 감정을 잘 기억하고 있다. 지금 콜럼이 식탁에 체스판을 준비하는 동안 창가에서 기다리는 아이번은 그 메시지를 받았던 기억이 더 이상 자신을 찌르지 않는다고는 말할 수 없다. 사실 아직도 쓰라리기 때

---

* 체스 선수에게는 등급 점수에 따라 캔디데이트 마스터(CM), 세계체스연맹 마스터(FM), 인터내셔널 마스터(IM), 그랜드 마스터(GM)라는 타이틀이 주어진다.

문이다. 하지만 이제 그것은 좀 더 참을 만한, 누구나 느낄 수 있는 평범한 감정이 되었고 울음을 터뜨리거나 토하고 싶게 만들지는 않았다. 주말에 아이번이 마거릿에게 지난 2년 동안 나가는 경기마다 대부분 정말 못했다고 이야기하자 마거릿이 얼굴을 살짝 찌푸리며 말했다. 아, 하지만 아버지가 많이 아프셨잖아요. 물론 그건 사실이었다. 아이번은 두 사실을 연관시켜본 적이 없었던 건 아니지만 아빠를 형편없는 경기의 핑곗거리로 삼아 사실상 아빠를 탓하면서 자신을 합리화하고 싶지는 않다. 어쨌거나 슬픈 개인사가 일어나는 중에도 인생 최고의 경기를 하는 사람들도 많나, 그선 역사적인 사실이다. 그럼에도 마거릿이 그렇게 말하자 그런 생각을 거부했던 아이번도 일리가 있다는 생각이 들었다. 사실 아빠가 깊이 병들어 죽어가는 상황에서는 경쟁심을 벼리기가 힘들었다. 격주에 한 번 항암 치료 때문에 차를 몰고 왔다 갔다 했으므로 대학 졸업장을 따기 위해서 해야 할 일만 해도 너무 많게 느껴졌고, 늘 피곤하고 우울했으며, 그러다가 우울한 것조차 죄책감이 들었다. 아빠에게 슬픈 기억이 아니라 행복한 기억을 만들어주려고 애써야 했으니까. 지금 돌아보니, 그래, 체스를 잘 못 둔 것이 그렇게 놀라운 일은 아니었을지 모른다. 친구들은 모두 스스로에게 너무 가혹하게 굴지 말라고 했지만 아이번은 3년 사이에 등급 점수를 100점 가까이 잃은 사람에게 으레 해야 하는 말이라고 늘 생각했다. 아이번은 이제야 스스로에게 너무 가혹했을지도 모르겠다고, 아빠는 그것을 바라지 않았으리라고 생각한다. 그렇다, 아빠는 아이번을 사랑했고 아이번이 행복하기를 바랐다, 그도 그건 안다. 그리고 지금 그가 행복해질 수 있다면, 그건 가끔 그 스스로 느꼈던 것처럼 아버지의 기억을 배신하는 일이 아니라, 오히려 자녀들이 행복하기를 바랐던 아버지의 가장 큰 바람을 따르는 일이다.

말해봐, 그 여자 누구야? 콜럼이 말한다.

아이번이 창문 너머로 강 건너를 바라보니 물결무늬 지붕을 얹은 크고 튼튼한 리버티홀*이 눈에 들어온다. 넌 모르는 사람이야. 그가 대답한다.

아. 알겠다, 다른 학교 학생이구나.

아이번이 미소를 지으며 대답한다. 응, 게일어 여름 프로그램에서 만났어.

네 트윗마다 답글 다는 그 여자는 아니지?

아이번이 창가에서 돌아와 체스판 앞에 앉으며 말한다. 응. 그리고 걔 나한테만 그러는 거 아니야, 누구한테나 다 그래.

콜럼이 주먹 쥔 두 손 내밀자 아이번이 왼손을 고른다. 흑이다. 콜럼이 요즘 새롭게 쓰는 잉글리시 오프닝**으로 경기를 시

---

* 더블린에 위치한 아일랜드 노동조합 SIPTU 건물.
** 백이 첫 수로 폰을 c4에 두는 오프닝.

작하고, 두 사람은 역(逆)시실리안*** 상태가 된다. 오프닝 내내 아이번은 머리가 기분 좋을 정도로 가볍고 활기가 넘치고 기발한 수가 저절로 떠오른다. 그는 부엌에서 세라가 팔을 툭 밀쳤던 것과 친구들이 다들 얼마나 바보처럼 굴었는지 생각한다. 친구들은 아이번의 일에 기뻐했고, 그 역시 기뻤다. 아이번이 이런 생각을 하는 동안 눈앞에서 체스판의 형세가 점점 더 뚜렷해진다. 오프닝이 끝날 때쯤 콜럼이 f4로 전진하는 약간 잘못된 수를 두면서 아이번이 중앙을 차지한다. 그는 콜럼의 기물 배치에 생긴 약점을 파악할 뿐 아니라 그 약점을 이용하는 제일 좋은 방법까지 즉시 읽어낸다. 그 실수는 작은 창문을 아주 살짝 열어둔 것과 같아서, 아이번은 손쉽게, 거의 아무런 노력도 없이 어느새 창문을 활짝 젖히고 안으로 들어간다. 아이번은 계속 자유롭고 가벼운 기분으로 경기를 진행하다가 스물세 수 만에 항복을 받아낸다. 전반적으로 무척 화기애애한 분위기이다. 두 사람은 악수를 한 다음 무슨 수가 잘못됐는지 토론한다. 콜럼은 그때 f4로 나갈 것이 아니라 d5를 잡아야 했고, 나이트를 f6으로 옮기거나 하는 공격 기회도 몇 번 놓쳤다. 콜럼은 졌다고 해서 떨떠름해하지 않는다, 경기를 즐겼다. 둘이서 체스를 정리해서 치운 다음

*** Reversed Sicilian: 잉글리시 오프닝에 대해서 흑이 폰을 e5에 놓아 대응하는 방법.

아이번이 일어나서 나갈 채비를 한다.

12월에 놈 행사*에 출전할 거지? 콜럼이 묻는다.

아이번이 배낭 지퍼를 잠그며 말한다. 등록했어. 그런데 안 갈 것 같아. 이메일 보내야겠다.

콜럼이 어깨를 살짝 으쓱하고 말한다. 너 좋을 대로.

아이번이 잠시 멈추고 생각하더니 또 누가 등록했냐고 묻는다. 둘은 몇몇 이름을 거론한다. 아이번은 크리스마스에 열리는 놈 행사에 참가하지 않기로 결심했고 간다는 생각조차 머릿속에서 지워져서 행사가 열린다는 사실조차 잊고 있었지만 이 순간—방금 우아하고 빠르게 이긴 게임, 맥주, 로스타임에 황당하게 취소당한 헤딩 골, 친구들과 함께 보낸 시간의 영향으로—다시 생각해본다.

생각해볼게. 아이번이 말한다. 막차 놓치면 안 되니까, 간다? 또 봐.

리피 강변으로 나온 아이번은 주머니에 손을 넣고 버스 정류장을 향해 혼자 걸어간다. 행사에 참가해서 혹시 두 번째 놈을 따면 어떨까.** 몹시 유혹적인 생각이다. 다시 아름다운 체스를

---

* 놈(norm)은 세계체스연맹이 수여하는 상위 타이틀을 받기 위한 기준을 가리키며, 여기서 놈 행사는 선수가 그 기준을 충족시키기 위해 참석하는 토너먼트 대회를 말한다.

** 인터내셔널 마스터가 되기 위해서는 놈 세 개가 필요하다.

두어 경쟁자들의 존경과 감탄을 받고, 그날 밤에 방에서 마거릿에게 전화를 걸어 있잖아요, 그거 알아요, 나 방금 체스 토너먼트에서 우승했어요, 라고 말한다면 어떨까. 분명 옆방의 롤런드와 줄리아에게 들릴 것이다. 안 될 건 뭔가. 아이번도 두 사람의 대화와 그 외의 모든 소리를 다 들어야만 했는데 그가 전화로 자신의 성취를 자랑하는 소리가 들린들 뭐 어떤가. 다리를 건너며 이런 생각을 하고 있자니 삶 자체가 그를 감싸고 빛나는 듯하고, 아이번은 어느새 마거릿과 함께 바다에서 수영했던, 그리고 모든 것이 아름다웠던 주말을 다시 떠올린다. 초록빛 바다, 회백색 햇살, 굵은 모래, 거대하고 고요한 절벽, 모두 그 자체로 완전하고 완벽했다. 아이번은 자연에 추함 같은 것은 없다고 생각한다. 그가 차 안에서 마거릿에게 말하려 애썼던 것처럼 아름다움은 하느님의 것이고 추함은 인간의 것이다. 설명은 잘 못 하겠지만. 두 사람이 그 오래된 호텔에서 저녁 식사를 막 마쳤을 때 마거릿은 식탁에 올려둔 손에 아이번이 손을 얹어도 누가 볼까 신경 쓰지 않고 그가 남자 친구라도 되는 것처럼 가만히 있었다. 아이번은 지금까지 그런 식으로 사람들 앞에서 여자와 함께였던 적이 없었고, 아무도 두 사람을 유심히 보지 않았지만 뭔가 특별한 느낌이 있었다. 자존감과 비슷한 느낌. 그런 다음 차에서 아이번이 결혼 생활에 대해서 물었고 마거릿이 대답해주었다. 그러자 아이번은 마거릿이 왜 그렇게 말하기 힘들어했는지, 왜 새로운 사람을 만나는 것을 아무에게도 알리고 싶지 않았는지 전부 더욱 잘 이해하게 되었고 그녀가 얼마나 혼란스럽고 죄책감을 느끼는지 알 수 있었다. 아끼는 사람이 눈앞에서 심하게 병들어가는 모습을 봐야만 하고, 점점 악화되기만 하는데 아무것도 할 수 없는 것. 아이번은 거기에 어떤 감정이 따르는지 너무나 잘 안다. 그 순간 아이번은 마거릿에게 다른 누구도 끼어들 수 없는 친밀함을 느꼈다. 그는 마거릿을 보면서 사랑해요, 라고 말하고 싶었다. 하지만 그 대신 침을 삼키고 아무 말도 하지 않았다. 사실이 아니라서가 아니라 그 말을 하면 상황이 더 복잡해질 것을 알았기 때문에. 마거릿이 원하는 것은 두 사람이 미래를 약속하지 않은 채 같이 시간을 보내고, 삶에 대해 흥미로운 대화를 나누고, 서로에게 애정과 이해를 보여주는 것이다. 마거릿은 겨우 몇 주 전에 만난 사람에게서 정신 나간 사랑의 선언을 듣고 싶은 것이 아니다. 아이번은 충분히 이해한다. 하지만 그 말을 참기가 어려울지도 모른다, 그런 생각을 하자 왠지 슬프다. 어렴풋이 이 슬픔이 아버지와 연관되어 있다는 것을 느끼지만 정확히 어떻게 연결되는지는 알 수 없다. 그 말은 아버지가 세상을 떠나기 전에 서로에게 마지막으로 한 말이었다. 사랑해. 물론 종류가 다른 사랑, 전혀 다른 사랑이지만 그 말은 같고 의미도 어느 정도 같다. 아이번은 마음속에서 움직이는 힘이, 그의 안에서 시작되었지만 바깥을 향해 움직이며 다른 곳에 정착하고 싶어 하는 힘이 느껴지는 것 같다. 이제 강 건너 버스 정류장에 도착하자 콜럼이 사는 아파트가, 얼룩덜룩 회색으로 물든 땅딸막하고 단조로운 건물이 보인다. 이렇게 사랑을 움직이는 힘으로 생각하는 것이 말이 될까? 아이번이 아버지에게 느끼던 감정이 갈 곳을 잃고, 표출되지 못한 채 그의 안에 머무르고 있다고. 아버지가 세상을 떠난 뒤 몇 주 동안 아이번은 누구에게서도 그 말을, 사랑한다는 말을 듣지 못했고 그 역시 누구에게도 말하지 않았다. 그렇기 때문에 그 말을 다시 듣고 싶고 다시 하고 싶다는 열망, 그의 몸에 갇힌 이 힘의 압박에서 풀려나고 싶다는 강렬한 열망을 느끼는 걸까? 사랑이라는 감정으로 마거릿을 떠올리기만 해도, 사랑이라는 감정을 생각하기만 해도 약간 마음이 풀린다. 마음속에서 바깥을 향해 꽃이 피는 듯하다. 아이번이 정원에서 뛰노는 알렉시의 영상을 보여주었을 때 마거릿은 우아하다고 말했다. 그는 그 영상을 찍었던 지난여름을, 아빠가 아직 집에서 지내며 매일 산책을 가거나 정원에서 알렉시와 같이 놀 만큼 상태가 괜찮았고 해가 밝게 빛나던 날을 떠올린다. 그렇게 놀다가 그들은 다시 안으로 들어갔고, 창문이 열려 있어 시원하고 바람이 잘 통하는 부엌에서 아이번은 두 사람이 먹을 저녁 식사를, 그의 기억에 따르면, 파스타를 만들었다. 그날을, 테니스공을 쫓아 달리던 개와 두 사람이 같이 먹었던 파스타를 생각하자 가슴속에 고통스럽게 감정이 차오른다. 두 번 다시 할 수도 들을 수도 없는 그 말을 다시 하고 다시 듣고 싶다. 그곳으로 돌아가면 어두컴컴하고 텅 빈 집이 아니라 다시 창문이 열려 있고 환하고 공기가 잘 통하는 집이 있으면 좋겠다. 알렉시와 함께 놀고, 저녁 식사를 하고, 아무것도 하지 않으면서 그저 함께하는 그 오후를 다시 한번 보내고 싶다.

2^H_T

9

강제 퇴거 날 그녀에게 문자메시지를 보냈다. 벌써 몇 주 전 일이다. 계약법 입문 상의를 하러 버스를 타고 벨필드로 가는 길, 버스 2층 창문에 맺힌 회색 물방울. 기사 링크와 점 세 개가 찍힌 생략 부호를 보냈다. 바로 답장이 왔다.

실비아   세상에! 나오미는 괜찮아?

그때 느꼈던 묘한 평온함. 바로 전날 밤에 실비아는 차갑고 분노에 찬 눈물을 흘렸다. 극적으로 굴지 마, 피터. 돌아온 일상적인 대화. 늘 파란만장한 그의 사생활, 현명하고 믿음직한 실비아, 되찾은 두 사람의 파트너 관계.

피터   다행히 괜찮아

피터　체포됐다가 불기소로 풀려났어

실비아　?

실비아　왜 체포됐는데?

피터　몰라

피터　그냥 걸리적거려서 치우려던 건가 싶어

피터　기회가 되면 법률 문제에 대해서 같이 얘기해도 좋고

실비아　그래, 그러자

실비아　그동안 나오미가 지낼 곳은 있어?

입력했다 지웠다 한 메시지. 내가 얘기했어. 생각할 수가 없더라고. 상황이 복잡해서. 결국 아랫입술을 깨물며 그가 전송 버튼을 눌렀다.

피터　응, 당분간 우리 집에서 지내도 된다고 했어

실비아　아 잘됐네, 다행이다

창밖으로 하얀 허공에서 마른 갈색 나뭇잎이 소용돌이쳤다.

나무가 늘어선 대로. 오래되고 당당한 붉은 벽돌 주택들, 페인트칠한 문들. 버스 정류장 밖을 내다보는 창백하고 젖은 얼굴들. 그의 엄지가 화면을 두드려 켰다. 한 시간 전, 그의 품에 누워 있던 나오미의 사진, 그녀의 피부에서 차갑게 식어가는 땀. 아 잘됐네, 다행이다. 신경 쓰인다는 내색은 절대 하지 않는다. 예의 바르게 거리를 두고 자기 자리를 대신 차지한 사람을 바라본다. 모든 기능을 갖춘 업데이트 모델. 피터는 그런 게 아니야, 라고 말하고 싶었다. 그러면 어떻게 될까. 모든 것이 걷잡을 수 없어진다. 그의 삶, 점점 커져만 가는 새까만 공허, 그가 할 수 있는 일은 그곳에서 시선을 돌리는 것뿐. 한눈팔게 해줄 것을 필사적으로 만들어내면서. 입술 사이로 숨을 내쉬며 입력했다.

피터 이번 주에 만날 수 있어?

실비아 당연하지

이제 버스는 앵글시 다리로 도더강을 건넜다. 세미나 준비도 전혀 안 했다. 오전에 인쇄물을 준비했어야 하는데. 그 대신 케빈가의 경찰서에서 이름 철자를 불러주고 있었다. 어차피 절반은 결석일 테고 절반은 노트북으로 SNS 피드나 훑겠지. 무슨 소용일까. 뭐든지 무슨 의미가 있을까. 어젯밤 너랑 함께여서 좋았어. 나 자신을 되찾은 기분이었어. 날 그렇게 기억해줘. 버스 아래층에서 씨익씨익 소리를 내는 자동문의 피스톤, 계단을 통해 올라오는 신선하고 축축한 공기, 발소리들. 요금기 속으로 쨍그랑 떨어지는 잔돈.

♟

목요일 오전에 심리가 끝나고 게리와 점심을 먹으며 사건에 대해서 이야기한다. 국제보호항소심재판소는 늘 그렇듯이 거짓말만 늘어놓더라, 이제 아닌 척도 안 하나 봐, 의뢰인들은 거기 앉아서 듣고만 있어야 했다니까. 이제 두고 보자. 판사가 최악은 아니야, 자기가 독립적이라고 믿는 사람이거든. 어느 쪽으로든 판결을 내릴 수 있어. 아, 전부 다 싫다, 정말. 피터는 점심 식사가 끝나고 법률 도서관 회랑으로 다시 올라가서 노트북을 편다. 창문으로 들어와 아래쪽 공간을 천천히 가로지르는 하얀 빛. 산업별 고용 명령 관련 사건 때문에 조사 중이다. 열여섯 개나 열어놓은 탭, 쓰다 만 문장으로 가득한 이메일 초안. 일을 조금이라도 마치자, 생각은 시작도 말자. 이게 다 무얼 위해서인지. 결국 힘들게 한 일을 시니어 변호사에게 넘겨주고 그가 다 망치는 걸 지켜보겠지, 아마. 잘못되면 책임을 떠안지만 승소하면 이름도 언급되지 않는다. 뭘 기대했을까. 근본적으로 모두 둘 중

하나의 진영에 속한다. 질문 단 한 개의 답에 따라 갈린다. 평범한 부모냐, 돈 많은 부모냐. 게리는 괜찮다, 게리의 아버지는 캐번주 작은 마을의 지리 교사이다. 실비아의 아버지는 전력 공사에서 일하는 기술자. 그의 아버지는 변변찮은 이민자. 너희 아빠는 말투가 왜 그래. 너 여기 출신이 아니구나. 슬픈 사실은, 동유럽 출신 이민자들은 동화를 원하지 않는다는 거야. 피터한테 편견이 있다는 말은 아니고, 미안. 제일 친한 친구 몇몇은 돈 많은 부모를 두었다. 피제이, 데이비스-클라크 자매, 맷 켈리. 사이먼 코스티건은 골웨이 어딘가의 오래된 앵글로 영지에서 자라지 않았나? 아주 세련된 사람들도 있다. 실제로 모차르트 교향곡 36번을 듣고 프랑스 작가 콜레트의 소설을 읽으면서 자랐다. 하지만 그 모든 것의 기저에는 무언가가, 작고 딱딱한 덩어리 같은 것이 있어서 절대 제거할 수 없다. 그들은 그들이고 피터는 피터다. 그들은 아는 사람들로부터 일을 받지만 피터는 직접 일을 구해야 한다. 어디에도 적혀 있지 않은 복장 규정, 화법. 아, 거기집이 한 채 있어, 아름다운 곳이지. 너 학교는 어디 다녔다고. 그는 수입의 절반을 월세로 내지만 그들은 부촌인 라넬라의 본가에 산다. 그들은 태어날 때부터 가진 것을 피터는 노력해서 얻어야 한다. 취향, 예의범절, 교양. 외국에서 휴가를 보낼 때 그들은 숙취로 늦잠을 잤지만 그는 혼자서 박물관 앞에 줄을 섰다. 피렌체에서 본 보티첼리의 〈석류의 성모〉. 빽빽하게 그려진 천사 같은 얼굴들의 눈부신 아름다움. 스물두세 살쯤이었던 피터는 오디오 가이드를 귀에 바짝 대고 이탈리아어를 입 모양으로 따라 했다. 나중에 로마에서, 도리아팜필리 미술관의 텅 빈 뜰에서 보낸 시원한 회색빛 오후. 오렌지 나무 정원을 둘러싼 석조 기둥들. 고요함 속에 딱 하나 열린 머리 위의 창문. 눈물을 글썽거릴 정도로 감동했다. 물려받는 것이 아니라 스스로 얻는 것. 고대 조각상의 웅장함, 그래. 소설가 헨리 제임스의 후기 스타일, 크레프드신*의 호화로운 촉감, 〈에이프릴 인 파리〉를 부르는 세라본. 그들이 절대 이해하지 못할 것. 피터는 자신이 그토록 풍성하게 획득한 것을 특권만으로 따라잡지 못한다고 생각한다. 아름다움, 문화. 그래. 돈으로 살 수 없다. 요즘 사람들은 이런 태도를 반동적이라고 부른다. 주인의 도구, 주인의 집.** 피에르 부르디외는 뭐라고 할까. 망상일지도 모른다. 그들이 피터에게 열등감을 심어주려는 만큼 그들에게 열등감을 심어준다는 환상. 어쨌든 피터는 타인이 가난해지기를 바라지 않고 부자가 되고 싶지도 않다. 그렇다. 피터는 늘 원해온 것만을 원한다. 옳은 것, 최종적으로 옳다고 증명되는 것.

---

*   crêpe de chine: 물결처럼 주름이 지는 부드럽고 얇은 비단.

**   페미니스트이자 흑인 민권운동가 오드리 로드는 기존 체제와 같은 방법으로는 억압적인 인종차별이나 가부장제를 해체할 수 없다는 뜻에서 "주인의 도구로는 주인의 집을 무너뜨릴 수 없다"고 말했다.

피터가 아이번과 저녁을 먹었던, 아니 먹으려 했던 밤에도 그랬다. 그날, 계산을 하고, 웨이트리스에게 미소를 지으며 어리석을 정도로 두둑한 팁을 남겼다. 어둠 속에서 집으로 걸어갔다. 난 형이 늘 싫었어. 그날 밤 나오미는 친구들을 만나러 나갔다가 새벽 1시가 되어서야 돌아왔다. 피터가 부엌에서 두 사람이 아침에 쓴 그릇을 씻고 있을 때 그녀가 들어왔다. 안녕. 피터가 크게 외쳤다. 나오미가 그의 등 뒤로 들어와서 냉장고를 열고 안을 보더니 한숨을 푹 쉬었다. 안녕, 자기. 그녀가 말했다. 피터가 친구들은 어떻게 지내냐고 물었다. 다들 우울해. 솔직히 말하면 저닌이 니힌데 화난 것 같아. 몰라. 나오미가 남은 피자 접시에 씌운 알루미늄포일 끄트머리를 들추었다. 왜? 피터가 물었다. 흘깃 보니 나오미가 접시를 살펴보고 있기에 그가 덧붙였다. 먹고 싶으면 데워 먹어, 반은 내가 어제 먹었어. 그녀가 냉장고에서 접시를 꺼내 포일을 벗기며 말했다. 고마워. 글쎄, 저닌은 내가 자기를 버렸다고 생각하나 봐.

피터는 나오미가 전자레인지 다이얼을 돌리는 모습을 지켜봤다. 크롭 스웨트셔츠와 노란 미니스커트 차림이었다. 그게 무슨 뜻이야? 그가 물었다.

음, 내가 여기 살아서. 내가 저닌을 버리고 당신을 택하는 것 같잖아. 그러니까, 저닌 생각에는 말이야.

피터가 마개를 뽑고 싱크대의 물을 빼는 동안 나오미가 복도로 다시 나갔다. 신발 벗는 소리가 들렸다. 저닌이 그렇게 소유욕이 강한지 몰랐네. 그가 말했다.

괜찮아. 개랑 내가 이러는 게 처음도 아니고.

말이 잠시 멈췄지만 나오미는 다시 들어오지 않았다. 피터가 문 쪽을 향해서 물었다. 뭐, 전에도 다른 사람 집에서 지낸 적 있어?

나오미는 말이 없었다. 그때까지 그녀의 과거 관계는 의도적으로 비워둔 상태였다. 묻지도 않았고 먼저 얘기하지도 않았다. 피터가 망설이면서 질문을 취소할까 생각하는데 복도에서 나오미가 대답했다. 그런 셈이었지. 몇 년 전에. 하지만 뭐, 알고 보니 썩 좋은 사람은 아니었어.

미안. 피터가 대답했다. 그건 몰랐어.

그러자 나오미가 스타킹 신은 발로 다시 들어와서 말했다. 아니, 괜찮아. 신경 쓰지 마.

두 사람 모두 조용해졌다. 전자레인지에서 땡 소리가 나자 나오미가 접시를 꺼내 거실로 나갔다. 썩 좋은 사람은 아니었어. 이 말은 무슨 뜻이든 될 수 있다. 나오미는 피터에 대해서도 그렇게 말할 수 있고, 아마 언젠가 그렇게 말할 것이다. 적어도 저닌은 그렇게 말할 것이다. 나오미가 눈을 가늘게 뜨고 기억을 떠올리겠지. 누구, 피터? 그렇게 나쁘진 않았어. 아, 사실 이 재킷도 그 남자가 사준 거야. 피터는 말없이 싱크대 옆 조리대를 닦왔다. 예전 남자가 바람을 피웠을지도 모르지만 나오미가 그런 걸 신경 쓸 것 같지는 않았다. 물론 나오미는 그 무엇도 크게 신경 쓸 것 같지 않았다. 나오미가 그를, 전에 만난 남자를 사랑했을까, 피터는 궁금했다. 사랑에 빠진 그녀를 생각하자 기분이 이상하고 왠지 슬펐다.

문간 너머에서 나오미가 크게 외치는 소리가 들렸다. 저녁 식사는 어땠어?

저녁 식사를 다시 떠올리자 피곤해진 피터가 싱크대에서 스펀지를 꽉 짜며 말했다. 응, 괜찮았어. 아니, 사실은 안 괜찮았어. 그러니까, 동생이랑 나는 사이가 별로 안 좋거든.

불쌍한 아이번. 나오미가 대답했다.

그녀가 아이번의 이름을 기억하는 것이 이상하게 감동적이었다. 응. 누굴 만나는 중이래. 이 말에 아무 반응이 없자 피터가 덧붙였다. 서른여섯 살이라나 봐. 남편이랑 별거 중이고.

거실에서 키득키득 웃는 소리. 그리고 나오미의 목소리. 당신 동생이 그렇게 대단하다는 말은 안 했잖아.

♟

다음 날 점심시간에 피터는 그녀의 연구실로 걸어갔다. 이제 2주 전인가 3주 전의 일이다. 평소처럼 샌드위치가 두 개 든 종이 가방. 그녀는 당연히 아이번이랑 어떻게 됐냐고 물을 것이다. 난 형이 늘 싫었어. 아이번이 말했다. 정말일까? 어렸을 때는 확실히 그렇지 않았다, 피터를 우상처럼 여겼다. 두 사람이 같이 찍은 가족사진, 신기한 듯 감탄하는 표정으로 올려다보는 아이번의 작고 창백한 얼굴. 그러나 아마 손위 형제를 향한 그런 감정에는 증오의 싹이 담겨 있었을 것이다. 어쨌든 아이번이 10대가 되고 나서는. 사고 이후 아이번이 위안을 주지는 않았다. 사실 아이번은 주변 사람이 감정을 느낀다는 사실 자체에 기분 나빠했다. 그래, 속상한 건 알겠는데 나보고 어쩌라고, 라는 듯이. 열여섯, 열일곱 살 때는 시무룩하고 소극적이었고, 인터넷 포럼을 읽고 동영상을 보느라 잠을 반밖에 안 잤다. 3분 만에 페미니즘을 깨부수는 대학교수. 팩트는 **당신의 감정을 신경 쓰지 않는다**. 그때부터 둘이서 정치에 대해, 여성에 대해 논쟁을 벌이기 시작했고 정말 괴로웠다. 그런데 이제 유부녀를 만난다니, 어쩌다 그렇게 됐을까? 아마 그 여자가 살아온 이야기를 하고, 고충을 털어놓고, 아이번의 어깨에 기대어 조금 울고, 어쩌다 보니 그렇게 됐겠지. 피터는 혐오감을 느끼려고 일부러 이런 상상을 했지만 반대로 자기가 방금 만들어낸 상상 속의 여자에게 예상치 못했던 가슴 아픈 연민을 느꼈다. 그 여자가 아이번의 어깨에 기대어 울고, 어쩌다 보니 그렇게 됐다고 생각해보자. 세상에나. 그 나이에 얻을 수 있는 위안이 그게 전부라니. 물론 한심하지만,

피터도 대화창에 "안녕, 오늘 저녁에 뭐 해?"라고 입력하면서 종종 자신이 한심하다고 느끼지 않았는가? 인간의 성(性)은 기본적으로 늘 생각만 해도 끔찍하고 한심할 정도로 두근거리는 불안을 수반하지 않나? 이제 피터는 이 모르는 사람에 대해 이전 감정으로 돌아가려고 애써 노력했다. 불신, 심지어는 비난, 순진한 청년을 이용하는 중년 여자. 하지만 어떤 식으로 이용할까? 성적으로? 아이번이 곧 스물세 살이라는 점을 생각할 때 무슨 짓을 해야 이용이라고 말할 수준일까? 물론 그 여자는 아이번에 비해 나이가 너무 많다. 하지만 아이번이 그런 걸 좋아한다면? 그러자 피터는 마침내 혐오감을 느끼는 데 성공하지만 그 감정이 어디를 향하는지 확신할 수 없었다. 아이번인지, 그 여자인지, 아니면 피터 자신인지. 어쩌면 피터는 동생이 그와 함께하는 것을 좋아하는 사람을 찾았으니 기뻐해야 했을지도 모른다. 그 여자가 서른여섯 살이고 엄밀하게 말해서 아직 기혼이라고 해도. 리트림의 누추한 마을에 살면서, 아주 사소한 재밋거리도 없어서 반쯤 죽은 상태라 해도. 분명 선택의 폭이 좁았겠지. 세상에.

예술대학 건물 위층으로 올라가 문을 두드리자 실비아의 목소리가 대답했다. 네? 문을 끼익 열자 보이는 작고 깔끔한 방, 칙칙한 갈색 톤이 익숙하다. 그녀는 의자를 책상 쪽으로 바짝 당겨 꼿꼿하게 앉아 있었다. 나야. 피터가 말했다. 그러자 실비아가 그에게 미소를 짓고 피곤한 표정으로 말했다. 안녕. 피터는 실비아의 미소가 부드러우면서도 왠지 미안해하는 기색이 있다고 생각했고, 자신도 미안한 감정이 들었다. 계산서가 나오자 서로 계산하겠다고 우길 때처럼 어색하고 다정한 분위기. 그날 밤 이후로 실비아를 처음 보는 것이었다. 나를 예전 모습으로 기억해줘. 극적으로 굴지 마, 피터. 이제 늘 그랬듯 실비아가 책상에서 키보드를 치우고 두 사람이 샌드위치를 꺼내 종이 위에 놓았다. 피터가 외투를 걸었다. 실비아가 나오미는 어떻게 지내냐고 물었고 피터는 괜찮은 것 같다고 말했다. 강제 퇴거, 체포 이야기도 조금 했다. 여러 법률적 측면들을.

너 나오미 좋아하는구나. 실비아가 말했다.

피터가 불편한 미소를 지으며 말했다. 넌 항상 그렇게 말하네. 맞아, 난 나오미가 좋아.

좋아한다니까. 실비아가 말했다.

그렇다고 하잖아.

실비아가 그를 보고 있지만 피터는 시선을 피하며 바쁘게 먹었다. 왜일까. 인정하기 싫어서. 인정하지 않기도 싫어서. 물론 부인해도 소용없다. 상대방이 신경 쓸 것 같아서가 아니라 이미 알고 있기 때문이다. 그래도 뭔가 마음에 안 들었다. 지나치다 싶을 정도로 강요한다. 인정해, 고백해, 고백하라고. 피터는 건드리지도 못하게 하는 건 너잖아, 라고 생각했다. 그런 다음 스스로를 경멸하며 잠시 눈을 감았다.

어젯밤에 아이번 만난 건 어떻게 됐어? 실비아가 물었다.

이미 자기혐오에 깊이 빠져 있던 피터가 웃음을 터뜨리며 말했다. 아, 대단히 좋지는 않았어. 썩 잘되진 않았지. 물론 어디에서 만났는지, 무슨 말을 했는지 실비아에게 전부 말했다. 집 이야기, 일 이야기, 월세 이야기. 아이번이 여자 친구 이야기를 꺼냈을 때 두 사람이 무슨 말을 하고 있었는지 기억을 더듬다가 그게 실비아에 대한 것이었다는 사실이 너무 늦게 떠올랐고, 이상한 기분이 들었다. 난 아직도 실비아를 사랑해. 피터가 그렇게, 또는 그 비슷하게 말했다. 세상에. 그는 그 부분을 건너뛰고 대단원으로 비로 넘어갔나. 남편과 별거 중, 난 형이 늘 싫었어, 그리고 닫히는 식당 문. 아, 세상에. 실비아가 중얼거렸다. 내가 뭐라고 말해야 했을까? 피터가 물었다. 두 사람은 어색함을 잊고 더욱 똑바로 마주 보았고 실비아가 얼굴을 찌푸렸다. 그녀가 종이 냅킨에 손가락을 닦으며 말했다. 글쎄. 네 본능이란 건 알겠어. 아이번은 네 동생이고, 넌 항상 아이번을 지키려 하니까. 게다가 지금 아이번은 아버지 때문에 슬퍼하는 중이라 마음이 약해진 상태고. 하지만 다 큰 성인이기도 해.

키는 그렇지. 피터가 대답했다. 하지만 심리적으로는?

실비아가 묘한 표정으로 그를 보며 물었다. 무슨 뜻이야? 아이번은 스물두 살이야.

그래, 하지만 우리가 정상이라고 부르는 것과는 거리가 멀지.

실비아가 의자에 기대더니 흥미로워하면서도 회의적인 눈빛으로 말했다. 그럼 누구는? 나는?

뭐, 정상이냐고? 당연히 넌 정상이지. 그러니까, 사회적 기술 면에서 말이야. 아이번은 말 그대로 사람들이랑 대화도 못 해.

아이번이 너랑은 대화를 못 한다는 뜻이겠지.

그 자신의 표정이 바뀌는 것이 느껴졌다. 입술과 눈썹이 일그러졌다. 무슨 말이 하고 싶은데? 피터가 말했다. 아이번이 내 앞에서는 뚱한 괴짜이지만 내가 나가면 케리 그랜트로 변신이라도 한다는 거야?

이 말에 실비아가 고개를 들고 깔깔 웃었다. 아니 내 말은, 너 때문에 위축돼서 아이번이 말을 잘 못 할 수도 있다는 거야.

내가 뭐 어쩌길래?

아, 나야 모르지. 아이번은 자기한테 발달장애가 있다고 생각하는 사람이랑 얘기하는 걸 싫어하나 보지.

심란해진 그가 자리에서 일어나 광장이 내려다보이는 좁다란 창가로 다가갔다. 비가 내리고 있었다. 물방울이 빛을 굴절시키며 유리에 점점이 맺혔다. 저 밑에서는 알록달록한 우산들이 들썩거리며 오갔다. 흐음. 피터가 별 의미 없이 말했다.

그 뒤에 연락해봤어? 실비아가 말했다.

아니.

문자 보내면 되잖아.

뭐라고 보내는데?

글쎄. 네가 아이번을 생각하고 있다고. 확실히 그러고 있잖아.

창유리가 너무 가까워서 그의 숨이 유리에 서렸다. 자신이 중얼거리는 소리가 들렸다. 있잖아, 네가 하고 싶은 말은 알겠어. 아이번은 이제 성인이고 내가 참견할 일이 아니라는 거지.

실비아가 이상하다는 듯이 물었다. 내가 언제 그렇게 말했어?

피터가 말을 멈추고 잠시 생각했다. 모르겠어. 그런 말 안 했나?

응.

돌아서서 실비아를 보았다. 그녀는 거기, 책상 뒤에 차분하게 앉아 있었다. 음, 그러면 무슨 말을 하려는 건데. 내가 참견할 일이라는 거야? 피터가 물었다.

아이번이 왜 너한테 그 이야기를 했을 것 같아?

모르겠어, 아이번이 뭘 하든 이유가 있나?

실비아가 다 안다는 눈빛으로 그를 마주 보며 말했다. 내 생각에 아이번은 그 사람과의 관계가 자기에게 중요하기 때문에 너한테 이야기하고 싶었을 거야. 너를 자기 인생에 관여시키고 싶어서.

피터가 입술 사이로 과장된 한숨을 내쉬며 말했다. 그래? 근데 참 이상하지, 걘 나한테 절대 연락을 안 하거든. 우리가 대화를 나누는 건 내가 일부러 연락할 때뿐이야. 넌 아이번이 나를 우러러본다는 둥 감상적으로 생각하지만 현실은 걔가 나한테 눈곱만큼도 관심이 없다는 거야. 아이번은 내 직업이 뭔지도 몰라. 내 친구 이름도 하나도 못 댈걸. 걘 신경 안 써. 내가 납치당해서 몸값을 요구해도 음, 그건 형 문제야, 나랑은 상관없어, 라고 말할 애야.

이렇게 말하고 나자 얼굴이 약간 달아오르는 느낌이 들었다. 애써 미소를 짓고 고개를 저으며 극적으로 군 것을 무마하려고 했다. 실비아가 가만히 앉아서 그를 지켜보다가 잠시 후 이렇게 말했다. 그건 몰랐어. 아이번이 연락 안 하는 거 말이야. 아이번한테 그런 이야기 해봤어?

피터가 억지웃음 같은 것을 내뱉었다. 뭐, 동생한테 굽실거리면서 나랑 친구 해달라고 조른 적이 있냐고? 아니. 참 이상하게도 그럴 생각을 못 했네.

아이번은 자기가 연락하면 네가 좋아할 거라는 생각을 못 하나 보지.

내가 말했잖아. 대인 관계 기술이 없다니까.

두 사람이 다시 서로를 보았다. 애정과 너그러움이 담긴 그 익숙한 표정. 실비아가 책상 위의 기름 묻은 갈색 샌드위치 포장지를 접기 시작했다. 아무튼, 아이번이 나이 많은 여자 친구를 사귄다고 해도 네가 반대할 순 없지. 나오미도 스물세 살이야.

네가 그렇게 말할 줄 알았어. 피터가 대답했다. 그래도 난 서른여섯 살이 아니잖아, 안 그래?

실비아가 손날로 책상 위의 빵 부스러기를 쓸어서 접은 종이에 담으며 말했다. 아, 왜 이래. 우리 나이도 크게 다르지 않아.

실비아가 우리, 라고 말했다. 피터는 창가에 서서 그녀를 바라봤다. 생각해보면, 그래서 마음에 걸리나 봐. 네가 나 말고 아이번을 선택하는 프로이트식 악몽 같은 거지.

이 말에 실비아가 억지로 웃으며 대답했다. 고맙지만 사양할게. 이번 생에는 쿠벡 형제 한 명만으로도 충분히 골치 아프거든.

피터가 잠시 말을 멈추고 계속 바라보다가 미소를 지었다. 저번에 아이번이 잘생겼다고 말한 건 사실이잖아.

실비아가 키보드를 책상에 다시 올려놓으며 재미없는 척했다. 나한테 잘생겼다는 소리 듣고 싶어, 피터?

반대는 안 할게.

넌 정말 황홀해. 실비아가 말했다. 이제 나 일 좀 하게 여자 친구가 기다리는 집으로 돌아가줄래?

피터는 멍청하게도 기분이 좋아져서 웃으며 말했다. 고마워. 그런 다음 실비아가 일을 하도록 두고 나왔다. 아마 평소처럼 교정해야 할 과제물, 답장을 써야 할 이메일, 학과 회의에 파묻히겠지. 피터는 딱히 할 일도 없이 사우스렌스터가를 따라 걸었다. 공원에 도착한 그는 낮은 나뭇가지 아래 빈 벤치를 발견했다. 그을린 것처럼 돌돌 말린 메마른 나뭇잎이 매달려 있었다. 아직 춥지는 않지만 조금 있으면 핼러윈이었다. 주머니에서 핸드폰을 꺼내 문자메시지를 입력하기 시작했다. 안녕, 아이번. 저번 저녁 식사 때 일에 대해서 사과하고 싶어. 내가 형이라서 이제 너도 네 인생이 있는 성인이라는 사실을 가끔 잊어버리나 봐. 지금 복잡한 상황인 것 같은데, 이야기할 사람이 필요하면 언제든지 연락해. 이렇게 입력하고 다시 읽어보니 대충 관대한 것 같았다. 심지어는 믿음직스러웠다. 이야기할 사람이 필요하면 언제든지 연락하라고? 그 모습을 상상해보자 도덕적 만족감이 없지 않았다. 현명하게, 충격받지 않고 귀 기울여 들으면서 건전한 조언을 해주는 자신. 언제나처럼 더 아량 넓은 사람이 되는 것. 그래, 안 될 게 뭐야. 문자메시지를 한 번 더 쓱 훑어보고 전송을 눌렀다. 메시지 옆에 전송되었다는 뜻의 체크 표시 하나가 즉시 나타났다. 벤치가 살짝 젖어 있었는지 비가 오기 시작한 건지 생각하며 화면을 잠시 내려다봤다. 공원 출입구 바깥에서 자동차들이 찬찬히 지나갔다. 두 번째 체크 표시는 나타나지 않았다.

♟

그때 이후로 3주가 지났다. 거의 4주. 그사이에 실비아는 아이번에게 연락을 받았다고 했으니 아이번이 그의 번호를 차단한 것이 분명하다. 음, 이야기하고 싶지 않다면야 뭐. 피터는 할 일이 충분히 많다. 지난주에 사무변호사가 실수를 했는데 아무도 제때 알아차리지 못했다. 밤 10시에 의뢰인과 통화하며 애써 안심시킨다. 죽여버리겠다고 협박하는 남자. 네, 아니요. 물론이죠, 이해합니다. 하지만 담당 사무변호사 없이는 그 이야기를 할 수가 없습니다. 게다가 회계사가 세금 납부 기일에 대해서 이메일을 보내온다. 지난해 세금 정산을 하다 보니 납부할 금액이 예상보다 조금 더 많다고 했다. 피터가 보니 확실히 꽤 많다. 잠시만요, 죄송합니다, 다시 말해주시겠어요? 흐린 화요일 오전에 계좌 이체를 하려고 은행에 들러 줄을 서서 기다린다. 자동이체도 몇 개 취소한다. 이제 일을 좀 구해야 한다. 동료 법정변호사들은 대부분 탐욕스러우니 사무변호사들에게 피터가 아직 상중이라 일을 쉬고 있다고 말하겠지. 쿠벅 변호사요? 잘 모르겠네요, 부친상 때문에 충격이 아주 크다던데. 제가 지금 진짜 바쁘긴 한데 한번 봐드릴게요. 피터는 화를 내고 싶어서 이야기를 꾸며낸다. 자신의 결점, 게으름, 형편없는 수면 건강, 알코올과 약물 과용, 비이성적인 괴로움, 방향을 찾지 못해 아무것도 못하는 분노를 대신하려고. 아니. 흥미롭고 괜찮은 사건만 있으면 된다. 분노를 쏟아낼 대상. 이렇게 필요할 때 직장 내 성희롱 사건은 다 어디 갔지? 요즘은 부당 해고 당하는 사람도 없나? 어머니가 전화해서 개에 대한 불만을 쏟아낸다, 세상에. 피터는 일하는 중이라고 거짓말하거나 수신 거절을 누른다. 커피를 들고 실비아의 연구실에 들러서 일, 개, 아이번, 조합 회의, 세금 납부 기한, 판사, 집주인, 힘이 빠질 정도로 멍청한 온갖 사람들에 대해 불평을 늘어놓는다. 그만해, 너 별로야. 내 말이 뭐가 틀렸는데? 피터가 실비아와 티격태격하고 있는데 그녀의 동료가 문으로 고개를 빼꼼 들이밀고 뭔가를 물어볼 때 드는 느낌. 그게 뭘까. 그래, 목격당하는 것. 실제 자신보다 행복하고 나은 사람으로 오해받는 것. 어느 날 오후에 실비아의 친구 에밀리를 호지스 서점에서 우연히 마주쳐 잠시 이야기를 나눴다. 실비아에게서 요즘 에밀리가 직장 문제로 고민 중이라고 들었지만 그 이야기는 꺼내지 않았다. 에밀리가 알면서 말하지 않는 건 무엇일까 궁금했다. 너 지난번에 또 덤벼들었다며. 언제쯤 알아들을래. 아니, 그런 이야기 대신 남들은 전부 좋아하지만 피터와 에밀리는 끔찍하다고 생각하는 신간에 대해서 이야기했다. 서로의 심술궂은 성격과 높은 안목을 확인하는 즐거움. 에밀리가 손수건에 코를 풀고 말했다. 너랑 동생은 어떻게 지내? 둘 다 쉽지 않겠지. 피터는 순간적으로 깜짝 놀라서 실비아가 저녁 식사에 대해서, 그리고 나머지에 대해서도 다 말했나 생각했다. 하지만 물론 아니었다, 그저 아버지 얘기였다. 쉬울 수가 없을 거야. 응, 힘들어. 피터가 말했다. 슬퍼. 너도 알겠지만 오래 아프셨는데도 아쉽고 그리워. 에밀리는 서점을 나서기 전에 피터를 서먹하게 안아주었다. 160센티미터도 안 되는 그녀가 몸을 기울이고, 잠시 서로를 누르는 두 사람의 몸. 그렇게 뻔한 말을 하다니 부끄러웠다. 슬퍼, 힘들어. 절대 사지도, 읽지도 않을 온갖 논픽션 책을 살펴보면서 이유도 없이 시간을 끌었다. 오래 아프셨는데도 아쉽고 그리워.

어두워진 다음 피터가 집에 돌아오니 나오미의 옷이 사방에 널려 있고 수건은 양탄자에 내동댕이쳐져 있고 최강으로 튼 헤어드라이어 소리가 들린다. 그는 나오미가 벌여놓은 것들을 줍고 저녁 식사를 만들면서 이상하게 마음이 편안해진다. 나오미는 자기 친구가 다른 친구한테 무슨 말을 했다는 이야기를 길고 복잡하게 늘어놓는다. 그의 요리를 먹으며 과장되게 기뻐하는 나오미, 눈을 굴리면서 세상에, 너무 맛있다. 그런 다음 같이 소파에 누워서 젤리를 먹으며 유튜브를 본다. 나오미는 절대 믿지 못할 스누커 당구 경기 모음을 보겠다고 하고 피터는 알프레트 브렌델이 모차르트 소나타 14번 C단조를 연주하는 것을 보고 싶다. 그래서 대신 고무줄이 어떻게 만들어지는지 보여주는 8분짜리 영상을 보기로 한다. 커다란 기계에서 원통 모양으로 밀려나오는 번들번들한 고무를 보고 있으니 정신이 아득하다. 있잖아, 걔가 내 번호를 차단했어. 아이번 말이야. 알아, 말했잖아. 사실 여러 번 말했어. 지난번에 게리, 맷 등등 친구들을 집으로 불러서 술을 마셨다. 암묵적이었지만 나오미가 관심의 중심이었다. 누가 무슨 이야기를 해도 즐겁게 웃었다. 물론 친구들은 그런 그녀에게 푹 빠져서 다들 자기가 특별하다고 생각하면서 말 그대로 나오미의 관심을 끌려고 아우성쳤다. 친구들이 돌아간 뒤 지친 나오미가 몸을 말고 그의 무릎에 누웠고 내심 만족한 피터는 잔에 남은 와인을 마저 마셨다. 눈앞에서 내 친구들이랑 시시덕거리다니, 아주 고마워. 그는 나오미의 미소가 죄 많은 미소라고 늘 생각한다. 난 그냥 당신 친구들을 재미있게 해주고 싶었어. 나오미가 말했다. 내 걱정은 안 해도 돼, 난 행복한 여자니까. 행복, 그래. 그녀가 그렇다면야. 그날 밤 침대에서 피터는 나오미에게 그 말을 다시 듣고 싶어 했다. 자신이 느끼는 쾌락이 어디까지 허영에 불과할까 가끔 궁금하다. 제발, 해줘. 아 세상에, 너무 좋아. 아주 마음에 든다. 행복한 여자. 나오미를 그렇게 만들다니, 보다 심오하고 강렬한 칭찬이다. 생각만 해도 마음이 조이며 고동치는 느낌이 든다. 행복해, 나오미? 그가 물었다. 그녀가 피터를 올려다보며 그렇다고 대답했다. 나중에 이 질문을 두고 웃지도 않았다. 어쩌면 너무 이상했을지도. 피터, 그런 거 좋아해? 여자가 행복한 척하는 게 좋아? 나오미는 이렇게 말하는 대신 그의 어깨에 머리를 기대고 누워서 친구들 중에서 누가 제일 마음에 들었는지 이야기했다. 그러자 그녀가 너무 사랑스러워서 말도 나오지 않았다. 울음이 터질 것처럼 목이 아팠다. 나 귀찮아? 나오미가 물었다. 피터가 침을 삼키며 그녀의 머리를 쓰다듬었다. 전혀 아니야. 그가 말했다. 계속해. 아침이 되자 돈 이야기를 살짝 꺼내며 걱정하지 말라고 한다. 저번에 피터가 출근하려고 옷을 입을 때 나오미가 침대에 누워 지켜보면서 말했다. 솔직히 말하면 따먹고 싶은 애 아빠 느낌이야. 알았어. 그가 대답했다. 생각이 바뀌었어, 다시 유치장으로 보내야겠다. 나오미, 계산적인 거짓말쟁이, 착취당하는 순진한 아이, 그래. 모든 일이 빌어먹을 마르셀 프루스트 이야기처럼 되어간다. 나오미가 외출할 때까지 기다렸다가 진공청소기로 양탄자를 청소하고 욕실을 문질러 닦는다. 빨랫감을 들고 지하 세탁실을 왔다 갔다 한다. 나오미에게 이런 모습을 보이고 싶지 않다. 왜일까. 아마도 나오미한테 고맙다는 인사를 받는 것이 어색해서. 아니면, 그가 우위에 있다는 허상을 유지하기 위해서. 사실은 나오미가 손쉽게 이 집의 주인이 되었고 피터는 때로 입주 하인에 더 가까운 존재가 되어 나오미가 제일 좋아하는 속옷을 섬세 코스로 돌리지만 말이다.

피터와 실비아가 〈그림자 없는 남자〉를 보기로 했던 월요일 저녁. 추위 속에서 템플바 지구까지 홀로 걸어가는 길, 택시와 버스가 줄줄이 지나가고 몇몇 가게는 크리스마스를 맞이해 벌써부터 색색 조명을 설치했다. 영화관 로비에서 실비아가 호화롭고 넉넉한 트위드 코트의 단추를 목까지 잠근 채 프로그램 팸플릿을 설렁설렁 읽으며 기다리고 있었다. 거기 있는 그녀를, 소탈하고 침착한 그녀를 보자 어리석게도 마음이 들떴다. 안녕. 피터가 말했다. 그러자 실비아가 고개를 들고 그를 보며 미소 지었다. 그의 목소리에, 그의 모습에 반사적으로 미소 지었다, 그랬다. 어둠 속에서 그녀의 옆에 앉았고, 빠르게 중얼거리는 대화, 웃음소리, 음악, 잔을 다시 채워 부딪치는 소리. 그녀의 머리카락과 얼굴을 깜빡거리며 비추는 은색 빛. 영화가 끝나고 두 사람은 같이 산책하며 강변을 따라 부둣가로 걸어갔다. 실비아는 제인 오스틴 심포지엄 때문에 준비 중인 논문에 대해서 이야기했다. 피터도 대화 상대를 할 만큼 익숙한 주제였다. 심지어는 다아시*가 펜을 고치는 것에 대한 실없는 농담으로 실비아를 웃기기도 했다. 차갑고 어두운 겨울 공기, 강물을 비추는 불빛. 섭정 시대 문학에 대한 이야기. 나폴레옹전쟁의 중요성. 대단한 나폴레옹. 투생 루베르튀르,** 볼리바르,*** 가리발디.**** 다양한 역사 속 인물들의 낭만적인 매력. 어째서인지 피터는 아키텐의 엘레오노르*****를 늘 생각했다. 유럽 프로테스탄트 국가와 가톨릭 국가의 문화적 차이. 유럽 대륙의 교회에 가면 늘 마르틴 루터에 대해서 열광적으로 말하는 오디오 가이드를 들려주는데, 정말

---

* 《오만과 편견》속 남자 주인공.

** 18세기 말 아이티 혁명의 지도자로, 나폴레옹의 군대에 잡혀 프랑스의 감옥에서 사망했다.

*** 스페인의 식민지였던 남미 국가들의 독립을 이끈 베네수엘라의 혁명가.

**** 이탈리아를 통일로 이끈 장군.

***** 12세기 아키텐 공작령의 상속녀로, 루이 7세의 아내로 프랑스의 왕비였으나 이혼 후 헨리 2세와 결혼하여 영국의 왕비가 되었으며 중세 유럽의 정치와 문화, 예술에 큰 영향을 끼쳤다.

소름 돋아. 하지만 그 사람들은 우리가 교황에 대해서 그런다고 생각하겠지. 그런 다음 예수님의 가장 어려운 가르침이 무엇인지에 대한 여담. 실비아는 나머지 뺨도 내주는 것이라 했고 피터는 여자를 보고 음욕을 품으면 마음으로 간음하는 것과 같다는 말이라고 했다. 실비아는 그의 팔에 손을 얹은 채 웃었고 피터는 그녀의 눈가 주름이 너무나 아름답다고 생각했다. 아, 그걸 잊고 있었네. 그녀가 말했다. 진짜 너한테는 어렵겠다. 그때 피터 역시 웃고 있었다. 그녀와 대화를 나누는, 무엇과도 바꿀 수 없는 즐거움. 뭐가 됐든 어떤 말을 하면서 거리를 걷는 것, 그 행위 자체, 둘이 같은 속도로 걷는 것, 그리고 이야기하는 것. 순전히 서로를 재미있고 즐겁게 해주려고, 상대방을 실없이 웃게 하려고. 그 이상의 성취를 위해서도 아니고 더 고귀한 목적도 없이, 그들의 말이 축축하고 짭짤한 공기 중으로 나와서 영원히 흩어지도록. 그날 밤 그녀를 문 앞까지 데려다주고 돌아설 때 왜 그토록 키스하고 싶었을까. 가장 단순한 본능. 다른 누구도 끼어들지 않고 그 이상의 무엇도 요구하지 않는 짧막한 접촉. 그 자체로 감동적인, 단번에 주고받는 선물. 그것이 무슨 의미일까? 본질적으로 이성(理性)을 거부하는 욕망. 살아남겠다는 의지, 삶 그 자체에 대한 욕구. 요즘, 어제, 어젯밤, 오늘 아침, 나는 모든 걸 원했어요. 음, 잘 자. 피터가 말했다. 거리는 조용하고 가로등 불빛 아래는 서늘했다. 그녀의 광대뼈에 닿는 그의 입술. 잘 있어. 실비아가 무의식적으로 자기 얼굴을 만졌다. 기뻐서, 아니면 혼란스러워서. 나오미한테 안부 전해줘, 라고 그녀가 대답했다.

피터가 아파트로 돌아와보니 나오미가 반들거리는 노란색 운동용 반바지를 입고 소파에 누워서 패밀리 사이즈 도리토스를 먹고 있었다. 이어폰을 한쪽만 끼고 노트북으로 온라인 강의를 들었다. 영화 어땠어? 그녀가 물었다. 피터가 나오미의 다리를 밀고 소파에 앉으며 대답했다. 좋았어. 넌 안 좋아했을 거야. 나오미가 그의 무릎 위로 다시 다리를 폈다. 실비아는 어때? 그녀가 말했다. 나오미의 발목을 잡는 그의 손. 뼈가 튀어나온 부분이 하얗고 매끈했다. 너한테 안부 전해달래. 피터가 말했다. 나오미가 발가락을 폈다 오므렸다 하자 그의 손바닥 밑에서 근육이 수축했다. 이제 바닥이 깨끗해서 나오미의 발바닥도 깨끗했다. 친절하네. 나오미가 말했다. 실비아가 나 여기서 지내는 거 신경 쓰인대? 피터가 아니라고 말했다. 실비아도 여기 온 적 있어? 피터가 고개를 끄덕였다. 그래도 대부분 실비아 집에서 만나지? 질문은 이제 그만. 그가 대답했다. 그녀가 교활하게 미소 지으며 말했다. 난 실비아를 만나면 안 되는 거겠지. 당신 다른 친구들은 만났지만 말이야. 피터가 엄지로 매끄러운 복숭아뼈를 만지며 말했다. 된다, 안 된다의 문제가 아니야. 두 사람을 소개하는 자리를 마련할 생각은 없어. 네가 그걸 묻는 거라면. 나오미가 팔걸이에 기대듯 자리를 잡고 한쪽 이어폰을 마저 꼈다. 부스럭거리며 도리토스 봉지에 손을 다시 넣었다. 당신이 실비아랑 바람을 피우는 건지 나랑 바람을 피우는 건지 모르겠네. 나오미가 말했다. 피터는 이 말에 대해서 멍하니 생각했다. 어느 쪽이든 차라리 낫다. 구식 부정(不貞)의 품위. 둘 다 아니야. 피터가 대답했다. 실비아는 아주 소중한 친구야. 넌 내 집에 사는 홈리스 대학생일 뿐이고. 그러자 나오미가 웃었다. 진짜 무례하네. 그녀가 말했다. 잇새로 옥수수 칩을 와그작 씹으며. 손가락끝에 짭짤한 주황 가루를 묻히면서. 그는 눈을 감았다. 그날 아침 피터가 아래층 건조기에서 꺼내 온 두 사람의 세탁물. 그의 티셔츠, 속옷. 그녀의 레깅스와 스웨드셔츠. 잘 펴서 갠 다음 침대보 위에 쌓아둔 두 무더기. 관계의 도상. 실비아한테 안부 전해줘.

목요일 법률 도서관, 그의 자리도 아닌 자리, 주변 창문에 빗물이 무늬를 그리고 있다. 오늘 아침 차별 사건 판결. 다들 악수를 나눴다. 끝난 뒤에 의뢰인이 바깥 계단에 선 채 티슈에 코를 풀면서 남편과 통화했다. 착한 여자였다. 나쁜 놈들이 아마 그녀를 노동법원으로 끌고 갈 것이다. 아, 뭐. 어차피 돈은 받았다. 그녀가 피터를 올려다볼 때 맞잡은 손이 축축했다. 정말 고마워요, 쿠벡 씨. 진심이에요. 아닙니다, 제가 더 기쁘죠. 정말 그랬다, 당연하지 않은가. 잠시나마 아무도 건드릴 수 없는 그의 정의로움을, 최고의 권위를, 올림포스의 신이 된 듯한 기분을 느끼는 것, 주변 모두가 조용히 입을 다무는 것. 그렇다, 기쁜 건 그였다. 환하게 떨리는 하얀 불꽃. 지난 7월에 열린 재판이었다. 아빠가 준 중환자실에 들락날락할 때. 음, 사실 흥미로운 사건이에요. 제복에 관한 건데, 여성 직원에게 적용되는 규칙이 달라요. 하이힐을 신으라고 하고, 뭐 그런 거죠. 디스크리미나치아 지엔.* 네. 두고 봐야죠. 이제야 판결이 나왔다. 결국 두고 보지 못했다. 하지만 뭐. 정말 고마워요, 진심이에요. 책상 위의 핸드폰이 진동하자 피터가 확인한다. 나오미가 보낸 메시지. 나 귀여워? 첨부된 사진. 피터는 주변을 흘깃거리며 보는 사람이 없는지 확인한다. 사람들은 모두 고개를 숙이고 메모를 하거나 서류를 넘기고 있다. 그제야 화면 잠금을 풀고 사진을 연다, 나오미가 빨간 벨벳 미니드레스를 입고 그의 침실 전신 거울 앞에서 찍은 사진이다. 그가 답장을 입력한다. 구직이 잘되고 있다는 뜻으로 이해할게.

나오미 내가 안 귀엽다는 말을 그렇게 하는 거야……?

피터 나 일하는 중이야

---

* Diskriminácia žien: 슬로바키아어로 '여성 차별'이라는 뜻.

뒤에서 인기척이 느껴져서 화면을 잠근다. 크리스 해들리가 다가온다, 볼품없는 재킷, 너무 짧은 소매. 그보다 몇 살 위인 해들리. 무슨 일인지 그가 앉은 자리 앞에 잠시 멈춘다. 핸드폰 화면이 다시 밝아지자 피터가 얼른 손으로 덮는다. 저기, 그냥 이 말이 하고 싶었어. 해들리가 말한다. 아버님 소식 들었는데 가슴이 아프다고. 핸드폰 화면 불빛이 손가락 사이로 피처럼 흘러나오고, 피터는 왠지 미안해서 미소를 지으려 애쓴다. 아, 고마워 크리스. 그렇게 마음 써줘서. 진짜 고마워. 크리스가 다시 멀어지지만 피터는 주변 사람들이 고개를 들고 쳐다보는 것을 알 수 있다. 그는 못 본 척하며 핸드폰을 다시 조심스럽게 확인한다.

나오미 알았어…… 눈을 집에 두고 간 거야, 뭐야?

피터가 핸드폰을 들고 대답을 입력한다. 화면 위쪽에 사진 일부가 아직 보인다. 미니드레스 밑단과 매끄러운 맨다리.

피터 업무 시간에 노닥거리고 싶으면 덜 바쁜 남자 친구를 찾아봐

나오미 그래, 그렇게 할게:)

피터는 화면이 밑을 향하도록 해서 핸드폰을 책상에 내려놓

는다. 노트북을 깨우고 비밀번호를 다시 입력해야 한다. 작성 중이던 부분을 찾는다, 문단 맨 마지막에 쓰다 만 문장이 있다. 깜빡이는 커서. 주변을 다시 흘깃 본다. 아무도 그를 보지 않는다.

피터 유일한 단점은 돈도 살 집도 없어진다는 거야

나오미 그래 당신 말이 맞아
나오미 그게 유일한 단점이겠네

잠시 눈을 감는다. 다시 눈을 뜨고 노트북 화면이 꺼지지 않도록 트랙패드를 두드린다. 내가 미쳤는지 어떻게 알까. 온라인 무료 정신 이상 테스트, 객관식. 나오미가 진심으로 한 말일까 궁금하다. 결국 오직 돈 때문일까. 어쩌면 뻔뻔하게 구는 걸 즐기면서. 친구들에게 메시지를 보여주고 깔깔 웃으며. 둘 다 죽어버렸으면 좋겠다고 생각하다가 너무 부끄러워져서 아예 아무 생각도 안 하려고 애쓴다. 책상 앞에 가만히 앉아서 아무 생각도 하지 않는다, 정신을 비운다. 도서관 아래층에서 사람들이 드나들고, 통화를 하고, 서류 상자를 옮긴다. 앞에 놓인 화면에서 커서가 소리 없이 깜빡인다.

오후에는 사법(私法) 구제론 수업. 진지한 표정으로 듣는 척하는 아이들. 병아리 사무변호사들. 10년 후면 지금 피터의 나이가 되어서 폴리에스터 혼방 정장을 입고 복도에서 수습 변호사들에게 큰소리를 치겠지. 복사본은 어디 있지, 조애나? 생각하다 보니 눈앞의 글자가 흐릿해진다. 미안하지만 어디까지 했죠? 1695년에 제정된 아일랜드 사기 방지법. 갑자기 찾아와 모든 것을 끝내는 듯한 11월의 저녁. 6시만 돼도 깜깜하고 추운 자정 같다. 노트북을 서류 가방에 넣고 외투를 입고 장갑을 낀다. 밖으로 나가니 물웅덩이에 주름을 만들며 지나가는 버스들. 맷의 생일 모임에 잠시 들르겠다고 말했다. 서른셋. 그 나이에 예수님이. 바버라가 그렇게 말한다. 맞아? 아시엔다 바 위층에서 피터가 고개를 숙이고 들으려 애쓴다. 복음서에 진짜 그렇게 적혀 있는 거야, 뭐야? 나이가 드는지, 그녀의 말을 하나도 알아들을 수가 없다. 바버라가 웃을 때 같이 웃는다. 흔들리는 금귀걸이. 축하할 일이 있다던데. 오늘 네 사건 축하하는 거 아니었어? 그녀가 하이힐을 신은 채 뒷걸음질 친다. 맞아, 맞아. 그가 말한다. 바버라가 피터를 보고 씩 웃으며 농담을 던진다. 우리의 불행으로 돈 벌이하는 너 자신이 자랑스러우면 좋겠다. 바버라를 보며 마주 웃어준다. 이래도 욕먹고 저래도 욕먹지. 피터는 생일 주인공을 위해 한잔 마신 다음 나갈 생각이다. 예수님 이야기 그거 맞아? 너 알아? 서른세 살이었다는 거 말이야. 그게 뭐? 아무것도 아냐. 아, 생일 축하한다. 와줘서 고맙다, 얼굴 보니 반갑네. 바깥으로 나가니 차가운 공기. 적어도 습하진 않다. 예전에 이 근처에서 살았었다. 그때 그녀가. 이제 이 동네를 잘 모르겠다, 너무 달라졌다. 물론 그 역시 달라졌다. 잊지 않고 주머니에서 핸드폰을 꺼내 검색창에 입력한다. 예수님 사망 나이. 전통적으로는 그래, 서른세 살이라는 것 같다. 핸드폰을 주머니에 넣기 전에 문자메시지를 보낸다. 들어가는 길이야, 뭐 사 갈 거 있으면 알려줘. 피터는 달래줘야겠다고 생각한다. 저번에 혹시나 해서 아이번에게 다시 메시지를 보냈다. 물론 전해지지 않았다. 자존심을 굽혀 달래는데도 퇴짜를 맞는다. 아이번, 내가 한 말 전부 취소할게. 생각해보니까 땅속에 묻힌 아버지 시신이 아직 식지도 않았는데 슬픔 때문에 정신이 나가서 나이가 네 두 배는 되는 유부녀랑 사귀다니 참 잘된 것 같아. 그래도 그 여자가 가족계획에 대해 어떤 입장인지 확인해보는 게 좋을 거야. 나이가 있으니 시간이 얼마 안 남았잖아. 아니다, 신경 쓰지 마. 강에 드리워진 안개. 저 멀리 허공에 불빛이 걸려 있다. 답장이 없는 것을 보니 나오미는 어디 나갔거나 그의 연락을 씹는 거다. 그게 유일한 단점이겠네. 거리에 침울한 품격을 드리우는 잿빛 침묵의 망토. 도시는 텅 비고 황량하고 어렴풋이 아름다운 느낌이다. 10분, 20분, 이제 운하를 건넌다. 콧물이 흐르는 느낌이 난다, 춥다. 종일 화면을 봐서 지친 것 같다. 눈이 따끔거린다. 피곤한 것뿐이다. 머리 위에서 가로등 빛이 안개 속에 광선을 드리운다. 마침내 피터는 자기가 사는 건물의 크고 묵직한 정문으로 들어가 계단을 올라서 아까보다 작은 문을 열고 집에 도착한다. 안은 뜻밖에 따뜻하고 불이 전부 켜져 있다. 축축한 공기, 비누의 달콤한 코코아 버터 향.

아, 당신이야? 그녀가 크게 외친다. 나 목욕 중이야.

눈과 코 안쪽이 따끔거린다. 나이길 바라야지. 피터가 대답한다.

나오미가 목욕물 속에서 팔을 드는지 희미하게 첨벙거리는 소리가 들리고, 피터는 몸을 숙여 구두끈을 푼다. 잠깐 들어와. 그녀가 말한다.

추운 곳에서 들어오니 얼굴과 손에 온기가 두근거리며 퍼진다. 그는 서두르지 않고 자기 방으로 가서 커프스단추와 타이를 빼고 재킷을 걸려고 옷걸이를 꺼낸다. 욕실 문을 두드린 다음 들어간다. 욕실 안은 향긋한 증기가 구름처럼 피어오르고 거울이 흐릿하다. 목욕물에 흰 거품이 가득 떠올라 있다. 나오미는 팔과 어깨가 분홍빛으로 반들거리고 머리카락은 정수리에 틀어 올렸다.

들어온다고 문자 보냈어? 그녀가 묻는다. 전화기를 놓고 들어와서.

피터는 그녀의 부드럽고 도톰한 입술, 검은 눈, 그녀의 숨결에 따라서 움직이는 수면을 멍하니 바라본다. 그런 다음 뒤늦게 대답한다. 아, 내가, 어― 문자 보냈지, 응. 핸드폰 지금 줄까?

나오미가 미소를 지으며 입술을 핥는다. 괜찮아. 들어올래?

여전히 그녀를 보면서 잘 모르겠다는 듯 웃는 자신의 웃음소리가 들린다. 욕조 안에 말이야? 공간이 있을지 모르겠는데.

나오미가 젖은 손을 얼굴에 대며 놀란 척 말한다. 응, 있지. 그럼 이 욕조에 다른 사람이랑 같이 들어온 적이 없다는 거야? 매일 여자랑 같이 들어올 줄 알았는데.

미소를 지으며, 멍청이가 된 기분으로, 그가 등 뒤로 문을 닫는다. 내가? 아닌데, 사실 너 만나기 전까지 동정이었어.

타일에 울리는 그녀의 높은 웃음소리. 나도야. 들어올래?

자기도 모르게 기분이 좋아진다. 피터가 어물쩍 셔츠 단추를 풀기 시작한다. 그렇게 지켜보니까 의식되잖아. 그가 말한다.

알았어, 눈 감을게.

나오미를 보니 당당하게 눈썹을 치켜올린 채 눈을 감고 있다. 피터가 옷을 다 벗는다. 찰랑거리는 물, 섬세한 레이스 같은 푸릇하고 흰 거품 아래 그녀의 젖은 가슴. 세워놓은 한쪽 무릎의 분홍빛. 내가 뒤쪽으로 들어갈까? 그가 묻는다. 나오미가 눈을 그대로 감은 채 앞으로 움직인다. 평평한 등, 그녀의 목덜미. 피터가 볼품없는 자세로 욕조에 들어가자 가장자리에서 물이 철벅거리며 넘친다, 발과 종아리에 닿는 물이 델 듯이 뜨겁다. 몸을 낮춰 그녀의 뒤에 앉자 나오미가 피터에게 몸을 기대고 부드럽고 축축한 자기 가슴에 그의 손을 올린다. 그가 엄지를 유두 끝으로 옮기고 손바닥에 힘을 준다. 그녀의 낮은 중얼거림이 들리는 동시에 느껴진다. 으음. 피터가 목욕물의 열기에 감싸인 채 눈을 감고 말한다. 좋네. 고마워. 나오미가 그의 왼손을 자기 입술로 가져가 키스한다. 끝나면 침대로 갈까? 그녀가 묻는다. 피터가 손가락으로 그녀의 입술 모양을 따라 그리며 대답한다. 응. 부드럽고 따뜻한 나오미의 입술. 내가 뭘 해야 할지 말해줄 거야? 그녀가 묻는다. 피터의 다른 손이 그녀의 둥근 배 위로 움직인다. 그러면 좋겠어? 그가 묻는다. 나오미가 웃음기 띤 목소리로 수줍은 듯 대답한다. 응. 물속에서 그가 나오미의 다리 사이로 손을 움직여 허벅지 안쪽을 건드린다, 실크처럼 부드럽다. 그게 좋아? 피터가 묻는다. 잠시 그녀는 아무 말도 하지 않는다. 그러다 그를 돌아보려는 듯 몸을 반쯤 돌린다. 작고 섬세한 분홍빛 귀. 무슨 뜻이야? 나오미가 묻는다. 피터는 자신이 숨을 내쉬는 것을 느낀다, 얼굴과 머리 가죽이 뜨겁다. 목욕물에서 올라오는 향기로운 증기. 그러니까, 넌 그게 좋으냐고. 피터가 말한다. 모르겠어. 그녀의 손가락끝이 그의 손등으로 올라와 더듬는다. 그러니까, 당신이랑 자는 게 좋냐는 말이야? 나오미가 말한다. 장난치지 마. 너무 좋아서 부끄러울 정도야. 피터는 고통스럽게 미소 짓는 자신을 느낀다. 음, 다행이네. 그가 말한다. 좋다면 말이야. 알잖아. 난 네가 좋으면 좋겠어. 나오미가 물속에서 계속 그의 손을 만지고, 피터는 그녀의 목소리에서 이상한 어조를 느낀다. 왜 이렇게 되는 걸까? 나오미가 묻는다. 당신이 날 만질 때마다 난 미친 사람처럼 말해. 뭐든 하고 싶은 대로 해도 된다고 그러고. 어떻게 생각해, 내가 연기하는 것 같아? 피터는 불편한 듯 어깨를 으쓱이며 웃어보려 한다. 아니. 아니었으면 좋겠어. 나오미의 윤기 나는 검은 머리카락이 순전한 분홍색으로 반짝이는 피부와 대조된다. 그의 손가락과 얽힌, 따뜻하고 물에 젖은 그녀의 손가락. 당신은 그냥 익숙한가 봐. 나오미가 말한다. 난 항상 생각하거든, 피터는 정말 종마 같다고, 언제든 당신의 손길이 닿은 여자는 아마 바보처럼 횡설수설할 거라고. 더블린의 여변호사 절반은 아마 지금 귀가 달아오른 채 침대에 누워서 당신한테 무슨 말을 했나 기억을 더듬고 있을 거야. 피터가 웃으며 고개를 젓는다. 너도 귀가 달아오른 채로 기억을 더듬어? 나오미가 다시 피터를 돌아보려는 듯 고개를 돌린다. 장난해? 난 머리가 온통 뜨거워. 나는 웬만해서는 부끄러워하지 않지만 당신이 사람들한테 그 얘길 다 하고 다니면 난 말 그대로 이 나라를 떠나야 할걸. 피터가 만족스럽게, 왠지 기분 좋은 심술을 느끼며 고개를 숙여 그녀의 옆얼굴에 키스한다. 걱정하지 마. 그가 대답한다. 난 아주 신중하니까. 나오미가 살짝 신음하고, 피터는 손가락으로 그녀의 쇄골 중앙의 움푹 팬 부분을 찾는다. 아무튼, 그럼 깜짝 놀라겠네. 그가 말을 잇는다. 나 다른 여자한테는 그런 힘이 없거든. 이제 몸을 완전히 돌려서 목을 쭉 빼고 피터를 보며 그녀가 묻는다. 정말? 그는 잠시 망설이다가 대답한다. 응. 나오미는 눈을 크게 뜨고 입술을 벌리며 놀란 척한다. 다른 여자한테는 나한테 그러는 것처럼 침대에서 명령하지 않는다고? 피터는 얼굴을 살짝 찌푸리면서 말도 안 된다는 표정을 지으려 한다. 저기, 너희 세대와는 달라. 너희는 목도 조르고 서로 입에 침을 뱉고 그러잖아. 난 서른두 살이야. 그래, 우리 세대는 정상이야. 나오미가 재미있다는 듯이 웃으며 한 손으로 얼굴을 가린다. 당신, 예전에는 다른 사람 입에 침 뱉어본 적 없어? 그녀가 묻는다. 피터가 딱 잘라 대답한다. 뭐, 네 입 말고? 나오미가 흡족한 듯 다시 그에게 몸을 기대고서 축축하고 뜨겁게 무게를 실으며 말한다. 난 상관없어. 그냥 재밌잖아. 그러니까 내 말은, 당신 그거 좋아하잖아, 아니야? 피터가 나오미의 목에 손을 올리고 그녀가 말하는 목소리를, 어렴풋한 맥박을 느끼며 말한다. 너랑 하는 건 좋아, 물론. 예전에 그런 공상을 했을지도 몰라. 그러니까, 여자가 그렇게 해달라고 애원하거나 뭐 그런 거. 그런 공상도 안 하는 사람이 어디 있어? 하지만 현실에서 밖으로 나가서 그런 걸 찾을 생각은 한 번도 안 했어. 뭐, 조금 더 실험적이랄까, 그런 여자를 만난 적도 있지만. 그래도 내 개인적인 환상을 실현해도 된다는 생각은 떠오르지 않았어. 얼마나 이상하겠어? 여자를 집으로 데려와서 좋아, 이제 여기까지 왔으니까 괜찮으면 무릎 꿇고 나한테 애원해봐, 간절한 척하면서 굴욕적으로 굴어봐, 그러면 말이야. 그의 품속에서 나오미가 깔깔 웃는다. 높고 경쾌한 소리. 음, 나한테는 그렇게 말할 필요도 없었지, 안 그래? 그녀가 말한다. 피터는 억누를 수 없이 다시 멍청하게 미소 짓는 자신을 느낀다. 그렇지, 응. 그게 너의 참 좋은 면이지. 두 사람은 잠시 침묵을 지키며 뜨거운 물속에 앉아 있다. 증기 때문에 축축하고 수면에서 비누 거품이 아련하게 터진다. 있잖아, 내가 고마워한다는 건 알아줘. 나오미가 말한다. 여기서 지내게 해줘서 말이야. 또 요리도 해주고 이것저것 도와주고, 그런 것도 전부. 당신이 이렇게 잘해주는 게 나한테는 정말 큰 의미야. 솔직히 말해서 지금까지 살면서 나를 위해 이렇게 해주는 사람이 없었어. 음, 어렸을 때 난 그런 환경에서 자라지 않았거든. 다른 사람을 사귀었을 때 얘기를 꺼내고 싶지는 않지만, 그런 식으로 흘러가지는 않았다고만 말해둘게. 당신은 내가 지나치게 의미를 부여한다고 생각하겠지만 아니야. 아, 피터가 나를 정말 진지하게 여기나 봐, 나를 사랑하나 봐, 뭐 그렇게 생각하진 않아. 나도 바보는 아니거든. 하지만 당신이 잘해줘서 얼마나 고마운지 말하고 싶어. 행동은 그렇게 안 보일지도 모르지만 사실은 고마워하고 있어. 피터는 눈을 감는다, 뜨겁고 따끔거린다. 난 네가 고마워하지 않으면 좋겠어. 그냥 네가 행복하면 좋겠어. 나오미는 한참 대답하지 않는다. 그에게 가만히 기대고 있다. 그녀의 무게, 검은 머리카락에서 나는 향기. 그러다가 말한다. 와, 내가 들어본 말 중에서 제일 다정한 것 같아. 그가 얼빠진 듯 숨을 내쉬고 말한다. 음, 아무튼. 그의 손이 아직 그녀의 손을 잡고 있다. 고마워하기를 바라지 않는다고, 내가 행복하기를 바란다고. 나오미가 되뇐다. 솔직히 그 말에 감동했어, 진심으로. 피터는 미소를 지으며 목이 조여드는 것을 느낀다. 흐음. 그가 말한다. 나오미가 피터의 손을 물 밖으로 다시 천천히 들어 올리더니 자기 입술께로 당겨 손가락끝에 하나하나 천천히 입을 맞춘다. 생각한다, 생각하지 않는다. 장례식이 끝난 뒤 화장실 칸에 들어가 문을 잠그고 혼자 울었다. 그리고 이제 차단된 번호, 난 형이 늘 싫었어. 저 바깥 도시의 차갑고 황량한 공허. 그리고 여기 아파트 안, 온 집에 켜진 불, 뜨거운 목욕물. 그에게 닿는 그녀의 따스함, 그녀의 목소리, 그녀의 웃음. 왜 오늘 아침에 내 사진 보고 귀엽다고 안 했어. 나오미가 묻는다. 예상한 질문이라는 듯 피터가 망설임 없이 대답한다. 왜 나한테서 원하는 건 돈밖에 없다고 했어. 그의 손가락끝에 그녀의 혀가 느껴지고 왠지 그 맛까지 느껴진다. 당신 친구 실비아가 사진을 보내면 분명히 귀엽다고 하겠지. 피터가 눈을 감은 채 대답한다. 그러지 마. 그녀의 입이 그의 손등 뼈 위를 부드럽게 헤맨다. 내 생각을 말해줄게. 나오미가 말한다. 난 당신이 내내 다른 사람에게 마음이 가 있었다고 생각해. 그래서 가끔 이유도 없이 나한테 차갑게 구는 거야. 또 불쑥불쑥 나한테 연락도 끊고. 내가 너무 집착하지 않게 하려고. 피터가 눈을 감은 채 침을 삼키고 말한다. 맞아. 아니면, 내가 집착하지 않으려고. 이어진 침묵 속에서 나오미의 웃음소리가 다시 들리기를 반쯤 기대한다. 반짝이는 그녀의 치아. 나오미가 원하던 대로, 늘 계획했던 대로, 마침내 그가 기어오도록. 그러는 대신 그녀가 중얼거린다. 이제 침대로 가도 될까. 침을 삼키려 하지만 목에 뭔가 걸린다. 음. 그가 말한다. 그러고 싶어? 나오미의 고개가 끄덕거린다. 응, 무척. 그러니까, 아주아주. 헹구지 않은 그녀의 머리카락에서 나는 풍성한 향기. 그러면 네가 행복할까? 피터가 묻는다. 다시 그녀의 고개가 끄덕여진다, 사랑스럽게, 그의 손을 잡은 나오미의 손, 그의 손가락에 가해지는 작고 단단한 압력. 응. 나오미가 말한다. 약속해, 확실하게 말할 수 있어. 그러면 난 아주 행복해질 거야. 알겠지? 제발. 축축하고 따끔거리는 눈을 뜬다. 이상할 정도로 환한 조명, 타일에 맺힌 물방울. 그의 품에서 호흡하는 작고 축축한 그녀의 몸. 행복해지게, 그래, 그렇게 해주고 싶어. 아니, 가만히 있어. 내가 할게. 뭐든지, 내가 뭐든지 할게, 네가 바라는 거라면.

♟

다음 날 아침, 그녀는 강의를 들으러 갔고 그는 식탁에 혼자 앉아 쌓인 이메일에 답장을 쓰고 있다. 창문에 빗방울이 물줄기를 이뤄 흘러내리고, 머리 위 지붕 타일을 두드리는 빗소리가 들린다. 답장이 늦어서 죄송합니다. 답장이 늦었습니다, 죄송합니다. 죄송해요, 이제야 확인했어요. 옆에 놓인 핸드폰이 울려서 흘깃 본다. 또 크리스틴이다. 다시 노트북을 보며 망설이다가 전화를 받는다. 여보세요. 뭐 좀 하는 중이라서요, 제가 다시 전화드리면 안 될까요?

내가 그 말을 전에 어디서 들었더라? 그의 어머니가 말한다.

네?

주말에 다시 전화한다고 해놓고 안 했잖아.

아. 피터가 말한다. 맞다, 죄송해요. 무슨 일이라도 있어요?

크리스틴이 친절한 목소리로 대답한다. 그냥 안부 확인차. 더 편한 시간이 있으면 말해.

당혹스럽고 난감한 기분. 식탁 앞에서 의자를 뒤로 민다. 아뇨. 지금도 괜찮아요. 이메일 확인 중이었어요.

어떻게 지내니?

잘 지내요. 고마워요.

새로운 소식은 없고? 일은 어때?

아직 꺼지지 않은 노트북 화면을, 반쯤 쓰다 만 이메일을 자기도 모르게 흘끔거린다. 좋아요. 바쁘고요.

오늘 신문에 네가 맡은 사건에 대해서 좋은 기사가 났더라.

마음이 누그러진 피터가 손을 뻗어 노트북을 닫는다. 아, 네. 그가 전화기에 대고 말한다. 심리가 7월이었는데 왜 이렇게 오래 걸렸는지 모르겠어요.

이제 일할 때 예뻐 보이면 절대 안 되나 봐. 크리스틴이 말한다. 네 덕분에 이러다가 전부 회색 작업복을 입고 일하겠어.

아시다시피 제 일생의 야망이죠.

네 여자 친구들은 항상 너무 잘 차려입는데, 웃기지 않니.

피터는 저도 모르게 쓴웃음을 짓는다. 그건 그 친구들의 자유 의지죠, 네. 재소송은 없어요, 크리스틴. 미안하지만 법원은 내 편일 테니까요.

크리스틴이 전화기에 대고 웃는다. 건방진 녀석. 네 여자 친구들은 요즘 어떻게 지내니?

뭐, 전부 다 말이에요?

몇 명이나 있는데?

피터가 잠시 침묵하다가 말한다. 내 친구 중에서 여자인 애들요? 많죠.

그렇구나. 크리스틴이 대답한다. 음, 그러면, 실비아는 어떻게 지내니?

한 걸음 물러나듯 좀 더 서늘한 목소리로 다시 대답한다. 잘 지내요. 고마워요.

저번에 시내에서 데니즈 래니건을 봤는데, 너 여자 친구 생겼냐고 묻더라. 장례식에서 너희 둘을 보고 나서 말이야. 그래서 아니라고, 그냥 친한 친구라고 말했지.

잠시 정적이 흐르고 마침내 대답한다. 그렇군요.

둘이 그렇게 친하게 지내다니 참 좋은 것 같아.

이제 피터는 손가락끝으로 이마를 문지르면서 아무 대답도 하지 않고, 크리스틴도 말이 없다. 3초, 4초, 5초.

끊었니? 크리스틴이 묻는다.

피터가 목을 가다듬고 대답한다. 안 끊었어요, 그냥 덧붙일 말이 없어서요.

내가 말을 잘못 한 거니?

아니요.

피터는 매번 똑같은 의식이라고 생각한다. 어머니는 그에게서 상처가 될 만한 소중한 정보를 캐내려 하고 피터는 자기 삶에서 어머니에게 빌미를 제공할 만한 면은 무엇이든 숨기려 한다. 무해한 척 꾸며내는 어머니의 질문들과 그의 면밀한 회피. 나오미가 집에 있으면 어머니의 전화를 받지 않는다. 어머니는 도대체 왜 알려고 할까. 그는 왜 어머니한테 알리고 싶지 않을까. 주도권 다툼. 평생 그랬다.

아무튼, 물어보고 싶은 게 있어서. 어머니가 말한다. 크리스마스에 뭐 할 거니?

아. 피터가 대답한다. 모르겠어요, 어머니는 뭐 하세요?

음, 올해에는 에든버러에 사는 프랭크의 누나한테 가야 돼. 너도 폴린 알지? 같이 가도 돼, 방은 많아. 아니면 나는 더블린에 남아서 너랑 아이번이랑 크리스마스를 같이 보내도 되고. 네가 그게 더 좋으면.

자동적으로, 심지어 자기도 모르게 안도감을 느끼며 피터가 대답한다. 저 때문에 안 가실 필요는 없어요, 전 괜찮아요. 그런데 아이번의 계획은 뭔지 모르겠네요.

크리스틴이 전화기에 대고 과장된 한숨을 쉬며 말한다. 너도 그렇구나.

피터가 다시 말을 멈춘다. 무시해야 할까, 미끼를 물고 어머니가 무엇을 알고 무엇을 모르는지 알아낼까. 짐짓 무심한 척하며 그가 묻는다. 왜요, 무슨 뜻이에요?

아, 요즘 굉장히 바쁘더라고. 너 못지않아. 무슨 체스 대회에 다시 나간다더라.

그런가요. 피터가 말한다. 그렇군요, 몰랐어요.

수화기 너머에서 뭔가가 부스럭거리더니 낑낑대는 소리가 난다. 녀석이다. 아하. 어머니가 말한다. 이 소리 들리니? 배스커빌의 사냥개 소리야.

아무 소리도 안 들리는데요. 피터가 거짓말을 한다.

너희는 내가 무슨 동물 보호소라도 운영하는 줄 아니?

방법을 찾으려고 애쓰는 중이에요.

문이 열리는 소리가 나더니 다시 닫힌다. 마 야.* 크리스틴이 말한다. 넌 내 전화를 받지도 않잖아. 아이번은 체스를 두러 가 버리고, 걔 말로는.

조심스럽게 떠보는 듯한 느낌. 피터가 의자에서 일어나며 대답한다. 음, 아이번이 대회에 다시 나간다면 바쁜 것도 놀랄 일은 아니죠. 아시잖아요, 아마 집중하고 있을 거예요. 등급 점수를 다시 올리려고.

당당해지는 목소리. 지난주에는 코크에서 대회가 있어서 저녁 먹으러 못 온다더라. 그래서 난 아들을 사랑하는 엄마니까 나중에 인터넷에서 결과를 찾아봤지. 내가 뭘 찾았을 거 같니? 지난주에는 코크에서 경기가 없었어.

방문 앞에서 잠깐 걸음을 멈춘다. 소규모 초청 대회였을지도 모르잖아요. 그가 말한다. 그런 대회는 온라인에 발표하지 않을 때도 있거든요.

그는 어머니의 망설임 속에서 의심을 감지한다. 아이번이 거짓말한다는 생각은 안 드니?

체스 대회에 나간다는 거짓말을 왜 하겠어요?

이제 크리스틴이 조금 더 빨리 쏘아붙인다. 아는 게 있으면서 말 안 하는 거 같은데.

---

*   Mar dhea: 아일랜드어로 '참도 그렇겠다'라는 뜻.

아무것도 모르는 척. 제가요? 제가 아이번의 개인적인 일을 잘 알았던 적은 없는데, 안 그래요?

여자 문제랑 관련이 있는 것 같지 않니?

대답은 이미 준비되어 있다. 그렇다고 해도 우리가 상관할 일은 아닌 거 같은데요.

난 아이번이 걱정이야, 피터. 불쌍한 개 아빠가 죽은 지 몇 주 안 됐잖니.

개 아빠라고요. 피터가 따라 말한다. 그렇군요. 제 아버지이기도 한 것 같은데요. 혹시 제가 깜짝 놀랄 말씀을 하실 게 아니라면요.

숨이 턱 막히는 소리. 세상에. 크리스틴이 말한다. 내가 어쩌다가 애들을 이렇게 거만하게 키웠지?

그의 방 창밖, 허버트가의 노란 나뭇잎들. 유리창에 번지는 빗물. 위안이 될지 모르겠지만, 사실 어머니가 키우지는 않으셨는데요.

이제 화난 듯한 웃음소리. 아, 또 시작이네. 네 아버지 혼자서 너희 둘을 키웠지, 응?

최선을 다하셨죠.

나도 그랬어.

양탄자를 내려다본다. 얼룩덜룩한 베이지색. 피터가 목소리를 낮춰 전화기에 대고 말한다. 아이번이 다섯 살 때 떠나셨잖아요,

크리스틴.

결혼은 깨지기도 하는 법이야, 피터. 네가 받아들이기 어렵다는 건 알아. 하지만 난 애들을 버리지 않았어.

네, 물론이죠. 그리고 아이번은 항상 프랭크의 집에서 환영받는 기분이었죠, 안 그래요?

이제 자신이 옳다는 확신에 차 떨리는 어머니의 목소리. 네가 지금 어떤 상태인지는 알겠다. 모든 것을 엄마 탓으로 돌리는 거지. 그래, 아이번은 프랭크의 아이들과 안 맞았어. 그게 누구 잘못이었니? 아이번은 학교에서도 잘 못 어울렸잖아, 네가 기억할지 모르겠지만. 어디 맞는 유형이 아닌가 보지.

거실로 다시 돌아간다. 그가 싫어하는 보기 흉한 매립형 조명. 싸구려 조립식 가구. 아들한테 참 좋은 말씀 하시네요. 피터가 말한다.

잠시 침묵 후 크리스틴이 달라진 어조로 말한다. 넌 갑자기 아이번이랑 제일 친한 친구가 됐고, 응?

피터는 가만히 책장 앞에 서서 눈을 감는다. 그런 말은 안 했어요.

지금까지 살면서 절반은 서로 못 잡아먹어서 안달이었으면서. 아예 말도 안 할 때도 있었잖아. 그런데 이제 와서 아이번을 방치했다고 네가 날 비난하는 거니? 이게 다 무슨 소리야?

사실 비교할 수 있는 게 아닌데요. 피터가 말한다. 난 걔 엄마가 아니잖아요.

글쎄, 내가 엄마인 걸 알면서 왜 무슨 일인지 말을 안 하니?

다시 눈을 뜨자 어둑하고 폐쇄된 거실이 그를 감싼다, 숨이
막힐 것만 같다. 못 해요. 피터가 말한다. 아이번이 나랑 말을 안
해요.

뭐? 왜?

그건 중요하지 않아요.

불이 들어온 핸드폰 화면을 내려다보며 빨간 아이콘을 누른
다. 통화가 끝난다. 오른쪽 눈 뒤에서 찌르는 듯한 통증이 느껴
진다. 부엌으로 가서 물을 한 잔 따라 싱크대 앞에 서서 두 모금
만에 다 마신다. 어딘가 파라세타몰이 있을 텐데. 그리고 신경을
가라앉힐 무언가. 어머니에게 왜 굳이 그렇게 화를 냈을까? 그
가 어머니의 양심 역할을 할 필요는 없다. 그들이 스케리스에 있
는 그 집에 처음 갔을 때. 피터는 아마도 열여섯 살, 아이번은 여
섯 살이었다. 정말 괴로웠다. 둘은 부엌에 같이 앉아 있었고 그
동안 아홉 살인가 열 살이었던 프랭크의 아이들 대런과 카트리
오나는 뒤뜰에서 거칠고 활달한 놀이를 했다. 창문을 통해 외치
는 소리가 들어왔고 창밖에서 날아가는 공이 흘깃 보였다. 크리
스틴은 피터와 아이번도 같이 놀게 하려고 애썼다. 생각해보라.
피터가 그때 얼마나 역겨웠을지. 어머니가 두 사람을 그렇게 대
하다니, 다 똑같다는 듯이. 나중에 대런과 카트리오나가 들어오

자 어머니는 물에 오렌지 주스를 타서 주고 접시에 비스킷을 담아 내놨다. 걔들은 어린애였다. 신랄하고 아는 것 많은 청소년이었던 피터는 동떨어진 느낌이었고 아무도 자길 못 건드릴 것 같았다. 반면에 침대보처럼 하얀 아이번은 말없이 비스킷을 빤히 보았다. 그래, 그랬다. 음, 피터가 무엇을 할 수 있었을까? 그들이 피터를 더 편하게 대해준 것도 아니었다. 오히려 피터가 태연했기 때문에, 그들에게 기죽어주는 정도의 예의도 지키지 않았기에 더 힘들었다. 하지만 그는 1, 2년 뒤에 대학에 들어갔다. 래스마인스에 있는 아파트를 다른 사람들과 같이 썼다, 긴축 재정 시절이라 임대료가 최저였다. 몇백 유로면 시내에서 도보로 30분 거리의 집을 얻을 수 있었다. 좋았던 옛 시절. 칼리지히스토리컬소사이어티.* 피제이, 콜리 등등의 친구들. 동아리 방에서 말아 피우던 담배. 평일 저녁에 매주 열리는 토론을 위해 옷을 차려입었고 관중이 기립했다. 회색 실크 원피스를 입고 반짝반짝 빛나던 실비아 라킨. 그때는 다들 실비아를 사랑했다. 그리고 피터만이. 오직 그만이. 가느다란 팔로 흘러내리는 어깨끈. 남동생이 있다는 말은 안 했잖아. 아, 그랬나. 아이번은 그냥 애야. 누가 그런 걸 생각할 수 있었을까. 부엌에서 혼자 도시락을 싸는 아버지, 누텔라 샌드위치, 랩으로 싼 사과. 울퉁불퉁한 리놀륨 바닥.

---

*   College Historical Society: 트리니티칼리지의 유서 깊은 토론 동아리.

아니, 피터는 세계를 정복해야 했다. 대륙에서의 승리, 사상 최고의 기록, 성적 우수 장학금. 아이번이 핏기 없는 얼굴로 말없이 스케리스에서 주말을 보낼 때 피터는 외국에서 상을 받았다. 어마어마했던 의지. 자신만만하고, 복수심에 불타고, 야망이 넘쳤던 그. 생각으로도 다 담지 못할 죄악을 언제라도 저지를 수 있었다. 그래놓고 크리스틴에게 화풀이한다, 안 될 게 뭔가. 자신의 죄책감. 그리고 크리스틴의 죄책감. 두 사람은 각자 자기의 행복을 챙겨야 했다. 둘 다 끊임없이 안달하는 성격이었다. 아이번과 아버지는 달랐다. 타고나길 받아들이는 성격. 그래, 인생의 불가해한 냉혹함을 어리둥절해하면서도 말없이 받아들였다. 이제는 그렇지도 않다. 그는 소용도 없지만 다시 주머니에서 핸드폰을 꺼내서 연락처 앱을 누른 다음 아이번의 이름이 나올 때까지 내린다. 다시 누른다. 화면이 어두워지고 연결을 시도하더니 신호가 끊긴다. 통화 실패. 어차피 아이번에게 할 말이 뭐가 있을까. 그냥, 난 네 편이라고 말하고 싶어. 아이번, 내가 널 도와준 적은 없지만 기본적으로, 마음으로는 말이야. 난 늘 네 편이었어.

10

토요일 아침, 마거릿은 거실에 혼자 앉아서 신문을 읽는 중이고 아이번은 샤워를 하고 있다. 벽 너머로 모터가 돌아가는 소리와 뜨거운 물이 철벅거리는 소리가 희미하게 들려온다. 그녀는 멍하니 신문을 훑어본다. 지난밤에 사무실에서 가져온 어제 자 신문이다. 글자가 빽빽한 단, 녹색과 빨강이 너무 진해서 색상 배치가 어긋난 사진들.

몇 주 지나면서 가을이 지나고 겨울로 들어섰다. 이제 나무 꼭대기에 드리워진 햇살이 점차 떨어지는 나뭇잎 위로 차갑고 선명하다. 평일 오전이면 마거릿은 출근 전에 잊지 않고 새 모이통을 채우고 아침 식사를 하면서 창가에서 바라본다. 황금방울새 네 마리, 다섯 마리, 힘찬 날갯짓, 참새, 방울새, 반짝이는 색색의 깃털들. 부리의 작고 정교한 움직임. 그녀가 까마귀를 쫓으려고 유리를 두드리자 은반지가 챙챙 소리를 낸다. 시끄럽게 퍼덕

거리며 날아가는 소리. 마거릿은 설거지를 한 뒤 차를 몰고 시내로 나가서 어둑하고 조용한 건물로 들어가 사무실과 공작실, 위층 연습실 문을 열고 라디에이터를 확인한다. 10시에 린다가 오고 밀린 이야기를 나누며 잡담하다 보면 곧 전화가 울리기 시작한다. 창문 밖에서 슬슬 깨어나는 도시. 열린 덧문, 난방 파이프에서 구불구불 피어오르는 회색 덩굴손 같은 증기. 교복 차림으로 웅덩이를 첨벙거리는 어린아이들, 까만 스타킹을 신고 묵직한 가방을 한쪽 어깨에 멘 10대들. 비 오는 날이면 마거릿은 아이들이 길 건너 통로에 모여서 서로의 핸드폰을 보며 웃는 모습을 지켜본다. 배수로에 강물처럼 흐르는 빗물. 가끔 신호등 앞에 선 차에 참을성 없이 경적을 울리는 소리가 거리에서 들려온다. 월요일 아침에 초등학교 1, 2학년쯤 되는 아이들이 와서 아래층 공작실에서 티나와 함께 종이 반죽 가면을 만들었다. 마거릿은 11시에 어떻게 되어가고 있는지 가보았다. 공작실은 따뜻하고 밝았고, 티나의 앞치마에는 물감이 얼룩져 있었고, 적자색 체육복을 입은 아이들이 탁자에 옹기종기 모여 조심스럽게 색칠하고 있었다. 다들 정말 열심히 하는구나? 마거릿이 말했다. 검은 머리의 꼬마 여자애가 가면을 들어서 마거릿에게 보여주었다. 입술을 빨갛게 칠한 알아보기 힘든 종이 반죽 덩어리였다. 아이가 진지한 목소리로 말했다. 공주님을 만들고 있어요. 아, 정말 사랑스럽다. 마거릿이 대답했다. 높은 창을 통해서 엘리슨가 위의 파란 하늘과 차가운 햇빛이 얼핏 보였다. 마거릿은 사무실로 다시 올라가는 길에 커피숍에 들러서 카푸치노를 주문하고 도린과 잡담을 나누었다. 이제 크리스마스가 다가온다. 한 해가 믿기 힘을 정도로 순식간에 지나갔다.

요 몇 주 동안 그녀의 눈에 이 도시는 그 어느 때보다 아름다워 보였다. 11월의 풍성한 청동빛은 밤이 되면 어두워져 가장 깊고 푸른 물빛으로 변한다. 그녀는 아이번 때문이라고 생각한다. 그는 금요일 저녁에 조수석 차창을 내다보면서 세상에, 여긴 정말 좋네요, 라고 말한다. 그녀의 집 주변 길을 산책할 때면 나무와 식물만큼이나 풀을 뜯는 소와 민첩한 양 같은 동네 가축들도 관찰하기 좋아한다. 마거릿의 정원에는 구슬처럼 동그랗고 까만 눈을 가진 뚱뚱하고 동그란 갈색 토끼들. 지난주에는 차에서 아이번이 이렇게 말했다. 내가 선택할 수 있다면 딱 이런 데서 살 거예요. 텃밭이 있고 채소를 기를 수 있는 곳. 네, 예전에 채소를 재배하는 여러 가지 방법을 배웠어요. 땅을 파지 않는 농법이랑 뭐 그런 거요. 좀 슬프죠, 농사지을 일이 없을지도 모르니까. 그래도 배우는 것만으로도 재미있어요. 마거릿은 그에게 애나와 루크에 대해서, 그들이 텃밭에서 키우는 각종 농작물에 대해서 이야기했고 아이번은 호기심을 드러내며 무척 많은 질문을 했다. 그는 작물 이야기뿐 아니라 애나와 루크에 대해서, 두 사람의 직업, 마거릿과의 우정, 두 사람의 아기, 아기가 몇 살인지, 그 나이의 아기는 어떤 운동 능력이 있는지 듣고 싶어 했다. 교사랑 파트타임 근로자라. 아이번이 말했다. 아이가 있는데 그렇게 해서 살 수 있어요? 그때 마거릿은 집 앞에 주차하는 중이었다. 굉장히 검소하게 살지만 잘 지내. 그녀가 말했다. 아이번은 생각에 잠겨 고개를 끄덕였다. 집에 도착하면 두 사람은 뭔가를, 파스타나 밥을 먹은 다음 같이 설거지를 한다. 아이번이 설거지를 한 다음 날, 마거릿이 아침에 냄비와 팬을 정리하려고 보면 놀라울 만큼 깨끗해서 거의 뽀드득 소리가 난다. 하지만 그녀가 퇴근 후 지치고 어수선한 마음으로 홀로 설거지를 했을 때는 그릇에서 기름이 살짝 묻어난다.

그녀의 방에서 마거릿과 아이번은 램프 불빛 속에 누워 이야기를 나누며 서로의 옷을 벗긴다. 그는 마거릿의 블라우스 단추를 풀거나 치마의 지퍼를 찾으면서 그녀의 성적 관심이나 여성의 일반적인 성에 대해 내밀하고 사소한 질문을 즐겨 한다. 아이번은 자기 질문이 순진하고 멍청하게 들린다는 사실을 아는 듯했고, 질문을 끝내기 전부터 웃음을 터뜨릴 때도 종종 있었다. 여자는, 아니 그러니까 내 말은 — 음, 그러니까 예를 들어서 당신은 — 밤에 침대에 누워서 혼자 만지거나 해요? 그런 다음 부끄러워하면서 자신의 성 경험도 재미있게 이야기해주는 것이다. 여자에 대해서 잘못 생각했던 것들, 콘돔을 사면서 얼마나 어색했는지, 포르노그래피를 보는지. 음, 많이라는 말이 무슨 뜻인지에 따라 달라요. 보긴 해요, 네. 최근에는 안 봤지만 예전에는 봤어요. 10대 때는 더 많이 봤죠. 솔직히 그때는 너무 많이 봤어요. 그러다 보면 뭐가 좋은지 취향이 생기기 시작하는데, 그건 아마 그만 봐야 한다는 신호일 거예요. 그러다 둘이서 나란히 누워 천장을 보며 웃었다. 마거릿이 취향이 뭔지 말해줄 거냐고 묻자 잠시 후 그가 대답했다. 아니요. 그러자 마거릿이 더욱 웃었다. 너무 역겨운 건 아니었어요. 아이번이 덧붙였다. 모르겠어요, 전부 꽤 역겹긴 하지만 당신이 겁을 먹고 내뺄 정도는 아니에요. 그런 시기가 있었던 거죠— 나쁘게 들리겠지만 그 정도는 아니에요. 그린데 혹시 인터넷에서 일본 애니메이션 같은 거 본 적 있어요? 마거릿은 너무 심하게 웃느라 눈물을 닦아야 했다. 가슴이 엄청 큰 여학생들이 나오는 만화 말이야? 그녀가 말했다. 아이번도 웃고 있었고 얼굴과 목이 빨갰다. 응. 그런 걸 좋아하던 시기가 있었어요. 여학생만이 아니라 온갖 장르가 있어요. 아예 시리즈로 줄거리며 뭐며 다 갖춘 것도 있고요. 내가 왜 이런 얘기를 하고 있는지 모르겠네요, 말로 하니까 더 별론데. 아무튼 이젠 그런 거 안 봐요. 애니메이션이든 실사든 말이에요. 마거릿이 왜 안 보느냐고 묻자 잠시 침묵이 흐른 후에 아이번이 대답했다. 요즘은 보고 싶지 않아요. 그가 목을 가다듬더니 장난스러운 목소리로 말했다. 이제 더 흥미로운 걸 생각하니까. 마거릿은 마음 깊은 곳에서 기분 좋은 느낌이 피어올라 옆으로 누워서 그를 바라보았다. 그는 담청색 면 트렁크 차림으로 퀼트 이불 위에 몸을 쭉 뻗고 누워 있었다. 우유처럼 하얀 피부, 그리스 대리석 조각처럼 날씬하고 아름다운 몸매. 비스듬히 누운 신원 미상의 청년. 나도 그래. 마거릿이 소리 내서 말했다. 그러자 아이번이 신음 비슷한 소리를 내더니 미소를 지으며 고개를 저었다. 아, 세상에. 그가 말했다. 마거릿. 이리 와요. 입속으로 들어온 그의 혀에서 민트 맛이 났다. 그녀의 속옷 안 그의 손. 숨이 막히는 느낌. 아이번은 사랑을 나누기 전에 한동안 그녀를 어루만지며 키스하는 것을 좋아한다. 마거릿은 자신을 푹 젖게 하려는 거라고 생각한다. 갈구하는 그녀의 뜨거운 숨결을 느끼려고, 안달하는 그녀를 느끼려고. 좋아요? 아이번이 중얼거린다. 마거릿이 그렇다고 말하자 그가 미소 짓는다. 잘됐네요. 다행이에요. 나도 정말 좋아요. 진짜 좋은 거 맞아요? 그녀가 다시 응, 응, 이라고 말하면 그는 기분이 좋아진다, 웃기도 한다. 아이번이 말한다. 응, 나도 마찬가지예요. 당신은 정말 미친 듯이 아름다워요. 그러니까, 진짜 미쳤어요. 콘돔 가져올까요? 마거릿은 스스로에게 이 쾌락을 허락한다. 이번만은 어리석고 충동적으로 굴자. 끝난 뒤에 선잠이 든 그녀가 중얼거린다. 모르겠어, 내가 지금 어리석고 충동적으로 구는 걸까? 그러자 아이번의 사려 깊고 지적인 목소리가 대답한다. 글쎄요, 그렇다 해도 그게 뭐가 나빠요? 당신이 그렇다는 건 아니지만, 그래도요.

그래, 그의 지성, 사려 깊은 태도. 돋을새김 무늬의 가죽 케이스에 담긴 여행용 체스 세트. 무생물의 아름다움에 대한 민감함. 음, 전체적으로 민감해요. 네, 못생긴 것들에 둘러싸이는 건 싫어요. 정말 못생긴 걸 보면 기분까지 나빠진다니까요. 못으로 칠판을 긁는 느낌이에요. 이상하죠, 나도 알아요. 부엌 식탁이나 소파에서 체스판을 사이에 놓고 아이번과 두었던 체스. 기물을 움직이는 그의 섬세하고 매력적인 손, 분석하고 경고하고 응원하는 목소리. 아하, 좋아요. 그 룩은 조금 더 신중하게 다뤄봐요. 환경을 생각해서 비행기를 타지 않는 아이번. 그가 혼자서 장거리 대륙 열차를 타고 손톱을 물어뜯으며 체스 이론 책을 읽는 모습. 아이번의 옷은 전부 중고이고, 합성섬유가 아닌 것을 선호한다. 내 옷이 그렇게 좋다는 말은 아니에요. 주관적이죠, 다른 사람들은 흉하다고 생각할지도 몰라요. 하지만 나한테 못생겼다는 건 조금 달라요. 그래, 아이번의 철학적인 이론들. 종이쪽지에 그림을 그려가며 물리학의 개념—냉장고가 어떻게 작동하는지, '수계 배터리'가 무엇인지—을 설명하는 열정. 배움에 대한 너무나 크고 보편적인 사랑. 아뇨, 하지만 십자군에 대한 팟캐스트를 들어본 적은 있어요. 이유는 없어요, 그냥 흥미로워서. 조사를 잘한 팟캐스트를 들으면 얻을 게 많아요. 열여섯 살에 세계체스연맹 마스터 타이틀을 땄지만 그로부터 6년 동안 인터내셔널 마스터 타이틀을 따지 못한 것. 마거릿의 모든 것에 대한 관심. 어린 시절에 행복했는지, 학창 시절에 인기가 많았는지, 늘 이렇게 아름다웠는지, 크면서 더 아름다워졌는지. 아이번을 위해서 그녀의 인생을, 살아온 이야기와 성격을 재구성하는 것. 그에게 흥미로워 보이려고 애쓰다가 스스로도 흥미를 느끼는 것. 책과 음악을 사랑하는, 밝지만 산만한 몽상가였던 학창 시절. 애나와의 우정. 같이 듣던 포크 음악 앨범, 방과 후 서로에게 빌려주던 프랑스소설. 파리에서 대학에 다니겠다는 청소년기의 꿈. 햇빛 찬란한 대로, 격정적인 연애, 루브르에서 보내는 가을 오후. 그 대신 골웨이의 대학에 가서 환기도 잘 안 되는 아파트에서 어쿠스틱 기타를 치는 남자애들과 마리화나를 피우며 어울렸다. 그 시절의 낭만. 미국인이었던 첫 남자 친구, 그가 다려 입던 셔츠. 멋지다고 생각했던 그의 억양. 15년도 더 지난 일이다. 애나는 그를 좋아하지 않았다, 오만하다고 생각했다. 실제로 오만했지만 난 그점이 좋았어. 그래서 특별하게 느껴졌나 봐, 그가 나를 좋아한다는 게. 두 사람은 같이 저녁 식사를 하는 중이었고 아이번이 미소를 지으며 말했다. 당신도 알겠지만 전형적이네요. 예쁜 여자들은 늘 제일 오만한 남자한테 빠지죠. 계속 얘기해봐요, 어떻게 됐어요? 바스락거리는 침구, 절화의 향기, 차가운 겨울 햇빛. 그녀가 이 세상에 다시 존재한다는 단순하고 육체적인 감각. 긴 부재 끝에 돌아온 것처럼 새로워진 기분. 계절의 변화. 출근 뒤 책상에서 희미하게 진동하는 그녀의 핸드폰.

두 사람의 관계가 잘못일까? 아이번은 절대 아니라고 말한다. 예를 들어 그의 외삼촌은 열여덟 살 어린 여자와 결혼해서 아이를 넷쯤 낳았는데, 그게 잘못일까? 이 질문에 마거릿은 사실 요즘 사람들은 잘못이라고 말할지도 모른다고 대답했고, 아이번은 코웃음을 치면서 요즘 사람들은 별생각을 다 한다고 말했다. 그때 두 사람은 부엌에서 아침 식사로 구운 소다빵*에 버터와 잼을 발라 커피와 함께 먹고 있었다. 적어도 그 두 사람의 결혼은 비밀이 아니잖아. 마거릿이 말했다. 아이번이 어깨를 으쓱하며 대답했다. 비밀로 하는 게 신경 쓰이면 사람들한테 말해도 돼요. 당신이 말을 안 하는 건 사람들이 냉정하게 반응할까 봐 그러는 거잖아요. 옳고 그름과는 아무 상관 없어요. 마거릿은 사실 다른 사람의 판단이 진심으로 두렵다고 말했고, 아이번은 판단을 두려워하는 것과 그 판단이 타당하다고 믿는 건 다르다고 말했다. 당신이 스스로를 불안하게 만들고 있어요. 왜 그래야 하죠? 우리는 같이 즐거운 시간을 보내고 있고, 누구에게도 해를 끼치지 않아요. 그러자 마거릿은 잠시 생각에 잠겨 침묵하다가 마침내 말했다. 난 결국 누군가 해를 입을까 봐 걱정하는 것 같아. 아이번은 이 말에 충격을 받거나 괴로워하는 기색이 없었고 커피잔을 다시 채울 뿐이었다. 네, 그렇겠죠. 그가 대답했다. 그러니까 내

---

* 이스트 대신 베이킹 소다를 넣어서 발효 없이 바로 굽는 아일랜드의 빵.

말은, 그럴 가능성도 있어요. 가능성이 높다고도 할 수 있겠죠. 그래도 자기 삶을 살아야 해요, 내 생각은 그래요. 아이번이 커피를 한 모금 삼키더니 잔을 다시 내려놓았다. 그리고 위안이 될지 모르겠지만, 상처를 받는 사람이 있다면 그건 아마 나일 거예요. 결국 나만 마음을 다치겠죠, 솔직해지자고요. 당신은 아닐 거예요. 마거릿은 경악해서 웃음을 터뜨리며 전혀 위안이 안 된다고, 끔찍한 기분이라고 말했다. 그러자 아이번이 미소를 짓고 그녀를 보면서 대답했다. 아, 그렇다면 뭐. 알았어요. 당신일 수도 있겠죠. 난 아니라고 생각하지만 당신이 그렇게 생각하고 싶으면 그래도 돼요. 마거릿이 두 손으로 머리카락을 쓸어 올리고 고개를 저었다. 난 당신이 비슷한 나이의 좋은 여자를 만날 거라고 생각해. 아름다운 열아홉 살짜리를. 당신과 같이 체스를 두겠지. 이 말에 아이번이 웃음을 터뜨렸다. 흐음. 열아홉 살은 나한테 좀 어린 것 같다고 말하려 했어요. 하지만 너무 눈치 없는 말이 겠죠. 두 사람은 서로 마주 보았고, 얼굴을 붉히고 부끄러워하며 웃었다. 두뇌가 그렇다고요. 그가 덧붙였다. 스물두 살까지는 뇌가 완전히 발달하지 않는대요. 마거릿은 사실 스물다섯 살이 돼야 뇌가 완전히 발달한다고 어딘가에서 읽었다고 말했고, 아이번은 잠시 얼굴을 찌푸리다가 이렇게 대답했다. 음, 사람마다 다른가 봐요. 내 두뇌는 발달이 끝났어요, 확실해요. 난 알아요. 작년에는, 아마 2년 전에는 아직 발달 중이었을지 모르지만 이제

344

끝났어요. 그러니까 내가 여기서 더 발달하길 바란다면 실망할 거예요.

토요일 오후나 일요일 오전에 집 주변 길을 산책할 때 아이번은 종종 아버지에 대해서 이야기한다. 아이번이 학교를 마칠 때쯤 처음 진단받은 병. 회복, 재발, 그 후 2년 동안 계속했던 화학요법과 방사선 치료. 마지막 몇 달, 몇 주, 2차 감염, 항생제 칵테일 요법, 중환자실과 준중환자실에서 보낸 기간, 친절했던 간호사와 의사, 그렇지 않았던 이들. 가끔 아이번은 전에 말했던 건 알지만 아무튼요, 라고 운을 떼며 했던 이야기를 다시 한다. 가끔은 어떤 이야기를 다시 하면서 더 흥미롭거나 의미심장한 부분을 찾아내기도 하지만, 또 가끔은 그저 똑같은 이야기를 정확히 똑같은 방식으로 다시 말하고 싶은 듯하다. 아마도 모든 이야기를 자기 안에 계속 담아두는 부담감에서 벗어나고 싶어서. 집으로 돌아가는 길에 마거릿이 자기 가족과 아버지에 대해서, 아니면 지난 몇 년 동안 어떻게 살았는지 살짝 이야기하면 아이번은 흥미로운 듯 질문을 던진다. 남편이 술을 마실 때 마거릿의 가족은 어떤 도움을 주었나? 음, 해줄 수 있는 게 많지 않았어. 그러면 마거릿이 헤어지기로 결심했을 때는 응원해주었나? 응원이라, 모르겠어. 그게 무슨 뜻이냐에 따라 달라. 하지만 적어도 어떻게 됐는지 물어봐주고 걱정하고 있음을 알게 해주었다. 여동생 루이즈는 분명 그럴 법하다, 마거릿이 많은 것을 해주었으니까. 난 그런 식으로 생각하지 않아. 당신이 과장하는 거야. 그리고 루이즈는 그 돈을 갚았어, 그걸 잊지 마. 그렇군요. 아이번이 마침내 말했다. 알겠어요, 당신은 가족을 나쁘게 말하고 싶지 않은 거군요. 나도 그럴게요. 당신 가족에 대해서 나름대로의 생각이 있지만 당신이 묻지 않으면 아무 말도 안 할게요. 그러자 마거릿이 겸연쩍게 미소를 지으며 말했다. 그렇게 나쁜 사람들은 아니야, 아이번. 그는 부드럽게 이렇게만 대답했다. 나쁘다고 말한 적 없어요. 내 의견을 말하지 않겠다고 했지.

월요일 저녁, 마거릿은 얼마 전에 빌렸던 전기드릴을 돌려주려고 어머니의 집에 들렀고, 두 사람은 같이 차를 마셨다. 브리짓은 자리에 앉아 안경을 쓰고 태블릿으로 SNS를 보았고 마거릿은 천천히 차를 마셨다. 가끔 브리짓이 뉴스나 우스운 이야기를 소리 내서 읽어주면 마거릿은 미소를 지으며 재미있다거나 흥미롭다고 말했다. 브리짓은 이제 일흔두 살로, 남편도 세상을 떠났고 직장에서도 은퇴했다. 아끼던 자식들은 오래전에 집을 떠났고 늘 탐탁지 않았던 딸 마거릿만 이 동네에 남았다. 마거릿이 어머니의 충고를 들었다면 그 가난한 남자와 결혼하지 않았을 것이다. 그리고 일단 결혼을 했으면 헤어지지 말았어야 했다. 목요일 저녁, 마거릿은 남동생 스튜어트가 아내와 아이들과 휴가를 가서 찍은 사진을 잠자코 보았다. 브리짓이 자기 핸드폰을 마거릿 앞으로 내밀고 사진을 한 장 한 장 넘기며 보여주었고 마거릿은 어머니의 손에서 핸드폰을 빼앗아 방 저편으로 힘껏 내던지는 대신 꾹 참고 고개를 끄덕였다. 브리짓은 이렇게 말하는 듯했다. 이게 네가 다르게 군 대가야. 음, 어쨌든 사실이지. 마거릿은 생각한다. 이게 그 대가야. 좋은 곳에서 재미있는 사람들이랑 일하고, 삶과 생각에 대해 이야기를 나눌 친구들도 있고. 극장에 가고, 라이브 음악을 듣고, 지역 철학 독서 모임이 월요일 저녁에 쓸 공간을 예약해주고. 아, 키르케고르라고요, 재미있겠네요. 얼마나 오래갈지 모르지만 잠시나마 누군가를 매혹시키는 힘을 다시 발휘해서 강렬하고 탐색적인 욕망의 대상이 되는 것. 그리고 자기 안에서 강렬하게 화답하는 욕망을 느끼는 것. 이것이 마거릿이 얻은 대가이다. 자기 자신의 삶.

지난 주말, 커튼 사이로 빛이 들어올 때 그녀와 아이번은 서로 끌어안고서 반쯤 잠들어 있었다. 아이번이 바라보자 마거릿은 온전히 이해받는 기분이 들었다. 마치 그녀에게 일어난 모든 일, 그녀가 했던 모든 일을 그가 말없이 이해하며 받아들이는 것처럼. 두 사람은 말없이 사랑을 나누었고, 그 친밀함이 너무나 완전하고 완벽하게 느껴져서 언어를 초월해 서로를 이해하는 것 같았다. 끝난 뒤에 아이번이 마거릿을 꼭 끌어안더니 거의 들리지 않을 만큼 작게 말했다. 사랑해요. 미안해요. 당신은 똑같이 말해주지 않아도 돼요. 마음속에서 느껴지는 감미로움, 따뜻하게 스며드는 대로 받아들이는 느낌. 괜찮아. 나도 사랑해. 마거릿이 말했다. 아이번은 아무 대답 없이 그저 그녀를 품에 안고 심호흡하면서 그녀의 머리카락에 얼굴을 묻었다. 지난 4, 5주 동안 아이번은 계속 그녀를 만나러 왔고, 이번 주말에도 왔다. 다음 주에도 또 올 테지만, 그러다가 언젠가 불가피한 이유가 생기겠지. 꼭 참가해야 하는 체스 대회, 해외에서 잠시 들어온 친구. 그러고 나서 또 한 주, 또 다른 이유. 그런 다음 아이번의 전화나 문자메시지가 점차 끊길 것이다, 그녀는 안다. 아이번은 다른 사람을, 마거릿이 말한 대로 비슷한 나이의 여자를 만날 테고 처음에는 혼란스럽고 죄책감이 들겠지만 시간이 지나면 그렇지도 않을 것이다. 마거릿은 사랑하고 좋아하는 마음으로 순순히 받아들이고 아이번이 잘 지내기를 진심으로 빌면서 너무나 아름답고 순수하게 느껴졌던 그의 영혼을 항상 기억할 것이다. 그녀의 인생은 두 사람이 가까웠던 막간이 지난 뒤에 예전처럼, 더 나빠지지 않고, 어쩌면 그의 애정 덕분에 약간 더 나아진 모습으로 다시 시작될 것이다.

지금, 창문으로 빛이 쏟아져 들어오고 복도 끝에서 아직도 샤워 소리가 들려온다. 마거릿이 신문을 한 장 넘기다가 문득 손을 멈춘다. 시선을 끌어당기는 무언가. 재빨리 훑어보다가 발견한다. 그래, 아이번의 이름이다. 딱 그의 이름은 아니지만 쿠벡이라는 성이 범죄와 법률 페이지에 실려 있다. 법정변호사 *피터 쿠벡이 맡은*이라는 구절. 깜박이는 시선이 위로 올라가 기사 제목을 본다. 판매 직원, '성차별적' 제복에 관한 차별 소송에서 승소. 아이번의 형이 틀림없다. 이상하게 얼떨떨하면서도 흥분한 마거릿이 기사를 아무 데서나부터 읽기 시작해 앞뒤로 왔다갔다 훑는다.

쿠벡 변호사는 법정에서 "원고는 직장에서 남성 동료와 똑같은 업무를 수행하지만 여자라는 이유만으로 불편하고 활동을 제한하며 암묵적으로 성적 대상화된 복장을 착용해야 한다"고 말했다. "'남성용' 제복과 '여성용' 제복의 불균형은 직장 내 젠더 불평등을 시각적으로 보여주는 광고일 뿐 어떤 실용적인 목적도 없다."

복도 저편에서 욕실 문이 열리고 아이번이 걸어오는 소리가 들리자 마거릿은 그에게 보여주려고 신문을 접어 반반하게 편다. 젠더 불평등을 시각적으로 보여주는 광고라니, 무척 웅변적이다. 아이번이 옷을 다 입고 문 앞에 모습을 드러내자 마거릿이 미소를 지으며 말한다. 당신 형 기사 난 거 알았어? 이상하게도 아이번은 대답 대신 시선을 피한다. 그가 말없이 다른 소파로 걸어가서 자리에 앉더니 마침내 말한다. 아니, 몰랐어요. 뭔데요, 법률 사건? 마거릿은 그가 가져갈 줄 알고 신문을 손에 들고 있었지만 이제 무릎에 내려놓는다. 맞아. 그녀가 말한다. 젠더 불평등이랑 관련된 거래. 아무튼, 당신 형인가 보다 했어. 피터, 맞지? 아이번이 시선도 들지 않고 고개를 아주 살짝 끄덕인다. 그는 주머니에서 핸드폰을 꺼내 화면을 멍하니 내려다보고 있다. 무슨 일 있어? 마거릿이 묻는다. 아이번이 시선을 들고 말한다. 아, 아니요. 전혀. 오늘은 뭐 하고 싶어요?

기사 읽고 싶지 않아? 마거릿이 묻는다.

생각에 잠긴 아이번이 핸드폰으로 시선을 돌리며 말한다. 별로요. 대단한 것도 아니고. 난 법률 쪽에 별로 관심이 없어서.

잠시 침묵이 흐른 뒤 마거릿이 묻는다. 무슨 일 있었어?

아뇨. 무슨 일이라니, 어떤 일 말이에요?

글쎄. 형이랑 아무 문제도 없어?

아이번이 마거릿을 보지도 않고 어깨를 으쓱하며 말한다. 그럼요. 그러니까, 무슨 일 같은 거 없다고요. 둘도 없을 만큼 친한 사이도 아니에요. 뭐, 사실은 서로 말도 잘 안 해요.

마거릿이 깜짝 놀라고 자기 실수에 살짝 당황하며 말한다. 아, 몰랐어. 그런 줄은 몰랐네.

아이번이 핸드폰 화면을 잠그자 그의 손안에서 화면이 까매지는 게 마거릿에게도 보이지만 그는 여전히 고개를 들지 않는다. 네. 별거 아니에요. 음, 형이 나한테는 얘기하려고 애써봐야 소용없다고 말한 적이 있어요, 어차피 난 정상적인 언어를 못한다면서요. 그리고 억양도 이상하대요. 형은 국제 체스 영어라고 불렀죠. 내 말투를요.

마거릿은 계속 바라보지만 아이번은 시선을 마주치지 않는

다. 정말 이상한 말이네. 당신 억양 전혀 특이하지 않은데. 어쨌
든 당신 형이니까 억양도 똑같을 거 아니야.

아, 전혀 아니에요. 형이 말하는 걸 들으면 진짜 더블린 남부
출신이라고 생각할걸요. 형은 변호사 친구들이랑 어울리는 데
너무 집착해서 사실 안쓰러울 지경이에요. 그러니까, 아무도 모
르게 성을 오도너휴로 바꿀 수 있다면 형은 백 퍼센트 바꿀걸요.
우리 어머니 성이에요. 형은 누구한테든 외국인이라고 여겨지는
걸 싫어하거든요.

마거릿은 아이번이 의자와 소파 사이 양탄자를 가로지르는
모습을 보면서 자기노 모르게 얼굴을 찌푸린다. 왠지 그가 해준
얘기들이 서로 딱 들어맞지 않는 것 같다. 음, 그러네. 정말 그렇
다면 안쓰럽다.

마침내 아이번이 핸드폰을 앞에 있는 커피 테이블에 엎어놓
는다. 시간이 조금 흐르고, 아이번은 금방이라도 말을 할 것 같
으면서도 아무 말 없다. 마침내 그가 말한다. 궁금한 게 있는데,
장례식 추도사는 전부 장남이나 장녀가 해요? 아니면 상황에 따
라 다른가? 당신 경험상 어때요?

마거릿이 아이번을 계속 바라보며 말한다. 상황에 따라서, 또
가족마다 다를 것 같아. 아버지 장례식에서 형이 추도사를 했어?

넵. 원래 장남이 하는 거라면서요. 아이번이 말을 뚝 끊고 엄
지손톱을 물어뜯다가 다시 말을 잇는다. 그렇게 잘하지도 않았

어요. 그냥 연설이었는데, 잘 쓰긴 했지만 감정이 없었죠. 다들 추도사가 정말 좋았다고 말했지만 내 생각은 달랐어요.

안타깝네.

아이번이 손가락으로 손톱을 뜯기 시작한다. 나도 안타까워요. 내가 더 잘했을 테니까. 형보다 내가 아빠랑 훨씬 더 친했거든요. 그리고 아빠를 더 잘 이해했죠. 하지만 형이 원래 장남이 하는 거라면서 못 하게 했는데, 사실 그런 것도 아니었어요. 당신도 말했지만요. 형은 그냥 자기가 사람들 앞에서 말을 더 잘한다고 생각하는 거예요, 대학생 때 토론 대회에서 늘 우승했으니까. 사실 그래서 추도사를 하고 싶었던 거죠, 사람들 앞에서 말을 얼마나 잘하는지 뽐내려고. 형은 그런 사람이에요.

마거릿은 말이 이어지기를 기다리지만 거기까지다. 형을 그렇게까지 낮게 평가하는지 몰랐네.

음, 사실은 그래요. 형도 마찬가지고요. 서로 썩 좋아하지는 않아요.

아이번은 그녀를 보지 않은 채 말하고, 마거릿은 그가 말을 잇기를 또다시 기다린다. 그가 더 할 말이 없다는 사실이 분명해지자 마침내 마거릿이 대답한다. 그런데 몇 주 전에 형이랑 같이 점심 먹기로 하지 않았어? 여기 오느라 약속을 놓쳤잖아. 기억나?

아이번은 여전히 손톱을 내려다보면서 한동안 아무 대답도 하지 않다가 얼버무린다. 그랬죠. 별거 아니었어요.

그래도 같이 점심을 먹기로 했었으니 교류는 있는 거네.

음, 뭐, 혈육이니까. 형이잖아요. 그렇다고 해서 서로 좋아할 필요는 없죠.

마거릿이 조심스럽게 대답한다. 그렇지. 하지만 전에는 그런 느낌을 못 받았어. 형이 웃기다고, 여자 친구가 많다고 말했을 때 말이야. 사이가 별로 안 좋다는 말은 안 했잖아.

아이번이 어깨를 으쓱한다. 형은 날 안 좋아해요. 그건 확실해요, 안 좋아해요.

당신은 형을 좋아해? 마거릿이 묻는다.

아이번은 이 질문에 깜짝 놀란 것처럼 조용해진다. 그가 양탄자를 빤히 내려다보다가 마침내 말한다. 그런 식으로 생각하지는 않아요. 그러니까, 피터를 좋아하냐고 물었죠. 아마 썩 좋아하지는 않는다는 게 맞을 거예요. 형의 성격은 전혀 마음에 안 들어요. 아이번이 눈썹을 찌푸리고 손바닥으로 가슴을 문지르며 덧붙인다. 그런데 난 아직 남동생 같은 면이 있어요. 피터를 우러러보거나 뭐 그런 거요, 참 멍청하죠. 형한테 내가 갖고 싶은 부분이 있나 봐요, 그래서 질투가 나요. 인기가 많은 것도 그렇고 정말 재치 있다는 말을 듣는 것도 그렇고. 형이 나를 비판하면 그 말이 머릿속을 떠나지 않아요. 내 억양에 대해서 뭐라고 한 건 4년인가 5년, 어쩌면 6년 전인데 난 아직도 그걸 의식해요.

하지만 그게 내가 형을 좋아한다는 뜻은 아닌 것 같아요. 아이번이 손가락끝으로 가슴을 무심코 긁으며 계속 얘기한다. 예전에는 더 좋아했죠. 그러니까, 내가 더 어렸을 때는 둘 사이가 더 좋았어요. 음, 형이 오래 사귄 여자 친구가 있었는데, 가족이나 마찬가지였어요. 전에 내가 얘기했을 거예요. 실비아라고 하는데, 우리 모두 실비아를 아주 좋아했어요. 나랑 아빠 둘 다요. 실비아가 있으면 피터가 더 친근하게 굴었고, 그래서 그때부터 나도 형이랑 더 잘 지냈던 것 같아요. 그러니까, 형이 내 체스에 관심을 가졌고 우리는 여러 가지 이야기를 나누었죠. 그때 나는 확실히 형을 좋아했어요. 어쩌면 영웅처럼 여겼을 거예요. 하지만 아무튼, 슬픈 결말을 맞이했죠. 실비아가 사고를 당했거든요. 진짜 심각한 사고였고 실비아는 그 뒤로 오랫동안 병원을 들락날락했어요. 그러다가 두 사람이 헤어졌죠. 난 열여섯 살이었는데, 형이랑 그때부터 멀어진 것 같아요. 우리 사이를 매끄럽게 만들어줄 실비아가 없어서 그랬을 거예요. 형은 실비아랑 계속 친구로 지냈지만요. 실비아는 아직도 우리 가족 같아요. 나도 아직 가끔 만나요.

마거릿은 역시나 왠지 혼란스럽다. 이야기가 어딘가 안 맞는 것 같다, 중요한 부분이 몇 개 빠진 것 같다. 아이번의 형이라는 사람을 이해하려면 같은 이야기를 그의 입장에서 상상해봐야 할 것이다. 아이번은 형의 여자 친구에 대해서 우리 모두 아주 좋아했어요, 라고 말했다. 그런데 끔찍한 일이, 무시무시한 사고가 일어났고, 모든 것이 변했으며, 더 이상 함께할 수 없었다. 마거릿이 멍하니 중얼거린다. 아, 정말 슬프다.

뭐가요?

마거릿이 고개를 들자 아이번이 빤히 보고 있다. 왠지 당황한 그녀가 대답한다. 미안. 내 말은, 형 여자 친구가 사고를 당했고 그런 다음 둘이 헤어졌잖아. 슬픈 상황 같아서.

아이번이 눈을 깜빡이며 그녀를 바라본다. 맞아요. 하지만 내 말은, 형은 사고를 안 당했어요, 멀쩡했어요. 실비아가 훨씬 힘들었죠, 죽을 수도 있었어요.

마거릿은 얼굴이 화끈거리는 느낌이 든다. 아, 그래, 무슨 뜻인지 알아. 그냥, 그런 상황에서 관계가 끝나다니 힘들었겠다고 생각한 것뿐이야. 물론 나야 자세한 내용은 모르지. 당신이 하는 이야기를 들을 뿐이니까.

아이번이 고개를 들어 천장을 보더니 생각에 잠긴 듯 천천히 숨을 들이마신다. 음, 자세한 내용은 나도 몰라요. 피터는 개인적인 거든 아니든 자기 얘기를 나한테 안 하거든요. 나도 형에 대해서 많이 생각하는 것도 아니고. 실비아가 헤어지자고 했대요, 그때 형이 그렇게 말했어요. 자기 결정이 아니라 실비아의 결정이었다고. 그거 말고는 아무것도 몰라요. 아이번이 잠시 조용해졌다가 덧붙인다. 아빠는 항상 우리한테 사이좋게 지내라고 하셨어요. 음, 우리가 싸우면 무척 속상해하셨죠. 그게 안타까워요. 이제 아버지가 돌아가셨으니까 솔직히 난 피터를 다시 보든 안 보든 상관없어요. 하지만 우리 때문에 아버지가 신경 쓰신 게 안타까워요. 아빠가 결국 중환자실로 가신 뒤에도 그렇고, 마지막으로 몇 번 대화를 나눴을 때 나한테 그런 말을 하셨거든요. 형은 널 정말 사랑한단다, 뭐 그런 거요. 하지만 사실이 아니에요. 아빠는 사실이라고 믿었겠지만 현실을 그렇지 않아요.

아이번이 말을 마친 다음 사무적인 태도로, 생각을 떨쳐버리듯이 손가락으로 코를 훔친다. 왜 사실이 아니라고 생각해? 마거릿이 묻는다.

아이번이 코를 다시 훔치며 어깨를 으쓱한다. 피터가 나를 사랑하지 않는 거 말이에요? 날 존중하지 않아요. 잘해주지도 않고요.

음, 그건 안타깝다. 하지만 내 생각에, 이렇게 말하는 건 슬프지만, 누구든 사랑하는 사람에게 늘 잘해주지는 않는 것 같아.

아이번이 숨을 내쉬고 짧게 헛웃음을 짓는다. 그렇군요. 그렇다면 누군가를 사랑한다는 게 무슨 뜻이에요? 궁금하네요. 그 사람의 감정을 신경 쓰지 않는다면, 잘해주지 않는다면, 그 사람의 행복을 진심으로 바라지 않는다면 그게 어떻게 사랑이에요? 우리는 사랑의 정의가 서로 다른가 봐요.

마거릿은 마음이 아파서 잠시 아무 말 없이 그를 지켜본다. 그런 다음 조용히 말한다. 화나게 만들려는 건 아니야, 아이번. 미안해.

그가 고개를 저으며 소매로 눈가를 쓱 닦는다. 화 안 났어요. 그냥, 당신이 내 반대편에 서서 형을 편드는 느낌이에요. 형의 인생이 너무 힘들다고, 왜 조금 더 이해해주지 않느냐고, 그렇게 말하는 것 같아요.

마거릿은 얼굴의 열기가 아직 가라앉지 않은 느낌이 든다. 그렇게 말하지 않았어. 더 이해해주라는 말이 아니었어.

하지만 형을 편들고 있잖아요.

아니, 아니야.

아이번이 그녀에게 시선을 주지 않고 팔로 눈을 가리며 대답한다. 알았어요. 미안해요. 그냥 이런 이야기를 하니까 기분이 별로 안 좋아요. 음, 아빠는 우리가 서로 잘 지내기를 바랐는데 잘못 지내서, 그래서 속상해요. 당신이 그게 내 탓이라고 말하는 기분이에요. 내가 아빠의 뜻을 거스르고 있다고요. 어쩌면 그럴지도 모르죠, 모르겠어요.

마거릿이 얼른 대답한다. 내 말을 그렇게 생각했다면 내가 표현을 잘못한 것 같아. 난 당신 잘못이라거나 당신이 아버지의 뜻을 거스른다고 말할 생각이 절대 아니었어, 당연하잖아. 형이 잘 해주지 않는다고 했지, 나도 그 말 믿어. 미안해. 참, 그리고 억양에 대해서 신경 쓸 필요는 없다고 생각해. 당신이 말하는 목소리는 정말 듣기 좋아.

마음이 누그러진 아이번이 팔 밑에서 살짝 웃음을 짓는다. 음, 모르겠어요. 고마워요. 국제 체스 영어라니, 아마 어느 정도 맞는 말이겠죠. 내가 일부러 그런 식으로 말하는 건 아니지만.

마거릿이 의자에서 일어나 소파로 가서 그의 옆에 앉는다. 머리카락을 부드럽게 쓰다듬자 아이번이 그녀의 무릎에 손을 올린다. 마거릿은 아이번의 말이 맞다고 생각한다. 형을 만나서 기분이 나빠진다면 굳이 만나야 할 이유가 뭘까? 한편으로는 사람들이 슬픔을 겪을 때 서로를 위해 최선을 다하는 것은 일종의 의무, 어쩌면 자연법칙이라는 생각을 한다. 아이번과 형은 같은 아버지를 잃었다. 분명 이 상실은 함께 나누고, 표현하고, 위로해야 하는 일이지 따로 떨어져 입을 닫고 있을 일이 아니다. 그러나 마거릿은 상황을 정확히 모른다, 그건 그녀도 안다. 많은 것이 드러났고 새로운 사실과 사정을 많이 알게 되었지만 왠지 마거릿은 아이번과 형의 관계를 전보다 잘 알게 된 느낌이 들지 않는다. 오히려 대화를 나누면서 더 혼란스럽고 불확실해진 것 같다. 마거릿은 그가 말하지 않은 부분이 있다고, 말하고 싶지 않은 무언가가 있다고 생각한다. 형의 여자 친구, 사고를 당했다는 여자친구와 관련이 있을까? 마거릿은 그 이야기를 듣고 왜 그렇게 강렬하게 반응했을까, 왜 그토록 강렬한 감정의 파도를 느꼈을까? 병원으로 계속 찾아가고, 관계가 망가지고, 모든 것이 지독히도 소용없어진다. 마거릿은 어쩐지 자기 자신에 대해서, 자신의 상황에 대해서 생각했다는 느낌이 어렴풋이 들고, 얼굴이 다시 달아오른다. 이것 때문에, 자신과 동일시했기 때문에 전부 혼란스러워졌다고 생각한다. 아이번이 설명하는 형의 모습을 잊고 자기 자신을 이입했고, 따라서 실제로는 잘 알지 못하는데도 형의 동기를 아주 잘 이해한다고 생각했다. 한 번 본 적도 없는데. 다시 생각하니 형을 두둔한다는 아이번의 비난이 완전히 틀린 것은 아니었다. 마거릿은 확실히 변명해줘야 할 것 같은 느낌이 들었고, 이유는 모르겠지만 아직도 그렇다. 그녀는 형이 아무리 잘못했어도 아이번이 형을 더 좋아하려고 노력하기를 비이성적으로 바라고 있다. 나이가 더 많고, 낙담하고, 어딘가 망가진 그 사람. 모든 것을 엉망으로 만들어버린, 아이번의 사랑을 받을 자격이 없는 그 사람.

♟

목요일 오후, 아이번은 스케리스 기차역에 내려 어머니가 파트너와 의붓아들과 같이 사는 주택단지로 혼자 걸어가고 있다. 주변이 흐릿한 회색 비로 가득하다, 아주 작은 구슬로 만든 커튼 같은 빗속에서 계속 걸어가야 한다. 머리를 가릴 것이 없어서 머리카락과 얼굴이 서서히, 점점 더 젖어간다. 작은 주상 복합 지구를 지나 오른쪽으로 꺾은 다음 주택단지를 향해, 헤이즐브룩이라고 새겨진 단지 입구의 커다란 바위를 향해 언덕을 계속 올라간다. 오늘 아침 8시, 아이번은 평소처럼 알람 소리에 일어나 평소처럼 알람을 끄고 노트북을 켠 다음 오전 계획에 따라 전술 퍼즐 훈련을 시작했다. 부엌에서 커피를 내려 아침 식사를 했지만 룸메이트 중 누구와도 마주치지 않았고, 어느 모로 보나 좋은 하루가 될 것 같았다. 그런데 점심때가 지나서 어머니에게서 문자메시지를 받았다. 아이번 난 최선을 다했단다. 하지만 우린 더 이상 못 참겠어. 미안해. 인터넷으로 좋은 집을 찾아볼게―제대로 보살핌받을 거야, 약속할게. xxx. 메시지에 두루마리 휴지를 해맑게 물어뜯는 알렉시의 사진이 첨부되어 있었다. 자연을 거스르는, 입에 담지 못할 죄의 증거라는 듯이. 제일 나쁜 습관이라고 해봤자 혼자 오래 남겨졌을 때 안전하고 값싼 생활용품을 가끔 물어뜯는 것이 전부인 동물과 누구와도 같이 살 수 없다는 듯이. 그래서 아이번은 체스에만 집중하려고 일부러 확보해놓은 소중한 오후에 원하는 방식으로 시간을 보내는 대신 개 문제를 직접 해결하러 스케리스에 있는 어머니의 애인 집으로 가고 있다.

저번에 아이번은 미리 생각하지도 않았는데 저절로 만들어져서 흘러나오는 말을 그대로 내뱉었다, 마거릿에게 사랑한다고 말했다. 그리고 그의 품에 따뜻하고 편안하게 누워 있던 그녀가 자기도 사랑한다고 말했다. 그날 하루 내내 아이번은 주체할 수 없이 계속 떠오르는 미소를 느꼈다. 바보 같다는 느낌도 들었지만 그건 아니었다, 행복이 진짜였으니까. 버스를 타고 집으로 돌아가는 길에도 미소가 떠올랐고 그날 밤 부엌에서 룸메이트들과 같이 있을 때도 마찬가지였다, 행복한 기분을 감출 수가 없었다. 롤런드의 여자 친구 줄리아가 물었다. 뭐 때문에 그렇게 웃어, 아이번? 그러자 롤런드가 말했다. 체스를 두는 멋진 여자를 만났군. 아이번은 왠지 안됐다고 생각하며 그 말을 웃어넘겼다. 그는 부엌에서 요거트와 깨끗한 숟가락을 챙겨서 자기 방으로 혼자 올라갔다. 그러고는 요거트를 뜯지도 않고 한동안 그날 아침에 있었던 일을, 마거릿에게 사랑한다고 말하고 그녀가 순순히 받아들이듯 나두 사랑해, 라고 말했던 것을 곱씹었다. 하지만 이번에는 미소를 짓는 대신 고통에 가까운 날카로운 감정을 느꼈다. 그의 내면을 열어젖히는 기분이었고 눈이 따끔거렸다. 그래, 사랑하고 그 사랑이 받아들여지는 것. 그것은 사실 고통스러웠다. 억누르던 힘이 갑자기 사라지면서 그 말을 입 밖에 내고 그녀에게서 똑같은 말을 듣는 것, 그녀에게 사랑받는 것이 너무나 간절했기에 사실 아팠다. 순수한 행복감도 아니었다. 다른 수많은 감정과 강렬하고 혼란스럽게 뒤섞인 행복이었다. 슬픔, 아버지에 대한 그리움, 하루하루 아버지로부터, 그리고 두 사람이 함께했던 삶으로부터 멀어지는 것 같아서 어쩐지 부끄러운 마음. 아버지와 함께였던 삶은 점점 더 과거로, 어린 시절과 청소년 시절로 뒷걸음질 치고 있었다. 이제 확실하게 접어들어 앞으로 평생 지속될 성인 시절을 아버지 없이 보내야 한다는 깨달음. 아버지가 절대 알지 못할 사람이 되어간다는 사실. 아이번은 또한 피터를, 두 사람의 언쟁과 차단된 전화번호를 떠올리며 아버지가 이 상황을 알면 얼마나 속상하고 상처받을까 생각했다. 아버지를 가슴 아프게 만들 행동을 함으로써 아버지와의 추억을 망치고 있다는 느낌. 하지만 피터의 행동이 잘못됐다는 훨씬 더 큰 반감. 경멸과 잔인함으로부터 자신과 마거릿을 지켜야 한다는 의무감. 진실을 알아내서 끔찍하고 무의미한 상처를 받지 않도록 그녀를 지켜야 한다는 생각. 마침내 아이번은 요거트를 먹고 노트북을 열어 체스를 몇 판 두었다. 점차 좋은 포지션을 잡아 영리한 수를 두면서 온라인 등급이 올라가자 기분이 다시 괜찮아지기 시작했다. 그날 밤 잠자리에 들 때에는 아침에 했던 사랑해, 라는 말을 다시금 아무런 고통 없이 떠올릴 수 있었고 그의 온 존재를 감싸듯 마음 깊은 곳에서 퍼져 나오는 따스함을 느꼈다. 무엇도 그를 해칠 수 없었고 아이번은 행복했다.

　신문 기사 일이 있기 전까지는 그랬다. 그러다가 마거릿이 신문에서 피터의 이름을 보았고, 아이번은 그녀에게 백 퍼센트 사실은 아닌 말을 할 수밖에 없었다. 진짜 거짓말을 하지는 않았지만 상황을 실제와 약간 다르게 전달했고, 아이번도 그것이 자랑스럽지는 않다. 하지만 달리 어떻게 할 수 있었을까? 정상적인 여자라면 어쩌고 운운했던 피터의 잔인한 말을 전해야 했을까?

마거릿은 그런 말을 들을 필요가 없었다. 그녀는 그런 말에 민감했다. 어쨌든, 무슨 말이든 상황을 잘못 전달할 수 있으므로 맞는 말만 한다고 해도 상대방이 결국 상황을 어떻게 이해할지 누가 알겠는가? 얼마 전 실비아에게서 문자메시지를 받았을 때 나눈 이야기도 그에 관한 것이었다. 실비아는 같이 커피 한잔 마시겠냐고 물었고 아이번은 즉시, 1분도 안 돼서 좋다고 답장을 보냈다. 두 사람은 대학가에서 만나 같이 걸어 다니면서 커피를 마시고 이야기를 나누었고, 아이번은 실비아와 다시 만나 기분이 좋았다. 두 사람은 서로를 무척 좋아했다. 서로 좋아하고 존중했고, 실비아는 아이번의 삶을 캐묻거나 난처한 주제를 꺼내지 않았다. 그 대신 논리 문제에 대해서 설명해달라고 했고, 아이번은 물론 그러겠다고 말했다. 항상 거짓을 말하는 거짓말쟁이가 내 모자는 전부 녹색이야, 라고 말하는 것에 대한 문제였다.

그러면 우리는 그 사람이 어쨌든 모자를 가지고 있다고 생각하면 되는 거야? 실비아가 물었다. 아니면, 모자가 하나도 없을 가능성도 있을까?

아이번은 형식논리에서 유명한 문제라고 설명했다. 조건문으로 생각해야 돼. "내 모자는 전부 녹색이다"라고 말하는 건 "모든 모자에 대해서 그것이 만약 내 소유라면 녹색이다"라고 말하는 것과 같아. 내 소유라는 조건을 만족시키는 모자가 없다면 그걸 녹색이라고 말하는 건 거짓이 될 수 없어. 그 모자에 대해서 뭐라고 말하든 참이 돼. 그 모자는 존재하지 않으니까. 그런 걸 공허한 참이라고 해. 그러니까 응, 거짓말쟁이가 "내 모자는 전부 녹색이다"라고 말한다면 일단 모자를 소유하고 있는 거야. 그렇지 않으면 거짓말이 아니니까.

실비아가 즉시 대답했다. 그럼 내가 "내 자매들이 전부 저기 있어"라고 말하면 참이야? 나는 자매가 없잖아.

아이번은 참이지만 공허한 참이라고 알려주었고, 공허한 참을 유의미한 참과 헷갈리지 않도록 다시 설명해주었다.

내가 "내 자매가 저기 있어"라고 말하면? 실비아가 물었다. 자매 한 명이라고 말하지만 사실은 존재하지 않아.

그러자 아이번도 잠시 고민해야 했다. 흐음. 그 경우에는 거짓 진술인 것 같아. 왜냐면 만약 x라면 y이다, 라는 조건문이 아니니까. 방금 말한 문장은 단정적 진술이야. 논리학에서는 달라. "내 자매가 저기 있다"라고 말하면 "내 자매라는 사람이 존재한다"라고 주장하면서 동시에 "그 사람이 저기 있다"라고 주장하는 거야. 그렇기 때문에 첫 번째 주장이 참이 아니면 그 진술 전체가 거짓이 돼.

실비아는 흥미로워하는 표정으로 악의 없이 물었다. 내가 자매를 하나만 꾸며내면 거짓 진술이 되는 거야? 하지만 두 명 이상을 꾸며내면 참이 되고?

그러자 아이번이 얼굴을 찌푸렸다. 제 얼굴이 점점 더 찌푸려지는 것이 느껴졌다. 전칭명제는 조건문이야. 그가 다시 설명했다. 자매들에 대한 예시는 다를지도 몰라. 하지만 응. 존재하지 않는 자매 한 명에 대해서라면 내 생각에는, 맞아, 거짓인 것 같아. 논리학에서 그 진술을 형식화하는 방식 때문에. 존재하지 않는 자매들을 전부 포함하는 전칭명제에서는— 모르겠어. 이 진술은 참이고 저 진술은 거짓인 게 말이 안 되는 것 같지, 응?

실비아가 장난스럽게 살짝 미소를 지으며 말했다. 응. 나한테는 그래. 하지만 물론 난 수학자가 아니니까.

아이번은 그 문제에 대해서 조금 더 생각해보고 알려주겠다고 말했다. 나중에 조금 더 고민해보았지만 도움이 되는 것을 찾을 수가 없었다. 거짓말쟁이가 자기 모자는 전부 녹색이라고 말하면 그건 그가 모자를 가지고 있다는 뜻이다. 인정. 하지만 거짓말쟁이가 그의 '모자 하나'가 녹색이라고 말하면 그가 반드시 모자를 하나 가지고 있다는 뜻일까? 같은 논리에 의하면 그렇다. 모자가 하나도 없으면 거짓 진술이 될 수 없다. 그럼 딸이 없는데 "내 딸들이 모두 나를 기다리고 있다"라고 말하면 그게 거짓말이 아니라는 뜻일까? 공허한 참일지라도 참을 말한다고 주장할 수 있을까? 대신 딸 하나라면? 왜 달라질까? 아이번은 이 문제가 결국 참과 거짓의 차이가 복잡하다는 사실을 보여준다고 생각한다. 우리는 아이가 여러 가지 모양의 장난감을 맞는 구멍에 끼워 넣듯이 우리가 언어를 특정 방식으로 세상에 맞춘다고 생각한다. 하지만 그 생각이 틀렸다는 사실을 가끔 깨닫는다. 구멍에 맞춰 넣는 장난감과 달리 언어는 현실과 딱 맞지 않는다. 사실 현실과 언어는 별개이다. 그냥 너무 깊이 생각하지 말자고 자기 자신과 합의하면 된다. 아이번은 실비아와 커피를 마시면서 산책할 때 요즘 만나는 사람이 있다고 말했고, 그러자 실비아가 그의 팔에 손을 올리며 말했다. 아, 정말 잘됐다. 실비아는 상대방이 몇 살인지 묻지 않았고 아무것도, 이름조차도 묻지 않았다. 응, 사실 정말 놀라운 사람이야. 아이번이 덧붙였다. 직접 만나보면 무척 좋아할 거야. 실비아는 정말 만나고 싶다고 말했고, 아이번은 목이 조여드는 느낌을, 설명하기 어려운 감정을 느꼈다. 그래, 좋지. 그가 말했다. 아무래도 아직은 이르지만 언젠가 둘이 만나면 좋겠다. 그 사람은 나를 정말 행복하게 만들어주거든. 아이번은 실비아 역시 감격하는 것을 알아볼 수 있었다. 실비아가 아이번을 끌어안고 그는 행복할 자격이 있다고, 세상 모든 행복을 누릴 자격이 있다고 말했다. 그 순간 두 사람의 감정, 그건 참이 아니었을까? 사람들이 서로 느끼는 감정에는 나름의 참이 존재하지 않을까? 아니, 형식 명제의 진릿값 차원에서는 그렇지 않다. 그렇다면 어째서 '참'이라는 단어가 형식적 정의에 의해 규명되지 않는 의미를 가지는 걸까?

이번 주에 아이번의 온라인 체스 등급 점수는 그가 겨우 열여덟 살 때 세운 최고점과 6점 차이도 나지 않는다. 이제 그는 게임을 새로 시작할 때마다 가볍고 둥둥 뜨는 기분이다. 마치 그의 두뇌가 체스판 위를 떠다니면서 아주 높고 정확하고 유리한 위치로 올라가서 모든 것을 명확하게 내려다보는 기분이 든다. 뚜렷한 이유도 없이 어떤 수가 저절로 떠오르면 직관을 아주 살짝 압박하면 끝이다. 몇 초, 또는 몇 분 동안 의식적으로 계산하면 이에 반응해 직관이 강력하게 작동하는 것을 느낄 수 있다. 수를 주고받다 보면, 예를 들어 상대가 룩을 물리게 만든 다음 폰으로 g5에서 룩을 잡아서 흰 칸 비숍을 노출시킨 뒤 서로 맞잡는 교환까지 하고 나면, 백의 나이트가 꼼짝없이 갇힌다. 그런데 이 이미지, 꼼짝없이 갇힌 나이트라는 이미지가 내내 아이빈의 머릿속에 있었다. 표현되지 않고 시각화되지도 않고 차곡차곡 접힌 채 현실이 될 준비를 하고 있었다. 그의 머릿속에 들어 있던 꼼짝없이 갇힌 나이트. 숨겨져 있던 생각이 스스로를 실현해냈다, 자기 자신을 만들어냈다. 게임이 끝난 다음에는 집에서 서성이거나 차가운 겨울 공기를 마시면서 거리를 걸어 다닌다. 그가 내뿜는 숨은 안개로 피어나고, 아이빈은 자신의 두뇌가 해준 일에 깊이 감동하며 그 앞에서 겸손해진다. 겸손해지며 감동한다. 네가 뭔지는 모르지만 고맙다, 두뇌야, 그런 느낌이다. 여러 가지 일이 비밀리에 일어나는 그의 머릿속 낯설고 작은 방. 사실 너무 감동적이어서 놀라울 정도이다. 물론 아이빈은 다른 주요 장기 역시 그가 의식하지 못해도 자기 일을 한다고, 미세하게 조정된

다양한 임무를 수행하고 있다고 생각한다. 두뇌는 뭐가 그렇게 다를까? 적어도 지금까지 아이번의 철학은 두뇌는 실제로 다르다는 것, 육체는 살가죽 자루일 뿐이고 두뇌는 생명을 불어넣는 의식이라는 것이었다. 하지만 최근에 ─두뇌가 아이번이 전부 다 이해하지는 못하는 역할을 해준 길고 힘든 체스 게임이 끝난 뒤─도시를 정처 없이 걸어 다닐 때 어쩌면 정신과 육체가 결국은 하나일지도 모른다는 생각, 합쳐서 하나의 존재일지도 모른다는 생각이 문득 들었다. 두뇌만이 아니라 육체 앞에서도, 그 자체의 생명을 유지하는 복잡하고 아름다운 시스템 앞에서도 겸손해야 한다고. 예를 들어 그와 마거릿이 함께일 때 그의 몸짓과 손길에 본능적으로 활기를 불어넣는 지성은 체스를 둘 때 나중에 나이트를 꼼짝없이 가둘 수를 제안하는 지성과 똑같지 않은가? 같다. 그것은 아이번 자신, 그의 지성, 그라는 사람 자체이다. 그러므로 아이번은 자신이 이 몸으로, 이 정신으로 그저 존재하고 있다는 사실에 다정하고 저릿한 마음으로 감사하며 축복받았다고 느낀다. 의식 속에 거의 무한한 미지로 남아 있는 귀한 자원을 풍부하게 가진 바로 그 자신이라는 사실에.

지난달 월세를 내는 날에 100유로가 부족했지만 집주인이 일주일 뒤에 줘도 된다고 말해주었고, 아이번은 앞으로 기한을 꼭 지키겠다고 약속했다. 이제 그는 열심히 일을 찾아서 기한 내에 끝내고, 청구서를 바로 보내고, 돈을 받을 때까지 공격적이지 않지만 확실한 태도로 확인한다. 그가 체스를 아주 잘 두고 있으며 매주 주말 내내 마거릿과 같이 지낸다는 사실은 재정적 안정성에 방해가 되기는커녕 오히려 수입이라는 면에서 그에게 전례 없던 동기를 부여했다. 아이번은 집세와 버스표와 식비로 돈이 얼마나 필요한지 평생 처음 정확하게 계산했고 최대한 적은 시간을 노동에 투자해서 그 액수만큼 버는 데 전념한다. 시간을 더해가면서 넘치지는 않게 하는 것이 일종의 게임 같다. 이제 그에게는 시간이 너무나 중요하다. 데이터를 편집하거나 R 인터페이스와 엑셀 스프레드시트를 오가는 데 한 시간, 아니 1분이라도 더 쓸 때마다 체스를 두거나 체스 이론을 읽거나 침대에 누워서 마거릿을 생각하는 시간이, 말 그대로 생각하고 기억을 떠올릴 수 있는 귀한 시간이 줄어든다. 친구들을 만나는 저녁이면 콜럼의 아파트나 에마의 집에 모여서 보드게임이나 피파 게임도 하고 다음 달에 더블린에서 열리는 토너먼트에 대해 이야기한다. 이번 대회는 아이번이 봄 이후 처음으로 참가하는 공식 체스 경기이다. 그는 드디어 두 번째 인터내셔널 마스터 놈을 획득할 기회를 갖게 될 것이고, 그러면 타이틀을 얻는 데 필요한 세 개의 놈에 한 걸음 더 가까워진다. 하지만 대회에서 져서 등급 점수를 깎이고 목표에서 더 멀어질 가능성도 있다. 어쩌면 목표에 도달할 수 없을 만큼, 목표 달성이 불가능해질 만큼 멀어질 수도 있다. 그렇게 되면 아이번은 그랜드 마스터가 되려고 계속 애를 쓰기보다는, 성공을 거두지 못한 수많은 유망 선수들처럼 보잘것없고 서글픈 세계연맹 마스터 타이틀을 영예가 아닌 부끄러움으로 끌어안고서 20대 초반에 체스 세계에서 물러날 것이다. 하지만 아이번은 최근 전력을 고려했을 때 그렇게 되지 않으리라 생각한다. 만약 물러나게 되더라도 어쩔 수 없다. 인생에는 위대한 체스 말고도 많은 것이 있다. 그래, 위대한 체스도 여전히 인생의 일부이다. 그의 마음을 들여다보면 체스는 매우 강렬하고, 만족스럽고, 생각하면 기분 좋은 인생의 일부이며, 아주 큰 부분을 차지할지도 모른다. 그래도 인생에는 많은 것이 있다. 아이번은 사는 법만 안다면 인생 자체가, 인생의 모든 순간이 그 어떤 체스 게임만큼이나 귀중하고 아름다울 수 있다고 생각한다.

어머니의 애인 집 현관에 도착한 아이번은 여전히 미적지근하게 내리는 베일 같은 비를 맞으며 초인종을 누르고 기다린다. 잠시 후 발소리가 들리고, 의붓형 대런이 문을 열어준다. 아이번이 그를 보고 고개를 끄덕인다.

어, 왔구나. 대런이 말한다. 들어와.

아이번은 대런이 문을 닫게 두고 복도로 들어선다. 실내에는 청소용 세제와 방향제가 뿜는 익숙한 인공 향이 난다. 아이번보다 세 살 반 많은 대런은 앞면에 브랜드 로고가 수놓인 폴로셔츠 차림에 이유는 모르겠지만 플라스틱 플립플롭 샌들을 신고 있다. 아이번이 도어매트에 발을 닦을 때 대런이 문을 닫으며 덧붙인다. 너희 어머니는 장 보러 가셨어. 금방 오실 거야. 잘 지내?

아이번은 이 질문에 대답하기 싫다는 마음이 강하게 들면서 갑자기 침묵을 고수하고 싶다. 하지만 애써 대답한다. 응. 그가 이 말을, 딱 한 음절을 발음하자마자 집 어딘가에서 덜그덕거리며 발로 긁는 소리, 동시에 높게 낑낑거리는 소리가 들려온다. 어디 있어? 아이번이 말한다.

아, 그 꼬맹이? 뒤쪽에 있어.

아이번이 소리 나는 쪽을 향해 복도를 지나 부엌으로 들어가면서 말한다. 어디?

거기 다용도실에.

아이번이 부엌을 가로질러서 안쪽 문을 열자마자 개가 꼬리를 흔들면서 튀어나온다, 하반신 전체가 마구 실룩거린다. 알렉시는 펄쩍펄쩍 뛰면서 아이번의 발치를 세 바퀴 빙빙 돌고, 중간중간 길쭉한 머리를 들어서 아이번의 손을 핥는다. 심지어 강아지처럼 장난스럽게 엉덩이만 든 채 납작 엎드려 꼬리를 탁탁 튀기면서 흥분해서 길게 울부짖기도 한다. 아이번이 타일 바닥에 쭈그리고 앉아 알렉시를 안고서 양 손바닥으로 짧고 실크처럼 매끄러운 털을 어루만진다. 알렉시의 목에 얼굴을 묻고 숨을 들이마시자 처음에는 달짝지근한 세제 향기밖에 안 나지만 이내 알렉시가 풍기는 짙은 흙내인지 땀 냄새가 난다. 대부분의 사람들은 역겹다고 할 만한 냄새지만 지금 아이번은 그 냄새를 맡자

마자 강렬하고 괴로울 정도로 큰 사랑이, 또 끔찍한 죄책감이 가득 차오른다. 알렉시는 기뻐서 꼬리를 흔들며 헐떡거리는 마른 입과 마른 코로 아이번의 목과 귀를 핥고 킁킁거린다. 아이번이 다시 일어서자 개가 혀를 축 늘어뜨리고 올려다본다. 다용도실 문이 아직 열려 있다. 세탁기와 건조기가 들어 있는 작은 공간으로, 아이번이 알렉시의 털에서 맡았던 것과 똑같은, 짙은 세탁 세제 냄새를 부엌으로 뿜어낸다. 세탁기 옆 바닥에 플리스 재질 잠자리와 텅 빈 은색 사료 그릇 두 개가 놓여 있다.

대런이 부엌 문간에 서서 말한다. 음, 널 만나서 아주 반가운가 봐.

응. 아이번이 말한다. 이 안에 얼마나 오래 있었던 거야?

어디?

아이번이 돌아서서 대런을 마주 보며 말한다. 다용도실에.

대런은 생각에 잠긴 척 얼굴을 찌푸리며 대답한다. 모르겠네. 난 오전 내내 사무실에 있었거든. 오늘 오후는 재택근무고.

아이번이 작은 다용도실로 들어가서 사료 그릇을 집어 드는 내내 알렉시가 아이번의 손에 코를 들이대고 핥는다. 아이번이 알기로 대런은 부모님 집에 살면서 대형 법률 회사에 다니고, 어마어마한 돈을 벌지만 인간 문명에 전혀, 말 그대로 그 어떤 기여도 하지 않는다. 방금 그는 '재택근무'라고 말했다. 그게 어떻게 '근무'일까? 플라스틱 샌들을 신고 쓸모없이 서 있는 것이 일인가? 그러라고 돈을 주는 걸까? 그 모든 돈이 아무 의미도 없이 경제체제 내에서 출렁거리다가 대런 같은 사람의 계좌로 넘쳐흐르는 거라면 아이번은 왜 가만히 서 있는 대가로 돈을 받지 못하는 걸까? 아이번이 그릇을 들고 다시 부엌으로 가면서 말한다. 물그릇이 비었네.

아. 대런이 말한다. 다 마셨나 보네.

아이번이 싱크대로 가서 그릇에 물을 다시 채운다. 알렉시가 꼬리로 찬장을 규칙적으로 두드리며 졸졸 쫓아온다. 아이번이 그릇에 차가운 물을 가득 채워 바닥에 내려놓자마자 개가 찰박찰박 소리를 내며 마시기 시작한다. 침묵 속에서 물 마시는 소리가 너무 커서 과장된 것만 같고 농담 같다. 알렉시가 물을 요란하게, 황급히 마시는 바람에 타일 바닥에 물방울이 튄다. 아이번은 거기 서 있고, 대런은 아마도 재택근무를 하며 거기 서 있고, 개는 그릇의 물을 계속해서 찹찹 마신다. 목말랐나 보네. 대런이 말한다. 아이번은 대답하지 않는다. 그릇이 비자 아이번이 수돗물을 다시 채워 주고, 알렉시가 물을 몇 번 더 마시더니 다시 그에게 와서 차갑고 축축해진 코를 그의 손에 묻는다.

그래서, 어떻게 지내? 대런이 말한다. 체스는 어떻게 돼가?

아이번은 다시, 아까보다도 더욱 강렬하게, 대답하고 싶지 않다는 욕구를 느낀다. 입이 안 떨어지고 혀가 입천장에 달라붙은 느낌이다. 이 질문에 대해서, 대런이 묻는 모든 질문에 대해서,

대런이 시작하려고 하는 모든 대화에 대해서. 사실 대런은 체스를 하나도 모른다. 어렸을 때 아이번은 바로 이 집에서 체스를 금지당한 적이 있는데, "비사교적"이기 때문이라고 했지만 사실 솔직히 말하자면 아이번의 체스 실력이 너무 뛰어나서 대런이 불안을 느꼈기 때문이었다. 대학생이었던 피터는 주말에 집에 올 때 굳이 체스 세트를 가지고 와서 체스를 두자고 했었다. 누구나 아이번은 괴롭힐 수 있지만 자신에게는 괴롭히려는 시도조차 할 수 없음을, 그래서 체스를 두자고 해도 못 말린다는 사실을 잘 알았으니까. 피터는 연습하지 않았으므로 대단히 수준 높은 게임은 아니었지만, 어쨌든 그것은 하나의 제스처였다. 지금으로 돌아와서, 대런이 억지로 던지는 뻔한 질문에 아이번이 말이나 행동으로 답하기도 전에 현관문 열리는 소리가 들리고, 대런이 말한다. 크리스틴이 왔나 보네.

아이번의 어머니가 식료품이 잔뜩 든 플라스틱 장바구니를 들고 부엌으로 들어온다. 그녀가 아이번을 보고 눈썹을 치켜올리며 짐짓 놀란 듯 우스꽝스러운 표정을 짓더니 바구니를 들어 조리대에 내려놓는다. 탕아가 왔구나. 크리스틴이 말한다. 이리 와봐. 그녀가 아이번에게 다가와서 어머니답게 끌어안자 향수 냄새와 분 냄새가 강하게 난다. 이제 물러서서 아이번의 이목구비를 뜯어보려는 듯 그의 팔을 잡고 선다. 교정기 곧 떼겠네. 그녀가 말한다.

네. 아이번이 대답한다. 다음 달에요.

너도 널 못 알아볼 거야. 진짜 잘생겨지겠다.

잠시 침묵 후 아이번이 흐음, 이라고 대답한다. 아무튼, 그건 됐고요. 제가 여기 온 건 알렉시 때문이에요.

이 말에 크리스틴이 아이번을 놓고 양손을 번쩍 들며 말한다. 그래, 나도 반갑다, 우리 아들. 계속 연락했는데, 너도 알겠지만.

그녀가 장바구니로 돌아가 물건을 꺼내기 시작하고 아이번이 그 모습을 지켜본다. 개한테는 깨끗한 물을 줘야 해요. 그가 말한다.

무슨 말이니, 깨끗한 물 줬는데.

제가 왔을 때 그릇이 텅 비어 있었어요. 엄청 목마른 상태였고요. 대런도 봤어요.

두 사람이 대런을 보자 그가 과장되게 어깨를 으쓱하고 말한다. 저기, 난 개에 대해서 전혀 모르는데.

알렉시가 물 한 그릇 다 마시는 걸 5초 전에 봤잖아. 아이번이 말한다. 목말랐나 보네, 뭐 그런 말도 했잖아.

모르겠네, 미안. 대런이 말한다. 내 개도 아니고.

그래, 아니지. 크리스틴이 말한다. 내 개도 아니고. 저녁 먹고 갈 거니?

아니요. 아이번이 말한다.

크리스틴이 장 봐 온 것을 계속 정리하며 대답한다. 그러렴.

하고 싶은 대로 해. 아이번은 불만스러운 듯 잠자코 서서 그녀를 지켜본다. 크리스틴은 크림색 울 재킷 차림이고 옅은 색 머리카락은 천장 등 불빛을 받아 반들반들하고 약간 뻣뻣해 보인다. 그녀는 언제나 외모를 무척 중요하게 여긴다. 예를 들어 장례식에서 크리스틴은 아이번에게 도대체 그 "끔찍한" 정장은 어디서 났냐고 큰 소리로 대놓고 물었다. 아이번은 그 질문이 기분 나빴을까? 사실 기분 나빴다. 보통은 자기 겉모습에 대해서 다른 사람이 뭐라고 하든 상처받지 않고 그 사실을 은근히 자랑스럽게 생각하는데도 말이다. 아이번은 어머니나 세상 사람들에게 자신이 선택한 복장을 인정받을 필요성을 느끼지 못한다. 열아홉 살 이후로 환경을 위해서 새 옷을 사지 않고 속옷만 제외하면 전부 중고 옷만 산다는 점을 고려하면 더욱 그렇다. 그러나 장례식이었기에 아이번은 어머니의 말에 마음이 상했다. 관심을 조용히 밀어내고 싶었건만 정장이 너무 끔찍해서 사람들의 눈길을 오히려 끄는 게 아닌가 싶었다. 자신이 꼴사나운 모습으로 장례식을, 아버지의 기억을 웃음거리로 만드는 것 같다는 생각까지 들었다. 반대로 어머니는 옷을 잘 맞춰서 입고 늘 향수를 잔뜩 뿌리는 멋쟁이이다. 그런 점이 너무나 강하게 연상 작용을 일으켜 백화점이나 드러그스토어의 향수 코너를 지날 때 살짝 불편한 느낌이 들 정도이다. 어머니가 근처 어딘가에 숨어 있다가 튀어나와서 그가 쇼핑하는 현장을 덮칠 것만 같다.

크리스마스 계획 때문에 문자 보냈었는데. 크리스틴이 말한다. 답장이 없더라.

아이번은 싱크대 앞에 서서 크리스틴이 식료품 정리하는 모습을 지켜본다. 아, 네. 뭐 하실 거예요, 스코틀랜드 가세요?

크리스틴이 그를 올려다보며 말한다. 너도 가고 싶으면 같이 가도 돼. 아니면 내가 안 가도 되고.

아이번이 어깨를 으쓱한다. 엄지손톱을 입가로 가져갔다가 손톱 물어뜯는 모습을 보이지 않으려고 손을 다시 내린다. 제일 먼저 든 생각은 자신이 크리스마스를 보내러 스코틀랜드에 있는 프랭크의 누나 집에 간다니 가당치 않다는 것이다. 그는 비행기를 타지 않고, 사실 프랭크의 누나 폴린은 괜찮지만 프랭크와 그의 자녀들은 좋아하지 않는다. 그렇다고 어머니에게 스코틀랜드에 가지 말고 집에 남아서 같이 크리스마스를 보내자고 할 가능성이 있는 것도 아니다. 그 자신이 할 만한 행동이 아니다. 피터는 어떻게 할까 하는 의문이 자연스럽게, 거슬릴 정도로 떠오르지만 명백한 이유로 그가 먼저 그 이야기를 꺼내지는 않을 것이다. 생각해볼게요. 아이번이 말한다.

네가 하자는 대로 할게. 크리스틴이 대답한다. 피터는 어떻게 할지 모르지만 걔가 어쩌느냐에 따라서 네 계획이 달라지는 건 아닐 테니까.

잠시 침묵이 흐른 뒤 아이번이 신중하게 대답한다. 네, 그렇죠.

377

너희 둘이 또 틀어진 것 같았어. 크리스틴이 덧붙인다.

그의 뱃속에서 요동치는 감각. 차가우면서 동시에 뜨겁다. 피터가 말했구나. 어머니는 이미 다 알고 있구나. 이건 게임이야, 알렉시 때문에 문자를 보낸 것도 그렇고, 전부 다. 이미 알고 있는 거야. 이제 아이번은 여기에 갇혀 있다. 물리적으로 크리스틴의 부엌에 감금되어 있다시피 하고, 그녀가 아이번과 문 사이를 가로막고 서 있다. 그가 억양 없는 목소리로 묻는다. 피터가 그래요?

이유는 말 안 했지만. 크리스틴이 대답한다. 말해봐, 피터가 이번에는 무슨 짓을 한 거니?

그녀가 이렇게 말하면서 대런에게 계란 상자를 주고 정리하라고 시킨다. 아이번은 자기도 모르게 부엌 타일을 향해 한숨을 내쉬며 말한다. 아무것도 아니에요.

그래, 차라리 돌에서 피를 짜내지. 크리스틴이 말한다. 둘 중에 누가 더 나쁜지 모르겠다.

식료품 정리를 마친 그녀가 벽 고리에 장바구니를 건다. 아이번은 결국 엄지손톱을 물어뜯다가 그렇게 당황할 필요가 없었음을 깨닫는다. 형이 흠이 많기는 해도 몰래 일러바치는 사람은 아니다. 피터는 아이번과 달리 크리스틴을 경계하지는 않지만 딱히 좋아하지도 않고, 예전에는 자식으로서의 반감과 원래 늘 가지고 있는 제멋대로인 호전성이 뒤섞여서 어머니에게 맞서 아이번을 편들 때도 종종 있었다. 사실 아이번은 어쩌다 어머니가 마거릿에 대해서 먼저 알았다면, 그래서 뻔하게도 아이번의 삶을 지옥으로 만들려고 했다면, 그 상황에서 그의 편을 들어줄 가능성이 가장 높은 사람은 바로 피터라고, 의심의 여지가 없다고 생각한다. 개인의 자유와 힘들게 성취한 탈가톨릭 시대의 성적 자유 등등을 주장하면서 말이다. 그렇다, 아이번은 형의 인생에서 몇 안 되는 일관된 원칙 중 하나가 마주치는 모든 분쟁에서 믿을 수 없을 만큼 한쪽 편에 치우쳐서 극단적인 언변을 퍼부어 그 분쟁에서 이기는 것이라고 생각한다. 끔찍한 성격이자 사실상 장애라고 할 수 있다. 그러나 아이번도 인정하건대 피터의 또다른 원칙은 몰래 고자질하지 않는 것이다. 아이번은 입가에서 손을 내렸다가 예상치 못한 촉감에 살짝 놀란다. 손에 다시 닿는 알렉시의 코가 축축하다. 아이번이 몸을 살짝 굽히고 실크처럼 매끄러운 알렉시의 머리를 손바닥으로 쓰다듬으면서 빈 물그릇과 세제 냄새, 크림색 재킷, 플라스틱 샌들, 가족이 다시 한번 보여주는 무심함에 대해서 생각한다. 지금 생각하니 그들은 자기 이익을 좇는 데에만 몰두해서 자기보다 약한 존재의 감정과 욕구는 전혀 신경 쓰지 않는 나르시시스트 같다.

개를 종일 다용도실에 방치하는 거예요? 아이번이 묻는다.

또 시작이네. 크리스틴이 말한다. 그렇게 불만이면 네가 데려가든지?

아이번이 아래를 내려다보자 알렉시가 그의 발치에 얌전하게 앉아서 절대적인 믿음과 사랑이 담긴 새까만 눈으로 그를 올려 다본다. 바로 이 순간 그 눈을 들여다보자 마음속에서 순수한 감정이, 강렬하고 순수하고 또렷한 감정이 느껴진다. 아이번은 이 세상에 연민과 품위가 존재한다는 생각을 한다. 마거릿을, 그녀와 단둘이 있을 때를, 그녀가 조용히 사랑해, 라고 말하는 것을 생각한다. 그런 순간에 그가 느끼는 벅찬 마음, 땅에서 들어 올려지는 듯한 느낌은 지금 다시 떠올려봐도 그의 마음속에서 순수하게 빛난다. 그를 향한 마거릿의 다정함과 동정. 아이번은 마거릿이 자기뿐만 아니라 모든 사람에게 그런다고 생각한다. 그녀가 너무나 좋아하는 직장 동료들, 친구 애나, 애나의 남편과 아기, 그녀가 이메일로 연락을 주고받는 대학 시절 친구들. 마거릿의 보살핌과 관심은 점점 더 확장되어 그녀에게 실망과 상처를 안겨준 사람들, 어머니와 전남편 등등까지 끌어안는다. 타인을 향한 마거릿의 애정 어리고 사려 깊은 태도. 아이번이 자기 가족에 대해서 불평할 때 마거릿은 그의 편을 들면서도 물론 흠이 있지만 전적으로 사악하지는 않으며 결국 인간일 뿐인 크리스틴과 피터 같은 사람들에게 연민을 살짝 드러낸다. 아이번은 그래, 이 세상에는 선과 품위의 여지가 있어, 라고 생각한다. 우리가 살면서 꼭 해야 하는 일은 타인의 결점에 대해서 불평하는 것이 아니라 타인에게 선함을 보여주는 것이다. 아이번이 몸을 숙여 알렉시를 강아지 때처럼 꼭 끌어안고서 들어 올린다. 그런 다음 다시 일어서자 알렉시가 그의 귀와 턱을 핥기 시작한다. 알았어요. 아이번이 말한다. 내가 데려갈게요. 알렉시 짐 좀 챙겨줄래요?

크리스틴과 대런이 동시에 아이번을 본다. 어디로 가게? 어머니가 말한다. 너희 아파트는 반려동물 금지인 줄 알았는데.

어떻게든 할 거예요. 아이번이 말한다. 알렉시는 내 개잖아요. 어머니가 충분히 보살펴주셨어요.

어머니가 얼굴을 찌푸리며, 거의 걱정스러운 표정으로 대답한다. 그렇게 안고 다니기에는 너무 큰데, 보기에도 이상해. 저녁 먹고 가지 그러니? 프랭크가 시내까지 태워다 줄 거야.

사실 합리적인 제안이었고, 아이번 역시 차 없이 알렉시를 시내로 어떻게 데려갈지 몰랐다. 하지만 지금 그는 실용적인 조언을 받아들이는 것보다 이 감정을, 자신이 마침내 결단력을 발휘하도록 만든 이 강렬하게 빛나는 순수한 느낌을 지키는 것이 더 중요하다고 생각한다. 고맙지만 괜찮아요. 그가 말한다. 짐만 챙겨주시면 우린 갈게요. 고마워요.

결국 크리스틴과 대런이 시선을 교환한다. 꼭 아이번이 미쳤다고, 게다가 눈앞에서 이렇게 빤히 시선을 교환하는 것도 알아차리지 못할 만큼 멍청하다고 말없이 서로 확인하는 것 같다. 하지만 아이번은 지금 같은 마음일 때는 그런 사소한 일이 슬프지도 않고 상처를 주지도 않는다고 생각한다. 사실 전혀 중요하지 않다. 그래. 크리스틴이 말한다. 네 마음대로 해. 짐 챙겨줄게.

알렉시가 아이번의 어깨에 길쭉한 머리를 편안하게 올리고, 둘은 대런과 크리스틴이 알렉시의 짐을 챙기는 동안 같이 기다린다. 사료 그릇, 빨간 목줄, 파란색 자동 길이 조절 목줄, 배변 봉투, 플리스 잠자리, 습식 사료 등등. 아이번이 개 목걸이에 빨간 목줄을 달고 가방을 메고서 말한다. 됐네요. 고마워요. 크리스틴이 저녁 먹고 가라고 다시 권하지만 아이번은 다시 예의 바르게 거절한다. 아이번이 목줄 끝을 잡고 옆에서 순순히 따라오는 알렉시와 함께 문을 나가면서 또 봐요, 라고 다정하게 말한다. 크리스틴이 현관문을 닫자마자 높고 화난 목소리로 대런에게 뭐라 말하는 소리가 들린다. 아이번에 대한 이야기가 분명하다. 왜 아니겠어. 그가 생각한다. 그들에게는 서로가 있고, 커다란 바위에 이름이 새겨진 주택단지가 있고, 합성 방향제가 있고, 반짝 반짝 닦은 대리석 조리대가 있다. 아이번은 그들의 행복과 마음의 평화를 빈다. 그래, 그들은 아이번이 사람을 불안하게 만드는 괴짜라고 생각하고, 신경학적으로나 인지적으로나 설명이 될 만한 진단이 필요하지만 왠지 그런 진단이 나오지 않는다고 생각한다. 그러나 아이번까지 스스로를 똑같이 볼 필요는 없다. 오히려 자신은 전혀 잘못되지 않았다고 생각하자, 더 이상 어머니와 새 아버지 가족을 향해 원망을 곱씹을 필요가 없어진다. 심지어 자신이 정상이고 결국 괴상하고 불안하게 만드는 사람은 그들이 아닐까 하는 생각이 든다. 그러자 이상하게도 죄책감이 들고, 아이번은 다시 그들의 행복과 마음의 평화를 빈다.

주택단지에서 빠져나온 아이번은 알렉시와 나란히 걸으며 큰길로 다시 나가서 기차역을 향해 걸어간다. 알렉시가 기쁨에 차서 웃는 듯한 표정으로 그를 올려다본다. 아이번은 길가에 멈춰서서 주머니에서 핸드폰을 꺼내 검색엔진에 더블린 통근 열차 개 탑승, 이라고 입력한다. 오른쪽에 정보 상자가 뜨더니 반려동물은 적절한 통제 장치를 갖추면 통근 열차에 태울 수 있다고 알려준다. 좋아. 아이번이 중얼거린다. 그런 다음 힉힉거리며 행복하게 올려다보는 알렉시를 내려다보면서 말한다. 얌전히 굴어야 돼, 알겠지? 아이번은 역으로 가는 길에 상업 지구를 통과하면서 사람들이 알렉시를 보는 것을, 예를 들면 아이들이 알렉시를 가리키며 미소 짓는 것을 알아차린다. 알렉시는 관심을 즐기면서 발을 우아하게 들고 으스대며 걷고, 길을 따라가다가 멋진 각도로 고개를 들기도 한다. 자주색 운동복을 입은 젊은 여자가 지나가다가 알렉시를 내려다보면서 말한다. 어머, 정말 멋진 개네요. 알렉시는 관심을 받자 전혀 모르는 사람인데도 칭찬과 손길을 받고 싶어서 목줄을 잡아당기며 다가가려고 한다. 아이번이 어색하게 미소 지으며 중얼거린다. 네, 감사합니다. 그는 거의 1년 만에 알렉시와 함께 사람 많은 도심을 걸어가면서 알렉시가 원래 사람들 앞에서 부끄러울 정도로 관심을 끌려고 했었던 것을 이제야 기억해낸다. 아이번은 목줄을 손에 둘둘 감아 짧게 잡고 마침내 알렉시를 역 쪽으로 몰고 가서 개표구를 지나 승강장으로 올라간다. 전광판을 보니 다음 기차는 7분 뒤에 온다. 아이번은 이제 다음 계획을 고민할 시간이라고 생각한다.

사실 방금 프랭크의 집에서 단호하게 굴었지만 구체적인 다음 단계가 머릿속에 들어 있는 것은 아니다. 알렉시가 조용하고 얌전하게 굴면 아파트에서 잠깐 지내도 되겠지만 개를 키우는 것은 엄밀히 따지면 임대차계약 위반이고, 아이번은 이미 껄끄러운 룸메이트들과 갈등을 일으키고 싶지 않다. 그래도 괜찮아. 아이번이 생각한다. 하루이틀은 아파트에 있어도 될 거야. 룸메이트들이 그의 아버지 소식을 듣고 카드를 써주었던 것을 생각하면 이틀 밤 정도는 아마 괜찮을 것이다. 그 뒤에는? 알렉시가 조명 기둥 받침에 오줌을 싸는 동안 승강장에 혼자 서 있으려니 마음속에서 느껴지던 순수하고 또렷하고 강렬한 감정이 가라앉는 느낌이 든다. 이제 더욱 익숙한 느낌이, 갉아먹는 듯한 불안과 두려움이 피어오른다. 어쩌면 말도 안 되는 계획일지도 모른다. 사실 아이번은 알렉시가 지낼 곳을 마련할 수 없다. 그가 극적으로 굴었기 때문에 크리스틴은 알렉시를 다시 맡아주지 않을 것이다. 즉, 아이번은 상황을 개선하지 못했을 뿐 아니라 사실 모든 면에서 악화시켰다. 문득 내일이 금요일임을 떠올리고 깜짝 놀란다. 주말에는 마거릿을 만나야 한다. 그러면 알렉시는 어떻게 하지? 아이번이 알렉시를 다시 내려다보면서 마음을 가라앉히려고 몸을 숙여 귀 사이의 부드럽고 폭신한 털을 쓰다듬는다. 기차가 철로를 달려 다가오는 규칙적인 소리가 들리고, 알렉시가 고개를 돌려 충실하고 헌신적인 눈빛으로 그를 다시 올려다본다. 괜찮을 거야. 아이번이 생각한다. 마거릿은 이해해줄 거야. 뭐든지 다 이해해주니까. 기차가 늦은 오후의 회색을 뚫고 불빛을 번쩍이며 다가오는 동안 아이번은 이상하게도 마거릿이 어쩐지 그의 곁에 있는 것 같다. 그녀가 말없이 그를 이해하고 사랑한다고 느끼며, 아무 문제도 없음을 깨닫는다. 검은 기차가 다가와서 끼익 멈추고 문이 작게 쉬익 소리를 내며 열린다. 아이번과 알렉시가 불 켜진 객실에 오르자 문이 닫히고, 기차가 둘을 실어 나른다.

11

오후 수업. EU 경쟁법. 흥미로운 질문이네, 응. 어떤 의미에서는 법철학 영역에 더 가까운 것 같은데. 수업이 끝난 뒤, 어둠이 양탄자처럼 깔린 예술대학 건물 복도. 3시에 그녀의 수업이 끝난다. 그는 아래층에서 커피를 한 잔 더 마시면서 시간을 보내면 되겠다고 생각한다. 단지 그녀를 보려고. 그러면 기분이 나아질 것이다. 크리스틴과 아이번에 대해서, 통화에 대해서 그녀와 이야기하면 익숙한 그녀의 말투에 나빴던 기분이 녹아내릴 것이다. 설탕 없이 블랙으로. 길쭉한 중앙 홀을 서성이며 이메일을 다시 확인하고 커피를 홀짝인다, 너무 뜨겁다. 엄지 하나로 답장을 입력한다. 감사합니다. 네, 맞습니다. 3시 10분 전에 다른 교실 문이 열리기 시작하고 학생들이 외투 지퍼를 올리며, 하품하며, 자기들끼리 이야기를 나누며 쏟아져 나온다. 시끄럽고 웅웅거려서 알아들을 수 없는 대화. 그녀를 보려고 강의실 앞에서 기다리는데 다른 강의실이 하나둘 텅 비고 사람들이 나온다. 아직 닫혀 있는 그녀의 강의실 문. 정각. 그리고 1, 2분이 지난다. 식어가는 커피를 손에 든 채 버튼을 누르고 안으로 들어간다. 교실 안은 고요하고 텅 비어 있다. 접힌 좌석이 줄지어 늘어서 있고 버려진 펜과 종이 쪼가리 몇 개뿐. 구부러진 마이크를 빼면 텅 빈 교탁. 그가 다시 밖으로 나오며 문이 알아서 닫히게 둔다. 시간을 잘못 알았나. 그럴지도 모르니 그녀의 연구실을 확인하자. 이상하게도 불안한 느낌이 든다. 다시 중앙 홀을 가로질러 빈 컵을 쓰레기통에 넣고 계단을 오른다. 어둑한 복도에서 오른쪽으로 꺾으면 그녀의 연구실이다. **실비아 라킨 교수.** 이름이 새겨신 갈색 명패와 침실을 몰래 들여다보는 헨리 제임스를 그린 맥스 비어봄의 일러스트를 확인한다. 문을 두드리지만 답이 없다. 헨리 제임스처럼 문에 귀를 대보지만 아무 소리도 들리지 않는다. 고개를 저으며 다시, 조금 더 크게 문을 두드린다. 무서운 느낌, 뭔가 잘못됐다는 느낌이 마음속에서 피어오른다. 어떤 여자가 복도 저편에서 다가오자 그가 고개를 돌리고 누구인지 어렴풋이 알아차리며 묻는다. 실비아 있습니까? 한 손에 도시락통을 든 실비아의 동료 교수가 나머지 한 손으로 자기 연구실 문을 여는 중이다. 아뇨. 그녀가 말한다. 오늘은 아파서 집에서 쉬는 것 같아요. 그가 고개를 끄덕인다, 머리가 끄덕여지는 느낌이 난다. 여러 근육이 필요에 따라 수축하고 팽창하며 이 작은 몸짓을 만들어내는 것을 느낀다. 아, 그렇군요. 피터가 말한다. 감사합니다. 그러자 여자가 연구실로 들어가면서, 그의 시야에서 벗어나며 말한다. 걱정하지 마세요. 문이 닫힌다. 양탄자 깔린 어둑한 복도에 다시 혼자 남는다. 아파서 집에서 쉰다고. 아, 그래. 그는 말없이 창문 없는 계단통을 혼자 내려간다.

밖으로 나온 피터가 주머니에서 핸드폰을 꺼내 화면을 밝힌다. 한 번 누르고, 또 누른다. 그런 다음 입력한다.

피터 아파서 안 나왔다고 들었어. 괜찮아?

피터 내가 도울 게 있으면 말해줘

도슨가 위로 펼쳐진 거짓말처럼 새파란 하늘에 작고 하얀 구름이 혼자 떠 있다. 차가운 햇빛. 걱정하지 마, 별거 아니었어. 그냥 어머니랑 동생에 대해서, 내 일, 내 사생활에 대해서 불평하고 싶었어. 네가 정말 자주, 그리고 아마 바로 지금도 견딜 수 없는 통증을 겪는다는 사실을 또 까먹었거나 열심히 모른 척하고 있었네. 그냥, 그건 별로 생각하고 싶지 않아서. 아니, 네가 결근하면서 나한테 말도 안 해서 무시당한 기분이 살짝 드는 것뿐이야. 별 사이도 아닌 직장 동료는 네가 아픈 걸 아는데 나는 모르는 게 말이야. 신경 쓰지 마, 그런 거 아니야. 응, 널 찾아왔지만 그냥 널 보고 네 곁에 있고 싶었을 뿐이야. 우리가 가까이에서 잠시 눈을 맞추고 서로의 숨결을 들이마실 수 있는 한, 사실 무슨 말을 하든 중요하지 않을 거야, 어떻게 생각해.

실비아 마음 써줘서 고마워

작고 둥근 구름이 침묵 속에서 천천히 태양을 가리며 지나간다. 거리를 비추는 햇빛이 바뀐다, 어둑한 회색으로 변한다. 이제 명암의 대조가 약해져 빌딩의 윤곽선이 덜 선명해진다.

실비아 사실 괜찮으면 내 약 좀 찾아서 아파트 문 앞에 놔주면 정말 도움이 될 것 같아
실비아 시내에 나와 있으면 말이야 아니면 걱정하지 말고

뱃속 더욱 깊숙한 곳에서 다시 느껴지는 두려움. 마침표 없이 이어지는 메시지. 왜 문일까, 왜 문 앞에 두라는 걸까. 침대에 누워서 쉬고 있을 테고, 피터에게 열쇠가 있다는 사실을 깜빡했을지도 모른다. 하지만 어떻게 깜빡할 수가 있지. 고작 몇 주 전이다. 그때 매일 밤 그가. 그렇다면 전염성이 있는 걸지도, 그에게 옮기지 않으려는 걸지도 모른다. 노면전차 선로를 넘어 약국으로 성큼성큼 걸어가면서 메시지를 입력한다.

피터 문제없어. 15분 뒤에 도착할 거야

피터 코비드 증상 있어? 그러면 검사 키트도 사 갈게

실비아 아니 그런 거 아니야

실비아 그냥 통증이야

실비아 걱정할 정도는 아니고

지나가는 노면전차의 가짜 종소리. 속이 안 좋은 느낌, 전차 차량의 어두운 창문에서 번득이다 사라지는 그의 모습, 혹시라도 진동이 오면 놓치지 않으려고 주머니 속 핸드폰을 꼭 쥔 손. 세차게 뛰는 심장. 편두통처럼 너무 밝고 향기로운 약국 안, 플라스틱 포장 제품과 화장품, 헤어 제품이 쌓인 선반들. 이 약국 사람들은 피터를 안다, 예전에 실비아의 약을 찾으러 온 적이 있다. 손이 축축하고 간지러운 느낌. 돈을 내고 빠른 걸음으로 성큼성큼 다시 나간다, 주머니 속에서 종이 포장이 부스럭거린다. 고동치는 핸드폰, 화면을 켜자 새 메시지가 와 있다.

실비아 지나가는 길이면 우리 집 문 앞에 약 놓고 가면 돼 고마워

그는 메시지를 읽고 다른 사람과 부딪치지 않으려고 흘깃 시선을 들었다가 핸드폰 화면으로 다시 내린다. 왜 문 앞이지. 피

터는 자기가 가까이 가는 것을 실비아가 원하지 않는 거라고 생각한다. 지난번 일 때문에. 실비아를 도와줄 사람이 달리 아무도 없다. 숨을 쉬는 게 아니라 도시의 더러운 공기를 그대로 삼키는 느낌이다. 통증에 시달리는 그녀를 생각한다. 그 생각은 무엇일까. 그의 마음속에 익숙한 나쁜 감정들을 불러일으키는 방법이다. 죄책감, 자기혐오, 더 나쁜 무언가를. 무엇도 이루지 못하고 위안도 얻지 못한다. 유일한 대안은 생각도 상상도 하지 않는 것, 시도조차 하지 않는 것이다. 그의 마음속에서조차 괴로워하는 그녀를 혼자 내버려두고 건드리지 않는 것이다. 아무 감정도 없이 여러 가지 할 일을 하는 것, 약을 찾고 그녀를 집으로 데려다줄 사람이 필요할 때 병원에 들르는 것. 그녀에게는 분명 아무 차이도 없을 것이다. 그가 그녀를 생각하지 않아도. 생각은 무엇도 이루지 못하니까. 그렇다면 왜 생각할까. 왜 뇌의 그 부분을 열고 타인의 고통이라는 바다 없는 공허를, 그가 가늠할 수도 건드릴 수도 없는 공허를 두려워하며 내려다볼까. 아버지가 종양 전문의를 만날 때 동행한 것처럼. 영민하게 질문하고 자세한 내용을 제대로 떠올린다. 혈액을 마지막으로 채취했을 때 헤모글로빈 수치가 정확히 10.6이었음을 곧장 생각해낸다. 박식함을 과시하고 자세한 내용을 파악하는 게 다 무엇을 위해서였을까. 그런다고 달라지는 것도 없는데. 나중에 찾아올 부끄러움에 대한 보험. 난 거기 있었어, 시간을 채웠잖아, 타임카드를 찍었다고, 잊지 마. 할 수 있는 건 다 했어. 날 탓하지 마. 난 거기 있었어. 그러는 내내 아버지는 피터의 거만한 태도에 당황했는지 소심하게 옆에 앉아 있었다. 의사들이 거부감을 느낄까 봐 걱정하면서. 왜 지금 이런 생각을 하는 걸까. 타인의 고통. 그는 그것을 막지 못했다. 유능한 척하며 그의 무용함을, 아무것도 못 하고 뭐 하나 더 낫게 만들지 못하고 바꾸지 못하는 무능함을 감출 뿐이었다.

마침내 실비아가 사는 건물에 도착한 피터는 더듬더듬 열쇠를 찾아서 익숙한 계단을 한 번에 두 단씩 올라간다. 페인트칠한 벽에 자전거 핸들 자국이 나 있다. 그녀의 집 앞에 도착하자 문을 두드리고 침을 삼킨 뒤 큰 소리로 말한다. 나야. 안에서 아무 소리도 들리지 않는다. 나 열쇠 있어. 내가 알아서 들어가면 돼. 그가 덧붙인다. 옆얼굴을 문에 붙이다시피 하자 우물거리는 소리가 희미하게 들린다. 이내 긴장한 듯한 목소리로 그녀가 외친다. 아니, 괜찮아. 그냥 거기 두고 가, 고마워. 그의 손에서 구겨지고 축축해진 종이봉투. 내가 안으로 가져다주는 건 싫어? 피터가 묻는다. 그럼 네가 나올 필요 없는데. 실비아는 대답하지 않는다. 아무 소리도, 아무 기척도 없다. 그가 마른 입에서 시큼한 맛을 느끼며 다른 아파트 현관문을 흘끔거리니 전부 닫혀 있고 조용하다. 괜찮으면 들어갈게. 피터가 말한다. 잠시 기다리지만 항변은 들리지 않는다. 열쇠를 밀어 넣고 다시 기다리지만 아무 소리도 들리지 않는다. 천천히 열쇠를 돌리고 안으로 들어간다. 열린 거실 문에서 새어 나오는 하얀 햇빛만이 좁고 어둑한 복도를 비춘다. 그가 등 뒤로 문을 닫고, 외투를 벗고, 신발을 벗는다. 안쪽에서 그녀가 가느다란 목소리로 말한다. 나 괜찮아, 걱정할 거 없어. 그가 고리에 외투를 걸고 반사적으로 대답한다. 걱정 안 해.

안으로 들어가자 커피 테이블과 소파 사이 바닥에 누운 그녀가 보인다. 완전히 엎드리지는 않고 반쯤 옆으로 누운 채 손으로 눈을 가려 그에게 표정을 숨기고 있다. 땀으로 얼룩진 흰색 면 티셔츠와 한쪽 발목 부분 솔기가 뒤틀린 회색 운동복 바지 차림이다. 바로 옆 바닥에는 핸드폰과 토사물이 담긴 플라스틱 대야. 코와 입으로 느껴지는 씁쓸한 냄새. 실비아가 그를 보지도 않고 말한다. 그냥 통증이 심해서 그래. 지금은 일어나려고 애쓸 기분이 아니야. 하지만 아무 문제도 없어. 면밀하게 통제된 목소리. 방이 더운 느낌이다. 실비아는 바닥에 쓰러져서 일어나지 못한다. 왜 들어오지 말라고 했는지 이제 알겠다. 이런 모습을 보여주기 싫어서. 피터는 거기 서서 그녀를 내려다본다. 알았어. 그가 말한다. 물 한 잔 갖다줄 테니까 약이라도 좀 먹자. 어때? 실비아가 여전히 손으로 얼굴을 가린 채 고개를 살짝 끄덕인다. 그가 부엌으로 가서 차가운 수돗물을 틀어 잔을 채운다. 마분지 갑을 뜯고 은박 포장을 눌러 정제를 두 개 꺼낸다. 다시 거실로 가서 그녀의 옆에, 양탄자 위에 앉는다. 자. 피터가 말한다. 그녀의 손에 약을 쥐여주고 조금 있다가 물을 건넨다. 실비아가 서툴게 머리를 들고 한 번, 또 한 번 삼킨다. 얼굴이 얼룩덜룩해 보인다. 그녀가 물로 입을 헹구고 잔을 마저 비운다. 그가 자리에서 일어나 바닥에 놓인 대야를 들고 욕실로 가져간다. 뒤에서 그녀의 간절한 목소리가 들린다. 아니야, 피터. 그러지 마. 그냥 놔둬, 제발. 그가 차분하게 대야의 내용물을 변기에 비우자 하얗고 노란 거품이 살짝 생긴다. 곧 물을 내린다. 차가운 물이 소용돌이치며 내려가고 물탱크가 다시 찬다. 욕실 세면대에서 대야를 헹구고 모서리를 톡톡 친 다음 문을 조금 열어둔 채 돌아간다. 대야를 다시 내려놓으며 말한다. 혹시 모르니까 여기 놔둘게. 통증 때문에 토한 거야? 실비아가 시선을 피하며 그렇다고 대답한다. 울먹거리는 목소리. 왜 나한테 전화 안 했어? 그가 묻는다. 실비아는 잠시 침묵하다가 피터를 보지도 않고 말한다. 귀찮게 하고 싶지 않았어. 가슴이 죄어오는 느낌. 그런 식으로 말하지 마. 그가 말한다. 그녀는 대답하지 않는다. 머릿속이 짓눌리고 귓속이 울리는 듯한 감각. 여기 얼마 동안 누워 있었어? 피터가 묻는다. 그녀가 손으로 눈을 거칠게 닦으며 말한다. 나한테 화내고 싶으면 화내도 돼. 그래봐야 바뀌는 건 없어. 피터는 그녀를 조금 더 바라보다가 결국 바닥에 앉아서 커피 테이블 다리에 등을 기댄다. 그녀의 손이 양탄자 가장자리를 꽉 쥐는 것이 보인다, 손가락 사이의 술 장식. 손등 뼈 위로 팽팽하게 펴진 반투명한 피부. 그가 실비아의 손에 자기 손을 포개자 그녀는 손을 빼지 않는다. 가만히 누워서 아무 말도 하지 않는다. 10분, 20분. 이따금 눈부신 햇빛을 피하려는 듯 그녀가 눈을 감는다. 뒤틀리는 통증이 그녀의 얼굴과 몸을 지날 때 그의 손을 아프도록 꽉 잡는다. 피터가 그녀를 지켜보면서 느끼는 것은, 아니, 아무 느낌도 없다. 후텁지근하고, 땀이 나고, 바닥에 앉아 있느라 살짝 불편하지만 그 외에는 뚜렷한 느낌이 없다. 안쪽 어딘가에서 두근거리는 듯한 느낌, 설명할 수 없는 압력뿐이다. 실비아의 이런 모습을 보는 것. 땀에 흠뻑 젖은 채 바닥에 누워서 속이 뒤집히고 지친 그녀. 누구도 귀찮게 하고 싶지 않아서 혼자. 피터의 손에 감싸인 그녀의 손이 축축하다. 아니, 실비아의 손에 감싸인 그의 손이 축축한 걸까. 일어나고 싶어지면 나한테 얘기해. 피터가 말한다. 내가 침대까지 부축해줄게. 알았지? 그녀가 힘들게 숨을 살짝 내쉰다. 떨리는 턱이 보인다. 그리고 감긴 눈. 알았어. 실비아가 말한다. 해볼게.

피터가 먼저 일어서고 실비아가 그의 부축을 받으며 일어난다. 티셔츠 천 너머로 가느다란 갈비뼈가 만져진다. 실비아는 잇새로 숨을 쌕쌕 들이마시고 움찔거리면서도 이렇게 말한다. 나 괜찮아, 멀쩡해. 자리에서 일어선 그녀가 몸을 거의 반으로 접은 채 그의 팔을 꽉 움켜쥐고서 욕실로 가겠다고 말한다. 피터가 욕실 문 앞까지 데려다주자 그녀가 안으로 들어가 문을 닫는다. 수돗물 소리. 1, 2분 뒤에 그녀가 다시 문을 연다, 몸을 숙여 손잡이에 무게를 싣는다. 세면대 옆에 수건이 구깃구깃 놓여 있고 칫솔이 젖었다, 실비아에게서 비누 냄새가 난다. 피터가 다시 팔로 그녀의 무게를 지탱한다. 침실로 들어가니 블라인드가 내려져 있고 침대는 어지럽고 바닥에 옷이 나뒹군다. 천천히, 조심스럽게, 실비아가 침대에 눕고 피터가 매트리스에 걸터앉는다. 대야 갖다줄까? 그가 묻는다. 실비아가 고개를 젓는다. 이제 좀 나아졌어. 약효가 슬슬 퍼지나 봐. 고마워. 피터가 침대 머리 판에 가만히 등을 기대고 다리를 뻗는다. 예전에 그가 눕던 쪽. 블라인드 사이로 스며드는 시든 햇빛. 옆에서 그녀의 몸이 뿜는 온기가 느껴진다. 왠지 그녀와 함께했던 과거가 떠오른다. 실비아는 밤에 잠이 오지 않으면 이야기하려고, 불평하려고, 사랑을 나누려고 그를 깨우곤 했다. 팔다리가 묵직했던 느낌이 기억난다. 잠이 덜 깬 채 그녀의 잠옷을 더듬었었다. 처음에는 어설펐지만 이내 쉬워졌다. 그의 목에 뜨겁게 닿던 그녀의 얼굴. 이제 매일 밤 하지 않은 것이 후회된다. 취해서, 너무 피곤해서, 그런 이유들로. 다른 것들도 후회된다. 비난 같아서, 또는 너무 고통스러워서 절대 말할 수 없었던 것들. 지금, 어둠 속 바로 옆에서 실비아가 숨을 고르는 소리가 들린다. 울지 않으려고 애쓰지만 히익히익 새어 나오는 울음소리. 그녀도 회상하고 있었던 것처럼. 이리와. 피터가 이렇게 말하면서 그녀를 안아 끌어당긴다. 실비아는 아무 저항 없이 그의 가슴에 머리를 얹고 거의 소리 없이 운다.

왜 그래, 통증 때문이야? 피터가 묻는다. 그녀가 고개를 젓는 움직임. 대답하는 목소리가 탁하다. 아니, 괜찮아. 아까만큼 심하진 않아. 실비아의 목덜미에 닿는 그의 손, 머리카락 사이로 파고드는 손가락. 그러면 왜 그래? 그녀는 다시 고개만 저을 뿐 아무 말도 하지 않는다. 그의 손가락 사이로 가볍고 가느다란 그녀의 머리 타래가 느껴진다, 이 느낌이 생각난다. 그녀의 머리를 쓰다듬는다. 밤에 실비아가 그를 원하며 깨웠을 때, 그러면 그녀를 품에 안았을 때처럼. 그러면 기분이 나아지고 다시 잠들었는데. 미안해. 실비아가 중얼거린다. 피터가 잠시 기다렸다가 묻는다. 뭐가? 머리카락 사이로 파고든 그의 손, 쓰다듬는 손가락. 그녀가 나직하게 말한다. 모르겠어. 내가 전부 잘못한 것 같아, 지금까지 모든 걸 잘못된 방법으로 해온 것 같아. 그에게 기댄 머리가 잠처럼 무겁다. 괜찮아. 피터가 말한다. 나도 그런 느낌이야, 항상. 그는 자기가 무슨 말을 하는지도 모른 채 묻는다. 우리가 함께였던 때를 가끔 생각해? 실비아가 침을 삼키는지, 축축한 소리가 난다. 가슴에 느껴지는 묵직한 그녀의 머리. 너는? 실비아가 묻는다. 그의 얼굴이, 손이 따뜻하다. 모르겠어. 피터가 대답한다. 어려워. 그녀가 손가락으로 눈을 비비며 말한다. 음. 피터는 지금 여기서 생각하고 있지만 동시에 10년 전의 다른 곳에 있다, 둘 다 눈을 감고 실비아가 그의 가슴에 머리를 얹고 반쯤 잠들어 있다. 그러다가 다시 잠에서 깨 그를 원한다. 그때가 너무 가까이 느껴진다, 얇은 베일 너머로 보이는 듯하고 손을 뻗으면 닿을 수도 있을 것 같지만 닿지 않는다. 흘러간 강물은 돌아오지 않는다. 그리고 피터 역시 같은 사람이 아니다. 있잖아, 여러 가지 감정이 들어. 피터가 말한다. 너를 도울 수가 없어서 죄책감이 들어. 그리고 솔직히 말하면 어느 정도는 너한테 화난 것 같기도 해. 나를 떠나서. 그냥 솔직하게 말하는 거야.

실비아가 조용히 대답한다. 우리가 헤어지지 않았으면 넌 결국 날 미워하게 됐을 거야, 피터. 그리고 네가 떠났다면 내가 널 미워했겠지.

넌 어차피 나를 미워한다는 생각이 가끔 들어.

실비아의 목소리가 흔들린다. 왜? 넌 내가 미워?

아니. 그냥 내가 널 실망시킨 것 같아. 그러니까, 내가 널 실망시켜서 네가 나한테 정나미가 떨어졌다는 느낌이 들어. 가끔 네가 날 미워하는 게 정말로 느껴져. 음. 다 나를 위해서 헤어졌다는 거 말이야. 내가 너한테 고마워해야 한다는 듯이. 그게 나한테는 정말 상처가 돼, 정말 아파. 솔직히 말하자면 그런 느낌이 들어. 네가 나한테 벌을 주는 느낌.

손으로 얼굴을, 눈을 가린 채 여전히 고개를 들지 않는 실비아. 고마워해야 할지도 모르지. 넌 네 인생을 살았잖아, 안 그래? 지난 6, 7년 동안 너한텐 삶이 있었잖아. 난 없었고.

내가 다른 여자들을 만난 거 말이구나. 피터가 말한다. 그걸 삶이 있었다고 말하는 거고. 내가 행복했을 거라고 생각한다니 믿을 수가 없다. 나를 다시 받아달라고 내가 몇 번이나 애원했지? 저번에 내가 여기서 지낼 때도 그래. 어떻게든 네가 나한테 얘기하게 만들려고 애를 썼잖아. 또 너에게 닿으려고, 키스든 뭐든 하려고. 있잖아, 어떤 면에선 네가 즐기는 것 같아, 내가 그렇게까지 자존심을 내팽개치는 걸 지켜보면서 말이야. 그리고 또 다시 나를 거절하지. 네가 마음 한구석으로는 즐기는 것 같아.

실비아의 빠르고 얕은 숨결이 느껴진다, 아니면 그의 숨결일까. 그렇구나. 실비아가 말한다. 어쩌면 네 말이 맞을지도 몰라. 사실을 알고 싶다면, 그래. 내가 정말로 즐기는지도 몰라.

피터가 조용해진다, 침묵 속에 뚝 멈춘다. 그러다 묻는다. 그런 거야?

음, 당연히 우쭐해지지. 실비아가 말한다. 아주 우쭐해져. 상상해보면, 아니 떠올려보면 좋은 것 같기도 해. 네가 나를 아직도 그런 식으로 보고 있다니. 나라고 돌로 만들어진 건 아니잖아. 나도 감정이 있어. 나한테 애원하는 걸 즐기는지도 모르지.

기댄 그녀의 무게가 따뜻하게 느껴진다. 그녀의 맨팔, 그의 옆으로 파고드는 온기. 자신을 원하는 실비아를 느끼려고, 또는 그렇게 생각하고 싶어서 다시 감기는 눈. 지금 애원해도 돼? 피터가 묻는다. 실비아는 몸을 뒤로 빼지 않고, 움직이지도 않고 재빨리 숨을 내쉬며 말한다. 넌 그냥 내가 불쌍한 거야. 피터가 손을 움직여 그녀의 머리카락을 어루만지며 묻는다. 키스하게 해줄 거야? 마침내 실비아가 머리를 든다. 왜일까. 몸을 뒤로 빼려고, 아니면 단지 그의 눈을 보려고, 어쩌면 결국 마음이 풀려서 허락하려고. 그는 알지 못한다. 피터는 아무 말 없이 그녀의 입술에 키스한다. 실비아가 점차 잠잠해지는 느낌. 이제 그녀가 베개를 베고 옆으로 눕자 피터도 마주 보며 눕는다. 그녀의 입술이 부드럽게 벌어진다. 그는 고동치는 욕망을 느끼며 섬세하고 부드러운 그녀의 머리카락 사이로 손가락을 밀어 넣는다. 꽉 끌어안고 느끼면서 그래, 라고 생각한다. 단단하게, 그녀에게 밀착한 채. 그녀가 숨을 고르는 듯 흐릿한 소리가 희미하게 들린다. 아니, 들린다고 생각한다. 그는 바보같이 그녀의 입술에 대고 신음하며 원한다. 무엇을, 바로 그 소리가 들리기를. 뜨거운 그녀의 숨결. 그 역시 마찬가지이다, 몸이 닿자 피가 솟구쳐서 어지러울 정도이다. 피터가 눈을 감는다. 서로 밀착한 채, 입술에 그녀의 숨결을 느끼며 이렇게 그저 함께하는 것. 그녀가 느끼게 만들고, 그래, 그녀가 내지르는 소리를 듣고, 정말 좋다. 실비아의 입술은 따뜻하고 물론 익숙하다. 종종 그랬듯이 생각해본다. 그녀의 입술, 그녀에게 하는 키스, 그리고 만약 그녀가. 그의 목덜미에 닿는 실비아의 손가락. 입술 만져도 돼? 피터가 묻는다. 그녀가 눈꺼풀을 떨다가 눈을 뜨는 게 느껴진다, 혹은 들린다. 실비아가 말한다. 아. 손으로 말이야? 그가 침을 삼키려고 하자 목구멍이 조여든다. 응. 너만 괜찮으면. 이제 그녀가 그를 보면서 머뭇머 뭇 고개를 끄덕인다. 엄지 끝으로 그녀의 입술을 살짝 건드리자 입술이 촉촉하게 벌어진다. 젖은 혀가 느껴지고, 그는 눈을 다시 감는다. 어이없지만 조금이라도 움직이면, 말을 하거나 실비아 를 보려고 하면 가버릴 것만 같다. 그냥 이렇게, 지치고 감각이 곤두선 채로. 뭘 하지도 않았는데. 엄지가 그녀의 아랫입술에 닿 은 것만으로. 피터는 눈을 꼭 감은 채 평소처럼 숨 쉬려고 애쓰 며 말한다. 좋다. 고마워. 실비아가 떠는 것이 들리고 또한 느껴 진다. 그녀가 거의 억누르지 못한 목소리로 나직하게 말한다. 혹 시 너— 음, 내가 만져주면 좋겠어? 현기증이 나고 팔나리에서 힘이 쭉 빠진다. 그가 적당한 말을 찾으며 대답한다. 세상에, 응, 제발. 그러면 좋겠어, 응. 고마워. 그녀의 손가락이 허리춤으로 오자 그가 서툴게 도우려 한다. 부드럽고 서늘한 그녀의 손이 닿 고, 실비아가 수줍게 미소를 짓고 망설이며 말한다. 이렇게? 두 피가, 목덜미가 뜨겁게 따끔거리는 느낌. 아, 정말 좋아. 피터가 말한다. 그녀의 손에 힘이 더해지고 그는 자신이 다시 멍청하게 신음하는 소리를 듣는다. 실비아의 티셔츠 밑단이 들리고 그의 성기 끝이 그녀의 오목한 배꼽 아래에 닿는다. 조금 젖었네. 그 녀가 말한다. 그는 안에서 팽팽하게 고동치는 감각을 느끼며 다 시 눈을 감는다. 아, 미안. 피터가 말한다. 그냥 좋아, 느낌이 너무 좋아. 보이지 않는 그녀가 계속 그를 만진다. 실비아가 아주 낮고 달콤한 목소리로 말한다. 맛보고 싶어. 그 자신의 신음이, 귀에 거슬리게 더듬는 목소리가 다시 들린다. 눈을 감은 채 그녀의 입술에서 흘러나오는 말을 들을 뿐만 아니라 느낀다. 그녀가 무슨 생각을 하는지, 뭘 원하는지. 그에게 밀착하는 작고 가는 그녀의 몸, 꽉 조이는 손, 축축한 입술, 짭짤한 맛, 달콤함, 감미로움. 끝난 후 피터는 아무 말도 없이 거칠게 숨을 내쉰다. 그러다가 마침내 아, 미안, 이라고 말한다. 눈을 뜨자 상기된 얼굴로 미소 짓는 그녀가 가느다란 손가락으로 젖은 티셔츠 밑단을 끌어내린다. 미안해하지 마. 실비아가 말한다. 피터는 그녀의 눈을 마주 보며 얼굴이, 이마가, 목이, 아직도 화끈거리는 것을 느낀다. 날아오를 듯 기쁘고 경건한 감정을 느끼며 그가 말한다. 아, 음. 내가 갖다줄게, 그— 미안.

그녀는 웃고 있다, 부끄러워하며 자기 얼굴을 가만히 만진다. 괜찮아. 실비아가 말한다. 좋았어. 이런 건 줄 알았으면— 나는 늘 너무 어려울 거라고만 생각했어. 네가 느끼게 만드는 게— 모르겠다. 미안.

피터는 그녀가 너무 사랑스러워서, 방금 그 일이 너무나 쉽고, 친근하고, 기분 좋고, 심지어는 평범하게 느껴져서, 감격에 겨워 눈이 따끔거린다. 그가 결혼하자, 라고 말한다. 실비아가 다시 즐겁게 웃으며 대답한다. 그 정도로 좋았어? 두 사람은 기뻐하며 바보같이 서로를 바라보고, 피터가 그녀의 머리카락을 만진다.

응. 그가 대답한다. 기분은 어때, 아직도 통증이 심해? 실비아가 뺨과 목을 분홍색으로 물들인 채 미소 지으며 말한다. 아니, 괜찮아. 진통제가 듣나 봐. 잠깐 정신이 팔리기도 했고. 그녀가 피터를 흘긋 보더니 얼른 시선을 돌리며 덧붙인다. 정신이 팔린 것 이상이었지, 고마워. 그는 몸이 편안하고 가볍게 느껴진다. 이것도 내가 너한테 고마워해야 하는 상황 같은데. 피터가 말한다. 그녀가 침대 옆 서랍에서 티슈를 찾아낸다. 두 사람은 잠시 다정한 침묵 속에 누워 있는다. 그는 나른하다고, 그리고 행복하다고, 표현할 수 없을 만큼 행복하다고 말없이 생각한다. 잠시 후 피터가 뭐라도 좀 먹겠냐고 묻자 실비아가 토스트나 뭐 간단한 거면 좋겠다고 말한다. 내가 가서 구울게. 피터가 대답한다. 금방 올게. 그런 다음 몸을 숙여 그녀의 이마에 입을 맞추고 말한다. 사랑해. 실비아가 여전히 미소를 지으면서, 여전히 수줍은 표정으로 대답한다. 나도 사랑해.

　그는 부엌에서 하품을 하며 기분 좋게 멍한 상태로 토스터에 빵을 넣고 냉장고에서 버터와 잼을 찾는다. 욕실에 가서 손을 씻는다. 세면대 위 거울에 비친 그의 모습은 익숙하다. 피터가 매일 거울에서, 어두워진 창문에서, 켜지지 않은 각종 기기의 화면에서 보는 익숙한 얼굴이다. 가끔은 눈 밑이 푹 꺼져서 피곤하고 부스스해 보이고, 가끔은 아직 젊고 괜찮아 보인다. 하지만 이제 이마에 주름이 보인다. 천장 조명 밑에서는 특히 더. 그녀의 욕실 조명 아래서도 마찬가지다. 그녀는 맛보고 싶다고 했다. 갑자기 쾌감의 여운이 밀려들면서 저도 몰래 크게 한숨을 쉰다. 벌써 다시 하고 싶다. 다시 느끼고 싶고, 그래, 그녀가 더 많은 말을 하게 만들고 싶다. 부엌으로 돌아왔지만 아직 빵이 다 안 구워져서 주머니 속 핸드폰을 꺼낸다. 업무 관련 이메일 두 통, 회계사에게서 온 부재중 전화, 나오미의 문자메시지. 무심코 메시지를 연다.

나오미 나 요리 중 ㅋㅋ

나오미 맛없으면 시켜 먹자

나오미 몇 시에 와?

사진도 첨부했다. 핫플레이트에 올려진 작은 녹색 캐서롤 냄비. 무게중심이 흔들린 것처럼, 벽이 움직이는 것처럼 어지러운 느낌. 그는 기절할 것 같다고 생각한다. 당장 거기서 기절할 것만 같다. 그 생각에 정신을 차리고 부엌 의자에 앉는다. 스토브 위 작은 녹색 냄비, 몇 시에 와. 세상에. 피터는 자기가 도대체 뭘 하고 있는 걸까 생각한다. 저번에 욕실에서 그녀의 귀에 속삭였던 말, 네가 행복하면 좋겠어. 그때 그는 거짓말을 하고 있었을까. 그렇다면 왜, 무엇을 위해서, 도대체 무슨 이유로. 갑자기 기도하고 싶다는 강한 충동이 들어서 벌써 입술을 달싹거리다가 그런 자신이 무서워져 멈춘다. 무엇을 위해 기도할까. 용서, 인도. 누구의 용서와 인도일까. 그가 믿지도 않는 하느님, 우리에게 서로 사랑하라고 명하는 감상적인 예수. 그가 감당할 수 있는 범위를 훨씬 넘어버렸다. 무언가 해야 한다. 그동안 그는 어떻게 아무 갈등도 없이 그런 모순적인 생각과 감정을 품을 수 있었을까. 가짜 진정한 연인, 냉소적인 이상주의자, 기도하는 무신론자. 모든 것이 치명적일 만큼 뒤섞였다, 모든 것이 경계를 넘었고, 무엇 하나 제자리에 없다. 그녀, 또 다른 그녀, 피터 자신. 게다가 크리스틴, 아이번, 기혼녀라는 그 여자 친구. 저세상에 계신 아버지. 하나의 개념이 붕괴하여 다른 개념과 합쳐지고, 전부 하나가 된다. 아니. 오늘 밤 어디에서 잘 것인가 하는 긴단한 질문에 먼저 대답하자. 결혼해줘. 사랑해. 몇 시에 와.

12

같은 목요일 밤, 마거릿은 골드베르크 변주곡 연주회에서 관객을 맞이하고 있다. 연주자는 언론에 멋지게 소개된 벨파스트 출신의 젊은 피아니스트. 그녀는 로비 문을 닫으며 관객도 꽤 많이 왔다고 생각한다. 단골 관객, 음악 애호가, 아름다운 겨울 코트를 입은 해링턴 노부인, 엘리너 롤리스와 남편, 그리고 학생들이 왔다. 몇몇 학생은 어리고 피부가 엉망인 데다 코트도 입지 않았다. 시작하기 직전에 애나가 헐떡이면서, 웃으면서, 반쯤 망가진 우산과 씨름하면서 들어온다. 마거릿은 차례차례 관객이 내미는 표를 자르고 자리를 안내했고, 이제 불 켜진 로비에서 공연장의 웅성거리는 어둠 속으로 들어가서 등 뒤로 묵직한 문을 닫고 덜컥덜컥 차르르 커튼을 닫는다. 비에 젖은 부츠와 외투, 사람들의 따뜻한 육체가 내뿜는 향기. 무대 계단에 선 자신의 얼굴을 환히 비추는 조명이 느껴지고 눈앞에 커다란 먼지 입자가 떠다닌다. 웅성거림이 점차 가라앉는다. 오늘 밤 위층 조정실에는 대니가 있다. 마거릿은 유리 너머로 그의 실루엣이 보인다고 생각한다. 안녕하세요, 클로허킨 아트센터에 오신 것을 환영합니다. 그녀가 말한다. 마거릿이 자기 말을 흘려들으며 화재시 비상구 위치를 설명하고 관객에게 핸드폰 전원을 꺼달라고 말할 때 너무나 익숙한 자기 목소리 아래로 뒤쪽 무대 옆에서 조심스럽게 내딛는 묵직한 발소리가 들린다. 들어주셔서 감사합니다, 즐거운 공연 관람 되시기 바랍니다. 흩어지는 박수 소리. 공연이 시작되기 전 기분 좋은 흥분이 감도는 정적 속에서 그녀가 자리로 가자 애나가 그녀의 팔에 손을 얹고 귓속말을 한다. 너 정말 멋지다. 마거릿은 어이없어하면서 행복하게 웃는다. 이제 눈부신 조명, 온통 까맣게 차려입은 젊은 피아니스트, 박수 소리, 연주자가 피아노 앞에 앉자 장벽 같은 박수 소리가 점점 잦아들면서 내려앉는 정적.

고요한 어둠 속으로 시작 음들이 높이, 머뭇머뭇 떠오른다. 가볍고 높은 음에 이어 그보다 낮고 약간 질질 끄는 낯선 메아리가 천천히 뒤따른다, 소리가 흩어져 번지는 것만 같다. 반들거리는 흰 건반에 닿는 피아니스트의 분홍빛 손가락. 그녀가 집중하느라 젊은 분홍빛 얼굴을 찌푸린다. 마거릿이 아까 쟁반에 비스킷 접시와 커피를 한 잔 얹어서 그녀에게 가져다주었고, 두 사람은 순회공연에 대해서 이야기를 나누었다. 피아니스트는 말투가 조용조용했고 어색하게 미소를 지었다. 물어뜯긴 손톱을 보자 아이번이 떠올랐다. 지금 연주를 듣고 있으니 다시 떠오른다. 어젯밤에 통화할 때 그녀가 독주회 이야기를 꺼내자 아이번은 작곡가 중에 바흐가 제일 좋다고, 공연을 놓쳐서 아쉬울 것 같다고 말했다. 이 말에 마거릿은 마음이 따뜻해졌다. 다른 현실을 암시하는 말. 상황이 달랐다면 이 어둠 속에서 아이번이 그녀와 함께 있었을 것이라고. 공연이 끝난 다음 아이번의 생각을 듣고 애나의 생각도 듣고. 셋이서 같이 술을 마시고. 얼굴을 찌푸리지만 온화한 그의 태도, 그의 사려 깊음, 수학과 바로크양식에 대한 생각들. 상상하니 가슴이 아프다. 갑자기 음악이 바뀌더니 빠르고 경쾌하고 능란하게 여기저기서 재잘거린다. 피아니스트의 손이 건반 위에서 쉽고 빠르게 움직이고, 복잡하게 뛰노는 리듬에 맞춰 그녀가 점점 더 빠르게 고개를 끄덕인다. 이제 선율이 더욱 밝게 반짝이면서 쫓아가는 가벼운 발걸음처럼 어둠 속으로 솟아오른다. 청중의 긴장과 전율이 섞인 침묵이 소리 주변으로 모여든다. 그들은 침묵 속에서 이 찰나의 의식(意識)을 공유한다. 같이 들으며 귀를 기울인다. 허공으로 퍼져나가 사라지는, 너무나 빠르고 경쾌하고 멋진 멜로디의 흐름을 따라간다. 이 경험을 말없이 공유하는 한 시간. 어둠 속에서 사람들과 같이 앉아서. 손에 쥘 만큼 작은, 나중에 주머니 속에서 만지고 쓰다듬을 수 있을 정도로 작은 경험. 어젯밤 통화에서 아이번은 마거릿이 원하면 가끔 주중에 만나러 오겠다고 했다. 그녀가 사무실에서 일하는 낮 동안 아이번은 그녀의 집에서 일하고. 저녁이 되면 같이 식사하고, 나중에 그의 품에 안겨 영화라도 한 편 보고. 그 감정 속에서, 함께 떠올린 고요한 만족감 속에서 삶이 두 사람에게 안겨준 모든 불행이 잠시나마 녹아내렸다. 그래도 되고. 마거릿이 말했다. 그녀의 주변에서 가볍고 높고 은방울 소리 같은 음악이 슬플 정도로 부드럽게 날갯짓한다. 안 될 게 뭘까. 삶이 주는 것을 선뜻 받아들이지 않을 이유가 어디 있을까. 아이번이 체스 대회에 참석하는 날, 그날 밤 마거릿은 뮤직 아일랜드 콘퍼런스 때문에 더블린에 있을 것이다. 둘이 시내에서 만나 저녁을 먹으러 가도 된다. 아니면 마거릿이 대회장에 들러서 그의 경기 끝부분을 볼 수도 있다. 그들이 처음 만났을 때도 그랬다, 그녀는 관객이고 그는 정복하는 영웅이었다. 경기가 끝난 뒤에 친구들에게 마거릿을 소개할지도 모른다. 마거릿도 자기 친구들에게 아이번을 소개할 수 있다, 안 될 게 뭘까. 애나, 이쪽은 아이번이고 스물두 살이야. 체스를 본격적으로 두는 선수야. 불가능할까? 애나는 누군가 있다는 것을 알고, 그 사실을 마거릿이 안다는 것 또한 안다. 마거릿은 애나가 어떤 사람을 상상하고 있을지 짐작이 간다. 슬라이고에 사는 착한 40대 남자, 구급대원 아니면 도서관 사서. 이혼했거나 사별한 남자. 마거릿이 따뜻한 식사를 가져다주고, 영화관에서 손을 잡고. 애나는 생각도 못 할 것이다,

누구든 상상이나 할 수 있을까? 치아 교정기를 하고 그녀의 귓가에 아, 씨발, 이라고 중얼거리는 소년. 애나는 알지 못하므로 비난할 수 없고, 아마 비난하고 싶지 않아서 정말로 알고 싶지는 않을 것이다. 두 사람이 함께 겪어온 것들. 슬픔, 출산, 질병, 불행. 인체의 과잉과 결핍의 총체. 피, 배설물, 토사물, 그래, 사고와 응급 상황, 늦은 밤의 약국, 부엌 식탁에서 흘리는 눈물. 애나는 이제 피곤하지만 행복하다. 이마에 생긴 주름, 첫 아이의 무게에 튼튼해진 팔. 녹색 벨벳 재킷을 근사하게 차려입고 평일 피아노 연주회에서 청중을 맞이하는, 무언가를 숨기는 마거릿. 두 사람은 평생 서로를 알았다. 이제 조금만 더 지나면 같이 중년이 된다. 우정의 다정한 침묵. 두 사람은 앞으로도 계속 나란히 서서 삶이 주는 끔찍한 충격을 마주할 것이고, 무언의 이해라는 오래되고 편안한 담요가 필요할 때면 서로에게 건네주리라. 더 말하지 않아도 돼. 말하지 마. 다 알아. 이제 두 사람의 머리 위로 음악이 울려 퍼지며 점점 커지다가 절정에 다다르더니 침묵이 흐른다. 마거릿은 두근거리는 마음으로 지켜보며 기다린다. 마침내, 시작 부분과 마찬가지로 조용히 머물던 선율이 불안하게 전율하며 침묵 속으로, 어둠 속으로 머뭇머뭇 가라앉는 듯하다. 마거릿은 이 멈칫거리는 낯선 음악에 뭐라 표현할 수 없는 감동을 받는다. 기묘하게 경쾌한 선율. 마지막 음들이 느릿느릿 망설이며 허공 속에서 반짝반짝 떨린다.

이제 침묵 속에서 박수가 터져 나온다. 청중이 자리에서 일어나고 소리가 더욱, 지나칠 만큼 커지자 피아니스트가 작고 하얀 치아를 드러내며 미소를 짓고 허리 굽혀 인사한다. 관자놀이에서 흘러내리는 구슬 같은 땀방울. 귀가 멀 듯 요란한 박수 소리를 들으며 마거릿은 손과 팔이 아플 정도로 열심히 박수를 친다. 피아니스트가 다시 나와서 허리 숙여 인사한 다음 들어간다. 위층 조정실에서 대니가 공연장 조명을 켜고 마거릿이 출입문으로 가서 커튼을 젖힌다. 로비를 채우는 목소리들, 눈부시게 환한 조명, 깔깔거리는 웃음소리, 자동차 열쇠를 짤그랑거리는 소리. 마거릿이 모두에게 안녕히 가시라고 인사한다. 엘리너 롤리스기 잠시 멈춰 서서 코트 단추를 채우며 말을 건다. 만나서 반가웠어, 마거릿. 애나도. 꼬마 신사는 잘 있지, 정말 아름다운 음악이었어, 잘 가. 거리에서 몰아치는 차가운 비. 마거릿과 애나가 서로 팔짱을 끼고 주차장을 가로지른다. 사람 많이 왔더라. 애나가 말한다. 가로등마다 분홍빛 안개가 후광을 이룬다. 그러게. 마거릿이 대답한다. 낡은 광고 액자가 걸려 있고 달콤하고 쿰쿰한 홉 냄새가 나는 코브웹에 오늘 밤은 사람이 많다. 애나가 음료를 주문하러 가고 마거릿은 가게 안쪽 작은 칸막이석에 자리를 잡고서 핸드폰에서 엄마에게 사 준 식기세척기 사진을 찾는다. 애나가 레모네이드를 가지고 돌아온다. 얼음이 레몬 조각에 가볍게 부딪친다. 마거릿이 사진을 보여주자 애나가 더 자세히 보려고 핸드폰을 그대로 받아 든다. 동생들한테 사진을 보내지 그랬어. 애나가 말한다. 마거릿이 웃으며 차가운 잔을 들자 맺힌 물방울이 손가락끝을 적신다. 나 그렇게 못된 사람 아니거든. 마거릿이 말한다.

애나가 핸드폰을 돌려주며 대답한다. 아니, 진심으로 하는 말이야. 어머니가 동생들한테 말 안 하실 거 너도 알잖아.

마거릿이 번쩍거리는 하얀 식기세척기를 다시 잠깐 보고 핸드폰을 치운다. 안 하시겠지. 그녀가 인정한다. 하지만 있잖아, 그건 중요하지 않아. 이런 걸로 법석을 떠는 건 걔들한테 놀아나는 거야.

애나가 생각에 잠긴 표정으로 상표가 적힌 노란 코스터에 놓인 잔을 빙빙 돌리며 말한다. 음. 하지만 너도 가족을 위해 희생하고 싶은 건 아니잖아.

마거릿이 위험한 것은 식기세척기를 사는 게 아니라 거기에 감정적으로 몰입하는 것이라고 말한다. 두 사람은 한동안 레모네이드를 홀짝거리며 종종 그랬듯이 각자 자기 어머니의 성격에 대해 이야기한다. 집안의 가장 노릇을 하느라 고생했던 마거릿의 어머니 브리짓은 남편과 아직 어린 세 자녀, 고등학교 교장이라는 직업이 앞다투며 요구하는 것들에 늘 시달렸다. 이러한 맹공격 때문에 중년에 이르자 끝없이 시달리는 성격, 일종의 피포위 심리를 갖게 되었다. 가끔 그들의 가족 역학은 어머니의 관심을 받으려고 애쓰는 줄다리기와 다름없어 보였다. 아이들은 애원하고 엄마는 거리를 두었다. 그러나 브리짓의 입장에서는 무척 신경질이 났을 이런 생활 방식은 이미 오래전에 끝났다. 그녀는 한참 전에 은퇴했고 남편은 세상을 떠났으며 마거릿은 가까이 살지만 한 달에 한 번 정도만 브리짓을 만난다. 그런데도 두 사람이 만날 때마다 브리짓은 마거릿이 어린 시절부터 보아온 익숙한 태도로 너무 큰 짐을 지느라 피곤하다는 듯이 이야기한다. 아직도 직장에 다니며 세 아이를 돌보는 사람처럼 굴면서 마거릿을 학교 가는 날 아침에 일어나지 않으려고 하는 10대 아이처럼 대한다. 한편, 애니의 어머니 누알라는 비이성적일 만큼 걱정하고 '속상해하는' 성격으로 남편과 자녀들을 좌지우지한다. 따라서 가족생활은 대부분 모두가 힘을 합쳐 누알라를 '속상하게' 만들지 않는 것을 중심으로 돌아가는데, 여기에는 필요한 모든 수단을 동원해 가족 내의 문제나 잠재적 갈등을 누알라에게 숨기는 것도 포함된다. 누알라는 남편과 자녀들로 구성된 특별 극단이 연기하는 가상의 세계에서, 그녀가 사랑하는 사람 누구도 불행하거나 아프거나 우울하거나 낙담하거나 상처받거나 걱정하거나 겁먹지 않는 세상에서 사는 셈이다. 하지만 애나가 보기에는 역효과가 있었으니, 누알라는 자신의 걱정만이 세상 유일한 걱정이고 다들 자신 있게 잘만 살아가는 세상에서 혼자 불행하기 때문에 자신의 고통은 자기만 이해할 수 있다고 생각한다.

엄마한테 그건 어떤 삶일까? 애나가 묻는다.

음, 너희 어머니가 원하시는 삶이겠지. 마거릿이 말한다. 너희 가족 모두가 그렇게 행동하도록 어머니가 어느 정도 적극적인 역할을 하고 있을 거야.

우리가 그렇게 고분고분 따를 필요는 없는데.

당연하지. 다만 이제 와서 순순히 따르지 않으면 어머니가 과연 제대로 대응하실 수 있을까 싶은 거잖아.

애나가 남은 레모네이드를 마저 마시고 코스터에 잔을 가볍게 내려놓으며 말한다. 진짜 그래.

한 잔 더 시킬까? 마거릿이 묻는다.

애나가 핸드폰으로 얼른 시간을 확인하더니 마거릿을 올려다보며 미소를 짓는다. 좋아, 안 될 게 뭐야.

마거릿이 바에 가서 레모네이드를 두 잔 더 주문한 다음 바텐더가 돌아서서 잔과 병을 챙기는 모습을 지켜본다. 그녀는 다시 자기 가족에 대해서, 어머니에 대해서 생각한다. 브리짓이 정말 그렇게 거만하고 꼬인 사람일까? 맞다, 종종 그렇다. 하지만 다른 면도 있다. 유능하고 믿음직스럽고, 위기 상황에서도 바위처럼 침착하다. 마거릿은 보험이나 자동차, 햇볕에 화상을 입었을 경우 처치 방법 같은 현실적인 문제에 대해서 아직도 가끔 어머니에게 물어보고, 어머니의 조언은 늘 신속하고 도움이 된다. 마거릿으로서는 브리짓이 자신을, 특히 자신의 결혼 생활을 대하는 태도에서 가장 괴로운 부분은 브리짓이 냉정하다는 사실보다 결국 브리짓이 옳을지도 모른다는 뼛속 깊이 새겨진 의심, 평생에 걸친 본능이다. 어머니를 믿고 자기 뜻보다 어머니의 뜻에 따르려는 어린 시절의 뿌리 깊은 충동을 이성적인 논쟁이라는 빈약한 힘으로 억누를 수 있을까? 사랑, 결혼, 친밀한 관계라는 문제에서 이성적인 논쟁이 가당키나 할까?

뒤에서 누가 마거릿의 이름을 부른다. 고개를 돌리니 체스 클럽 회장 올리 라이언스가 바 반대쪽 끝에서 손을 흔들고 있다. 올리를 보자 현재 자신의 삶에서 그가 지나치게 의미심장해졌다는 생각이 들어 웃음이 날 것 같다. 마거릿은 웃는 대신 예의 바르게 미소를 지으며 말한다. 아, 올리, 다시 만나서 반가워요. 그가 바 앞에서 우글거리는 사람들을 팔꿈치로 밀치다시피 하며 다가온다. 아니, 이런. 올리가 말한다. 일은 어때요? 그의 불그스름한 얼굴이 환하게 반짝이고 어둑한 불빛 속에서 안경알이 번득인다. 좋아요. 마거릿이 말한다. 체스계는 어떤가요?

괜찮아요. 올리가 말한다. 요즘은 나쁘지 않아요. 아, 관련해서 재밌는 일이 있는데.

바텐더가 작은 레모네이드 두 병이랑 얼음과 레몬이 든 잔 두 개를 가지고 돌아온다. 마거릿이 지갑을 찾아 핸드백을 뒤지면서 별생각 없이 올리에게 말한다. 뭔데요?

체스 얘기가 나와서 하는 말인데요. 저번에 내가 차를 타고 스펜서가를 지났거든요, 거기 버스 정류장을요. 아마 금요일 저녁이었을 겁니다. 내가 뭘 봤는지 알아요?

마거릿이 올리를 등지고 돌아서서 카드를 찍어 음료값을 결제한다. 입이 바싹 마르는 느낌이 들어서 침을 삼킨다. 그녀가 어깨 너머로 말한다. 계속하세요.

아이번 쿠벡. 순간적으로 헛것을 본 줄 알았지만 진짜 쿠벡이었어요. 독특하게 생긴 청년이잖아요.

올리가 말하는 동안 마거릿이 작은 레모네이드병을 든다, 물기 때문에 노란 라벨이 쭈글쭈글하다. 그녀가 치익 소리를 내는 탄산음료를 유리잔에 부으며 말한다. 그래요?

쿠벡 기억나죠.

마거릿이 첫 번째 병을 비우고 두 번째 병을 집으며 말한다. 네. 기억나요.

우리 클럽은 쿠벡을 다시 초청하고 싶어요. 올리가 말한다. 이 동네에 올 일이 있으면요. 그날 오전 워크숍 반응이 아주 좋았거든요.

마거릿은 레모네이드가 얼음 위로 차오르고 레몬 조각이 떠오르는 것을 보면서 아무 억양 없이 대답한다. 그랬군요.

정말로요. 애들한테 아주 잘하더라고요. 아이들은 아직도 쿠벡 얘기를 해요.

마거릿이 두 잔을 다 채운 다음 양손에 든다. 바에서 돌아서서 올리를 보며 미소를 지으려 애쓴다. 아마 애쓰는 게 전부 티가 나겠지. 좋은 일이네요. 그녀가 말한다.

쿠벡이 최초의 그랜드 마스터가 될 수 있겠다고들 해요. 국내 파로는 처음이죠.

손에 든 찬 유리잔이 왠지 무겁게 느껴진다. 그렇군요. 제가 그쪽은 잘 몰라서요, 올리. 즐거운 시간 보내세요.

올리가 만족스럽게 미소를 지으며 대답한다. 당신도요.

마거릿은 철로를 따라가는 기차처럼 기계적으로 밀려가듯 애 나가 핸드폰 위로 몸을 숙인 채 기다리는 테이블로 향한다. 나오래는 못 있어. 애나가 올려다보지도 않고 말한다. 너한테 물어볼 게 있는데— 그녀가 시선을 들더니 마거릿을 보고 표정이 변한다, 긴장한다. 왜 그래? 그녀가 얼른 주변을 둘러보더니 자리에서 몸을 조금 일으켜 구부정한 자세로 가게 안을 유심히 살핀다. 그런 다음 테이블 위로 몸을 낮춰 다급하고 낮은 목소리로 덧붙인다. 리키가 왔어? 마거릿이 귓불을 만지며 묘하게 공허한 웃음소리를 낸다. 아니. 아무도 안 왔어. 아무 일도 없어. 애나가 손을 뻗어 마거릿의 손을 감싸며 묻는다. 무슨 일이야?

아냐, 아무 일도 없어. 마거릿이 말한다. 두 사람이 마주 보고, 마거릿이 다시 웃는데 끔찍하게도 헐떡거리는 소리가 난다. 아, 애나. 내가 정말 바보 같았어. 집에 가야겠어. 그래도 될까?

우리 집으로 갈까? 차 한잔 마시자. 어때?

그 광경을 상상하자 잠시 마음이 끌린다. 애나의 집, 난롯불에 말라가는 아기 옷, 루크와 그의 목공예 수업. 하지만 지금은 불가능해. 마거릿이 속으로 생각한다. 자신이 불가능하게 만들었다. 그녀가 말한다. 아니. 고맙지만 괜찮아. 집에 가야 돼. 전화할 데가 있거든. 미안.

애나가 테이블 너머에서 마거릿을 유심히 보다가 이렇게만 말한다. 걱정하지 마, 괜찮아. 가자. 네 차까지 데려다줄게.

두 사람은 레모네이드를 건드리지도 않은 채 펜던트 조명 밑에서 같이 코트를 입는다. 마거릿은 올리가 지금까지는 몰랐어도 이제는 알아차릴 거라고 생각한다. 얼굴이 백지장처럼 새하애진 채 친구의 팔에 매달려서 나가는 마거릿을 보고서. 밖에는 다시 비가 내리고 있고, 마거릿이 열쇠를 찾아 가방 안을 더듬는다. 그러는 내내 애나가 손을 꽉 잡아준다. 널찍하고 까만 주차장에는 아무도 없고 주변 사방에 도심의 검은 건물이 우뚝 솟아 있다. 비가 내리고 홈통에서 물이 뚝뚝 떨어진다.

집에 갈 수 있겠어? 애나가 묻는다.

그럼. 당연하지.

애나가 손을 다시 꽉 잡더니 근처에 아무도 없는데도 속삭인다. 그— 네가 만나는 사람 때문에 그래?

마거릿이 마지막 남은 힘을 짜내듯 고개를 들고 애나를 보며 묻는다. 왜, 무슨 얘기라도 들었어?

나? 세상에, 아니. 잠시 침묵이 흐른 다음 애나가 말한다. 방금 바에서 누가 무슨 말이라도 한 거야?

마거릿은 비참한 마음으로 어깨를 으쓱하려고 애쓴다. 모르겠어. 별거 아니었을 거야. 내가 과민 반응하는 걸지도 몰라. 집에 가야겠어.

애나가 마거릿을 끌어안으며 말한다. 내가 필요하면 전화해.

마거릿은 기분 좋으면서도 앙상해서 불편한 애나의 포옹 속에서 잠시 쉰다. 애나의 집, 사과, 부엌 세제 향기. 오랜 우정의 다정하고 의심 없는 헌신. 마거릿이 몸을 떼며 경쾌하게 말한다. 고마워. 또 봐. 그런 다음 차에 올라 시동을 켠다. 운전대를 잡은 손가락을 펴 빗속에서 팔짱을 긴 채 지켜보는 애나에게 마지막 인사를 한다. 바퀴가 자갈 위로 굴러가는 소리.

차를 몰고 집으로 돌아가는 마거릿은 생각이 뒤죽박죽이다. 술에 취한 것처럼. 아니, 그렇지 않다. 생각이 느려지는 게 아니라, 이 생각 저 생각이 앞다투어 빠르게 쏟아진다. 올리의 유들유들한 미소. 애들한테 아주 잘하더라고요. 그가 말했다. 아이번에 대해서. 마거릿이 특별히 관심이 있을 거라는 듯이. 세상에나. 아마 체스 클럽에서 이야기가 돌겠지. 휴라는 남자. 게다가 약사 톰 오도널의 아내는 마거릿의 어머니와 아는 사이다. 그래, 어머니. 엄마는 몇 년째 마거릿을 책잡으려 하지 않았던가? 불쌍한 남편을 버리고 이제 막 대학을 졸업한 청년에게 몸을 던지다니. 그에 비하면 리키가 한 짓이 뭐 그리 대단할까? 그리고 리키를 생각해보자. 누구든지 리키에게 말할 수 있고, 이미 말했을지도 모른다. 그러면 어떻게 될까? 또 술에 취해 사무실로 찾아와서 마거릿을 찾을 것이다. 마거릿, 위층이야? 내려와봐, 물어볼 게 있어. 시내에서 당신 이야기를 들었어. 가슴에 손을 얹고 말하자면 마거릿은 남편과 헤어질 때 다른 누구도 만날 생각이 없었다. 안전하고 깨끗한 방에서 혼자 평화롭게 자고 싶었을 뿐이다. 침대 옆 탁자에 놓인 책과 차 한 잔, 11시 소등. 깨끗함과 고요함, 그게 바라는 전부였다. 누군들 상상이나 했을까. 그 일은 아무 예고도 없이, 느닷없이 찾아왔다. 이제 마거릿은 그들에게 말해야 한다. 안 할 수가 없다, 설명해야 한다. 조니. 직장 동료 린다. 애나도 확실히 다른 사람보다 마거릿에게 직접 듣는 것이 낫다. 슈퍼마켓에서 수군거리는 요란한 소문. 최근에 들은 소식을 나누는 학창 시절 친구들. 마거릿 컨스 말이야, 상상이나 가니? 난 마거릿이 약간 자유분방하다고 늘 생각했어. 마거릿은 주님, 용서하세요, 라고 생각한다.

그녀는 손가락이 무감각해진 채 아무것도 보이지 않는 집으로 들어와 조명도 켜지 않는다. 깜깜하고 텅 빈 부엌에서 식탁 의자를 꺼내서 앉은 다음 핸드폰 화면을 켠다. 연락처 목록에서 그의 이름을 선택한다. 전화벨. 딸깍 소리가 나고 아이번이 말한다. 여보세요?

주변에서 웅성웅성 요란한 소리가 들린다. 음악 소리, 목소리. 아, 바쁘구나. 마거릿이 말한다. 미안해요.

아니, 아니에요. 아이번이 대답한다. 하나도 안 바빠요. 룸메이트가 파티 비슷한 걸 해서. 소음이 들린다면 그 소리예요. 난 내 방에서 아무것도 안 하고 있어요.

침착하고 익숙한 그의 목소리가 너무나 위안이 된다. 그녀가 한 번도 보지 못한, 설명을 듣고 상상만 한 그의 방. 마거릿이 눈을 감고 말한다. 아. 그렇구나.

연주회는 좋았어요?

마거릿이 어렴풋이 미소를 짓는다. 응, 좋았어. 아름다웠어. 당신도 좋아했을 거야.

부럽네요. 아이번이 대답한다. 바흐가 최고예요, 그렇죠? 그 이후 작곡가의 음악을 들으면 사실 슬퍼져요, 재능 면에서 훨씬 못 미쳐서.

마거릿이 손가락으로 코를 훔친다. 그녀 뒤의 검푸른 창문이 오븐 문에 비친다, 불룩한 유리 때문에 일그러져 보인다. 공연이 끝나고 애나랑 뭘 좀 마시러 갔었어. 그녀가 말한다. 거기서 올리를 우연히 마주쳤어.

누구요?

올리 라이언스. 기억하지, 여기 체스 클럽 회장 말이야.

아, 그 사람이요. 기억나요. 그 사람이 나한테 반했다면서요. 내가 진짜 그렇게 생각하는 건 아니지만, 그냥 당신이 그렇게 말했던 게 기억나요.

마거릿이 침을 삼키며 자기도 모르게 고개를 끄덕인다. 그 사람이 오늘 저녁에 일부러 나한테 와서 말을 걸었어.

그래요? 재밌네. 올리가 반한 건 당신일지도 모르죠.

설명할 수 없을 만큼 큰 힘으로 그녀를 달래는 아이번의 목소리. 마거릿이 이마를 짚으며 말한다. 저번에 당신을 여기서 봤대. 버스 정류장에서. 차 타고 지나가다가.

아이번은 잠시 아무 말도 하지 않다가 아, 라고 말한다. 다시 침묵이 흐른 뒤에 음, 이라고 덧붙인다. 마침내 그가 말을 잇는다. 이상하네요, 미안해요. 난 못 봤어요, 당연한 말이지만.

당신 잘못이 아니야. 미안하다고 하지 마. 그 사람이 말하는 태도를 보니까 왠지 — 나랑 관련이 있다고 생각하는 것 같았어. 왜 그렇게 생각하는지는 모르겠지만 아무튼 내가 받은 인상은 그랬어.

배경에서 들리는 어지러운 소음 위로 아이번의 한숨 소리가 들린다. 알겠어요. 지금 다시 돌이켜보니 그때 워크숍에서 누가 나한테 무슨 말을 했었어요. 당신에 대해서요. 그냥 지나가는 말이었고 딱히 뭔가를 암시한다고 생각하진 않았어요. 하지만 생각해보면, 그날 아침에 내가 당신 차를 타고 오는 걸 봤거나 그랬을지도 모르겠네요.

마거릿이 손으로 이마를 문지른다. 물론이다. 그랬다면 그 사람들은 내내 알고 있었거나 의심하고 있었을 것이다. 올리는 버스 정류장에서 아이번을 보고 소문이 맞았다는 승리감에 도취되었을 뿐이다. 그래. 그녀가 말한다. 그러면 말이 되네.

아이번이 잠시 조용해졌다가 묻는다. 심각한 상황이에요?

마거릿이 숨을 들이마시고 다시 천천히 내쉬며 말한다. 아니. 괜찮을 거야. 끔찍한 일이 일어날 리는 없어.

그래요. 그렇다면 다행이에요. 당신 말이 맞을 거예요.

마거릿은 춥고 캄캄하고 텅 빈 부엌에 앉아서 이마를 문지르다가 다시 머리카락을 쓸어 넘긴다. 하지만 사람들이 수군대고 있다면 누군가 — 내 전남편한테 말할지도 몰라.

네. 아이번이 말한다.

미안해. 당신을 끌어들이고 싶지는 않았는데.

아이번이 조리 있게 대답한다. 날 끌어들이는 게 아니에요, 마거릿. 사실 나 때문에 당신한테 문제가 생긴 거죠. 전남편이 무슨 짓을 할지 걱정돼요?

모르겠어. 마거릿이 말한다. 그러니까, 미안, 리키가 폭력적이거나 뭐 그런 사람은 아니야. 전혀 아니지. 그냥, 리키가 기분이 상할까 봐 걱정돼.

무슨 말인지 알겠어요. 속상하게 만들기 싫은 거죠. 하지만 당신은 아무 잘못도 없어요.

마거릿이 눈을 감는다. 음, 다른 사람들이 그렇게 생각할지 모르겠네.

아이번이 마거릿에게 마저 생각할 시간을 주려는 듯 침묵하지만 그녀는 더 이상 말하지 않는다. 무슨 말인지 알아요. 그가 말한다. 사람들은 타인을 멋대로 재단하기도 하니까.

마거릿이 다시 눈을 뜨고 침을 삼키며 어렴풋이 대답한다. 응. 당신도 스스로를 재단하고 있고요. 그건 별로 도움이 안 돼요.

마거릿은 자신이 겨우 미소를 짓는 것을 느낀다. 미안해. 그녀가 다시 말한다.

음, 내가 나이가 더 많으면 좋겠어요. 그러면 모든 게 참 쉬워질 텐데. 지금 당장 당신 나이가 될 수 있다면 주저 없이 그렇게 할 거예요.

마거릿이 가슴 아리는 애정을 느끼며 대답한다. 아이번, 당신 인생이잖아. 그렇게 사라지기를 바라지 마.

그렇게 대단한 인생도 아니었어요, 진짜예요. 당신을 행복하게 만들 수 있다면 얼마든지 없어져도 돼요, 아무렇지도 않아요. 아무것도 아니에요, 고작 몇 년인걸. 이런 말은 좀 그렇지만, 당신을 만나기 전까지 어차피 좋지도 않았어요.

마거릿이 웃는다. 머리가 맥없이 흔들린다. 그녀를 둘러싼 춥고 어두운 집, 창문으로 들어온 불빛을 받아 파란색과 은색으로 어둑하게 모습을 드러내는 온갖 표면. 마거릿은 삶이 해체되는 느낌을 받으면서도 이상하게 마음이 차분하다. 귓가에 닿은 핸드폰이 점점 뜨거워진다. 생각에 잠긴 아이번의 침묵. 마침내 그녀가 말한다. 딴 얘기 하자. 오늘은 어땠어?

반대편에서 아이번이 목을 가다듬는다. 사실은, 나도 당신한테 얘기할 소식이 좀 있어요. 중요한 건 아니지만.

마거릿이 침을 삼키고 다시 미소를 지으려 애쓴다. 그래? 체스랑 관련된 거야?

아뇨. 대단한 건 아니에요. 내가 우리 개 얘기했던 거 기억나요?

물론이지. 알렉시. 어머니 댁에 있다고 하지 않았어?

그러자 아이번이 흐음, 하는 소리를 낸다. 초조한 웃음소리가 들리더니 그가 말한다. 음. 걱정할 거 없어요, 내가 방법을 찾을 거예요. 하지만 일단 알렉시는 이제 어머니랑 안 살아요. 사실 여기 있어요. 당분간. 내가 다른 곳을 찾을 때까지요.

마거릿이 어리둥절한 채 말한다. 지금 당신이랑 같이 있다고?

말 그대로예요, 침대 위에 내 옆에서 몸을 말고 누워 있어요.

침대 위 아이번의 모습. 아마도 베개에 머리를 기대고 누워서. 그의 옆에는 날씬하고 부드러운 개, 작은 심장박동. 아, 잘됐다. 마거릿이 말한다. 아파트에서 개를 키우면 안 되는 줄 알았어.

안 되는 거 맞아요. 잠깐 지내는 거예요.

그녀가 잠시 말을 멈추었다가 미소를 지으며 말한다. 아, 그러면 이번 주에는 못 오겠네.

음, 생각 중이에요.

괜찮아, 걱정하지 마. 다음에 만나면 되지.

잠시 후 아이번이 묻는다. 당신 집주인은 반려동물에 대해서 엄격해요?

우리 집주인? 모르겠는데. 왜?

그냥, 주말에 개를 데리고 가도 될까 생각 중이었거든요. 따지고 보면 가능은 해요, 아빠 자동차보험에 아직 내가 가입돼 있으니까. 어떻게든 킬데어의 옛날 우리 집으로 가기만 하면 차를 꺼내서 알렉시랑 같이 리트럼으로 갈 수 있어요. 알렉시는 차 타는 걸 좋아하거든요. 그리고 얌전해서 그다지 짐스럽지 않을 거예요.

마거릿은 얼떨떨하고 묘하게 감동해서 다시 웃는다. 그건 걱정 안 해. 그런데 킬데어까지 어떻게 갈 건데?

그러니까요, 복잡하죠. 염소와 양배추 문제 같아요. 강 건너기 문제 있잖아요. 아무튼, 알렉시를 롤런드한테 몇 시간 맡겨놓고 혼자 킬데어까지 기차를 타고 갈 수도 있어요. 도시 간 열차에는 동물을 데리고 탈 수 없거든요. 차를 몰고 여기로 돌아와서 알렉시를 태워 가면 돼요. 생각해보니 그게 괜찮겠네요, 일단 차만 있으면 한동안 킬데어에서 지내면 되니까. 방법을 찾을 때까지 필요한 만큼 오래 지내도 돼요.

합리적이네. 마거릿이 말한다.

좋아요. 그럼 정한 거예요. 평소처럼 내일 밤에 갈게요. 이번에는 데리러 올 필요 없어요, 내가 차를 몰고 집으로 바로 갈 테니까. 괜찮아요?

완벽해.

두 사람 모두 말이 없지만 전화를 끊지 않는다. 마거릿은 캄캄한 부엌에 앉아 식탁에 팔꿈치를 올리고 손을 얼굴에 댄 채 침대에 누운 아이번을 상상한다, 그의 옆에 개가 잠들어 있다. 두 사람의 침묵 속에서 시간이 흐른다.

음, 그만 끊을게. 마거릿이 말한다. 내일 봐.

응. 아무 문제 없을 거예요, 알죠. 내 생각에는요. 사실 내가 무슨 얘기를 하고 있는지 모르겠어요. 하지만 괜찮을 거라는 느낌이 와요.

당신 말이 맞는 것 같아. 그러길 바라. 곧 만나.

두 사람은 전화를 끊는다. 마거릿이 자리에서 일어나 불을 켜고 주전자에 물을 채운다. 수돗물이 쏴아 쏟아지는 소리. 검은 창유리에 그녀의 모습이 흐릿하고 올록볼록하게 비친다. 그녀는 이제 깨닫는다. 이런 일은 한 단계씩 점차적으로 벌어지고, 몇 주, 몇 달이 지나면 인생이 알아볼 수 없을 정도로 변한다. 어느새 거의 모든 지인에게 거짓말을 한다. 어울리지 않는 사람을 너무 열정적으로, 너무나 온 마음을 다해 좋아하게 되었다. 이제 자신의 미래가 그려지지 않는다. 5년 후는커녕 5개월 뒤, 5주 뒤도 모른다. 모든 것이 혼란스럽다. 이 모든 것이 한 사람을 위해서, 둘 사이에 존재하는 관계를 위해서다. 그 관계라는 개념에 충실하기 위해서 수없이 많은 중요한 것들을 느슨하게 놓아버린다. 가족의 존중, 동료와 지인의 인정, 제일 친한 친구들의 이해까지. 결국 삶은 그물을 벗어나지 못했다. 자유롭게 풀려나는 삶 같은 것은 존재하지 않는다. 삶 자체가 사람을 잡아두고 의미를 부여하는 그물망이다. 속박을 벗어던지고 의미 없는 존재로 계속 살아가는 것은 불가능하다. 사람들이, 타인이 그것을 불가능하게 만든다. 하지만 타인이 없으면 삶 자체도 없다. 재단, 비난, 실망, 갈등. 그것들은 사람이 서로 연결되어 살아가는 수단이다. 마거릿은 친구들, 이제는 끝난 결혼 생활, 가족, 동료, 마을 사람들 때문에 자신이 꿈꾸는 무한하고 즉흥적인 삶을 완전히 자유롭게 누릴 수 없다. 하지만 아이번 때문에, 두 사람 사이에 존재하는 무언가 때문에 이전의 존재로 마음대로 돌아갈 수도 없다. 타인의 요구는 없어지는 것이 아니라 오로지 증식할 뿐이다. 점점 더 복잡하고 더 어려워진다. 마거릿은 이렇게도 생각한다. 삶이 많아진다고, 점점 더 많아진다고.

13

같은 날 저녁, 피터는 여전히 실비아의 부엌에 홀로 앉아 핸드폰 화면을 내려다보고 있다. 아무 생각 없이 느낌뿐. 마음이 텅 비어서 울릴 것만 같다. 캐서롤 사진. 화면이 어두워지려 하자 다시 건드려서 밝힌다. 1, 2분 동안 의식적인 행동이라고는 이것밖에 하지 않는다. 가끔 건물 앞을 지나가는 자동차의 희미한 소리 외에는 아무 소리도 없다. 냉장고가 웅웅거리는 단조로운 소리. 마침내 그는 여전히 머리가 멍하고 텅 빈 채 나오미에게 저녁 시간에 맞춰서 못 들어간다고 문자를 보낸다. 여러 번 썼다가 고쳐 쓴 끝에 덧붙인다. 실비아가 몸이 좀 안 좋아서 혹시 내가 필요할지도 모르니까 실비아 집에 잠깐 있을 거야. 괜찮아? 나오미가 즉시 답장을 보낸다. 아, 괜찮아. 걱정하지 마. 빨리 나으면 좋겠다. 그녀에게도 똑같이 할 거라고 말하고 싶을 지경이다. 그녀, 그러니까 나오미가 아파도 그렇게 해줄 거라고. 실제로 저번에 나오미가 아팠을 때 피터는 똑같이 해줬다. 그러니까, 그가 필요할지도 몰라서 곁에 있었다. 귀에 염증이 생겼었는데, 언제였더라, 4월인가 5월. 그녀의 예전 집에서 매트리스에 앉아 나오미의 작고 뜨거운 머리를 무릎에 올려두고 아무 말 없이 쓰다듬었다. 너에게도 나는 똑같이 할 거야. 그런데 바로 그게 근본적인 문제 아닌가. 그가 똑같이 하려는 것, 똑같이 하고 싶은 것, 세상에, 정말 똑같이 하는 것 말이다. 문명의 바탕은 그러한 의지의 배타성인데. 그건 왜일까? 아, 그 이유를 누가 알까, 지금 그건 중요하지 않다.

피터가 일어나서 아까 토스터에 넣었던 빵에 기계적으로 버터를 바른다. 방으로 들어가서 실비아가 먹을 준비가 되자 침대에 일으켜 앉힌다. 지쳐 보이고 주름이 생긴 얼굴이 베일 같은 통증 너머에서 미소를 지으며 고맙다고 말한다. 진통제를 더 먹고, 그나마 넘길 수 있는 것을 넘기려 애쓴다. 피터가 설거지를 하고 나서 두 사람은 그의 노트북으로 영화를, 프레드 아스테어가 나오는 영화를 보지만 실비아는 영화가 끝나기 전에 잠든다. 그는 잠시 침대 머리 판에 기대앉아 그녀를 바라본다. 피터는 실비아에 대한 자기 사랑이 오염되었다고 생각한다. 죄책감으로, 수치심으로. 물론 실비아가 모르는 것도 아니다. 또 다른 그녀에 대해서. 실비아는 안다, 늘 알고 있었다. 피터는 엄밀히 배타적인 관계가 아니라고 말했고, 어쨌든 그건 사실이었다. 그렇다면 왜 이런 느낌이 들까. 몸에 살인 무기라도 숨긴 것처럼 숨이 막히고 심지어는 공황이 올 것 같다. 두 여자 모두 피터가 정말로 자신을 사랑하고 있다고 믿을 만한 이유를 피터 본인이 제공했기 때문이다. 더 나쁘게는 본인도 그렇게 믿었기 때문이다. 그는 이기적이고 변덕스럽고 그래, 성질이 더럽고 차가웠지만 적어도 그 점에 대해서는 고의로 거짓말을 하지 않았다. 그리고 지금, 피터는 어처구니없는 꿈에서 비로소 깨어나는 것처럼 공포에 질려 자기 삶이 얼마나 엉망인지 찬찬히 살핀다. 아까 두 사람이 이야기를 나눴을 때, 그녀가 그를 어루만졌을 때에는 모든 것이 평화롭고 단순하고 다정했다. 이제 그 순간의 친밀한 관계에서 물러나 더 큰 그림을 본다. 예를 들어 그와 같이 살고 있는 여자 친구. 스물세 살이고 가끔 아침에 침대에서 나오기 전에 그에게 오럴을 해주는 그녀를 생각하자 그는 이 상황을 전혀 몰랐던 것처럼 갑자기 무척 겁이 난다, 충격적이기까지 하다. 그녀를, 그리고 또 다른 그녀를 생각하자 스웨트셔츠 목깃 아래, 목덜미에서 다시 땀이 나기 시작한다. 그의 행동이 이제는 도덕적 판단을 내릴 수도 없을 만큼 너무나 큰 잘못처럼 느껴진다. 살인에는 동기라도 있다. 피터는 도대체 무엇을 하고 있을까, 무슨 짓을 한 걸까. 그의 옆에서 실비아가 입을 반쯤 벌린 채 자면서 뒤척인다. 피터는 침대 옆 탁자에 쪽지를 남긴다. 내가 필요하면 언제든 전화해. 늦은 시간이어도 걱정하지 말고. 사랑해.

거리로 나가서 맨 처음 들이마시는 차갑고 검은 공기, 그래. 아직 집에 갈 필요 없다. 시내에서 잠깐 술이나 한잔 마시면서 신경을 가라앉히자. 그런 의미에서 피터는 지갑에서 알약을 꺼내 두 알을 곧장 삼킨다. 다시 세인트스티븐스그린 공원을 향해 걸어가며 주머니에서 핸드폰을 꺼내고는 문자메시지를 보낸다. 어디야? 게리가 감동적일 만큼 의리 있게 답장을 보낸다. 멀리건스에 몇 명 같이 있어. 너도 와. 핸드폰 화면을 잠그고 외투 주머니에 넣으니 묵직하다. 안개 낀 밤공기가 그의 몸을 장엄하게 둘러싼다. 행인들의 머리 위로 왕관처럼 빛나는 가로등이 조용히 둥둥 떠 있다. 누군가에게 말하고 싶을 지경이다. 간단한 여론조사. 물론 두 사람 중 하나만 택해야 한다, 당연하다. 이제 아무도 그 사실에 이의를 제기하지 않는다. 속을 알 수 없는 얼굴로 사람을 불안하게 만드는 이들, 다자연애주의자, 페티시스트 등등만 빼고. 시민사회에서 자신이 차지하는 성적(性的) 지분을 처분해버려서 정상인의 눈에는 성적인 고려 대상에서 벗어난 사람들. 기분 나쁘게 만들 의도는 없다. 충분히 존중하지만 피터라면 차라리 죽어버릴 것이다. 하지만 어떤 의미에서는 자신이 이미 그런 존재가 된 것이 아닐까, 라는 끔찍한 생각이 끼어든다. 두 여자에 대한 감정을 생각하면 그렇다. 게다가 원하기만 한 것이 아니라 어느 정도는 이미 실행했다고 할 수 있다. 24시간 내에 넓은 의미에서 성행위라고 부를 만한 행동을 함께한 상대가

한 명이 아니니까. 모르는 사람이라면, 둘 다 피터가 다시 만날 생각이 없는 여자라면 괜찮을지도 모른다. 지나친 면이 없잖아 있지만 그의 경험에 비추어볼 때 사람들은 그런 일을 마음대로 재단하지 않는다. 아니, 혼란스럽지만 상황을 뒤트는 것은 그가 감정적으로 얼마나 얽혀 있느냐이다. 다시 말해서 그가 실제로 두 여자 모두 좋아한다는 사실이다. 그게 상상조차 하기 힘든 일일까? 분명 성적 주류에서 벗어나지 않으면서 부정(不貞)을 저지를 수도 있다. 부정은 잘못이라고 다들 동의하더라도 말이다. 그래, 물론 잘못이지만 그렇다고 해서 성적 도착을 내포하지는 않는다. 어떤 사람이 아내와 정부 모두에게 애착을 느끼는 것은 용인되지 않는다 해도 제한적인 상황에서는 기본적으로 받아들여지고 이해받는다. 확실히 자존감이라는 면에서 생각하면 피터로서는 변태보다 바람피우는 사람으로 여겨지는 쪽이 낫다. 하지만 그렇다면 다른 사람의 자존감을 빌려오는 것뿐일지도 모른다. 그가 얻는 만큼 상대 여자는 잃을 테니까. 그것도 한 여자만이 아니라. 세상에. 아니, 아니, 아니야. 그가 생각한다. 질문은 어떻게 선택하느냐밖에 없다. 상금으로 현금을 받을까, 새 자동차를 받을까, 어떻게 생각해. 두 가지 가치를 맞붙여보자. 성숙함 대 젊음. 그래, 절제 대 방종, 지성 대 본능, 얼마든지 댈 수 있다. 그래도 구체적으로 설명하는 것이 낫다. 한쪽은 일생의 사랑이자 고귀한 양심의 원칙, 솔직히 말해서 그가 지난 몇 년이더라,

14년 동안 누구에게도 진지한 애착을 느끼지 못하게 만든 사람에 대한 복잡한 감정. 물론 어려움이, 타협해야 할 문제가 있지만 누군가를 사랑한다는 것은 원래 그런 의미가 아닌가? 또 한쪽은 그의 포로이자 지배자, 얼마나 되는지 모를 돈과 보석과 선물을 쏟아부은 상대, 약간 거친 것을 좋아하고 매번 그를 능가할 정도로 장난스러운 쾌락을 즐기는 여자, 그가 무기력하게, 패배당한 마음으로 사랑하는 사람. 피터는 그녀와 싸우려 할 때마다, 자존심을 조금이라도 되찾으려 할 때마다 조금 더 깊이 가라앉을 뿐이다. 선 대 악.

아니다. 됐다. 어차피 말할 상대가 없다. 친구들한테는 안 된다. 친구들은 그녀에 대해서 조금 알고 또 다른 그녀와는 서로 아는 사이이다. 친구들을 난처하게 만드는 것은 부당하다. 친구들이 무엇을 의심하든, 이미 자기들끼리 뭐라 수군대든 말이다. 피터는 신중을 기하기만 하면 거의 모든 기행이 적어도 얼마 동안은 받아들여진다고 생각한다. 결국 도착적인 것은 복잡하게 얽힌 관계가 아니라 자신의 사생활이 투명하기를 바라는 그의 마음이라는 듯이. 어쩌면 그럴지도 모른다. 어쨌거나 친구들이 해주는 조언은 이 정도일 것이다. 있잖아, 그 여자가 정말 재미있긴 하지만 이제는 진지해져야지. 너희는 그냥 서로를 가지고 노는 거야, 일종의 파워 게임이지, 거기에 승자는 없어. 지금까지 네가 정말로 사랑한 사람은 한 명밖에 없잖아, 이제 그녀랑 함께

434

해야지. 갠 어리니까 알아서 잘 살 거야. 통장이 두둑한 다른 얼간이를 찾아내겠지, 걱정하지 마. 물론 그 반대도 똑같이 가능하다. 이제 앞으로 나아가야지, 피터. 이미 오래전에 끝났잖아. 네가 정말 집착하는 건 그녀가 아니라 너의 젊음, 희망, 꿈이야. 넌 이미 잃은 걸 다시 얻으려고 헛수고를 반복하는 것뿐이야. 그래, 둘이 잠깐 노닥거렸다고, 그녀가 손으로 한 번 해줬다고 해서 그게 뭐. 세상에, 한심하다. 그런다고 아무것도 달라지지 않아. 그녀는 갔어, 그만 놓아줘. 너도 네 인생을 살아야지. 네 머리를 복잡하게 만드는 착하고 귀여운 여자 친구가 집에서 기다리잖아, 뭐가 더 필요해. 생각하니 속이 울렁거린다. 누구 내문일까. 그녀, 또 다른 그녀, 그 자신. 아무튼 왜 애착이 생길까, 왜 항상 어떤 사람에게 이런 애착을 품게 될까. 왜 미지의 존재에게, 아직 만나지 못한 모르는 사람에게 관능적인 흥분을 느끼지 못할까. 떠나버릴까. 이 도시를, 이 나라를 떠나서 새로운 곳으로 가버릴까. 불교에 따르면 애착은 모든 고통의 원인이다. 자신이 가진 것, 가졌던 것, 자신이 알던 삶, 정말로 사랑하는 소수의 사람과 장소에 집착하는 것, 집착하며 놓아주지 않는 것. 절대 늦추지 않고, 받아들이지 않고, 항상 더 깊이 얽혀들고, 더 단단히 붙들고, 더 사랑하고 더 미워하는 것.

멀리건스에 가보니 친구들이 전부 모여 있다. 게리, 맷, 밸 피츠제럴드, 일레인 배럿, 일레인의 친구 아그니에슈카. 탁자 옆

의자 하나에 외투와 가방이 높다랗게 쌓여 있는데 게리가 피터를 보고는 정리하기 시작한다. 반갑게 맞이하는 인사. 왔냐, 피터, 맷이 말한다. 이리 와서 우리 얘기 좀 정리해줘. 그러자 일레인이 웃으며 말한다. 쟤는 논쟁을 정리하기보다는 시작하는 유형 같은데. 그녀의 말에 미소가 떠오르는 느낌이 든다. 공기 중에 떠도는 퀴퀴한 술 냄새와 애프터셰이브 냄새, 기분 좋은 약간의 취기가 하릴없이 올라오고 있음을 알리는 칵테일 향기, 띄엄띄엄 들리는 대화, 웃음소리, 그래. 피터가 코트를 벗으며 대답한다. 우선 한 잔 마시고. 뭐 필요한 사람? 그가 유리잔을 들고 자리로 돌아온다. 차갑고 신선하고 약간 자극적인 맛이 입안을 적시자 순간적으로 그의 인생에 크게 잘못된 건 없다는 평안한 느낌이 든다. 친구들이 부동산 시장에 대해서, 현재 위기의 어디까지가 공급 부족으로 인한 것인지 논쟁을 벌이고 있다. 첫 잔을 비우고 한 잔 더 마신다. 말도 안 되는 소리지. 일레인이 말한다. 다 꾸며낸 말이야. 더블린 부동산의 절반은 비어 있어. 사무실 건물 이야기는 꺼내기도 싫어. 피터는 술을 마시며 줄줄이 흘러나오는 부동산 관련 어휘에 조용히 귀를 기울인다. 고밀집, 신축 건물, 건물 강제 수용 명령. 나오미 집은? 게리가 묻는다. 어떻게 됐어? 피터가 술잔을 내려놓으며 대답한다. 몰라. 강제 퇴거시키려고 사람들을 불러서 엉망으로 만들었다더라고. 야구방망이까지 들고 왔대. 친구들이 경악해 소리를 지른다. 미쳤구나. 일레인

436

이 말한다.

그건 몰랐네. 밸이 말한다. 걘 괜찮아?

나오미? 피터가 말한다. 응, 괜찮아. 잘 지내.

그래도 진짜 무서웠겠다. 아그니에슈카가 말한다. 지금은 어디서 지내?

피터가 술잔을 다시 집어 들며 대답한다. 아, 잠시 우리 집에서 지내고 있어. 비공식적으로.

난 아직 못 만났는데. 일레인이 말한다. 사진만 봤어.

이 말에 밸과 맷이 슬쩍 눈빛을 교환하고 다시 고개를 돌리는 것이 피터의 주변 시야에 들어온다. 알고 있구나. 그가 깨닫는다. 두 사람이 아는지 몰랐다. 일레인은 분명 그런 뜻이 아니었다, 아니면 그런 말을 하지 않았을 것이다. 피터는 두 사람이 언제부터 알았을까 생각한다. 아니면 직접 봤을지도. 세상에, 나오미의 팬이라니. 생각하기도 싫다. 그가 태연하게 대답한다. 응, 소개해 줘야겠네.

좋은 사람이야. 게리가 말한다.

피터는 아무 대꾸도 없이 이 말에 대해 생각한다. 좋은 사람이라고, 그래. 또 아주 비싸고 어쩌면 미쳤을지도. 아니, 나오미는 착해, 그녀의 잘못이 아니야. 그냥 내가 걜 혼란스럽게 만드는 걸 좋아하는 거지, 이유는 나도 몰라. 어쨌든 난 다른 사람을 사랑해. 소울메이트를 만나면 아닌 척해봐야 소용없잖아, 응? 그

437

녀가 곁에 있을 때 위안을 느끼지. 올바르게 사는 거야. 나오미는 불평 못 해, 잘 보살펴주고 있잖아. 문제없어, 같이 즐기니까. 사실 지나치게 즐기고 있지. 가끔 나오미를 임신시키는 상상을 해. 얼마나 예쁘고 행복해 보일까. 나오미를 데리고 시내를 돌아다니면서 아기 물건을 사는 거야. 아는 사람을 우연히 마주친다고 생각하면 왠지 관능적이지. 내가 나오미를 어떻게 만들었는지 봐, 그런 느낌. 성적 환상치고는 그렇게 비정상적인 것도 아니지 않나. 예전에도 같은 환상을 꿈꿨어. 조금 다르지만. 오래전에. 그래, 내 인생에 대해서 너무 열심히 생각하다 보면 자살하고 싶다는 생각이 들기 시작해, 그런 걸 물어보다니 재밌네. 화제가 양도소득세로 바뀌었고, 피터는 세 번째 잔을 비우고 네 번째 잔을 주문하러 간다. 평소처럼 입안에서 약간 신맛이 난다. 입을 헹구려면 한 잔 더 마셔야 한다. 그녀가 이전에 하던 일을 거의 잊고 있었다. 피터는 나오미가 그 일을 안 한 지 아주 오래되었다고 생각한다. 본격적으로 하지도 않았다. 피터도 사진을 보았는데, 그런 사진치고는 사실 고상했다. 진짜 포르노그래피라고 부를 만한 것은 한두 장밖에 없었고, 그런 건 특별 주문이라서 돈을 많이 받았다. 2월인가에 계정도 닫았다. 그때 이후로는 피터에게 돈을 받거나 간혹 처방 진정제도 팔고 이따금 친구들 소개로 바에서 아르바이트를 하면서 지낸다. 그래도 지금쯤법학 도서관에 소문이 파다할 것이다. 다른 사람 일이었다면 피터 자신도 수군거렸을 것이다. 반쯤은 비난, 반쯤은 질투로. 별 안간 이유도 없이 오늘 오후에 본 실비아의 모습이 떠오른다. 그녀가 고통스러워하며 양탄자를 꼭 움켜잡던 순간. 그래, 과잉 대결핍. 바텐더와 눈이 마주치자 피터는 결국 보드카 한 샷을 추가로 주문한다. 바에서 마시면 아무도 알아차리지 못할 것이다. 아무 맛도 없다, 그냥 신경을 가라앉히려는 거다. 열이 나는 이마에 물 적신 시원한 천을 얹듯이. 아직 자고 있을까 생각한다. 아니면 깨서 그가 남긴 쪽지를 이미 봤을까. 전화해. 사랑해. 그리고 또 다른 그녀. 그를 위해 만든 저녁을 혼자 먹었을까. 아니면 그냥 포기하고 중국 음식을 주문한 다음 소파에 드러누워서 손톱을 다시 칠할까. 그는 부적절하다는 느낌이 점점 커지는 것만 같다. 감정의 무질서. 아버지가 줄 쳐진 종이에 의사의 지시 사항을 적던 기억이 떠오른다. 구불구불한 글씨, 각종 약 이름. 그래, 확실한 죽음 앞에서, 살아남으리라는 희망도 없는데 순순히 따르던 모습. 순종한들 그 무엇도 얻을 수 없는데. 그동안 피터는 모든 것에 무턱대고 분노했다. 상담사, 접수 담당자, 병원 자판기. 어느 날은 킬데어의 집에서 보험회사에 전화를 걸어 20분이나 기다리다가 정원 울타리를 발로 차 구멍을 냈다. 고치겠다고 말했지만 안 고쳤다. 부끄러워서 넌더리가 난다. 결국 가여운 인물로 전락한 아버지. 아버지를 볼 수도 없었다, 보고 싶지 않았다. 아버지의 소심함이 부끄러웠다, 아니 모욕적이었다. 자신

들이 무슨 일을 당해도 전혀 상관없다는 듯이, 다 괜찮다는 듯
이. 아버지는 분노가 두려워서 아무 말도 하지 않고, 아무것도
하지 않고, 시선을 피하면서 안 보이는 척했다. 피터는 다시 아
이가 된 것 같았고 성질을 부려도 무시당했다. 알아봐주지 않았
다. 날 봐요. 왜 가야 하는데요. 왜 모두, 왜 다들 항상 나를 두고
가야 하는 거예요, 왜. 아, 죄송하지만 같은 걸로 한 잔 더 마시고
계산할게요. 보드카요, 네. 고맙습니다. 카드 됩니까?

　자리로 돌아오니 일레인이 코트를 입는 중이고 밸이 버스 시
간표를 확인한다. 한참 있다 왔네. 응. 피터가 말한다. 우연히 누
굴 마주쳐서. 벌써 가는 건 아니지? 11시가 넘었어. 아그니에슈
카가 대답한다. 전철 놓치고 싶지 않아. 피터가 게리에게 말한다.
넌 안 갈 거지? 그 목소리에서 묻어나는 절박함을 너무 늦게 알
아차린다. 다들 예의 바르게 못 알아차린 척 코트 단추를 채우고
핸드백을 들여다본다. 먼저들 가, 난 한잔 더 마시고 갈게. 게리
가 말한다. 과장된 작별 인사를 주고받는다. 게리는 가여운 마음
에 남는 거다, 다들 안다. 피터가 안쓰러운 것이다, 다들 안쓰러
워한다. 전에도 빤히 보였겠지. 몇 주, 몇 달 동안 무감했던 피터,
힘겨운 대화. 늘 피곤하고 정신이 딴 데 팔린 그. 불쌍해라, 충격
을 많이 받았네. 아버지랑 그렇게 가까운 줄 몰랐는데. 상관없다.
이제 단둘이 남자 게리가 어떻게 지내냐고 묻는다. 피터는 아이
번한테 차단당했다고 얘기하고 두 사람은 가족에 대해서, 가족

의 죽음에 대해서, 사람마다 받는 영향이 다르다고 막연하게 대화를 주고받는다. 아이번도 결국 괜찮아질 거야. 피터는 고개를 끄덕이고 아무 이유도 없이 이렇게 말한다. 음, 솔직히 말하면 우린 서로 썩 좋아하지 않아. 아이번이 10대 때부터 그랬어. 걔는 내가 오만한 인간이라서 싫어하고 난 걔가 좆같은 찌질이라서 무시하지. 게리가 초조하게 미소를 지으며 끼어든다. 아, 난 네가 그렇게 생각하는 것 같지 않은데, 진짜로.

피터의 술잔에 머리 위의 조명이 비치고 가장자리에서 거품이 깜빡거린다. 아니. 그가 말한다. 모르겠어. 걔 여자 친구 있다, 내가 말했나? 리트림에 사는 무슨 유부녀래. 아니 이혼했댔나, 아무튼. 우리보다 몇 살 위야.

아 그래? 얼마나 됐대?

또 한 모금, 이제 미지근하고 아무 맛도 느껴지지 않는다. 몰라. 피터가 말한다. 한두 달쯤. 장례식 치르고 몇 주 뒤에 만났어. 그래서 나랑 말을 안 하는 거야, 내가 그 여자 만나지 말라는 식으로 얘기했거든. 모르겠다, 그 여자 정신이 이상하다고 했나, 대충 그렇게 말했어.

아, 그렇구나. 게리가 말한다. 별로 좋은 대응은 아니었을 거 같은데.

그래, 그렇지. 난 그냥, 그 여자가 조금이라도 정상이라면 왜 아이번이랑 어울리려 하겠나 싶었어. 그러니까, 뭐라고 포장해도 내 진심은 그거였어. 너한테 아이번을 지키려고 그랬다고 말할 수도 있겠지. 어떤 면에서는 그 말도 맞지만, 그것도 그 여자가 제정신이 아니라고 생각했기 때문이야.

이제 자음 발음이 살짝 꼬인다. 약, 술. 게리가 이성적으로, 그러나 무뚝뚝하지 않게 말한다. 그런 말을 하다니, 아이번이 속상했겠다.

조명 아래 맥주잔 안쪽 벽을 타고 미끄러지는 흰 거품을 본다. 확실히 그랬을 거야. 생각해보면 진짜 위선적이지, 아이번은 나오미랑 같은 나이니까. 정말 솔직하게 말하자면, 내가 그렇게 이상하게 반응한 것도 그래서일 거야. 부분적으로는 말이야. 내가 나오미를 엉망으로 만들었으니까. 나오미는 스물세 살이야, 세상을 아직 잘 모르지. 안타까운 건, 내가 나오미를 정말로 좋아한다는 거야. 하지만 내가 뭘 할 수 있겠어? 모르겠다. 내 동생이 나오미 같은 꼴을 당하기를 바라지 않아, 그게 사실이야. 아이번이 만나는 여자가 나만큼 이기적이라면 걘 망한 거야.

침묵 속에 몇 초가 흐르고, 게리가 말한다. 내가 네 말을 제대로 이해하고 있는지 모르겠다. 너 나오미랑 사이가 안 좋아?

피터가 잔을 들어 비우고 탁자에 내려놓는다. 이유도 없이 자기 시계를 확인하지만 불빛 때문에 보이지도 않는다. 응. 다른 사람이 있어. 너무 복잡해. 하지만 게리, 시간을 더 빼앗지는 않을게.

아, 그래. 게리가 말한다. 다른 사람이라면 — 너한테 말이야?

피터가 가방을 무릎에 올리고 잠그면서 대답한다. 응.

게리가 여전히 부드럽고 멋대로 판단하지 않는 목소리로 말한다. 그렇구나, 응. 전 여자 친구는 아니지? 장례식에서 본 거 같은데.

피터가 고개를 들어 그를 본다, 피곤하고 점점 머리가 아프다. 실비아, 맞아. 그가 말한다. 게리가 이해한다는 듯 고개를 끄덕이더니 놀랍게도 아무 말도 하지 않는다. 말할 필요가 없다고 생각하는 듯하다. 피터가 무릎 위의 가방을 어색하게 잡은 채 침묵 속에서 게리를 잠시 보다가 결국 말한다. 내가 어떻게 해야 할 것 같아?

이 말에 게리가 눈썹을 치켜올리지만 부드러운 표정이다. 아. 나는 잘 모르겠어, 피터. 복잡하잖아, 그래. 상황에 따라 다르겠지.

피터가 마침내 자리에서 일어나 코트를 입기 시작하고, 전부 농담이었다는 듯 대수롭지 않은 척하며 멍하니 미소를 짓는다. 중혼이 아직 불법이었지, 응? 그가 말한다.

게리가 어리둥절한 듯 웃더니 대답한다. 응, 그런 거 같네. 가자, 집에 어떻게 가? 택시 불러줄까?

피터는 눈과 코가 따끔거린다. 아니, 걸어갈 거야. 그러고는 게리의 어깨에 손을 얹고 이렇게 말한다. 넌 사람이 참 좋아. 밖으로 나가 풀베그가의 먼지 가득한 공기와 부두의 짭짤한 냄새를 들이마신다. 비가 왔고, 아직도 조금 내리는 중이다. 그의 주변에 시원한 빗물이 주근깨처럼 떠돈다. 주머니에 손을 넣고 칼리지그린 광장을 향해 걸어간다. 그래, 해야만 한다, 해야만 한다. 출구는 하나밖에 없다. 그녀, 아니면 또 다른 그녀. 물론 다 그만두고 버스 앞으로 뛰어들 수도 있지만 이 시간에는 버스가 이미 끊겼을 테고, 그건 그들에게도 부당하지 않나. 지낼 곳도 없는 그녀. 사소한 말다툼 때문에 화가 났을 아이번. 그리고 실비아. 세상에, 실비아는 자기 때문이라고 생각할 것이다. 그는 기억하자고 생각한다. 오늘 오후에 침대에서 단추를 풀던 그녀의 손가락. 좋았다, 안 그런가, 두 사람은 행복했다. 이제 조금만 정리하면 모든 것을 단순하게 만들 수 있다. 그래. 그는 다 알면서 타인에게 상처를 주기에는 늘 겁이 너무 많았다. 하지만 그럼에도 불구하고 피터는 자기 몫보다 더 많은 고통을 주었다. 킬데어의 집이 비어 있다. 그녀에게 지낼 곳이 필요하면 적어도 킬데어의 집이 있다. 안 그래도 힘들 텐데 궁핍하게 지내도록 내버려두지는 않을 것이다. 마침내 취기가 오르고 이런 생각만으로도 속이 울렁거린다. 대신 그녀의 방에 내려앉은 어슴푸레한 어둠, 그녀가 지었던 미소를 떠올리려 애쓴다. 다시 그렇게 살 수 있다. 딱 한 번만이 아니라 두 사람의 남은 평생 동안. 저녁에는 학생들의 에세이를 같이 첨삭하고, 최악의 문장을 읽어주면서 서로를 웃게 만들고. 그녀의 작은 스테레오로 바렌보임이 지휘한 모

444

차르트 교향곡 40번을 듣고. 팔짱을 끼고 고개를 숙인 채 대화에 열중하며 임차인 조합 회의에 참석하러 걸어가고. 이제 피터가 손으로 눈가를 닦는다. 그런 삶의 모습. 그렇게 살 수도 있다고 생각하니 얼마나 아름다운지, 얼마나 고통스러운지. 너무나 오랫동안 생각만 해도 가슴 아팠다. 이제는 모든 것이 항상 너무 가슴 아파서 생각을 하든 안 하든 차이가 없다. 오히려 생각하면 그 끔찍한 고통에 감미로움이 어린다. 두 사람이 함께할 수 있었던 삶. 피난처 같은 두 사람의 집, 두 사람의 책, 가구, 수채화. 부엌 식탁에 모여 앉은 사람들, 저녁 식사를 하러 와서 웃고 떠드는 친구들. 두 사람이 자식들에게 줄 수 있었을 사랑. 주고 싶었던 사랑. 인생에서 이루고 싶었던 좋은 일들이 영영 차단되었기 때문에 피터는 다시는 자신이 좋은 사람이라고, 예전의 절반만큼이라도 좋은 사람이라고 느낄 수 없었다. 더는 갈 길이 없었다. 자기 안에 갇혀서 곪으면서 더 낯설고 더 나쁜 무언가로 점차 변했다. 부적절한 애착의 증식. 세게, 더 세게 붙잡고 매달려서 놓아주지 않는다. 음, 그게 고통이라면 고통받을게. 그래. 누구든 나에게 남아 있는 사람을 사랑할게. 내가 누군가를 잃는다면 헛되고 기나긴 분노 속으로, 그래, 절망 속으로 가라앉게 해줘. 물건을, 가구를, 가전을 부수려고 하면서, 싸움에 말려들고 소리 지르고 버스 앞으로 뛰어들고 싶어 안달하면서, 그렇게. 제발 내가 고통받게 해줘. 몇 안 되는 사람들을 사랑하기 위해서

445

라면, 내가 그 정도는 할 수 있음을 알게 된다면, 난 평생 매일이라도 고통받을 거야. 세인트스티븐스그린 공원을 지날 때 피터는 너무 취해서 똑바로 걷지도 못한다. 집에 들어가면 그녀는 나가고 없을지도 모른다. 아마 그게 최선이겠지. 텅 빈 침대로 겁쟁이처럼 기어드는 거다. 아버지에게 말했다면 좋았을 텐데. 아빠, 다 해결됐어요, 우리 다시 만나기로 했어요. 제 걱정은 하지 마세요, 전 행복해요. 다 괜찮아요. 우리 모두 아버지를 정말 사랑하는 거 아시죠. 중요한 건 그것뿐이에요. 너무 비참한 생각에 눈앞이 흐릿해진다. 그래, 가로등 기둥에 반쯤 기대서 눈가를 훔쳐야 한다. 혹시 그가 아는 사람이. 피터 너니. 아 응, 미안. 그냥 아버지를 생각하고 있었어. 돌아가셨거든. 모르시는 채로. 내가 여전히. 우리 둘 다. 그걸 모르셨어. 내가 아버지한테 버림받아서 미워했다는 걸. 내가 아버지를 그토록 사랑했다는 걸. 손바닥 끝으로 눈가를 닦으며 기우뚱거리는 몸을 세우고 비틀비틀 배컷가를 지나 집으로 간다.

아파트로 올라가자 그녀가 어둠 속에 앉아서 스누커 경기를 보고 있다. 아마 〈크루서블클래식〉*에서 보여주는 옛날 경기일 것이다. 그녀가 좋아하는 선수 오설리번이 다섯 프레임 앞서 있

---

* 매년 영국 크루서블 극장에서 열리는 세계 스누커 챔피언십 경기 중 명경기를 보여주는 BBC 프로그램.

다. 그녀는 안락의자를 끌어다가 맨발을 올려놓았다. 안녕, 낯선 사람. 나오미가 말한다. 또 다른 여자 친구는 몸이 좀 어때? 그가 등 뒤로 문을 닫고 벽에 기대서 몸을 추스르며 대답한다. 응, 괜찮아. 그녀가 피터를 흘끔거리며 똑바로 앉는다, 표정을 알아보기 어렵다. 취했어? 나오미가 묻는다. 그가 외투를 벗으며 그렇다고 대답한다. 꺼져. 그녀가 말한다. 실비아 간호한다더니. 피터는 신발을 벗으려고 몸을 조금만 숙여도 바닥에 쓰러질 것 같아서 신발을 신은 채 손으로 이런저런 가구를 더듬으며 들어간다. 세상에, 피터. 나오미가 말한다. 진짜 맛이 갔구나, 괜찮아? 그래, 그는 말했어야 한다. 널 사랑해. 그녀를, 또 다른 그녀를. 피터가 어느새 그녀가 앉아 있는 소파 팔걸이를 잡고 말한다. 미안해. 나오미가 텔레비전을 끄자 더욱 어두워지고, 그녀가 그의 손에 손을 포갠다, 느껴진다, 심지어는 보인다. 이상하게도 눈앞이 빙빙 돈다. 무슨 일 있었어? 나오미가 묻는다. 힘이 빠지고 푹 꺼지는 느낌이 들더니 피터는 어느새 양탄자에 앉아 그녀의 무릎께에서 다시 말한다. 미안해. 머리를 어루만지는 그녀의 손길이 느껴진다. 무서워 죽겠잖아. 나오미가 말한다. 진짜 무슨 일 있는 거야, 아니면 그냥 취한 거야? 이제 그의 이마가 그녀의 무릎에, 부드러운 골지 면 레깅스에 닿는다. 보지 않아도 안다, 녹색이다. 나오미가 좋아하는 웹사이트에서 파는 "포리스트그린" 색상. 피터가 탁한 목소리로 말한다. 너한테 할 말이 있어. 나오미는 머

447

리카락을 쓸던 손을 멈추지만 치우지는 않는다. 뭔데? 그녀가 묻는다.

피터는 얼굴이 아직 축축한 것 같아서 멍하니 손을 들어 눈가를 만져본다. 실비아 얘기야. 그가 대답한다. 설명하고 싶어.

그가 이유도 없이 말을 잇지 않자 나오미가 약간 불안하고 초조하게 말한다. 응, 말해봐.

입안이 갑갑한 느낌이 들어서 침을 삼킨다. 있잖아, 우리 예전에 사귀었었어. 피터가 말한다. 전에 말했지. 한동안, 오래, 6년 동안. 그러다가 실비아가 스물다섯 살 때 사고를 당했어. 심각했지. 크게 다쳤고 끔찍하게 아팠어. 난 아무것도 할 수 없었어, 도울 수가 없었어. 먼저 헤어지자고 한 건 실비아였어. 난 헤어지고 싶지 않았어. 실비아를 돕고 싶었지만 그럴 수가 없었어. 실비아는 지금도 늘, 매일 아파. 그 전까지 우리는 너무 행복했어, 진짜로. 난 이제 도저히 그때를 떠올리지 못하겠어. 추억하지도 못해. 그때 이후로 난 아무것도 말이 안 되는 것 같아. 하나도. 내 인생이 계속 반복되는 꿈 같아, 깨어날 수가 없어. 그러니까 내 말은, 아무리 기다려도 난 두 번 다시 못 깰 거야. 그러다 보면 이런 생각이 들어. 제기랄, 적어도 결국 죽기는 하겠지. 아니면, 죽기를 바라게 돼. 미안해. 이런 말 하면 안 되는 거 알지만 나는 가끔 그러기를 바라, 전부 끝나기를 말이야. 피터가 나오미의 무릎에서 고개를 들고 눈물이 줄줄 흘러 앞이 보이지 않는 눈을 닦고 콧물을 닦는다. 우리가 같이 안 자는 건 불가능하기 때문이야. 그때 그 사고 때문에 실비아는 못 해. 하지만 우린 그냥 친구 사이가 아니야. 난 아직도 실비아를 사랑해, 나오미. 늘 그랬어. 미안해.

잠시 침묵만이 흐르고, 피터는 두 손에 얼굴을 묻고 기다린다. 아무것도 보이지 않고 아무것도 들리지 않는다. 마침내 나오미가 말한다. 알았어. 두 사람 사이에 뭔가 있다는 건 짐작했어, 당연한 말이지만. 하지만 상황을 몰랐어. 그런 일을 겪다니 정말 슬프겠다. 당연히 그렇겠지. 무슨 말을 해야 할지 모르겠어. 실비아가 안됐어.

피터가 다시 얼굴을 닦으며 올려다본다. 어둠을 밝히는 것은 창밖의 가로등 불빛밖에 없다. 푸르스름하고 흐릿한 그림자 속에서 젊고 아름다운 그녀가 그를 마주 본다. 실비아는 나를 알아? 나오미가 묻는다.

피터가 얼른 대답한다. 응, 당연하지. 알아, 당연히 알고 있어. 아마 내가 우리 상황에 대해서 너한테 더 솔직하게 말했다고 생각할 거야. 그 점은 미안해. 그는 토할 것 같은 끔찍한 느낌 때문에 몸을 덜덜 떨면서 말을 잇는다. 하지만 이제 더는 못 하겠어. 우린 그만둬야 해. 너랑 나 말이야. 우리 관계가 무엇이든 이렇게 계속할 순 없어.

피터가 말하는 동안 나오미는 천천히 고개를 끄덕인다. 그런 다음 조용하고 차분한 목소리로 대답한다. 좋아. 내가 갈 곳이 없는 건 알지. 하지만 당신이 가라고 하면 갈게.

어느새 피터 역시 고개를 끄덕인다. 눈앞에서 방이 흐릿한 원을 그리며 빙빙 돈다. 한 점에 시선을 고정하려고 하지만 곧 밑에서 잡아당기는 것처럼 그 지점이 미끄러진다. 지낼 곳을 내가 찾아줄게. 피터가 말한다. 있잖아, 필요하면 아버지 집이 있어. 킬데어에. 불편하겠지만 비어 있긴 해. 기차도 다니고. 돈 문제는 내가 도와줄 수 있어. 네 생활을 힘들게 하고 싶진 않아.

어둠 속에서 나오미가 어떤 몸짓을 한다, 어깨를 으쓱 움직이는 것 같다. 알았어. 그런 다음 손가락으로 자기 코를 만진다. 당신 내가 미워? 그녀가 묻는다. 그런 다음 바로 쓴웃음을 짓는 듯하더니 덧붙인다. 아니야, 말하지 마. 알고 싶지 않아.

다시 턱에서 힘이 빠지는 느낌이 들고 목에 뭔가 걸린 듯하다. 대답하려고 하면 울음이 터질 것이다. 너무 취해서 앞이 거의 보이지 않는다. 그가 다시 그녀의 무릎에 머리를 얹는다. 안 미워. 피터가 말한다. 목이 조이고 아프다. 내 진짜 감정을 말하면 더 엉망이 될 거야. 하지만 널 미워하지 않아, 전혀. 그는 한심하다고 생각한다. 진짜라고 믿기도 힘들다. 자신의 인생을 망치기 위해서가 아니라면 무엇 때문에 나오미를 원했을까.

날 사랑해? 나오미가 묻는다.

피터가 대답한다. 응, 사랑해. 물론 사랑하지.

잠시 침묵이 흐른 다음 그녀가 가느다란 목소리로 겨우 말한다. 그러면 왜 나를 보내는 거야?

피터가 고개도 들지 않고 대답한다. 설명하려는 거야. 달리 어떻게 해야 할지 모르겠어.

실비아를 만나고 싶으면 계속 만나도 돼. 난 상관없어. 복잡하다는 거 알겠어, 난 두 사람 사이에 끼어들려는 게 아니야. 같이 방법을 찾아낼 수 있을 거야.

이제 눈을 감아도 빙빙 도는 방이 보인다, 아니 느껴진다. 궤도를 도는 느낌. 그건 진짜 삶이 아니야. 피터가 중얼거린다. 네가 말하는 그런 거 말이야, 삶은 그렇게 돌아가지 않아. 작은 소리가 들린다. 그녀가 괴로운 듯 재빨리 내쉬는 한숨. 그럼 어떻게 돌아가는데? 나오미가 말한다. 나를 사랑한다고 말해놓고 그래, 안녕, 두 번 다시 보고 싶지 않아, 라니. 그래야 당신이 정상이라고, 모든 게 정상이라고 스스로를 속일 수 있으니까. 당신은 머리가 너무 이상해서 자신한테 무슨 짓을 하고 있는지도 몰라. 모두를 작은 상자에 따로따로 넣어두려 하지. 우리 모두 자기 상자에 가만히 있으면 아무 문제도 없는 거야. 됐다 그래. 당신 친구가 겪은 일은 나도 가슴이 아파. 정말 끔찍하고 마음 아프다는 건 알겠어. 그래, 두 사람은 서로 사랑하지. 예전엔 그걸 몰랐어. 그래도 난 말 그대로 여기 있잖아, 지금 이 순간에 말이야. 나는 진짜 사람이고 이게 실제 내 삶이야. 모르겠어. 솔직히 말하자면, 기분 엿 같아. 난 자러 갈래. 나오미가 자리에서 일어나 무릎으로 그를 치고 지나가고 피터도 어느새 일어나, 아니 반쯤 일어나 소파 팔걸이를 다시 붙잡는다. 몸이 흔들린다, 아니면 방이 흔들리거나. 나오미. 피터가 말한다. 그의 품에 다시 느껴지는 나오미의 부드러운 몸, 그의 손에 닿는 부드러운 그녀의 골반, 허리. 그녀의 숨결이 가까이 느껴진다, 그녀의 젖은 입술. 두 사람이 키스한다. 깊숙이, 그래, 그녀의 맛. 전부 잊자. 피터가 생각한다. 같이 유럽 대륙으로 가서 아무도 두 사람을 모르는 곳에서 살자. 햇볕에 살갗을 태운 그녀가 짙은 꽃향기가 떠도는 어느 푸르른 정원에서 웃는 모습을 보자. 그가 유리잔을 쨍쨍거리며 식탁을 정리하는 동안 그녀는 그늘에 앉아 있겠지. 그녀의 젖을 먹는 아기. 그래, 그게 진짜 삶일 것이다. 나 보내기 전에 같이 잘래? 나오미가 중얼거린다. 피터가 눈을 뜨고 두 사람 주변을 빙빙 도는 암흑을 어렴풋이 본다. 적어도 마침내 부끄러움을 느낄 만큼 정신이 깨어 있다. 아, 그거 좋겠네. 피터가 말한다. 하지만 나 너무 맛이 간 거 같아, 미안해. 나오미가 그의 가슴에 고개를 떨군다. 상처받고 실망해서. 피터는 나오미의 마지막 한 수였다고 생각한다. 아니면 그냥 하고 싶었을지도. 왜 항상 나오미에게는 감춰진 동기가 있다고 생각할까, 피터 자신은 언제나처럼 슬쩍 빠져나가면서. 그녀의 따뜻한 목덜미를 손가락끝으로 어루만진다. 나오미의 얼굴을 들어 입술에 다시 키스한다. 아침에. 피터가 말한다. 너 가기 전에. 나오미가 입술을 살짝 벌리고 그를 올려다본다. 아침에는 하기 싫을 거잖아. 그녀가 대답한다. 두 사람이 다시 키스한다, 깊고 축축한 그녀의 입속, 익숙하다. 아니. 피터가 말한다. 걱정하지 마, 안 그럴 거야. 나오미가 약속하라고 속삭이자 그가 약속한다. 다시 더 낮게, 거의 들리지 않게 그녀가 말한다. 그리고 사랑한다고 말해줄 거지. 피터가 눈을 감는다. 그녀가 원한다면. 그런 순간에 피터가 그렇게 말하는 것을 듣고 싶어 한다면. 행복한 여자, 그래, 그녀를 그렇게 만들어주기 위해서. 그는 무엇을 생각하고 있을까. 도대체 무슨 생각을. 왜, 도대체 어떤 이유로, 어째서. 그녀를 보내기 위해서. 피터 자신이 간단하게 말하는 소리가 들린다. 응. 아침에 말해줄게. 이제 좀 자자.

ЗН
Т

14

일요일 저녁, 아이번은 차를 타고 킬데어 시내를 지난다. 조수서에는 포장한 커다란 치즈 피자가 있고 뒷좌석에서 알렉시가 자고 있다. 모든 것이 계획대로였고 몇 분 뒤면 집에, 아빠의 집에 도착한다. 자기 물건과 알렉시의 용품을 싣고. 거기서 지낼 준비가 끝났다. 엊그저께 자동차를 가지러 갔다가 집 안을 둘러보았다. 차갑게 버려진 그들의 집을 보자 슬펐다, 얼마나 슬펐는지 부인해봐야 소용없다. 창가에 길게 걸린 회색 커튼, 현관 앞 낮은 탁자와 걸레받이 등등 표면마다 내려앉은 청회색 먼지. 아이번은 방마다 죽음의 슬프고 차가운 느낌이 깃든 죽은 사람의 집이라는 생각이 들었는데, 그게 사실이었다. 그 느낌을 억누르거나 쫓기 위해서 일부러 집 안을 돌아다니면서 방마다 전부 불을 켰다가 끄고, 수돗물과 라디에이터도 틀었다 끄고, 화장실 물을 내리고, 행주로 거미를 잡아서 뒷마당에 놓아주었다. 창문도 열었다 닫고, 그런 것들. 아이번은 다시 오면 시간을 들여서 청소해야겠다고, 이 집을 더 따뜻하고 정상적으로 만들어야겠다고 생각했다. 그런 다음 차를 타고 더블린으로 돌아갔고, 아파트에 들러서 개를 태우고 마거릿을 만나러 리트림으로 갔다.

금요일 밤에 마거릿의 집에 도착한 아이번이 차에서 내리는데 현관문이 열렸다. 직사각형의 노란 불빛이 비추고 마거릿이 거기 서 있었다. 처음에는 실루엣이었지만 다가가자 빨간 양모 니트 차림으로 미소 짓는 그녀가 또렷해졌다. 아이번이 그녀를 품에 안고 말했다. 안녕. 마거릿이 웃으며 그를 올려다보았고, 두 사람은 키스했다. 단순함과 행복이 깃든 따뜻하고 만족스러운 키스였다. 꼬마 알렉산더는 어디 있어? 그녀가 물었다. 아. 차에 있어요. 잠깐만요. 두 사람이 같이 자갈길로 내려섰다. 마거릿은 슬리퍼를 신고 있었고 보슬비가 내렸다. 아이번이 차 뒷문을 열자 알렉시가 밖으로 나왔다. 알렉시는 꼬리를 흔들며 마거릿에게 곧장 다가갔고, 그녀가 알렉시에게 몸을 숙이고 귀와 머리를 쓰다듬으며 말했다. 너 정말 예쁘구나? 알렉시는 기뻐하며 그녀의 손과 손목을 핥았고, 그동안 아이번이 자동차에서 짐을 꺼냈다. 복도로 들어가자 알렉시가 마거릿의 주위를 뱅뱅 돌고 발밑으로 들어가면서 그녀를 웃게 만들었다. 너무 신나서 그래요. 아이번이 말했다. 금방 차분해질 거예요. 내가 이제 그만하라고 해도 되고. 기쁨으로 얼굴이 붉게 물든 마거릿이 바닥에서 까불

458

며 뛰어다니는 개를 지켜보며 대답했다. 아냐, 멋지다. 진짜 잘생겼어. 꼬마 귀족 같아. 그녀가 아이번을 올려다보며 물었다. 뭐좀 먹을래요? 저녁 준비하고 있어. 두 사람은 부엌으로 들어갔고 알렉시가 타닥타닥 타일을 울리며 그 뒤를 쫓아갔다. 마거릿이 오븐에서 그릇을 꺼내 가스레인지에 올려놓고 오븐 문을 닫으면서 아이번에게 운전은 어땠냐고 물었다. 부엌은 진하고 입맛 당기는 요리 냄새로, 브레이즈드 포크와 양파 냄새로 가득했고 그녀는 낮은 목소리로 그에게 사려 깊은 질문을 던졌으며 들뜬 개가 사뿐히 돌아다녔다. 여기 살고 싶어요. 아이번은 이렇게 말하고 싶었지만 하지 않았다. 그 대신 운전은 괜찮았다고 말했고, 두 사람은 자리에 앉아서 잘게 찢어 부드러운 고기와 밥, 채소, 샐러드를 먹었다. 알렉시가 식탁 밑에 엎드려서 꼬리로 바닥을 탁탁 쳤다. 마거릿은 마을에서 다들 그녀에 대해 떠드는 것이 분명하지만 아직 면전에서 이야기하는 사람은 없었다고 말했다. 그녀는 웃으려 애를 쓰면서 이달의 스캔들일 거라고, 결국에는 다들 다른 이야기로 넘어갈 거라고 말했다. 아이번은 마거릿이 피곤해 보인다고, 하지만 무척 아름답다고 생각했다. 그녀를 향한 사랑을 느꼈다. 강렬하고 위험하기까지 한 사랑. 아이번은 누가 그녀에게 상처가 되는 말을 하면 자신이 그 사람에게 극단적인 폭력을 가할 수 있음을 알았다. 물론 마거릿은 그가 그러기를 원치 않겠지만 무슨 대가를 치르더라도 그녀를 보호할 능력이 자신에게 있다고 느꼈다. 마거릿을 향한 불친절한 말, 불친절한 시선을 생각만 해도 상대가 누구든 깊은 복수심의 우물이 열렸고 손에 검이라도 들고 그녀를 헐뜯는 사람에게 달려들려는 자신의 모습이 떠오를 정도였다. 평화주의자인 아이번은 실제로 검을 다뤄본 적도 없고 다루고 싶지도 않았지만 그럼에도 그런 감정은 어느 정도 진실이었다.

그날 밤 두 사람이 잘 준비를 할 때 마거릿이 화장대 앞에서 작은 목걸이를 풀면서 체스 대회가 언제냐고 물었다. 아이번은 다다음 주라고, 월요일부터 금요일까지라고 말했다. 그녀가 머리를 빗는 동안 아이번은 대회 방식을 더 자세히 설명했고, 그녀는 관중도 있냐고 물었다. 아이번은 딱히 없다고 말했다. 참가 선수의 부모님이나 친구들은 올지도 모르지만요. 하지만 일반 관중은 없어요, 관심이 없을 거예요. 클래식 체스는 아주 느려요. 체스를 안 두는 사람은 뭘 보고 있는지도 모를 거예요. 마거릿이 고개를 끄덕이며 화장대 앞에서 일어났고, 아이번은 매트리스에 걸터앉아서 그 모습을 지켜보았다. 그녀가 아이번을 등진 채 빨래 바구니 앞에 서서 블라우스 단추를 풀기 시작했다. 그런데, 그건 왜 물어봐요? 그가 말했다.

딱히 이유는 없어. 그때 업무 때문에 더블린에 가거든. 하지만 아니야, 그냥 궁금했어.

아이번이 얼른 말했다. 아, 몰랐어요. 며칠에요? 내 생일이 그

주인 거 알죠. 미안해요, 생일 같은 거 신경 쓰는 건 아니고, 그냥 하는 말이에요.

마거릿이 미소를 지으며 그를 돌아봤다. 말 안 해줬잖아. 금요일에 갈 거야. 생일은 언제야?

목요일요.

스물셋이라. 당신도 나이가 드네.

아이번이 웃었다. 가볍고 쑥스럽고 행복한 기분이었다. 그러니까요. 그가 말했다. 더블린에 오면 만날래요? 물론 체스 대회에 올 필요는 없어요. 당신이 오면 내가 굉장히 멋있어 보이겠지만요.

이 말에 마거릿이 수줍게 미소를 지으면서 블라우스를 접어 빨래 바구니에 넣었다. 음, 그건 모르겠네. 그녀가 말했다.

하지만 마거릿 역시 기쁜 듯했고, 아이번은 마거릿이 오지 않겠다고 확실히 말하지 않았음을 알아차렸다. 그는 머릿속으로 그려보지 않을 수가 없었다. 마거릿이 대회에 온다, 아마도 그의 상대가 기권하는 시간에 딱 맞춰 도착한다. 그러면 패배한 경쟁자들 사이에서 승리를 거둔 아이번이 일어나 그녀를 볼 것이다. 마거릿은 뭘 입고 있을까, 아마도 가볍고 얇은 블라우스겠지. 자세히 상상하니 기분이 좋았다. 머리는 뒤로 넘겨 핀으로 고정하거나 한쪽 어깨 위로 늘어뜨렸을 것이고 작은 목걸이를 걸고 있겠지. 물론 그는 마거릿에게 다가갈 것이다. 그녀가 키스를 허락

461

할까? 그 이미지가 너무나 강렬해서 왠지 섹시했다. 모든 사람 앞에서 그녀에게 키스하며 모두가 두 사람의 관계를 사실 그대로 여기게끔 내버려둔다니. 그래, 모두의 앞에서 그녀에게 키스하는 것, 그렇게 마거릿과 함께 사람들 앞에 서는 것. 평소와는 다르게. 평소에는 경기가 끝난 뒤 혼자 서서 다른 경기를 구경하고, 그러면 머릿속에서 체스 기보가 거의 환각에 가까운 속도로 빠르게 지나간다. 보고 있는 경기와 전혀 상관없는 수를 떠올리기도 하고, 그의 머리는 팬이 전부 웅웅 돌아가는 과열된 컴퓨터 같은 상태가 된다. 이번에는 그러는 대신 대회장에서 마거릿을 보고, 그래, 그녀에게 다가갈 것이다. 둘은 재킷을 입으며 저녁은 어디서 먹을지 얘기할 것이다. 아름다운 꿈만 같았다. 다른 사람이 보든 말든 그 시선을 신경 쓰지 않고 가벼운 키스를 나눈다니.

아이번이 아버지의 집 앞 진입로에 차를 세우는데 이상한 느낌이 들어서 보니 위층 불 하나가 켜져 있다. 피터가 쓰던 방이다. 아이번은 금요일 아침에 온 집의 불을 확인하면서 저 방도 확인했지만 출발하기 전에 다 껐다고 확신했다, 거의 확신했다. 그는 차에서 내려 배낭을 챙긴 다음 한 손으로는 피자 상자를 받치고 또 한 손으로는 목줄을 잡고서 뒷좌석에 있던 알렉시를 내리게 한다. 아이번은 복도로 들어가서 현관문을 닫은 뒤 뭘 하기도 전에, 조명 스위치로 손을 뻗거나 피자를 내려놓기도 전에 뭔가 다르다는 것을 깨닫는다, 느낀다. 이 깨달음, 이 예감 때문에 아이번은 위층에서 누구세요? 하고 외치는 목소리를 듣고도 겁을 먹지 않는다. 여자 목소리이다. 그는 복도에 서서 두려움이 아닌 당혹감에 휩싸인다. 이도 저도 아닌 막연하고 거대한 충격이 덮쳐 말도, 논리적인 생각도 할 수 없다. 계단 불빛이 머리 위로 쏟아지고 꼭대기에 누군가 나타난다. 젊은 여자이다. 영상 통화 중인지 핸드폰을 정면에 똑바로 들고 있다. 세상에. 그녀가 말한다. 잠깐만, 말도 안 돼. 다시 전화할게. 여자가 화면을 향해서 이렇게 말하고 화면을 누른 다음 핸드폰을 손에 쥔 채 팔을 옆으로 늘어뜨린다. 그러고는 아이번에게 말한다. 미안해요. 난 당신이 누군지 안 거 같은데. 여자는 아주 작은 크롭톱에 커다란 니트 카디건 차림이다. 아이번, 맞죠?

아이번이 침을 삼키고 대답한다. 네, 당신은?

여자가 짤막하고 거친 웃음소리를 낸다. 세상에. 그녀가 한 번 더 말한다. 정말 미안해요. 당신 형이 당신한테 전화해서 내가 여기 있다고 말해주려고 했는데 당신이 전화를 안 받은 것 같아요. 난 형 친구예요.

아. 아이번이 말한다. 그렇군요.

네, 살던 집에서 퇴거당했거든요. 피터가 여기서 지내도 된다고 했어요, 내가 다른 곳을 찾는 동안만요. 미안해요. 피터가 당신에게 얘기 못 했죠. 얘기하려고 했을 거예요, 아까 말했지만요.

네. 아이번이 다시 말한다.

잠시 두 사람은 계단 펜던트 조명 아래 마주 보고 서 있다. 아이번은 그녀가 일반적인 상황에서는 그를 절대 거들떠보지 않을 유형이라고 생각한다. 예를 들어 손톱은 반짝이는 짙은 보라색으로 칠해져 있고 코에 피어싱을 한 데다가 지금은 막 세안한 듯 화장기가 전혀 없지만 평소에는 진하게 화장하는 사람 같다. 난 나오미라고 해요. 그녀가 곧 말한다.

난 아이번이에요. 아시겠지만.

아직 목줄에 매인 채 집에 생각지도 못한 낯선 사람이 있어서 흥분한 알렉시가 장난스럽게 울부짖으며 계단 맨 아랫단께에서 고개를 숙인다. 아이번이 알렉시를 보며 멍하니 말한다. 아, 미안해요. 순해요, 안 덤벼요.

아니, 진짜 귀여운데요. 여자가 말한다. 그 아인 당신 어머니랑 사는 줄 알았는데요.

아이번은 이 사람이 자신에 대해서 얼마나 알고 있는지 짐작도 못 한 채 대답한다. 그랬죠. 하지만, 어, 이제 나랑 살아요.

두 사람은 다시 침묵에 빠져든다. 피자를 받쳐 든 손이 점점 시큰거리고 너무 뜨겁다. 여자는 가슴 앞으로 팔짱을 끼고 있다. 내가 나가기를 바라세요? 그녀가 묻는다. 그렇다고 해도 완전 이해해요, 차도 없고 아무것도 없어서 오늘 밤에는 좀 난처하지만요.

아이번은 그녀의 말에 다시 당황하고, 지금까지 대화의 맥락을 한 번도 제대로 짚지 못한 느낌이 든다. 아. 아뇨, 나갈 필요 없어요. 그냥, 제 입장에서는, 저도 지금 당장 갈 데가 없어서요. 개도 있고.

당신은 아무 데도 갈 필요 없잖아요. 당신 집인데.

아이번이 다시 침을 삼킨다. 의미 있는 생각을 전혀 떠올릴 수 없어서 이렇게 말한다. 음, 가서 피자를 내려놓을까 하는데.

아, 맞다. 그녀가 말한다. 그러셔야죠.

아이번이 목줄을 풀어주자 알렉시가 곧장 계단을 올라서 여자와 인사한다. 그는 피자를 좀 내려놓겠다고 한 번 더 말한 다음 복도 뒤쪽 문을 지나 부엌으로 들어간다. 식탁에 피자 상자를 내려놓고 서서 상자 뚜껑에 인쇄된 주황색과 빨강색 문양을 멍하니 내려다본다. 요리사 모자를 쓴 사람이 자기 손가락에 입을 맞추는 그림이다. 깨끗해졌네. 아이번이 생각한다. 집이 금요일 아침보다 깨끗하다. 누군가 적어도 진공청소기를 돌렸고, 어쩌면 비눗물로 걸레질까지 한 것 같다. 아이번은 누가 했을까 생각한다. 분명 저 여자겠지. 그렇게 생각하자 왠지 어지럽고 아득해진다. 알렉시가 계단을 달려 내려오는 소리가 들리더니 부엌으로 들어오는 모습이 보인다. 신이 나서 귀를 쫑긋 세우고 활기가 넘치고 혼란스럽지만 행복한 표정이다. 여자가 따라 들어오는데, 아무렇지 않아 보인다. 아이번은 무슨 말을 해야 할지도 모르고 머릿속에 아무것도 없지만 어느새 이렇게 말한다. 피자 드실래요? 여자가 이 말에 살짝 웃으며 대답한다. 아, 정말 친절하시네요. 한 쪽만 먹을게요, 진짜 괜찮으시면요.

아이번이 상부장에서 접시를 두 장 꺼내 식탁에 내려놓는다. 여자가 자리에 앉고 두 사람이 피자를 한 조각씩 가져가서 먹기 시작한다. 알렉시는 신이 나서 부엌을 돌아다닌다. 마거릿한테 뭐라고 말하지. 아이번이 생각한다. 메시지로 이 상황을 어떻게 설명할까. 아니, 머릿속에서도 이 상황을 설명하지 못하겠다.

형한테 들었는데 당신 체스 천재인지 뭐 그렇다면서요. 여자가 말한다.

아이번은 피자를 씹으며 잠시 아무 대답도 하지 않는다. 그러다 불편하게 피자를 삼키고 말한다. 전혀 아니에요. 체스를 두긴 하지만 천재랑은 아주 거리가 멀죠. 피터는 천재라는 단어를 너무 가볍게 쓰는 것 같아요.

그녀는 미소를 지으면서 갈릭 디핑 소스를 찍는다. 음, 피터가 다른 사람을 천재라고 말하는 건 못 들어봤어요. 피터는 사람들을 대부분 멍청하다고 생각하는 것 같아요. 아이번은 크러스트를 두 조각으로 찢으면서 생각을 하려고, 머릿속에서 단 한 구절의 생각이라도 만들어내려고 애쓴다. 여자가 입안 가득 피자를 넣은 채 악의 없이 말한다. 피터가 내 얘기는 한 번도 안 했나 봐요?

아. 음, 우린 대화를 많이 안 해요. 사실, 연락을 아예 안 해요.

최근에는 그렇죠, 알아요. 하지만 내 말은 예전에, 둘이 연락을 끊기 전에 말이에요. 그때도 나에 대해서 아무 말 안 했어요?

아이번의 머릿속에 라디오 잡음 같은 느낌이 떠오른다. 여자가 최근에는 그렇죠, 알아요, 라고 말했다. 아이번은 그녀가 또 뭘 알까, 피터가 그녀에게 또 무슨 이야기를 했을까 생각한다. 흐음. 아이번이 말한다. 잘 모르겠어요. 말했는데 내가 기억 못 할 수도 있고요.

그녀가 다시 먹으면서 말한다. 괜찮아요. 피터가 내 얘기 했을 거라고 생각도 안 했어요.

알렉시가 열린 문을 통해 거실로 나가서 소파에 올라가더니 늘 앉던 자리에 앉는다. 아이번의 머릿속에서 어떤 생각이 서서히 형태를 갖추기 시작한다. 생각해보니 이 여자는 아무래도 단순한 친구가 아닌 것 같다. 하지만 친구 이상이라면 왜 더블린에 있는 피터의 아파트에서 지내지 않고 여기 킬데어까지 왔을까? 그리고, 어쨌든 간에 ─ 갑자기 강렬하게 이런 생각이 떠오른다 ─ 이 여자는 몇 살일까? 그는 어느새 식탁 맞은편의 그녀를 찬찬히 보고 있다. 예쁜 얼굴, 코에 끼워진 실버 링 피어싱, 작은 크롭톱. 그녀가 다시 그를 보자 아이번이 그제야 얼른 피자로 시선을 돌린다. 이 여자가 피터가 친구일 뿐이라면 왜 피터가 자기 이야기를 했냐고 아이번에게 물을까? 피터는 아이번과 요즘 연락하지 않는다는 사실을 왜 그녀에게 털어놨을까? 하지만 두 사람이 친구 이상이라면 도대체 무슨 일이 벌어지고 있는 걸까? 그때 그 저녁 식사, 실비아에 대한 이야기, 난 아직도 실비아를 사랑해, 그건 다 뭘까? 아이번이 자기도 모르게 강한 어조로 말한다. 두 사람은 어떻게 알게 됐어요? 물어봐도 괜찮으면요.

그녀가 손가락으로 피자 조각을 만지작거리며 말한다. 흐음. 어떻게 만났냐고요, 글쎄요. 새해를 맞이해서 밤에 놀러 나갔다가요.

당신도 변호사예요?

어머, 아니요. 말하자면 대학에 다니는 중이에요. 졸업반이죠.

아이번은 고개를 끄덕이면서 점점 더 빠르고 거세지는 심장박동을 느낀다. 그렇군요. 그러면 나랑 나이가 비슷하겠네요.

그녀가 피자 조각을 길쭉하게 접어 한 입 먹더니 다시 입이 꽉 찬 채 대답한다. 네, 왜요? 나 늙어 보여요?

아이번은 자기도 모르게 자리에서 일어나 물을 마시겠다는 핑계를 대고 싱크대로 간다. 아뇨. 그래서 당신이랑 피터가 어떻게 친구가 됐는지 궁금했어요. 나이 차이 때문에요.

그의 뒤에서 나오미가 작게 웃으며 말한다. 음, 그냥 예의 차리느라 한 말이에요. 사실은 사귀는 사이였어요. 하지만 헤어졌죠. 며칠 전에요, 그래서 내가 여기서 지내는 거예요.

아이번은 머리 전체가 웅웅 울리는 것 같다. 금파리가 갇힌 텅 빈 유리병처럼. 그가 싱크대에 서서 물을 받고 다 들이켠 다음 말한다. 아, 그렇군요. 그러고는 잊지 않고 기계적으로 덧붙인다. 유감이네요.

피터가 그렇죠, 뭐. 그러니까, 거의 1년 가까이 만났는데 당신한테 내 존재를 언급도 안 했잖아요.

아이번이 그녀를 향해 돌아서서 크러스트를 갈릭 소스에 찍는 모습을 지켜본다. 같이 저녁을 먹었던 날을 다시 떠올린다. 네 생각에 정상적인 여자가. 아이번은 조리대 앞에 서서 머리가 이상하리만치 어지럽고 텅 빈 것 같다고 느끼며 대답한다. 네, 나한테 아무 말도 안 했어요.

나오미가 피자 가게에서 주는 작은 종이 냅킨에 손가락을 닦으며 묻는다. 실비아라는 사람에 대해서 들어봤어요?

아이번은 잠시 말이 없다 뚜렷하게 드러나는 상황의 복잡함이 그를 조이며 억누른다. 하지만 누구의 복잡함이지? 아이번이 생각한다. 그의 문제는 아니다. 왜 그가 신중하고 세심하게 행동해야 하는가? 그것도 피터를 위해서. 왜? 마침내 아이번이 대답한다. 네. 피터랑 오래 사귀었어요. 말하자면 실비아는 가족이나 마찬가지죠.

나오미가 고개를 끄덕이며 자기 접시를 내려다보다가 묻는다. 예뻐요?

아이번이 잠시 멈추고 묻는다. 만난 적 없어요?

그녀가 고개를 끄덕인다.

아. 음, 나한테는 누나나 마찬가지라서, 예쁜지 아닌지 말하기 어려워요.

나오미는 고개를 끄덕일 뿐 아무 말도 하지 않는다.

아이번이 그녀를 지켜보며 잠시 기다리다가 말한다. 당연한 말이지만 난 지금 무슨 상황인지 몰라요. 내가 겪은 실비아는 정말 진실한 사람이에요. 형에 대해서는 그렇게 말하지 않겠지만 실비아에 대해서는 그렇게 말할 수 있어요.

나오미가 멍한 미소를 지으며 손가락끝으로 코를 만지고 말한다. 걱정 말아요. 실비아한테 악감정은 없어요. 그냥 궁금해서요.

아이번은 연민인지, 짜증인지, 복수심인지, 그보다 더 심한 무언가인지 모르겠지만 마음의 동요를 느끼며 어느새 이렇게 말한다. 보고 싶으면 사진 보여줄 수 있어요.

나오미가 그를 올려다보면서 흥미가 생기는 듯 미소를 지으며 말한다. 응, 보여줘요.

안 될 게 뭐야. 아이번이 거실로 향하는 양 여닫이문을 나가면서 생각한다. 안 될 게 뭐야. 잠에서 깬 알렉시가 고개를 살짝 들고 눈을 깜빡이고, 아이번이 책장 맨 아래 칸에서 반짝이는 빨간색 사진 앨범을 꺼내 부엌으로 간다. 머릿속에서 웅웅거리는 소리가 점점 커지는 가운데 아이번이 식탁 앞에 앉아서 반쯤 빈 앨범을 펼치고 비닐 포켓이 빈 페이지를 거슬러 제일 최근 사진이 꽂힌 페이지에 이른다. 나오미가 지켜본다. 아이번은 열여섯 살적 자기 사진을 팔로 살짝 가리면서 얼른 넘긴다. 연맹 마스터 타이틀을 받고 체스계 사람들과 악수하는 사진들이다. 그때 아이번은 피부가 엉망진창이었고 머리가 진짜 길었다. 더 앞으로 넘기자 친척 결혼식 사진, 그리고 피터의 대학 졸업식 사진이 나온다. 석조 기둥 앞에 까만 가운을 바람에 휘날리는 두 사람이, 피터와 실비아가 같이 서 있다. 이제 머릿속에서 웅웅대는 소리가 매우 커지고, 아이번은 나오미가 볼 수 있도록 앨범을 돌려 문제의 사진을 손가락으로 가리키며 말한다. 이 사람이에요. 보다시피 그 둘이죠.

나오미는 구겨진 종이 냅킨을 아직도 손에 들고 있다. 그녀가 사진을 한동안 무표정하게 내려다보다가 말한다. 아. 그런 다음 잠시 뒤 덧붙이다 어머, 당신이랑 똑같이 생겼네요.

당황한 아이번은 아무 말도 하지 않는다. 그는 나오미가 실비아의 사진에 더 관심을 보일 줄 알았다. 또 외모에 관해서는 피터가 잘생겼다고 인정받는 쪽이라고 생각했고, 적어도 늘 그런 소리를 들었다. 아이번이 무슨 말을 해야 할지 몰라서 중얼거린다. 음, 피터는 교정기 안 했는데.

나오미가 웃으면서 그를 올려다본다. 당신 재밌네요. 그건 언제 때요?

곧. 새해에요.

나오미가 다시 사진을 내려다보며 말한다. 그러니까, 이 사람이 실비아군요. 그녀가 더 이상의 말 없이 앨범을 한 장 더 넘기고 잠시 멈춘다. 그러고는 앨범을 아이번 쪽으로 돌리며 묻는다.

471

이게 당신 가족이에요?

배경에는 똑같은 석조 기둥, 발밑에는 자갈이 깔려 있고 전경에 전부 모여 있다. 피터와 실비아가 가운데에서 가운을 휘날리고, 연파랑 치마 정장 차림의 크리스틴은 실비아 옆에, 정장과 타이 차림의 아버지는 피터 옆에 서 있다. 아버지는 그렇게 차려입는 걸 늘 싫어했다. 그리고 피터와 아버지 앞에 열두 살밖에 안 된 꼬마가 아주 창백한 얼굴에 소심한 표정으로 서 있는데, 바로 아이번이다. 네. 우리 가족이네요.

나오미가 앨범을 자기 앞으로 돌리고 사진을 다시 보면서 말한다. 어머니가 우아하시네요. 정장이 멋져요.

네. 아이번이 말한다.

피터는 어머니를 안 좋아하죠?

아이번이 머뭇거리며 다시 멈췄다가 말한다. 음, 둘 다 성격이 강하니까요. 아마 마음속 깊이에서는 서로 사랑하거나 뭐 그럴 거예요.

나오미는 다시 생각에 잠긴 표정으로 고개를 끄덕인다. 그녀가 손가락끝으로 사진 위의 투명한 플라스틱 필름을 가볍게 짚으며 말한다. 이분이 당신 아버지?

맞아요.

보니까 알겠네요. 닮았어요, 약간. 나오미가 시선을 들어 아이번을 올려다보면서 덧붙인다. 정말 마음이 아프네요. 많이 보고 싶죠.

맞아요.

그녀가 사진으로 다시 시선을 내리고 말한다. 정말 좋은 아버지셨나 봐요.

아이번은 이 말에 감동받으면서도 마음이 불편해져 어느새 자기 손톱을 내려다보며 묻는다. 피터가 그래요?

네, 피터는 아버지가 정말 대단하다고 생각했어요.

아이번이 침을 삼키고 아무 말도 하지 않는다.

나오미가 여전히 사진을 보며 말한다. 이분은 내 상상이랑 다르네요. 지금은 교수님인가 그렇다고 했죠?

아이번은 나오미가 다시 실비아 이야기를 하고 있음을 깨닫고 대답한다. 맞아요.

이건 사고 나기 전인가 보네요.

아이번은 또렷하게 생각할 수 없고 생각을 가다듬을 수도 없다는 이상한 느낌을 또다시 받으며 횡설수설한다. 그럴 거예요. 몇 년쯤 전이죠. 그 뒤에 헤어졌거든요.

나오미가 사진을 계속 응시하며 말한다. 하지만 피터는 아직 실비아를 사랑하죠.

이 상황의 복잡함이 다시 억눌러오고, 아이번은 그것이 피터만의 복잡함만이 아니라 이 나오미라는 사람과 실비아의 복잡함이기도 하다는 느낌이 들기 시작한다. 그들 사이에 끼어들어 사진을 보여주지 말았어야 하는지도 모른다. 아이번이 사진을 보여준 동기는 명확하지 않고, 어쩌면 건전하지 않을지도 모른다. 하지만 나오미는 기분이 상한 것 같지는 않고 그냥 생각에 잠긴 듯하다. 잠시 후 아이번이 말한다. 나랑은 상관없는 일이지만, 피터가 당신한테 잘해주지 않았나 봐요. 그랬다면 유감이에요.

나오미가 어깨를 으쓱하며 말한다. 남자는 개잖아요. 기분 나쁘라고 하는 말은 아니고. 피터가 최악은 아니에요.

아이번이 침을 삼키고 말한다. 음, 내 생각은 다른데요. 하지만 됐어요, 당신 생각이니까.

나오미가 그를 올려다본다. 남자가 개라고 생각하지 않는다는 거예요? 아니면 당신 형이 최악이 아니라고 생각하지 않는다는 거예요?

아이번이 어색하지만 살짝 웃으려고 애쓴다. 으음. 둘 다요.

아, 피터보다 더 나쁜 남자들도 있어요, 진짜예요. 얼마든지 얘기할 수 있어요, 아이번. 당신 형을 왕자처럼 보이게 만들어주는 남자가 많아요. 피자 한 쪽 더 먹어도 될까요?

아이번이 마음껏 먹으라고 하자 나오미가 앨범을 덮고 피자로부터 멀찍이 치운 다음 상자에서 피자를 한 조각 집어 든다. 그녀는 의자에 기대앉아 생각에 잠긴 채 피자를 씹고, 아이번도 다시 배가 고파져 피자를 한 조각 집어 든다. 그가 한동안 침묵 속에서 피자를 먹다가 용기 내서 말한다. 청소 많이 했어요? 이

474

집 말이에요. 전에 왔을 때보다 훨씬 깨끗해 보여서요.

나오미가 입에 피자를 가득 넣은 채 그를 향해 씩 웃으며 말한다. 당신 형이 했어요. 금요일에 피터 혼자서 종일 청소했고 나는 시키지도 않았어요. 알잖아요, 피터 결벽증 있는 거.

아이번이 놀라서 잠시 멈춘다. 금요일, 아이번도 여기 왔던 날. 엇갈린 듯 싶다. 그가 대답한다. 네, 형은 늘 그랬던 것 같아요. 쉽게 짜증을 내죠. 그러니까, 물건이 제자리에 없거나 하면요.

그러자 나오미가 남몰래 웃는 듯한 표정을 짓는다. 정말 그렇죠. 사람도 포함돼요. 그런데 피터 번호는 왜 차단했어요?

아이번이 그녀의 이상하고 묘한 미소를 보다가 천장 불빛 아래 번들거리는 피자 조각을 다시 내려다보며 말한다. 우리 두 사람 문제예요. 피터는 이유를 알아요.

당신 여자 친구랑 관련된 일이에요?

아이번은 의심했던 대로 나오미가 다 안다고, 피터가 다 말했다고, 자신의 믿음을 배신하고 거의 1년 동안 존재를 숨겨왔던 이 여자에게 다 털어놓았다고 생각한다. 그가 고개도 들지 않고 대답한다. 미안하지만 개인적인 일이에요.

나오미가 다시 피자를 먹으면서 손으로 입술을 닦는다. 아직도 만나요? 난 연상이라는 거 말고는 아무것도 몰라요. 그리고 어디 시골에 산다는 거랑.

짜증이 난 아이번이 나오미가 아니라 그녀를 통해서 형에게 전하듯이 쏘아붙인다. 맞아요, 당신은 아무것도 몰라요. 나이가 그렇게 많은 것도 아니에요, 피터랑 비슷해요.

서른여섯 살, 맞죠?

아이번이 입술 사이로 한숨을 내쉬고 벌떡 일어나 파티오 문으로 가면서 다시 말한다. 개인적인 일이에요. 피터가 당신한테 얘기하면 안 되는 거였어요. 아무튼, 피터는 위선자예요. 당신은 나랑 동갑이니까.

그의 뒤에서 나오미가 말한다. 뭐야, 피터가 그래요? 그 여자가 당신에 비해서 나이가 너무 많다고?

피터랑은 상관없는 일이에요. 형은 아무 말도 할 권리가 없어요.

나오미가 이 말을 무시하고 계속 얘기한다. 응, 피터는 그런 문제에 이상하게 굴죠. 자기도 나에 비해 나이가 너무 많다고 생각해요, 늘 그렇게 말하죠. 아니, 아무튼 예전엔 그랬어요, 날 쫓아내기 전에.

이 말에 아이번은 또다시 이상한 기분, 불쾌한 기분이 들어서 고개를 젓는다. 어쨌든요. 그건 형 문제고.

있잖아요, 요즘 그 사람 엉망진창이에요. 그런다고 변명이 되는 건 아니지만, 전혀 잘 지내지 못해요. 아버지가 돌아가신 뒤부터요. 제정신이 아니었어요.

아이번은 묵직하고 갑갑한 침묵 속에서 파티오 문 앞에 선 채 아무 말도 하지 않는다, 말할 필요가 없으면 좋겠다고 생각한다.

마침내 그가 돌아서서 짤막하게 말한다. 그랬군요, 몰랐어요.

나오미가 고개를 좌우로 움직이면서 접시 위 반쯤 먹다 남긴 피자 조각을 내려다본다. 네. 솔직히 난 피터가 좀 걱정이에요. 뭐랄까, 내가 걱정할 만한 말을 했어요. 당신한테 겁을 주고 싶지는 않아요. 분명 피터는 괜찮을 거예요. 그냥 술을 너무 많이 마셔서. 나오미가 아이번을 흘깃거리며 덧붙인다. 당연한 말이지만 피터는 당신이 연락을 안 받아서 속상해하고 있어요. 그 얘기를 자주 꺼내요. 특히 취했을 때.

이야기를 들을수록 나쁜 느낌이 점점 더 강해지면서 아이번을 단단히 짓누른다. 그렇군요. 알았어요.

나오미가 그를 계속 똑바로 바라본다, 차분하고 깊은 눈빛이다. 잠시 후 그녀가 말한다. 피터가 당신 정말 사랑하는 거 알죠.

아이번은 어느새 날카로운 한숨을 내쉰다, 누가 누르기라도 한 것처럼 숨이 목과 입에서 훅 빠져나가는 것이 느껴진다. 이 한숨에, 이 모든 것에 당황해서 얼굴이 빨개진 아이번이 화를 내며 말한다. 그건 당신이 상관할 일이 아닌데요. 그러니까, 당신이 뭐죠? 난 당신에 대해서 들어본 적도 없어요. 지금 당신이 이야기하는 건 우리 가족 일이에요. 당신은 말 그대로 지나가던 사람이고요.

나오미는 여전히 그를 보고 있다, 똑같이 깊은 눈빛이다. 맞는 말이에요. 그녀가 말한다.

아이번이 시선을 억지로 바닥으로 내리고 천천히 숨을 들이마시면서 다시 말하기 전에 감정을 식히고 가라앉힌다. 마침내 그가 힘을 뺀 담담한 목소리로 말한다. 있잖아요, 난 할 게 있어요. 일도 있고요. 그러니까 이제 가서 해야겠어요. 당연히 당신은 여기 있어도 돼요. 말할 필요도 없지만요. 난 내 방에 있을게요.

나오미는 잠시 아무 말도 하지 않다가 무미건조하게 대답한다. 그래요.

그래요. 아이번이 다시 말한다. 좋아요. 당신이 피터랑 연락을 하는지 모르겠지만 혹시 연락하면 내가 여기 있다는 말은 하지 마세요. 그러니까, 나를 봤다는 말도 하지 말고 나에 대해서 아무 말도 하지 말아줘요. 알겠죠?

나오미를 흘깃 보니 어깨를 으쓱한다. 네, 뭐. 당신이 말했듯이 나랑은 상관없는 일이니까.

맞아요. 그럼, 잘 자요.

나오미가 아이번에게서 시선을 돌리며 아무렇지 않게 대답한다. 네, 잘 자요.

마침내 아이번이 부엌을 나와 위층으로 올라간다. 지쳐서 녹초가 된 몸을 질질 끌고 가는 느낌이다. 알렉시가 따라 올라오려고 거실 소파에서 뛰어내려 복도를 가로지르는 소리가 들린다. 이 소리, 그를 따라오는 익숙하고 귀여운 알렉시의 발소리, 순진한 본성, 아무것도 이해하지 못하지만 항상 변함없는 믿음. 이

소리를 듣자 지독하고 부끄러울 정도의 연민이 아이번의 가슴을 가득 채운다. 그는 위층으로 올라가 자기 방문을 열고 알렉시를 먼저 들여보낸다. 알렉시는 침대로 뛰어올라 모두 다 주말 내내 즐거운 시간을 보냈다는 듯이 꼬리를 말고 장난스럽게 몸을 뻗는다. 새로운 친구를 사귀고, 자동차 여행을 하고 등등. 아이번의 아버지가 두 번 다시 집으로 돌아오지 않는다는 사실을 모르는 것처럼—아마 모를 것이다—그리고 언제라도 돌아올 아버지를 맞이하려고 아직도 신이 나서 기다리는 것처럼. 아이번은 침대로 가서 개의 작은 몸을 끌어안고 말 없는 동물의 온기를 들이마신다. 알렉시는 아이번이 왜 속상한지 전혀 모르지만 얌전히 누워 있다, 아무것도 이해 못 한 채 얌전히 안겨 있다. 그 사람 엉망진창이에요, 라고 그 여자가 말했다. 피터 말이다. 전혀 잘 지내지 못해요. 아이번은 생각하고 싶지 않다. 피터가 했던 말을, 그 무례함을, 특히 조금 전에 드러난 명백한 위선을 떠올리면 생각해야 한다는 느낌도 들지 않는다. 착한 마거릿에게 경멸을 쏟아내던 순간조차 피터 본인에게도 아이번과 나이가 같은 여자친구가 있었다니, 스스로도 그 사실을 잘 알고 있었다니. 아이번이 자신을 그토록 상스럽게 경멸한 사람의 정신 건강을 걱정해야 할까? 아니다. 하지만 그렇다면 왜 그 말이, 피터가 술을 너무 많이 마시고 제정신이 아니라는 그 여자의 말이 그를 이렇게 짓누르는 걸까? 나오미는 아이번이 생각하고 싶지 않은 것을, 일부러 의식에서 차단하고 밀어내는 것을 생각하게 만들려고 했다. 피터의 매끈하고 태연한 겉모습 뒤에 존재하는 어둠, 세상을 향한 억눌린 분노 또는 절망. 피터는 늘 친구라는 사람들에게 둘러싸여 있지만 사실은 무척, 걱정스러울 만큼 외로우며 마음을 괴롭히는 나쁜 생각에 시달리고 있다는 느낌. 그래, 피터가 그 생각들로 인해 돌이킬 수 없는 짓을 저지를지도 모른다는 입에 담을 수 없는 두려움. 나오미는 피터가 걱정된다고, 가끔 걱정할 만한 말을 한다고 했다. 아이번은 그녀의 말이 무슨 뜻인지 자동적으로 떠올리면서 동시에 생각을 거부했다. 피터가 무슨 짓을 할지, 할 수 있을지, 할 생각인지, 아니면 지금 이 순간 실제로 하고 있을지 그 가능성, 그 생각. 물론 화해하지 않으면 나쁜 일이 생길지도 모른다는 근거 없고 비이성적인 두려움 자체는 아이번이 형과 화해할 이유가 안 된다. 하지만 그로 인해 두 사람 사이의 갈등에 마뜩잖은 느낌이, 아이번을 불편하게 만드는 해결되지 못한 면이 더해진다. 쫓아내고 싶은 기억과 생각이 점점 더 침식해 들어온다. 아이번이 어렸을 때 형을 얼마나 우러러보고 우상화했는지. 피터가 말하면 귀를 기울이고 한마디도 놓치지 않던 어른들, 내색하지 않았지만 피터를 자랑스러워하던 아버지, 화난 척 피터를 작은 악마라고 부르면서 피터 때문에 죽을 지경이라고 말하던 크리스틴. 피터는 학교 체스 동아리 회장이었고 아이번에게 체스를 가르쳐주었다. 평생 오프닝 이론 하

나 읽지 않은 피터, 말 그대로 에번스 갬빗*밖에 못 하는 피터, 체
스 동아리에 들어간 이유도 여자나 뭐 그런 것일 피터가 말이다.
모든 것이, 환희와 고통으로 이루어진 모든 세월이 전부 피터 때
문이었다. 크리스틴이 프랭크의 집으로 들어간 후 형제는 매주
주말을 스케리스에서 보내야 했는데, 피터는 늘 아이번을 위해
나서주었고 아이번이 무슨 음식을 싫어하는지 기억했으며 다
른 사람들이 정원에 나갔을 때도 아이번과 함께 집 안에 남아 체
스를 두었다. 저녁 식사를 할 때는 서로만 아는 농담을 해서 둘
이서 같이 웃었고 다른 사람들은 전부 말없이 먹기만 했다. 미슬
림, 제 네포호필리 프티프.** 히지만 곧 피디는 멀리 대힉을 가아
했다. 의붓형제들만 남으니 아이번은 웃을 일이 없었다. 그들은
스포츠와 야외 활동만 좋아했고, 크리스틴은 아이들이 실내에
너무 오래 앉아 있는 것은 좋지 않다고 말하기 시작했다. 피터가
오지 않는 기간이 길게 이어졌다. 그러다가 어느 날 피터가 새로
운 손님을 집으로 데려왔는데 여자, 피터의 새 여자 친구였고 이
름이 실비아라고 했다. 바로 이 집, 아빠의 집에서였다. 피터와
실비아는 난롯가에 서서 미소를 띤 채 이야기를 나누었고, 아이

---

*   백이 폰을 b4에서 희생시키는 대신 나이트와 비숍을 중앙으로 진출시켜
     장악하는 오프닝.

** Myslím, že nepochopili vtip: 슬로바키아어로 '농담을 못 알아듣나 봐'
     라는 뜻.

번은 말없이 압도당한 채 두 사람을 바라보았다. 두 사람은 키가 매우 커 보였고 유명 영화배우처럼 아름다웠으며 느긋하고 행복해 보였다. 아이번은 그렇게 느긋하고 행복한 형을 본 적이 없었다. 그 후 피터는 집에 조금 더 자주 왔는데 늘 실비아와 함께였고, 대화와 웃음과 계단을 뛰어 오르내리는 발소리로 집이 시끌벅적했다. 당시 아이번은 피터에게 학교에서 겪는 여러 문제를 털어놓았고, 피터는 항상 강하게 그의 편을 들면서 대신 화를 내기도 했다. 매년 크리스마스가 되면 피터와 실비아가 아이번을 하루 동안 더블린으로 데려가서 쇼핑을 했다. 그러다 점심에는 그래프턴가에 있는 찻집의 스테인드글라스 창문 밑에 다 같이 앉았고, 아이번은 크림이 든 핫초콜릿을 마셨다. 커피와 뜨거운 버터 냄새, 시끌시끌한 목소리와 식기 소리, 추운 바깥에 있다가 들어와서 붉게 빛나던 모두의 얼굴이 기억난다. 그건 이전이었다. 사고가 난 이후에는 달라졌다. 실비아는 병원에 입원했고, 그런 다음 또 다른 병원에 갔고, 피터가 잠시 집에 와서 지냈다. 지금 그때를 생각해서, 그 당시를 전부 돌아봐서 좋을 것은 없다. 그래, 돌이켜보니, 어른의 눈으로 다시 보니 피터가 제대로 견뎌내지 못했음을 알겠다. 하지만 실제 그 일들이 벌어지던 때에 아이번은 겨우 열여섯 살이었다. 체스, 학교 등등 자기만의 문제가 있었다. 아이번의 존재조차 모르는 듯했던 켈리 헤너건이라는 여자아이에게 고통스러울 정도로 푹 빠져 있었다. 솔직히 사실을 인정하자면 아이번은 형이 집에 있는 것이 불편했다. 피터는 누구에게도 거의 말하지 않았고 눈도 거의 마주치지 않았다. 몇 시간이고 가만히 앉아서 허공을 보며 아무것도 하지 않았다. 그리고 울기도 했다. 그래, 대놓고 울지는 않았지만 방에서 우는 소리가 들렸다. 난감했다. 아이번에게도 신경 써야 할 자기 삶이 있었다. 그가 어떻게 해야 했을까? 아이번은 저녁에 학교가 끝나고 집에 돌아오면 피터와 함께 있는 것을 피하기 시작했고, 핑계를 대고 저녁 식탁에서 일찍 일어났으며, 피터가 들어올 때마다 자리를 슬쩍 피했다. 실비아의 입원 등등으로 분명 슬픈 상황이었고 아이번도 진심으로 슬퍼했다. 하지만 의사들은 기대만큼 잘 회복하고 있다고 했고, 아이번이 문제를 해결할 수 있는 것도 아니었다. 솔직히 생각하고 싶지 않았다. 그 문제를 곰곰이 생각하고 내내 걱정한다고 해서 무슨 좋은 일이 생기겠는가? 그런 상황이 오래 계속되었다. 피터는 더블린으로 다시 이사한 뒤에도 집에 자주 와서 며칠이고 말도 안 하고 끼니도 거르면서 자기 방에 누워만 있었다. 단속적이었지만 그런 상황이 1년 동안 이어졌다. 아이번을 보살펴주고 옹호해주던 형이 사라지고 그 대신 집 안을 떠돌며 모두를 불편하게 만드는 짜증 나고 귀신 같은 존재가 그 자리를 차지했다. 그러던 어느 날 밤, 아이번은 목이 말라 잠에서 깨서 물을 마시려고 아래층으로 내려갔다. 그래, 그뿐이었다. 부엌으로 들어간 그는 식탁 앞에 혼자 앉아 있는 피터를 발견했다. 늦은 시간, 아마 새벽 3시쯤이었고, 아이번은 슬금슬금 빠져나오려 했지만 피터가 이미 그를 보았다. 나를 피해서 도망갈 거 없어. 피터가 말했다. 난 괴물이 아니야. 아이번은 문간에서 얼어붙은 채 아무 말도 못 했다. 왜 지금 와서 이런 기억을 떠올릴까? 그때 피터는 대놓고 울고 있었다, 눈물이 얼굴을 타고 흘러내렸다. 나 정말 무서워, 아이번. 뭘 어떻게 해야 할지 모르겠어. 얘기할 사람이 없어. 피터는 그렇게 말했다. 나 무서워, 얘기할 사람이 없어. 아이번의 기억으로는 그랬다. 아이번은 그 말을 듣고 반응하는 대신 그저 조용히 돌아서서 침대로 돌아갔다. 그런 대화는 하고 싶지 않았다. 피터는 스물여섯 살쯤이었고 아이번은 겨우 열여섯, 열일곱 살이었으므로 그가 상관할 바가 아니었다. 아이번은 아이에 불과했다. 어떤 면에서는 아이번을 그런 상황에 몰아넣은 피터가 잘못한 게 아닌가? 얼마 지나지 않아서 피터는 더블린으로 완전히 돌아갔고 상황은 정상으로 돌아갔다. 그럭저럭. 하지만 사실 전혀 정상이 아니었다. 결혼한 사이나 마찬가지였던 피터와 실비아가 헤어졌고, 피터는 이제 집에 오지 않았으며, 아이번에게 웃긴 메시지나 체스 퍼즐도 보내지 않았고, 새로 생긴 변호사 친구들과 휴일을 보내기 시작했다. 피터는 이제 가족을, 가족 누구도 좋아하지 않는 것이 분명했다. 그는 가족을 피했고 가족들도 비슷하게 그를 피했다. 피터가 예전만큼 자주 집에 오지 않자 아빠는 눈에 띄게 안도했다.

피터를 사랑하지 않아서가 아니라 상황이 너무 껄끄러웠기 때문이었다. 아이번은 그때 있었던 일을, 피터가 울면서 무섭다고 말했던 것을 부모님에게 이야기하지 않았다. 그 일에 대해서 다시 생각하지도 않았고 사실은 당황스러워서, 아니 더욱 나쁘게도 수치심이나 분노와 같은 감정이 들어서 그 생각을 일부러 피했다. 그 일이 머릿속에 떠오를 때마다 쫓아내야 했다. 피터는 항상 삶을 어렵게 만드는 아주 어려운 사람이었다. 두 사람은 만날 때마다 무슨 일에 대해서든, 아니 아무것도 아닌 일로 싸우기 시작했다. 피터는 거만하게 웃으면서 아주 진부한 진보적 논점을 되풀이했고 아이번을 음침한 놈이리기나 인셀*이라고 불렀다. 미안하지만 넌 사람들과 정상적으로 이야기를 나누지 못해. 난 인간다운 대화를 하려고 애쓰는데 너는 로봇처럼 말하잖아. 아이번은 피터에게 형은 똑똑하지도 않아, 사실은 졸라 멍청해, 라고 소리를 치고 면전에서 문을 쾅 닫았다. 그런 다음 자기 방으로 들어가 감정을 해소하려고 책꽂이에서 책을 꺼내 벽을 향해, 형의 빈정거리는 우월감을 향해 던졌다. 피터의 SNS에 올라온, 돈 많은 친구들과 칵테일을 마시며 휴일을 같이 보낸 사진들 속에는 항상 말도 안 되게 완벽해 보이는 여자가 그의 옆에 있었

---

* 　비자발적 금욕주의자(involuntary celibate)의 약자로, 주로 인터넷 커뮤니티에서 여성 혐오적 태도를 보이는 남성을 가리킨다.

다. 그런 사진에 좋아요가 수백 개, 어쩌면 수천 개 찍혔다. 그동안 아이번은 불을 다 끄고 혼자 집에 앉아서 포르노그래피 웹사이트에 우울할 정도로 특이한 검색어를 입력했다. 그래, 아이번은 음침한 놈이었을지도 모른다, 인셀이었을지도 모른다. 어쩌면 사람들과 정상적으로 이야기를 나누지 못했을지도 모른다. 그게 적어도 오만한 나르시시스트보다는 나았다. 파티를 다니며 돈만 많고 뇌가 없는 여자들한테서 구강성교나 받으면서 사는 것보다는 나았다. 그래, 하지만 정말 더 나았을까? 아니, 당연히 아니다, 물론 그렇지 않았다. 아이번은 열여덟, 열아홉 살 때 바로 그런 삶을 살고 싶다는 강렬한 욕망을 느꼈다. 파티에 다니고 구강성교를 받고 싶었다. 그렇게 될 수만 있다면 무엇이든 기꺼이 내주었을 것이고 그 어떤 견해든 자기 것인 척했을 것이다. 피터는 그 사실을 잘 알았다. 두 사람은 서로를 싫어했으므로 정말 웃긴 일이었다. 피터가 이탈리아인 여자 친구를 집에 데려왔을 때 그녀는 브래지어도 하지 않고 블라우스를 반쯤만 잠근 채 저녁 식탁에 앉아 있었다. 피터의 농담에 고개를 뒤로 젖히며 웃었다. 아, 죽을 것 같아, 진짜 죽겠어. 그래, 두 사람은 서로 싫어했다. 피터가 어떤 행동을 하고 아이번이 거기에 반응하는 것, 혹은 반응하지 않는 것은 다 그것 때문이다. 실망, 경멸, 분노, 번득이는 적의, 전부 그것 때문이다. 서로에게 상처를 주고 싶다는 욕망. 아이번은 피터가 우는 모습을 두 번 다시 못 봤고, 어떤 감정이든 드러내는 것을 못 봤다. 아버지가 돌아가셨을 때도, 그 뒤에도, 장례식에서도 아무 감정도 없이 늘 그렇듯 예의 바르지만 딴생각에 잠긴 미소만 지었다. 아버지가 그에게 아무것도 아니라는 듯이, 죽음이 아무것도 아니고 그저 따분할 뿐이라는 듯이, 아무 감정도 없다는 듯이. 피터의 추도사는 너무나 매끈했고 영리한 관찰과 농담이 가득해서 모두 관대하게 미소 짓게 만들었지만 진정한 감정은 전혀 드러나지 않았다. 아이번은 피터의 번드르르한 행실 아래 무언가 다른 것이 있음을 늘 알았지만 알고 싶지 않았다, 그 생각이 자기 삶에 영향을 끼치도록 놔두고 싶지 않았다. 예를 들면 같이 저녁을 먹었을 때 피디의 그 이상한 태도, 실비아에 대해서 한 말, 난 아직도 실비아를 사랑해, 그리고 피터의 여자 친구였다는 이 대학생, 아이번에 대해서도 그렇고 무슨 일에 대해서든 모르는 게 없는 그녀. 그녀는 피터가 정신적으로 잘 지내지 못한다고 말한다. 아이번은 이 모든 것이 피터의 위선만이 아니라 뭔가 잘못되었음을, 뭔가가 정말로 어긋났음을 보여준다고 생각한다. 바로 그때 알렉시가 아이번의 품에서 빠져나와 네 발로 서서 귀를 펄럭이며 몸을 턴다. 발톱으로 퀼트 이불을 붙잡고 몸을 펴더니 하품을 한 다음 침대에서 폴짝 내려가 아이번의 책상 밑에 몸을 말고 눕는다. 알렉시는 아무것도 모른다, 개일 뿐이다. 아이번이 딱 달라붙어 있어서 너무 더웠을지도 모른다, 그뿐이다. 아이번은 몇 분 동안 무슨 생각을 해야 할지 모른 채, 두뇌에 무슨 과제를 줘야 할지 모른 채 침대에 누워서 과거의 사건들, 자신의 실수와 후회, 그가 남들에게 저지른 잘못, 남들이 그에게 저지른 잘못, 그 두 가지가 섞인 듯했던 혼란스러운 사건들을 계속 분석한다. 혹은 아버지를 생각하거나 아래층에 있는 여자를, 또는 마거릿을, 다음 주 토너먼트를, 마거릿이 입고 올지도 모르는 가볍고 얇은 블라우스를 생각한다. 하지만 아니다, 마음이 너무 이상해서 아무것도 생각할 수가 없다. 결국 그는 말없이 주머니에서 핸드폰을 꺼내 앱을 열고 아무 생각도 하지 않으며 체스를 둔다.

15

월요일 저녁, 아파트로 돌아와서 옷을 갈아입는다. 왠지 그녀가 없으니 텅 빈 것 같다. 겨우 몇 주 있었을 뿐인데. 그녀의 물건이 증식하면서 생겨난 가정적인 분위기. 그녀가 경찰서에서 가져온 물건과 나중에 저넌에게서 받아 온 물건. 고리에 걸린 그녀의 재킷, 신발. 헤어 컨디셔너, 디오더런트 향기. 싱크대에 쌓인 그릇. 이제 그녀가 없으니 아파트가 다시 살균된 듯 깨끗해졌지만 병원 대기실처럼 음울하다. 새삼 그는 자신이 이곳을 늘 얼마나 싫어했는지 떠올린다. 보기 흉한 가구, 유리 식탁이라니, 세상에. 금요일 아침에 침대에서 그가 그녀에게 사랑한다고 말했고 그녀는 울었다. 그가 나오미를 울게 만들었다, 그래. 그가 절대 해서는 안 되었던 게임에서 드디어 거둔 소름 끼치는 승리. 결국 그가 원한 것은 나오미를 꺾고 그녀의 삶을 망가뜨리는 것이었다. 무엇에 대한 복수일까. 그를 바보로 만든 것. 그녀를 너무 좋아하게 만든 것에 대한 복수. 피터는 그 모든 것이 끔찍한 악취미라고 생각한다. 처음부터 끝까지. 적어도 그녀는 괜찮을 거다. 생존 본능. 킬데어의 집을 살펴보면서 욕조가 좋네, 정원에서 담배 피우면 되겠다, 라고 했다. 그녀는 괜찮을 거다, 잘 지낼 거다. 그녀는 육식동물이다. 그날 밤 집으로 돌아온 피터는 약을 2밀리그램 더 먹고 불을 켜둔 채 잤다. 아무 꿈도 꾸지 않았다. 토요일 아침에는 일찍 일어나서 집을 정리하고, 청소기를 돌리고, 침대보를 빨고, 생각 없이 습관적으로 커피를 너무 많이 내린 다음 식탁 앞에 앉아서 실비아에게 전화했다. 받기까지 시간이 조금 걸렸지만 그녀가 여보세요, 라고 하자 만날 수 있냐고 물었다. 아. 주말이라 집에 와 있어. 별일 없지? 집이라, 물론 워터퍼드의 본가를 말하는 것이었다. 아무 일 없어. 피터가 말했다. 몸은 좀 어때? 실비아는 훨씬 좋아졌다고 말했다. 저번에 고마워. 그녀가 덧붙였다. 부모님한테 네가 아주 잘 보살펴줬다고 말했어. 그러니까— 미안, 당연히 자세한 얘기는 안 했어. 그런 다음 두 사람 다 어색하게 웃고, 피터가 괜찮다고 말했다. 두 사람은 조금 더 통화했다. 그녀의 목소리, 그녀의 지성이 주는 치유 효과. 실비아가 어머니와 통화하겠냐고 묻자 피터는 물론 좋다고 했다. 문이 열렸다가 닫히더니 수화기 너머에서 미리엄의 목소리가 말했다. 안녕, 피터. 어떻게 지내니? 아직 식탁 앞에 앉아 있던 피터가 피곤해서 눈을 감았다. 안녕하세요, 미리엄. 전 잘 지내요. 고마워요. 두 분은 어떻게 지내세요? 감긴 눈 너머로 그들의 부엌이 보였다. 낮은 천장, 페인트칠한 찬장 문, 가운을 입고 머리에 안경을 올린 미리엄. 우린 다 잘 지내. 그녀가 말했다. 물론 네 생각 많이 하지. 그리고 너희 아버지도. 이제 편히 쉬시길 바란단다. 눈이 따끔따끔 뜨거워졌다. 감사합니다. 그가 말했다. 정말 친절하시네요. 두 사람이 조금 더 이야기를 나누고 인사를 주고받은 다음 미리엄이 핸드폰을 실비아에게 넘겼다. 잠시 둘 다 말이 없었다. 있잖아. 피터가 말했다. 사랑해, 알겠지? 가능하면 곧 보자. 조용히, 망설임 없이 실비아가 대답했다. 월요일 오후는 어때? 4시 이후에는 집에 있으니까 와도 돼. 그들은 전화를 끊었고 피터는 아침 식사로 스크램블드에그와 베이컨을 차렸는데, 어느새 놀랄 만큼 허기가 져서 버터 바른 토스트를 세 장, 또 네 장째 곁들였다.

이제 15분이 다 되어간다. 외투를 입고 문가의 우산꽂이에서 우산을 챙긴다. 그녀가 사는 건물까지 10분, 빨리 걸으면서 신호등에 걸리지 않으면 8분이다. 그래, 드디어 제대로 된 삶이다. 밖으로 나가자 촉촉하고 신선한 겨울 공기 속에 먹구름이 묵직하게 모여 있다. 피터가 성당을 향해 오른쪽으로 돌자 자동차들이 전조등을 낮춘 채 고인 물을 지나간다. 웅장하고 오래된 테라스, 높고 멋진 창문에서 깜빡이는 색색의 빛. 이제 실수는 전부 과거의 일이다. 그렇게 생각하자 생생한 안도감이 느껴진다. 그는 스스로를 구했고, 아무리 복잡한 잘못을 아무리 많이 저질렀다고 해도 전부 과거의 일이다. 그의 삶이 새롭게 시작되고 있다. 모퉁이를 돌자 배것가에 바람이 불어 나무를 흔든다. 그는 차가운 공기와 물이 모든 것을 신선하게 씻어냈다고, 전부 새롭고 깨끗해졌다고 생각한다, 그래. 매 순간 과거는 멀어지니까. 신호등에 한 번도 걸리지 않은 덕에 피터는 4시 23분에 계단을 올라 안으로 들어간다. 창문으로 들어오는 하얀 일광이 표면마다 조용히, 부드럽게 내려앉는다. 실비아는 탁자 앞에 앉아 있고 온통 종이가 널려 있다. 그녀가 일어나서 그를 보고, 피터는 그녀가 파리하면서도 행복해 보인다고 생각하면서 품에 안고 키스한다. 그래, 그의 삶이 다시 시작하고 있으니까. 길고 끔찍한 막간이 끝나고, 연기가 걷히고, 그는 마침내 제자리를 다시 차지한다. 실비아가 그에게 미소를 지으며 물러선다.

기분이 좋은가 봐. 그녀가 말한다. 주말 잘 보냈어?

피터는 설명도 없이 혼자 너무 앞서갔음을 느끼면서 주저한다. 생각을 정리하려 애쓰면서, 정리할 필요가 없으면 좋겠다고 생각하며, 그가 말한다. 음, 그럭저럭.

실비아가 이미 부엌으로 들어가며 차나 커피를 마시겠냐고 묻는다. 고맙지만 괜찮아. 그가 대답한다.

난 차 마실래. 실비아가 말한다.

여기에 도착한 다음 어떻게 전개되리라 생각했는지 기억이

나지 않는다, 그려지지가 않는다. 피터가 별다른 이유 없이 벽난로 선반으로 가서 별생각 없이 촛대를 바라본다. 너 하던 일 계속해. 그가 말한다.

실비아가 곧 다시 나와서 소파에 앉아 다리를 끌어 올린다. 차를 옆 탁자에 내려놓고 식힌다. 네가 주말을 어떻게 보냈는지 얘기하고 있었잖아. 그녀가 말한다.

아니야. 피터가 대답한다. 아니었어. 있잖아, 할 말이 있어. 나오미랑 다 끝냈어. 내 집에서 나갔어. 당분간 아버지 집에서 지낼 거야, 안정적으로 지낼 곳을 찾을 때까지.

깜짝 놀라서 입술이 벌어지고 반짝이는 눈이 기다래진다. 세상에, 피터. 실비아가 말한다. 어떻게 된 거야?

피터가 무슨 말인지 몰라서 혼란스러워하며 그녀를 빤히 보고, 실비아도 그를 빤히 본다. 둘 다 말이 없다. 어떻게 된 거냐니 무슨 뜻이야? 그가 말한다. 우린 ― 문장을 완성할 적절한 문법을 찾지 못해서 말이 끊긴다. 다시 시도한다. 목요일에 헤어졌어, 그때 우리가― 실비아는 말없이, 아무 대꾸도 없이 그를 계속 바라보고, 마침내 피터가 간단하게 말한다. 내가 여기 다녀간 뒤에, 너랑 같이 있었던 뒤에.

실비아는 그를 계속 바라보고, 얼굴이 군데군데 분홍빛으로 물든다. 뭐? 네가 나랑 여기 있었던 뒤에, 뭐? 집에 가서 나오미랑 끝냈다고?

맞아. 그래.

왜?

그는 아무 말도 하지 않는다. 거기 서서 계속 숨을 쉬는 것조차, 공기가 기계적으로 폐에 들어갔다 나왔다 하는 것조차 놀랍게 느껴지고, 아무 말 없이 한 손으로 벽난로 선반을 붙잡는다.

피터. 실비아가 말을 잇는다. 솔직히 난 네 말을 이해하려고 애쓰는 중이야. 너랑 나오미가 왜 헤어진 거야?

아무 생각 없이 말이 저절로 나온다. 그런 일이 있었으니까 그래야만 말이 된다고 생각했어.

실비아가 시선을 낮추고 조용히 말한다. 나오미도 이해한다며. 배타적인 관계가 아니라며.

피터가 자기도 모르게 고개를 젓는다, 손 밑에 딱딱한 벽난로 선반이 느껴진다. 세상에. 그가 말한다. 그래, 아니었지. 내 말은, 나오미는 이해해, 나오미도 알아. 하지만 그렇게 질질 끄는 게 무슨 소용이야?

뭘 질질 끌어?

피터는 모든 것이 빠져나가는 것을 느끼며 절망해서 거의 화를 내듯 말한다. 제기랄, 실비아. 우리 지금 무슨 얘기 하는 거야?

그녀가 이마를 문지르며 말한다. 다 괜찮다고 했잖아. 부담 주지 않기로 했잖아. 우리 사이에 무슨 일이 생기면 좋은 거고, 아니면 그만이고. 편안했잖아, 걱정할 거 하나도 없었잖아. 누구한테도 상처 주지 않기로 했잖아. 그런데 지금 넌 여기 서서 나한테 소리치고 있어. 널 위해서 여자 친구랑 헤어졌어, 행복하지 않니, 라고 말이야. 당연히 행복하지 않아. 난 네가 나오미한테 그러기를 절대 바라지 않았어. 네가 그럴 작정인 걸 알았다면 우리 사이에 아무 일도 일어나지 않았을 거야. 넌 내가 완전히 오해하게 만들었어. 솔직히 너도 지금 네가 무슨 짓을 하고 있는지 모르는 것 같아. 넌 우리 세 사람 모두를 불행하게 만들고 있어.

피터가 고개를 저으며 입을 달싹이지만 아무 말도 나오지 않는다. 우리 세 사람 모두, 라는 말이 머릿속으로 끔찍하게 밀려들어온다. 부적절한 농담처럼. 셋 디, 리니. 이해가 인 가. 피터가 말한다. 우린 같이 침대에 누워 있었고 네가 나한테 사랑한다고 말했는데, 이제 와서 그게 전부 오해였다는 거야? 결국 나랑 함께하기 싫다는 거야?

시선을 피한 채 실비아 역시 고개를 젓는다. 하지만 아무것도 바뀐 게 없어. 저번에 우리 사이에 있었던 일은, 그건 좋았어, 안 좋았다는 말이 아니야. 하지만 내 상황은 예전 그대로야. 네가 말하는 그런 관계, 내가 네 인생의 유일한 여자가 되고 네가 나를 위해 전부 포기하는 그런 건 바라지 않아. 정말로 바라지 않아. 그냥 너무 부담스러워. 미안해.

완전히 오해했다는 생각에 속이 메슥거려서 피터가 화를 내며 말한다. 그럼 내가 어떻게 할 줄 알았는데, 너 기분 나쁘지 말라고 나오미를 계속 속일 줄 알았어? 세상에.

누가 나오미를 속이래? 난 네가 나오미를 좋아하는 줄 알았어.

바닥을 빤히 보는 피터의 귀에 침울하고 뚱한 자기 목소리가 들린다. 걘 스물세 살이야. 우린 미래가 없었어. 그냥 즐긴 거야. 나오미를 좋아하긴 했지만 그냥 잠깐 기분 전환한 거야.

잠시 침묵이 흐르고 실비아가 묻는다. 나오미한테 내 이야기 했어? 그러니까, 내 상황에 대해서. 나오미랑 그런 얘기 했어?

머리에서 맥박이 뛰고, 피터는 계속 자기 발만 바라보며 말한다. 음, 아무래도 그래야 할 것 같았어, 응. 어느 정도 설명하려는 노력이라도 해야 한다고 생각했어. 아주 대충은 얘기했어.

이상하게도, 무섭게도, 실비아가 웃는 듯한 소리를 내더니 머리에 손을 얹는다. 그를 바라본다, 표정이 달라졌다. 괜찮아. 그녀가 말한다. 예전에는 몰랐어. 하지만 이제 알겠다. 너 나오미를 사랑하는구나, 그렇지?

피터는 벽난로 선반을 만지작거리며 땀을 흘릴 뿐 아무 말도 하지 않고 실비아도 입을 다문다. 마침내 그가 대답한다. 아니. 모르겠어. 응, 어쩌면. 하지만 이제 중요하지 않아.

내가 와서 널 구해줄 거라고 생각했으니까. 실비아가 말한다. 음, 난 그러지 않을 거야.

입과 목이 바싹 마른다. 무슨 말인지 모르겠어. 피터가 대답한다.

이제 실비아가 지적이고 통제된 목소리로, 흔들림 없고 확고

496

한 목소리로 눈을 여전히 반짝이며 말한다. 아니, 너도 알아. 넌 누군가와 사랑에 빠졌고, 그래서 두려운 거야. 너 원래 그렇잖아, 상처받는 게 싫은 거야. 게다가 나오미가 썩 마땅한 상대도 아니겠지. 돈도 없고 인터넷에 그런 사진이나 올리니까. 아마 사람들이 널 비웃는다고 생각하겠지. 그리고 나랑 함께였을 때 어땠는지, 모든 게 얼마나 쉬웠는지, 모두가 우리를 얼마나 질투했는지 생각하니까 그때를 되찾고 싶어진 거야. 인생이 쉬워지기를 바라는 거야. 저번에 그 일 말이야, 네가 왜 그랬는지 이제 알겠다. 넌 빠져나갈 방법이 필요했던 거야. 의식적으로 그런 건 아니었을지도 모르지만 마음 깊은 곳에서는 말이야. 넌 나오미한테서 벗어날 방법을 찾고 있었어. 난 우리가 그냥— 아무튼, 그땐 그런 줄 알았어. 하지만 너한테는 그게 아니었어. 그때 서로 얘기했어야 해, 아니면 서로, 모르겠다. 난 통증이 너무 심했어, 몸이 안 좋았어. 어쨌든 난 네가 나오미와의 관계에서 벗어나도록 도와주려는 게 아니었어. 알겠어? 넌 날 그런 식으로 이용하면 안 돼. 나도 사람이야.

날카롭게 찌르는 듯한 느낌, 피터는 손으로 가슴뼈를 꽉 누르면서 그 비난의 쓰라림을 느낀다. 그보다 나쁜 것은 지금 실비아가 피터의 인생에서 딱 하나 옳은 것을 빼앗아가고 있다는 점이다. 시선이 방을 마구잡이로 훑고, 마침내 입을 열자 갈라진 목소리가 나온다. 절대 그런 게 아니었어. 있잖아, 실비아, 상황이 엉망이라는 건 나도 알겠어. 엉망진창이지. 나도 알아, 미안해. 알잖아, 너랑 나는 오랫동안 헤어져 있었어, 네가 그러고 싶다고 했잖아. 다른 사람을 만나자고. 난 그러고 싶지 않았어. 그래, 어쩌면, 최근에 감정이 있었어, 어떤 감정이 생겼어. 그건 내 문제야, 너한테 어떻게 해달라는 게 아니야. 이상한 건 알지만 사람을 만나다 보면 이런 일도 생기는 법이야. 나한테 다른 사람을 만나보라고 우긴 건 너였잖아. 그래, 일이 걷잡을 수 없게 흘러간 건 미안해. 하지만 난 널 사랑해. 너랑 함께하고 싶어, 중요한 건 그것뿐이야.

실비아의 얼굴에 떠오른 표정, 아주 멀리서 그를 빤히 보는 듯한 그 표정. 나한테 일어난 일은 말이야. 그녀가 말한다. 우리 솔직해지자, 피터. 그건 내 인생을 망가뜨렸어. 내가 너한테 말하려는 건 그게 네 인생까지 망가뜨리게 놔두지 않겠다는 거야.

그의 눈이 발밑의 양탄자 가장자리만 멍하니 바라보며 흔들린다, 뜨겁고 흐릿하다. 이미 망가뜨렸어. 피터가 말한다.

잠시 실비아의 거친 숨소리밖에 들리지 않는다. 이내 그녀가 말한다. 그렇구나. 알겠어. 내가 어떻게 하면 좋겠니, 사과라도 할까? 음, 정말 미안해. 이제 보니 너 정말 힘들었겠다. 난 항상 통증을 느끼고 나아지지도 않을 테니까. 이렇게 네 인생을 망치다니 내가 너무 잔인하지. 이제 내가 나오미 인생까지 망친 것 같네. 둘 다 나를 어떻게 용서할 수 있을지 모르겠다.

피터가 바닥을 내려다보며 눈을 깜빡인다. 앞이 거의 보이지 않는다. 알겠어. 그가 말한다. 질투하는구나, 나오미를 질투하는 거야. 그건 내가 미안해. 하지만 네가 지금 하는 말은 정말 멍청한 소리야.

실비아가 또다시, 이번에는 조금 더 오래, 한참 동안 침묵에 빠진다. 그러다 떨리는 목소리로 천천히 말한다. 내가 널 위해 뭘 더 할 수 있을지 모르겠어. 지금까지 난 네 친구가 되려고 애썼는데 넌 무슨 이유에선지 나를 모욕하고 상처주려고 결심한 사람처럼 굴었어. 난 그 이유를 모르겠어. 어쩌면 네가 마음 깊이 정말 바라는 건 내가 죽는 걸지도 몰라, 그러니까 내가 죽지 않아서 벌을 주려는 거야.

그는 벽난로 선반을 잡고 있던 자기 손이 뭔가를 낚아채는 것을 느낀다, 갑자기 무언가를, 그게 뭔지 보지도 않고 바닥에 내던진다. 쾅 소리를 내며 바닥 널에 떨어져 양탄자로 굴러가는 황동 촛대. 그 외에도 카드가, 종이 한 장이 느리게 나풀나풀 내려앉는다.

어떻게 감히. 실비아가 말한다. 나가.

피터는 손목으로 눈을 문지르며 이미 나가는 중이다. 복도로 나가서 앞이 잘 보이지 않지만 옷걸이에서 외투를 내리고 우산을 챙긴 다음 밖으로 나가 문을 쾅 닫는다. 그 사건으로 실비아는 변했다, 그녀의 말이 맞다. 그녀는 이제 칼을 비틀면서 즐거움을 느끼는 차갑고 교만한 사람이 되었다. 아마도 실비아에게 남은 유일한 즐거움. 어쩌면 네가 마음 깊이 정말 바라는 건. 정말 그럴지도 모른다, 정말 그럴지도. 건물 위로 어두워지는 푸른 하늘. 테스코익스프레스의 자동문이 부드럽게 열리는 소리. 그는 주류 코너에서 플라스틱 보안 태그가 달린 보드카 350밀리리터 병을 집어 계산대로 가져간다. 계산대의 여자가 보지도 않고 *외견상 25세 이상*이라고 적힌 버튼을 누른다. 고맙네, 응. 나도 한때는 스물다섯 살이었지, 그보다 어릴 때도 있었어. 물론 지금 당신은 상상하기 힘들겠지, 인정해. 지금은 인생이 생각 가능한 범위 내에서 최고로 고통스러운 시련이지만 그때는 행복했어, 똑같은 인생인데. 잔인한 농담이지, 당신도 인정할 거야. 아무튼, 당신은 젊으니까 최대한 즐겨. 매 순간을 즐겨. 그리고 충고 하나 하자면, 스물다섯 살 생일 때 빌어먹을 다리에서 뛰어내려. 고맙습니다. 문이 다시 양옆으로 열려 그의 육체를 거리로 쫓아낸다. 주머니에 든 350밀리리터 병. 계획이 뭐냐고, 없다. 아파트로 돌아갈 수는 없다, 스스로를 믿지 못하니까. 보드카병을 비우고, 알약 한 판을 다 삼키고, 또 뭐가 있을까. 그 자신의 죽음에 대한 병적인 환상, 어쩌면 환상 이상일지도. 그 대신 세인트스티븐스그린 공원을 따라 그래프턴가를 향해 걸어간다, 코가 타는 듯 따갑고 눈도 마찬가지다. 어쩌면 네가 마음 깊이 바라는 건. 휴스턴 역으로 가자. 그가 생각한다. 기차를 타고 가서 그녀를, 또 다른 그녀를 만나자. 울며 찾아가서 시무룩하게 사과하고 어린 시절 쓰던 방에서 잠드는 것. 나쁠 게 뭐가 있을까. 그녀는 이미 그가 제정신이 아니라고 생각한다. 그 집에서 단둘이서. 설령 싸움이 시작돼서 미친 듯이 말다툼하고 소리 지르고 서로 비난하더라도 적어도 기분 전환은 된다, 나쁜 일은 일어나지 않을 것이다. 다리를 건너서 애비가로. 코트 주머니가 묵직하게 불룩 튀어나온 채 노면전차 안에 서서 그가 생각하는 것은. 눈에 띄지 않게 조용히 빠져나가자. 그래. 몇 달, 아니 몇 년이 지난 뒤에야 누군가 말하겠지. 쿠벡 녀석은 어떻게 됐지? 요즘 통 못 봤는데. 아니, 이제 더블린에 없는 것 같아. 그걸로 끝이다. 그렇게 될 수만 있다면, 고통 없이. 떠나는 거다, 사람들 사이에서 떨려나서 결국 언급조차 되지 않는 수많은 사람들처럼. 단, 멀리 이주하는 대신 존재를 멈추자. 하느님은 어쩌지. 음, 하느님이 뭐. 생각하니 예전의 반발심이 튀어나온다. 그 무엇도 내가 싫어하는 것을 견디도록 강요하거나, 억지로 내가 고통받게 하거나, 고통과 치욕을 받아들이게 만들 수 없다, 그 무엇도, 그 누구도, 하느님조차도. 한번 해보라지. 나는 받아들이지 않겠다. 내가 받아들이게 만들 수 없다. 역에 도착하자 그가 고개를 꼿꼿이 들고 전차에서 내린다, 그래, 누구에게도 고개를 숙이지 않을 테다. 오직 나의 양심만으로, 그래, 강요를 받아들이지 않을 것이다.

10분 뒤에 열차가 있어서 그는 발매기에서 기차표를 사고 레모네이드도 한 병 사서 화장실로 들어간다. 칸막이 안에 들어가 잠금장치를 걸고 후텁지근함을 느끼며 레모네이드를 반쯤 버린 다음 뚜껑을 외투 주머니에 넣고서 남은 레모네이드에 보드카를 조심스럽게 따른다. 손에서 다시 땀이 난다. 무엇도 그에게 강요할 수 없다, 그는 누구에게도 고개 숙이지 않는다. 그래, 지금 이 순간 그는 모종의 이유로 기차역 화장실 칸막이 안에 들어가서 슈퍼마켓에서 파는 플라스틱 레모네이드병에 보드카 350밀리리터를 따르고 있고, 약간 비위생적인 느낌이 들지만, 그럼에도 불구하고 그는 어떤 권위 앞에서도 굴복하지 않으며 강요당하지 않을 것이다. 세면대에서 손을 씻고 쓰레기통에 빈 유리병과 톱니 모양 뚜껑을 버린다. 다시 대합실로 나와 미지근한 액체를 두 모금 마신다, 찌릿하다. 그녀가 기분이 괜찮으면 같이 침대로 갈 수도 있겠지. 그녀를 아프게 하자, 울리자, 안 될 게 뭐 있나. 갑자기 촛대가 다시 머릿속으로 파고든다. 요란한 쿵 소리. 목덜미가 따끔거린다. 그 자신이 한 짓이라서. 소리를 쳤고 그녀의 물건을 던졌다. 한 모금 더 삼킨다. 어쩌면 네가 마음 깊이 바라는 건. 생각하니 죄책감에 속이 메슥거린다. 그러면 생각하지 마. 그 대신 기차 시간과 승강장을 표시하는 머리 위 실시간 전광판을 보자. 가짜 아날로그 시계에서 움직이는 시곗바늘. 한 모금 더 마신다. 번호가 뜨면 간단하다, 종이 표를 똑바로 넣고 주머니 속 병을 흔들며 플랫폼을 따라 걸어간다. 이보다 쉬운 것이 있을까. 가서 그녀를 만나 미안하다고 말하고 터놓고 이야기하자. 기분 전환을 하자. 그녀는 일을 어렵게 만들지 않을 것이고, 만약 어렵게 만든다 해도 기분 좋을 정도로만 성가신 사소한 어려움일 것이다. 심각한 건 아니다. 이리 와, 사랑해. 그건 잊어버려.

이제 차창 밖으로 익숙한 풍경이 펼쳐진다. 박공이 보이는 건물 측면, 아파트 단지, 파크웨스트 산업 지구와 체리오처드 마을. 어둠이 모여드는 가운데 도시를 떠난다, 주택과 들판 모두 익숙하다. 시골을 가로지르는 한 줄의 리본, 끝없이 반복해서 돌아가는 필름. 10년 동안 같은 자리를 지키는 전소된 지동차, 지붕이 무너져 내리는 낡은 착유장. 피터는 자기가 촛대를 집어 던졌는지 아니면 그냥 벽난로 선반에서 떨어뜨렸는지 생각한다. 손바닥으로 쳐서 쓰러뜨렸는지 손으로 집어 던졌는지 기억나지 않지만 아마 그건 중요하지 않겠지. 어떻게 감히. 그녀가 말했다. 나가. 5, 6년 동안 같이 살았지만 그런 식으로 싸운 적은 한 번도 없었다. 다른 사람에게 반했을 때도 그냥 웃어넘기고 서로 놀렸다. 둘만의 농담은 수년간 이어지며 점점 더 유치해지고 남들은 알아듣기 어려운 것이 되었다. 두 사람이 친구인 척하며 허울 좋은 격식 뒤로 도망치기 이전에는. 침대에 들어가기 전에 그녀의 옷을 벗기던 기억이 떠오른다, 그랬지. 하지만 기억 속의 그녀는 그리 젊지 않다. 지금과 비슷해 보인다. 물론 당시 그녀는 나오미와 비슷한 나이였다. 생각하니 이상하다, 왠지 끔찍하다. 나는 그 나이의 여자들을 좋아하기 시작한다. 기차를 타고 가는 47분 동안 그는 레모네이드병을 비운다. 느릿한 두통이 정수리에서 부터 내려오지만 사실 그렇게 아프지도 않다. 두통이라는 관념에 더 가깝다. 기차가 역으로 들어서지만 창밖이 너무 어두워서 반사된 그의 모습밖에 보이지 않는다. 그의 앞 테이블에 놓인 빈 병. 이미 죽은 것처럼 차갑게 명멸하며 가라앉는 느낌. 반쯤 취한 채 기차에서 내리니 승강장에 다시 비가 오고 있다. 우산이 없다는 사실을 문득 깨닫는다. 언제 어디서였을까. 노면전차에 탔을 때는 있었다. 기차역 화장실이었던 것 같다, 그래, 레모네이드를 비우고 어쩌고 하면서. 제기랄, 몇 년이나 쓰던 건데. 그는 사실 그 우산을 좋아했다. 택시를 탄다, 주머니에 현금이 있다. 옛날 순환도로 쪽으로 가주세요.

집에 도착하니 닫힌 커튼 뒤로 불이 켜져 있다. 손가락으로 현관 열쇠를 찾으면서 그녀가 뭘 입고 있을까 생각한다. 아니면 또 욕조에 들어가서 혼자 노래하고 있을지도. 자, 누가 다시 기어 들어 왔는지 봐. 불 켜진 복도로 들어간 그가 거실 문을 밀어 열고 그녀를 부르려고 한다, 입속에서 소리가 만들어지다가 뚝 멈춘다. 예전에 숙제를 하던 구석 탁자에 체스판을 놓고 앉아 있는 사람은, 두꺼운 책을 펴고 핸드폰으로 고정시켜놓은 사람은 바로 동생이다. 아이번. 기차역에서 실수로 과거행 열차를 탄 것 같다, 오늘 저녁이 아니라 2년 전, 4년 전 어느 날에 도착한 것 같다. 아이번은 조용히 체스를 연구하거나 졸업 시험 공부를 하고 있고 부엌에서는 아버지가 라디오를 켜놓고 저녁 식사를 준비하고 있겠지. 그래, 아버지가 건강하게 살아 계신 거다. 거실 저편에서 아이번이 그를 보자 피터도 마주 본다. 탁자 밑에서 개가 나른하게 기지개를 켜더니 피터를 향해 타닥타닥 걸어온다, 호들갑스럽게 쓰다듬어주기를 바라며 다가온다. 개의 길쭉하고 가느다란 얼굴이 미소를 짓는 것 같다.

여기서 뭐 하는 거야? 아이번이 묻는다.

미안, 잠깐만. 피터가 말한다. 넌 여기서 뭐 해?

난 여기서 지내고 있어. 알렉시랑 같이 지낼 곳이 필요했어.

피터가 다시 입을 열기도 전에 아이번이 침울하게 덧붙인다. 그 여자는 친구들이랑 나갔어, 혹시 궁금할까 봐. 누가 와서 태워 갔어.

마취된 것처럼 아무 느낌도 들지 않는다. 아니 죽은 것 같다고, 이미 죽은 것 같다고 다시 생각한다. 피터는 외투를 입은 채 낡은 소파에 앉는다. 알렉시가 옆자리에 펄쩍 뛰어올라 그의 무릎에 머리를 얹고 눕는다. 그가 멍하니 개의 귀를 만진다, 실크처럼 매끄럽고 따뜻하다. 누가 와서 태워 갔다고, 그래. 피터가 말한다. 둘이 만났구나.

아, 만났지. 아이번이 대답한다. 그것도 아주 제대로. 흥미로운 대화를 나눴어.

이 말, 이 생각, 아이번이 나오미와 나눴다는 그 흥미로운 대화 때문에 피터가 피식 웃는다. 그래. 너한테 전화하려고 했었어, 나오미가 여기서 지낸다고 알려주려고. 내 번호 아직도 차단 중인가 보네.

위선이 드러났다고나 할까. 아이번이 말한다.

여전히 알렉시의 귀를 나른하게 만지작거리며 피터가 대답한다. 아, 그래. 내 위선 말이겠지.

아이번이 애써 침착한 목소리로 대답한다. 기억하는지 모르겠지만 우리가 다른 상황에 대해서 이야기할 때는 형이 그렇게 이해심이 많지 않았는데 말이야.

기억나, 그래. 그 여자 아직도 만나?

내 사생활에 대한 질문에는 대답 안 할래. 그건 확실히 말할 수 있어. 예전에 그런 실수를 한 번 했어서.

괜찮아. 피터가 대답한다. 말하기 싫으면 하지 마.

두 사람은 침묵에 빠져든다. 피터의 무릎에서 개가 평화롭게 눈을 감는다. 입 안쪽의 부드럽고 탄력 있는 굴곡이 드러난다. 가느다란 다리는 쿠션 위로 웅크리고 있다. 체스 연구 중이야? 피터가 묻는다.

보시다시피.

대회에 다시 나가는 거야?

아이번이 말없이 고개를 끄덕인다, 시선은 체스판을 향하고 있다.

무슨 책이야? 《기억에 남는 경기 60선》*인가.

잠시 침묵이 흐른 뒤 아이번이 약간 누그러진 듯 대답한다. 아니, 그 책이면 좋겠지만. 그냥, 런던 시스템**에 대한 책이야. 나는 런던 시스템을 안 쓰지만 배열을 알아야 돼.

등급 점수는 어때?

똑같아. 하지만 다음 주에 더블린에서 놈 행사가 있어. 잘 풀리면 꽤 괜찮을 것 같아.

피터가 손가락으로 개의 작고 섬세한 갈비뼈를 쓸면서 대답한다. 아, 그렇군. 잘되면 좋겠다. 행운을 빌어줄게.

이제 아이번이 그를 흘깃 보며 묻는다. 나오미한테 내가 천재라고 했어?

따스한 미소가 떠오르는 것을 느끼며 피터가 말한다. 몰라. 아마도. 나오미가 그렇게 말했으면 그랬을 거야.

음, 내가 천재가 아니란 걸 이제 깨달았겠지.

나한테는 천재야.

---

*   보비 피셔의 체스 전략서.

** 상대의 수와 상관없이 기물을 일관되게 배치하는 '시스템 오프닝' 중 하나로, 백이 쓰는 전략이다.

아이번이 쑥스럽지만 기쁜 듯이 체스판을 내려다보며 말한다. 참, 난 나오미가 여기서 지내도 괜찮아. 내가 나가달라고 할까 봐 걱정하는 것 같더라. 혹시 나오미랑 얘기할 일 있으면 난 괜찮다고 말해도 돼.

피터가 조용히 대답한다. 그래. 고마워. 나오미랑 얘기하게 되면 말할게. 이해해줘서 고맙다.

아이번이 고개를 끄덕이고 체스판 위의 기물을 훑어보며 말한다. 무슨 상황인지 묻지 않을게, 내가 참견할 일이 아니니까.

피터가 무심코 한숨을 쉬며 말한다. 아, 관심도 없잖아, 아이번.

내가 관심이 있는지 없는지는 상관없어. 캐묻지 않을 거야.

다시 짧은 침묵이 내려앉는다. 아이번이 피터를 의식하는 듯 폰을 옮기고 다시 책의 기보를 본다. 개가 꼼지락거리며 피터의 무릎 위로 더 올라와서 자리를 잡는다, 묵직하고 따뜻하다. 다시 잠든다. 반쯤 감긴 눈꺼풀 밑으로 얇은 회색 막이 조금 보인다.

같이 저녁 먹었을 때 내가 좀 심했던 것 같아. 피터가 말한다.

아이번이 곧장 대답한다. 같은 게 아니야. 아주 심했어, 그랬던 것 같은 게 아니라.

내 기억에 난 다른 이야기를 하려는 중이었어. 지금은 중요하지 않지만. 우리 얘기가 서로 엇갈렸어. 만약 네 마음을 상하게 했다면 미안해.

피터가 고개를 들어보니 아이번은 얼굴이 빨개진 채 체스판

에서 시선을 거두고 입으로 숨을 들이마셨다 내쉬었다 하고 있
다. '만약'이 들어가면 사과가 아니야. 아이번이 말한다. '만약 뭐
뭐라면 미안해'는 진심 어린 사과가 아니야.

피터가 이상하게도 서늘한 기분으로, 술기운이 오른다고 문
득 생각하면서 동생을 바라본다. 음, 그러면 좋아. 미안, 내가 심
했어. 이러면 좀 나아? 사과 문자를 보냈는데 네가 내 번호를 차
단했잖아.

아이번이 일어서자 피터의 무릎에 누운 알렉시가 눈을 뜨고
지켜본다. 아이번은 부엌으로 통하는 문까지 걸어갔다가 돌아온
다. 그것 때문만이 아니야. 형은 나를 존중하지 않아.

전적으로 공정한 말은 아닌 것 같은데. 피터가 대답한다.

형은 나를 얕잡아 보잖아. 어린애처럼 대하잖아.

피터가 알렉시를 천천히 쓰다듬으면서 대답한다. 음, 넌 동생
이잖아. 난 너보다 나이가 훨씬 많고. 네가 이제 어른이라는 사
실을 내가 받아들이기 어려운가 보지. 그렇다고 해서 내가 널 무
시하는 건 아니야.

아이번이 얼굴을 붉힌 채 목소리를 높이며 쏘아붙인다. 지금
도 그래. 지금도 그런다고, 그런 말을 늘어놓으면서. 설명해준다
는 듯이. 뭐든지 자기가 옳다고 생각하지. 형은 늘 그런 식으로
행동해.

당연히 우리 의견이 다를 때도 있지. 피터가 대답한다. 그리고

맞아, 난 너랑 의견이 다를 때 내가 옳다고 생각해, 당연하잖아. 네가 옳다고 생각하면, 의견이 다르지 않겠지.

아이번이 두 손을 번쩍 들고 말한다. 지금도, 정말로. 그 목소리, 그 말투.

피터는 아이번이 피아노 쪽으로 걸어가면서 손톱 물어뜯는 모습을 지켜본다. 좋아, 아이번. 정 따지고 싶으면 말이야, 난 사실 네가 기분 나쁜 의견을 가지고 있다고 생각해. 네가 여자에 대해서 했던 말들 있잖아, 솔직히 내가 볼 때는 충격적이야. 내가 어떻게 해야 되는데, 네 생각에 동의하는 척해? 네가 거기 앉아서 페미니즘은 사악하다거나 여자들이 강간에 대해서 거짓말을 꾸며낸다거나 그렇게 말할 때 말이야.

아이번은 그 말을 쫓아내려는 것처럼 얼굴 앞에서 손을 휘휘 젓는다. 알았어, 있잖아, 어쨌든. 주제에서 벗어났잖아. 그건 관계가 없어.

관계있어. 피터가 말한다. 무슨 일이든 내가 옳은 것처럼 행동한다며. 그래서 내가 지적하는 거야. 그래, 가끔은 내가 옳고 네가 틀렸다고 말이야.

글쎄, 난 그런 말을 했던 기억이 안 나. 만약 내가 정말로 그런 말을 했어도 오래전 일이고, 어떤 맥락이었는지도 기억 안 나. 그리고 아무튼, 생각은 변할 수 있어. 형이 한 번도 옳은 적 없었다는 말이 아니야. 늘 옳지는 않다는 말이지.

피터가 어느새 소파에 기대앉아 지켜보며 말한다. 아, 그래. 그럼 이제 생각이 바뀐 거야?

아이번이 양손으로 얼굴을 문지르면서 피아노에서 멀어져 책장으로 다가간다. 세상에, 어쨌든 간에. 지금은 이런 이야기 하고 싶지 않아. 예전에 무슨 말을 했는지 기억도 안 나지만 그때 이후로 생각이 확실히 달라졌어. 그게 정상이야, 그래, 신념은 시간이 지나면서 변할 수 있잖아. 형은 지금 아무것도 아닌 일로 난리를 피우고 있어.

피터가 어깨를 가볍게 으쓱하고 손가락으로 알렉시의 가느다라 분홍색 배를 긁어준다. 음, 나한테는 아무것도 아니지 않아. 옳고 그름의 문제지. 그래도 생각이 바뀌었다니 다행이네.

아이번이 피터에게 시선을 고정한 채 쏘아붙인다. 형은 여자한테 아주 완벽하다 이거지.

피터는 고개를 들지 않고 잠시 말을 멈춘다. 뜨거워지기보다는 차게 식는다. 난 행동이 아니라 신념에 대해서 얘기한 거야. 그가 대답한다.

신념보다 행동이 중요하지.

피터가 개를 어루만지던 손을 천천히 떼고 무릎에 묻은 털 한 오라기를 털어낸다. 음, 네가 뭐 때문에 나를 비난하는지 모르겠다. 나오미가 내 흉이라도 봤나 봐. 물론 난 완벽하지 않아, 그렇다고 말한 적도 없고.

아이번은 잠시 말이 없다. 그러다가 입을 연다. 꼭 알고 싶다
면, 사실 나오미는 형을 두둔했어. 하지만 내 결론은 내가 내릴
수 있지. 알겠지만 나오미는 나랑 동갑이야.

그래, 잘 알고 있어. 하고많은 사람 중에서 네가 왜 이의를 제
기하는지는 모르겠지만.

아이번이 이제야 시선을 이리저리 돌리고 눈을 번득이며 말
한다. 두 여자를 동시에 만나고 다니는 사람은 내가 아니야.

피터는 소스라치게 놀라며 자기도 모르게 웃고 있다. 그 소리
가 거칠고 불쾌하고 잔인하게 들린다. 내가 너라면 알지도 못하
는 일에 대해서 말을 아낄 거야. 그가 말한다.

아이번의 얼굴이 벌겋게 상기된다, 화가 났다. 이거 봐. 이제
야 솔직하게 나오네. 형은 내가 아무것도 모르는 줄 알지. 참고
로 말하자면 나도 내 인생이 있어. 세상 물정도 잘 알고. 형은 나
를 마음대로 휘둘러도 된다고, 내가 반항 못 할 거라고 생각하
지. 형은 늘, 항상 똑같았어. 장례식 추도사도 그렇고. 형은 나를
닦달해서 추도사를 차지했고 나는 아무 말도 못 하고 앉아 있어
야 했어. 뭐든지 늘 형이 주도해야 되니까.

피터가 차분하게 대답한다. 어차피 너 아니면 내가 할 일이었
어. 보통은 연장자가 하는 것 같은데. 어쨌든 네가 그렇게까지
불만인 줄은 몰랐어. 아무 말도 안 했잖아.

내가 아빠랑 더 가까웠어. 아이번이 쏘아붙인다.

그 이상한 느낌, 싸늘한 느낌. 이 거실이, 이 집이 너무나 익숙하다. 피터는 자신이 이곳을 얼마나 싫어하는지 기억해낸다, 이 끔찍한 집에 돌아온 기분이 얼마나 끔찍한지 깨닫는다. 난 최선을 다했지만 네 말이 맞겠지, 아빠랑 난 그렇게 가깝지 않았어.

최선을 다했다니 무슨 소리야?

피터는 잠시 말이 없다. 머릿속이 깜빡거리고 손에서 맥박이 느껴진다. 나한테는 아빠가 친해지기 쉬운 사람이 아니었어. 그가 말한다. 아빠가 늘 마음을 터놓고 이야기하지는 않았지.

아이번이 조용히, 떨리는 목소리로 묻는다. 아빠를 비난하는 거야?

왜 안 친했냐고 물었잖아. 설명하려는 것뿐이야.

그게 아빠 잘못이었어?

피터가 어깨를 으쓱하며 대답한다. 우리의 거리는 딱 아빠가 원하는 만큼이었을 거야. 성격이 무척 달랐으니까.

사실을 말하지 그래? 형은 아빠를 존중하지 않았어. 우리 둘 다 존중하지 않았어. 아, 형의 추도사는 끔찍했어. 부끄러웠다고. 형은 항상 자기가 뭐든지 잘한다고 생각하지만, 아니야. 사람들은 뭐라 하기가 겁나서 형을 치켜세우는 거야. 그런데, 난 겁 안 나. 형은 늘 거짓말만 하고 상투적인 표현만 써. 진실한 말은 절대 안 해.

피터는 이상하게도 자신이 미소를 짓고 있음을 깨닫는다. 그래, 옅은 미소를 띠고 있다. 그리고 마음속에서 에너지가 느껴진다. 손과 팔이 뜨거워지고 점점 고조되는 감각을 느끼며 자리에서 일어나서 텅 빈 난롯가에 선다. 알았어. 그가 말한다. 진실을 말하라는 거지. 좋아. 진실은 내가 두 사람을 지키려고 평생 애썼다는 거야. 몇 살이었을까, 열두 살, 열다섯 살 때부터 어른이 돼야 했던 건 나였어. 정 알고 싶으면, 그게 진실이야. 누가 날 보살폈지, 아이번? 내가 도움이 필요할 때 두 사람은 어디 있었는데? 아니, 두 사람은 말하려고도, 알려고도 안 했어. 둘 다. 왜냐, 불편한 기분이 드니까, 무슨 말을 해야 할지 모르겠으니까. 내가 왜 널 애 취급하는지 알고 싶어? 너는 씨발 어린애니까. 상황이 곤란해지면 사라지잖아. 방에서 나가잖아. 그건 괜찮아, 기대도 없으니까. 아빠한테는 기대했을지도 모르지만, 교훈을 얻었지. 아빠는 내가 아들이기를 바란 게 아니라 자기를 지켜주는 사람이길 바랐어. 너도 지켜주기를 바랐고. 그래서 그렇게 한 거야. 난 평생 두 사람을 보살폈어. 그런데 두 사람 다 고맙다고 말할 줄도 몰랐지.

보이기도 전에 먼저 느껴지는 것 같다. 갑작스럽고 고통보다는 충격에 가까운 감각과 함께 난로 쪽으로 떠밀린다. 피터가 어쩔 수 없이 뒷걸음질 치며 중심을 잡는다. 아이번이 그를 밀었다, 양손으로 세게 밀어 난로에 부딪치게 만들었다. 아이번이 그의 앞에 서서 숨을 몰아쉰다, 그래, 아이번이 그랬다. 아이번이 그의 가슴팍을 손으로 밀쳤다. 마음속에서 분노의 열기가 뜨거운 불빛처럼 타오르고, 피터가 손을 뻗어 손등으로 아이번의 뺨을 세게 친다. 행동 똑바로 해. 그가 말한다. 아이번이 턱을 부여잡고 쏘아붙인다. 좆까. 그러더니 다른 손으로 다시 밀치려고 한다, 정말로 다시 밀려고 시도한다. 그래, 시도를 하지만 피터가 눈 뒤쪽에서 미친 듯한 쿵쿵거림을 느끼며 아이번의 스웨트셔츠를 양손으로 붙잡고 바닥에 내동댕이치자 그의 몸이 묵직하게 떨어진다. 비명이 터져 나오고 개가 벌떡 일어나 크고 날카롭게 짖는다. 숨을 헐떡거리며, 머리에 피가 쏠린 채 피터가 아이번을 내려다보고 선다. 나한테 손을 댔다, 진짜로 이 녀석이. 피터는 어느새 뒤로 물러나 발에 체중을 싣고서 갈비뼈를 짓밟으려고 한다. 누가 후회하나 보자, 이 벌레 같은 새끼, 씨발 죽여버려야지. 하지만 몸을 움직이기 전에 눈에서, 그를 바라보는 눈에서 뭔가를 본다. 아이번의 눈빛. 겁에 질려 휘둥그레 올려다보며 애원하는 눈, 핏기가 가시고 하얗게 질리다 못해 회색으로 변한 얼굴. 겁에 질린 얼굴. 뱃속에서 뭔가 쿵 떨어진다. 겁에 질렸다, 아이번이 정말로 겁에 질렸다. 피터는 뒷걸음질 치면서 목을 가다듬는다. 가슴이 아직도 쿵쾅거린다. 방금 그건 뭐였을까. 진짜로 하지는 않았을 거다. 그건 그냥. 아무 짓도 할 생각 없었어. 피터가 소리 내서 말한다. 아이번이 겨우 일어나서 거실 반대편으로 물러나는 소리가 들린다. 개가 따라가는 소리, 발톱이 타닥거리는 소리. 빙빙 도는 어지러움, 현기증, 귀에서 흐릿하고 작게 울리는 소리. 먼저 덤비질 말았어야지. 그가 말을 잇는다. 둘러보니 아이번이 얼굴을 감싸 쥐고 있다, 그래, 입술에서 피가 흐른다. 눈에 아직도 어린 공포. 진짜로 다치게 할 생각은 아니었어. 피터가 말한다. 야, 내가 갈게, 알았지? 혼자 있게 해줄게. 그가 목을 가다듬으며 다시 덧붙인다. 내가 진짜로 무슨 짓을 하지는 않았을 거야. 조용히 거실 문을 닫고 현관문을 닫고 진입로로 나가자 춥다, 손이 차갑고 덜덜 떨리고 몸에서 숨이 빠져나간다.

어둠 속에서 도로변까지 걸어나간다. 감정이 소용돌이치고, 더운지 추운지 모르겠다, 입안에 묽고 시큼한 액체가 가득 찬다. 도로를 등지고 정원 담 쪽으로 걸어가서 천천히 숨을 들이마시려 애쓴다. 생각이 실개울처럼 갈라져서 뒤죽박죽 빠르게 흘러가고, 뭔가 치받치는 느낌이 나더니 토사물이 올라온다. 한 번, 두 번, 다시 땀이 흐른다. 목덜미에서 땀이 나고 겨드랑이가 간질거린다. 레모네이드의 역한 단맛과 포름산의 맛. 토하고 나니 좀 낫다. 외투 안주머니에서 손수건을 꺼내 얼굴과 입술, 목덜미를 닦는다. 싸우고 싶지 않으면 날 밀지 말았어야지. 지금 생각하니 시내까지 걸어가려면 30분은 걸릴 텐데 그다음에는 어떻게 하지, 기차를 탈까, 그런 다음에는. 전조등이 보도를 은빛으로 비추며 번쩍이더니 사라진다. 아이번의 입술에서 피가 났다. 뺨을 때렸을 때 어디 걸렸나 보다. 과민 반응이었지만, 그게 다였다. 미안하다고 말했다. 그렇게 덤비지를 말았어야지. 나는 아니다. 걔 잘못이다. 주머니에서 손수건을 꺼내 다시 기계적으로 얼굴을 닦는다. 다리에 힘이 없다. 피터는 아이번을 걷어차려고 했다, 걷어찼을 것이다, 걷어차기 직전이었다. 그랬을 거다. 피터는 정말로 걷어차고 싶었고, 진짜 걷어차려고 했다. 몸속에서 느껴지는 분노의 열기. 스스로도 겁이 났다. 자신이 뭘 하고 있는지, 뭘 하려는지 깨달았을 때 아마 아이번보다 더 겁을 먹었던 것 같다, 아이번보다 더 무서웠다. 머리가 뭔가 잘못된 거다. 그가 했던 말, 행동. 그런 식으로 얼굴을 때리다니. 아버지에 대해서 그런 식으로 말하다니. 이제는 후회한다, 당연히 후회한다. 그런 게 아니었다, 훨씬 더 복잡한 문제였다. 다들 마음이 힘들었지만 최선을 다하고 있었다. 아버지는 좋은 사람이었다, 그러려고 노력했다. 누구도 완벽하지 않다. 때로 우리는 누군가가 완벽하기를 바라지만 그것은 불가능하고, 그러면 완벽하지 않다고 영원히 미워한다. 그들의 잘못도 아니고 우리의 잘못도 아닌데. 우리는 그저 그들로부터 그들이 갖지 못한 것을 받고 싶었을 뿐이다. 또 다른 사람의 인생에서는 우리가 그런 사람이 된다. 바로 우리가 모두를 실망시키고, 그 무엇도 나아지게 만들지 못하고, 그런 자신이 너무 미워서 죽고 싶어 한다. 주머니에서 핸드폰을 꺼내 연락처를 열고 아이번의 이름을 눌러서 괜찮은지 확인하려 하지만 전화가 연결되지 않는다. 차단당했다는 걸 잊었다, 아니 잊은 게 맞나. 무턱대고 다시 누른다. 다치거나 했으면 미안하다고 말하려고. 그러게 나를 밀지 말았어야지. 아니, 네 잘못이 아니었 어. 다시 토할 것처럼 힘이 빠지고, 그는 어느새 축축한 담에 닿 는다, 담을 붙잡는다. 차들이 지나간다. 피터가 등을 벽돌담에 기 대고 몸을 웅크리다시피 한다. 뭔가 잘못됐다, 걸을 수가 없다. 아이번에게 다시 전화를 걸지만 물론 받지 않는다. 실비아에게 전화할 수는 없다. 이제 실비아는 그를 미워한다. 피터도 자기 자신이 밉다. 해치우면 더 나을 텐데. 제대로 보지도 않고 화면 을 내리다가 결국 다시 누르고 귀에 핸드폰을 가져다 댄다. 벽에 기대어 숨을 몰아쉬면서 지나가는 전조등 불빛이 비추자 손으 로 눈을 가린다. 전화가 울린다. 세 번, 네 번, 이윽고 목소리.

안녕, 우리 아들. 어머니가 말한다.

피터가 흔들림 없는 목소리를 내려고 애쓰며 말한다. 네.

잠시 침묵이 흐르더니 어머니가 가볍게 말한다. 별일 없니?

네. 피터가 말한다. 네, 그냥 생각이 나서요. 집이세요?

그렇지.

침을 삼키자 시큼한 맛이 난다. 오늘 저녁 식사라도 하러 갈까 싶어서요. 괜찮으시면요.

당연히 괜찮지. 당장 살진 송아지라도 잡을게. 몇 시쯤 오니?

눈을 감는다. 등에 닿는 축축한 담벼락. 음, 저 지금 네이스에 와 있어요. 피터가 거짓말한다. 회의가 있었거든요. 기차 타면 한

두 시간 걸릴 거예요.

천천히 와. 뭐라도 좀 만들어놓을게. 우리 둘이서 먹어야 할 거 같아, 괜찮지?

좋아요. 피터가 대답한다. 사실 딱 좋아요.

그래. 이따 보자.

피터가 목을 가다듬고 말한다. 저, 그사이에 부탁 하나만 들어주실래요? 별건 아니에요. 아이번한테 전화해서 괜찮은지 확인해주세요. 저랑 좀 싸웠거든요. 괜찮을 것 같긴 한데, 통화해서 확인해주시면 마음이 놓일 것 같아요. 제 전화는 안 받아서요.

어머니가 무슨 질문을 던질까 두려워서 턱과 목에 힘이 들어간다. 하지만 그녀는 이렇게 대답할 뿐이다. 문제없어, 바로 전화해볼게. 너랑 통화했다고 말할까?

피터가 숨을 내쉬며 대답한다. 아뇨, 안 하는 게 나을 거 같아요.

알겠어. 금방 다시 연락할게. 이따 보자.

핸드폰이 외투 주머니로 다시 들어간다. 두 발로 서서 손수건을 다시 찾는다. 서른두 살이나 먹어서 엄마한테 쌩 달려가다니. 겨우 몇 분 전에 아이번에게 어린애라고 해놓고. 위선이 드러났다고나 할까. 다시 똑바로 서서 기차역을 향해 터벅터벅 걸어간다. 몇 분 뒤 어머니에게서 문자가 온다. 방금 통화했어. 괜찮은 것 같아. 좀 퉁명스럽긴 했지만 그거야 늘 그러니까. 네 얘긴 안 하더라. 걱정할 필요 없을 것 같아. xxx. 읽고 또 읽는다. 네 얘긴 안 하더라. 그렇군. 왜일까. 의리를 지키려고 그러는 건 아닌 것 같다. 아마도 창피해서. 아니면 아직도 겁이 나서. 세상에. 뭐, 그래도 전화는 받았잖아, 괜찮은 것 같았다잖아. 멀쩡하게 살아 있다. 아이번. 미안하다. 잠시 눈을 감는다. 그러다 계속 걸어간다.

금방 왔네. 피터가 그 집에 도착하자 어머니가 말한다. 이리 와. 아무것도 안 먹었니? 외투 이리 줘. 우산도 없어? 역에 놓고 왔다고 말한다. 아, 어쩌면 좋니. 어머니가 말한다. 네가 좋아하는 우산인데. 그래도 크리스마스 선물로 뭘 사야 할지는 알겠다. 향기 나는 부엌. 끊임없이 이어지는 어머니의 말. 대런은 저녁을 거의 집에서 안 먹어. 왜, 큰 회사는 사람을 계속 붙잡아두잖아. 프랭크는 테니스 치러 갔어. 피터는 식탁 앞에 앉아 있고 어머니는 가스레인지 앞에서 뭔가를 저으면서 〈아이리시타임스〉에서 젊은 사람들이 코카인을 한다는 기사를 읽었다고 말한다. 요즘은 어디에나 있대. 아마 너도 하겠지. 피터가 자기 손톱을 살펴보며 말한다. 가끔요. 그녀가 냄비에서 조용히 고개를 들고 묻는다. 아니, 그런 건 어디서 구하니? 전에 만나던 여자한테서 사요. 피터가 대답한다. 그러자 어머니가 웃음을 터뜨리고는 고개를 젓는다. 아, 그거 괜찮네. 만나던 사람이 있는 줄은 몰랐는데. 피터가 어깨를 으쓱한다. 만났었죠. 이제 헤어진 것 같아요. 어머니가 다른 작은 냄비의 뚜껑을 열고 구름 같은 증기를 날리며 말한다. 음, 그러면 딜러를 새로 찾아야겠네. 그러자 피터도 웃음을 터뜨리고, 둘이서 깔깔 웃는다. 그가 식탁에 얼굴을 묻으며 말한다. 내 인생을 좀 정리해야겠어요. 상황이 별로 안 좋아요. 어머니가 냄비에 든 것을 다른 냄비에 부으면서 말한다. 넌 지금 아빠 때문에 슬퍼서 그래. 당연한 일이지. 그 여자 얘기 하고 싶니? 식탁 표면이 얼굴을 식히고 피터가 눈을 감는다. 고맙지만 괜찮아요. 그런데 알아두셔야 할 게 있어요. 그 여자가 당분간 아빠 집에서 지내는 중이에요. 지금은 어머니 집이지만. 더 안정적인 곳을 찾을 때까지만 지낼 거예요. 괜찮아요? 크리스틴은 아무 문제 없다고 말한다.

저녁 식사가 끝난 뒤 텔레비전을 커둔 채 거실의 소파 양 끝에 앉는다. 두 사람 사이에 뚜껑 열린 비스킷 통이 놓여 있다. 아이번이랑 싸웠어요. 피터가 말한다. 어머니는 아까 통화할 때 들었다고 말한다. 그랬죠. 피터가 대답한다. 그런데 말싸움이 아니었어요. 그러니까, 진짜로 싸웠어요. 내가 아이번을 때렸어요. 깜짝 놀란 어머니가 눈을 휘둥그레 뜨고 시선을 이리저리 돌리다가 말한다. 세상에나. 어디서? 무슨 일이 있었길래? 피터는 시선을 텔레비전에 둔 채 어깨를 으쓱한다. 아이번이 나를 밀쳤나 뭐 그랬어요, 모르겠어요. 그래서 내가 뺨을 때렸어요. 바닥에 패대기친 것 같아요. 그래도 다시 일어나긴 했어요. 둘이서 아빠 이야기를 하다가요. 내가 너무 심하다 싶었나 봐요. 심하긴 했죠. 어머니가 리모콘을 들고 음 소거 버튼을 누르더니 손을 뻗어 그의 어깨에 올린다. 피터, 애야. 너랑 아빠 사이가 가끔 힘들었다는 거 알아. 하지만 아빠 널 사랑했어. 네가 아빠를 사랑했다는 것도 알아. 어깨에 얹힌 손이 너무나 반갑다, 고통스러울 정도로 반가워서 눈물이 다시 차오르는 바람에 고개를 돌린다. 죄송해요. 피터가 말한다. 아, 지금 넌 진짜 네가 아니야. 어머니가 대답한다. 아이번이랑은 결국 화해하게 될 거야. 그래도 성질 좀 조심해, 알았지? 피터가 고개를 끄덕이고 손가락으로 코를 닦는다. 어깨를 단단히 잡는 어머니의 손. 오늘은 여기서 자고 가지 그러니? 피터는 어느새 그래도 될지 애써 생각해본다. 30대에 엄마집에서 자다니. 하지만 아빠가 돌아가셨다. 그래, 하지만 두 분은 이미 헤어진 상태였다. 그게 무슨 상관이란 말인가. 자기가 정상이라고 스스로를 속인다고, 저번에 그녀가 그렇게 말했던가. 당신은 머리가 너무 이상해서 자신한테 무슨 짓을 하고 있는지도 몰라. 넌 우리 세 사람 모두를 불행하게 만들고 있어. 이 벌레 같은 새끼, 씨발 죽여버려야지. 아니, 난 안 그랬어, 안 그랬을 거야. 내가 죽으면 좋겠어. 네. 피터가 소리 내서 말한다. 자고 갈게요. 괜찮으시면 그럴게요.

16

피터가 나가고 등 뒤로 문이 닫힌 뒤 몇 분이 지나고, 그가 돌아올 것 같지 않자 아이번은 혼자 빈 부엌으로 간다. 윗입술에서 아직도 피가 난다, 손가락 사이로 축축한 피가 똑똑 떨어져서 다른 손으로 종이 키친타월을 뜯어 네모나게 접은 다음 입에 대고 누른다. 숨소리가 너무 커서 부풀었다가 가라앉기를 반복하며 집 전체를 채우는 것 같다. 그의 감정은 무엇일까? 동요한 것 같다, 그래, 맞다. 속이 울렁거리고 아드레날린이 솟구치는 기분, 학교 소풍에서 미니 롤러코스터를 억지로 탔다가 다리가 후들거려서 넘어졌을 때처럼. 게다가 그때와 비슷하게 창피하다. 지금은 왜 창피할까? 힘이 더 세고 더 폭력적인 사람을 자극해서 육체적 충돌을 일으켰기 때문인 것 같다. 결국 더 심한 부상을 피한 것은 상대방의 양심과 자기 제어 덕분이고, 은연중에 상대에게 자비를 구했기 때문에. 상대는 자비를 베풀었고 아이번은 수치스럽게도 피터가 자신을 죽이지 않아서 고마웠고, 그게 또 구역질이 났다.

거실로 돌아온 아이번은 키친타월을 입술에 댄 채 알렉시와 함께 소파에 앉는다. 아버지가 있었다면 그런 일은 없었을 것이다. 그래, 목소리가 커지기는 했어도 폭력은 없었을 거다. 왜? 아버지의 존재가 폭력 사태를 불가능하게 만들었을 테니까. 아버지가 개입했으리라는 말이 아니라 아버지의 존재 자체가 역장(力場)처럼 작용해서 폭력적인 행동은 시작도 못 했으리라는 뜻이다. 아이번은 그뿐만이 아니라고 생각한다. 피터가 했던 말. 아빠는 내가 아들이기를 바란 게 아니라 자기를 지켜주는 사람이길 바랐어. 예전에 피터와 아이번은 서로 욕을 하고 더 심한 짓도 했을지 모른다. 하지만 그런 식으로 아버지를 비난한 적은 없다. 가능하지 않았으리라. 무슨 규칙이 있어서가 아니라 그 느낌, 특정한 말이 나오거나 특정한 행동이 이루어지는 것을 조용히 막는 역장과도 같은 느낌 때문에. 그 역장은 뭐였을까, 무엇으로 이루어져 있었을까? 아이번은 선뜻 대답하기 힘들다. 생각만 해도 혼란스럽다. 어떻게든 붙잡고 살펴보려 하면 빠져나가 버리는 느낌이다. 이제 입술에서 키친타월을 떼고 톡톡 두드려 닦아보니 피가 멎었다. 아이번은 어머니의 존재에는 그런 역장이 없다고 생각한다. 어머니에게는 전혀 위축되지 않고 대놓고 소리를 지를 수 있고, 그러면 엄마도 마주 소리를 지를 것이다.

피터와 크리스틴이 서로 매섭게 비난하고, 모욕하고, 문을 쾅 닫는 광경을 아이번이 얼마나 많이 보았던가. 꺼져, 닥쳐, 내 집에서 나가. 아버지와는 그럴 수 없었다. 절대. 아버지는 다른 사람이 분노하면 무서워하고 마음에 상처를 받는 점잖은 사람이었다. 아이번은 아빠가 보호받을 수밖에 없었다고 생각한다. 그래, 아빠를 지키려는 분위기가 있었다. 어떤 일은 아빠에게 숨겼고, 불평도 하지 않았다. 자기들끼리 싸울 뿐 아빠와는 절대 싸우지 않았다. 피터는 그토록 차가운 말로 아빠를 혹평함으로써 아버지의 부재를 증명하려는 것 같았다. 아버지가 있었다면 그런 말을 할 수 없었을 테니까. 이이번 역시 아비지의 부재에 편승하듯 피터를 벽난로 쪽으로 세게 밀었다. 이제 새로운 것들이, 예전에는 생각도 할 수 없었던 일들이 가능해졌다. 폭력과 잔인한 행동 같은 것들이. 아이번은 피터와 자신이 그 가능성을 보여주고 증명했다고 생각한다. 어떻게 보면 아버지가 정말 죽었음을, 이 집에서만이 아니라 현실에서 아예 사라졌음을 스스로와 서로에게 증명한 셈이다. 아이번은 이 생각 때문에, 이런 생각까지 하게 만든 논리 때문에 속이 메슥거리고 머리가 뜨겁다. 추론 과정 중 어딘가에서 현실감각을 잃은 것 같다, 현실이 무엇으로 이루어지는지 확신을 잃은 것 같다. 아이번의 머릿속에서 생각이 빠르게, 어딘가 비논리적으로 이상하게 뚝뚝 끊기면서 계속 스쳐 지나간다. 감정의 기억, 또는 기억에 대한 감정. 다시 말해서, 그 무엇도 현실적이지 않다. 역장이라는 느낌, 상처를 주고 싶다거나 지켜주고 싶다는 욕망, 이런 것들을 생각하는 일이 어떻게 현실적일 수 있을까? 현실적인 것은 물질세계에 속한다. 감정, 기억, 생각, 꿈 같은 것들은 객관적 현실 영역—스노 글로브처럼 그 안에 현실적인 모든 것이 담겨 있는 완벽하고 독립적인 영역—의 바깥에 존재한다. 그렇다면 아버지는 지금 어디에 있을까? 그 영역의 안일까, 바깥일까? 사실인가, 현실인가, 아니면 그저 기억이나 감정인가?

그 순간 탁자에 올려둔 핸드폰이 울린다. 듣자마자 생각한다. 아, 피터구나. 하지만 자리에서 일어나면서 피터의 번호를 차단했으므로 그럴 리 없다는 사실을 뒤늦게 떠올린다. 아무튼 핸드폰을 보니 크리스틴이다. 아이번이 조심스럽게 전화를 받는다. 여보세요?

여보세요, 아이번. 어머니가 말한다. 어떻게 지내니?

아이번이 곧장 대답한다. 잘 지내요. 그런 다음, 너무 경쾌하게 대답한 것 같아서 덧붙인다. 나쁘지 않아요. 잘 지내세요?

그렇지, 뭐. 늘 똑같아. 다음 주 대회는 어떨 것 같니?

아이번은 탁자 앞에 앉아서 평범하고 여상한 목소리를 내려고 애쓴다. 좋아요. 괜찮아요. 온라인에서는 잘하고 있어요. 클래식은 오랜만인데, 그래도 괜찮을 거 같아요.

오랜만이라니 무슨 소리니?

아이번은 몇 주인가 몇 달 내내 어머니에게 이런저런 있지도 않은 체스 대회에 참가한다고 거짓말했던 것을 뒤늦게 떠올리고 얼른 말한다. 그러니까, 그동안 래피드 경기를 많이 했거든요. 블리츠랑요. 이번이 첫 번째 클래식 경기예요.

잠시 침묵이 흐르고 어머니가 말한다. 아일랜드 연맹에 대회가 그렇게 많은지 미처 몰랐네.

예전에는 그렇게 안 많았어요. 팬데믹 이후에 그렇게 됐어요. 체스가 유행해서요. 이제 대회가 훨씬 많아졌어요.

어머니가 가볍고 경쾌한 목소리로 말한다. 성별 균형은 어때, 조금 나아졌니?

조금요. 하지만 아직도 그다지 균형이 맞진 않아요.

최근에 괜찮은 여자 체스 선수라도 만났나 궁금했어.

아이번이 얼른 대답한다. 아, 아니에요. 그런 거 아니에요, 네.

체스 선수가 아닌 괜찮은 여자는?

아이번은 잠시 말을 멈추고 주저하면서 설명할 수 없는 직감을 느낀다. 마침내 그가 말한다. 음, 어쩌면요. 그럴 수도 있지만 지금은 얘기하고 싶진 않아요.

그래. 크리스틴이 태연하게 말한다. 엄마한테 전부 말할 필요는 없지. 아니, 네 경우에는 엄마한테 아무 말도 할 필요가 없다고 해야 하나.

아이번은 자기도 모르게 어색한 미소를 짓는다. 흐음. 네, 고마워요.

크리스마스에 어떻게 할지 생각해봤니? 어머니가 묻는다.

아이번이 핸드폰을 들지 않은 손으로 포획한 비숍 두 개 중 하나를 들고 손가락 사이로 굴린다. 확실히는 모르겠어요. 난 비행기를 안 타니까 스코틀랜드에는 못 갈 것 같아요. 하지만 엄마까지 못 가게 붙잡고 싶지는 않아요.

그래도 아이번, 나만 스코틀랜드에 가면 넌 여기서 뭐 할 건데?

모르겠어요.

네 여자 친구도 집에서 가족이랑 크리스마스를 보낼 거 아냐.

어머니가 네 여자 친구라고 말하는 소리를 듣자 슬프면서도 뭉클하다. 이렇게 다정하게 말하다니 슬프다. 아마 그렇겠죠. 아이번이 말한다. 무슨 계획이 있는지 저도 아직 몰라요.

크리스마스에 형이랑 저녁 식사를 할 건 아니잖아.

아이번은 침을 삼킨 다음 아무 말도 하고 싶지 않지만 그냥 이렇게 말한다. 네. 그렇죠.

어머니는 아이번이 무슨 말이라도 더 하기를 기다리는 듯하지만 그는 입을 다문다. 마침내 어머니가 말한다. 음, 나중에 또 연락하자. 나는 네가 하자는 대로 할 거야. 그래도 어떻게 할 건지 폴린한테 곧 알려줘야 할 것 같아. 알았지?

그럼요. 알아요. 또 연락드릴게요.

끊기 전에 잠깐만, 그 지옥에서 온 개는 어떻게 지내니?

아이번이 바라보자 알렉시가 다정하고 새까만 눈으로 그를 마주 본다. 지금 이 모습을 보셔야 하는 건데. 말 그대로 천사예요. 어머니가 이 녀석을 좋아하지 않는다니 믿을 수가 없어요.

내가 괴물인가 보지. 어머니가 말한다. 하지만 네가 행복하다니 나도 행복하구나. 잘 지내렴.

두 사람은 전화를 끊는다. 아이번은 포획한 비숍을 내려놓고 다시 체스판을 보지만 눈에 제대로 들어오지 않고, 아까 벌어진 일이 떠오른다. 쫙 편 채 그의 머리를 강타하던 손, 옆구리를 바닥 널에 갑자기 세게 부딪친 충격. 입에서 지퍼를 씹는 듯한 피 맛이 나서 혀를 깨물었나 보다 생각했디. 겁에 질려서 아무 말도 못하고 바닥에 웅크리고 있던 자신을 떠올리니 수치스럽다. 피터는 돌아서서 몇 걸음 걸어가더니 거실에서 나가버렸다. 난 널 언제든지 죽일 수 있어, 벌레를 죽이는 거나 다름없겠지, 하지만 생각만 해도 지루해, 라고 말하듯이. 난 형이 싫어. 아이번이 생각한다. 이 특별한 말을, 난 형이 싫어, 라는 말을 만드는 것만으로도 카타르시스가 느껴진다. 그러나 아이번은 카타르시스의 순간 그 저변에서 다른 무언가가 반대쪽으로 움직이는 것을 느낀다. 유체역학에서 저류가 표면의 흐름과 반대 방향으로 움직이듯이. 형에 대한 증오의 반대 방향은 무엇일까? 아마도 자신에 대한 증오. 자신이 어린애처럼 토라져서 피터를 힘없이 밀었던 기억을 떠올린다. 맞고 나서는 눈물을 글썽이며 입을 가리고 바닥에서 쭈뼛쭈뼛 일어났다. 증오와 똑같이 번쩍거리며 타오르는 그 수치심, 굴욕. 생각이 다시 뚝뚝 끊어지며 빠르게 흐른다. 중환자실에서 끔찍한 통증에 시달리며 모르핀을 맞아야 했던 아버지를 떠올린다. 가끔 아이번은 끝나기를 바랐다. 그래, 죽음을 하나의 사건으로, 일어났다가 끝나는 무언가로 생각했기 때문이다. 실제로 끝났을 때는 마음이 놓였고 일종의 자유가, 초조한 기다림으로부터의 자유가 찾아왔다. 그 뒤 몇 달 동안 아이번은 자유로운 느낌을 만끽했다, 이제 알겠다. 충동적인 결정을 내렸고, 사랑에 빠졌고, 걷잡을 수 없이 몰아치는 에너지와 감정 속에서 그의 삶이 변했다. 살기 위해서였다. 아이번은 살아야 했다. 끔찍한 사건을 극복하기 위해서는 그래, 그래야만 했다. 이제 그 사건이 일어났다가 끝났다. 장례식과 각종 의식. 그러자 상실감만이 남았고 절대 회복할 수 없다. 사건은 끝나고 지나갔지만 상실은 이제 시작일 뿐이다. 상실은 매일매일 더 깊어진다. 점점 더 많은 것이 잊히고, 확실한 것은 점점 줄어든다. 그리고 아버지를 기억의 영역에서부터 의심의 여지 없이 구체적이고 손으로 만질 수 있는 물질적 사실의 세계로 다시 데려올 수 있는 것은 아무것도 없다. 이를 어떻게 받아들일 수 있을까, 그게 무슨 뜻인지 어떻게 이해할 수 있단 말인가?

아이번은 핸드폰 화면을 내려다보다가 앞뒤 생각 없이 충동적으로 마거릿에게 전화를 건다. 벨이 세 번 울리자 그녀가 전화를 받아 여보세요, 라고 말한다.

안녕. 아이번이 말한다. 나예요.

사랑스러운 미소가 느껴지는 목소리로 마거릿이 말한다. 알지. 오늘은 어땠어?

그가 한숨을 깊이 내쉰다. 아까 피터가 저 문을 나간 뒤로 한 번도 숨을 내쉬지 못한 것만 같다. 적어도 온전히는 쉬지 못했다. 갇혀 있던 숨을 내쉬자 마음이 편안해진다. 괜찮았어요. 당신은요?

아, 괜찮았어. 어머니랑 얘기했어. 소식을 들으셨더라고. 그러니까, 우리가 만나는 거 말이야.

아이번은 마거릿이 말을 잇기를 잠시 기다리다가 그녀가 아무 말도 하지 않자 묻는다. 뭐라고 말씀하셨어요?

음, 좋아하진 않으셨지. 그래도 예상 못 한 건 아니야. 만나면 얘기하자.

머릿속으로 생각이 모여든다, 생각이 너무 많아서 북적거린다. 괜찮아요? 아이번이 묻는다.

응. 그러니까 내 말은, 괜찮아질 거라고. 이 모든 게 너무 우스워. 생각해보면 말이야. 아무튼 난 그랬으면 좋겠어. 우습다가도 어쩌면 아닐지도 모르겠다는 걱정이 다시 들고 그래. 하지만 괜찮아질 거야.

아이번이 불쑥 말한다. 솔직히 대답해줘요, 마거릿. 내가 당신 인생을 망치고 있어요?

마거릿의 목소리에서 미소를 지으며 찡그리는 표정이 느껴진다. 아니, 당연히 아니지. 왜 그런 질문을 해? 어머니가 나한테 뭐라고 해서?

모르겠어요. 아이번이 말한다.

마거릿은 그의 숨소리에 귀를 기울이는 듯 잠시 조용해진다. 아이번, 괜찮아?

네. 아니, 사실 모르겠어요. 형이랑 싸웠어요.

아, 이런. 무슨 일인데?

아이번이 갑자기 울음을 터뜨린다. 코피가 쏟아지듯 억누를 수 없는 감정이 몰아치고, 눈물이 흐를 뿐만 아니라 어깨까지 들썩거린다. 그는 짧고 거친 숨소리가 마거릿에게 들리지 않도록 핸드폰을 얼굴에서 뗀다. 작은 스피커로 그녀의 목소리가 들린다. 아이번? 여보세요? 괜찮아? 아이번은 미안하고 부끄러워서 마음을 진정시키려 애쓰며 핸드폰을 들지 않은 손으로 얼굴을 닦는다. 그런 다음 울먹이는 목소리로 대답한다. 네. 괜찮아요, 그냥 조금 속상해서. 전화하는 게 아니었는데, 미안해요.

그런 걱정은 하지 마. 마거릿이 말한다. 형이랑 무슨 일이 있었는데?

눈물이 아이번의 얼굴을 타고 줄줄 흘러내린다. 처음에는 뜨겁지만 턱으로 흘러내리면서 식는다. 그가 다시 숨을 고르려 애

쓰며 말한다. 진짜 아무 일도 아니에요. 멍청했죠. 처음에는 그냥
말다툼이었는데 점점 커져서. 내가 형을 밀었고 형이 나를 때렸
어요. 근데 심각한 건 아니에요, 아무도 안 다쳤어요.

세상에. 마거릿이 말한다. 그럴 수가, 아이번.

아이번은 자기 이름을 부르는 그녀의 목소리를 듣고 눈을 감
는다. 그 이름이, 그녀의 입에서 나오는 자신의 이름이 너무나
소중해졌다. 침을 삼키려 하자 작은 흐느낌이 치밀어 오르다가
고통스럽게 목에 걸린다. 응, 형이 아빠에 대해 안 좋게 말했거
든요. 그래서 내가 화를 냈고 형도 화를 냈어요. 솔직히 지금은
아빠에 대해서 안 좋은 말을 듣고 싶지 않아요.

아, 아이번. 마거릿이 다정한 목소리로 다시 말한다. 지금 어
디야, 킬데어에 있어?

아이번이 손으로 코와 눈을 닦으며 말한다. 집에 있어요, 네.

안 다친 거 확실해?

수화기를 통해 그에게도 자신의 불안하고 거친 숨소리가 들
린다. 입술에서 피가 났었는데 지금은 멈췄어요. 그렇게 심하진
않았어요. 내가 형을 밀고 형이 나를 바닥에 쓰러뜨리고, 그게
다예요. 모르겠어요. 형이 또 무슨 짓을 할까 싶어서 잠깐 무서
웠지만 아무 짓도 안 하고 그냥 갔어요.

아이번, 어쩌면 좋아. 마거릿이 말한다. 사람들은 슬픔에 빠지
면 가끔 딴사람이 돼. 둘 다 크게 안 다쳐서 다행이다.

흐느낌이 다시 치밀어 오르자 아이번이 소매로 얼굴을 닦는다. 네. 당신 덕분에 마음이 가라앉았어요. 속상했거든요. 솔직히 말해서 아무래도 속상했는데, 이제 차분해졌어요.

뭘. 솔직히 당신 얘기를 들으면서 나도 속상했어. 그래도 마음을 가라앉히려고 애쓰는 중이야.

아이번은 고통스럽지만 애써 미소를 지으려 한다. 아니, 걱정하지 말아요. 다 괜찮아요. 자신이 고개를 저으며 이렇게 말하는 소리가 들린다. 내가 아직 못 받아들이나 봐요. 아빠가 돌아가셨다는 사실을요. 무슨 말인지 이해할지 모르겠지만, 어떻게 그럴 수 있는지 정말 모르겠어요.

이해할 것 같아. 마거릿이 말한다.

그러니까, 아빠는 시간에서 빠져나갔는데 우리 모두 시간 안에서 계속 살아가야 하잖아요. 무슨 뜻인지 알겠어요?

마거릿이 조용히 말한다. 어느 정도는.

아이번이 코와 눈을 닦고 침을 삼키려 애쓴다. 그냥, 마무리되지 않은 일이 남아 있다는 느낌이 들어요. 그러니까, 우리가 이야기를 나누지 않았거나 내가 이해를 못 한 그런 일들이요. 스물두 살이면 부모님이 돌아가시기에는 이른 나이잖아요. 전에는 생각 못 했는데 이제 그런 생각이 들어요. 내가 이해 못 한 면이 있었으니까요. 솔직히 몇 년만 더 있었어도 나았을 거예요. 이런 말을 하는 게 잘못된 걸까요?

아니, 잘못이 아니야. 당연히 아니지.

여러 가지를 생각할 시간이 몇 년 더 있었다면 나한테 도움이 됐을 거예요. 돌아보면 아빠한테 얘기하지 않은 일이 얼마나 많은지 믿을 수 없을 정도예요. 그나마 아빠랑 나눴던 대화를 어디 적어둔 것도 아니에요. 전부 기억 속에만 남아 있는데, 그 기억이 흐릿해지면 어쩌죠?

당신은 절대 아버지를 잊지 않을 거야, 아이번.

이제 전화기를 통해 들리는 자신의 목소리가 걷잡을 수 없는 느낌이다, 미친 것 같다. 사실 이미 잊었어요. 아이번이 말한다. 확실해요. 가끔 한 시간 내내 한 번도 아빠를 떠올리지도 않기도 해요. 솔직히 말해서 그래요. 아빠 생각을 전혀 안 하면서 한 시간이 흘러가요.

하지만 그게 정상이야. 사랑하는 사람이 여전히 살아 있을 때도 매시간 그 사람을 생각하지 않잖아.

산 사람은 자기 현실이 있으니까요. 죽은 사람한테는 이제 현실이 없어요, 생각 속에 존재할 뿐이죠. 생각 속에서도 사라지면 정말로 완전히 사라지는 거예요. 내가 아빠를 생각하지 않는 건 말 그대로 내가 아빠의 존재를 끝내는 거라고요.

마거릿이 낮고 끈기 있는 목소리로 대답한다. 아니야, 전혀 그렇지 않아.

아이번은 머리와 손이 지독히도 뜨겁게 느껴지고 두피 전체

535

도 뜨겁다. 솔직히 내가 살면서 잘못을 많이 했을지도 모른다는 느낌이 들어요. 잘못을 정말, 정말 많이 저질렀을지도 몰라요. 절대 돌아갈 수 없는 과거에 말이에요. 그때 난 아무것도 몰랐으니까. 있죠, 이제 형이 날 진짜로 미워하는 것 같아요. 어쩌면 당연해요. 우리 둘 다 서로 미워하는 게 당연할 수도 있어요, 모르겠어요. 둘 다 서로한테 굉장히 못되게 굴었어요. 생각해보면 둘 다 썩 착하지 않았어요. 난 가끔 형이 무서워요. 형이 나한테 화가 나서, 우리가 서로한테 화가 나서요. 아빠가 있으면 달랐겠지만 이제 없잖아요. 내 말 무슨 뜻인지 알겠어요?

마거릿은 잠시 아무 말도 하지 않고, 그 침묵 속에서 아이번은 자기가 얼마나 크게 말하고 있었는지 깨닫는다. 천장과 벽에 그의 목소리가 부딪쳐 울린다. 전화기 속에서 마거릿의 목소리가 말한다. 알 것 같아. 이해하려고 애쓰는 중이야. 최선을 다하고 있어.

이제 자신이 숨을 고르는 소리가 들린다, 백색 소음이 반복된다. 만날 수 있어요? 아이번이 묻는다. 그러니까, 내가 지금 차 몰고 거기로 가도 돼요? 9시나 9시 조금 넘으면 도착할 거예요. 어때요?

마거릿이 낮고 아름다운 목소리로 대답한다. 그럼, 물론이지. 와, 당연히 와야지.

마음이 놓인 아이번이 정신 나간 사람처럼 어쩌지 못하고 웃음을 터뜨린다. 알았어요, 고마워요. 너무 좋아요.

아이번은 그녀와 몇 마디 더 나눈 다음 전화를 끊는다. 몸속에서 단호함이 솟구쳐서 넘쳐흐르는 느낌이 든다. 그는 다시 소매로 눈을 닦고 얼굴 전체를 닦은 다음 일어나서 소파에 앉아 있던 개를 안아 들고 머리와 목에 몇 번이나 입을 맞춘다. 개를 내려놓은 다음 가방에 짐을 싸기 시작한다. 기운이 솟아나서 집 안을 돌아다니며 빠르지만 아주 비능률적으로 짐을 싼다. 위층과 아래층을 너무 여러 번 오르락내리락하다 멍하니 체스판을 내려다보며 서서 아까 무슨 생각을 하고 있었는지 기억해내려 애쓴다. 나오미. 그녀의 전화번호를 모르니 쪽지를 남겨야 한다. 아이번이 배낭에서 링노트를 꺼내 한 장 찢어서 탁자에 내려놓고 반듯하게 편다. 그런 다음 크고 또렷한 글씨로 신중하게 적는다. 안녕, 나오미. 나는 당분간 여자 친구 집에서 지낼 거야, 언제 돌아올지 모르겠어. 편하게 지내도록 해. 아이번. 그는 메시지를 읽어보다가 다시 멍해진다. 사실은 벌써 차에 올라서 이 마을을 빠져나가고 싶은데. 머릿속에 무언가가 있다. 땅 밑에서 무언가가 꿈틀거리는 것 같다, 뭔가를 잊었다. 손바닥을 펴서 얼굴을 때리자 입술이 교정기에 걸려서 피 맛이 난다. 맞다. 그가 탁자 위로 몸을 숙이고 메시지 끝에 이렇게 적는다. 추신. 피터가 왔었어. 널 찾아온 것 같아. 임무를 마친 아이번은 알렉시에게 목줄을 매고 자동차로 가서 시동을 켠다. 차분하고 확고한 느낌으로 백미러를 흘끔거리며 도로로 후진해 나간다.

♟

다음 날 아침, 마거릿이 잠긴 센터 문을 열고 안으로 들어간다. 바닥이 타일이고 창문이 오래된 단창이라서 이 건물은 아침이면 늘 춥다. 건물 파사드가 보존 대상이기 때문에 창문을 교체할 수 없다. 그녀는 아래층 로비에서 경보를 해제하고, 어제 자 신문을 재활용품 통에 넣고, 의자를 다시 벽에 붙여놓는다. 9시 10분 전. 마거릿은 계단을 올라가 사무실 불을 켜고 낡은 컴퓨터를 켠 다음 라디에이터에 기대서서 몸을 녹인다. 10시면 커피숍이 문을 열 테니 평소처럼 차를 한 잔 마시고 티나가 오전 워크숍을 준비할 수 있도록 공작실 문을 열어줄 것이다. 라디에이터의 열기 때문에 손가락과 손이 욱신거리기 시작하자 이제 책상 앞에 앉는다. 이메일 답장을 몇 통 보내고, 다음 달 프로그램 계획을 조금 세우고, 신문에 실린 평을 인용해서 다음 주 베케트 공연에 관한 알림을 인터넷에 게시한다. 눈부시도록 새롭게 해석한 20세기 고전…… 이 교묘하고 지적인 연극은 아직도 충격을 주는 힘이 있다……. 이렇게 '어려운' 작품을 올릴 때는 항상 데이비드와 설전을 벌여야 한다. 마거릿은 수많은 신문 스크랩과 관객 통계, 시골 지역에 예술을 퍼뜨린다는 사명감을 안

538

고 회의에 들어가서 비위를 맞추며 설득하고, 데이비드는 얼굴을 찌푸린 채 안경을 썼다 벗었다 하다가 결국 마지못해 항복한다. 당신이 다 책임지는 거야. *지금까지 한 번도 보지 못한 베케트……*

어제 어머니의 집에서 마거릿은 전부 사실이라고 말했다. 누군가를 만나는 중이라고, 한두 달 정도 됐는데 상대가 조금 어리다고, 많이 어리다고. 그녀의 예상대로 부정적인 반응. 불쌍한 리키를 몇 년이나 닦달하더니. 그렇게 오만하게 굴더니. 혼자 고상한 척해놓고. 그래, 그것 역시 사실이었다. 마거릿은 몇 년이나 닦달했고 오래 고통받아온 아내, 바해받는 성인을 연기했다. 몇 년이나. 이제 그녀는 자신도 보잘것없는 죄인임을 고백하지 않을 수 없다. 양심 때문이 아니라 이기심 때문에. 그것도 욕구라는 최악의 이기심, 가장 저속한 형태의 이기심 때문에. 성적 동기라니, 수치스러운 일이다. 여자에게는 특히 그렇다. 어머니가 말했다. 적어도 당당하게 고개를 들고 내가 자식들을 잘 키웠다고 말할 수 있을 줄 알았지. 적어도 말이야. 네가 썩 마음에 들지는 않았지만 이렇게까지 타락할 줄은 몰랐다, 라는 말을 그런 식으로 하는 건가요. 요점을 잘 짚으셨네요. 마거릿은 집으로 돌아와 혼자 바닥을 쓸고 욕실을 정리했다. 노란 장갑을 끼고서 온갖 표면과 가구를 문질러 닦으며 늘 억누르려고 애썼던 뜨거운 분노를 느꼈다, 그 열기를 애써 외면하지 않았다. 그래, 좋아하지도 않는 사위를 대신해 혀를 차고 구슬리면서 모든 것을 마거릿의 탓으로 돌리는 나이 많은 어머니. 여동생 루이즈는 필요할 때마다 돈을 빌려 가고 마거릿에게 전화를 걸어 자기 사무실, 룸메이트, 심지어는 어머니에 대해서까지 불평을 늘어놓았다. 하지만 리키가 입원하자 루이즈는 연락을 뚝 끊었다. 직접 만나면 허울 좋은 중립을 지키면서 고상한 척한다. 나는 빠질래. 애나조차도 당황해서 허둥대며 우유부단하게 모두에게서 제일 좋은 면만 보려고 한다. 리키도 일부러 해를 끼치려는 건 아니잖아, 마거릿. 그건 병이야. 리키도 어쩔 수 없어. 그가 술집 윌시스의 계단에서 넘어져서 여자 바텐더가 구급차를 불러야 했을 때는 어땠던가. 마을 사람 절반이 거리로 나와 들것에 실려 가는 그를 지켜봤다. 리키가 응급실로 실려 가는 그때 마거릿은 바로 길모퉁이 지나 센터에서 영화 클럽 행사의 표를 받고 있다는 사실을 다들 잘 알았다. 상식과 올바른 판단을 말하는 애나는 그때 어디 있었을까? 다른 사람들과 마찬가지로 전전긍긍하며 리키를 가여워하고 있었다. 불쌍해라. 불쌍한 리키. 그 무엇도 그의 잘못인 적이 없었다, 리키는 죄 없는 어린양이었다. 리키 때문에 마거릿이 모든 사람의 눈에 얼마나 수치스럽게 비칠지에 대해서는 한마디도 없었다. 절대로. 마거릿은 누구의 연민도 필요 없으니까, 자기 앞가림을 잘하니까. 동정이 필요한 것은 약한 사람, 특히 약한 남자, 리키처럼 불행한 영혼이었다. 마거릿은 강했다, 다들 그렇게 말했다. 멋지고 강한 여자라고. 그것만으로도 얼마나 많은 이들이 그녀를 미워했는지. 그리고 이제, 드디어 찾아온 마거릿의 굴욕을 즐기고 있을 것이다. 꼴사납고 천박해라, 스스로 웃음거리가 되다니. 남편이 술독에 빠진 것도 당연하지. 이제 누가 마거릿을 두둔해줄까, 누가 그녀를 위해 목소리를 높여 편들어줄까? 마거릿에게 의지하면서 제 슬픔을 한탄하고 연민을 누렸던 사람들 중에서, 가족과 친구 중에서 누가 와서 그녀를 지켜줄까? 마거릿은 평생 올바로 행동하고 희생한 대가로 어떤 헌신을 얻었을까? 아무도 없다, 아무것도 없다. 그녀를 위해 말해줄 사람, 편들어줄 사람은 아무도 없다. 마거릿은 마침내 싱크대에서 고무장갑을 벗고 감긴 눈을 손바닥 끝으로 꾹 누르며 어머니의 말을, 그 붉으락푸르락했던 얼굴을 떠올렸다. 그녀를 두둔해줄 사람은 아무도, 아무도 없다. 누구도 그런 적이 없다. 마거릿은 몸속 깊은 곳에서 힘껏 소리치고 싶은 욕망을, 다른 사람들의 배신에 대해서 저 깊은 곳에서부터 이글거리는 분노의 일성을 내지르고 싶은 욕망을 느꼈다. 아무도 도와주지 않을 것이다, 아무도, 누구 하나도. 그녀는 숨을 깊이 들이마시고 손바닥 끝으로 눈을 꾹 누르며 눈꺼풀 밑으로 떠오르는 기묘한 형체를, 파란색, 초록색, 노란색으로 피어났다가 흩어지는 빛의 모양을 보았다.

바로 그때 아이번의 전화를 받았다. 형에 대해서, 아버지에 대해서 이야기하더니 만나고 싶다고, 차를 몰고 오겠다고 말했다.

무엇을, 무슨 말을 할 수 있었을까. 그토록 속상해하는 아이번의 목소리를 듣자 왠지 전부 자기 잘못 같아서 마거릿도 속상했다. 처음에 마거릿은 아이번이 나쁜 감정을 뒤로 하고 떠날 수 있는 출구 같다고, 지금껏 쌓아온 후회와 불행에서 완전히 해방된 또 다른 삶으로 이어지는 열린 문 같다고 생각했다. 이제는 아이번이 그런 나쁜 감정과 불행, 후회의 원천이 될 수도 있음을, 두 사람이 처음 만났을 때 아이번이 주었던 새롭고 신선하고 얽매이지 않은 느낌을 그가 항상 간직하고 있지는 않으리라는 사실을 깨닫기 시작했다. 그녀의 삶처럼 그의 삶에도 어려움이 산재해 있고, 각자의 어려움이 닿으면 녹아 사라지는 것이 아니라 딱딱하게 응고하는 것 같았다. 9시쯤 아이번이 여행 가방을 들고 개와 함께 도착했다. 형에게 맞아 입술이 찢어지고 거의 까만색에 가까운 작고 짙은 홈이 패어 마거릿은 시선을 돌려야 했다. 부엌에서 아이번이 마거릿의 어머니에 대해서 물었다. 마거릿은 싱크대에서 멍하니 설거지를 하고 있었다. 머리가 뜨거웠다. 그녀는 어머니에 대해서, 두 사람의 갈등에 대해서 슬쩍 말한 다음 이제 그 이야기는 하고 싶지 않다고 했다. 개가 뒷문 앞에 서서 조용히 끙끙거리자 아이번이 내보내주었다. 문이 다시 닫히자 아이번이 말했다. 나한테 화난 것 같아요.

전혀 아니야. 마거릿이 말했다. 당신은 아무 잘못도 없어. 미안해야 할 사람은 나야.

날 좋아한 것 말고 당신이 무슨 잘못을 했는데요?

그녀가 어깨를 으쓱하고 다 씻은 찻숟가락을 식기 건조대에 놓으며 말했다. 내가 당신 인생에 지나치게 끼어드는 것 같아. 당신이 비슷한 또래를 만나지 못하게 방해하는 것 같아. 모르겠어. 우리가 만나는 게 좋긴 하지만 영원히 계속될 것도 아니잖아.

뒤에서 아이번이 서성이는 소리가 들리다가 걸음이 뚝 멈췄다. 왜 그런 말을 해요? 그가 물었다. 계속되지 않을 거라뇨. 당신 어머니가 그런 생각을 심어주기라도 한 거예요? 날 사랑하는 줄 알았는데.

마거릿은 당황해서 귀 끝이 아플 정도로 뜨겁게 얼굴을 붉히며 싱크대에서 돌아섰다. 당신을 사랑해. 당연히 사랑하지. 그래서 영원히 계속될 순 없다고 말하는 거야. 세상에, 아이번, 당신이 내 나이가 되면 난 50대야.

그가 괴로움에 두 손을 번쩍 들며 외쳤다. 또 나이 얘기. 세상에. 무슨 생각이에요, 당신이 나이 얘기를 또 꺼낸들 내가 신경 쓸 것 같아요?

마거릿은 그를 보며 자신의 눈 속에서 뭔가 번쩍이는 것을 느꼈다. 조만간 당신도 신경 쓰게 될 거야. 당신이 그러고 싶든 아니든. 그냥 너무 늦게까지 미루지 말라고 충고하는 거야.

아이번이 화를 내며 쏘아붙였다. 나한테 그런 식으로 말하지 말아요. 위에서 내려다보지 말라고요.

그는 이렇게 말한 다음 창피한 듯 돌아서서 손으로 얼굴을 문질렀다. 우리가 계속 만나면 결국 어떻게 되는데? 마거릿이 그에게 물었다. 남자 친구, 여자 친구가 되는 거야? 나를 당신 가족한테 소개라도 할 생각이야?

문밖에서 개가 다시 조용히 낑낑거리자 아이번이 가서 들여보내주었다. 알렉시가 안으로 냉큼 들어와 몸을 살짝 털었다. 발이 타일을 타닥타닥 울리고 매끈한 털에서 작은 물방울이 빗물처럼 떨어졌다. 아이번이 마침내, 마거릿을 보지도 않고 간결하게 대답했다. 무슨 연관이 있는지 모르겠어요.

당신 어머니가 뭐라고 하실 것 같아? 마거릿이 말했다.

신경 안 써요. 엄마랑 상관없는 일이에요, 내 인생이에요.

당신 형은? 내가 본인보다 나이가 많은 걸 어떻게 느낄 것 같아?

잠시 아이번은 아무것도 하지 않았다. 곧 마거릿은 묘한 정적 속에서 바닥에 주저앉는 아이번을, 그가 손으로 머리를 감싸고 얼굴을 숨긴 채 라디에이터 옆 바닥에 주저앉는 모습을 지켜보았다. 개가 아이번에게 다가가서 궁금하다는 듯 킁킁 냄새를 맡았고 꼬리를 슬며시 흔들면서 아이번의 목과 귀를 샅샅이 훑었다.

마거릿이 조용히 말했다. 이미 말했구나.

아이번은 팔꿈치로 개를 밀어내려 했지만 소용없었고, 아무 말도 하지 않았다.

그러자 여러 가지가 이해되기 시작했다. 그녀는 말없이 부엌에서 걸어 나갔다. 침실로 들어간 그녀는 문을 딸깍 닫고 침대에 앉아 손바닥으로 가슴을 꾹 눌렀다. 이렇게 되는 것이었다, 어머니가 경고하려던 게 이거였다. 자신이 상상 속에서만이 아니라 현실에서도, 자기 가족만이 아니라 아이번의 가족에게도 혐오와 비난의 대상임을 깨닫는 것. 아이번의 형의 눈에 비친 것처럼 슬픔에 빠진 순진한 소년을 자기만족과 쾌락을 위해서 이용하는 중년 여성으로 자신을 보는 것. 그녀는 멍하니 떨리는 손으로 잠자리에 들 준비를 하고 자신이 늘 눕는 쪽에 혼자 누웠다. 아이번의 발소리, 조용하게 살며시 내딛는 개의 발소리 등 주변 소리에 귀를 기울이면서. 뱃속이 울렁거린다, 끔찍하다. 마거릿은 아이번이 마음속 깊이 자신을 미워하게 되었을 것이라고 생각하며 자신 또한 그를 미워할 가능성을 느꼈다. 아이번이 그녀에게서 이기심을 끌어냈기 때문에, 온당한 삶을 방해했기 때문에. 어둠 속에서 방 문이 열리자 그녀는 모로 누워 말없이 지켜봤다. 문 앞에서 아이번이 물었다. 들어가도 돼요? 마거릿이 된다고 말하자 그가 들어와서 문을 닫았다. 아이번은 잠시 닫힌 문 앞에 서서 아무것도 하지 않았다. 나 여기서 자도 돼요? 그가 물었다. 싫으면 다른 방에서 잘게요. 그녀는 괜찮다고 말했다. 그는 마거릿이 뭔가 다른 말을, 애정 어린 말을 하기 바라면서 기다리다가 체념한 듯 옷을 벗기 시작했다. 눈이 어둠에 익어서 그가 짙은 색 스웨터와 티셔츠를 벗자 그 아래 숨겨졌던 푸른빛이 도는 부드러운 피부가 보였다. 마거릿은 껍질을 벗긴 과일 같다고 생각했다. 아이번은 그녀를 등진 채 의자에 옷을 올려놓았다. 그가 속옷만 남기고 다 벗은 다음 벽 콘센트에 핸드폰을 연결했다. 마거릿은 아이번이 자기 때문에 낙담하고 불행해한다는 걸 알면서도 그 모습이 그 어느 때보다 아름답고 당당하게 느껴졌다. 그래, 마거릿은 그를 원했다, 무엇이든 닿기만 하면 파괴해버릴 끔찍한 욕망이었다. 각자의 친구, 가족, 두 사람 모두의 삶. 아이번이 이불을 들추고 그녀의 옆으로 들어와 누웠다. 그 몸의 무게, 가까운 거리, 뿜어져 나오는 열기. 마거릿은 그가 어루만져주면 좋겠다고 생각했다. 잠시 정적이 흐르는 동안 아이번은 똑바로 누워 있었다. 날 보고 있어요? 그가 물었다. 마거릿이 그렇다고 대답했다. 흐음. 어떤 식으로요? 이 말에 그녀가 초조한 한숨을 작게 내쉬었고, 그가 옆으로 돌아누워 마거릿을 보았다. 허리에 닿는 그의 손이 서늘하고 묵직했고 마거릿이 더 가까이 다가갔다. 아이번이 그녀의 입술에 키스했다. 다른 말은 아무것도 필요 없었다. 아이번은 마거릿이 키스를 원하는 것을 느꼈을 것이다. 그녀가 거기에 누워서 오로지 그가 가까이 오기만을, 그녀의 머릿속에서 나쁘고 불안한 생각을 지워주기만을 기다리고 있었음을 느꼈으리라. 아이번은 분명 그 모든 것을 느끼고 알았을 것이다. 아이번이 다정하게, 손쉽게 마거릿을 똑바로 눕히고 그녀

의 위로 올라가 얼굴을 가린 머리카락을 정돈한 다음 두 사람이
다시 키스했다. 단단한 교정 장치가 잠시 느껴졌다. 그리고 보이
지 않지만 그의 입술에 난 상처의 맛. 마거릿은 꿈속 같다고 생
각했다. 천천히, 하지만 걷잡을 수 없이 떨어지고 가라앉는 느낌.
다리 사이로 들어와 그녀를 여는 그의 손. 괜찮아요? 아이번이
물었다. 마거릿은 고개를 끄덕였다. 허리에 밀착한 사각 면 팬티
너머 발기한 그가 느껴졌다. 그의 손길이 닿으면 마거릿의 몸은
뭔가 다른 것을 할 수 있었다, 그녀는 예전과 달랐다. 이 새로운
능력을 잃는 것은, 그의 품에서 새로워지는 이 몸을 잃는 것은
이제 생각도 할 수 없었다. 아이번이 천천히 그녀를 만졌고 그의
손가락이 그녀의 안으로 들어왔다. 괜찮아요? 마거릿은 눈을 감
은 채 알 수 없는 소리를 냈다. 원했다, 아무것도 중요하지 않았
다. 그녀의 생각, 가치관, 그녀가 삶이라고 불렀던 체면이라는 나
약하고 초라한 지지대. 아무것도, 심지어는 죄책감도, 수치심도
없었고 오직 그 느낌만, 촉촉하게 젖은 채 너무나 원한다는 느낌
만이 있었다. 너무나 강렬해서 눈이 따끔거리고 콧물이 흘렀다.
깊이, 더 깊이. 마거릿이 팬티 허리밴드를 더듬거리자 아이번이
팬티를 벗었다. 그가 다시 그녀의 위로 올라갔고, 그의 성기 끝
이 살짝 건드렸다가, 꾹 눌렀다가, 그녀를 살짝 열고 더 깊이 들
어갔다. 제발. 마거릿이 중얼거렸다. 그래. 아이번은 아무 말도
없이 그녀의 안으로 더 깊이, 더 완전하게 움직일 뿐이었다. 그

녀의 입술에 그의 숨결이 느껴졌다. 아, 씨발. 아이번이 조용히 말했다. 마거릿의 손가락이 그의 머리카락 사이로 들어갔다가 목덜미로 내려가 꽉 붙잡았다. 그녀가 완전히 가득 찰 때까지 더욱 깊이. 마거릿은 그 자리에 누워서 아이번에게 자신을 온전히 주는 것만 생각했다. 아이번이 그렇게 그녀를 가득 채우도록. 그가 아무리 많이, 다시 또다시 원한다 해도. 달리 무엇이 중요할까. 일상적인 존재 안에 갇힌 이 욕망. 모든 인간 삶의 원천이자 모든 것의 근원. 마거릿은 강렬하고 풍성하게 번져나가는 감정을 느끼며 아이번의 품에 안겨 그가 자기 안에서 움직이도록 놔두었다. 아이번이 그녀의 귓가에 속삭였다. 정말 사랑해요. 그러자 마거릿은 생각해보지도 않고 대답했다. 아, 그게 필요해. 그에게서 치약의 민트 향이 났다. 아이번이 그녀를 내려다보며 입술을 벌렸다. 그게 필요하군요. 그가 따라 말했다. 내 사랑이 필요해요? 그녀의 안에서 무언가가 열리고 펼쳐지는 감각, 뜨겁고 다정한 느낌. 마거릿이 고개를 끄덕였다. 잘됐네요, 아이번이 말했다. 음, 사랑해요, 아주 많이. 아. 내가 당신에게 필요한 걸 주다니 솔직히 기분 좋아요. 그녀의 눈꺼풀이 파르르 떨리다가 내려왔다. 마거릿은 아플 만큼 세게 짓눌린 채 고동치는 그를, 원하는 그를 느꼈고 그녀 역시 안쪽이 젖은 채로 같이 원했다. 감긴 눈꺼풀 아래 떠오르는 은빛 이미지, 그녀의 안에 모조리 쏟아내는 그. 아주 천천히, 지난 주말 소파에서 그녀의 입속에 그랬던 것처럼. 그때 마거릿은 그 맛이 마음에 들었고 끝난 다음 아이번은 너무나 다정하게 고맙다고 말하고 수줍게 웃었다. 그래, 마거릿은 한 번 더, 더욱 깊숙이 원했다. 이렇게 그에게 꽉 눌린 채 그가 그녀에게 주고 싶은 만큼 그래, 완전하게 주는 것을 느끼고 싶었다. 그 생각만으로도 절정에 올랐고, 힘들게 쌕쌕거리며 숨을 쉬려고 몸부림쳤다. 안에서 뜨겁고 축축한 감각이 느껴지고 아이번이 말했다. 세상에, 아, 맙소사. 그가 땀에 젖어 그녀에게 몸을 기댔고, 두 사람은 숨을 헐떡이며 잠시 아무 말도 하지 않았다. 서서히 그녀의 심장박동이 다시 느려지더니 아찔한 느낌이 사라지면서 차분해졌다, 노곤했다. 마거릿은 무슨 일이 벌어졌는지 알았다. 바보 같지만 흔한 일, 단순한 실수였다. 그녀의 팔 아래 느껴지는 아이번의 등은 축축하고 열기가 식는 중이었다. 그녀의 옆 베개를 베고 누운 그의 얼굴. 씨발. 아이번이 중얼거렸다. 미안해요. 괜찮아요? 그녀는 다시 고개를 끄덕였다. 그럴 수도 있지. 마거릿이 말했다. 걱정하지 마. 아침에 약국 갈게. 아이번이 몸을 살짝 일으켜 팔로 지탱하며 그녀를 내려다보았다. 불꺼진 방에서 그의 눈빛은 깊고 어두웠다. 그가 말했던 것보다 더 많이 아는, 완전히 알고 이해하는 눈빛. 알았어요. 그가 대답했다. 미안해요. 사실은 정말 이렇게 하고 싶었어요. 마거릿이 시선을 낮추고 말했다. 나도야. 이 말에 아이번이 갑자기 숨을 크게 내쉬더니 잠시 아무 말도 하지 않았다. 그러다 그녀의 귓가에 속

549

삭였다. 사랑해요. 마거릿은 얼굴이 빨개지는 느낌이 들었고, 아직도 콧물이 흘렀지만 미소를 지으려 애썼다. 나도 사랑해. 그녀가 말했다. 약국은 다른 동네로 가는 게 낫겠다. 내일 아침에 오도널스 약국에 가서 사후피임약을 달라고 하지 않아도 스캔들은 이미 충분하니까.

아이번이 그녀의 입술에 다시 키스한 다음 몸을 떼고 옆으로 내려와 똑바로 누웠다. 마거릿은 피부에 밀려드는 공기가 시원하다 못해 차갑게 느껴져서 퀼트 이불을 턱까지 끌어 올렸다. 있잖아, 엄마 말이 맞았어. 그녀가 말했다. 내가 독선적이라는 말. 남편한테 난 독선적이었어. 남편은 온갖 문제가 있었으니까. 그게 내가 문제에 대응하는 방식이었나 봐, 화를 내고 독선적으로 구는 게. 당신이 나한테 이런 짓을 하다니 믿을 수 없어, 뭐 그런 거지. 내가 설명을 제대로 하고 있는지 잘 모르겠다. 내가 늘 옳다고 생각하면서 너무 집착하게 됐나 봐. 어떤 면에서는 내가 옳았지. 하지만 거기 집착하는 건 좋지 않을지도 몰라.

옆에 가만히 누워 숨을 내쉬는 아이번. 그의 지성, 그의 사려 깊음. 응. 무슨 말인지 알겠어요.

난 그런 사람이 되는 게 정말 싫었어. 항상 비난하고 닦달하는 사람 말이야. 그렇게 살아야 한다니, 꼼짝없이 갇힌 느낌이었어. 어떻게 설명해야 할지 모르겠다, 감정 안에 갇히는 걸 말이야. 어색한 자세로 웅크린 채 갇혀버리는 느낌이야. 완벽해야 하고,

옳아야 하고. 하지만 이제는 그걸 놓아버리기가 정말 힘들어. 바란 적도 없었는데. 그래도 이유는 모르겠지만 놓기가 힘들어.

잠시 두 사람 모두 말이 없었다. 아이번은 그녀의 옆에서 자기 손을 베고 누워 천장을 바라보고 있었다. 마침내 그가 말했다. 어떤 면에서는 나도 그래요. 똑같지는 않지만요. 예를 들어서 형을 대할 때는 옳은 것에 초점을 맞춰요. 머리가 내 잘못은 대충 얼버무려 넘겨요. 형을 볼 때는 달라요. 내 행동이 형에게 영향을 준다고는 생각하지 않죠. 나는 형의 행동에 크게 영향을 받지만 그 반대는 아니라고 생각해요.

이해해, 마거릿이 말했다.

아이번이 고개를 살짝 돌려 그녀를 보며 말했다. 참, 당신을 싫어하거나 그런 건 아니에요. 우리 형, 피터 말이에요. 반대하거나 뭐 그런 건 아니에요. 내가 설명을 이상하게 해서 사소한 말다툼을 한 것뿐이에요. 사실 말다툼도 아니었죠. 나중에 형이 사과도 했고요. 사실 오늘 밤 치고받기 전에 형이 사과했어요. 오늘 우리가 싸운 건 다른 일 때문이었어요, 당신이랑 상관없어요. 그냥 알려주고 싶었어요.

노곤해진 그녀가 눈을 감고 말했다. 알았어.

따뜻하고 묵직한 퀼트 이불 밑에서 두 사람 모두 한동안 말이 없었다. 그러다 아이번이 말했다. 조금 전에 당신이 "그게 필요해"라고 말했잖아요. 내가 당신을 사랑해주길 바란다고요. 정말 기분 좋았어요. 응. 솔직히 아마 내 평생 제일 기분 좋은 순간이었을 거예요. 괜히 이런 이야기를 꺼내서 미안해요. 특정한 맥락에서 한 말이고 그 이상의 의미는 없었을지도 모르는데. 하지만 나한테는 의미가 있었어요, 무척이나. 당신에게 필요한 걸 내가 준다니 정말 좋아요, 당신은 모를 거예요. 평생 그러고 싶어요. 그럴 수 있을 것 같아요, 안 될 이유를 모르겠어요. 아마 당신은 내가 이상하게 군다고 생각하겠죠. 우리는 만난 지 얼마 안 됐으니까. 알아요, 많은 것이 변할 수 있죠. 당연히 우린 이제부터 어떻게 흘러갈지 지켜볼 거예요. 미래는 수수께끼이고, 뭐 그러니까. 하지만 상상하거나 생각해본다고 나쁠 건 없잖아요. 우리가 오랫동안 지금처럼 아주 행복할 수도 있다고 말이에요. 또 온갖 일들이 뒤따르겠죠. 그러니까 내 말은, 우리 둘 다 사실 젊잖아요. 무엇이든지 가능해요. 삶은 크게 바뀔 수 있어요.

마거릿은 아이번을 가만히 바라보면서 그가 무슨 말을 하는지, 또 무슨 말을 조심스럽게 피하는지 이해했다. 그가 가능하다고 말하는 '무엇이든'이 뭔지 알았다. 그녀는 시간이 흐르면 두 사람이 어떻게 변할지 아이번이 이해하지 못한다고, 아니면 받아들이지 않으려 한다고 생각했다. 곧 마거릿은 더욱 나이를 먹어서 너무 늙어버릴 것이고, 더는 아름답지도 않고 그에게 아이를 낳아주지도 못하겠지만 그는 여전히 아주 젊을 것이다. 지금 아이번은 그 사실을 이해하지 못하거나 알고 싶지 않다. 왜 아니겠는가? 두 사람이 같이 침대에 나른하게, 행복하게, 사랑에 빠진 채 누워 있는데 왜 잔인한 시간을 생각하겠는가? 마거릿은 아이번이 환상을 품도록 놔두자고 생각했다. 어쨌든 그 환상은 너무나 감동적이었고 그녀의 허영심을 충족시켜주었을 뿐만 아니라 그 이상이었다. 마거릿은 그의 옆에 누워서 다시 눈을 감으며 아무 말도 하지 않고 어떤 반론도 입 밖에 내지 않았다. 그의 입에서 나온 말이 가만히, 반박되지 않은 채 두 사람 사이에 놓여 있었다. 어쨌거나 미래는 수수께끼였다, 그건 진실이었다. 그 무한한 굽이 속에 마거릿이, 그녀의 육체가, 헛되이 흘려보낸 세월의 잔해로부터 구원받을 가능성이 아무리 희박할지라도 분명히 존재했다. 그의 품에서 생명을 부여받고, 그래, 그리고 생명을 주는 것. 기적과도 같고, 말로 표현할 수 없고, 완벽한 무언가. 물론 생각도 할 수 없는 일이지만 그런 일은 늘 일어나고 있었다. 바로 그 순간에 일어나고 있을지도 몰랐다. 숨 쉬는 그녀의 육체 속에 숨겨져 닿을 수 없을지라도. 앞선 수백, 수천 세대 모두 마찬가지였다. 마거릿은 그것이 죽음에 대한 유일한 대답이라고 생각했다. 죽음이라는 이름이 갖는 강렬함과 불가해함이 그대로 방향을 바꾸어 생명을 향하게 만드는 것. 그에게, 그녀 자신에게, 그런 생각이라도 허락하면 어떨까. 조용한 방의 평온한 어둠 속에서 불가능하면서도 가능한 미래라는 상상이 두 사람을 수수께끼로 감싸고 함께 깊은 잠으로 빠져들도록.

이제, 마거릿이 유리창에 빗물이 흘러내리는 사무실에 앉아서 컴퓨터 시계를 확인하니 10시다, 10시가 조금 넘었다. 커피숍이 문을 열 테니 가서 차를 마실 수 있다. 도린에게 크리스마스에 뭘 할 건지 물어보자. 도린도 들었을 것이다, 이제는 모두가 들었을 것이다. 마을을 떠들썩하게 만들겠지. 사람들은 분명 킬킬거릴 것이다. 음, 마거릿은 그럴 권리가 있지, 라고 말하는 사람도 있으리라. 리키도 신나서 떠들 것이다. 이제 자신이 의기양양하게 비난할 기회니까, 그렇지 않은가. 마지막으로 봤을 때 그는 삼각건으로 팔을 감싸고 있었다. 술집 플린스 앞 길거리에서 소변을 보고 있었다. 마거릿은 차를 세우지도 않았다. 그때에는 자신이 옳다는 생각이 그녀의 삶보다 더 소중했다. 그러니 리키에게, 자기 자신에게 불평할 이유가 어디 있었을까. 마거릿은 살아야 했다. 빠져 죽지 않고 빠져나가야 했다. 무언가를, 무엇이든 꽉 붙잡아야 했다. 이제 위험은 이미 오래전에 사라졌지만 그녀가 손을 내려다보니 아직도 긴장하며 꽉 움켜쥐고 있다. 보람도 없고 의무감으로 이어가는 삶. 그녀는 일종의 안도와 같은 떨림을 느끼며 그를, 아이번을 생각하고 오늘 아침에 집을 나설 때 그가 부엌 식탁에 체스 서적을 펴서 세워놓았던 것을 떠올린다. 알렉시가 그의 발치에서 몸을 쭉 펴고 잠들어 있었다. 마거릿은 출근하기 전에 약국에 가려고, 캐릭까지 다녀오려고 일찍 나섰다. 아이번이 의자에서 엉거주춤 일어나 그녀에게 키스하며 좋은 하루 보내요, 사랑해요, 라고 말했다. 나중에 봐. 그녀가 말했다. 체스 재밌게 하고. 그래, 긴 레인코트 주머니에 손을 넣고 휘파람을 불며 차로 걸어가는, 그런 사람이 되는 것이다. 오늘 밤에 둘이서 무슨 영화를 볼지, 개를 데리고 어디로 산책을 갈지 생각하는 사람. 언젠가 아이번을 애나에게, 루크에게 소개하고 같이 비닐하우스에 대해서, 아니면 유전자 조작 곤충에 대해서 이야기를 나누자. 끝날지도 모른다. 어쩌면 다음 달, 아니면 다음 해에 아이번이 다른 사람을, 젊고 날씬하고 긴 금발을 가진 여자를 만날 테고 마거릿은 결국 그를 보내줘야 할 것이다. 그 사실을, 그 고통을, 다시 모두에게 들켜서 구경거리로 전락하는 부끄러움을 견뎌야 할 것이다. 당연한 결과다. 아니면, 희박한 가능성을 뚫고 10년 뒤에 두 사람이 지금을 돌아보며 같이 웃을지도 모른다. 어쩌면. 인생의 창문과 문이 전부 활짝 열린 느낌. 빛과 공기에 전부 노출된 느낌. 아무것도 보호받지 못한다, 보호할 것이 남아 있지 않다. 엄마는 정신 나간 여자라고 했다. 참 대단하다고 했다. 그게 마거릿이다. 하느님께서 자비를 베푸시길.

17

욱신거리는 두통을 느끼며 잠에서 깬다. 여기가 어디일까, 침대 옆 창문 위치가 다르다. 섬유 유연제 향기, 너무 낮은 천장. 입에 시큼한 액체가 가득하고 뇌와 두개골 사이에서 통증이 두근거린다. 곧 어머니의 집임을 깨닫고, 기억이 떠오른다. 다시 눈을 감는다. 촛대. 그리고 아이번, 피가 흐르는 입술, 동생의 눈에 어린 공포. 핸드폰을 찾아서 베개 밑을 더듬지만 아무것도 없다, 침대 옆 탁자에 놓인 핸드폰을 집다가 램프를 쓰러뜨릴 뻔한다. 배터리가 나갔다. 손에서 느껴지는 차가운 무게. 자리에서 일어나 어제 입었던 옷을 입으면서 생각한다, 아니 생각하지 않는다. 아래층으로 내려가자 텅 빈 집에 향기로운 침묵이 번득인다. 아무도 없다. 뭘 기대했을까. 크리스틴이 가스레인지 앞에 서서 그에게 줄 포리지를 만들면서 다정한 말을 건네고, 수다를 떨고, 나무라고, 스스로 파탄 내버린 인생을 잠시라도 잊게 해주리라고? 그는 스케리스의 텅 빈 부엌에 혼자 서 있고 오븐에 표시된 시간은 10시 52분이다. 세상에, 진짜 푹 잤다. 자그마치 열한시간, 열두 시간이나. 그는 당황하고 기진맥진한 채 핸드폰 충전기를 찾으려고 콘센트마다 찾아보고 같은 곳을 두 번씩 확인하지만 아무것도 없다. 화장실은 썼지만 칫솔이 없고, 커피 머신은 마음에 안 들고, 여기서 샤워를 해야 할지 집에 가야 할지, 뭔가 좀 먹어야 할지 그냥 말지, 모르겠다. 이제 11시 15분이 되었지만 샤워도 안 하고 면도도 안 했고 머리만 욱신거린다. 집에 아무도 없는 게 오히려 다행일지도 모른다. 여기서 뭐 하는 거냐고, 얼마나 있을 거냐고 프랭크기 불평하는 소리. 얼굴도 모르는 회사 상사에게 알랑거리는 대런. 그리고 어느 쪽을 챙겨야 할지 갈팡질팡하면서 명랑한 척 분위기를 누그러뜨리려 애쓰는 크리스틴, 그래. 그녀에게는 그녀의 가족이 있고, 온갖 요구가 따르는 본인의 역할이 있다. 항상 짬을 내줄 수는 없다. 언젠가는 배워야 하는 교훈이다. 열여섯 살, 아니 여섯 살에 깨달았어야 한다. 엄마는 한없는 존재가 아니다. 크리스틴은 할 수 있는 일을 했다. 그는 마지막으로 단둘이었던 때가 언제인지 떠올려본다. 단둘이서 텔레비전을 봤던 어젯밤처럼. 다음은 또 언제일까, 그럴 때가 오긴 할까. 11시 반이 되자 그는 올 때와 마찬가지로 아무것도 없이 집을 나선다. 전원이 꺼진 핸드폰이 주머니에 묵직하게 들어 있고 다시 비가 내린다. 뭐, 괜찮다.

덜컹덜컹 해안을 달리는 기차. 덧없는 흰 파도가 헤집는 검은 바다, 회색 하늘에 검게 떠도는 갈매기. 모든 선택지가 사라졌다. 이제 스스로를 피해 숨을 곳이 남아 있지 않다. 아파트로 돌아가서 끊임없이 반복되는 생각에 다시 혼자 간혀서 지겨워하며 망상에 빠진 채 약을 먹고 잠들겠지. 환영받지 못하고, 그를 원하는 곳도 없이, 사랑받지도 못하고. 아니, 아니, 안 된다. 그럴 순 없다. 그는 온라인으로 제일 쉽고 안 아픈 방법을, 제일 빠르고 안 아프고 쉽고 확실한 방법을 찾자고 생각한다. 실패할 수 없고 간단하며 고통도 없는 열두 가지 방법. 사실상 모두에게 미리 사과하지 않았는가. 미안해, 미안해. 그의 인생에서 지난 1년, 아니 7년은 절대 충분하지 않았을지언정 비참한 사과의 연속이 아니었던가. 넌 나를 모욕하려고 결심한 사람처럼 굴었어. 그녀가 말했다. 결국 그것이 진실일까, 그가 원하던 것일까. 그녀를 망가뜨리는 것. 그녀의 사생활에 억지로 침범하고, 철저한 가장(假裝)을 갈가리 찢어버리고, 다른 모든 사람처럼 그녀도 겁에 질리고 무방비한 존재임을 폭로하고. 아니면, 단지 그녀에게 다가가려 했지만 서툴러서 가는 길에 놓인 것을 전부 쓰러뜨리고 깨뜨린 걸까. 그녀를 가까이 더 가까이 느끼려다가. 그녀가 이렇게 말하던 기억이 활활 타오른다. 어쩌면 네가 마음 깊이 정말 바라는 건 내가 죽는 걸지도 몰라. 그는 그 생각을 부인하며 기차에서 자기도 모르게 아니야, 라고 중얼거린다. 뭘 부인하는 걸까? 그녀의 말에 담긴 진실. 아니면 그녀가 그렇게 말했다는 사실. 그가 거기 있었음을, 그 일이 일어났음을, 그녀와 그를, 촛대를, 두 사람 사이에서 무언가가 변했음을, 시간이 흘렀다는 사실 자체를. 그들이 이제 예전과 달라졌음을. 그의 파트너, 협력자. 그녀는 그에게 우정을, 그래, 일종의 우정을 주었지만 그에게는 그 이상이 필요했다. 아니, 어쩌면 그녀가 그 이상을 우정이라는 베일로 싸서 주었는데 그가 멍청하게도, 정신이 나가서, 그 베일을 찢은 것일지도 모른다. 그녀에게 닿을 수 있을 줄 알고. 지금까지 두 사람은 무엇을 하고 있었을까, 무슨 일이 일어나리라 생각했을까. 어떻게 감히. 질투하는구나. 내가 하는 말은 정말 멍청한 소리야.

열차가 맬러하이드에 들어서고 문이 치익 열린다. 우산을 든 몇 사람이 뒤늦게 올라탄다. 신선한 공기에서 짠 내가 풍기고 문이 닫힌다. 그는 어젯밤에 나오미가 그 집에 있었다면, 그의 계획대로 흘러갔다면 어땠을까 생각한다. 나오미는 그를 보고 반가웠을까? 결국 그가 기어 와서 패배를 인정하고 애원하게 만들어서. 어쩌면 두 사람도 싸웠을지 모른다. 당신 문제가 뭔지 알아, 당신은 머리가 이상해, 치료를 받아야 돼. 아니면 소파 팔걸이에 대고 담배를 말면서 놀라지도 않고 스스럼없이 그를 맞이했을지도 모른다. 어, 피터. 웬일이야. 거기 필터 좀 줄래? 같이 텔레비전을 보면서 별것도 아닌 이야기를 나누고. 뜨겁게 달아오른 그의 피가 정상 온도로 돌아오는 것을 느끼며. 다시 인간이 되어서. 그리고 침대에 누워 그의 품에서 잠든 그녀의 온기. 그렇다, 나오미는 그의 숙적이자 공범, 그의 작은 장난감이다. 그녀를 사랑하게 되다니 얼마나 우스꽝스러운지. 무대 위 싸움 장면에서 소품 칼이 알고 보니 진짜였던 것처럼. 아마 나오미는 그를 이길 수 있다고, 손가락 하나 데이지 않고 한 수 가르쳐주겠다고 생각했을 것이다. 잠깐 즐기면서 돈도 좀 벌고. 게임에 불과하다고. 하지만 자기 꾀에 자기가 넘어갔다. 이제 처음 시작했을 때보다 상황이 나빠진 그녀는 돈도 없고, 지낼 곳도 없고, 거부당하고 버려졌다. 피터는 그녀가 이 우울한 실험에 대해서 어떤 기분일지 상상이 안 간다. 만약 나오미가 그 집에 있었다면. 그러면 존재의 무의미함을 다시 마주하는 일이 잠시나마 미뤄졌을 텐데. 나오미, 사랑해. 살짝 벌어져 받아들이는 축축한 입술, 그녀의 혀에서 느껴지는 니코틴 맛. 나한테 하고 싶은 거 다 해도 돼. 그리고 그는 그렇게 했다, 바로 그게 그가 한 짓이다. 원하는 것은 무엇이든. 욕망의 끝에 도달하려고, 그 끝에 무엇이 있는지 알아내려고 애쓰는 것처럼. 하지만 무섭게도 욕망이 당장은 호사스럽게 충족되어도 점점 더 불행하고 미쳐갈 뿐이라는 사실을 깨달았다. 너무 많은 것을 원한다. 사랑하고, 사랑받고. 그래, 그녀의 사랑을 원하지만 그것만을 원하지는 않는다. 어차피 이제 그녀는 그를 미워할 것이다.

버려진 커피컵이 텅 빈 소리를 내며 두 개의 빈 좌석 사이를 구른다. 가장자리가 얼룩덜룩 젖은 신문을 접어서 읽는 여자. 피터는 자신이 사랑하는 사람은 모두 고통을 겪어야만 했다고 생각한다. 그녀, 또 다른 그녀. 너 때문에 죽을 지경이야, 라던 크리스틴. 그리고 물론 아이번. 그가 업신여기고, 괴롭히고, 무시했던 아이번. 그의 동생, 모든 것을 보는 조심스러운 아이, 그런 동생을 때렸고 죽이고 싶다고 생각했다. 그의 아버지. 그를 대견해하면서도 위압감을 느꼈던 아빠. 그건 너한테 맡기마, 피터. 이런 건 네가 더 잘 아니까. 네가 그렇게 말한다면 분명 맞겠지. 스스로를 작게, 더 작게 만들다가 결국 시리졌디. 모든 게 자기 닷이라는 듯, 자신이 자리를 너무 많이 차지하고 있었다는 듯이. 미안해요. 내가 사랑하는 사람은 전부 고통을 겪어야 해. 난 뭔가 잘못됐어. 모르겠어, 어떻게 살아야 할지 모르겠어. 빗물이 흐르는 축축한 창밖으로 주택의 뒷모습, 교외 정원, 검은 연기를 구불구불 내뿜는 굴뚝이 차례차례 지나간다. 형언할 수 없는 안도감과 함께 생각이 떠오른다. 만약 전부 끝난다면. 그래. 끝까지 가서 해치우는 거다. 생각만 해도 차분함이 밀려든다. 거대하고 깊고 모든 것을 감싸며 누구도 빼앗지 못할 차분함. 그 생각을 허락하는 즐거움, 그래, 느껴진다. 순수하고 깨끗하게. 쉬는 것, 마침내 쉬는 것. 이제 정말 그렇게 될 것만 같고, 그 믿음에서 위로를 얻는다. 모든 의무가 사라지고, 보내야 할 이메일도 없고

561

처리해야 할 청구서도 없고 사과할 일도 남지 않는다. 피터는 씻지도 않은 채 어제 입었던 옷을 그대로 입고서 기차에 얌전하게 계속 앉아 있어도 된다. 텅 빈 몸속에서 공허하게 흔들리는 안도감을 느낀다. 코널리 역을 나서자 비가 쏟아진다. 당연하다, 이제 중요하지 않다.

우산도 없이 비에 흠뻑 젖어 반쯤 정신이 나간 채 집까지 걸어간다. 도시는 시끄럽고 혼란하다, 불빛과 얼굴이 전부 생경한 문자 같다. 마침내 사는 건물에 도착해 집 현관문을 여는데 혼돈 속에서 누가 말하는 소리가 들리는 것 같다. 문을 열자 말소리가 더욱 또렷해진다. 그래, 목소리다, 그녀의 목소리. 안으로 들어가자 거기 그의 거실에, 황량하고 삭막한 가구들 사이에서 밝게 빛나는 그녀가 보인다. 실비아. 긴 트위드 코트를 입고 목깃까지 단추를 채운 그녀가 그를 바라본다. 그녀의 눈에 비친 표정. 그래, 그를 바라보는 확고하고 의미심장한 시선. 왠지 그녀가 소리 내서 말하는 것 같다. 왔어요, 피터가 왔어요. 방금 들어왔어요. 그는 무슨 일인지, 그녀가 무슨 말을 왜 하는지 전혀 알 수 없다. 다만 진짜인지 환영인지 모를 그녀의 존재를 인식하며 이렇게 말한다. 뭐라고? 실비아는 여전히 사태를 파악하려 애쓰는 피터를 뚫어지게 바라본다, 어떤 메시지를 전하려는 것만 같다. 그 순간 그의 방에서 나오미가 나온다. 그래, 나오미는 뭔가 빛이 나는 것을 들고 있다. 그의 노트북 또는 그녀의 노트북. 이게 진짜일까, 뭐든 진짜인 게 있을까. 피터는 눈앞에 섬세한 은세공 같은 게 보이자 그것이 빛 자체라고 생각한다. 나오미의 목소리가 들린다. 어디 갔었어? 그리고 실비아가 더 조용하게 말한다. 피터? 그의 시야 바깥쪽에서 빙빙 도는 흐릿한 후광이 점점 안쪽으로 좁혀 들어오고, 누가 뭐라고 중얼거린다. 어쩌면 피터 자신인지도 모른다. 이런, 미안해. 그런 다음 아무것도 보이지 않고 눈 뒤쪽의 빛만 보인다. 머릿속에 뜨거운 느낌이 치솟는다. 그것이 아직 그의 머리라면 말이다. 그는 죽었으니까, 죽어가고 있으니까. 아니면 전부 꿈이었을지도, 깨어나 보니 어둠 속인지도 모른다. 피터는 두 사람이 같이 서 있는 것을 보았다고 생각했고 그들이 말하는 소리를, 그가 사랑하는 목소리들을 들었다. 팔다리에서, 무릎에서 힘을 빠지는 듯하더니 누군가 피터, 라고 말했다. 피터 너 괜찮아 아 세상에 저 사람 괜찮은 거예요. 맙소사.

♟

나중에 나오미는 정말 말도 안 된다고, 실비아가 여기 있어서 다행이었다고 말한다. 난 정신이 완전히 나갔을 테니까. 당신이 쓰러졌던 거 말이야, 감자 포대처럼 푹 쓰러지더라. 미안, 기분 나쁘라고 한 말은 아니야. 하지만 진짜 그랬잖아, 맞죠? 그러자 부엌에서 물을 끓이던 실비아가 맞다고, 피터가 정말 심하게 쓰러졌다면서 머리를 부딪칠까 봐 걱정했는데 안 부딪쳐서 다행이라고 말한다. 이제 피터는 양탄자에 누워 있고 다리 밑에 쿠션이 놓여 있다. 난 당신이 기절할 사람이라고는 생각도 안 했는데. 나오미가 말한다. 그의 옆 바닥에 다리를 포개고 앉아 있다. 발목까지 올라오는 줄무늬 양말. 실비아가 부엌에서 차 쟁반을 들고 돌아온다. 금잔화 무늬. 그녀가 얘 원래 그래요, 라고 말한다. 나 괜찮아. 피터가 말한다. 아, 괜찮대요. 나오미가 웃으며 말한다. 괜찮아 보이네, 그렇죠? 그러더니 양탄자에서 얼른 일어나 시야에서 사라진다. 피터가 깼을 때 두 사람은 그가 10초 정도, 길어야 20초 동안 기절했었다고 설명했다. 아이번이 쪽지를 남겨 피터가 찾아왔었다고 알려줘서 나오미가 어젯밤에 피터에게 전화했지만 받지 않았고, 아침에 다시 전화해도 답이 없자 집에 있나 확인하려고 더블린으로 왔는데, 초인종을 울려도 아무도 대답이 없었다. 그렇게 11시가 다 되어가자 나오미는 피터가 그동안 "이상하게 굴었기" 때문에 점차 당황했고, 실비아라면 피터가 어디 있는지 알 것 같아서 인터넷으로 실비아의 대학 이메일을 찾아서 연락했다. 마찬가지로 피터에게 연락하려 애쓰던 실비아가 아파트 열쇠가 있으니 올라가서 피터가 있는지 확인하자고 해서 둘이 같이 막 올라온 참이었는데 피터가 들어오더니 양탄자에 쓰러졌다. 나오미는 탈수증상일 거라고 말한다. 당신은 말 그대로 물을 절대 안 마시잖아. 더 자주 쓰러지지 않은

게 놀랍지. 그녀는 식탁 앞에 앉아 있다. 지금 피터에게는 천장과 제일 안쪽 벽밖에 안 보이지만 나오미의 목소리가 들려오는 방향으로 미루어 그녀의 위치를 짐작한다. 찻숟가락이 달그락거리는 소리도 들린다. 모르겠어요. 실비아가 말한다. 우리가 같이 있는 걸 보고 충격받아서 쓰러졌을지도 몰라요. 피터는 눈을 감고 두 사람이 웃는 소리를 들으며 신음 비슷한 소리를 낸다. 도와주세요. 나오미가 말한다. 내 여자 친구들이 노조를 결성했어요. 좋아, 일어날게. 피터가 말한다. 이제 일어난다, 나 괜찮아. 실비아가 제발 좀, 이라고 말한다. 잠시만 그대로 있어, 제발. 멜로드라마는 지금까지로도 충분해. 그런 다음 머리도 좀 먹었냐고 묻는다. 피터가 안 먹었다고 말한다. 음, 그것도 좋지 않아. 실비아가 대답한다. 나오미가 비스킷을 부수어서 입에 넣어주겠다고 말하고, 둘이서 다시 신나게 깔깔 웃는다. 나 진짜로 괜찮아. 피터가 말한다. 일어날 거야. 이건 너무 바보 같아. 너무 빨리 일어나 앉는 바람에 머리가 아프다. 이제 식탁에 앉아 있는 두 사람이 보인다. 실비아는 손목에 단추를 채운 실크 블라우스 차림이고 나오미는 노란빛이 도는 쿼터집 플리스를 입고 있다. 그래, 거기서 웃으며 초콜릿 다이제스티브를 먹는 두 사람은 매우 아름다워 보인다. 피터는 그 모습을 보자 마음속이 점차 따스해지고 눈 속인지 눈 뒤에서 여러 가지 색이 희미하게 보이기 시작한다. 그는 말없이 다시 누워 쿠션에 다리를 올린다. 내 여자 친구들이 노조를 결성 중이네. 나 죽을 것 같아. 다시 누웠구나, 괜찮아? 괜찮아, 아주 멀쩡해. 그냥 바닥이 좋아서. 둘이서 너희 어머니께 전화하려던 참이었어. 뭐, 내가 기절했을 때? 아니, 그 전에. 그게 우리 연합의 다음 행동 계획이었어. 거기 있을 것 같았거든. 아주 무해한 설명. 그저 어머니 댁에서 저녁 식사를 하고 남는 방에서 하루 잤다, 누가 그보다 더 무해한 행위를 생각해낼 수 있을까. 충전기를 가져가지 않아서 핸드폰 배터리가 방전됐다. 불길할 건 전혀 없다. 걱정할 이유가 하나도 없다. 그러면 벽돌 더미가 무너지듯 양탄자에 쓰러진 것은, 그건 어떤가? 하지만 생각해보면 그건 충격 때문이었다. 게다가 탈수증상도 있고 아무것도 못 먹었다. 피터가 거기 누워 있는 동안 두 사람은 계속 이야기를 나누며 비스킷을 먹고, 그 소리가 피터에게도 들린다. 한 사람의 목소리는 낮고 풍성하고 부드럽고 또 한 사람의 목소리는 종소리처럼 깨끗하고 높고 맑다. 피터는 자기가 어린애 같다고, 겁에 질려 괴로워하다가 어른의 목소리에 안심하는 어린애 같다고 생각한다. 나오미는 실비아가 뭘 어떻게 해야 할지 정확히 알았기 때문에 그녀가 여기 있어서 정말 다행이었다고 다시 말한다. 음, 예전 경험 덕분에 알았을 뿐이에요. 최근에는 이런 적 없지만. 몇 년 전에 백신 센터에서 기절한 게 아마 마지막이었을 거예요. 뭐야, 당신 주삿바늘 무서워해? 나오미가 말한다. 피터가 어느새 방어적으로 대답한다. 무서워하는 게 아니라 신경학적인 반응이야. 두 사람이 또다시 웃음을 터뜨리고, 이제 피터 역시 마지못해 미소를 지으며 말한다. 진짜 다르다니까. 아무튼 뭐. 이제 일어나 앉을 거야. 이번에는 신중하게, 천천히. 외투를 벗어서 소파 팔걸이에 걸쳐놓고 기대앉는다. 머리가 욱신거리고 실비아가 식어가는 차를 한 잔 가져다준다. 그가 고맙다고 말한다. 전부 다 미안해. 괜찮아. 네가 괜찮아서 다행이야. 말하지 않는, 말로 표현할 수도 없는 그 모든 것. 아, 저닌이다, 전화 좀 받을게. 여보세요, 아니, 괜찮아, 찾았어. 나오미가 방문을 닫을 때 피터가 말한다. 내가 진짜로 실종된 것도 아니었는데. 음 어쩌다 오해가 생겼는지 너도 알겠지. 실비이기 이렇게 말하며 다시 식탁 앞에 앉아서 노트북을 연다. 나 때문에 결근하지는 마. 아니야, 오후까지는 일 없어. 혹시 먹고 싶은 거 있어. 아니면, 내가 가면 좋겠어. 아니, 가지 마. 공기가 그의 폐를 채웠다가 다시 흘러 나간다. 내가 두 사람을 일찌감치 소개했으면 훨씬 덜 어색했겠다. 음, 너 깜짝 놀랄걸. 전혀 어색하지 않았어. 피터는 실비아의 손가락이 노트북 키보드를 톡톡 두드리는 소리가 형언할 수 없을 만큼 아름답다고 생각하며 눈을 감는다. 문이 열리면서 양탄자가 쓸리는 소리가 난다. 저닌이 당신 살아 있어서 다행이래. 그래, 고마워. 저닌한테 고맙다고 전해줘. 미안, 고마워, 전부 다 고마워.

나중에 그녀가 그에게 신경쇠약이냐고 묻는다.

모르겠어. 피터가 말한다. 그럴지도.

스위스에 있는 클리닉에 가봐. 뇌를 리셋해달라고 해.

내가 돈이 얼마나 많다고 생각하는 거야.

피터는 다시 소파에 앉아 있지만 이제 샤워를 하고 옷을 갈아입었고, 창밖이 벌써 어두워지고 있다. 비가 내린다. 빛을 머금고 떨어지는 빗물. 그의 무릎에 놓인 그녀의 다리.

정말 걱정했어. 그녀가 말한다. 내가 무슨 생각까지 했는지는 말 안 할래.

그는 아무 말도 하지 않는다.

당신한테 무슨 일이 생기면 나한테 그게 얼마나 끔찍한지 알지. 그녀가 말을 잇는다.

난 그것까지 책임지고 싶지는 않은데.

그는 여전히 창밖을 보고 있지만 그녀가 고개를 젓는 모습이 보인다. 응, 뭐, 대단하네. 서른두 살이나 먹고서 난 그것까지 책임지고 싶지는 않은데, 라니. 당신이 홀연히 사라져도 내가 아무렇지 않을 줄 알았어?

피터는 응, 난 그렇게 살고 싶어, 라고 생각한다. 언제든지 내가 홀연히 사라져도 모두가 아무렇지 않으면 좋겠어. 사실 나로

서는 그게 완벽하고 아마도 유일하게 받아들일 수 있는 삶이라
는 느낌이 들어. 그러면서 동시에 정말로 사랑받고 싶지. 결국
그는 이렇게 말한다. 아무튼, 나도 몰라.

나는 감정이 없는 줄 알아?

나에 대해서? 피터가 말한다. 없는 게 나을 것 같아.

왜, 당신이 날 좋아하지 않아서? 나한테 무슨 일이 생긴대도
당신은 아무렇지 않아?

그는 이 질문에 자기도 모르게 움찔하며 말한다. 그런 식으로
말하지 마. 당연히 아무렇지 않은 건 아니지. 너무 속상해, 생각
하고 싶지도 않아.

그녀가 계속 고개를 젓는다. 길고 반들반들 푸른빛이 도는 그
녀의 검은 머리카락. 당신을 보면 뭐가 생각나는 줄 알아? 그녀
가 말한다. 어린애가 생각나. 어린애랑 게임해본 적 있어? 장난
감을 전부 자기가 원하는 곳에 늘어놔. 그러고는 온갖 규칙을 만
들어내서 그 규칙을 따르지 않으면 짜증을 내지. 그게 당신이야.
당신은 사람을 그렇게 대해.

피터가 반사적으로, 너무 빠르게, 그녀의 말을 듣지도 않은 것
처럼 대답한다. 아니, 그렇지 않아.

아니, 그래. 그녀가 말한다. 당신이 나한테 어떻게 했는지 봐.
우리가 만날 때마다 당신은 나를 작은 서랍에 다시 넣고 닫았잖
아. 솔직해져봐. 거의 1년이나 만났는데 어째서 당신 동생은 내

얘기를 들어본 적도 없는 거야? 당신은 아버지가 돌아가신 것도 말 안 했잖아, 내가 장례식에 나타나는 게 싫어서. 당신은 나를 인형 취급했어. 정말로 옷까지 사줬지.

손이, 두피가 뜨겁다. 만나기 시작하자마자 네가 돈을 달라고 했잖아, 이것저것 산다고. 피터가 말한다. 내가 먼저 그런 건 아니야.

그녀가 웃음을 터뜨릴 것처럼 경쾌하게 말한다. 그래, 나한테 아무 잘못도 없다는 건 아니야. 내가 제1공범이었지. 우리 둘 다 그래도 괜찮을 거라고 생각했나 봐. 서로를 괴롭힐 뿐, 감정이 얽히지는 않을 거라고 말이야. 내가 뭐라고 하면 좋겠어? 미안하다고? 우리 둘 다 게임을 하고 있었어. 그래, 난 이기고 싶었지, 당신도 그랬고.

피터가 그녀를 본다. 그녀의 눈빛에서 지성이 번득인다. 그래. 피터가 말한다.

그녀가 고개를 젖혀 소파 팔걸이에 기대며 말한다. 하지만 난 당신이 어떤 상황인지 몰랐어. 그러니까, 알면서도 몰랐어. 무슨 말인지 알지. 난 그게 좀 힘들었어. 일찍 알았으면 내 행동이 달라졌을지도 몰라.

게임을 하는 방식이 달라졌을 거라는 말이겠지.

그녀가 어깨를 으쓱하며 말한다. 그럴지도.

그래서 내가 말을 안 한 걸지도 몰라.

그녀가 한 손으로 머리를 받치며 말한다. 마음에 들어. 당신 친구 실비아 말이야.

피터는 다시 아무 말도 하지 말까 생각하다가 지쳐서 이렇게만 말한다. 나도 그래.

실비아가 당신 일생의 사랑이겠지. 나는 그냥 이용한 거고.

음, 난 우리가 서로를 이용한다고 생각했어. 그런데 감정이 들어가버렸지.

그녀가 묘한 표정으로 혼자 미소를 지으며 말한다. 나도야.

미안해.

그녀가 고개는 그대로 둔 채 그를 올려다보며 묻는다. 우리 아직 헤어진 상태야?

피터는 전혀 모르겠어서 역시 어깨를 으쓱한다.

기차를 타러 가야 하나 말아야 하나 싶어서. 그녀가 덧붙인다.

아. 그가 대답한다. 음, 아무튼. 원하면 여기 있어도 돼.

그녀는 잠시 말이 없어졌다가 그의 무릎에 다리를 올린 채 조용히 말한다. 나 정말 무서웠어. 당신이 전화를 안 받았을 때, 진짜 무서웠어. 하지만 당신이 진짜로 나쁜 짓은 안 할 거야. 그렇지? 머릿속에 그런 생각이 스치긴 해도 정말 실행에 옮기지는 않을 거야. 안 할 거라고 믿어.

피터가 힘들게 침을 삼키고 목을 가다듬으려 애쓰며 말한다. 안 해. 당연하지. 걱정할 거 하나도 없어.

약속해?

응, 약속할게. 물론이지.

두 사람은 잠시 아무 말 없이 정적 속에 앉아 있고, 그가 다시 눈을 감는다. 사랑해. 마침내 그녀가 말한다. 내가 이런 말을 하다니 너무 바보 같지. 이 말이 모든 걸 더 엉망으로 만들겠지. 그래도 어쨌든, 아무튼. 나도 사랑해. 피터가 말한다. 바깥에서 하늘이 어두워지며 밤으로 물든다. 그녀가 여기 있을 거면 저녁 식사를 주문하는 게 좋지 않겠냐고 말하자 그가 그러자고 한다. 핸드폰으로 온라인 메뉴를 살피는 그녀를 바라본다. 짙은 입술이 살짝 벌어져 있다. 그가 수도 없이 키스했던 입술. 이제 약속했으니 어쩔 수 없다. 그녀는 물론 피터가 무슨 생각을 하는지 알았다. 늘 알고 있었다. 우리 둘 다 그래도 괜찮을 거라고 생각했나 봐. 그래, 아무 이유도 없이, 그 어떤 보상도 생각하지 않고 사랑받는 것. 갑자기 넘쳐흐르는 관대함. 이 말이 모든 걸 더 엉망으로 만들겠지. 어떤 면에서는 그렇다. 더 엉망이 되고 더 복잡해진다. 그를 이 세상에 묶어두고 비상 탈출구를 가로막는다. 여기 남아서 고통받을게. 약속할게. 물론이지.

♟

다음 날 회의를 전부 취소한다. 학교에는 전화를 걸어 병가를 낸다. 그녀는 강의를 들으러 가고 그는 억지로 아침 식사를 한 다음 물을 한 잔 가득 마신다. 라디에이터가 덜그럭거리는 아파트에서 홀로. 희끄무레한 벽. 당신 신경쇠약이라도 걸린 거야, 뭐야. 화면에 불이 들어오고 실비아의 메시지가 뜬다. 혹시 산책할래? 힘든 산책은 말고. 안 해도 괜찮아. 눈을 감고 그 이미지를, 생각을 떠올린다. 신선한 공기. 그래, 차갑고, 바람이 불고. 걸으면서, 숨 쉬면서. 그래, 가자. 그가 답장을 보낸다. 스티븐스그린 어때? 전날 젖어서 아직도 축축한 코트를 입고 우산도 없이 집을 나선다. 다행히 비가 오지 않는다. 생각하지 말자, 생각하지 말자, 그냥 그녀의 곁에서 잠시 시로의 숨을 들이마시면시 아무것도 결정하지 말자. 남쪽 출입구에서 기다리는 그녀가 보인다. 밀 이삭처럼 옅은 금빛 머리카락, 실비아가 팔에 우산을 건 채 커피 두 잔을 들고 있다. 그녀가 피터를 보고 미소 짓더니 그가 길을 건너기를 기다린다. 그 느낌. 피터는 생각한다. 그가 평생 원했던 전부. 그녀를 향해 걸어가고, 그녀에게 다다르고, 그녀가 내민 손에서 종이컵에 담긴 따뜻한 커피를 받는 것. 고마워. 피터가 말한다. 실비아는 천만에, 라고 말하고 두 사람이 서로를 보면서 미약하게, 어색하게 미소를 짓는다. 아니, 미소를 지으려 애쓴다. 걸을까? 그녀가 묻는다. 피터가 그래, 라고 말하며 고개를 끄덕이고, 실비아가 그의 팔에 조심스레 손을 얹자 피터가 왠지 한 번 더 고맙다고 말한다. 겨울 코트로 몸을 감싼 두 사람이 석조 출입구를 같이 통과한다. 앙상한 나무들이 잎사귀 없는 가느다란 가지를 낮게 늘어뜨렸다. 이따금 서늘하게 맺힌 빗물을 자갈길에 떨군다. 두 사람이 넓은 길을 따라 걷는다. 처음에는 아무 말 없이 커피만 마신다. 거기에, 그저 그녀의 곁에 있는 것. 실비아가 목을 가다듬고 모더니즘 문학의 역사적 맥락에 대해서 강의를 해야 한다며 이야기를 시작한다. 그의 조언을 구하듯이. 물론 일부러 신경 써주는 것뿐이다. 피터가 파시즘에 대해서 뭐라 말하고, 두 사람은 계속 걸어가면서 파시즘 미학과 모더니즘 운동에 대해서 이야기한다. 신고전주의, 민족의 차이에 대한 강박적인 집착, 데카당스라는 테마, 육체의 강인함과 나약함. 순수함 또는 죽음. 에즈라 파운드, T. S. 엘리엇. 또 그 반대편에는 버지니아 울프, 제임스 조이스. 현대의 정치적 유형론으로서 파시즘의 유용성과 특수성. 현대의 전반적인 정치 운동의 미학적 무용성. 이와 관련된, 또는 이와 병존하는 문제. 새로운 시각 양식이 나타나자마자 기업이 곧장 가로챈다. 아름다운 것은 전부 등장하자마자 광고로 재활용된다. 이제 그 무엇도 미학적인 의미를 가질 수 없다는 느낌. 그로 인한 자유라든지. 생태적 미학의 필요성이라든지. 우리에게 필요한 건 환경주의의 성애학이야. 서로 실없이 웃게 만든다. 좁은 산책로를 따라 아무 데서나 길을 꺾었다가 뒤돌아서 왔던 길로 간다. 한번은 풀숲에서 비둘기 떼가 묵직하면서도 부드럽게 날갯짓하며 날아올라 깜짝 놀란다. 마찬가지로 부드럽고도 묵직한 그녀의 목소리가 아이번을 마지막으로 만났을 때 물었던 논리 문제에 대해서, 녹색 모자에 대해서 다시 이야기한다. 피터는 빈 커피 컵을 쥐고 며칠 전 밤에 아이번을 만났다고, 둘이서 싸웠고 아이번의 입술이 터졌다고 이야기한다. 실비아의 얼굴에 떠오르는 고통스러운 표정. 아, 세상에. 그녀가 말한다. 어디서 그랬는데, 킬데어에서?

응. 아이번이 거기서 지내는 거 알고 있었어?

실비아가 그의 시선을 피하며 대답한다. 원래 몰랐었는데 나오미가 말해줬어.

당황한 피디가 침을 삼기고 다시 시선을 돌린다. 그렇구나. 그가 말한다. 미안.

실비아가 재빨리, 그를 보지도 않고 말한다. 사과하지 마, 제발. 내가 상관할 일이 아니야.

그는 이제 우리 둘 다 그렇게 생각하지 않잖아, 라고 말하지 않는다. 그렇게 깔끔한 구분은 존재하지 않는다. 너도 그런 게 있다고 생각 안 하고, 나도 마찬가지고, 나오미도 그렇다. 개념이 붕괴되어 하나와 다른 하나가 합쳐지고, 전부 하나가 된다. 피터는 의미도 없이 이렇게만 말한다. 모르겠어.

진짜 마음에 들더라. 실비아가 말한다. 나오미 말이야.

이 말에, 그 생각에, 가슴에서 통증이 피어오른다. 음. 나오미도 너에 대해서 똑같이 말했는데.

다정하네.

둘이서 스티븐스그린 공원 중앙의 탁 트인 공간으로 들어간다. 멈춘 분수, 텅 빈 벤치, 텅 빈 흙밭. 넌 아마 이런 이야기를 하고 싶지 않겠지. 피터가 말한다. 하지만 너한테 말하고 싶었어, 네 말이 틀렸다고. 빠져나갈 방법 같은 거 아니었어. 저번에 우리 사이에 있었던 일 말이야. 내가 너한테 상처 준 거 알아, 날 용서할 필요는 없어. 하지만 내가 널 사랑하는 건 알아줘, 난 너랑 같이 있는 게 너무 좋아. 그때 정말 행복했어. 다른 이유는 없었어. 그리고 사실, 난 미안하지 않아. 너한테 미안한 점이 아주 많지만 그건 안 미안해.

실비아는 조용히 이렇게만 대답한다. 응, 나도 그때 일 안 미안해.

아. 피터가 말한다. 음, 다행이네.

작은 다리에 도착하자 두 사람이 걸음을 멈추고 검은 물을 내려다본다. 내가 너한테 솔직하지 않았던 것 같아, 피터. 실비아가 말한다. 아니, 나 자신한테도. 있잖아, 사실은 네가 나 없이 네 삶을 계속 살아가기를 바라지 않았던 것 같아. 늘 그렇게 말했지만 그렇지 않았어. 마음속 깊이에서는 너도 내 진심을 알았을 거야. 내가 너를 몰아넣은 그 상황에서는 그럴 수가 없었지. 너한테 그렇게 살라고 말하면서 사실은 다른 걸 바랐어. 그런데 지금 넌 나한테 사과해야 한다고 생각하잖아. 뭐에 대해서? 다른 사람을 만나고, 다른 사람과 사랑에 빠진 거? 내가 너한테 그러라고 했잖아. 미안할 사람은 바로 나야. 내가 잔인했어. 네가 말했잖아, 내가 질투한다고. 그 말이 맞아, 질투하는 거야.

피터는 갈피를 잃은 채 귀를 기울이며 아무 말 없이 서 있다. 처음에는 이해하기 어렵다는 듯 멍한 표정. 피터가 질투라고 말했었고, 이제 실비아가 그렇다고 인정한다. 아마 피터는 알았을 것이다, 분명 알았을 것이다. 그래서 그렇게 말한 것이다. 질투하는구나, 질투하는 거야. 나오미가 건강하고 행복하고 젊기 때문에. 한때의 너처럼, 우리가 그랬던 그때, 삶이 그랬던 그때. 잠시 후 피터가 이상하게 공허한 기분으로 어지러움을 느끼며 말한다. 아니, 넌 잔인하지 않았어. 복잡한 문제야. 우리가 뭘 하고 있는지 너도, 나도, 몰랐던 것 같아.

실비아가 하얗게 질려서 덜덜 떨며 그를 향해 고개를 돌린다. 미안해.

나도. 피터가 대답한다.

두 사람이 서로를 잠시 더 바라본다. 스스로 너무나 영리하다고, 너무나 유능하다고 믿는 두 사람. 늘 상대방보다, 다른 누구보다도 한 걸음 앞선다고, 한 수 앞선다고. 피터는 그들이 얼마나 엉망진창으로 만들었나 생각한다. 그래, 두 사람 모두가. 둘이서 같이 불가능한 상황을 만들어 몇 년이나 질질 끌었다. 무슨 목적인지, 어떤 결과를 염두에 두었는지 둘 다 몰랐던 것 같다.

그래, 서로를 향한 사랑은 그 자체의 죽음을 넘어 살아남았다.

네가 나오미에 대해서 한 말이 맞았어. 피터가 말한다. 그러니까, 그런 식으로 나오미를 쫓아내려 하다니 멍청한 생각이었어. 비겁했어.

실비아가 호수를 등지고 다리의 석조 난간에 몸을 기댄 채 주머니에서 장갑을 꺼내며 대답한다. 금방 생각이 바뀌었을 거야. 그건 진심이 아니었으니까. 나오미한테 진심이니까 네 집에서 지내라고 했겠지.

피터는 별생각 없다는 듯이 어깨를 으쓱하며 말한다. 그럴지도. 의식은 못 했지만.

넌 나오미를 사랑해.

알아. 피터가 말한다. 이미 인정했잖아. 그걸로 뭐라 하지 마.

실비아가 흐릿하게 미소 지으며 대답한다. 뭐라 하는 거 아니야.

두 사람은 지친 채로, 다정하게, 다시 애정 넘치는 시선으로 서로를 바라본다. 자신과 상대방을 측은하게 여긴다. 사랑스럽고 오래전부터 너무나 익숙한 그녀의 표정. 피터는 그것이 없으면 살아갈 수 없다고 생각한다. 그렇다. 출입구에서 기다리는 실비아를 보았을 때 피터가 마주한 것은 그녀만이, 그녀의 곁에 있다는 새삼스러운 아름다움만이 아니라 그 자신, 그녀의 사랑을 받기 때문에 스스로도 인정할 수 있는 그 자신이었다.

넌 아버지가 돌아가셔서 아직 슬퍼하는 중이잖아. 실비아가 말한다. 혼란스러운 거 알아. 내가 딱히 도움이 되지도 않았고. 하지만 이제 우리 둘 다 서로를 놔줘야 할 것 같아.

피터는 실비아를 계속 바라본다. 잿빛 겨울 햇살이 비추는 가느다란 눈가 주름. 그의 몸속에서 고통이 느껴진다. 아니, 그의 몸 바깥일까. 그게 무슨 뜻이야? 피터가 묻는다. 나오미랑 다시 만나라는 거지. 좋아, 그런 다음에는 어떻게 되는데? 아마 난 이제 너에 대한 감정이 없다고 스스로를 속이려 애쓰겠지.

실비아가 그의 시선을 피하며 조용히 말한다. 우리가 서로에게 감정이 있다고 해도 넌 너를 행복하게 만들어줄 수 있는 사람과 함께하는 게 맞아.

피터의 목소리에서 자제력이 점점 사라진다. 그게 한 사람이 아니라면? 또다시 우리가 친한 친구일 뿐인 척해야 한다면 난 미쳐버릴 거야. 이제 그렇게 살 수 없어, 못 해. 아무도 속지 않아. 그래, 내가 너랑 함께하면서 나오미를 못 만나면 아마 그것도 힘들겠지. 있잖아, 난 나오미를 정말 좋아해. 아마 그럴 거야, 나오미가 그리울 거야. 만나고 싶을 거야. 그게 현실이야.

마침내 실비아가 고개를 든다. 어둡고 탐색하는 듯한 눈빛. 그러면 뭐가 해결책인 것 같아, 피터? 그녀가 묻는다.

모르겠다는 말이야. 피터가 대답한다. 해결책이 없을지도 모르지. 넌 내가 어떻게 하길 바라? 다른 문제를, 해결하기 쉬운 문제를 가진 척할까? 난 평생 처음으로 솔직해지려는 거야. 어떻게 해야 할지 전혀 모르겠어.

실비아가 그를 빤히 바라보다가 마침내 말한다. 음, 어떤 식으로든 합의를 볼 수도 있겠지. 우리 셋이서. 아주 없는 일은 아니야. 나오미는 어떻게 생각할 거 같아?

피터가 괴로워하며 시선을 돌린다, 시선을 돌릴 수밖에 없다. 그의 삶, 빠져나올 수 없이 점점 넓어지기만 하는 검고 텅 빈 공간. 현실성이 없어. 피터가 말한다. 그런 건 현실에서는 안 통해.

일반적으로는 그렇겠지. 실비아가 말한다. 하지만 우리는 일반적인 상황이 아닐지도 몰라.

피터가 양손에 얼굴을 묻는다. 나오미는 그가 장난감을 가지고 노는 아이 같다고 했다, 그래, 맞다. 피터는 아이처럼 겁에 질렸고 분노에 휩싸인 채 이해하지 못한다. 무엇 하나 제자리에 놓여 있지 않다. 세상에. 피터가 말한다. 모르겠어. 전부 내 잘못이야. 전부, 이 상황 자체가, 전부 다 내 잘못이야. 솔직히 두 사람 다 나랑 헤어지는 게 나은 것 같아. 미안해.

실비아는 잠시 아무 말 없이 그가 얼굴을 숨기도록 놔둔다. 그의 손바닥에 닿는 얼굴이 뜨겁다. 그가 한 말이, 하지 않은 말이 부끄럽다. 어쩔 줄 모르겠는 거 이해해. 실비아가 말한다. 하지만 너랑 나오미는 잘 지낼 거야. 그리고 난 늘 같은 자리에 있어, 아무 데도 안 가.

피터는 손가락끝으로 이마를 세게 문지르며 자기가 무슨 말을 하는지도 모른 채 대답한다. 올해가 빨리 끝나면 좋겠다.

끝날 거야. 아주 금방.

하지만 그런다고 아버지가 살아 돌아오지는 않겠지?

응, 맞아.

그 끔찍한 느낌이 그를 덮친다. 모든 실패, 스스로 재앙으로 만든 자기 인생, 끝없이 이어지는 돌이킬 수 없는 상실을 생각한다. 그가 잃은 모든 것, 절대 다시 가질 수 없는 그 모든 것. 젊음, 행복. 피터 자신이자 그의 아버지였던 남자. 역겹다, 그 생각이 역겹다. 무시무시한 농담 같다. 어떤 면도 이해가 가지 않는다. 스스로를 해치고 싶다, 그래, 죽고 싶다, 아마 죽었을 것이다, 실비아가 그를 만나러 오지 않았다면, 모더니즘 문학에 대한 강의가 없었다면, 나오미가 그를 찾으러 오지 않았다면. 내가 무슨 생각까지 했는지는 말 안 할래. 그가 붙잡혀 갇힌 곳에 연기가 계속 차오른다. 여기 남아서 고통받아. 그래야 해. 실비아가 팔에 손을 올리자 피터가 화가 난 듯이 간절하게, 강압적으로 그녀를 꽉 붙잡는다. 실비아가 가늘게 떨리는 목소리로 말한다. 피터, 미안해. 내가 너에게 도움이 안 된 거 알아, 내가 모든 걸 더 악화시켰어. 난 내가 뭘 하고 있는지 몰랐어. 겁먹은 것처럼 들린다. 그 역시 겁먹었다. 실비아를, 살아 있는 그녀의 몸을 꼭 붙들고 머리카락에 무턱대고 얼굴을 묻는다. 피터는 실비아가 차갑고 잔인하고 자아도취적이었다고 생각한다. 그녀는, 실비아는 그에게 거짓말을 했고 그를 조종하려 했다. 모든 걸 악화시켰다. 피터 역시 정직하지 않고 비겁했고, 실비아의 거짓말과 자신의 거짓말을 믿는 척했다. 실비아는 자신을 버리고 떠난 피터를 내내 미워했다, 피터도 알았다. 그는 떠나라고 말한 실비아를 미워했다. 널 용서할게. 피터가 말한다. 나 용서해줄래? 실비아가 작은 미소가 느껴지는 떨리는 목소리로 대답한다. 당연히 용서하지. 전부 다. 난 너를 정말 많이 사랑하고, 완전히 용서해. 피터의 얼굴에 닿는 그녀의 손길이 똑같으면서도 똑같지 않다. 같으면서 다르다. 실비아는 피터를 피터 자신과 다시 이어주려는 것 같다. 그가 과거의 자신과 연속된 존재라고 느끼도록, 남은 평생 그가 잃어버린 모든 것이 드리우는 영원한 그림자를 받아들이도록. 비참하게 패배한 채 비틀비틀 나아가도록, 무엇도 요구하지 않고 자존심과 자기기만을 모두 버리도록. 상실이 이 정도에서 그친 것에 감사하며. 하느님께서 헤아릴 수 없는 지혜와 자비로 그에게 이만큼이라도 남겨주셨음에 감사하며. 그의 얼굴에 닿는 그녀의 서늘한 손. 얼핏 떠오르는 껌, 검은 팬티스타킹. 무사히 잘 지내는 그의 어머니와 남동생. 바람이 휩쓸고 지나간 차갑고 축축한 거리. 그가 아직 읽지 않은 책들. 피아노협주곡 24번의 첫 번째 테마. 친구, 제자, 동료, 그들의 다정하고 익숙한 목소리. 여기 그가 있다. 안녕, 낯선 사람. 아직 잃지 않은 것, 적어도 이 순간에는 아직 남아 있는 것. 할 수 있는 얼마 안 되는 선한 일을 하는 거다. 더는 무엇도 요구하지 않고, 딱할 정도로 감사해하며, 하느님의 종으로서 겸허하게 고개를 숙이며. 이보다 그 자신과 어울리지 않는 모습을 상상할 수 있을까? 하지만 이제 여기에서 패배한 그는 안도하면서, 모든 것을 용서하며 오직 용서받기만을 기도드린다.

♟

낯설고 아슬아슬한 침착한 속에서 시간이 흐른다. 오랫동안 병을 앓고 서서히 회복하듯이. 그는 지치고 마음이 산란해서 물건을 엉뚱한 곳에 두고 가게에 무엇을 사러 갔는지 까먹는다. 찻잔을 손에 든 채 소파에서 잠든다. 얼마 전에는 저녁에 잠에서 깨보니 나오미가 설거지를 해놓았다. 어찌나 자랑스러워하는지, 내심 감동적이었다. 다음 날 모든 음식에서 세제 맛이 나긴 했지만. 그는 아침이면 출근해서 연구하고 가르친다. 나오미가 친구들과 놀러 나가는 밤이면 피터는 실비아의 집에 들러서 저녁 식사를 한다. 에밀리가 샐러드를 만들면서 위원회에 대한 불평을 늘어놓고, 실비아는 물병에 수돗물을 채운다. 며칠 전 밤에 두 사람은 조합 회의에 참석하러 실비아의 아파트에서부터 같이 걸어갔고, 실비아가 그의 팔에 손을 얹었다. 철학적 문제. 두 사람이 같이 외출하면 실제와는 다른 관계로 오해를 받는다. 또는 오히려, 둘의 진짜 관계로 오해받는다. 그것이 어떻게 가능할까. 남자와 여자가 같이 걸어가는 모습을 보면 머릿속에서 자동으로 둘의 관계에 이름을 붙인다. 즉, 이미 아는 명칭 중에서 적절해 보이는 명칭을 고른다. 이 남자에게 이 여자는 친구, 여자 친구, 아내, 누나나 여동생이 분명하다고 혼자서 생각하는 것이다. 이름 붙이는 행위는 수정할 수 있지만 대체라는 형태로만 수정된다. 즉 아는 명칭을 다른 아는 명칭으로 대체한다. 당신이 이 여자를 내 친구로 오해했다면 이는 단지 여러 명칭 중에서 잘못된 명칭을 고른 것이고, 대체할 적절한 명칭을 내가 알려줌으로써 바로잡을 수 있는 것이다. 비트겐슈타인은 *마술에서 마술사가 결정적인 동작을 취했는데, 그것은 우리에게 아주 평범한 듯이 보였던 바로 그 동작이었다*, 라고 말한다. 남녀 사이에 어떤 관계를 가정하고 부여한 이름이 맞으면서도 틀릴 수 있다. 각각의 이름에는 복합적인 가정이 담겨 있다. 당신은 어떤 여자를 내 여자 친구라고 생각할 수 있다. 이처럼 이름을 붙이는 행위에는 다양한 독립적인 사실의 추정이 내재되어 있다. 예를 들면 이 여자와 내가 같이 잔다는 추정, 우리 둘 다 다른 사람과 자지 않는다는 추정, 우리가 침대에 있을 때 특정한 행위가 일어난다는 추정 등등. 당신이 관계의 본질에 대해 가정한 것을 다른 사람이 수정해주면 당신은 알고 보니 우리가 같이 자지 않는다거나 우리 사이에 특정 행위가 일어나지 않는다는 결론을 내릴 것이다. 여기서 "제3의 가능성은 없어"라든가 "하지만 제3의 가능성이 존재할 리가 없어!"라고 말하는 것은 우리가 이 도식에서 눈을 돌릴 능력이 없음을 드러낼 뿐이다. 그녀가 그런 사람인가 아닌가. 그들이 그런 관계인가 아닌가.

물론 이 문제는 철학적일 뿐만 아니라 사회적이다. 에밀리가 알거나 의심하는 것은 괜찮다. 저닌이나 맥스, 리아, 심지어 게리도 괜찮다. 하지만 다른 사람들, 대중, 더블린 전체가 수군대는 것은 어떤가. 피터는 그런 생각을 하면 그 자체를 잊고 싶어질 지경이다. 둘 다 집어치우고 정상적이고 괜찮은 여자를, 급진적인 신념도 없고 괴상한 성적 취향도 없는 사람, 그래, 정상적인 사람을 찾고 싶은 생각이 든다. 결혼해서 크리스틴에게 손주를 몇 명 안겨주고 다른 변호사 아내들이 저 여자분 정말 괜찮죠, 라고 즐겁게 재잘거리는 소리를 엿듣는 것이다. 평생 그런 사람과 대화하고, 열심히 일해서 그런 사람을 부양하는 것이 피터에게는 물론 정신적 죽음과 마찬가지일 것이다. 그래도 지금 그를 기다리고 있는 사회적 죽음보다는 나으리라. 피터가 사람들에게 무슨 말을 할까, 뭐라고 이야기할까. 그는 지금 자신이 뭘 하고 있다고 생각하는 걸까. 어떤 것을 다른 무언가의 우위에 두지 않고 전부 평등하게 유지하는 것. 그건 환상도 아닌 망상이고, 부담스럽고 실패를 거듭할 수밖에 없는 행정적 업무나 다름없다.

일상 속에서 손댈 수 없이 복잡한 딜레마를, 뒤엉켜 교차하는 욕망과 선호를 새롭게 마주한다. 매 순간, 영원히, 그 순간의 요구를 충족시켜야 한다. 하지만 어째서, 어째서 그렇게 어려워야만 할까. 피터는 그녀를 좋아하고, 또 다른 그녀도 좋아하고, 두 사람 모두 그를 좋아한다. 이를 위해 작은 공간을 남겨두는 것이다. 물론 누구나 관계가 복잡하다는 사실을 알고 남몰래 받아들인다. 아무튼 사람들이 어떻게 생각하는지는 잊자. 만약 다른 사람의 일이라면 어땠을까. 피터는 누구보다도 먼저 나쁠 게 뭐 있냐고, 다른 사람이 상관할 일이 아니라고, 당사자들에게는 잘된 일이라고 말할 것이다. 네가 왜 신경을 써, 뭐가 그렇게 불안한데. 네가 그렇게 사랑하는 일부일처제를 빼앗을 사람은 아무도 없어, 걱정하지 마. 사람들의 구태의연한 태도는 정말 우습다, 어떤 여자에게 남자 친구가 둘이면 하늘이 무너지는 줄 안다. 다들 대번에 그 여자를 비난하며 조롱한다. 아슬아슬한 농담을 하면서. 그래, 물론 피터라면 비어 있는 그녀의 옆자리에 제일 먼저 앉아서 친절하게 대할 것이다. 피터는 그런 것을 즐긴다. 언제나 패배자와 조롱당하는 사람, 환영받지 못하는 이들의 편이다. 하지만 다르다. 피터는 그런 입장이었던 적이 없으니까. 그라는 사람 자체나 그의 성격에 시니어 변호사와 판사, 장관 같은 거물을 불편하게 만드는 요소는 하나도 없었다. 피터는 여자도 아니고 동성애자도 아니다. 백인이고 건강한 신체를 가졌으며 대학을 졸업했다. 그래, 외국 성을 가졌지만 피터가 아나운서처럼 멋진 억양으로 말하는 것을 들으면 최소한의 긴장마저 사라진다. 피터는 그런 것을 즐기지 않는가. 짓밟힌 사람, 주변으로 밀려난 사람의 편에 서는 것. 자기 이익을 위해서가 아니라, 본인과는 아무 상관 없이, 순전히 신념 때문에. 아무런 영향도 받지 않고, 아무런 위험도 없이. 방어할 필요도, 정당화할 필요도 없이. 노블레스 오블리주. 그래, 피터는 부유한 집안에서 자라지 않았고 사립학교도 다니지 않았으며 부잣집 아들들과 어울려 다니지도 않았다. 하지만 그런 그룹에서 약간 빗겨나 있는 것과 추방당해서 웃음거리로 전락하는 것은 다르다, 안 그런가. 당연히 다르다, 그리고 피터는 추방자였던 적이 없다. 사실 그는 스스로 매너와 취향이 남들보다 뛰어나다고 생각했고 스스로 흠잡을 데 없다고, 최상이라고 생각했다. 그런 피터가 결국 아웃사이더라는 정체를 드러낸다면. 그가 어디에 들어갈 때마다 사람들이 주고받는 표정을 알아차린다면. 아무도 그의 옆자리에 앉지 않는다면. 실비아는 거세 불안이라고 말했다. 농담이었다, 아니었을까. 음, 맞아. 난 여자가 되고 싶진 않아. 피터가 말했다. 그런 사람이 어디 있겠어? 악의는 없지만 그렇게 무시당하면 못 견딜 거야. 그때 두 사람은 실비아의 연구실에 있었고, 그녀는 산더미처럼 쌓인 학생들의 과제를 정리 중이었다. 네 젠더 정체성은 그게 다야? 실비아가 말했다. 모두가 너를 존중하기를 간절히 바라는 거? 피터는 생각해봐야겠다고 말했다. 그런 다음 덧붙였다. 뭐, 그럴지도 모르겠네.

그는 해석 불가능하다고 생각한다. 당신 지금 아무것도 아닌 걸로 수선 떠는 거 알지. 내 친구 메건은 삼자연애 중이야. 내 앞에서 그 단어 다시는 말하지 마. 그녀에게 삶이란 완전하고 무한한 농담일 뿐이다. 단 한마디도 진지한 것이 없다. 하지만 그는 행복하지 않은가. 저녁에 집으로 돌아오는 길을 상상해보면 말이다. 한 손에 피자 두 판을 균형 잡아 들고 건물로 들어와 집 문을 열면 헤어드라이어 소리가 들린다. 아, 왔구나. 피자 사 왔네, 아주 좋아. 잠깐, 진짜 재밌는 거 보여줄게. 아니면, 실비아의 아파트로 가서 일에 대해 이야기하고 법률 문서 몇 문단을 처음부터 끝까지 읽어주고, 미안하지만 아일랜드 최악의 판사야, 라고 말하는 것은 어떤가. 그런 다음 그녀를 끌어안고 침대에 누워 편안하게 내리누르는 그녀의 머리 무게를 느낀다. 반쯤 뜬 눈, 그녀의 입술. 흥미로운데, 계속 얘기해봐. 이 모든 것에 어떻게 부응할까. 가끔 그것이 유일한 문제 같다. 자신에게 힘이 지나치게 많으면서 동시에 너무 없다는 느낌이 든다. 모든 것을 망칠 만큼 힘이 많지만 상황을 정리할 만큼의 힘은 없다. 피터가 두 사람 모두에게, 그녀와 또 다른 그녀에게 굴욕을 주고 있는 것일까. 자신의 이기적인 만족을 위해서 끔찍하고 생경한 고통을 주고 있는 걸까. 피터가 느끼는 것은, 귓가의 혈관에서 뜨겁게 고동치는 것은 수치심일까, 난처함일까. 어색한 상황에서 느끼는 사소하고 별것 아닌 난처함, 아니면 도덕적인 잘못으로 인한 진정한 수치심. 어떻게 알 수 있을까. 삶이 무엇을 수용하도록 만들 수 있을까, 하나의 삶이 어디까지 망가지지 않고 담을 수 있을까. 피터는 어쨌든 두 사람이 그를 위해 엄청난 시도를 하리라 생각한다. 그래, 그리고 어쩌면 호기심, 쾌락, 자존심, 욕망 같은 자기 나름의 이유 때문에. 그리고 원칙과 가능성, 다른 삶의 방식이라는 이상을 위해서. 어쨌든 실패가 거의 확실한 실험이지만 몇 시간, 또는 며칠이라도 기적적인 성공에 이를 수 있다. 그 아름다운 완벽함은 무엇과도 교환할 수 없고 해식의 대상도 아니며 오로지 경험할 뿐이다.

♟

금요일 저녁에 크리스틴이 문자메시지를 보낸다. 체스 아일랜드 웹사이트 링크와 옛날 생각 난다는 말. 헤드라인에 *세계체스연맹 마스터 아이번 쿠벡, 두 번째 인터내셔널 마스터 놈에 도전하다*라고 적혀 있다. 클릭했더니 어젯밤에 올라온 아이번의 사진과 기사 몇 줄이 나온다.

23세의 FM 아이번 쿠벡이 이번 주에 더블린 1지구 클랜시스 호텔에서 열리는 겨울 토너먼트에서 IM 놈 세 개 중에서 두 번째를 획득할 기회를 맞이한다. 지금까지 놀라운 경기력을 보여준 쿠벡은 1위로 토너먼트 마지막 날을 시작한다. 우리 체스 아일랜드는 그에게 최고의 행운을 빌며, 쿠벡이 두 번째 놈을 확보하는 모습을 기대한다. 행운을 빕니다, 아이번! 지금까지의 토너먼트에 대한 자세한 내용은 **여기**를 클릭.

아무 이유도 없이 사진을 눌러서 확대한다. 평소처럼 체스판 위로 얼굴을 심각하게 찌푸리고 있는 아이번. 화요일에 생일을 축하해주려고 전화했지만 아직 차단되어 있었다. 23세의 FM. 피터는 법률 도서관에서 크리스틴에게 답장을 보낸다. 오늘 아침에 경기 있었어요? 어머니가 답장을 보낸다. 응, 이겼어. 이제 마지막 경기를 져도 놈을 딸 수 있어! xxx. 곧 6시다. 피터는 별 목적도 없이 지도 앱을 열고 클랜시스라고 입력한다. 처음 들어보는 곳이라 그냥 궁금해서. 오코넬가 옆 성모 마리아 임시 대성당 근처라고 나온다. 별로 멀지 않다, 걸어서 15분 정도. 지도 앱을 닫고 노트북 화면을 깨운다. 눈앞에서 깜빡이는 커서. 또 산업별 고용 명령과 관련된 사건이다. 아래층 메인홀이 조금씩 자리가 비기 시작하고 사람들이 떠나가는 게 보인다. 크리스마스를 앞둔 금요일 저녁. 조명이 반짝거린다. 한 해 중 이맘때면 도서관에 소박하고 흥겨운 분위기, 대학생답고 친절한 분위기가 감돈다. 뱅쇼*와 자선 모금 행사. 당연히 가셨을 것이다. 아버지라면 오늘 밤 거기에, 클랜시스라는 곳에 가서 아이번이 놈을 따는 모습을 지켜보았을 것이다. 지난번에 래스파넘에서 FM 타이틀을 땄을 때 아버지가 가서 사진을 찍었는데 아이번은 부끄러워서 자꾸 고개를 돌리려 했다. 오래전 일이다. 그래, 게다가 다시 돌아올 수 없다. 언젠가 오늘 저녁 역시 오래전이라고, 돌아올 수 없다고, 다정과 비애가 섞인 감정에 물들게 되리라. 어둑해진 유리창과 대조적으로 밝고 따스한 회랑, 문을 나서며 서로 손 흔들어 인사하는 사람들. 그 역시 밖으로 나가면서 손을 흔든다, 저기서 일레인이 작별 인사를 한다. 그리고 맬도. 잘 가.

차가운 도시 공기의 첫 맛. 그는 챈서리 공원 쪽으로 길을 건넌다. 하늘, 거리, 철책으로 둘러싸인 풀숲, 모두 깊은 물속 같은 어둠의 색조를 띠고 있다. 드디어 생생한 햇살의 공격에서 벗어난 12월 저녁, 도시는 숨겨놓았던 벨벳처럼 고결한 파란색 얼굴을 드러낸다. 피터는 줄지어 늘어선 테라스와 창가에서 반짝이는 크리스마스트리를 지나친다. 추워서 주머니에 손을 넣은 채. 무엇을 위해서일까. 그냥 축하해주려고. 유난 떨지 않고, 주의를 뺏지도 않고, 그냥 가서 축하한다고 말하고 다시 나오는 거다, 그뿐이다. 아버지가 없는 첫 생일이 지나갔다. 전화하려 했

---

*   레드와인에 계피, 정향 등의 향신료를 넣고 끓인 겨울 음료.

다, 정말로 그랬다. 물론 실비아가 문자메시지를 보냈고, 멋진 답장을 받았다고 했다. 귀찮게 굴 생각은 없지만 누군가는 거기 있어야 한다, 아이번이 혼자여서는 안 된다. 왼쪽으로 꺾어 저비스가로 접어든다. 줄지어 늘어선 자전거, 까맣고 헐벗은 나뭇가지. 전조등이 훑고 지나간다. 메리가에 들어서자 상점이 전부 문을 열었고 차갑고 안개 낀 공기 중으로 불빛과 음악이 흘러나온다. 또 한 해의 마무리. 목소리들, 지나가는 얼굴들, 웃음소리. 반대로 어쩌면 끼어드는 게 좋은 생각이 아닐지도 모른다. 어차피 이미 끝났을지도 모른다, 확인하지 않았다. 오코넬가에서 길을 건너려고 신호등을 기다리면서 링크를 다시 연다, 자세한 내용은 여기를 클릭. 실시간 경기는 오후 2시에 시작했고 참가 선수 이름과 함께 열 개의 방 목록이 올라와 있다. 흘끔 올려다보니 신호등이 아직 빨간색이라서 다시 시선을 내린다. 이제 경기가 대부분 끝나서 1—0, 1/2—1/2, 이런 식으로 점수가 표시되어 있다. 목록 거의 끝부분에 있다. IM 필립 필딩—FM 아이번 쿠벡. 링크가 아직 열려 있다. 누르자 화면에 체스판이 뜬다. 아이번이 흑이다. 52수째로, 세보니 그가 폰 두 개를 앞서 있다. 신호등이 바뀌자 피터는 다른 보행자들과 함께 별자리처럼 떠 있는 신호등 불빛 아래 길을 건너 스파이어 교차로를 다시 지난다. 귀금속가게 위의 시계를 보니 6시 반이 다 되어간다. 반짝이는 안개 속에서 가로등이 꽃 장식처럼 늘어서 있다. 골목길을 하나 지나 왼쪽으로 꺾고서 지도를 다시 확인하니 그래, 여기다. 문 위에 대문자로 적혀 있다. **클랜시스 호텔.**

피터가 유리 미닫이문을 지나 들어간다. 머리 위에서 따뜻한 바람이 쏟아지고, 로비의 인테리어가 환하다. 고광택 대리석 무늬 타일이다. 여행 가방을 가진 사람들이 자리에 앉아서 핸드폰을 보고 있다. 종이 표지판에 이렇게 인쇄되어 있다. 겨울 체스 토너먼트, 제2콘퍼런스룸. 그 밑에 폰 모양 이모티콘이 있고 화살표가 엘리베이터를 가리킨다. 외투를 계속 입고 있으니 벌써 더워지지만 바깥의 추위 때문에 얼굴과 귀는 아직도 따끔거린다. 그기 표지핀을 띠리기서 콘피런스룸을 찾아낸다. 문에 붙은 또 다른 종이에 토너먼트의 자세한 정보가 나와 있고 **정숙, 대회 진행 중**이라고 적혀 있다. 한쪽 귀퉁이가 블루택 접착제에서 떨어졌다. 호텔 포터가 삐걱거리는 카트를 밀면서 그를 지나친다. 출입문을 마주 보는 자리에 빈 소파가, 검정색 가죽 소파가 있다. 피터가 주머니에서 핸드폰을 꺼내서 화면을 누르고 경기를 다시 확인한다. 55번째 수, 아직도 아이번이 폰 두 개 앞서 있다. 지금 안으로 들어가면 체스판을 보던 아이번이 고개를 들고 그를 알아볼 것이다. 크게 화를 내겠지. 아니, 더 나쁘게는 겁을 낼지도 모른다. 마지막으로 만났을 때 입술에서 피를 흘리며 바닥에 웅크리고 있던 아이번. 아직 차단이 풀리지 않은 번호. 경기를 방해하는 건 절대 안 될 일이다. 안녕, 또 나야. 걱정하지 마,

이번에는 안 때릴게. 그러는 대신 피터는 소파 끄트머리에 걸터앉아 핸드폰을 보면서 기다린다. 끝나면 들어가자. 이제 56번째 수이고, c3의 나이트로 백 킹을 체크 상태에 몰아넣었다. 배치는 좋아 보이지만 컴퓨터가 있어야 정확히 알 수 있다. 화면 옆의 작은 평가 바가 우위를 알려준다. 문이 열려서 흘끔 보니 젊은 남자 두 명이 어깨에 배낭을 둘러메고 나온다. 아마 경기가 끝난 다른 선수들이겠지. 복도의 밝은 노란색 벽에 온갖 사진 액자가 걸려 있고 반짝거리는 장식 끈이 둘러져 있다. 누가 이렇게 해놓았을까. 크리스마스 시즌의 호텔 업무는 악몽일지도 모르고 그럭저럭 괜찮을지도 모른다. 알 수 없는 일이다. 그는 변호사 시험을 준비하면서 콜센터에서 일했고, 과외 교사도 하고 사립학교 토론 지도교사도 했다. 아이번이 멍하고 아무것도 모르는 열 살짜리 아이들에게 체스를 가르친 것처럼. 그래, 결국 두 사람의 공통점은 참을성 없고, 야심이 크고, 타인에게도 자신에게도 가혹한 것이다. 피터는 아이번이 이 게임을 끝내고 두 번째 놈을 따면 가서 축하해주자고 생각한다. 축하받을 자격이 있다. 끔찍했던 한 해의 멋진 마무리. 축하 인사만 하려고 왔어. 오래 있진 않을 거야. 아버지가 정말 자랑스러워하셨을 거야.

길고 헐렁한 레인코트 차림의 여자가 그를 지나치더니 안내문을 읽으려는 듯 콘퍼런스룸 문 앞에 잠시 멈춘다. 한 여자, 그래, 얼굴은 꽃처럼 흰색과 분홍색이고 짙은 색 머리카락을 뒤로 모아 핀으로 느슨하게 고정했다. 카트와 반짝거리는 장식 끈, 고광택 타일 바닥 사이에서 그녀의 아름다움이 더욱 눈에 띈다. 어깨에 작고 실용적인 가죽 가방을 메고 있는데, 가방 속을 뒤지더니 다시 안내문을 올려다본다. 아니, 설마. 피터가 생각한다. 그가 돌아섰듯이 여자도 문 앞에서 돌아선다, 아직 들어가고 싶지 않은 것이다. 거울 속을 보는 것처럼 그 자신이지만 또한 아니다. 그녀가 그를 본다. 왠지 두 사람 모두 안다, 상대방이 안다는 것까지도 안다. 두 사람은 정적 속에서 잠시 기다린다. 그녀는 거기 서 있고 그는 자리에 앉아서 말없이 침을 삼킨다. 그러다 피터가 아무 생각 없이, 자신이 뭘 하는지도 모른 채 자리에서 일어나 손을 뻗자 여자가 아름다운 미소를 지으며 다가와 손을 잡는다. 피터는 정말로 꽃 같다고, 비 온 뒤의 청량하고 시원한 공기 같다고 생각한다. 아이번의 형이시군요. 여자가 말한다. 그녀의 목소리는 따뜻하고 밝다, 너무나 달콤해서 음악을 듣는 것 같다. 콜로라투라소프라노.* 네. 피터가 말한다. 맞습니다, 접니다. 제 이름은 피터라고 해요. 여자가 여전히 부끄러운 듯 다정하게 미소를 지으며 어깨의 가방 끈을 만진다. 만나서 정말 반가워요. 그녀가 말한다. 저는 마거릿이에요. 아이번의 — 친구

---

* 소프라노 중에서 가장 높은 음역대를 소화하며 기교가 뛰어난 여성 성악가.

예요. 그 잠깐의 망설임에서 느껴지는 깊이. 친구라니. 제가 방해가 됐다면 미안해요. 마거릿이 말을 잇는다. 형이 온다는 말은 안 했거든요. 피터는 침을 삼키고서 경쾌하고 활발하게 굴려고 애쓴다. 목 안에서 목소리가 망설인다. 아니, 아닙니다. 방해하는 건 전데요. 아이번한테 제가 온다고 말을 안 했거든요. 그냥 축하 인사하려고 들른 겁니다. 하지만 경기가 끝나기도 전에 쳐들어가고 싶지는 않아서요. 마거릿이 그를 보면서 다시 머뭇머뭇 미소를 짓는다. 아, 그렇군요. 아직 경기 중이에요? 피터가 얼른, 지나치게 빨리 핸드폰을 내밀고 화면을 눌러 실시간 체스판을 보여준다. 네, 이게 현재 아이번의 경기일 거예요. 마거릿이 홀끔 보더니 겸손한 표정으로 말한다. 멋지네요. 그러니까, 이렇게 볼 수 있으니까요. 저는 봐도 잘 모르지만요. 기분 좋아진 피터가 초조하게 미소를 지으며 말한다. 아뇨, 저도 그래요. 잘 몰라요. 알면 좋겠지만요. 잠시 정적이 흐르고 그가 덧붙인다. 참, 들어가셔도 괜찮아요. 안에 관중석이 있을 거예요. 전 그냥 경기 중에 아이번의 주의를 흩트리고 싶지 않아서요. 마거릿의 검은 눈이 그를 올려다본다. 아니에요. 저도 마찬가지예요. 오래 걸리지 않겠죠? 어떻게 생각하세요? 피터가 초조하게 웃는다. 흐음. 잘 모르겠네요. 그가 목을 가다듬고 말을 잇는다. 괜찮으시면 여기서 기다리셔도 좋고요. 당연하지만요. 마거릿이 잠시 그를 본다, 복잡한 미소를 짓고 있다. 피터는 다정하고 불안정하고 탐색하는 듯하다고, 왠지 미안해하는 것 같다고도 생각한다. 마치 그에게 사과하는 것 같다고. 마거릿이 고맙습니다, 라고 말한다.

두 사람이 소파에 나란히 앉고, 피터가 핸드폰을 내밀어 보여준다. 화면 속에서 아이번이 룩을 움직여 백의 폰을 다시 공격한다, h열에 놓인 폰이다. 피터는 그녀가 어디까지 알고 있을지 궁금하다. 만약 안다면 말이다. 몇 주, 아니 몇 달 전 저녁 식사 때, 난 형이 늘 싫었어. 그리고 저번에 아버지 집에 갔을 때. 피가 흐르는 아이번의 입술. 말했을지도 모른다. 마거릿의 강렬한 존재감, 그 현실감, 그녀의 레인코트, 핸드백, 그에게 닿을 듯 너무 가깝다. 무슨 말을 해야 할지 모르지만 그녀에게 얘기하고 싶다는 강렬한 욕구. 그리고 왠지 마거릿도 같은 기분이라는 느낌, 둘다 서로에게 고통스러울 만큼 마음이 쓰이지만 무엇도 표현할수 없다는 느낌. 화면 속에서 아이번의 룩에게 잡힌 폰이 사라진다, 먹힌다, 죽는다. 유령이 되어 체스판 옆에 다시 나타난다. 뭔가 생각해봐. 리트림에 사신다던데, 맞나요? 피터가 묻는다. 그녀가 고개를 끄덕이며 말한다. 네. 클로허킨 출신이에요. 당신은 킬데어 출신이겠죠, 물론. 그 역시 고개를 끄덕이며 미소 짓는다. 마거릿의 목소리를 듣는 괴로운 즐거움, 그녀가 음절을 발음하는 방식, 사투리가 살짝 섞인 억양, 아니면 그의 상상에 지나지 않는 걸까. 맞아요. 피터가 말한다. 지금은 더블린에 살지만요, 이제 14년, 15년 됐을 겁니다. 피터는 그녀가 그를 보지 않을

597

때에도 그 눈에 감정이 드러난다고 생각한다. 부드럽고 왠지 재미있어하는 듯하다. 난 더블린이 좋아요. 마거릿이 말한다. 화면을 보는 그의 시선. 백 나이트가 움직인다. 네, 좋은 곳이죠. 피터가 말한다. 물론 약간 지저분하지만요. 마거릿이 상냥하게 미소를 짓는다. 그는 빤히 보지 않으면서도 하얗게 반짝이는 그녀의 달콤한 미소를 본다. 맞아요, 하지만 난 그것도 좋아요. 마거릿이 말한다. 일 때문에 더블린에 왔다 갔다 하거든요. 사실은 오늘 여기도 그래서 온 거예요. 회의 때문에 더블린에 올 일이 있었어요. 피터가 용기를 내서 그녀를 보며 말한다. 아이번한테 예술쪽 일을 하신다고 들은 것 같네요. 이제 마거릿이 수줍게 그의 눈길을 피해 화면을 가만히 바라보며 말한다. 음. 아트센터에서 일해요, 고향에서요. 프로그램을 구성하죠. 피터는 겸손하네, 라고 생각한다. 이제 뭐라고 해야 할까. 사실 저도 꽤 교양 있는 사람입니다, 사실대로 말하자면 일종의 감식가죠. 피터는 그러는 대신 말을 아낀다. 정말 흥미롭군요. 마거릿이 차분한 미소를 유지하며 말한다. 법조계에서 일하신다고요. 제가 똑바로 알고 있다면 말이에요. 피터는 그렇다고 말한다. 두 사람은 다시 시선을 피하면서 무겁고 억눌린 침묵에 빠져든다. 마침내 마거릿이 아주 낮은 목소리로 말한다. 저에 대해 어떻게 생각하시는지 알 것 같아요. 피터는 불에 덴 듯 깜짝 놀라서 너무 크게 대답한다. 아, 이런. 그러지 마세요. 저도 당신한테 똑같은 말을 하려던 참이었습니다. 이 말에 마거릿이 소리 내서 웃고, 피터 역시 안심하며 웃는다. 두 사람 모두 안도하는 한편 두렵고 절박하고, 부끄럽다. 아니, 아니에요. 마거릿이 말한다. 난 아무 생각도 없어요. 그러니까, 그냥 가족이란 복잡한 거라는 생각밖에 없어요. 피터는 달아오르는 얼굴을 느끼고 떨면서 대답한다. 음, 그 말이 맞아요.

마거릿이 섬세한 손을 들어 화면을 가리킨다, 아무것도 칠하지 않은 손톱이 분홍빛과 진주빛이다. 아이번이 따려고 하는 놈이라는 게 뭔지 잘 아시겠죠.

피터가 침을 삼키고 멍청하게 미소를 지으며 말한다. 놈이요, 네. 그건 알아요. 우리 가족한테는 꽤 중요하죠.

마거릿이 다시 상냥한 미소를 살짝 지으며 말한다. 지금 따려는 게 두 번째 놈이죠?

맞아요. 피터가 말한다. 그래서 제가 잠깐 들른 거예요, 축하한다고 말하고 싶어서요. 이걸 따려고 몇 년이나 애썼거든요.

마거릿이 멍하니 미소를 띤 채 화면을 열심히 보며 중얼거린다. 정말 기뻐할 거예요.

그녀의 멍한 미소, 피터는 그녀의 입술이 섬세하고 꽃 같다고 생각한다. 너무나 행복해 보인다. 손에 든 핸드폰이 뜨거워지고 백이 룩을 g7 칸으로 옮긴다. 아버지가 여기 계셨어야 하는데. 피터가 이렇게 말한 다음 자기가 무슨 말을 했는지 알아차리고 당황해하며 다시 말을 잇는다. 죄송해요. 그러니까, 아버지라면 여기 오셨을 거예요. 아이번을 축하해주려고요. 음, 아이번을 정말 자랑스러워하셨거든요. 우리 모두 그랬어요, 아주 자랑스러웠죠. 하지만 특히 아버지는 오늘 여기 못 오셨다면 슬퍼하셨을 거예요.

피터는 자신을 보는 마거릿의 시선을 의식하며 화면을 계속 바라본다. 마음이 아프네요. 마거릿이 조용히 말한다. 정말 힘드셨을 거 알아요.

손가락이 축축하고 떨려서 핸드폰이 미끄러질 뻔한다. 감사합니다. 피터가 말한다. 네, 힘들어요. 아버지가 보고 싶어요. 음, 솔직히 말해서 제가 아버지랑 늘 가깝지는 않았어요. 어떤 면에서는 그 사실도 힘드네요. 아버지는 정말 좋은 분이었어요. 안타깝게도 저보다 훨씬 좋은 사람이었죠.

마거릿을 흘깃 보니 미소를 짓고 있다. 얼마나 아름답고 얼마나 슬픈 미소인지. 음, 지금 저한테는 당신도 아주 좋은 사람인데요. 그녀가 말한다.

두 사람의 앞에 놓인 문 뒤에서 갑자기 우렁찬 박수와 환호, 발 구르는 소리가 들린다. 그들이 영문을 몰라 고개를 들고, 동시에 그가 들고 있는 핸드폰 화면이 새까매지더니 체스판이 사라지고 흰 글자가 떠오른다. 0 ─1. 아. 마거릿이 말한다. 끝났다는 뜻인가요? 피터가 대답한다. 네, 그런 것 같아요. 그럴 겁니다. 당황한 그가 핸드폰을 주머니에 주섬주섬 넣고 시선을 피한 채 말을 잇는다. 들어가보세요. 아이번은 분명 당신이 보고 싶을 거예요. 마거릿이 무릎에 올려놓았던 작은 핸드백을 꽉 잡는다. 피터는 그 검고 깊은 눈을 보면서 마거릿이 다 안다고 생각한다. 당신은요? 마거릿이 말한다. 피터가 시선을 내린 채 부자연스럽게 웃는다. 아, 글쎄요. 아이번이 정말로 날 보고 싶어 할지 잘 모르겠어요. 솔직히 말하면, 안 보고 싶을 것 같아요. 하지만 괜찮아요, 걱정하지 마세요. 그냥 여기 오고 싶었어요. 만나서 정말 반가웠습니다. 마거릿의 눈을 바라보기가 너무 힘들지만 결국 그 눈을 보니 알겠다, 그녀는 다 알고 있다. 마거릿이 조용히 말한다. 기다리실래요? 제가 들어가서 당신이 왔다고 전해줄게요. 제 생각에는 당신을 보고 싶어 할 것 같아요. 기다려도 괜찮으시다면요. 어때요? 피터는 평생 처음으로 다른 사람이 시키는 대로 하고 싶다는 지독히도 유치한 생각이 든다. 모르겠어요. 그가 말한다. 방해하고 싶지는 않아요. 로비에서 엘리베이터의 가짜 종소리가 들린다. 또 다른 호텔 포터가 텅 빈 카트를 끌면서 지나간다. 우물처럼 고요하던 콘퍼런스룸에서 또다시 박수가 터져나오자 마거릿이 일어서며 말한다. 저는 들어가볼게요. 꼭 기다리세요. 두 사람이 눈빛을 주고받는다. 피터는 둘 다 약간 자신 없고 약간 겸허해졌다고 생각한다. 서로를 마주하고 이 기회에서 최선을 이끌어내려고 애쓰면서. 상대방을 좋아하고 상대방이 좋아하기를 바라면서. 피터는 깨닫는다. 마거릿은 정말로 피터가 자신을 좋아하기를 바란다. 길고 헐렁한 레인코트, 핸드백 어깨끈. 세상에. 마거릿이 그에게 한 손을 들어 보이더니 돌아서서 문을 민다. 열린 문틈으로 삼각형 모양의 밝은 빛이 잠깐 보이고 목소리가 들리더니 문이 닫히고 그녀가 사라진다.

이제 정적 속에서 빈손으로 기다린다. 묵직한 외투를 벗지 않아서 지나치게 따뜻하다. 둥둥 뜬 기분. 그의 앞에는 닫힌 문이 회색 평면처럼 놓여 있다. 그는 저게 진짜일까 생각한다. 그녀, 레인코트, 꽃 같은 얼굴, 라이브 스트리밍, 사로잡힌 폰. 지금 당신도 아주 좋은 사람인데요, 라고 그녀가 말했다. 마거릿이 자리를 떠날 때 피터 역시 그녀와 반쯤 사랑에 빠졌다. 그는 어떻게 전부 다 그렇게까지 오해했을까. 그의 옆에 조용히 앉아 있던 그녀는 피터의 오해가 얼마나 형언할 수 없을 만큼 깊은지 그대로 보여주는 것 같았다. 마거릿에 대한 오해, 동생에 대한 오해, 인간관계에 대한 오해, 삶 그 자체에 대한 오해. 그런데도 그녀는 항의하지 않았다. 저에 대해 어떻게 생각하시는지 알 것 같아요. 상상해보라, 아이번이. 동생이 그 정도의 취향을 가지고 있다고 인정하다니. 저녁 식사 자리에서 이탈리아인 여자 친구를 빤히 쳐다봤었는데. 물론 보는 건 다른 문제다. 하지만 저런 여자라니. 사실 믿기 힘들다. 그래, 아름답기도 하지만 그게 전부는 아니다. 그 이상의 무언가가 있다. 그녀의 태도. 안에서 또다시 갈채가 터져 나온다. 콘퍼런스룸 안을 그려본다. 그 공간의 구도, 다른 선수들, 아이번의 라이벌과 친구. 최종 순위를 발표하는 심판. 이제 그녀가 저 안에 있다는 사실을 알기 때문에 마음이 놓인다. 아이번의 행복. 말이 안 된다. 아니, 말이 되게 하려니 다른 모든 게 말이 안 된다. 1분, 3분, 5분이 흐른다. 문이 열리고 다른 사람이, 젊은 남자들이 나온다. 자기들끼리 이야기하고 웃으면서. 그는 아이번이 자신을 보고 싶어 하지 않는 것 같다고 생각한다. 마거릿이 힘든 미소를 지으며 다시 나와서 다음에 만나보세요, 지금은 승리를 만끽하게 두죠, 라고 말할까. 다시 문이 안으로 열리고 또다시 몇몇 얼굴이 나타난다. 두 명, 세 명. 가라는 말을 듣기 전에 떠나는 게 나을 것이다. 하지만 피터는 떠나지 않는다, 가지 않는다. 지나치게 따뜻한 외투를 입은 채 소파에 앉아서 가만히 보고 있다. 6분, 7분. 문이 다시 열리고, 삼각형 모양의 하얀 빛. 이번에는 그다. 아이번. 그의 얼굴에 떠오른 표정, 빤히 바라보는 시선. 무슨 뜻인지 어떻게 알까. 믿는 듯한, 또는 믿고 싶은 듯하면서 동시에 경계하는 표정. 피터가 자리에서 일어나 아이번을, 동생을 마주 본다. 조심스러운 아이, 아직 너무나 어리고 앞으로 인생이 창창하다. 눈물이 뜨겁게 차오르고, 복도가 어두워지더니 점점 더 흐릿해진다. 스스로를 창피하게 만들고 더욱 짜증 나게도 동생을 부끄럽게 만든다, 전부 다 망친다. 피터는 웃음을 지으려고 끔찍하게 애를 쓰지만 지독한 소리가 나오고, 시선을 피한다. 아이번이 다가오면서 형, 이라고 말한다. 나가는 사람들, 그들 뒤에서 안으로 들어가는 사람들. 다들 두 사람을 신경 쓰지 않고 이야기를 나눈다, 모든 것이 정상이다. 피터가 절박한 마음으로, 보여주지 않으려는 듯이, 얼굴을 숨기려는 듯이 아이번에게 팔을 내밀고 끌어안는다. 축하한다. 미안해, 알지? 어깨에 아이번의 손이 느껴진다. 아이를 달래듯이 그를 달랜다. 나도 미안해. 괜찮아? 피터가 몸을 떼면서 웃으려 애쓴다. 아니, 애쓰지 않고 웃으며 소매로 눈을 닦는다. 응, 난 괜찮아. 그냥 이 말을 하고 싶었어. 아빠가 정말 자랑스러워하실 거야. 나도 네가 정말 자랑스러워.

나가서 바람 좀 쐴까? 아이번이 말한다. 그냥 요 앞에 나가서 조금 걷자.

거친 외투 소매로 다시 얼굴을 닦는다. 밖으로 나가자. 그래, 남부끄러운 장면을 만들지 않도록. 물론이지, 그래. 피터가 말한다. 마거릿 혼자 안에 있어도 괜찮대?

문제없어. 아이번이 말한다. 걱정하지 마.

로비를 지나갈 때 흐릿한 타일 위로 조명이 눈부시게 반짝이고, 누군가가 외친다. 정정당당한 경기였어요, 아이번. 정말 축하해요. 피터는 눈에 띄지 않으려고 바닥만 본다. 응, 고마워요. 아이번이 대답하는 소리가 들린다. 앞에서 문이 열린다.

밖으로 나가자 고요하고 검은 밤공기, 강의 짭짤한 내음. 피터가 힘없이 묻는다. 중요한 일이 있는데 나 때문에 나온 건 아니지? 아이번이 대답한다. 아니, 아니야. 다른 사람들은 스피드 체스 같은 걸 하는 중인데 어차피 난 안 하려고 했어. 얼굴에 닿는 서늘한 공기, 눈물이 줄줄 흐르는 눈. 두 사람은 안개 같은 입김에 휩싸인 채 말없이 걷는다. 말버러가의 불 켜진 조명이 수중 불빛 같다. 행사 전체에서 우승한 거야? 피터가 묻는다.

응. 아홉 경기 중에서 여덟 경기.

세상에. 뭐야, 8승 1패라고?

아니, 7승 2무야. 진 경기는 없고.

내 동생 천재네.

아이번이 쑥스러운 듯 미소를 지으며 말한다. 그만해.

두 사람은 계속 걷는다. 피터가 주머니에서 티슈인지 썼던 냅킨인지를 찾아서 얼굴을 닦는다. 괜히 이렇게 말한다. 멋지더라. 마거릿 말이야.

알아. 아이번이 말한다.

피터가 힘겹게 웃음을 터뜨리고 고개를 젓는다, 눈앞에서 흐릿해진 거리의 표시들이 헤엄친다. 내가 정말 바보였어.

우리 둘 다 그랬지. 아이번이 말한다.

네 생일에 전화했었어. 상관없지만. 그냥 말하는 거야, 안 까먹었다고.

아이번이 바라보는 시선이 느껴진다, 고개를 끄덕이는 모습이 보인다. 형이 안 까먹은 거 알고 있었어. 실비아한테 문자 왔었어. 나오미한테도 문자 왔고.

진짜?

아, 나오미가 말 안 했어? 이상하네. 응, 생일 축하한다고 문자 왔었어. 참, 나오미 마음에 들더라. 처음 만났을 때 내가 별로 잘 해주지 않은 것 같은데. 그래도 다음에 또 만나면 더 잘해줄 거야. 진짜 마음에 드니까.

피터가 냅킨으로 다시 눈가를 닦으며 말한다. 네가 잘 안 해줬다는 말은 전혀 안 하던데.

음. 그러니까, 나오미가 나한테 듣기 싫은 소리를 좀 했었거든. 말하자면 그렇다고. 아무튼 그때 내가 잘 받아들이지 못했어.

피터가 다시 웃으며 말한다. 응, 나오미답네.

아이번이 조심스럽게, 반쯤 웃는 표정으로 그를 돌아보며 말한다. 두 사람 다시 만나는 거야, 뭐야?

피터는 자기도 모르게 어깨를 으쓱한다, 어쩔 줄 모르겠다는 듯이 손을 든다. 저 앞 흐릿한 어둠 속에서 보이는 성모 마리아 임시 대성당의 엄숙한 세로줄 무늬 석조 기둥. 나오미는 있지. 그가 애매하게 말한다. 내 삶의 일부분이야, 응. 나오미. 그리고 아마 실비아도. 실비아도 내 삶의 일부지. 말이 되는지 모르겠지만.

그렇구나. 아이번이 말한다. 나도 그렇지 않을까 생각했어. 난 좋아. 실비아는 이제 우리 가족이나 마찬가지니까. 알잖아, 우리 모두 실비아를 사랑하는 거. 사실 우리한테 실비아가 필요한 것

606

같기도 해.

침을 삼키는 목이 조여든다. 맞아. 피터가 말한다. 내 생각도 같아.

아이번이 잠시 멈췄다가 다시 말한다. 두 사람은 알아? 그러니까, 두 사람 다 형의 일부라는 거 말이야. 아마 알겠지.

아, 세상에. 당연히 알지. 내가 그렇게까지 나쁜 놈은 아니야, 응? 뭐, 나쁜 놈일지도 모르지만 안 그러려고 애쓰는 중이야.

두 사람이 마주 보더니 바보같이, 수줍게 미소를 짓는다. 아니, 형은 그렇게까지 나쁜 사람은 아니야. 아이번이 말한다. 그렇다고 해도, 난 잘 모르겠지만 만약 그렇다고 해도, 좋은 점도 있어.

모르겠다. 피터가 말한다. 난 너랑 훨씬 비슷해도 괜찮을 거 같은데.

아이번이 잠시 말이 없어지더니 거리의 철책을 바라본다. 솔직히 말하면 나도 그래. 난 형이랑 더 비슷해질 수 있을 것 같아. 그러면 좋겠다고 생각했었어. 그러다가 형한테 살짝 등을 돌리게 됐지. 하지만 다시 생각이 바뀌는 중이야. 결국 형이랑 더 비슷했어도 싫지 않았을 거라는 생각이 들어. 백 퍼센트는 아니지만, 한 10퍼센트만 더.

피터는 감동해서, 가슴 아파하면서, 어느새 고개를 젓는다. 그가 자기 발을 내려다본다. 아니, 아니야. 넌 지금 그대로 좋아.

늘 그렇진 않아. 아이번이 말한다. 난 가끔 내 문제에 지나치게 몰입해. 그리고 다른 사람들한테도 각자의 문제가 있다는 사실을 잊어버리지. 아니면 떠올리고 싶지 않은 걸지도 몰라. 무슨 말인지 알지.

피터는 그러고 싶지 않지만 양손에 얼굴을 묻고 고개를 저으며 말한다. 아니.

음, 알잖아. 아이번이 말한다. 내가 형한테 항상 신경을 많이 쓰지는 않았지. 그냥, 그게 후회된다고 말하고 싶었어. 형의 감정을 생각하지 않았어. 아니면, 나는 형한테 감정이 있다는 사실 자체가 짜증 났나 봐. 형이 그런 건 전부 초월한 사람이길 바랐거든.

피터가 손가락으로 이마를 가만히 짚고 말한다. 괜찮아. 그런 건 잊어버려. 너무 옛날 일이네.

아니야. 옛날 일이 아니야. 내 말은, 최근까지도 그랬다는 거야. 아빠랑 같이 있을 때, 아빠가 아프실 때. 형이 아빠를 위해서 많은 걸 했잖아. 우리 두 사람 모두한테 말이야. 그런데 난 고맙다는 말도 안 했어. 형이 그런 말을 듣고 싶어 하지 않는다고 생각해서 그랬나 봐. 아니면, 그런 말이 형한테 아무 의미도 없는 줄 알고. 하지만 솔직히 말하면 그 외에도 수많은 이유가 있었을 거야.

피터의 얼굴에 자기 숨결이 뜨겁고 축축하게 닿는다. 그가 손가락으로 눈을 문지르며 말한다. 그런 말 하지 마. 저번에 내가 했던 말은 미안해. 너에 대해서, 아빠에 대해서 말이야, 미안해.

아빠는 정말 좋은 사람이었어. 여기 계셨으면 널 정말 자랑스러워하셨을 거야. 그래서 오고 싶었어, 그 말을 하려고. 또 아빠가 널 사랑하셨다고, 내가 널 사랑한다고 말하려고.

아이번이 낮은 목소리로 대답한다. 나도 사랑해.

안 그래도 돼. 안 그래도 용서해줄게.

잠시 침묵이 흐르고 아이번이 대답한다. 아니, 사랑해. 가끔 엄청 짜증 나지만.

피터가 떨리는 웃음을 지으며 막연한 하늘을 올려다본다. 너도 엄청 짜증 나, 아이번. 둘 다 똑같아.

성당 출입구 앞에서 두 사람이 걸음을 멈춘다. 아이번이 주머니에 손을 넣은 채 신발 앞코로 철제 난간을 건드린다. 형이 굉장히 잘해줬다고 하더라. 마거릿이 그랬어.

아, 음. 피터가 대답한다. 잘해주기 쉬운 사람이야.

잠시 침묵이 드리워진다. 아이번이 손을 주머니에 묻은 채 성당을 올려다보며 묻는다. 형은 하느님을 믿어?

아. 잘 모르겠어, 확실하지 않아. 아마 믿으려 노력한다고 말해야겠지.

아이번이 침착하게, 왠지 현명한 눈빛으로 그를 마주 보며 말한다. 나도야. 나도 노력해. 항상 통하지는 않지만 최선을 다하고 있어.

피터의 가슴속에서 손으로 꽉 잡는 듯 달콤하게 요동치는 통증이 느껴진다. 맞아. 나도.

아이번이 입술 사이로 숨을 내쉬자 가로등 불빛에 물든 구름 같은 안개가 만들어진다. 크리스마스에 스코틀랜드 갈 거야? 그가 묻는다.

모르겠어. 안 갈 거 같아. 아마 그냥 더블린에 있을 거야.

아이번이 고개를 끄덕이면서 마음을 다잡듯이 거리를 내려다보며 말한다. 그렇구나. 난 마거릿이랑 크리스마스를 같이 보낼까 생각 중이야. 아마도 킬데어의 아빠 집에서. 알렉시도 거기 있으니까. 당연한 말이지만 뭐 대단히 차리지는 않을 거야.

피터가 그 느낌을 꽉 붙잡으며 바보처럼 미소 짓는다. 아. 정말 좋겠네. 멋지겠다.

아이번이 작게 기침 비슷한 소리를 내더니 이렇게 말한다. 응. 음, 조금 전에 마거릿이 말을 꺼냈는데, 형도 올래? 그러니까, 크리스마스 날 저녁 식사라도 하러 오라고. 아무튼. 안 와도 괜찮고.

피터의 눈에 뜨거운 눈물이 다시 차오르지만 그는 계속 미소를 짓는다. 아. 와. 좋은 생각이네, 정말 친절하구나. 확인은 해야 돼. 두 사람은 뭘 하는지 물어봐야지.

음, 아무나 데려와. 아이번이 말한다. 오고 싶다고 하면 누구든지 데려와.

눈에서 눈물이 흐르고, 피터가 웃으면서 눈가를 만진다. 흐음. 그러면 좀 일반적이지 않은 상황이 될 거 같은데. 마거릿이 어떻게 생각할지 모르겠네.

아이번이 그를 보며 말한다. 마거릿은 정말 좋은 사람이야.

응, 그래서 걱정되는 거야.

이 말에 아이번이 약간 바보같이, 수줍어하며 살짝 웃는다. 아니야. 내 말은 이해심이 많다는 뜻이야. 말 그대로 모든 걸 이해해.

피터가 고개를 끄덕이면서, 반쯤 미소를 지으면서 손바닥으로 얼굴을 닦는다. 확인해볼게. 계획이 있는지 물어볼게. 알았지? 초대해줘서 정말 고마워.

나한텐 아주 큰 의미야. 아빠가 없는 첫 크리스마스이기도 하고 뭐 그러니까. 하지만 어느 쪽이든 형이 원하는 대로, 좋을 대로 해.

피터가 아무 생각 없이 보지도 않고 팔을 뻗어서 동생을, 조심스러운 아이를, 한 남자를 품에 안는다. 꼭 같게. 고마워. 자, 이제 친구들한테 돌아가봐. 마거릿한테 곧 다시 만나기를 기대하겠다고 전해줘.

응. 나도 기대할게.

피터의 눈이 감긴다. 가슴이 조여들고 마침내 그가 몸을 뗀다. 그리고 마거릿한테 고맙다고도 전해줘. 알았지?

아이번이 이제 거의 경계하듯 피터를 지켜보며 대답한다. 응, 전해줄게. 진짜 괜찮아?

피터가 웃으려 애쓰면서 잘 가라며 손을 들고 말한다. 나 괜찮아. 행복해. 사랑한다. 곧 보자. 그런 다음 그대로 돌아서서 여전히 손을 흔들며 걸어간다. 아이번의 목소리가 다시 들린다. 나도 사랑해. 노면전차 선로를 따라서 어두운 말버러가를 지나 강가로 걸어간다. 혼자서 반쯤 미소 지으며 소매로 얼굴을 닦는다. 미친놈처럼 보이겠지. 이렇게나 마음을 쓰다니. 슬프면 이렇게 되는 법이다. 나오미한테 더 잘해주겠다는 아이번의 말을 전하자. 나오미를 웃게 만들자. 그리고 실비아는. 우리 모두 실비아를 사랑하잖아. 사실 우리한테 실비아가 필요한 것 같기도 해. 모두가 서로 사랑했고 좋든 나쁘든 서로가 필요했다. 떼려고 해도 뗄수 없는 관계. 얽히고설킨 거미줄. 집에 들어가면 뭘 좀 먹어야겠다. 어머니한테 전화해서 죄송하다고 말하자. 모든 것을 용서받자. 너도 알겠지, 살아 있는 것은 모두 죽는다는 걸. 결국 모든 사람이, 그와 아이번조차도. 생각해보면 참 이상하다. 이렇게 찰나에 불과한 삶에서 의미를 만들어낸다니. 왔다가 사라지는 것. 오늘 밤 닫힌 콘퍼런스룸 안에 있던 아이번을 생각한다. 환호 소리, 그의 이름을 부르는 사람들, 발을 구르는 소리. 상실과 고통뿐만 아니라 그것 역시 삶이다. 아이번이 만나는 유부녀, 두 사람의 일은 어떻게 시작됐을까. 크리스마스에 저녁 식사를 하면서 물어볼까. 충격에 휩싸인 그녀의 웃음소리. 이제 아베이극장쪽으로 길을 건넌다. 갈색 벽돌이 보이고, 비가 느껴지는 것 같아서 목깃을 세운다. 다들 모인 장면을 그려본다. 상상하는 것 역시 삶이다. 상상 속에만 존재하는 삶. 냄비가 달그락거리는 소리, 주전자에서 피어오르는 김. 그에 대해 생각하는 것만으로도 삶이다. 바다에서 세차게 불어오는 차가운 바람이 그의 외투를 휘날리고 강물에 하얀 깃털 같은 물결을 일으킨다. 고정된 것은 하나도 없다. 그녀, 또 다른 그녀. 아이번, 그의 여자 친구. 크리스틴, 무덤 너머에 있는 그들의 아버지. 항상 통하지는 않지만 최선을 다하고 있어. 어떻게 되는지 두고 보자. 어쨌든 계속 살아보자.

작가 노트

이 책에는 다른 텍스트에서 인용한 구절이 많다. 흥미를 느끼는 독자에게 정보를 제공하기 위해서, 그리고 다른 사람의 작품을 가로채는 것처럼 보이지 않도록 인용 출처를 밝히고자 한다. 일부는 아직 저작권이 살아 있다. 이 소설에 인용하도록 허락해 준 저작권자에게 감사를 전한다.

이 책의 제사(題詞)는 루트비히 비트겐슈타인의 《철학적 탐구》 2부에서 가져온 것으로, 독일어를 영어로 직접 번역했다.

소설에서 나는 G. E. M. 앤스컴이 번역한 같은 책을 여러 번 인용했다. 94쪽에서는 "사자가 말을 할 수 있어도 우리는 사자를 이해하지 못할 것이다"를 인용했고 584쪽에서는 "마술에서 마술사가 결정적인 동작을 취했는데, 그것은 우리에게 아주 평범한 듯이 보였던 바로 그 동작이었다"를 인용했다. 같은 문단 뒤쪽에서는 "여기서 '제3의 가능성은 없어'라든가 '하지만 제3의

가능성이 존재할 리가 없어!'라고 말하는 것은 우리가 이 도식에서 눈을 돌릴 능력이 없음을 드러낼 뿐이다"를 인용했다.

셰익스피어의 《햄릿》도 여러 번 인용했다. 103쪽에서는 1막 2장에 나오는 햄릿의 대사 "얼마나 지겹고, 진부하고, 단조롭고, 무익한지"를 인용했다. 334쪽의 "자신만만하고, 복수심에 불타고, 야망이 넘쳤던 그. 생각으로도 다 담지 못할 죄악을 언제라도 저지를 수 있었다"는 3막 1장에 나오는 햄릿의 대사를 인용하되 구두점을 바꾸었다. 마지막으로 612쪽의 "너도 알겠지, 살아 있는 것은 모두 죽는다는 걸" 역시 《햄릿》 1막 2장에 나오는 거트루드의 대사를 인용했다.

13쪽의 "그 뒤섞인 공기 속에서 우리의 모든 충동이 만난다"는 1954년에 발표된 필립 라킨의 시 〈교회 가기〉에서 인용했다.

19쪽의 "내 입술이 어떤 입술에"는 에드나 세인트 빈센트 밀레이의 1920년 시 〈내 입술이 어떤 입술에, 어디에서, 왜 키스했는지〉에서 인용했다.

21쪽의 "옛날 옛적의 더블린"이라는 구절은 피트 세인트 존이 작곡하고 1977년에 더블린시티램블러스가 처음 녹음했던 노래 〈더 레어 올드 타임스〉 또는 〈더블린 인 더 레어 올드 타임스〉를 말한다.

22쪽의 "거의 누구도 알지 못한다"라는 구절은 윌리엄 워즈워스의 1798년 시 〈그녀는 한적한 곳에서 살았네〉에서 인용했다.

26쪽의 "기억과 욕망을 뒤섞는다"라는 구절은 T. S. 엘리엇의 1922년 작품 〈황무지〉에서 가져왔다.

30쪽의 "사랑이라는 엄숙하고 외로운 임무"는 로버트 헤이든의 1962년 시 〈그 겨울의 주일들〉에서 가져왔다.

31쪽의 "가을의 아름다움에"는 W. B. 예이츠의 1917년 시 〈쿨의 야생 백조〉에서 인용했다.

45쪽의 "고맙군, 보비 피셔!"는 보비 피셔가 1961년에 쓴 글 〈킹스 갬빗 격파〉의 마지막 말 "고맙군, 위버 애덤스!"를 살짝 바꾼 말이다. 해당 글은 킹스 갬빗에 3...d6로 응수하는 방어법을 주장했으며, 이는 현재 피셔의 방어법으로 알려져 있다.

100쪽에서 피터가 머릿속으로 생각할 때 인용하는 "포틀랜드 석 난간"과 "완만하게 덮인 층진 구리 돔"은 아일랜드 주택·지방정부·문화유산부가 운영하는 국립 건축 유산 서비스인 아일랜드의 건축물 웹사이트(buildingsofireland.ie)에서 포코츠를 기술적으로 설명한 구절이다.

102쪽의 "너무나 그리운 여자"는 토머스 하디의 1914년 시 〈목소리〉에 나온다. 같은 장 118쪽의 "당신이 나를 기다리는 곳, 그래, 그때 나는 당신을 알았다" 역시 같은 시에서 인용했다.

195쪽의 "영원히 따스하고 아직 누릴 수 있는"은 존 키츠의 1819년 시 〈그리스 항아리에 대한 송가〉에서 가져왔지만 현대 철자법을 따랐다. 키츠의 작품이 441쪽에서 한 번 더 인용되는데, "가장자리에서 거품이 깜빡거린다"는 〈나이팅게일에 대한 송가〉의 구절이다.

309쪽의 "요즘, 어제, 어젯밤, 오늘 아침, 나는 모든 걸 원했어요"는 헨리 제임스의 1904년 소설 《황금잔》에서 인용했다.

10장에서 아이번이 실비아가 낸 논리 문제를 분석하는 내용은 수학자이자 철학자인 버트런드 러셀의 저서에서, 특히 러셀이 1905년 논문 〈지시함에 관하여〉에서 처음 제안한 이론에서 영향을 받았다. "공허한 참" 개념은 철학과 수학에서 진리표를 개발, 적용하면서 나온 산물이며 진리표를 처음 만든 사람은 루트비히 비트겐슈타인이다.

504쪽의 "나는 그 나이의 여자들을 좋아하기 시작한다"는 제임스 조이스의 1922년 소설 《율리시스》 중 나우시카 에피소드에서 인용했다.

574쪽에 나오는 "우리에게 필요한 건 환경주의의 성애학이야"는 수전 손탁의 1964년 에세이 〈해석에 반하여〉의 마지막 문장 "우리에게는 해석학 대신 예술의 성애학이 필요하다"를 살짝 바꾼 문장이다.

588쪽의 "단 한마디도 진지한 것이 없다"는 1922년에 제임스 조이스가 주나 반스와 했던 인터뷰에서 자신의 소설 《율리시스》에 대해서 한 말을 인용했다.

감사의 말

이 소설을 쓰기 위해 법조계와 체스에 대한 조사가 필요했다. 그런 면에서 현재 아일랜드의 법조계와 법률이라는 주제에 대해 귀중한 조언과 조력을 제공해준 서니바 맥도나, 데이비드 케니, 앨런 브래디, 케이티 루니에게 감사 인사를 전하고 싶다.

마찬가지로 트리니티칼리지의 체스 동아리와 회원 숀 도일, 코너 놀런, 특히 피터 캐럴에게 감사를 전한다. 내가 현대 체스 경기와 토너먼트 형식에 대해 질문을 던졌을 때 무척 관대하고 도움이 되는 대답을 해주었다.

이 텍스트에 법률, 체스 등등에 대한 사실적 오류가 있다면 그것은 소설 속 인물 또는 나의 탓이다.

또한 나와 내 작품을 응원해주고 앞부분이나 초고를 읽어준 가족과 친구에게도 감사의 마음을 전하고 싶다. JP, 톰, 실라, 마크, 이퍼에게 모든 것에 대해 감사한다.

이 책을 쓰는 동안 종종 다정하게 나를 격려해준 트레이시 보언에게 늘 그렇듯 감사 인사를 전한다. 미치 에인절에게는 함께 작업한 것이 나의 작가 경력에서 가장 큰 영광이었다고, 지금도 앞으로도 항상 고맙다고 전하고 싶다. 알렉스 볼러, 실비아 크럼프턴, 파버 출판사의 모두에게 따뜻한 감사 인사를 드린다.

마지막으로 제일 중요한 남편 존에게 내가 말로 설명할 수 있는 것보다 더 많은 방식으로 내 모든 작업을 가능하게 해주어서 고맙다고 말하고 싶다. 존, 내 삶을 당신과 함께하는 것은 정말 큰 기쁨이자 축복입니다.

옮긴이의 말

샐리 루니는 스물여섯 살에 발표한 첫 장편소설《친구들과의 대화》(2017)를 시작으로《노멀 피플》(2018),《아름다운 세상이여, 그대는 어디에》(2021),《인터메초》(2024)까지 발표하는 장편소설마다 평단의 찬사와 상업적 성공을 모두 누린 아일랜드의 젊은 작가이다. 특히《인터메초》의 경우에는 2024년 9월 출간 당시 팬들이 서점에 모여 판매 개시 시간을 카운트다운하며 파티를 즐기는 등 '해리 포터' 시리즈 마지막 권 출간에 버금가는 현상을 만들어내기도 했다. 이처럼 유럽과 미국에서 현상에 가까운 인기를 누리고 있는 샐리 루니는 계급과 권력, 정치와 밀접하게 얽힌 현대 자본주의 사회에서의 사랑을 주로 다루는 작가답게 임신중단권이나 환경 문제, 이스라엘-팔레스타인 분쟁 등 국내외 정치적 현안에 대해 목소리를 높이는 것으로도 유명하다. 2025년에는 스카이아츠 어워드 문학 부문 수상자로 선정되었지만 팔레스타인 지지 발언으로 인한 체포 위험 때문에 영국에 입국하지 않는 것이 좋겠다는 권고를 받아 직접 수상하지 못하기도 했다.

《인터메초》는 아버지가 암으로 세상을 떠난 뒤 피터와 아이번 형제가 그 상실과 슬픔을 소화하는 과정을 보여준다. 형 피터는 인기와 평판을 모두 누리는 잘생긴 변호사로, 친구도 많고 화술과 사교술도 뛰어나다. 그러나 대학교 때부터 오랜 기간 사귀었던 실비아와 헤어지고 한참 어린 나오미와 애매한 관계를 이어나가면서 마음 붙일 곳을 찾지 못하고 술과 약에 의존하며 자살 사고에 시달린다. 소설은 피터의 이야기와 아이번의 이야기를 번갈아 서술하는데, 특히 피터의 이야기를 서술할 때는 의식의 흐름 기법을 사용하여 혼란스럽고 불안정한 피터의 내면을 효과적으로 드러낸다. 주어를 생략하고 주인공의 생각과 사실 묘사, 다른 인물과의 대화를 구분 없이 서술하는 방식 때문에 첫 부분부터 이해하기 어렵다는 독자들의 평가도 있었지만 오히려 그러한 서술 방법 덕분에 3인칭 시점임에도 불구하고 피터의 의식 안팎을 자연스럽게 넘나들며 경계를 흐리는 효과가 생긴다.

동생 아이번은 잠시 정체기를 겪고 있는 천재 체스 선수로, 분석력과 논리적 사고력이 뛰어나지만 사람을 대하는 방식이나 타인과의 대화에 서툴다. 어렸을 때는 형을 우상처럼 여기기도 하고 지금도 형의 뛰어난 사교성을 부러워하지만 형이 자신을 무시한다고 생각하여 불만을 품고 있다. 너무 멀지도 가깝지도 않은 두 사람이 삐걱거리는 것은 서로 소통할 언어를 찾지 못해서이다. 변호사와 체스 선수 모두 논리적 언어를 사용하는 직업이고, 그것만으로는 서로의 감정을 소통할 수 없다. 작가가 제사에 인용한 비트겐슈타인은 언어의 의미가 외부 세계와 일대일로 대응하는 것이 아니라 맥락 속에서 유동적으로 정해진다고, 따라서 실제로 사용하면서 배워야 한다고 말했다. 그러므로 서로 이해하거나 이해받지 못했던 피터와 아이번의 갈등은 두 사람이 감정을 소통하는 언어를 배워가는 언어 놀이 과정이라고도 볼 수 있을 것이다.

이 책에서 샐리 루니는 가족의 관계와 의미에 대해서 고민할 뿐 아니라 그동안의 소설에서 늘 그랬던 것처럼 계급과 정치, 종교를 살짝 엮으며 불안정한 현대사회에서 사랑이 어떤 형태와 의미를 갖는지, 무거운 짐으로만 느껴지는 외롭고 괴로운 인생에서 의미를 찾는 것이 가능한지 자문한다. 소설의 결말에서 물론 모든 문제가 명쾌하게 해결되는 것은 아니지만 전부 끝내버리고 싶다는 생각에 끊임없이 시달리던 피터가 아이번과 화해의 실마리를 발견한 다음 어쨌든 살아보자고 결심한다. 결국 작가는 타인과의 관계와 사랑이, 서로를 이해하고 다정하게 대하려는 노력이 인간에게 주어진 실낱같은 희망이라고 말하고 싶은 것이 아닐까.

'인터메초'는 원래 오페라의 막과 막 사이에 연주되는 간주곡이라는 뜻이지만 체스에서는 상대의 전략을 뒤흔드는 예상치 못한 수를 가리킨다고 한다. 아버지의 죽음으로 인생의 한 막이 끝나고 앞으로의 삶이라는 다음 막을 이어가기 위해서 숨을 고르는 기간에 아이번은 마거릿을 만나 세상을 보는 눈이 완전히 달라지고 피터는 실비아와 나오미 사이의 얽힌 실타래 같은 관계에서 실험적인 해결책의 실마리를 찾는다. 또한 피터와 아이번 형제의 관계에서도 오랫동안 쌓여온 오해와 불만이 폭발한 뒤에 새로 만들어나갈 관계의 희망이 비친다. 내용을 곱씹을수록 무척 절묘한 제목이다.

허진

인터메초

1판 1쇄 발행 2026년 2월 5일
1판 4쇄 발행 2026년 4월 13일

지은이 · 샐리 루니
옮긴이 · 허진
펴낸이 · 주연선

(주)은행나무
04035 서울특별시 마포구 양화로11길 54
전화·02)3143-0651~3 ㅣ 팩스·02)3143-0654
신고번호·제 1997—000168호(1997. 12. 12)
www.ehbook.co.kr
ehbook@ehbook.co.kr

ISBN 979-11-6737-622-0 (03840)

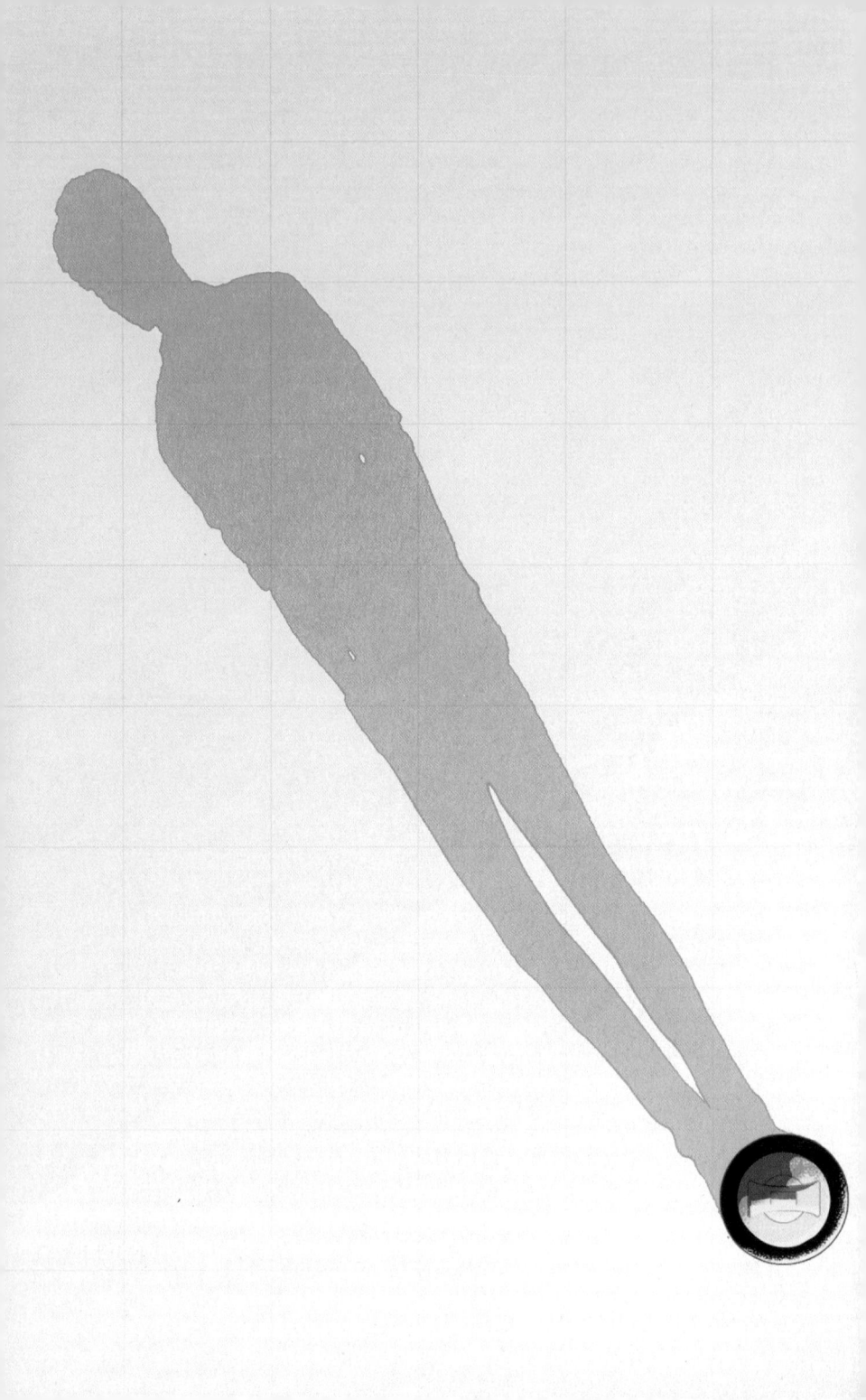